普及类古籍整理图书专项资助项目

诗经与楚辞精品

韦凤娟　韩传达　主编

時代文藝出版社

图书在版编目（CIP）数据

诗经与楚辞精品 / 韦凤娟，韩传达主编．—长春：时代文艺出版社，2018.7

ISBN 978-7-5387-5870-2

Ⅰ．①诗… Ⅱ．①韦… ②韩… Ⅲ．①古体诗－诗集－中国－春秋时代②古典诗歌－诗集－中国－战国时代 Ⅳ．①I222.2②I222.3

中国版本图书馆CIP数据核字（2018）第117334号

出 品 人　陈　琛
产品总监　郭力家
选题策划　邓淑杰
责任编辑　李贺来
装帧设计　李　斌
排版制作　毛倩雯

诗经与楚辞精品

韦凤娟　韩传达 主编

出版发行 / 时代文艺出版社
地址 / 长春市泰来街1825号　时代文艺出版社　邮编 / 130011
总编办 / 0431-86012927　发行部 / 0431-86012957　北京开发部 / 010-63108163
官方微博 / weibo.com / tlapress　天猫旗舰店 / sdwycbsgf.tmall.com
印刷 / 三河市万龙印装有限公司
开本 / 850mm × 1168mm　1 / 32　字数 / 691千字　印张 / 23.5
版次 / 2018年7月第1版　印次 / 2018年7月第1次印刷　定价 / 68.00元

导　论

韦凤娟

在中国文学史上，《诗经》和楚辞是两颗璀璨的巨星，它们辉映千古文坛，展示着永恒的艺术魅力。

然而，它们的意义远不止于文学方面。作为华夏先民精神活动的产品，在那些或朴野或奇诡的篇章中积淀了大量古代社会的神秘信息，保留着原始图腾及原始宗教观念的精神碎片，刻画着人与自然关系递嬗及人类社会演进的轨迹，呈露出华夏民族文化心理的初始形态。因此，《诗经》和楚辞不仅因其在实践上的不可重复性，而具有独一无二的艺术价值；而且由于它们昭示着源远流长的华夏文化精神的早期风采，更在文化史上具有极其重要的意义。

一

先谈谈《诗经》。

《诗经》是我国第一部诗歌总集，共收入自西周初年至春秋中叶大约五百多年的诗歌共三百零五篇。它最后编定成书大约在公元前六世纪中叶。《诗经》分为风、雅、颂三个部分。其中风包括十五“国风”，雅分“大雅”“小雅”，颂分为“周颂”“鲁颂”“商颂”。这些作品在当时都可以配合音乐歌唱，风、雅、颂的划分正是依据音乐的不同。风是带有地方色彩的音乐，国风指各地土乐。雅是周王朝直接统治地区的音乐。颂是用于宗教祭祀的乐歌。

在《诗经》的时代，我国中原地区已形成了以种植经济为基本方式的农业社会结构。周民族向来以农为本，其远祖后稷即是传说中的农神，周人的历代首领如公刘、古公亶父、文王等都极其重视农耕，在宗庙祭祀之乐《周颂》中就有《臣工》《噫嘻》《丰年》《载芟》等祭歌专用于春夏祈谷、秋冬报赛。祭祀繁多，足见农事在周人社会生活中的神圣地位。从这些祭歌中可以看出西周初年中原地区的农业生产已具相当规模：“骏发尔私，终三十里，亦服尔耕，十千维耦”（《周颂·噫嘻》），劳动场面非常浩大；“载获济济，有实其积，万亿及秭”（《周颂·载芟》），劳动果实堆积如山。这种以农耕为业的社会结构延续了数千年，极大地影响了中原地区人民的文化心理和中原文化的发展趋势。周人“日出而作，日入而息，凿井而饮，耕田而食”（《击壤歌》），这种自给自足、封闭式的生产方式使他们的生命之根深深地扎入厚重的黄土地中，他们的忧喜哀乐、生死荣辱都与脚下这片土地紧密相连。他们的头脑极其务实，他们所关心的是在这片土地上发生的一切：灾荒、战争、婚嫁、垦殖……他们胸中容纳的是一个真实的人间，无须玄想和虚构。

也就是说，在《诗经》的年代，生活在中原地区的华夏祖先们早已远离了混沌初开的蛮荒时期，曾经浓厚地弥漫在天地间的原始巫术氛围已经逐渐淡薄。在向大自然索取生活资料的长期实践中，人们逐渐认识了自然的某些奥秘和自身的力量，原始图腾崇拜让位于人的自我意识，人们逐渐走出了原始思维的神秘误区。而开始以一种理性的眼光来观察人与自然、人与人之间的关系。

因此，整部《诗经》呈现的是一个以人为中心的经验感情世界，表现芸芸众生的生活图景和感情体验是它的基本内容。其中既有“十亩之间兮，桑者闲闲兮”（《魏风·十亩之间》）的轻快歌唱，也有役夫“王事靡盬，不能蓺稷黍”（《唐风·鸨羽》）的无奈叹息；既有士卒“陟彼屺兮，瞻望母兮”（《魏风·陟岵》）的企盼，也有思妇“君子于役，苟无饥渴”（《王风·君子于役》）的牵挂；既有贵族们“萧萧马鸣，悠悠旆旌”（《小雅·车攻》）射猎场景的描绘，也有士大夫“忧心惨惨，念国之为虐”（《小雅·正月》）沉重心曲的抒写……可以说人生百味，无所不有。

最为精彩的是“国风”中那些表现男女情爱的民歌。在《诗经》的时代，尽管周王朝上层统治者大倡礼乐之道，但是民间仍保留着天真烂漫的上古风情。桑间濮上，水边社前，少年男女情有所钟，流于声口，无不洋溢着野性的活力。他们或是“投我以木瓜，报之以琼琚”（《卫风·木瓜》）以表两情相悦，或是在春水荡漾的河边“伊其相谑，赠之以勺药”（《郑风·溱洧》）；他们因相思而发出“一日不见，如三秋兮”（《王风·采葛》）的怨词，也毫不掩饰“即见君子，云胡不喜”（《郑风·风雨》）的兴奋之情……无论是“执子之手，与子偕老”（《邶风·击鼓》）的庄重誓言，还是“子不我思，岂无他人”（《郑风·褰裳》）的戏谑之语，都是发自纯洁心灵的天籁之声。

有人认为这些恋歌与上古时期暮春三月男女会合、祭祀高禖、祓禊求子的风俗有关。也有人认为“国风”中不少诗篇实际上是古老祭祀上所用的祝辞、咒语。原始诗歌与原始宗教有非常密切的关系，这是毫无疑问的。在这里我们想强调的是，无论这些民间恋歌的原始形态为何，无论它们与上古婚媾习俗及祭祀活动曾经有何关系，它们所吟唱的都是人的自然欲望，都是生命激情的自由宣泄，它们所表达的是活生生的“人情”而非神性，闪烁着尚未蒙尘的人性之光。

当然，《诗经》一些作品保留了上古先民宗教信仰的某些遗迹，也生动地反映了周民族的宗教观念。殷人信奉上帝，周人尊奉“天”

为最高主宰(在《诗经》中“天”与“帝”混用)。从“畏天之威，于时保之”(《周颂·我将》)，“天保定尔，以莫不兴”(《小雅·天保》)，“天实为之，谓之何哉”(《邶风·北门》)等诗句中，不难看出周人对“天”的虔诚敬畏之心。至于用于宗庙祭祀的颂诗如《清庙》《时迈》《执兢》等和用于燕享的雅诗如《楚茨》《信南山》等，都从不同侧面描绘了隆重盛大的宗教仪式。

不过值得注意的是，周人在祭天的同时也祀祖，把天地崇拜和祖先崇拜结合起来，“祀祖配天”。他们不但在大雅的《生民》《公刘》《绵》《大明》《皇矣》等诗篇中歌颂本民族发祥史的英雄人物，赞美他们的丰功伟绩，而且在周颂及大雅的不少篇章中推崇后稷、文王为本民族的保护神，说“思文后稷，克配彼天”(《周颂·思文》)、“文王陟降，在帝左右”(《大雅·文王》)，后稷和文王被抬到与天同祀的地位，俨然与天帝平起平坐！以祖配天的结果，使得周人的宗教观念进一步远离了原始宗教的形态，使得人与神的关系发生了根本性的变化，二者之间不再有不可逾越的鸿沟。

更为重要的是，周人“祀祖配天”的实质内容是“以德配天”，认为周文王之所以代殷而兴，是因为他“明德保民”，慎于职守，克尽人事，“保惠于庶民”，因而得天之佑。因此，周人在祭天祀祖的乐章中反复吟唱的一个主题是：追忆、颂扬先王之盛德，告诫“子孙保之”“曾孙笃之”，发扬光大，以期周祚永存。显而易见，“以德配天”强调的是现实作为，强调的是对历史与现实之间关系切切实实的把握，而不是什么虚幻的“因果”。这就使得周人的宗教观念中注入了非常现实的内容。周人宗教观念的这一特点在《诗经》的颂诗及二雅的某些篇章中得到生动的表现。其中虽不乏对“天”的敬畏，却绝无对天国的幻想和向往；缺少狂热的宗教感情的抒写，却有着“慎终追远”的理性思考。

很有意思的是，从《诗经》中可以看到，周人常常在现实生活中遭遇不幸时或有所希求时“呼天抢地”。而他们所祈祷的“天”总是“明明在上，照临下土”(《小雅·小明》)，“监观四方，求民之莫”(《大雅·皇矣》)，无比热心地关照着“下土”所发生的一切：人间福祸、国运兴衰、人命寿夭、庄稼丰歉……周人向“天”要求公平和正义，一旦希望落空，就毫不客气地“怨天尤人”，从《邶风·北门》《大雅·云汉》《小雅·节南山》和《雨无正》中都可以读到对“天”的不敬之语。在周人的观念中，至高无上的“天”就是如此形而下地与周人的心灵精神沟通。因此，褪去那些祭祀乐歌庄严肃穆的外衣，它们所坦露的依然是对现实人生的关切。

总而言之，表现以人为中心的现实世界，抒写凡人俗情，贯穿着对现实人生的礼赞和思虑，是《诗经》最显著的一个特点。它最早体现了我国文化心理结构中的人文精神，影响极其深远。

以上是就《诗经》的基本风貌及其体现的创作精神而言。

《诗经》在被奉为儒家经典之前，称为“诗”或“诗三百”。“诗三百”的最初编集者可能是周王廷的乐官太师。根据汉人的说法，周王朝有采诗的制度，“孟春之月，群居者将散，行人振木铎徇于路以采诗，献之太师，比其音律，以闻于天子”(《汉书·食货志》)。也有人说周王朝专门养了一些年老无子的人，“使之民间求诗”(何休《公羊传注》)，由乡而邑，由邑而国，最后集中到王廷。这些采自民间的歌谣主要集中在“国风”中，“小雅”中也有一部分。除采诗外，周王朝还有献诗之制：“天子听政，使公卿至于列士献诗”(《国语·周语》)。颂诗及雅诗的大部分就是公卿列士所献的诗。

周天子那么热衷于收集诗歌，不是出于文学爱好，甚至也不单纯是出于声色之娱，而是为了一种现实的政治需要。他们要通过采自各诸侯国、出自各阶层的诗歌来了解民情国情，考察施政效果，制定、修正政策。所谓“王者所以观风俗，知得失、自考正也。”(《汉书·艺文志》)。

由此可见，被后人视为诗歌经典之作的“诗三百”在当时根本不被当作艺术审美的对象(文学的独立意义到魏晋以后才逐渐得到确认)。《诗经》是出于一种明确的社会功利目的而编集成书的。颂诗主要用于宗庙祭祀，求得“神人以和”是它的直接目的。雅诗乃是“言王政之所由废兴也”。其中有不少作品具有“祀祖”的性质，自然关涉王政兴废之计。更重要的是雅诗中有不少直刺时政、暴露现实、感时伤世的作品，比如“大雅”中的《民劳》《板》《荡》《抑》《桑柔》等，“小雅”中的《节南山》《正月》《十月之交》《巷伯》《小旻》等，都是有名的讽喻诗。它们出于统治集团成员之手，这些正直清醒的公卿列士把诗歌作为表达政治思想和宗法感情的媒介，或美刺时政，或抒发怨悱。至于直接采自民间的风诗，包括战争、农耕、狩猎、婚配、祭祀等诸多重要的社会内容，直接传达着下层民众的感情情绪，其“观风俗、知得失”的功用就不言而喻了。就拿那些情歌来说，在周王朝统治者看来，男女“不失时”，婚配和谐，人丁兴旺，种族繁衍，是关乎王朝基业、民族存亡的大事。因此那些发自天然声口的情歌就不是简简单单的“情歌”了。

总而言之，特定的文化规范使文学作品的“诗三百”从一开始就被深深地打上了政治化、功利化的烙印。这个历史印记不仅直接影响了后人对“诗三百”题旨、诗义的阐释，也对我国古代的文学观念、文学批评、审美取向等产生了极其深刻的影响。

“诗三百”成书后即被周代统治集团当作非常重要的教科书。当时不仅朝会典礼上要诵诗为礼，贵族们在日常社交中要借诗喻志，甚至在列国外交场合也往往需要“赋诗”示意，《左传》中记载了不少这方面的事例。所以孔子郑重其事地告诫儿子：“不学诗无以言”(《论语·季氏》)，并认为“诗三百”具有“兴、观、群、怨”的社会功用。汉人片面地继承了孔子的观点，并将其推向极端。汉儒说诗有一个特点，即完全无视《诗经》作为文学作品的审美特征和审美价值，不惜穿凿附会，凭空臆测，把《诗经》政治伦理化，借说诗来宣扬儒家教化，这就是《毛诗序》所说的："正得失，动天地，感鬼神，莫近于诗，先王以是经夫妇，成孝敬，厚人伦，美教化，移风俗"。这种诗学观完全以狭隘的政治功利观点来阐释"诗三百"，使之沦为伦理说教的工具和经学的附庸。自汉至唐，说诗者大多以《毛诗序》为据，信而不疑；直至宋代，出现了一批富于疑古思辨精神的学者，人们才走出《毛诗序》的误区，开始从文学角度来认识《诗经》，阐释其本旨，力图恢复《诗经》作为文学作品的本来面貌。至于宋人说诗的失误和局限，则不是本文所要讨论的了。

综上所述，第一，《诗经》昭示着一种人文精神；第二，《诗经》表现着一种政治功利色彩。这两个特点都对中华民族的文化心理、文化精神的构建产生了深刻影响，其意义远不止于文学范畴。《诗经》的经典地位是不可动摇的。

作为第一部诗歌总集，《诗经》的艺术成就也是很辉煌的，从结构形式上看，《诗经》中许多作品采用重章叠句，章节句式的重叠加强了诗歌的音乐性和节奏感，而诗人的感情和诗歌的韵味往往正是通过反复吟唱表达出来的。从整体风格上看，《诗经》以四言句为主体，具有一种平缓的稳重的内在韵律，雍容典雅。因此即使在五言、七言等各类诗体都充分发展成熟的后世，"诗经体"仍长用不废，四言依然是庙堂文学的首选形式。

《诗经》的艺术表现手法也很丰富，后人将其概括为赋、比、兴。"赋者，敷陈其事而直言之也"(朱熹《诗集传》)，这比较好理解。而"比兴"之说就比较复杂了。在《诗经》中我们常常看到这样一些景物描写："关关雎鸠，在河之洲"(《周南·关雎》)、"桃之夭夭，灼灼其华"(《周南·桃夭》)、"山有扶苏，隰有荷华"(《郑风·山有扶苏》)、"彼泽之陂，有蒲与荷"(《陈风·泽陂》)……它们或"以彼物比此物"，这就是"比"；或"先言他物以引起所咏之词”，这就是“兴”。《诗经》中的“比兴”之义历来歧说纷呈，关乎诗歌本旨的阐释，是《诗经》研究的一个“热点”。至于“比兴”潜在的本质意义是什么，更引起不少研究者的兴趣。有人认为“比兴”与原始兴象有关，有人认为“比兴”意象中有原始图腾崇拜的原型，也有人认为《诗经》中的山水云雨等自然景物是男女性爱的象征表象。这些说法都持之有理。

笔者认为，从人与自然的关系这个角度来考察，“比兴”则表达了当时人们对人与自然之间关系的认识。人们在长期的社会实践中逐渐觉察到自然事物与人类的社会活动有多方面的联系，对于人类的社会生活有着多方面的象征意义，自然界内在的有规律的运动也与人们的情绪感受有着一种不可言状的相通之处。美丽的鲜花使人想到容貌姣好的姑娘；“鸿雁于飞，哀鸣嗷嗷”，好像“劬劳于野”的流民；“习习谷风，以阴以雨”，风雨交加的景象总是使人产生凄凉之意；而“雝雝鸣雁，旭日始旦”这生机勃勃的景象则唤起人们心中美好的希望。《诗经》的作者们在生活实践中发现，人与大自然之间存在着一种对应关系，人的思想情绪可以在自然界中找到“对应物”，而人们微妙的内心世界也可以通过这些具体形象的“对应物”来表达（这与西方意象派为思想寻找“客观联系物”的理论有某些类似之处）。正是基于对人与自然的这种对应关系的认识和为了表现这种对应关系，《诗经》的无名作者们创造了“比兴”手法。

当然，《诗经》给后世留下的精神财富远不止上面谈到的。它就像一座埋藏丰富的宝山。只要你入山一行，绝不会空手而归。

二

自《诗经》之后，诗坛沉寂了近三百年，直到屈原(约前340—前

278)出现，“奇文郁起”(《文心雕龙·辨骚》)，诗歌才进入了第二个辉煌时期。当时在江汉一带流行着一种句子长短参差、形式比较自由和多用“兮”字的民歌。屈原运用这种民歌形式来抒写情感，倾吐心曲，创作了以《离骚》为代表的诗篇。这种具有浓厚的楚国的地方色彩的文学体裁，被后人称为楚辞，也称为“骚体”。

由于文化传统、地理环境、民族心理及作品所反映的社会生活的差异，楚辞具有与《诗经》很不相同的特点。如果说，《诗经》主要反映了黄河流域一带中原文化的特点，昭示着一种实践理性精神，那么，楚辞则闪烁着楚文化独特的浪漫色彩。

战国时期的楚国早已进入了阶级社会。在相对独立的长期发展过程中，楚人吸取了中原先进的生产技术，创造了相当先进的物质文明。从当代考古出土的丰硕成果看，当时楚国在冶炼、铁器制造、纺织、建筑等方面都取得了惊人的成绩。可以说，就生产力发展而言，楚国基本上处于与中原诸国同一水平线上。正是凭借着比较雄厚的国力，楚庄公才公然有“问鼎”之举，楚国才可能跻身于七雄之一。这是一方面。另一方面，在社会形态和意识领域，楚国又保留着某些氏族社会的特点，这集中地表现在巫风的盛行上。

历史学、民族学及民俗学的研究成果证实着一个事实：人类在进入文明社会之前经历了一个万物皆备灵性的巫术文化阶段。在这个阶段，人类远没有从对于自然的“一种纯粹动物式的意识”(马克思、恩格斯《德意志意识形态》)中解脱出来，大自然在人类面前是一个有无限威力和不可制服的神秘之物，而人与万物混沌一体。因此，先民以对自身的朦胧认识去解释自然事物及其变化，将它们“人格化”“神化”。“山林川谷丘陵能出云，为风雨，见怪物，皆曰神”(《礼记·祭记》)，只具备极其低下的生产能力的先民不得不跪倒在“神”的脚下，渴望通过虔诚的祭祀、狂热的歌舞和占卜等活动与神灵沟通，求得神灵的恩赐。而巫觋即是沟通人神关系的媒介。因此所谓巫术文化是一种蛮荒色彩很浓的原始宗教形态。“殷人尊神，率民以事神”(《礼记·表记》)，在殷墟出土的甲骨上就保留着大量占卜于山河之神的记载。然而，随着生产力的发展，随着人类理性的觉醒，巫术文化逐渐失去了生存的土壤。周代殷而兴，“周人尊礼而尚施，事鬼敬神而远之”(同上)，已逐渐走出了巫术文化氛围。整部《诗经》中只有《大雅·生民》和《商颂·玄鸟》中尚保存少量有关商、周民族起源的传说，即是一个明证。

然而，当巫术文化已被“不语怪力乱神”的儒家理性主义扫荡之时，楚地却依然巫风盛行，君臣上下“信巫鬼，重淫祀”，奇特地成了一个难得的“自然保护区”。《汉书·郊祀志》就记载着屈原生活的时代事奉巫觋的情形：“楚怀王隆祭祀，事鬼神，欲以获福助，却秦师，而兵挫地削，身辱国危。”毫无疑司，事巫敬神的习俗是原始巫术文化的遗迹，是一种不开化的落后的社会意识。但是这种民间习俗和文化传统却使楚人幸运地保留着人类童年的天真，他们对大自然抱着一种童稚的好奇心，以人类童年独有的想象力去把握周围的事物，充满了浪漫情调。因此，当神话已被“未能事人，焉能事鬼”的周人理性地放弃时，在楚文化中却保留着、继续产生着大量光怪陆离、诡异奇妙的神话传说，楚人依然沉浸在“一片奇异想象和炽烈情感的图腾——神话世界中”(李泽厚《美的历程》)。

以屈原的作品为代表的楚辞正是在这片神奇的土壤上成长起来的。原始的巫术——神话传统及独特的民情风俗不仅使楚辞具有与《诗经》很不相同的内容，而且也深刻地影响了屈原形象思维的方式和艺术创作的个性。

在屈原的作品中，最具地方色彩、最能表现楚人中所流传的原始初民遗风的，是《九歌》。“九歌”的来源很古老，据说在夏朝已经出现了。屈原的《九歌》正是将流传在沅湘一带的民间祭歌，“更定其词，去其泰甚”(朱熹《楚辞集注》)而成的。现存的《九歌》十一篇作品中，除了《国殇》祭祀战死者的亡灵(有人认为祭祀战神)、《礼魂》为送神曲外，其余九篇所祭的都是天地山川日月星辰之神。

楚地民间“夫人作享，家为巫史”(《国语·楚语》)，似乎人人都具有“通灵”的本事。在他们的意识中，“民神杂糅”“民神同位”(同上)，人与“神”之间并没有不可逾越的沟堑。正是在这种原始而浪漫的气息滋养下，楚人对于大自然怀着一种既是宗教又是艺术的情绪。他们往往把自然事物想象为具有人的思想感情、可以与人类心灵相通的神灵，并把人间的生活“神化”，以此去安排神灵们的世界：辉煌灿烂的太阳神宛如一位声势显赫、气宇轩昂的君主，主寿夭的大司命好像是一位不苟言笑的执法官，而主子嗣的少司命则温柔多情。它们也有着与人类相同的喜怒哀乐，比如《湘君》和《湘夫人》描写一对配偶神的爱情生活，他们望断秋水的相思、生离死别的哀痛，全然是人类的情绪；而《山鬼》中的巫山女神则像一位痴情的女子，她因幸福的憧憬而“含睇”“宜笑”，因所望不至而哀愁缕缕，在风雨飘零、云烟迷蒙的夜晚，孤独地伫立于山巅……歌德曾经说过：“人从广阔的世界里给自己划出一个小天地，这个小天地就贴满了他自己的形象”(《拉伐戴骨相学著作》)，楚人正是把“人”的形象，“人”的感受赋予“神灵”，而他们自己“在创造神话的时代就生活在诗的气氛里”(黑格尔《美学》第二卷)。

《诗经》的“雅”“颂”中也有不少祭祀之曲。然而与《九歌》有质的不同。前者有强烈的宗教政治目的，强调的是“敬神”，庄严隆重。后者表现的是人与神祇之间的感情交流，强调的是“娱神”。比如《东皇太一》所祭的是威力至大无边的天神，但诗中并没有表现人们的敬畏心理，而是描写祭祀场面的隆重、陈设的华丽、肴馔的精致、歌舞的美妙，以此来表达“娱神”——即与天主尊神亲近的热切愿望。又如《河伯》所祭的是黄河之神。黄河泛滥，人或为鱼鳖，这是古人无法抵御的灾难，只能向河神祈祷。然而在这首诗中没有对河之凶神战战兢兢的颂扬，也没有对神祇的恐惧，充溢其中的是情意绵长的追求及会合无缘的惆怅。这是《诗经》祭祀乐章中所没有的。梁代刘勰曾评说楚辞："士女杂坐，乱而不分，指以为乐，娱酒不废，沉湎日夜，举以为欢，荒淫之意也"（《文心雕龙·辨骚第五》）。这是从儒家礼教文化角度做出的责难。其实，《九歌》歌舞娱神所表现的是楚人独特的"民神杂糅""民神同位"的原始宗教意识，坦露的是人类童年才拥有的天真性情。满脑袋"经义"的人怎看得惯孩童们天真活泼的嬉戏呢!

总而言之，《九歌》是楚地巫觋风俗的艺术反映。表现类似内容的还有《招魂》，描写了楚地民间为死者"招魂"的习俗。这些作品从形式到内容都富于楚地特色，生动地表明了屈原与楚文化传统的联系。

当然，作为一个伟大的诗人，屈原并不是楚地民歌民谣民风简单的记录者。事实上，《九歌》中那种人与神互相追觅、终难如愿的悲凉意绪，《招魂》中为客死秦国的楚怀王尽表哀悼及对楚国命运的担忧之情，都使他的作品深刻地烙下个人感情的印记。楚文化对屈原最重要的影响在于：巫术—神话文化形态中所蕴含的奇特想象力和炽热情感熔铸在屈原的创作中，使他的作品具有跨越时空出入古今的"自我"、奇幻浪漫的情调、联翩而至的意象、跌宕起伏的感情波动及千变万化的结构形式。

强调屈原的创作与楚地巫风的联系，并不意味着否定中原文化对屈原的影响。先楚民族和华夏诸族本是同出一源。自春秋后期以来，楚人为了改变被视为"荆蛮"的落后状态，在吸收中原先进的生产技术的同时，也开始注意引进中原先进的文化思想。而在社会动荡中，不少周王室珍藏的典籍流入楚国，以至楚国拥有《三坟》《五典》等他邦未见之书。因此，楚国贵族都精通夏言，熟读诗书，能在各种场合随意称引，对中原的典章制度也相当熟悉。比如楚庄王时，《春秋》《诗》《礼》《乐》等中原典籍即被规定为太子必修的课程。屈原出身于与楚王同姓的贵族家庭，自幼受到良好的文化教育，他“博闻强志”，担任过专司教化之职的三闾大夫，曾出使齐国，自然有很多机会接触到中原典籍和诸子学术思想。王国维在《屈子文学之精神》中说屈原“南人而学北方之学者也”，是很精当的论断。

正是因为吸收了“北方之学”的精华，所以屈原的思想富于时代特色。屈原是一个诗人，但他首先是一个政治家。他二十七岁时就担任了楚怀王的左徒之职，深受信任。他希望辅佐楚王，“及前王之踵武”(《离骚》)，实行王道美政，富国强兵，进而统一天下。当他刷新政治的努力失败之后，尽管满腔悲愤，却没有改变初衷，一再申说：“亦余心之所善兮，虽九死其犹未悔”(同上)，宁可“伏清白以死直兮”(同上)，也不肯“变心以从俗”(《涉江》)。显而易见，屈原所具有的积极入世精神、以道自任的使命感、对尧舜禹汤文武之道的推崇、“览民尤以自镇”的仁爱思想、坚守节操及追求个体人格的完美等，无疑都与儒家思想有密切的内在联系。而他反对“背法度而心治”，主张“国富强而法立”(《惜往日》)等思想，则具有明显的法家色彩。也就是说，作为一个政治家，屈原的头脑心灵都接受了北方理性精神的洗礼。

因此，作为一个诗人，屈原的心智也没有迷失在神秘玄想和宗教狂热中。相反，当他的想象力自由地驰骋天地六合、驱使着神灵鬼怪之际，当他的心湖掀起狂潮之时，他始终保持着清醒的理智，以哲人式的眼光审视着社会历史、人生。

从《天问》《九章》《离骚》等作品中都可以感受到屈原深沉的理性思索。

《天问》是文学史上的一篇奇文。屈原流放汉北，见楚先王之庙及公卿祠堂，其壁上“图画天地山川神灵”“及古贤圣怪物行事”(王逸《楚辞章句》)，一时间心事如潮，诗情勃发，在雷电交加之中，他

“呵而问之”。诗中一共提了一百七十多个问题，纷纭错综的人事和变化莫测的自然都在诘问之列。比如诗中问道：“天何所沓？十二焉分？日月安属？列星安陈？”“女歧无合，夫焉取九子？”“女娲有体，孰制匠之？”——如果说这类关于天地形成、人类起源及远古神话的诘问表现着觉醒的人类理性在面对自己童年时期的幼稚想象时必然会有的一种探索怀疑精神，那么屈原对上古三代的古史传说所做的叩问，则具有更加鲜明的理性批判色彩。比如他怀疑王权天授的合理性，问道：“授殷天下，其位安施？反成乃亡，其罪伊何？”他愤慨于君王信谗诛忠，问道：“比干何逆，而抑沈之？雷开何顺，而赐封之？”他怀疑“天”的公正，呵天而问：“天命反侧，何罪何祐？”思古及今，由人及己，他也心事沉重地自问：“薄暮雷电，归何忧？厥严不奉，帝何求？”——“傍晚时雷电交加，回到家去还有什么忧愁？其君的威严我不得侍奉，上帝对我还有什么要求？”——清人沈德潜说得很精辟：“《天问》一篇杂举古今来不可解事问之。若己之忠而见疑，亦天实为之。思而不得，转而为怨，怨而不得，转而为问；问君，问他人不得，不容不问之天也。此是屈大夫无可奈何处。”(《说诗晬语》)显而易见，屈原呵问天地古今，在飘忽无定的思绪中融入了一段“无可奈何”、无处倾泻的愤懑之情，奇矫活突的诘问中蕴含的是严肃的理性思考。

《九章》是屈原作品中理性哲辩最强的，尤其是《抽思》《涉江》《哀郢》《怀沙》等篇，都是伤世忧国的纪实之作，感情更加沉郁愤激。在这些作品中，屈原以直抒胸臆的方式表达着自己对乡国故土的真挚之情。比如在《哀郢》中，他把个人在流放中的痛苦心情和对楚国命运的关切紧密地结合在一起，以细致的笔触刻画出离开郢都愈来愈远而对它的思念愈来愈深的情景，他一再吟唱：“羌灵魂之欲归兮，何须臾而忘反”“鸟飞返故乡兮，狐死必首丘”。在《抽思》中他一往情深地倾诉对楚国的眷念：“唯郢都之辽远兮，魂一夕而九逝。”——这种深挚的乡国之情是屈原留给后人的一份最可宝贵的精神财富，尤其是在民族危机深重的时代，不同阶级不同阶层的人都可以从屈赋中获得感情上的共鸣，激发起爱国热情。

屈原的理性精神还突出地表现为对个体人格完美的坚持。他认为完美的人格精神“与天地兮同寿，与日月兮同光”（《涉江》），具有不朽的意义。从《九章》及《离骚》中可以看到，屈原始终把对人格“内美”的坚守与国家“美政”的实现作为人生理想来追求——这显然与儒家“修身治国”的信念有关。他与群小“众”恶的斗争就是围绕着坚持“内美”与实现“美政”这两点展开的。尤其是在晚年遭到放逐之后，屈原实现“美政”的理想彻底破灭了，对“内美”“心其端直”的坚守不渝更被他视为人生的最高原则。在“阴阳易位”、黑白颠倒的现实生活中，屈原满怀孤愤之情，一再吟唱：“世既莫吾知兮，人心不可谓兮”（《怀沙》）、“何灵魂之信直兮，人之心不与吾心同”（《抽思》）。他明白“董道而不犹”，必将“重昏而终身”（《涉江》），但他“宁溘死以流亡兮”（《离骚》），也不肯作媚俗之态。

自汉代班固以来，对于屈原的自沉颇有微词，认为他对节操的坚持过于偏激，失于“狂狷”（班固《离骚序》），“过于中庸而不可以为法”（朱熹《楚辞集注序》）。对于他自沉的原因，也多有歧说，至今仍是屈原研究中的一个热点。姑且不议。笔者要强调的是：屈原自沉与他刚烈的个性、浪漫的气质等有关，但更重要的是，他对生存的意义重新做了理性的阐释。在屈原的价值天平上，“内美”“清白”比生命更为重要，“知死不可让，愿勿爱兮”（《怀沙》），他要以死来实现对于生的永恒超越。——这是屈原对生死大节所做的理性选择。屈原对后世文人影响最大的一点正在于：他以自己的死向后人证明着人格精神的不朽价值，阐释着人格至上的价值标准，他以悲壮的一跃为千秋万代树立了“杀身成仁”的人格典范。

在古代文学史上，屈原是第一个表现出鲜明的创作个性的诗人，最能体现他的创作个性的是《离骚》。《离骚》的创作年代难以确考，多数学者认为是屈原在楚怀王时因被谗而遭到疏远时写成的。在这首长诗中，屈原塑造了一个“人神合一”的抒情“自我”。一方面，这个“自我”是受上天重托而降临人间的神胄，他披花戴草，高冠长剑，特立独行，不屑与凡夫为伍；他神游于天地间，朝发苍梧，夕至悬圃，他能役使神怪灵物，月神望舒是他的前驱，风伯飞廉是他的后卫，凤鸟龙螭为他驭车，飘风云霓拱护四周；他忽而上叩帝阍，忽而下求佚女，忽而发轫于天津，忽而转道流沙、赤水……他能“就重华而陈辞”，能令“百神翳其备降”，具有上达天神而下理民事的超凡能力。在屈原的笔下，这个“自我”的命名、装束、行为特征等都极富于巫觋色彩，而作为诗歌主体框架的“卜名”“陈辞”“神游”“问卜”“降神”等，均是借用了巫术的形式。显然，这个“自我”形象具有神巫性质。

另一方面，这个“自我”又是一位殚精竭虑的政治家。他崇高人格的“内美”和“修能”，砥砺品行，朝夕不懈；他有远大的政治理想，一心要辅佐君王，修明法度，义不容辞地说：“乘骐骥以驰骋兮，来吾道夫先路!”他的忠贞不被接纳，面对“兴心而嫉妒”的群小，他痛心疾首地剖析心曲：“岂余身之惮殃兮，恐皇舆之败绩！”他备遭打击，身陷厄境，仍坚贞不渝，“虽体解吾犹未变兮，岂余心之可惩”!他苦闷，他彷徨，他愤激，但他不肯放弃，上下求索不已；他不肯媚俗，心灵忍受着寂寞、孤独的煎熬，他想去国远游，却割舍不下对故土的深爱；他悲恸于“美政”的幻灭，决心以身相殉……显然，这个“自我”的情绪、感受及思考都是现实的，具有强烈的理性色彩。

这种奇特的二重性源于屈原独特的艺术思维和艺术构思。他在进行艺术创作的时候，自觉地调动了有关楚地巫风习俗的生活积累，借助于那些神秘的习俗、神异的故事来展开想象的翅膀。他有意识地凭借着巫术神话中巫觋所具有的特殊身份，抛开一切现实束缚，放言无忌，直陈心事：或恨君王昏庸、群小误国；或忧皇舆败绩、前路幽昧；或伤身世浮沉、遗世独立；或愤国无知己、美政无望……他心中郁积的失意、落寞、悲愤之情则随着纷至沓来的意象及曲折迷离的情节腾挪跌宕，得到淋漓尽致的宣泄。——总之，“神巫”的躯壳内翻腾的是“政治家”的思虑激情。

因此，《离骚》展示着一种奇异的魅力：在超现实的框架中纳入现实的内容，以超现实的手法表达沉重的思考，在神光离合的背景上展开对于历史、社会、人生的冷静审视，在出神入化的想象中揭示一颗被放逐的心灵彷徨苦闷的心路历程。其中既有浪漫的诗情，又有清醒的理性；既有奇幻的想象，又有睿智的思辨。——这是《离骚》的魅力所在，也是屈原独特的创作个性所在。

显而易见，正是楚地巫术文化的浪漫情调与中原文化的理性精神被天才的屈原完美地融合在一起，才生成了楚辞这一文学瑰宝。

屈原及其作品给后人的启迪是十分丰富的。尤其是他所表现的爱国情操、忧患意识、耿介不阿的品行及九死不悔的献身精神，都对后世封建士大夫文化心理及人格力量的形成，产生了深刻影响。

在我国古典文学史上，《诗经》和楚辞向来被奉为经典，衣被后人，彪炳千秋。作为富有生命力的文学作品，它们的思想内涵极其丰富深厚，见仁见智，难以穷尽。它们就像黄河长江，从遥远的历史深处流淌过来，至今滋润着一个伟大民族的心田！

本书由韦凤娟、韩传达主编，其中《诗经》部分由韦凤娟译注，《楚辞》部分由韩传达译注。

目　录

诗　经

风·周南

风·召南

风·豳风

雅·小雅

楚　　辞

· 诗经 ·

风·周南

共十一篇作品，大约产生于周王室东迁前后。其地区包括今河南省洛阳以南及江汉流域。

关　雎

关关雎鸠[①]，在河之洲。
窈窕淑女[②]，君子好逑[③]。

参差荇菜[④]，左右流之[⑤]。
窈窕淑女，寤寐求之[⑥]。

求之不得，寤寐思服[⑦]。
悠哉悠哉[⑧]，辗转反侧[⑨]。

参差荇菜，左右采之。
窈窕淑女，琴瑟友之[⑩]。

参差荇菜，左右芼之[⑪]。
窈窕淑女，钟鼓乐之[⑫]。

【题解】

这是一首情歌。一个男子爱上了在河边采荇菜的美丽姑娘，河洲上相和而鸣的水鸟、水流中飘动的荇菜，都使他想起姑娘苗条的倩影。诗歌以成双结对的水鸟之鸣起兴，引出“君子好逑”之意。而随波漂荡、左右不定的荇菜，就像姑娘那颗不易捕捉的心，令小伙子寤寐追求，“辗转反侧”，极度思慕中生出幻境，仿佛在一派鼓乐声中与姑娘结为情侣，共享欢乐幸福。由景生情，由实入虚，将诗境步步拓宽，抒发出深挚的思慕之情。孔子称此诗“乐而不淫，哀而不伤”。

【注释】

①关关：形声字，形容鸟鸣声。雎（jū）鸠：一种水鸟。　②窈窕（yǎotiǎo）：美好的样子。淑：善。淑女，即好姑娘。　③逑（qiú）：配偶。好逑，即爱慕而希望成为配偶的意思。　④参差（cēncī）：长短不齐。荇（xìng）菜：一种水草，可食用。　⑤流：通“摎”，求或捋取的意思。之：这里指水中的荇菜。　⑥寤（wù）：醒来。寐（mèi）：睡着。　⑦思服：想念，思念。这句说日夜思念不忘。　⑧悠：长。这句说，思念绵长不断。　⑨这句说，因思念姑娘而不能安睡。　⑩友：亲爱。之：这里指所爱慕的姑娘。这句说，弹起琴瑟来表达对她的爱意。　⑪芼（mào）：拔取。　⑫这句说，敲钟打鼓来使她快乐。

【译文】

水鸟儿关关和唱，在那河心小洲上。美丽善良的姑娘呀，哥儿想和她成双。

水荇菜长短不齐，采荇菜左右东西。美丽善良的姑娘呀，追求她直到睡梦里。

追求她呀得不到她，醒着睡着都想她。黑夜长呀相思长，翻来覆去忘不了她。

长长短短的水荇菜，采荇人左采右采。美丽善良的姑娘呀，弹着琴瑟把她迎过来。

水荇菜长长短短，采荇人左拣右拣。美丽善良的姑娘呀，敲钟打鼓让她快乐无边。

葛　覃

葛之覃兮①，施于中谷②，
维叶萋萋③。黄鸟于飞④，
集于灌木⑤，其鸣喈喈⑥。

葛之覃兮，施于中谷，
维叶莫莫⑦。是刈是濩⑧，
为絺为绤⑨，服之无斁⑩。

言告师氏⑪，言告言归⑫。
薄污我私⑬，薄浣我衣⑭，
害浣害否⑮？归宁父母⑯。

【题解】

这首诗描写一个女子准备归家探望父母。因准备归宁而“浣衣”，因“浣衣”而及“絺绤”，因“絺绤”而念“刈濩”之劳，因“刈濩”而追叙山谷中蔓生的葛。但是诗歌采用倒叙之笔，从谷中之葛写起，由葛及衣，最后点出归家之意。所以后人称此诗“文家用逆之至奇者也。”

【注释】

①葛：一种多年生的蔓草，其纤维可用来织布。覃（tán）：延长。　②施（yì）：移。中谷：即谷中。　③维：语首助词。萋萋：茂盛的样子。　④黄

鸟：即黄莺。 ⑤集：群鸟息在树上，叫“集”。灌木：丛生的树。 ⑥喈（jiē）：鸟鸣声。 ⑦莫莫：茂盛的样子。 ⑧刈（yì）：收割。濩（huò）：煮。煮葛是为了取其纤维，用来织布。 ⑨绨（chī）：细葛布。绤（xì）：粗葛布。 ⑩斁（yì）：厌弃。这句说，穿用粗细葛布之衣而无厌憎。 ⑪言：语助词。师氏：保姆。 ⑫归：即回父母家。 ⑬薄：语助词。污：揉搓着洗衣。私：指贴身的衣物。 ⑭浣（huàn）：洗衣。衣：指外衣。 ⑮害：何。⑯归宁：古代已婚女子回娘家叫“归宁”。宁，慰安。以上四句是对保姆说，洗洗我的衣服吧，哪些该洗，哪些不用洗？我要回娘家看爹妈去了。

【译文】

葛草长得长又长呀，蔓延在山谷中央，它的叶儿郁郁苍苍。黄莺飞来又飞往，栖息在丛生的小树上，叽叽喳喳地鸣唱。

葛草长得长又长呀，蔓延在山谷中央，它的叶儿郁郁苍苍。收割它呀，熬煮它，织细布呀，织粗布，穿在身上很舒服。

告诉我的姆妈，告诉她我就要回家。快快搓洗我的内衣，快快浣洗我的外装！哪件该洗呀，哪件不洗？我要回家看望爹娘。

卷　耳

采采卷耳①，不盈顷筐②。
嗟我怀人③，寘彼周行④。

陟彼崔嵬⑤，我马虺隤⑥。
我姑酌彼金罍⑦，维以不永怀⑧。

陟彼高冈，我马玄黄⑨。

我姑酌彼兕觥[10]，维以不永伤[11]。

陟彼砠矣[12]，我马瘏矣[13]，
我仆痡矣[14]，云何吁矣[15]！

【题解】

这是一首女子怀念远行丈夫的诗。她在采卷耳的时候不禁神思悠悠，想起远行的丈夫。她想象着他上山了，过冈了，马病了，人疲了，又想象他正在饮酒自宽。本是抒写作者的情怀，却从对方的情状着笔，想象得如此真切周到，可见其内心正饱受思念之情的煎熬。诗中虽然没有直接写女子相思之情，但悠悠悬想，娓娓叙来，越见思情深长。这种含蓄委婉的表现手法，常被后人仿效，诸如王维的《九月九日忆山东兄弟》、杜甫的《月夜》等名篇，都是运用悬想对方的笔法。

【注释】

①采采：即采了又采。卷耳：一种菊科植物，嫩苗可吃。 ②盈：满。顷筐：斜口筐子，后高前低，类似簸箕。以上二句写女子虽然采了许久，却装不满一个浅筐，可见其心不在焉。 ③嗟：感叹的声音。怀：思念。 ④寘（zhì）：放。彼：指盛卷耳的顷筐。周行（háng）：大路。 ⑤陟（zhì）：登上。崔嵬（wéi）：高处。 ⑥虺隤（huītuí）：病，指马病腿软。 ⑦姑：姑且。酌：饮酒。金罍（léi）：铜铸的酒器。 ⑧维：发语词。永怀：长久的思念。以上二句想象征人借酒浇愁，以求稍减对家乡亲人的思念。 ⑨玄黄：病。马病毛色变黑黄。 ⑩兕觥（sìgōng）：用兕角做的酒杯。兕，一种独角牛。觥，酒杯。 ⑪伤：忧思。 ⑫砠（jū）：多土的石山。 ⑬瘏（tú）：病。 ⑭痡（pū）：病。以上诸句想象马病人疲。 ⑮云：语助词。吁：同“忏”，忧愁。这句说，我多么忧愁啊！

【译文】

采呀采，采卷耳，卷耳不满斜口筐。唉，我想念那个人儿，把筐儿搁在大路旁。

登上那高高的山巅，我的马儿腿脚发软！且把酒壶斟满，心儿不能老这样思念。

登上那高高的山冈，我的马儿又黑又黄！且把牛角杯斟满，让心儿不要那么忧伤。

登上那座石头山了，我的马儿病倒了，我的仆人累垮了。这份忧愁怎么得了！

樛　木

南有樛木①，葛藟累之②。
乐只君子③，福履绥之④。

南有樛木，葛藟荒之⑤。
乐只君子，福履将之⑥。

南有樛木，葛藟萦之⑦。
乐只君子，福履成之⑧。

【题解】

这是一首恭贺新人的诗。诗歌共三章，每章的前二句都以树枝被葛藤相缠为比兴，喻女子托身夫家。后二句则祝贺新郎新婚幸福。三章的句式相近，只有几个动词变化。正是在这种简单反复的吟唱中传达出新婚的热闹气氛。

【注释】

①南：南山。樛（jiū）：弯曲的树枝。 ②葛藟（lěi）：野葡萄之类的蔓生植物，枝形似葛藤。累：攀缘。 ③只：语助词，无意义。 ④福履：福禄，幸福。绥：安定。 ⑤荒：掩盖。 ⑥将：扶助。 ⑦萦：旋绕。 ⑧成：就，成就。

【译文】

南山上弯弯曲曲的树呀，野葡萄藤儿缠着它。快乐的人儿呀，幸福降临了他。

南山上弯弯曲曲的树呀，野葡萄藤儿掩着它。快乐的人儿呀，幸福常伴着他。

南山上弯弯曲曲的树呀，野葡萄藤儿绕着它。快乐的人儿呀，幸福成全了他。

桃　夭

桃之夭夭①，灼灼其华②。
之子于归③，宜其室家④。

桃之夭夭，有蕡其实⑤。
之子于归，宜其家室。

桃之夭夭，其叶蓁蓁⑥。
之子于归，宜其家人。

【题解】

这是一首祝贺新娘的诗。诗歌每章的前二句都咏唱桃树。以“夭夭”写桃树之生机，以“灼灼”写桃花之艳，以“蓁蓁”写桃叶之盛，体物之工，千古称颂。然而，诗人并非单纯描状景物，而是以生机勃勃的桃树及鲜艳的桃花比喻青春少女，赞美她的美貌，祝福她婚姻美满。桃树和桃花春光洋溢的景况，十分恰当地烘托出少女出嫁时的欢乐气氛。后代诗人常以自然景物为喻，形容少女姿色，实滥觞于此。所以有人说此诗“开千古词赋咏美人之祖”。

【注释】

①夭（yāo）夭：生机勃勃的样子。　②灼（zhuó）灼：鲜艳的样子。华：花。　③之子：这个女子，指新娘。于归：古代女子出嫁叫作“于归”。④宜：善，和顺。室家：指婆家。下文的“家室”“家人”同义。　⑤有蕡（fén）：形容果实色彩斑驳。　⑥蓁（zhēn）蓁：桃叶茂盛的样子。

【译文】

小桃树长得真姣好，满树花儿多鲜美。这个姑娘要出嫁，你的家庭一定和和美美。

小桃树长得真姣好，满树果实又白又红。这个姑娘要出嫁了，你的家庭一定美满幸福。

小桃树长得真姣好，满树叶儿多茂盛。这个姑娘要出嫁了，你的家族一定兴旺昌盛。

兔　罝

肃肃兔罝[①]，椓之丁丁[②]。
赳赳武夫[③]，公侯干城[④]。

肃肃兔罝，施于中逵[⑤]。

赳赳武夫，公侯好仇⑥。

肃肃兔罝，施于中林⑦。
赳赳武夫，公侯腹心⑧。

【题解】

这是一首赞美猎人的诗。诗人看见猎人正在张网捕兔，个个英姿勃勃，不禁想到：如果他们能成为御外卫内的武士，才智能为国所用，该多好！惋惜之情，见于言外。诗中以“干城”指代保卫国土的武士，以“腹心”指代忠诚可靠的臣子，形象生动。

【注释】

①肃肃：兔网紧密的样子。兔罝（jiē）：捕兔的网。 ②椓（zhuó）：打击，敲打。丁丁：象声词，敲打木头的声音。 ③赳赳：威武的样子。④公侯：周朝爵位。周天子之下有公、侯、伯、子、男。干：盾。“干”与“城”都是用于防卫。这里指卫国的武士。 ⑤施：设置。中逵（kuí）：路当中。逵，四通八达的路口。 ⑥好仇：指好帮手。仇，匹偶。 ⑦中林：即林中。 ⑧腹心：心腹，指能尽忠的臣下。

【译文】

密密麻麻地结起兔网，叮叮咚咚地敲打木桩。雄赳赳的武士呀，公爷侯爷的护障。

密密麻麻地结起兔网，把它张在岔路口。雄赳赳的武士呀，公爷侯爷的帮手。

密密麻麻地结起兔网，把它张在树林中。雄赳赳的武士呀，公爷侯爷的心腹。

芣 苢

采采芣苢[①]，薄言采之[②]。
采采芣苢，薄言有之[③]。

采采芣苢，薄言掇之[④]。
采采芣苢，薄言捋之[⑤]。

采采芣苢，薄言袺之[⑥]。
采采芣苢，薄言襭之[⑦]。

【题解】

这是妇女们采集车前子时唱的歌。全诗三章十二句只更换了六个动词，就写出了采集所得由少而多的进展。诗歌的旋律简单，语言质朴，诗中“采采芣苢”等词反复出现，宛转流利，毫无板滞之感，充分展示了民歌天然朴拙的风韵。清代方玉润说得好：“读者试平心静气，涵咏此诗，恍听田家妇女，三三五五，于平原绣野，风和日丽中，群歌互答，余音袅袅，若远若近，忽断忽续，不知其情之何以移，而神之何以旷，则此诗可不必细绎而自得其妙焉。……今世南方妇女，登山采茶，结伴讴歌，犹有此遗风焉。”（清方玉润《诗经原始》）

【注释】

①芣苢（fúyǐ）：车前草。古人相信它的种子可以治妇人不孕。②薄言：语助词，含有勉力之意。 ③有：采取。上文“采之”是泛写去采，这里是采到。 ④掇（duō）：拾取。 ⑤捋（luō）：成把地从茎上抹取。

⑥袺（jié）：手持衣襟来兜着。　⑦襭（xié）：将衣襟掖在腰带间兜着，比手持衣襟盛得多些。

【译文】

车前子呀，采呀采，快点儿把它采些来。车前子呀，采呀采，快点儿把它采起来。

车前子呀，采呀采，一颗一颗拾起来。车前子呀，采呀采，一把一把捋下来。

车前子呀，采呀采，手提着衣襟兜起来。车前子呀，采呀采，掖起了衣襟兜回来。

汉　广

南有乔木①，不可休思②。
汉有游女③，不可求思。
汉之广矣，不可泳思！
江之永矣④，不可方思⑤！

翘翘错薪⑥，言刈其楚⑦。
之子于归⑧，言秣其马⑨。
汉之广矣，不可泳思！
江之永矣，不可方思！

翘翘错薪，言刈其蒌⑩。
之子于归，言秣其驹⑪。
汉之广矣，不可泳思！
江之永矣，不可方思！

【题解】

这是流行于汉水流域的一首情歌，写一个男子痴恋一个姑娘而不能如愿以偿。首章以乔木下不能歇息、神女不可求及江汉之水不可渡为比喻，抒写失恋者无可奈何的心境。第二、三章写男子想象心上人要出嫁，自己喂马驾车去亲迎的情景。梦想是美好的，现实却是痛苦的，所以每章末四句都反复吟唱“汉之广矣”，一吐悠悠憾恨。涵吟此诗，只觉烟波满眼，恍惚的情思与浩渺的江景浑然一体，意境开阔，味之无尽，有“篇终接混茫”的韵致。闻一多先生说此诗“借女神之不可求以喻彼人之不可得，已开《洛神赋》之先声”。

【注释】

①乔木：高耸的树。 ②休：即“庥”，遮蔽的意思。思：语助词，下同。这二句说，乔木高耸，没有浓荫，不能在下面歇息。 ③汉：水名。游女：指汉水中的女神。 ④江：长江。永：长。 ⑤方：竹筏。此作动词，即乘筏渡河。 ⑥翘翘：高扬的样子。错薪：杂乱的柴草。 ⑦刈（yì）：割。楚：又名荆，落叶灌木。 ⑧之子：那个人，指所爱的女子。于归：出嫁。⑨秣（mò）：喂马。此二句是设想与所爱的女子成婚，喂马是为了驾车亲迎。 ⑩蒌（lóu）：蒌蒿，一种多年生植物。 ⑪驹：小马。

【译文】

南方有棵高大的树，没有阴凉呀不能歇息。汉水有个神女呀，要想追求枉费心思。汉水这样宽呀，不能游泳过去啊！江水这样长呀，不能划船过去啊！

丛丛杂树高又高呀，我去砍那荆树条。那个姑娘嫁给我呀，我先把马儿来喂饱。汉水这样宽呀，不能游泳过去啊！江水这样长呀，不能划船过去啊！

丛丛杂树高又高呀，我去割那蒌蒿草。那个姑娘嫁给我呀，我先把马驹来喂饱。汉水这样宽呀，不能游泳过去啊！江水这样长呀，不能划船过去啊！

汝坟

遵彼汝坟①，伐其条枚②。
未见君子，惄如调饥③。

遵彼汝坟，伐其条肄④。
既见君子，不我遐弃⑤。

鲂鱼赪尾⑥，王室如燬⑦。
虽则如燬，父母孔迩⑧。

【题解】

这是一首思妇之诗，描写她在汝水之畔一边砍柴，一边思念远役的丈夫。全诗共三章，思妇复杂的内在情感通过质朴无华的叙述，表达得十分细腻。首章写“惄如调饥”，写出对丈夫刻骨铭心的思念。第二章写“不我遐弃”，写出想象中重逢时喜惧交集的情绪。第三章写“父母孔迩”，写出设想丈夫归家后如何劝他不再远行的心思。层层递深，深入情怀，道出了思妇一腔酸甜苦辣，凄婉动人。

【注释】

①遵：沿着。汝：汝水，源出河南鲁山县，流经上蔡、汝南等，入淮水。坟：堤岸。 ②条：树枝。枚：细树干。 ③惄（nì）：饥饿的样子。调：同“朝”，早晨。“调饥”指未吃早饭的饥饿。 ④肄（yì）：砍而重生的小树枝。 ⑤遐：疏远。这二句设想重逢时丈夫没有与她疏远。 ⑥鲂

（fáng）：鳊鱼。赪（chēng）：红色。 ⑦燬（huǐ）：即火。这句说王政暴虐如火。 ⑧孔：很，甚。迩（ěr）：近。这二句的意思是，虽然官差如火相逼，徭役繁重，但你要想想近在身边的父母也需要人赡养啊！这是思妇设想重逢后劝喻丈夫留在家中的委婉之辞。

【译文】

沿着汝水的堤岸走呀，去把那些树枝儿砍光。看不见那个人儿呀，就像没吃早饭饿得慌。

沿着汝水的堤岸走呀，去把大小树枝砍光。我看见了那个人儿呀，他没有把我冷落在一旁。

鲂鱼的尾巴红又红呀，官家的差事像着火。尽管官家的差事像着火，近在身旁的父母怎能不顾！

麟之趾

麟之趾①，振振公子②。
于嗟麟兮③！

麟之定④，振振公姓⑤。
于嗟麟兮！

麟之角，振振公族⑥。
于嗟麟兮！

【题解】

这首诗赞美一个仁厚的贵族子孙繁盛，其作者当也是一个贵族。麒麟是古代传说中的动物，鹿身，牛尾，马蹄，头有一角。据说它有蹄可踢而不踢，有额可抵而不抵，有角可触而不触，是一种“仁兽”。所以作者以麒麟为比兴，赞美仁厚的贵族。这首诗采用重章叠咏的形式，具有一唱三叹的韵味，赞美之情溢于言表。

【注释】

①麟：即麒麟，古代传说中的仁兽。趾：蹄。 ②振振：振奋有为的样子。公子：诸侯之子。 ③于嗟：感叹词。 ④定：额头。 ⑤姓：指孙子。⑥公族：指子孙。诸侯的子孙各自成族，总称公族。

【译文】

麒麟的蹄儿不踢人，你的公子个个振奋有为。嘿，你就像麒麟般的仁厚唉！

麒麟的额头不抵人，你的孙子个个振奋有为。嘿，你就像麒麟般的仁厚唉。

麒麟的犄角不触人，你的子孙个个振奋有为。嘿，你就像麒麟般的仁厚唉。

风·召南

共十四篇作品，大约产生于周王室东迁前后。其地区包括今陕西西南及汉水中上游一带。与《周南》合称“二南”。

采　蘩

于以采蘩①？于沼于沚②。
于以用之③？公侯之事④。

于以采蘩？于涧之中⑤。
于以用之？公侯之宫⑥。

被之僮僮⑦，夙夜在公⑧。
被之祁祁⑨，薄言还归⑩。

【题解】

这是描写女子参加祭礼的诗。诗人采用设问手法，在一问一答间营造出一种活泼明快的气氛。诗歌没有正面描写祭礼的场景及祭礼的细节，而把笔墨集中于祭礼前的准备，让读者从忙碌的准备情景中去猜测祭礼的隆重。诗歌也没有正面描写祭礼上女子的形态，只是淡淡地写到她的首饰、发型，给读者留下想象的空间。一说这是描写蚕妇为公侯养蚕的诗。

【注释】

①于：在。蘩（fán）：白蒿，用于祭礼。 ②沼：池。沚：水塘。③于以用之：在何处用它。之，指蘩。 ④事：指祭礼之事。一说指蚕事。⑤涧：两山之间的水流。 ⑥宫：庙。 ⑦被：同“髲（pí）”，用假发编成的发髻，是古时妇女的一种首饰。僮（tóng）僮：多盛之貌。 ⑧夙夜：早晚。 ⑨祁祁：众多貌。 ⑩还：回去。

【译文】

在哪儿采白蒿呀？在水池里，在水塘里。在哪儿用白蒿呀？公侯用于祭祀。

在哪儿采白蒿呀？在那山涧的溪流里。在哪儿用白蒿呀？公侯的宗庙里。

发髻耸得高呀，早晚忙于祭礼。头饰真多呀，忙完回到家里。

草　虫

喓喓草虫[1]，趯趯阜螽[2]。
未见君子，忧心忡忡[3]。
亦既见止[4]，亦既觏止[5]，
我心则降[6]！

陟彼南山，言采其蕨[7]。
未见君子，忧心惙惙[8]。
亦既见止，亦既觏止，
我心则说[9]！

陟彼南山，言采其薇[10]。
未见君子，我心伤悲。
亦既见止，亦既觏止，
我心则夷[11]！

【题解】

这是思妇唱的怀人之诗。这个女子无论在秋虫鸣跳的季节，还是在采摘野菜的春日，都在思念远行的心上人，忧心忡忡，魂不守舍。而这种相思的痛苦，只有当心上人突然出现在面前时才会化解，于是她陶醉在一片虚幻的喜悦中，让痛苦的心在美好的想象中得到宽慰。诗歌每章先写“未见君子”时的忧伤，而后转为既见的喜悦，悲喜相映，哀乐对比，悲哀愈深，喜乐愈甚，很有感染力。

【注释】

①喓（yāo）喓：虫鸣声。草虫：此处指蝈蝈。 ②趯（tì）趯：虫跳的样子。阜螽（zhōng）：蚱蜢。 ③忡（chōng）忡：心神不定的样子。④止：此处作“之”，指代“君子”。下同。 ⑤覯（gòu）：遇见。⑥降：下。这三句说，见到了“君子”，心就放下了。 ⑦蕨：野菜，可食。 ⑧惙（chuò）惙：心慌气短的样子。 ⑨说（yuè）：同“悦”，喜悦。 ⑩薇：野菜，又名野豌豆苗。 ⑪夷：平，平静。

【译文】

蝈蝈在“聒聒”地叫，蚱蜢在蹦蹦地跳。看不见那个人儿，我忧伤，心神动摇。已经看见他了，已经遇见他了，我的心才放下了！

登上那边的南山，我来采摘蕨菜。看不见那个人儿，我忧伤，百无聊赖。已经看见他了，已经遇见他了，我的心才快活起来！

登上那边的南山，我来采摘薇菜。看不见那个人儿，我的心里无比悲哀。已经看见他了，已经遇见他了，我的心才平静下来！

采　蘋

于以采蘋①？南涧之滨②。
于以采藻③？于彼行潦④。

于以盛之？维筐及筥⑤。
于以湘之⑥？维锜及釜⑦。

于以奠之⑧？宗室牖下⑨。
谁其尸之⑩？有齐季女⑪。

【题解】

这是一首女子祭祖的诗。古代习俗。女子出嫁前必行祭祖之礼，祭品有蘋藻一类。这首诗采用设问手法，一连用了五个“于以”，一问一答，灵动跳活，令人仿佛看见女子苗条的身影忙碌地出没其间。而最后一问“谁”，才让诗中人物——一个美丽的姑娘亮相、定格，可谓构思巧妙！全诗气势如虹，收发自如，顿挫有致。

【注释】

①于：在。蘋：一种水生植物，浮萍类。 ②滨：水边。 ③藻：一种水生植物。 ④行：通“衍”，沟中流水。潦（lǎo）：雨后积水。 ⑤维：发语词。筐、筥（jǔ）：都是竹制的器物。方形为筐，圆形为筥。 ⑥湘：烹煮。之：指蘋藻。 ⑦锜（yǐ）、釜（fǔ）：都是金属制的器皿，用于炊事。有足为锜，无足为釜。 ⑧奠：放置、摆放祭物。这句说，把祭品放在哪里？ ⑨宗室：指宗庙。牖（yǒu）：窗。此处指天窗。 ⑩尸：陈。这里指主持祭祀。这句说，谁在主持祭祀？ ⑪有：助词。齐（zhāi）：同“斋”。美好而恭敬的样子。季女：少女。这句说，主持祭祀的是一个美丽而恭敬的少女。

【译文】

在哪儿采浮萍？南边山涧的水畔。在哪儿采水藻？沟中的流水，雨后的水洼。

用什么来装它？方的竹筐，圆的竹箩。用什么来煮它？有脚的鼎，无脚的锅。

祭品放在哪儿？宗庙的天窗下。谁在那里主持？那个美丽而恭敬的姑娘。

甘 棠

蔽芾甘棠①，勿翦勿伐②，
召伯所茇③。

蔽芾甘棠，勿翦勿败④，
召伯所憩⑤。

蔽芾甘棠，勿翦勿拜⑥，
召伯所说⑦。

【题解】

这是一首怀念贤臣召伯的诗。旧说这位召伯即周成王时的召公奭。召公姓姬名奭，周文王庶子，周成王时为三公；与周公分陕而治，为二伯，故又称召伯。相传，召伯曾在社前棠梨树下听讼断狱，公正无私；死后，人们怀念他的仁德之政，作《甘棠》一诗。诗歌歌咏社前那棵苍郁的棠梨树，表示要珍爱它，“勿伐”“勿败”“勿拜”，因为看见它就会想起曾在树下歇息过的召伯。诗人对召伯的怀念深情，通过对棠梨树的百般关照表达出来。一说诗中称美的召伯当指周宣王时的召虎。召虎是召公奭的裔孙，辅助宣王征伐南方的淮夷，颇著功劳。

【注释】

①蔽芾（fèi）：树木枝叶葱茏的样子。甘棠：即杜梨，又名棠梨。②翦：同“剪”，修剪。伐：砍。 ③召伯：周成王时的召公奭。一说指周宣王的召虎。茇（bá）：草舍。这里作动词用，在树下宿止。 ④败：毁坏。

指折断树枝。 ⑤憩（qì）：止息。 ⑥拜："扒"的借字，拔掉。 ⑦说（shuì）：歇息。

【译文】

棠梨树，高又大，别剪它别砍它，召公曾宿在那树下。
棠梨树，高又大，别剪它别毁它，召公曾歇在那树下。
棠梨树，高又大，别剪它别拔它，召公曾坐在那树下。

行　露

厌浥行露①，岂不夙夜②，
谓行多露③。

谁谓雀无角④？何以穿我屋⑤？
谁谓女无家⑥？何以速我狱⑦？
虽速我狱，室家不足⑧。

谁谓鼠无牙？何以穿我墉⑨？
谁谓女无家？何以速我讼⑩？
虽速我讼，亦不女从。

【题解】

这是一个女子的拒婚之辞。一个已有妻室的男子想要强娶一个女子，甚至以打官司要挟，但女子不肯屈服。诗中连用反诘的语气来谴责男子的强暴无礼，比直斥更能表达内心翻腾的愤慨之情。诗中言及"狱""讼"，其原委已不可考。此诗不少词句较难解释，历来歧说纷纭。一说这是女方家长的拒绝之辞。

【注释】

①厌：同“湆”（qì），湿。厌浥（yì）：露水湿润的样子。行：道路。这句说，路上的露水湿漉漉。　②夙夜：指早夜，即夜色未尽天未明的时候。这句说，我难道不想早点连夜赶路吗？　③谓行多露：奈何路上露水太多。此章写女子不敢在夜里行路。前人多疑此章文句有残缺。　④角：鸟嘴。⑤这句说，鸟儿凭什么穿通我的屋？　⑥女：同“汝”。指男子。这句说，谁说你没有成家？　⑦速：招致。狱：官司。　⑧室家：指结婚。古时男子有妻谓有室，女子有夫谓有家。这二句说，尽管以打官司相逼，成婚是办不到的。⑨墉（yōng）：墙。这句说，老鼠凭什么穿通我的墙？从“雀穿屋”“鼠穿墉”二句看，这个女子可能曾遭强暴男子的非礼。　⑩讼：诉讼。

【译文】

道路上的露水湿漉漉，我难道不想清早赶路？奈何路上露水太多！

谁说雀儿没有角？凭什么穿破我的屋？谁说你没有成过家？凭什么把我送进监牢？哪怕你送我进监牢，要想娶我办不到！

谁说老鼠没有牙？凭什么打通我的墙？谁说你没有成过家？凭什么逼我上公堂？哪怕你逼我上公堂，要我顺从是妄想！

羔　羊

羔羊之皮①，素丝五纶②。
退食自公③，委蛇委蛇④。

羔羊之革⑤，素丝五緎⑥。
委蛇委蛇，自公退食。

羔羊之缝⑦，素丝五总⑧。
委蛇委蛇，退食自公。

【题解】

这是一首讽刺卿大夫的诗。按照周代礼制，只有大夫才能穿羔羊皮袄。此诗即以“羔羊之皮”起兴。诗歌通过对人物的服饰、步态的描摹，传写出他们心满意足的神态，为这些饱食终日、无所用心的大夫们画了一幅生动的漫画，被后人赞为“摹神”。诗歌语言平实，而平淡的描述中透出辛辣的讽刺嘲笑。

【注释】

①羔羊：小羊。这句指以羔羊皮为裘。 ②素丝：洁白的丝。五：陈奂《诗毛氏传疏》说，“五”古文作“×”，当读“交午”之“午”，交错的意思。纶（tuó）：缝。五纶即是交错密缝的意思。这句说，用洁白的丝线细密地缝制羔羊皮袄。 ③退食自公：即从公家吃完饭回家。据《左传·襄公二十八年》记载，当时卿大夫“公膳，日双鸡”。 ④委蛇（yí）：又作“逶迤”。悠然自在、弯曲自得的样子。此处形容卿大夫吃完公食，摇摇摆摆行走的姿态。 ⑤革：同“䩯”，皮裘里子。 ⑥緎（yù）：缝。五緎，与“五纶”同义。 ⑦缝：指缝合皮革为裘衣。 ⑧总（zōng）：《毛传》，“总，数也”。“数”当读“cù”，细密的意思。五总，与“五纶”“五緎”同义。

【译文】

那羔羊的皮裘呀，洁白的丝线细密地缝。吃罢公饭回家啦，悠悠闲闲地走呀走。

那羔羊裘的里子呀，洁白的丝线细密地缝。悠悠闲闲地踱步啊，吃罢公饭往家走。

那羔羊皮缝成的裘衣呀，洁白的丝线细密地缝。悠悠闲闲地踱步走啊，吃罢公饭往家走。

殷其靁

殷其靁①，在南山之阳②。
何斯违斯③？莫敢或遑④。
振振君子⑤，归哉归哉！

殷其靁，在南山之侧。
何斯违斯？莫敢遑息⑥。
振振君子，归哉归哉！

殷其靁，在南山之下。
何斯违斯？莫敢遑处⑦。
振振君子，归哉归哉！

【题解】

这是一首思妇之诗。听到南边传来滚滚雷声，思妇挂念起行役在外的丈夫。心疼地责怪他不该在这种时候离家，同时又暗暗赞赏他的奋发有为。因此这首思妇诗格调比较明朗，没有那种惆怅感伤的情绪。然而她望归的心情是十分强烈的，“归哉归哉”的反复咏叹，正反映了她内在的激情。

【注释】

①殷：雷声。靁：“雷”的古字。 ②阳：山的南坡。 ③斯：指示代词，这。前一个“斯”，指时间，即雷声轰隆之时。后一个“斯”，指地

点，即南山之阳。违：离开。这句说，你为什么在这个时候离开这儿呀？ ④或：有。遑：闲暇。这句说，不敢有半点儿空暇。 ⑤振振：振奋有为的样子。⑥息：喘息。这句说，忙得连喘口气的时间都没有。 ⑦处（chǔ）：居住。这句说，忙得不能安居。

【译文】

雷声轰隆隆地响，响在那南山之阳。为啥在这个时候离开这里呀？不敢有半点儿空闲。奋发有为的人儿呀，回来吧，回来吧！

雷声轰隆隆地响，响在那南山旁。为啥在这个时候离开这里呀？忙得不能喘息。奋发有为的人儿呀，回来吧，回来吧！

雷声轰隆隆地响，响在那南山下。为啥在这个时候离开这里呀？忙得不敢停歇。奋发有为的人儿呀，回来吧，回来吧！

摽有梅

摽有梅①，其实七兮②。
求我庶士③，迨其吉兮④！

摽有梅，其实三兮⑤。
求我庶士，迨其今兮⑥！

摽有梅，顷筐塈之⑦。
求我庶士，迨其谓之⑧！

【题解】

这是一首少女求偶所唱的歌。看到枝头成熟的梅子纷然坠地，少女心头涌起青春将逝的忧虑，她希望求婚的男子及时而来。诗歌每章的前二句以梅子坠地比喻青春消逝，后二句则是少女求偶心情的表白。第一章她说“迨其吉兮”——有意的男子莫错过吉日良辰，尚有几分矜持之态；第二章她说“迨其今兮”——现在就来求婚吧，已见焦灼之情；第三章她说“迨其谓之”——只要你说一句就行了，迫不及待的心情溢于言表。而枝头的梅子由“七”而“三”，最后所剩无几了。诗人巧妙地将梅子之落与求偶之情融合起来，生动地表达了少女唯恐贻误青春的焦虑心情。

【注释】

①摽（biào）：落。有：词头，无意义。 ②其实七兮：“七”表示多数。枝上的梅子还有十分之七，比喻青春所余尚多。“梅”与“媒”同音，自然触发少女对婚姻之事的忧虑。 ③庶：众多。士：指未婚的男子。 ④迨（dài）：及，趁着。其：表示希望语气。吉：吉时。这二句说，有意求婚的小伙子不要错过大好时光啊！ ⑤其实三兮：梅子所余仅有十分之三，比喻青春逝去过半。 ⑥今：即时，现在。这二句说，有意求婚的小伙子现在就来吧！ ⑦顷筐：前低后高的竹筐。塈（xì）：通“摡”，取。之：指梅子。这句说，落在地上的梅子很多，可用顷筐盛取。 ⑧迨其谓之：赶快开口定下婚约吧。谓，告诉。之，指婚事。一说：《诗经》时代有在仲春之月“会男女”的制度，凡男子到三十岁未娶，女子到二十岁未嫁的都可趁这个会期选择对象，不必依正常的礼制而婚配。“谓”读为“会”，即女子想趁仲春“会男女”之期定下婚事。

【译文】

梅子纷纷坠落，树上还剩七分呀。追求我的人儿，莫错过大好时光呀！

梅子纷纷坠落，树上还剩三分呀。追求我的人儿，趁今天快来吧。

梅子纷纷坠落，用浅筐拾起来呀。追求我的人儿，你只要说一句就行了！

小　星

嘒彼小星①，三五在东②。
肃肃宵征③，夙夜在公④。
寔命不同⑤！

嘒彼小星，维参与昴⑥。
肃肃宵征，抱衾与裯⑦。
寔命不犹⑧！

【题解】

这是小官吏的怨愤之词。他受官差派遣，卷起铺盖卷儿星夜赶路，只有夜空中微弱的星光伴着他。想到尊卑之间劳逸不均，不禁发出不平之鸣。然而这不平向谁诉说呢？他只得自我宽慰。

《毛序》从“抱衾与裯”一句出发，认为这是贱妾进御于君的诗，朱熹《诗集传》也从其说。因此后世竟以“小星”一词作为小妾的代称。

【注释】

①嘒（huì）：光芒微弱的样子。　②三五：三颗五颗星。王引之《经义述闻》说：“三五，举其数也。参昴，著其名也。”这二句说，一群光线微弱的小星星三三五五地闪烁在东方的天空。　③肃肃：急急忙忙的样子。宵征：夜行。　④夙夜：早晨和夜晚。公：指公事，官差。这句说，不分早晚都在忙着公事。　⑤寔（shí）：是，指示代词，即“此”或“这”。命：命运。不同：指不同于大官。这句是小官吏抱怨自己的命运与大官不同。　⑥参

（shēn）、昴（mǎo）：都是星宿名，皆属西方白虎七星，二星相近，可以同时出现在天空。　⑦衾（qīn）：被子。裯（chóu）：通“帱”，床帐。这句说，出官差时还得带着铺盖。　⑧不犹：不如。这句说，自己的命运不如别人好。

【译文】

小小星儿闪着微光，三三五五出现在东方。我急急忙忙连夜赶路，为了官家日夜奔忙。我的命运和人家不一样！

小小星儿闪着微光，参星挨在昴星旁。我急急忙忙连夜赶路，被子帐子都要自己扛。人家的命运比我强！

江　有　汜

江有汜①，之子归②，
不我以③。不我以，
其后也悔！

江有渚④，之子归，
不我与⑤。不我与，
其后也处⑥！

江有沱⑦，之子归，
不我过⑧。不我过，
其啸也歌⑨！

【题解】

这是一个女子遭遗弃后的哀诉。丈夫喜新厌旧，另觅新欢，痴心的女子却用长江尚有支流的话来宽慰自己，她原谅丈夫的负心，幻想他会后悔，会回心转意，夫妻破镜重圆。然而她终于明白丈夫的铁石心肠是不可能被打动的，不得不对着江水悲声啸歌！

这首诗以江面之景起兴，人物的情感随景而变化。第一章“江有汜”，她见江有支流而生宽宥之情；第二章“江有渚”，她见水过洲渚而再汇合，生出他日重逢的幻想；第三章“江有沱”，江有支流的事实不可变更，丈夫的心意不可挽回，她唯有“长歌当哭！”言“悔”，言“处”，言“歌”，一步步写出幻灭的痛苦。

【注释】

①汜（sì）：指长江的支流。此句以江比喻丈夫，以汜比喻丈夫的新欢。②之子：这个人。指新人。归：出嫁。 ③不我以：不用我，不需要我。以，用。 ④渚：江心的小洲。江水遇渚则分，过渚则合。 ⑤不我与：不与我在一起。与，同。 ⑥处：居住。意思是，以后我们还会住在一起的。⑦沱（tuó）：长江的支流。 ⑧不我过：不到我这里来。过，至。 ⑨啸：蹙口而出声。

【译文】

大江也有分流呀，那个新人嫁过来了，你就不要我。不要我，你可要后悔啊！

大江还有支流呀，那个新人嫁过来了，你就不爱我。不爱我，我们还会在一处！

大江还有岔流呀，那个新人嫁过来了，你就不睬我。不睬我，我只有长啸悲歌！

野有死麕

野有死麕①，白茅包之②。

有女怀春③，吉士诱之④。

林有朴樕⑤，野有死鹿。
白茅纯束⑥，有女如玉⑦。

舒而脱脱兮⑧！无感我帨兮⑨！
无使尨也吠⑩！

【题解】

这是一首情诗，描写一对恋人在野林中幽会。男的是一个猎人，他把猎来的小鹿、砍来的木柴用白茅捆在一起，送给温柔如玉的姑娘，同时也献上自己的爱情。诗歌的前两章以客观叙述的口吻吟唱猎人向少女求爱的情景。末章则转作少女口气，使整首诗顿生波澜，更添风情。怀春少女面对男子的如火激情，又喜又惊，她告诫男子别毛手毛脚，不要拉拉扯扯，语调间流露出无比的羞涩，令人想见那种半推半就、亦喜亦惧的情景。“无使龙也吠”的惊叫，则是她担心狗叫会惊动别人，更是羞态可掬。简短的三句话，将少女幽会时的复杂心情表现得非常细致生动。

这首诗散发着一种原始朴野的气息，是风诗中的佳作，却被经学家斥为“淫诗”，完全抹杀了它的价值。

【注释】

①野：郊外。麕（jūn）：小獐，鹿一类的兽。古代多以鹿皮作为送给女子的礼物。 ②白茅：草名，俗称茅草。包：裹。这二句说，用茅草把打死的小鹿捆裹起来。 ③怀：思。春：春情。指男女情欲。 ④吉士：男子的美称，指那个猎人。诱：引诱。 ⑤朴樕（sù）：小树。胡承珙《毛诗后笺》：“《诗》于昏礼，每言析薪。古者昏礼或本有薪刍之馈耳。”这位猎人

砍树枝当礼物送给姑娘，含有求婚的意思。 ⑥纯（tún）：捆扎，与“束”同义。 ⑦如玉：形容姑娘肤色洁白。 ⑧舒而：舒然，慢慢地。脱（tuì）脱：舒缓的样子。这句是姑娘告诫男子不要性急。 ⑨无：毋，不要。感：通“撼”，动。帨（shuì）：女子的佩巾，犹如今之围裙。这句是姑娘告诫男子不要拉扯她的佩巾。 ⑩尨（máng）：多毛的狗。以上三句是姑娘对男子说的话。

【译文】

死獐子撂在荒郊，白茅草把它来包。姑娘啊春心动，小伙子来把她撩。

森林里砍倒小树，野地里躺着死鹿，茅草索一齐捆住。姑娘啊像玉一样美貌！

慢慢来啊轻悄悄！不要扯动我的围腰！不要惹得狗儿叫！

驺　虞

彼茁者葭[①]，壹发五豝[②]。
于嗟乎驺虞[③]！

彼茁者蓬[④]，壹发五豵[⑤]。
于嗟乎驺虞！

【题解】

这是一首赞美猎人的诗。诗人先叙述猎人在野草丛中打猎的情景，而后发出“于嗟乎”的赞叹，生动地传达出发自内心的钦佩心情。

【注释】

①茁（zhuó）：草初出壮盛的样子。葭（jiā）：芦苇。 ②壹：发语词，无意义。发：发箭，指发箭射中。五：虚数，泛言其多。豝（bā）：母猪。小猪也叫“豝”。《说文》：“豝，牝豕也。从豕，巴声。一曰二岁豕。”这句赞美猎人在芦苇丛中射中了一群母猪。 ③于嗟乎：赞美的叹词。驺（zōu）虞：天子的掌马兽官，这里代指猎人。 ④蓬：一种野草，形似白蒿。 ⑤豵（zōng）：小猪。

【译文】

密麻麻的一片芦苇丛，他射中一群母猪。嘿呀，好一个猎手！

密麻麻的一片蓬蒿丛，他射中一群小猪。嘿呀，好一个猎手！

风·邶风

共十九篇作品。周灭殷，占领殷都朝歌一带地区，三分其地。武王封纣王之子武庚于邶，其地在朝歌的北边（今河南省淇县一带）。后并入卫国。

柏　舟

泛彼柏舟①，亦泛其流②。
耿耿不寐③，如有隐忧④。
微我无酒⑤，以敖以游⑥。

我心匪鉴⑦，不可以茹⑧。
亦有兄弟，不可以据⑨。

薄言往愬[10]，逢彼之怒。

我心匪石，不可转也。
我心匪席[11]，不可卷也。
威仪棣棣[12]，不可选也[13]。

忧心悄悄[14]，愠于群小[15]。
觏闵既多[16]，受侮不少，
静言思之，寤辟有摽[17]。

日居月诸[18]，胡迭而微[19]？
心之忧矣，如匪浣衣[20]。
静言思之，不能奋飞[21]。

【题解】

这是一个妇人的怨词。妇人失宠于夫，见侮于众妾，无处诉说，发于歌词。此诗的章法颇有特点。首章起句以漂泊中流的柏舟为喻，逗起妇人的身世之叹。次章及三章则直写其心，直诉其情，直言其苦，一腔委屈怨愤溢于言辞之间，然而始终不曾道破怨从何来。直至第四章才挑明事端："愠于群小""受侮不少"。第五章哀叹处境之难，深忧长恨，欲去不得，一声无可奈何的叹息，与首句漂泊无依的柏舟遥相呼应。如此用笔，婉转掩抑，"曲写闺怨，如水益深，如火益热"（宋大樽《茗香诗论》）。俞平伯评说此诗："五章一气呵成，娓娓而下，将胸中之愁思、身世之飘零，婉转申诉出来。通篇措辞委婉幽抑，取喻起兴细巧工密，在素朴的《诗经》中是不易多得之作。"（《葺芷缭蘅室读诗杂说》）

【注释】

①汎（fàn）：漂浮。柏舟：用柏木制成的船。 ②流：指水流。这两句说，柏舟在水流中漂浮无依，暗喻怨妇身世飘零。 ③耿耿：忧虑焦灼的样子。 ④如：同“而”。隐忧：深忧。隐通“殷”。 ⑤微：非，不是。 ⑥敖：今作“遨”。这两句的意思是，并非我没有酒遨游以解忧，只是我的忧愁不是饮酒遨游能化解的。 ⑦匪：同“非”，不是。鉴：镜子。此指青铜镜。⑧茹：容纳，受纳。这两句的意思是，镜子虽然明亮，但它不辨丑美；我的心不是镜子，深知善恶，不能善恶好坏皆容纳。 ⑨据：依靠。这二句说，我虽然有娘家兄弟，但是依靠不上。 ⑩薄：语助词。愬（sù）：诉。这二句说，我到他们那里去诉苦，正碰上他们在发怒。 ⑪席：指草席。草席可以任意收卷。 ⑫威仪：仪容态度。棣棣：娴雅平和的样子。 ⑬选（xùn）：退让。三家诗“选”作“算”，意思是自己的仪容俱美，不可胜数。 ⑭悄悄：忧愁的样子。 ⑮愠：怨。这句说自己遭到群小的怨恨。 ⑯觏（gòu）：遇到。闵：“愍”的假借字，这里指受到陷害。 ⑰寤：睡醒。辟：以手拍胸。摽（biào）：拊胸貌。 ⑱日居月诸：太阳呀月亮呀。居、诸，语尾助词。 ⑲胡：为什么。迭：替代、更迭。微：昏暗的样子。这二句用日月无光比喻丈夫昏昧。 ⑳浣：洗。匪浣衣，没有洗过的脏衣。这二句说，心中的忧伤就像衣服上的污垢洗不掉。 ㉑奋飞：鸟振翅而飞。

【译文】

柏木船儿在飘浮，飘在那河中流。焦灼不安难成眠，多少忧虑涌上心头。我不是无酒来浇愁，我不是无处去逛游。

我的心儿不是镜，不能任谁都来照。我也有手足兄弟，可惜不能依靠。我赶到那里去诉苦，偏偏碰上他们在发恼。

我的心不是石头，怎能任人拨转。我的心不是席子，怎能任人收卷。我的仪容端庄娴雅，怎能一味退让自甘低贱！

忧思深重心头闷，群小把我来怨恨。诬陷中伤多少次，受到的侮辱更不少。静下心来细细想，梦醒手儿捶胸膛。

太阳呀月亮呀，为啥变得没光芒？心中的忧愁去不掉，就像没洗的衣裳。静下心来细细想，没有翅膀怎能飞翔！

绿　衣

绿兮衣兮，绿衣黄里①。
心之忧矣，曷维其已②！

绿兮衣兮，绿衣黄裳③。
心之忧矣，曷维其亡④！

绿兮丝兮，女所治兮⑤。
我思古人⑥，俾无訧兮⑦。

絺兮绤兮，凄其以风⑧。
我思古人，实获我心⑨。

【题解】

这是诗人追怀故妻的诗。一件普普通通的“绿衣”，勾起诗人对故妻的绵绵思念，多少往事在眼前浮动，令人触目伤怀。诗歌的前三章都以“绿衣”兴起，在反复的吟唱中表达人去物在、哀伤无已的深情。

【注释】

①里：指穿在里面的衣服。即指下章“黄裳”的裳。从上下说，衣在上，裳在下；从内外说，衣在外，裳在里。　②曷：何。维：语助词。已：止。这句说，我心中的忧伤何时才能止歇。　③裳：下衣，类似现在的裙。④亡：同“忘”。　⑤治：理，理丝纺织的意思。　⑥古人：即故人，指诗人

的故妻。 ⑦俾（bǐ）：使得。訧（yóu）：过失。这句说，故妻能纠正我的过错。 ⑧凄：凉。 ⑨获：得。

【译文】

绿色的外衣啊，黄黄的里衣。心里的忧伤啊，哪有个了期！

绿色的上衣啊，黄黄的裙裳。心里的忧伤啊，怎能够遗忘！

绿色的丝啊，你亲手理过。想念我的故人啊，你纠正过我多少差错。

葛布啊有粗有细，穿上身凉风凄凄。想念我的故人啊，你真正是合我的心意。

燕　燕

燕燕于飞①，差池其羽②。
之子于归③，远送于野④。
瞻望弗及⑤，泣涕如雨！

燕燕于飞，颉之颃之⑥。
之子于归，远于将之⑦。
瞻望弗及，伫立以泣⑧！

燕燕于飞，下上其音⑨。
之子于归，远送于南⑩。
瞻望弗及，实劳我心⑪！

仲氏任只⑫，其心塞渊⑬。
终温且惠⑭，淑慎其身⑮。

先君之思⑯，以勖寡人⑰。

【题解】

这是卫国的君主送妹远嫁的诗，抒写了兄妹间的感人情谊。诗歌的前三章以细致的笔触描写了送别时的情景。每章的前两句以双燕翩飞起兴，逗出“之子于归”之际的依依别情；后四句则直抒痛别之情。以景传情，情境俱佳，行者渐行渐远、送者伫立远眺的情景如悬眼前。所以朱熹赞叹“譬如画工一般，直是写得他精神出”（《朱子语类》）。此诗堪称千古送别之祖。

【注释】

①燕燕：即燕子，因其双飞往来，故以双声名之。 ②差（cī）池：不整齐的样子。羽：翅膀。这二句说，一对燕子前后相随而飞。 ③之子：指出嫁的女子。于归：出嫁。 ④于：到。野：指卫都的郊外。 ⑤弗：不。 ⑥颉（xié）：向上飞叫“颉”。颃（háng）：向下飞叫“颃”。之：语助词。 ⑦将：送，行。之：指嫁者。这句说，送嫁者一直送了很远。 ⑧伫立：久立。这二句说，已经望不见嫁者了，仍然久久呆立着，不肯回去，暗自落泪。 ⑨下上其音：指燕子时而在上叫，时而在下叫，相随不舍。 ⑩南：指卫都的南郊。 ⑪实：是。劳：忧。 ⑫仲氏：排行第二，二妹。任：信，诚实可信。只：语助词。 ⑬塞：实。渊：深。这句说，二妹的心地笃实深渊。 ⑭终：既。惠：顺。这句说，二妹的性格既温柔又和顺。 ⑮淑：善。慎：谨慎。 ⑯先君：指已故的国君，即诗人兄妹的父亲。 ⑰勖（xù）：勉励。寡人：古代国君的自称。这一章是卫国君主追忆其二妹的长处，她为人诚实，既温柔又贤惠，做事谨慎，临别时还勉励诗人以先君为念。

【译文】

燕子双双天上飞，一前一后相依傍。这个姑娘要出嫁，送到郊外老远的地方。背影渐渐望不见，泪珠滚落像雨一样！

燕子双双天上飞，忽高忽低舞得忙。这个姑娘要出嫁，远远地送她不怕路途长。背影渐渐望不见，久立热泪湿衣裳。

燕子双双天上飞，忽上忽下地鸣唱。这位姑娘要出嫁，送到南郊老远的地方。背影渐渐望不见，心情忧伤欲断肠！

二妹这个人很可靠，心地笃实又厚道，性格温柔又和顺，为人善良又周到。“要以先君为念”，她时常这样把我劝告。

日　月

日居月诸[①]，照临下土。
乃如之人兮[②]，逝不古处[③]！
胡能有定[④]？宁不我顾[⑤]？

日居月诸，下土是冒[⑥]。
乃如之人兮，逝不相好！
胡能有定？宁不我报[⑦]？

日居月诸，出自东方。
乃如之人兮，德音无良[⑧]！
胡能有定？俾也可忘[⑨]！

日居月诸，东方自出。
父兮母兮，畜我不卒[⑩]。
胡能有定？报我不述[⑪]。

【题解】

这是一首弃妇之词。可怜的弃妇满腹幽怨无处可诉，唯有呼天。日月东升西落，尚且有一定之规，而自己的丈夫竟然心志不一，变了心肠，怎不令她痛不欲生！所以每章的开头均以日月出自东方起兴，借以倾诉幽怀。一诉，再诉，三诉，反复吟唱日月，正是为了痛斥那个人儿的“胡能有定”。她痛心地追问：连日月之行都有一定之规，自己的丈夫怎能悖理而行呢？三诉不听，于无可奈何之中，只得痛呼父母！呼日月，呼父母，足见其心情的悲愤沉痛了。

古代学者认为此篇是卫庄姜被庄公遗弃后之作，未知确否。

【注释】

①居、诸：语助词。 ②乃：竟，竟然。之人：这个人。 ③逝：发语词，无意义。古：同“故”。故处，指故旧相处。这句的意思是，他不念故旧相处之情。 ④胡：何。定：止。这句说，他的这种行径什么时候才会停止。⑤宁：何，难道。顾：念。我顾，即“顾我”。这句说，他难道不想念我。⑥冒：覆盖，意思是日月之光普照大地。 ⑦报：答。“不我报”即“不报我”的意思。古时夫不理妻为“不见答”。 ⑧德音：好名誉。这句说，言辞虽美而行为丑恶。 ⑨俾：使得。 ⑩畜（xù）：爱。卒：终。指夫妻恩爱不长久。 ⑪述：循，遵循。这句的意思是，对待我不依常理，有悖情理。

【译文】

太阳呀月亮，光辉照耀在大地上。天下竟然有这种人，居然把故旧之情全忘光！这种行径何时才会停止？他难道全然不把我来想？

太阳呀月亮，光辉普照在大地上。天下竟然有这种人，居然不和我相好来往！这种行径何时才会停止？他为何不理我硬起心肠？

太阳呀月亮，高高升起在东方。天下竟然有这种人，名誉扫地丧尽天良！这种行径何时才会停止？他难道真的把我忘？

太阳呀月亮，高高升起在东方。我的爹呀我的娘，他对我的恩爱不久长！这种行径何时才会停止？他对待我把情理全抛光！

终　风

终风且暴①，顾我则笑②。
谑浪笑敖③，中心是悼④。

终风且霾⑤，惠然肯来⑥。
莫往莫来，悠悠我思。

终风且曀⑦，不日有曀。
寤言不寐⑧，愿言则嚏⑨。

曀曀其阴⑩，虺虺其雷⑪。
寤言不寐，愿言则怀⑫。

【题解】

这首诗描写一个女子被戏弄之后的复杂心情。首章写她的怨恨，恨那个男子的轻薄狂暴；次章却情不自禁地想到他的风流多情，情思难割；三章更是为那个男子难以成眠，希望对方知其思念而打喷嚏；末章则进一步期待那个男子也像她一样怀着相思之情。诗歌层层转折，笔致委婉，写出了女子对那个男子又恨又恋的微妙心理。

【注释】

①终：既。暴：疾风。　②则：而。　③谑：调戏。浪：放荡。敖：傲慢。　④悼：悲伤。　⑤霾（mái）：大风扬尘。　⑥惠：顺。　⑦曀（yì）：天阴而有风。　⑧寤言：醒着说话。　⑨嚏：打喷嚏，民间俗谚称

“打喷嚏，有人想”。这句说，但愿他打喷嚏，知道我在思念他。 ⑩曀曀：天色阴晦的样子。 ⑪虺（huǐ）虺：雷声。 ⑫怀：思念。

【译文】

大风刮起狂且暴，他回头对我笑。调戏嘲笑太放荡，我的心儿真悲伤。

大风刮起尘土扬，他和蔼亲切来身旁。不来又不往，绵绵情思把他想。

大风刮起日无光，忽阴忽晴难思量。夜不成寐独自语，愿他喷嚏，知我把他想。

天空阴沉暗无光，雷声轰轰响。夜不成寐独自语，愿他也能把我想。

击　鼓

击鼓其镗①，踊跃用兵②。
土国城漕③，我独南行④。

从孙子仲⑤，平陈与宋⑥。
不我以归⑦，忧心有忡⑧。

爰居爰处⑨？爰丧其马⑩。
于以求之⑪？于林之下。
“死生契阔”⑫，与子成说⑬。
执子之手，与子偕老。

于嗟阔兮⑭！不我活兮⑮！

于嗟洵兮⑯！不我信兮⑰！

【题解】

这是卫国远戍的士兵思归不得的嗟怨之诗。据《左传》，鲁宣公十二年，宋伐陈，卫穆公出兵救陈。十三年，晋国不满意卫国救陈，出师讨卫。卫国屈服。本诗可能和这段史实有关。

诗歌的第一章写应征入伍；第二章写久戍陈宋不归；第三章写征戍生活的艰辛，倾诉内心的悲痛绝望，他的马儿丧于林下，他忧虑着自己也将埋骨荒野。第四章笔锋一转，追述当年与妻子执手相誓、生死相守的情景；今昔对比，更是痛苦难当。他痛切地想道：与妻子“偕老”的誓言难以实现。全诗的格调沉重悲怆，弥漫着浓厚的绝望情绪。

【注释】

①镗（táng）：鼓声。　②踊跃：操练时的动作。兵：武器。　③土国：指在国内修筑城防工事。城漕：在漕地筑城。土、城，都作动词用。漕，在今河南省滑县东南。　④南行：指出兵征陈、宋。这两国在卫国之南。这二句的意思是，宁愿参加国内城漕的劳役，不愿从军南征。　⑤孙子仲：当时卫国领兵南征的统帅。“孙”是氏，“子仲”是字。孙氏是卫国的世卿。　⑥平陈与宋：指平定陈、宋二国的纠纷。　⑦以：同“与”。这句说，不许我参与回国的队伍。　⑧有忡（chōng）：心情不安的样子。　⑨爰：疑问代词，何处，哪里。这句说，不知道哪儿是我们的住处。　⑩丧：丢失。　⑪于以：于何。这二句说，将来在哪儿找我们？无非是山林之下吧。士兵忧虑战死，埋骨荒野。　⑫死生契阔：意思是生死都在一起。契，合，团聚。阔，疏，离散。“契阔”在这里是偏义复词，偏用“契”义。　⑬成说：成言。　⑭于嗟：叹词。　⑮不我活：我们不能再相会。活，读为“佸”（huò），再会。⑯洵：久远。　⑰不我信：我不能信守“偕老”的誓言。

【译文】

擂起战鼓咚咚响，操起刀枪练兵忙。别人在国内筑漕城，偏偏派我到南方。

跟随将军孙子仲，平定邻国陈与宋。回国的队伍中没有我，心中真苦痛。

在哪儿住啊在哪儿歇？就在这儿丢了马。将在哪儿去找我呀？就在那片山林下。

“死死生生不分离”，和你立下这誓言。紧紧握住你的手，和你偕老到白头。

唉，相隔得多遥远！我们不能再相见！唉，离别得太长久！我们不能信守誓言！

凯　　风

凯风自南①，吹彼棘心②。
棘心夭夭③，母氏劬劳④。

凯风自南，吹彼棘薪⑤。
母氏圣善⑥，我无令人⑦。

爰有寒泉⑧，在浚之下⑨。
有子七人，母氏劳苦。
睍睆黄鸟⑩，载好其音⑪。
有子七人，莫慰母心⑫。

【题解】

这是儿子赞颂母亲及自责的诗。诗人采用质朴平直的语言，咏叹母亲的辛劳，自愧难以报答母亲的养育之恩。全诗毫无渲染之笔，以自然情真而动人。

【注释】

①凯：乐，欢乐。南风和暖，使草木欣欣向荣，所以又叫作“凯风”。②棘（jí）心：初生的小酸枣树。诗人以“凯风”喻母，以“棘心”自喻。③夭夭：旺盛的样子。　④劬（qú）劳：劳苦。　⑤棘薪：已经长成可以做柴薪的棘。长成而只能做柴薪，比喻自己不成材。　⑥圣：这里与“善”同义。⑦令：善。　⑧寒泉：冬夏常冷的泉水。　⑨浚（jùn）：卫国的城邑，在楚丘东。　⑩睍睆（xiànhuǎn）：指黄鸟的鸣声清和宛转。　⑪载：语首助词，无意义。　⑫最后二章说，寒泉有益于浚、黄雀以音悦人，以喻七子不能慰悦母心。

【译文】

和风从南方吹过来，吹拂那酸枣树苗。小树苗多茂盛，母亲一生太辛劳。

和风从南方吹过来，酸枣树儿成薪柴。母亲贤惠又慈爱，无奈子女不成材。

寒泉水，清又长，汩汩流过浚城旁。七个儿子不成器，母亲辛苦照样忙。

宛转清和黄雀鸣，声声啾啾真好听。七个儿子没出息，不能宽慰慈母的心。

雄　雉

雄雉于飞[①]，泄泄其羽[②]。
我之怀矣，自诒伊阻[③]。

雄雉于飞，下上其音④。
展矣君子⑤，实劳我心⑥。

瞻彼日月，悠悠我思。
道之云远，曷云能来⑦？

百尔君子⑧，不知德行。
不忮不求⑨，何用不臧⑩！

【题解】

这是一首思妇怀人的诗。丈夫久役不归，在孤独寂寞中煎熬的妻子看到雄雉，不禁浮想联翩。雄雉近在眼前，看得见它五彩的羽毛，听得到它的叫声，而自己丈夫在哪里呢？怎不叫人想断肠！诗歌的前二章以雄雉起兴，领出闺怨怀远之情。第三章直抒心曲。末章笔锋一转，在幽幽情思中忽然板起面孔作规劝训斥之语。可见，这首思妇诗的作者身份比较高贵，非下层妇女。钟惺评此诗末章：“‘百尔君子，不知德行’，非妇人语”。确实，末章的转折颇显生硬，有损诗歌的整体形象。

方玉润《诗经原始》认为此诗是朋友相思互勉之作，供参考。

【注释】

①雄雉（zhì）：公野鸡，诗中比喻男子。　②泄（yī）泄：缓缓拍翅飞翔的样子。　③诒（yí）：遗，遗留。自诒，即独留之意。伊：他，指示代词，指丈夫。阻：阻隔。这句说，女子和丈夫天各一方。　④下上其音：鸟鸣之声忽低忽高，形容雄雉得意自在。参见《燕燕》注⑨。　⑤展：诚，实。君子：指丈夫。这句的意思是，真的啊我很想念你。　⑥劳：忧，苦。　⑦曷：

怎么。云：语助词，无意义。此章的意思是，看到日月运行不已，我的思念没有尽头；道路如此遥远，丈夫怎么能回来呢？ ⑧百：泛指，凡是，所有。⑨忮（zhì）：害。不忮，不忌恨人。求：指贪求。不求，不贪求名利。 ⑩用：为，施用。臧：好，善。这二句的意思是，如果不害人又不贪求，干什么都很好，到哪里都行。

【译文】

公山鸡在飞翔，缓缓扇着翅膀。我怀念的人儿呀，他和我天各一方！

公山鸡在飞翔，忽高忽低鸣叫欢唱。真的啊我很想你，苦思苦想心情忧伤。

看那太阳月亮升了又落，我的思念长又长！道路多么遥远，他怎么才能回到我身旁？

你们这些君子，哪能不知德行修养！不损人，不贪求，干什么能不顺当？

匏有苦叶

匏有苦叶①，济有深涉②。
深则厉③，浅则揭④。

有𣻉济盈⑤，有鷕雉鸣⑥。
济盈不濡轨⑦，雉鸣求其牡⑧。

雝雝鸣雁⑨，旭日始旦⑩。
士如归妻⑪，迨冰未泮⑫。

招招舟子[13]，人涉卬否[14]。
人涉卬否，卬须我友[15]。

【题解】

这是一首少女盼嫁的诗，具有浓郁的抒情气氛。诗歌围绕着迎亲的车马能否渡过济水这一担忧，细腻地表现了女子思极盼极而生疑的情态。这是一个秋天早晨，群雁鸣叫着掠过低空，红彤彤的太阳刚刚升起，她已经心事重重地在岸边徘徊了。她先想到，济水已涨高了，但是“深则厉，浅则揭”——深的地方可以连衣而涉，浅的地方可以揽衣而过，总还是有办法过来的吧？又想到“济盈不濡轨”，济水虽然涨高了，也不过半车轮子深浅，那迎亲的车子该不至于过不来吧？耳边传来野鸡和雁鹅叫唤的声音，更触动她的心事。秋天是嫁娶正时，他如果没有忘记结婚的事，该趁着河里还没有结冰，赶快过来迎亲才是啊。言外之意：他是否已经把我遗忘了？诗歌很有层次地展示了她由担心未婚夫被济水阻隔，转而怨恨未婚夫未能如期而至的心理过程。诗歌最后一章勾画出一幅场景开阔而幽远的画面：济水上舟子来来往往，孤独的女子在岸边翘首凝望……

旧说此诗刺卫宣公淫乱，或“刺世礼义渐灭”，或“贤者不遇时而作”，多穿凿附会之言。

【注释】

①匏（páo）：葫芦。涉水的人佩带着葫芦以防溺水。苦：同“枯”。叶枯则葫芦干透可用。 ②济：水名，又作“泲”。涉：步行过河叫作“涉”，涉水的渡口也叫作“涉”。深涉，指水深处的渡口。 ③厉：连衣下水而涉。④揭：提起衣裳而涉。这一章的意思是，虽然济水涨了，但总可以佩带葫芦涉水过来。 ⑤有㳽（mí）：水大时茫茫一片的景象。盈：满，指河水涨满。

⑥鷕（yǎo）：野鸡的叫声。雉：野鸡。 ⑦濡：湿。轨：车轴的两头。这句是说，济水虽深也不过半个车轮那么高，只淹到车轴。那时人常乘车渡水，所以用车轴作标准来记水位。 ⑧牡（mǔ）：雄性动物。这句以母雉求牡比喻女子求偶之意。 ⑨雝（yōng）雝：群雁鸣声。 ⑩旦：早晨。 ⑪士：指男子。归妻：娶妻。 ⑫迨（dài）：趁，及。泮（pàn）：通“牉”，合。指河水冻结。以上二句说，男子如来迎亲，要赶在河水未冻之前。古人以春秋两季为嫁娶正时，这时正是秋季。 ⑬招招：以手相招。 ⑭卬（áng）：我，女性第一人称代词。否：不。 ⑮须：等待。此章说，舟子在招呼大家渡河，人家都过去了，我独自留下，我本是来等心上人的啊。

【译文】

葫芦干了叶儿枯，济水虽深有渡口。水深可以连衣过，水浅提起衣裳走。

济水涨满水茫茫，一群野鸡在欢唱。河水刚淹到车轴上，雌鸡求偶叫嚷嚷。

群雁声声相和应，太阳初升天刚明。你若有心娶新娘，趁着河水未结冰。

舟子挥手来相招，别人过河我不过。别人过河我不过，我在等待我的阿哥。

谷　风

习习谷风①，以阴以雨②。
黾勉同心③，不宜有怒。
采葑采菲④，无以下体⑤。
德音莫违⑥，及尔同死。

行道迟迟[7]，中心有违[8]。
不远伊迩[9]，薄送我畿[10]。
谁谓荼苦[11]？其甘如荠[12]。
宴尔新昏[13]，如兄如弟。

泾以渭浊[14]，湜湜其沚[15]。
宴尔新昏，不我屑以[16]。
毋逝我梁[17]，毋发我笱[18]！
我躬不阅[19]，遑恤我后[20]！

就其深矣，方之舟之[21]。
就其浅矣，泳之游之[22]。
何有何亡[23]，黾勉求之[24]。
凡民有丧[25]，匍匐救之[26]。

不我能慉[27]，反以我为雠。
既阻我德[28]，贾用不售[29]。
昔育恐育鞫[30]，及尔颠覆[31]。
既生既育，比予于毒[32]！
我有旨蓄[33]，亦以御冬[34]。
宴尔新昏，以我御穷[35]。
有洸有溃[36]，既诒我肄[37]。
不念昔者，伊余来塈[38]。

【题解】

这是弃妇自诉悲怨之情的诗歌。它采用自述的口吻，将内心的委屈酸楚娓娓道来，如泣如诉，缠绵悱恻，怨而不怒，怨中有望，抚今追昔，百感交集。令读者凄然下涕，是三百篇中的抒情名作之一。

诗歌第一章以暴风和阴雨起兴，对丈夫委婉地说理，希望免于弃逐。第二章既已被弃，迟迟不忍离去，对照丈夫新婚之乐，心情十分悲苦。第三章写女子被弃后种种不甘心，提出“毋逝”“毋发”的警告，但自知无用。第四章追叙一向持家尽瘁心力，更见今朝被弃的无辜。第五章及第六章今昔对比，谴责丈夫负心忘情。诗中女主人公虽然满腹悲怨，但在情绪上极有节制，始终晓之以理，动之以情。她虽然痛恨于丈夫的薄情，自己却痴情难割，柔肠百结，不忍自诀。她命运的不幸、心境的悲苦，可想而知了。

【注释】

①习习：犹“飒飒”，风声。谷风：来自溪谷的风，是盛怒之风。这里比喻女子的丈夫盛怒的情形。 ②以阴以雨：即为阴为雨。以风雨比喻丈夫暴怒。 ③黾（mǐn）勉：努力。这二句说，我尽力做到和你同心同意，你不应该对我发怒。 ④葑（fēng）：蔓菁，今名大头菜。菲：萝卜。 ⑤以：用。下体：指根茎。葑、菲的根叶都可以吃，但根茎是主要部分。诗人以根喻德行，以叶喻容色。这二句说，你采葑采菲，却不用它的根。意思是，你对待妻子不应该只重容色，不重德行。 ⑥德音：好听的话，即下文的“及尔同死”。莫违：指前后不要相反，这二句的意思是，你曾说过要和我同生共死，希望你不要违反。 ⑦迟迟：慢慢地。 ⑧中心有违：即内心矛盾的意思。这二句的意思是，她虽然被逐，但不忍离去，脚向东而心向西，所以走得慢腾腾。 ⑨伊：语助词，维。迩：近。 ⑩薄：语助词，含有勉强之意。畿：门槛。这二句是弃妇希望丈夫相送的话。大意是，我走的时候，即使你不想远送，也可以近送，可是你只送我到门口。 ⑪荼（tú）：苦菜。 ⑫荠：一种带甜味的菜。这二句的意思是，荼菜的味道虽然苦，在我看来已经甜得像荠菜了。也就是“人人都道黄连苦，我比黄连苦十分”的意思。 ⑬宴：乐。新昏：指丈夫与别的女人结婚。 ⑭泾、渭：都是水名，源出甘肃，在陕西高陵

县合流。这句说，泾水和渭水相形之下，泾水才显得混浊。弃妇以泾水自比，渭水比新人。 ⑮湜（shí）湜：水清的样子。沚：澄净的止水。这句的意思是，泾水在静止不流的时候也是澄清的。弃妇以此比喻自己的容貌若不和新人比，也不见得丑。 ⑯屑：洁。不我屑以，即“不以我为洁”。这二句的意思是，他既已新婚，就认为我是一个不洁的人。 ⑰逝：往，去。梁：石堰，拦阻水流而留缺口以便捕鱼。 ⑱发：开。笱（gǒu）：捕鱼的竹器，以上二句是要求丈夫不许新人动旧人的东西。 ⑲躬：自身。阅：容。 ⑳遑：暇，意思是哪儿来得及。恤：担忧，顾虑到。这二句大意是，自身尚且不能见容，哪里来得及顾虑到我走后的事呢。 ㉑方：筏子。方、舟，在这里作动词用。㉒泳：潜水而行。游：浮水而行。这四句以渡水比喻理家。大意是，水深的地方，我就用筏、船渡过去；水浅的地方，我就游泳过去。 ㉓何有何亡：不论有无。亡，同“无”。 ㉔黾勉：努力。这二句的意思是，家事无论难易都努力操持。 ㉕民：人，指邻居。丧：指凶祸之事。 ㉖匍匐：伏在墙上，手足并行。在这里是尽力的意思。 ㉗能：乃。慉（xù）：爱。“能不我慉”即“乃不我好”，对我没有好感。 ㉘既：尽。阻：拒绝。 ㉙贾（gǔ）：卖。用：货物。不售：卖不出去。以上二句的意思是，我的善意尽被拒而不纳，就像商人卖不出他的货一样。 ㉚育：生计。鞠：穷尽。 ㉛尔：你，指丈夫。颠覆：指困穷。这二句的意思是，从前经营生计，唯恐陷于穷境，只有我和你共度患难。 ㉜于毒：如毒虫。这二句说，现在你生计不成问题了，就视我如毒虫。 ㉝旨：美。蓄：收藏过冬的菜，如干菜、腌菜之类。 ㉞御：抵挡，防备。 ㉟以上四句的大意是，你在宴尔新婚的时候就将我抛弃了，是把我当作在穷乏时期权且备用的东西，好像干菜是在冬天备用的罢了。 ㊱洸（guāng）、溃：都是水激怒溃决的样子。这里借以形容丈夫的粗暴刚狠。㊲既：尽。诒：遗留。肄（yì）：劳苦。这句是说，尽把劳苦之事留给我做。㊳伊：同“维”。余：我。来：语助词。塈（jì）：“慨”的假借字，爱。“伊余来塈”即“维我是爱”。末二句是以旧情动之，说你就不想想当年吗，你是那样爱过我的呀。

【译文】

山谷大风飒飒吹，阴云弥漫冷雨凄凄。我努力与你同心合意，你不该对我大发脾气。采蔓菁呀采萝卜，怎能不要它们的根茎？说过的话儿不该忘记：“我愿和你同生共死。”

慢慢走啊慢慢移，脚儿向前，心中不忍离。你不肯远送就近送吧，谁知只送我到门槛里。谁说荼菜苦无比？比起我来甜似荠！你们新婚好快乐，如兄如弟多亲密！

和渭水相比呀，泾水浊，泾水不流也澄清。你们新婚好快乐，怪我不洁伤我心。我的拦鱼坝莫让别人去，我的捕鱼篓莫让别人开！唉，连自身都被抛弃，哪里顾得到以后的事情。

河水深悠悠呀，那就撑筏划船渡过来。河水清浅浅呀，那就游泳泅过来。别管家里有没有，我总是尽心尽力来安排。邻居出了凶灾事，我总是全心全意去对待。

你对我毫无恩爱，反把我当仇人对待。我的好意你全然不睬，好比货物难出卖。想当年生计艰难怕穷困，我和你患难与共。如今生计不用愁，你却把我当毒虫！

我有美味的干腌菜，贮藏起来好过冬。如今你新婚多快乐，原来是拿我旧人来挡穷。打了我，骂了我，还要逼我做苦工。不念往昔，你对我也曾恩爱深重。

式　微

式微式微①，胡不归②？
微君之故③，胡为乎中露④！

式微式微，胡不归？
微君之躬⑤，胡为乎泥中！

【题解】

这是苦于劳役的人发出的怨声。全诗二章，采用设问手法。诗人不堪劳役之苦，一再设问：为什么天黑不能回家？为什么要在夜露里、泥水里受罪？明知故问，倾诉出内心的怨恨情绪，有较强的感染力。此诗短小精练，句式多变，足见民谣本色。

【注释】

①式：发语词。微：昏暗。式微，指将暮。 ②胡：为什么，何。 ③微：非。君：指统治者。故：事，指劳役。 ④中露：即露中。 ⑤躬：身体。

【译文】

天要晚了，天要黑了，为啥不回家？要不是官家事儿多，咱们哪里会浸在夜露中！

天要晚了，天要黑了，为啥不回家？要不是为供养主子贵体，咱们哪里会泡在泥水中！

简兮

简兮简兮①，方将万舞②。
日之方中③，在前上处④。

硕人俣俣⑤，公庭万舞⑥。
有力如虎，执辔如组⑦。

左手执籥⑧，右手秉翟⑨。
赫如渥赭⑩，公言锡爵⑪。

山有榛⑫，隰有苓⑬。
云谁之思⑭，西方美人⑮！
彼美人兮，西方之人兮！

【题解】

此诗表达了一个女子对宫廷舞师的爱慕之意。在女子眼中，舞师身躯高大，威武刚猛，风度翩翩。诗歌的前三章虽是叙述舞师演出万舞的过程，但倾慕之意溢于言表。末章则毫不掩饰地吐露自己的感情，坦率而炽热，尤其是篇末反复呼唤“西方美人”“西方之人”，足见其情难抑。旧说此诗“刺不用贤”，颇为牵强。

【注释】

①简：和“僩”通用，形容威猛、武勇。 ②方、将：意思相同，正。万舞：是古代一种大规模的舞，包括武舞和文舞两个节目。武舞用的道具是盾和斧，是模拟战术的，像第二章所描写。文舞用的道具是雉羽和籥，是象征雄鸡在春天歌唱求偶的，如第三章描写。 ③日之方中：指正午时分，太阳正在中天。 ④在前上处：说舞师在最前列的上首位置，是万舞中的主角。 ⑤硕人：身躯高大的人。硕，大。俣（yǔ）：高大英武的样子。 ⑥公庭：指庙堂的庭前。 ⑦执辔：手握马缰绳。这是描写舞师在做驾驭战车的动作。如组：有如织组。组：织编的一排排丝线。古代战车用四匹马拉，四马八辔，两条系在车上，六条执在手中。如组，形容这六条缰绳整齐有序。 ⑧籥（yuè）：古代一种管吹乐器。 ⑨秉：拿。翟（dí）：一种长尾山鸡。这里指拿着翟的羽毛。 ⑩赫：红而发光。渥（wò）：浸，染。赭（zhě）：红土。这句说舞师的脸红润发光，像红土染过一样。 ⑪公：这里指卫侯。锡：赐。爵：酒器。这句说卫侯奖赏舞师一杯酒。 ⑫榛（zhēn）：一种落叶灌木，果实似栗而形小。 ⑬隰（xí）：低湿的地方。苓：又名苓耳，即卷耳。 ⑭云：语助词。谁之思：思谁。 ⑮西方：指周。它在卫国的西面，所以称西方。美人：

指舞师。古代美男子也可称美人。大约那个舞师来自周地。

【译文】

雄赳赳，气昂昂，瞧他万舞要开场。太阳高高当头照，瞧他领队站前行。

高高个儿好身材，公庭前面舞起来。扮成武士猛如虎，手执缰绳齐齐排。

左手拿着笛儿吹，野鸡尾在右手挥。舞罢脸儿红似染，公爷教赏酒满杯。

高高榛树在山崖，苍耳长在低洼田。千番百遍把谁想？漂亮人儿西方来。那个人儿可真帅呀，他从西方来呀！

泉　水

毖彼泉水①，亦流于淇②。
有怀于卫，靡日不思③。
娈彼诸姬④，聊与之谋⑤。

出宿于泲⑥，饮饯于祢⑦。
女子有行⑧，远父母兄弟。
问我诸姑⑨，遂及伯姊⑩。

出宿于干⑪，饮饯于言⑫。
载脂载舝⑬，还车言迈⑭。
遄臻于卫⑮，不瑕有害⑯。

我思肥泉⑰，兹之永叹⑱。

思须与漕[19]，我心悠悠。
驾言出游[20]，以写我忧[21]。

【题解】

这是一个卫国女子远嫁别国后的思归之作。她时刻怀念卫国，思绪万端，愁中不禁追忆起出嫁时与亲人依依惜别的情景；又幻想着来日归国将在何处过夜，如何饯行，如何催马驾车……真切的幻想把她归国的迫切心情活现于纸上了。第三章笔调轻快，似乎她的心伴随着归去的马蹄声声正欢快地跳跃。在想象中消释的乡愁，在现实生活中格外绵长，就像那悠悠的泉水；泉水可以流归卫国，而自己何时才能回家呢？她一再发出深长的叹息。

有人认为此诗的作者是许穆公夫人，无确证。

【注释】

①毖（bì）：“泌”的假借字，泉水涌流的样子。泉水：即末章所说的“肥泉”，卫国的水名。 ②淇（qí）：水名。这二句以泉水流入卫国的淇水，比喻自己想回卫国。 ③靡：没有。 ④娈（luán）：美好。诸姬：卫君姓姬，卫女嫁于诸侯，以同姓的女子陪嫁。 ⑤聊：姑且。谋：商议。指商量归卫之事。 ⑥泲（jǐ）：卫地名。 ⑦饯（jiàn）：以酒食送行。祢（nǐ）：地名，在卫国境内。这二句是追忆当初出嫁时所经之地。 ⑧行：嫁。 ⑨问：问候，这里有告别之意。诸姑：姑母们。父之姐妹称姑。 ⑩伯姊：指大姐。或指姑伯姐妹。 ⑪干：地名。 ⑫言：地名。干、言均在女子所嫁的国境内。 ⑬载：发语词。脂：脂油。这里作动词，用脂油涂车轴。舝（xiá）：辖，车轴键。这里也作动词，指插上车轴两端的键。 ⑭还车：调过车头。言：助词。迈：远行。 ⑮遄（chuán）：疾，迅速。臻（zhēn）：到达。 ⑯瑕：无。瑕，“遐”的通假字。不遐，“该不会”的意思。这句的意思：返回卫国，该不会有什么害处吧。 ⑰肥泉：卫水名。 ⑱兹：即

“滋”，益发，更加。永叹：长叹。这二句说，想起卫水，更要长长地叹息。因为肥泉能入淇水，而自己却不能入卫。 ⑲须、漕：卫国的地名。 ⑳驾：驾车。言：助词。 ㉑写（xiè）：“泻”的古体，泻除，消除。

【译文】

泉水汩汩地涌流，滔滔汇入淇水里。我怀念那卫国，没有一天不把它惦记。可爱的众位姐妹呀，且把回家的事来商议。

当初我曾在泲地住宿，喝酒饯行在祢邑。女儿家出嫁了，远离父母和兄弟。告别我的姑姑们，还有大姐别忘记。

回国时我将住宿在干地，饮酒饯行在言邑。涂好油上好键，调转车儿回家去。快马加鞭直奔卫国，该不会有什么危害吧？

我思念卫国的肥泉，想起它更要长长叹息。我还思念那须地和漕邑，我的思绪绵长无已。驾上车儿去游玩，暂且把我的愁闷宣泄。

北　门

出自北门，忧心殷殷①。
终窭且贫②，莫知我艰③。
已焉哉④！天实为之，
谓之何哉⑤！

王事适我⑥，政事一埤益我⑦。
我入自外，室人交遍谪我⑧。
已焉哉！天实为之，
谓之何哉！

王事敦我⑨，政事一埤遗我⑩。

我入自外，室人交遍摧我[11]。
已焉哉！天实为之，
谓之何哉！

【题解】

此诗的作者似是一位小官吏，位卑多劳，生活贫困，入不敷出，公私交迫，不堪承受，忧苦无告，所以作此诗怨天尤人。全诗三章，每章末都仰天而叹："已焉哉！天实为之，谓之何哉！"如此一唱三叹，迭章反复，生动地透露着这位小官吏既不平又无奈的复杂心情。他无力从现实压力中挣脱出来，只能委命于"天"，强作宽解。然而"天"不可能抚平他心头的创痛，也不可能驱除他心底的一片黯然之色，他不得不继续着"小人物"的悲剧！

【注释】

①殷殷：忧愁的样子。 ②终：既。窭（jù）：本义是房屋迫窄简陋不合礼数的意思，引申为与贫同义，困窘。 ③莫知我艰：没有人知道我的艰难。 ④已焉哉：算了吧，既然这样了。已，终结，完了。焉、哉，语气语。⑤谓之何哉：还说它干什么。 ⑥王事：与王室有关的差事。适（zhì）：同"擿"，即"掷"，扔。擿我，扔给我。 ⑦政事：指卫国国内的差事。一：皆，全。埤（pí）益：堆积，增加。埤，厚、重。这句说，政事都加在我身上。 ⑧室人：指家中亲属。交：更迭，轮着。谪（zhé）：同"谪"，责备。这句说，家里人个个都来责备我。 ⑨敦：迫，逼。 ⑩埤遗：犹"埤益"。 ⑪摧：逼榨，排挤。

【译文】

一路走出城北门，忧愁沉沉压在心。既穷酸又贫困，有谁知道我的艰辛。算了吧！老天这样安排啊，我还有什么可抱怨！

皇家的差事派给我，官府的苦役全都推给我。刚从外面回来，家里人轮着来责备我。算了吧！老天这样安排啊，我还有什么可抱怨！

皇家的差事逼着我，官府的苦役全都压给我。刚从外面回来，家里人个个都来折磨我。算了吧！老天这样安排啊，我还有什么可抱怨！

北　风

北风其凉，雨雪其雱①。
惠而好我②，携手同行③。
其虚其邪④，既亟只且⑤！

北风其喈⑥，雨雪其霏⑦。
惠而好我，携手同归。
其虚其邪，既亟只且！

莫赤匪狐，莫黑匪乌⑧。
惠而好我，携手同车。
其虚其邪，既亟只且！

【题解】

这是一首“刺虐”的诗。卫国统治者施行暴虐之政，诗人号召他的朋友相携逃亡。此诗“气象愁惨”（朱熹语）。诗歌的前两章开头都以风雪起兴，以风雪的寒威来比喻虐政，北风凛冽，雨雪猖狂，渲染出一种惨淡阴森的气氛。怀着对虐政的强烈不满，诗人还在第三章中把统治者比喻为狐、乌，说“莫赤匪狐，莫黑匪乌”，言外之意：没有比这个当政者更残暴的了！为了强调出走的必要性、紧迫性，每章的最后两句都大声疾呼：“其虚其邪，既亟只且！”——还能够犹豫吗？事情已经很紧急了！全诗节奏紧促，情绪激昂，给人一种危机日近、必须当机立断的感觉。

【注释】

①雨（yù）：作动词用。雨雪，即下雪的意思。雱（pāng）：与“滂”通。形容雪下得很大的样子。 ②惠：爱，友好。 ③携手：手拉手。行（háng）：道路。这二句说，与我相好的朋友们互相携持而去。指一起离国逃亡。 ④其虚其邪：意思是还能够犹豫吗？“邪”是“徐”的假借字，“虚徐”即舒徐、舒缓或狐疑之意。 ⑤既亟只且（jū）：意思是已经很急了啊。“既”训“已”。“亟”同“急”。“只”“且”，是语尾助词。 ⑥喈（jié）：北风刮得快而有声的样子。风疾之声。 ⑦霏（fēi）：雪花纷扬的样子。 ⑧匪：读为“彼”，代词，指那个。这二句的意思是，没有比那个狐更赤的了，没有比那个乌鸦更黑的了。诗人以狐、乌比喻执政者，而卫国统治者尤其“赤”，尤其“黑”，即是最暴虐的一个。

【译文】

北风吹得透心凉，漫天大雪纷纷扬。与我相知的好朋友，咱们携手一同走。不能再犹豫，情况紧迫快点儿走！

北风吹得呼呼响，雪花纷纷漫天飞。与我相知的好朋友，咱们携手一同归。不能再犹豫，情况紧迫快点儿走！

没有比那只狐狸更红的了，没有比那只乌鸦更黑的了。与我相知的好朋友，咱们携手同车走。不能再犹豫，情况紧急快点儿走！

静　女

静女其姝[①]，俟我于城隅[②]。

爱而不见[3]，搔首踟蹰[4]。

静女其娈[5]，贻我彤管[6]。
彤管有炜[7]，说怿女美[8]。

自牧归荑[9]，洵美且异[10]。
匪女之为美，美人之贻[11]。

【题解】

此诗以男子口吻写幽期密约的乐趣。一对恋人约在城隅幽会，也许是想和爱人开开玩笑，姑娘故意躲了起来。男子久等不见，急得“搔首踟蹰”。等他发现姑娘不但依约来到，而且情意深长地带给他一把红嫩的草儿时，不禁大喜过望。尽管那草儿不过是从野地里采来的，但在他看来却异常美妙，因为那是心爱的人所赠。诗歌用自然平淡的语言生动地描述了青年男女爱情生活中富有情味的一幕，细腻地表达出热恋中人特有的情绪，既有焦急的等待，也有意外的惊喜，还有甜蜜的回味，写得活泼而幽默，散发着一股清新朴野的气息。

【注释】

①静：安详。静女，即淑女。姝（shū）：美好。　②俟（sì）：等待。城隅：城角楼。　③爱而不见：那女子躲在暗角落里，使男子一下子找不到。“爱”，“薆”的借字，隐蔽。不见：不现。　④搔首踟蹰：用手挠头，犹豫不前。这是焦急和惶惑的表现。　⑤娈：美好。　⑥贻：赠送。彤（tóng）管：红色的管子，未详何物。一说，彤管是红色管状的初生之草，即与下章的“荑”同指一物。　⑦炜（wěi）：鲜明的样子。　⑧说（yuè）：同“悦”。悦怿（yì），心喜。女（rǔ）：同“汝”，指“彤管”。　⑨牧：野外放牧牛羊的地方。归（kuì）：通“馈”，赠送。荑（tí）：初生的白茅。古代往往以

白茅来象征婚媾。这句说，姑娘把从牧场采来的白茅赠给我。 ⑩洵：诚然，真的。这句说，荑确实是好看得出奇。 ⑪这二句说，并非这柔荑本身有何好处，因为是美人所赠，所以才觉得它美丽。匪：非。女：同“汝”，指荑。

【译文】

娴静的姑娘真美丽，等候我在角楼里。故意躲起来不露面，急得我徘徊挠头皮。

温柔的姑娘多俊俏，送我一把红管草。又嫩又红真光艳，我喜爱这把红管草。

她送我野地采来的嫩茅，实在美丽又稀奇。不是这嫩茅有多美，只因为是心爱的人儿送的。

新　　台

新台有泚①，河水瀰瀰②。
燕婉之求③，籧篨不鲜④。

新台有洒⑤，河水浼浼⑥。
燕婉之求，籧篨不殄⑦。

鱼网之设，鸿则离之⑧。
燕婉之求，得此戚施⑨。

【题解】

这是卫国人讽刺卫宣公的诗。卫宣公替儿子伋迎娶齐女为妻，听说齐女很漂亮，便心生邪念。于是在河滨修筑新台，拦截齐女，占为已有。国人非常憎恨宣公的丑行，于是假托齐女口吻作此歌。诗歌语言辛辣，毫不客气地把宣公斥为“癞蛤蟆”，同时抒发了齐女“燕婉之求”，却所嫁非人的愤慨之情。

【注释】

①新台：台名。旧址在今河南临漳县西黄河旁，卫宣公为霸占儿媳所建。泚（cǐ）：“玼”的借字，鲜明。 ②瀰（mǐ）瀰：水大的样子。 ③燕：安。婉：顺。这句说，想嫁一个称心如意的人。 ④籧篨（qúchú）：从闻一多说，指癞蛤蟆、蟾蜍一类的东西。鲜：美。这句说，齐女嫁的是一个像癞蛤蟆一样丑的人。 ⑤洒（cuǐ）：高峻的样子。一说“洒”通“洗”，鲜明的样子，亦通。 ⑥浼（měi）浼：水平的样子，指河水涨满与岸平。 ⑦殄（tiǎn）：同“腆”，善，好。 ⑧鸿：蛤蟆，从闻一多说。离（lì）：附着。这二句说，本以渔网捕鱼，却网到一只癞蛤蟆。 ⑨戚施：蛤蟆。

【译文】

河边新台多鲜亮，河水快要漫上岸。一心想嫁美郎君，谁知嫁了个癞蛤蟆真难看！

河边新台高高耸，河水涨到河岸上。一心想嫁美郎君，谁知嫁了个癞蛤蟆没模样！

撒渔网，捕鱼儿，谁知癞蛤蟆网中落。一心想嫁美郎君，谁知嫁了个癞蛤蟆！

风·鄘风

共十篇作品。周武王封其弟管叔于鄘，其地在殷都朝歌的东边（今河南省汲县一带），后并入卫国。

柏　舟

泛彼柏舟①，在彼中河②。
髧彼两髦③，实维我仪④。
之死矢靡它⑤！母也天只⑥！
不谅人只⑦！

泛彼柏舟，在彼河侧。
髧彼两髦，实维我特⑧。
之死矢靡慝⑨！母也天只！
不谅人只！

【题解】

这是一位少女的爱情誓词。她毫不隐讳地说："那在河中泛舟、披着头发的青年才是我要嫁的人啊！"并斩钉截铁地表示：就是死也不改变主意。然而她的母亲不谅察她的心，她只好痛苦地呼叫。此诗剖析心事极其坦率，感情奔泻无遗，那坚贞的爱情誓言即使在千载之下依然冲击着读者的心扉。

【注释】

①泛：浮，泛。柏舟：柏木制的船。　②中河：河中。　③髧（dàn）：头发下垂的样子。男子未冠之前披着头发，长齐眉毛，分向两边梳着，叫作"髦"（máo）。　④维：为。仪（é）：配偶。这二句说，那个梳两髦的人才是我的配偶。　⑤之：到。矢：誓。靡：无。这句说，直到死我也不存二心，直到死也不改变主意。　⑥只：语尾助词。　⑦谅：体谅，谅察。⑧特：匹，匹偶。　⑨慝（tè）："忒"的借字。指改变常态。"靡忒"指不

改变。

【译文】

柏木小船随波荡，飘荡在那河中央。那个披发齐眉的少年郎，正是我的好对象。我发誓到死也不改变主张！我的天呀我的娘，为什么对我不体谅！

柏木小船随波荡，飘荡在那河岸边。那个披发齐眉的小青年，正是我的好姻缘。我发誓到死也心不变！我的娘呀我的天，为什么对我不谅解！

墙有茨

墙有茨①，不可埽也②。
中冓之言③，不可道也④。
所可道也，言之丑也！

墙有茨，不可襄也⑤。
中冓之言，不可详也⑥。
所可详也，言之长也⑦！

墙有茨，不可束也⑧。
中冓之言，不可读也⑨。
所可读也，言之辱也。

【题解】

此诗讽刺卫国统治者的淫乱丑行。卫宣公强娶齐女（见《新台》），是为宣姜。宣公死后，宣姜与宣公的庶长子公子顽私通。国人厌恶这种兽行，作诗刺之。因此，旧说此诗是刺宣姜的。其实，卫国宫廷中的丑事又何止宣姜！

这些宫廷丑闻实在让人说不出口（或者作者有所顾忌），所以此诗的讽刺之意虽然鲜明，但表达方式却比较含蓄，只是一再说那些丑事“不可道”“不可详”“不可读”，至于是什么丑事、丑到什么地步，却留待读者去想象。

【注释】

①茨（cí）：蒺藜。②埽：同“扫”，扫除。墙上种茨，是为了防闲内外的。不可扫，含有家丑不可外扬的意思。③中冓（gòu）：指宫内密室，即宫闱，宫廷内部。冓，同“构”，指室中结构深密隐奥之处。中冓之言，指宫中的淫言秽语。④道：说。⑤襄：古与“攘”通，除去。⑥详：详细说。⑦长：指话长。一言难尽的意思。⑧束：打扫干净。⑨读：宣扬，公开地说。

【译文】

墙头上的蒺藜，不能扫掉。宫廷中的那些丑事，真是没法说出口。谁要是说出口，说起来太丢丑！

墙头上的蒺藜，不能除去。宫廷中的那些丑事，真是没法细谈。谁要是细细谈，真是说不完！

墙头上的蒺藜，不能收拾光。宫廷中的那些丑事，真是没法宣扬。谁要是宣扬开去，真是羞辱一场！

君子偕老

君子偕老①，副笄六珈②。
委委佗佗③，如山如河④，

象服是宜⑤。子之不淑⑥，
云如之何⑦？

玼兮玼兮⑧，其之翟也⑨。
鬒发如云⑩，不屑髢也⑪。
玉之瑱也⑫，象之揥也⑬，
扬且之皙也⑭。胡然而天也⑮！
胡然而帝也⑯！

瑳兮瑳兮⑰，其之展也⑱。
蒙彼绉絺⑲，是绁袢也⑳。
子之清扬㉑，扬且之颜也㉒。
展如之人兮㉓，邦之媛也㉔！

【题解】

这是一首讽刺贵妇人的诗。诗人以赋法生动地描绘了贵妇人服饰之华美、仪态之高贵、容貌之妖冶，只是在首章末句“子之不淑，云如之何”点破讽刺之意。意在讽刺，欲刺故美，以外在之美来反衬内在之丑，美而讽，正是此诗的特点。

旧说此诗讽刺卫宣姜品行不端，供参考。

【注释】

①君子：此指丈夫。偕老：本指夫妻白头到老。这里代指丈夫的终身伴侣。 ②副：即“髻”，一种编发做成的假髻，是贵妇的一种首饰。笄（jī）：簪子。珈：簪上的玉饰。珈的数量不一，六珈指簪上有六个玉饰。古代女子以簪子横插以固定发髻。 ③委委佗佗：指女子举止雍容自得。④如山如河：指贵妇看上去很庄重深沉，如山似河。 ⑤象服：指袆衣，

一种绣绘图案的礼服。宜：合适。这句说，她穿的礼服很合体。 ⑥子：指贵妇。不淑：不善。 ⑦云：发语词。如之何：即“奈之何”。这二句的意思是，您的品行不端，又能把您怎样呢。 ⑧玼（cǐ）：鲜明的样子。⑨翟（dí）：野鸡。这是指绘有野鸡图案的礼服。 ⑩鬒（zhěn）：黑发。⑪不屑：不用，不需要。髢（dí）：假发。这二句说，贵妇黑发柔长如云，用不着戴假发。 ⑫瑱（tiàn）：垂在横笄两端与耳齐的玉饰。 ⑬揥（tì）：一种类似簪子的首饰，又叫“搔头”。象之揥，即象牙制的搔头。 ⑭扬：眉宇之间，泛指脸。皙（xī）：白，白嫩光泽的样子。这句说，贵妇脸色白嫩。且（jū）：助词。 ⑮胡然：怎么这样的意思。而：通“如”字。这句意思是，她怎么像天上仙女一样。 ⑯帝：天。 ⑰瑳（cuō）：鲜明的样子。⑱展：“襢（zhàn）”的假借字。襢衣，一种用红纱或白绸做的礼服。⑲蒙：罩，披。绉絺：一种细薄的衣料，绉纱类。此句说身披一件绉纱衣。⑳绁袢（xièbàn）：夏天穿的内衣。 ㉑清扬：指目清眉扬。 ㉒扬：指脸。颜：指朱颜。这句说女子的脸蛋红润。一说颜指女子额头饱满方正。 ㉓展：诚然，的确。 ㉔邦：国。媛：美女。

【译文】

你是丈夫的终身伴侣，发髻插玉簪嵌着六颗美玉。仪态大方，雍容自得，庄重如山，深沉似河。身上的礼服正适合。可是你的品行不端，真对你无可奈何！

鲜亮呀真鲜亮，那是衣上绘的野鸡毛。柔长如云的黑发啊，不戴假发也美妙。玉石耳瑱随步摇，象牙搔头插后脑。白嫩的脸蛋好容貌。怎么像天仙一样美丽？怎么像天仙一样妖娆？

鲜亮呀真鲜亮，是那件红纱外衣耀人眼！披着绉纱衫，紧身内衣穿里边。眼睛清亮秀眉长，一张脸蛋红艳艳。这样的美人呀，的确是倾国的婵娟！

桑 中

爰采唐矣[1]，沫之乡矣[2]。
云谁之思[3]，美孟姜矣[4]。
期我乎桑中[5]，要我乎上宫[6]，
送我乎淇之上矣[7]！

爰采麦矣，沫之北矣。
云谁之思，美孟弋矣[8]。
期我乎桑中，要我乎上宫，
送我乎淇之上矣！

爰采葑矣[9]，沫之东矣。
云谁之思，美孟庸矣[10]。
期我乎桑中，要我乎上宫，
送我乎淇之上矣！

【题解】

这是一首描写男女幽期密约的诗，采用男子口吻。诗歌的作者可能是一个下层劳动者。他一边劳作一边回忆与恋人相会的情景：她曾约他在桑中、上宫相会，还曾相送到淇水边。诗歌采用一问一答的形式，牵出作者心中的小秘密。章末的迭唱，将当初的情景一再重演，可见那一段柔情萦绕于心，难以忘怀。这首诗流畅自然，一片天机运转，质朴有味。

诗中提到三个女子的姓氏，旧说指三个人。民歌中的人名多属泛指，作者常以人们熟知的人名代指所咏的人物，不必过于拘泥。此诗的作者即是以几个美女代指心上人。

《毛序》认为此诗是“刺奔”，显然曲解了诗意。

【注释】

①爰：何处。唐：草名，即女萝。一名菟丝。 ②沬（mèi）：卫国的邑名。 ③云、之：助词，无意义。谁之思：思谁。 ④孟姜：“姜”是姓，“孟”是排行居长。这二句的意思是，你在想念谁呢？我想的是美丽的孟姜。 ⑤期：邀约。桑中：桑林之中。一说是沬邑中的小地名。 ⑥要：同“邀”。上宫：楼，指城角楼。其处幽静少人，适宜男女幽会。 ⑦淇：卫水名。 ⑧弋（yì）：即“姒”，也是姓氏。 ⑨葑（fēng）：蔓菁。 ⑩庸：姓氏。

【译文】

到哪儿去把女萝采？到沬邑那地方。我的心里把谁思想？美丽的孟姜姑娘。她约我到桑林中，她邀我到角楼中，她送我送到淇水边上呀！

到哪儿去把麦苗采？到沬邑的北方。我的心里把谁思想？美丽的孟弋姑娘。她约我到桑林中，她邀我到角楼中，她送我送到淇水边上呀。

到哪儿去把蔓菁采？到沬邑的东方。我的心里把谁思想？美丽的孟庸姑娘。她约我到桑林中，她邀我到角楼中，她送我送到淇水边上呀。

定之方中

定之方中①，作于楚宫②。
揆之以日③，作于楚室。
树之榛栗④，椅桐梓漆⑤，
爰伐琴瑟⑥。

升彼虚矣[7]，以望楚矣[8]。
望楚与堂[9]，景山与京[10]，
降观于桑[11]。卜云其吉[12]，
终焉允臧[13]。

灵雨既零[14]，命彼倌人[15]。
星言夙驾[16]，说于桑田[17]。
匪直也人[18]，秉心塞渊[19]，
騋牝三千[20]！

【题解】

这是卫人歌颂卫文公重建卫国的诗。公元前660年卫国为狄人所灭，卫戴公率遗民东渡黄河，野处漕邑。戴公死，卫文公在齐桓公的帮助下，在楚丘重造城市，迁移百姓，百姓欢悦，作诗歌颂。此诗第一章叙建屋植树。第二章追叙筑城之前升望降观，考察形势，然后取决于占卜。第三章歌颂文公，说他勤于农桑畜牧，谋虑切实而深远。此诗叙事细致，条理清楚，语言平实，明白如话。

【注释】

①定：星名，又称“营室”，二十八宿之一。方中：当正中的位置。大致在每年小雪时（夏历十月或十一月）定星于黄昏时出现在正南，不偏东西。古人在这时候兴建宫室。据《春秋》记载，卫文公在周惠王十九年（公元前658年）夏历十一月筑楚丘城。 ②于：为。楚宫：楚丘的宫室。下文“楚室”同义。楚丘在今河南省濮阳市西南。 ③揆（kuí）：测量。揆之以日：即“以日揆之”，依日影来测定方位。 ④树：植，栽种。榛（zhēn）、栗：果树名。榛、栗的果实可供祭祀。 ⑤椅：梧桐一类的树。桐：梧桐。梓（zǐ）：楸一类的树。漆：漆树。这四种树都是制作琴瑟的原料。 ⑥爰：于是。此句承上句而言，就是说将来可以伐取这些树制造琴瑟。 ⑦虚：指漕邑

旧城之墟。卫国被狄灭后，遗民东渡黄河，栖居漕邑，漕、楚丘相邻。这句说登上那堆墟丘（眺望）。 ⑧楚：指楚丘。 ⑨堂：地名，楚丘附近的城邑。⑩景山：大山。京：古读如“jiāng”，高丘。一说“景”，同“憬”，远行之意，亦通。 ⑪降：自上而下。桑：指桑田。这句说，从高处下来观察地势，看看是否适合种桑养蚕。 ⑫卜（bǔ）：古人定居、营造宫室要问卜。这句说，卜辞说很吉利。 ⑬终：终然，最后，结果。允：诚然，确实。臧：善，好。这句说，到后来确实很好。这一章追述筑城之前考察地形问卜定吉凶的情况。 ⑭灵雨：好雨。零：降落。 ⑮倌人：掌管车马的小官，主驾者。⑯星：雨止星光出现叫作“星”。亦作“暒”，晴。言：语助词。这句说，夜晴星现，早晨戴着星光驾车出行。一说“星言”犹“星夜”，亦通。 ⑰说（shuì）：停息。这句说在桑田里止歇。 ⑱匪：彼，那，指卫文公。直：正直。 ⑲秉心：持心，用心。塞：实。渊：深。这句赞美卫文公为人笃实，虑事深远。 ⑳騋（lái）：七尺以上的马。牝（pìn）：母马。三千：言其多。这句赞扬卫文公率臣民发展农牧业的成就。据《国语·齐语》记载，文公初到楚丘时，只有齐桓公给的三百匹马。

【译文】

定星升在天正中，文公在楚丘建王宫。看着日影测方位，营造住室兴土功。栽上榛树和栗树，再把椅桐梓漆种，准备制作琴瑟用。

登上那堆废墟，来把楚丘眺望。遥看那楚丘和堂邑，还有大山和高冈，下来考察养蚕种桑。卜辞说得很吉祥，果真选得很妥当。

时雨淅沥下，吩咐小马倌。雨停星出趁早走，歇息在那片桑林间。那是一个正直的人啊，持心敦厚谋虑深远，他有了良马三千。

蝃　蝀

蝃蝀在东①，莫之敢指②。

女子有行③，远父母兄弟④。

朝隮于西⑤，崇朝其雨⑥。
女子有行，远父母兄弟。

乃如之人也⑦，怀昏姻也⑧。
大无信也⑨，不知命也⑩。

【题解】

这是一首讽刺女子要求婚姻自主的诗，反映了在当时的婚姻制度下女子的无权地位。在古代卫道士的眼中，虹是淫邪之气的象征，“阴阳不和，昏姻错乱，淫风流行，男美于女，女美于男，互相奔随之时，则此气盛”（《释名》）。因此，此诗以虹出现在天空为喻，引出谴责之意，说天上虹见，是因为女子跟自己心上人私奔。在第三章更指责女子要求婚姻自主，是不守贞信，不遵父母之命。

【注释】

①蝃蝀（dìdōng）：虹。虹在东方天空是暮虹。 ②莫之敢指：即“莫敢指之”。之，指虹。古人以为虹为淫邪之气，有所禁忌，不敢去指它。 ③行：出嫁。这里是“先奔而后嫁”之意（依王先谦说）。 ④这二句应是当时套语，《诗》中有多处引用。 ⑤朝：早晨。隮（jī）：升。这句指早虹升起在西方天空。 ⑥崇朝：即终朝，整个早晨，指从日出到吃早饭这段时间。早虹出现在西方，是下雨的征兆。 ⑦这句说，像这样的一个人呀。 ⑧怀：想。⑨无信：不守贞信。 ⑩命：指父母之命。《郑笺》：“不知昏姻当待父母之命”。

【译文】

彩虹出现在东方天际，没有人敢指敢议。这个女子自己找婆家，远离父母兄弟。

西边天上出早虹，大清早细雨蒙蒙。这个女子自己找婆家，远离父母弟兄。

就是这样一个人呀，一心想着婚姻。女子思嫁不守贞信，也不知当奉父母之命！

相　　鼠

相鼠有皮[①]，人而无仪[②]。
人而无仪，不死何为？

相鼠有齿，人而无止[③]。
人而无止，不死何俟[④]？

相鼠有体，人而无礼。
人而无礼，胡不遄死[⑤]？

【题解】

此诗讥讽统治者丧尽廉耻，不成体统。周朝统治者制定了一整套“礼”来规范人们的思想行为，然而他们自己却行无礼无耻之事。对此，诗人愤怒地把他们和老鼠相比。老鼠已是十分令人厌恶了，可是统治者的行径比老鼠还不如。诗人以辛辣的语言揭露了统治者言行的虚伪性，大胆地诅咒他们该死，毫不掩饰对他们的深恶痛绝，尽情地宣泄了内心的蔑视。

【注释】

①相：看。 ②仪：礼仪，威仪。 ③止：同“耻”。 ④俟：等待。⑤遄（chuán）：快，速。这句说，为什么还不快死。

【译文】

看那耗子还有皮，做人反而没礼仪。做人没礼仪，不死还做甚？

看那耗子还有齿，做人反而不知耻。做人不知耻，还等什么不快死？

看那耗子还有体，做人反而不知礼。做人不知礼，何不早咽这口气？

干旄

子子干旄①，在浚之郊②。
素丝纰之③，良马四之④。
彼姝者子⑤，何以畀之⑥？

子子干旟⑦，在浚之都⑧。
素丝组之⑨，良马五之。
彼姝者子，何以予之⑩？

子子干旌⑪，在浚之城⑫。
素丝祝之⑬，良马六之。
彼姝者子，何以告之⑭？

【题解】

此诗赞美卫国统治者礼聘贤士。《毛序》认为所赞美的对象是卫文公。诗人描述使者奉命乘着高马轩车、车上树起招贤之旗去访问贤士的情景。诗歌分三章，每章只调换几个字，反复吟唱的是求贤之意，再三向“彼姝者子”致拳拳之心，思贤若渴的心情在重章迭唱中强烈地表达出来。一说认为写一个贵族乘车探视情人，供参考。

【注释】

①孑（jié）孑：高而立的样子。形容干旄高高树起之状。干：通“杆”，指旗杆。旄（máo）：一种顶端用牦牛尾为饰的旗子。车后插干旄，是古代礼聘贤士的一种标志。下文的“干旟”“干旌”同此。 ②浚（jùn）：卫邑名。在今河南濮阳市南。郊：城外。 ③素丝：白丝。纰（pí）：织组。这句说，用白丝线缝旗的周边作为装饰。 ④良马四之：用四匹良马拉车。之，指车。下文“良马五之”“良马六之”意同此。 ⑤姝：和顺的样子。子：指贤者。 ⑥畀（bì）：给予。这句的意思是，问贤者如何回报卫君的美意，即贤者将献何良策。 ⑦旟（yú）：古代的一种旗，上面画有鸟隼之形。 ⑧都：指近郊之地。 ⑨组：义同“纰”。 ⑩予：给予。⑪旌：一种旗帜，杆顶有野鸡毛为饰。 ⑫城：指都城。诸侯封邑大的，都可叫都城。 ⑬祝：意同“纰”。“属”的假借字，编织。 ⑭告：禀告。

【译文】

旄旗插得高又高，来到浚邑城郊。素白丝线缀彩旗，四匹马儿拉车跑。那个忠顺的贤人啊，你用什么去应召？

旟旗插得高又高，来到浚邑近郊。素白丝线缀彩旗，五匹马儿拉车跑。那个忠顺的贤人啊，你用什么作回报？

旌旗高高车后插，来到浚邑城下。素白丝线缀彩旗呀，六匹马儿拉着它。那个忠顺的贤人啊，你将如何禀告皇家？

载　驰

载驰载驱①，归唁卫侯②。
驱马悠悠③，言至于漕④。
大夫跋涉⑤，我心则忧。

既不我嘉⑥，不能旋反⑦。
视尔不臧⑧，我思不远。
既不我嘉，不能旋济⑨。
视尔不臧，我思不閟⑩。

陟彼阿丘⑪，言采其蝱⑫。
女子善怀⑬，亦各有行⑭。
许人尤之⑮，众稚且狂⑯。

我行其野⑰，芃芃其麦⑱。
控于大邦⑲，谁因谁极⑳？
大夫君子㉑，无我有尤㉒。
百尔所思㉓，不如我所之㉔。

【题解】

此诗是许穆公夫人所作。许穆公夫人是卫宣姜与公子顽私通所生之女，与卫戴公、卫文公是同母兄妹，远嫁许国。鲁闵公二年（公元前660年）冬十二月，狄人灭卫。在宋国的帮助下，卫遗民东渡黄河，野居于漕邑，拥立新君戴公。一个月后，戴公死，文公立。第二年春夏之交，许穆公夫人从许国到漕邑吊唁，并且为卫国计划向大国求援。许国人不支持她的这些行动，一直在抱怨她，反对她，阻拦她。许穆公夫人作此诗表示了自己的忧愤心情。

许穆公夫人在诗中提出“控于大邦”，虽未言明“大邦”所指，但从《左传》的记载可以看出她主张联齐。这在当时是可行的救国之策。事实上在她赋《载驰》之后，齐桓公派兵救卫，并给予物质上的支援。可见许穆公夫人不仅有满腔爱国热情，还很有政治见识。

此诗的风格雍容沉着，语意决断，悲而不伤，颇有气骨。

【注释】

①载：乃，且。 ②归唁（yàn）：回到卫国吊唁。凡有丧事向生者吊问，或诸侯失国前往慰问，叫作“唁”。卫侯：当指卫文公。旧说指卫戴公，但戴公于周惠王十七年（公元前660年）冬十二月即位，仅一月而亡，继立的是文公。从诗中所写景物看，许穆公夫人归唁当是第二年春夏之事，应是向文公致吊唁之意。 ③悠悠：长，形容道路之远。 ④漕：卫邑名。卫国故都为沬，即原朝歌。公元660年卫为狄人所灭后，卫戴公率卫遗民栖居于此。见题解。 ⑤大夫：指来到卫国劝说许穆公夫人回国的许国大臣。这句连下句的意思是，诸大夫远道来此，我不免增加了忧愁。 ⑥嘉：善，赞同。⑦旋反：还归。旋，回。这二句说，你们即使都不同意我的主张，我也不能回去。 ⑧视：比。尔：你们。指许国诸臣。臧：好。这句连下句说，比起你们的不高明的意见，我所考虑的难道不深远。 ⑨旋济：指渡水回许国。济，渡河。 ⑩閟（bì）：闭塞，不通。这二句说，比起你们不高明的意见，我所考虑的未必行不通。 ⑪陟（zhì）：登高。阿丘：山丘。一说阿丘为地名。 ⑫蝱（méng）：一种药用植物，今名贝母，据说可以治郁闷之疾。这句的意思是：一边采集药草，一边借此排遣愁怀。 ⑬善怀：多愁善感。⑭行：道也。这里指道理、理由。这二句说，虽然女子多愁易感，但是也自有她的道理。 ⑮许人：指许国的人。尤：埋怨，责备。之：许穆公夫人自指。

⑯众：指许人。稚（zhì）：骄傲。作者指斥那些轻视女子的意见而自以为是的许国人都是骄横而且狂妄的。 ⑰野：郊野。 ⑱芃（péng）芃：蓬蓬勃勃，形容植物生长茂盛。 ⑲控于大邦：求告于大国。控，陈诉。大邦，指强有力的大国。 ⑳因：依靠。极：急。对别人的灾难迫切地关心和及时的援助，叫作急人之难。这句的意思是，我们应该依靠谁来救亡呢？ ㉑大夫君子：指许国诸臣。 ㉒无：同“毋”。这句说，别以为我有什么可责备的。㉓百尔所思：指想了许多办法。 ㉔之：往。这二句的意思是，你们上百的主意都不如我自己选择的方向。或训“之”为“思”，亦通。

【译文】

马车飞奔快快走，回去慰问那卫侯。驱马奔驰路遥遥，我回祖国来到漕。大夫们跋山涉水来劝我，我心怎能不忧愁。

纵使你们不同意，我也不能就归去。比起你们的迂腐之见，我难道考虑得不深远？纵使你们不赞成，我也不能渡河登舟。比起你们的迂腐之见，我的想法难道行不通？

登上那边的山冈，采摘贝母聊解忧伤。女子虽然多愁善感，也自有她的主张。许国人责难我，真是骄横又狂妄。

我走在祖国的原野上，麦苗蓬蓬勃勃在生长。快去向大国控诉吧，谁能依靠？谁能救亡？你们这些大夫君子，不要以为我荒唐。你们即使有上百个主意，也不如我自己的主张！

风·卫风

共十篇作品。周武王封其弟康叔于卫，其地在殷都朝歌的南边（今河南省北部与河北省南部一带）。邶、鄘、卫都是卫国之地，所以春秋时人已经把这三十九篇作品视为一组，称为“卫风”。它们都是卫国被狄人灭亡（公元前660年）以前的作品。

淇　奥

瞻彼淇奥①，绿竹猗猗②。
有匪君子③，如切如磋④，
如琢如磨⑤。瑟兮僩兮⑥，
赫兮咺兮⑦。有匪君子，
终不可谖兮⑧！

瞻彼淇奥，绿竹青青⑨。
有匪君子，充耳琇莹⑩，
会弁如星⑪。瑟兮僩兮，
赫兮咺兮。有匪君子，
终不可谖兮！

瞻彼淇奥，绿竹如箦⑫。
有匪君子，如金如锡⑬。
如圭如璧⑭，宽兮绰兮⑮。
猗重较兮⑯，善戏谑兮⑰，
不为虐兮⑱！

【题解】

据前人记载，这是一首赞扬卫武公的诗。卫武公继位之后，修明政治，百姓安居，国势昌盛；他曾参与平定犬戎之乱，辅佐周室，甚有功劳。而且他颇有文才，会写诗，据说《大雅·抑》和《小雅·宾之初筵》就出自他的手笔。此诗盛赞卫武公的品行、才学及威仪。

【注释】

①瞻：看，望。淇：淇水。奥（yù）：通作“隩”，弯曲的河岸。②猗（yī）猗：茂盛的样子。绿竹中虚外直，四时长青，且挺秀多姿，诗人用来比喻卫武公质美德盛。③匪：“斐”的借字，指文采美好。一说为“彼”之借字，亦通。④切：指用刀雕切骨头。磋：雕刻象牙。引申为在学业上研究商讨。⑤琢：磨玉叫“琢”。磨：治石叫“磨”。比喻砥砺品行学问。⑥瑟（sè）：指仪态庄重。僩（xiàn）：威武的样子。⑦赫：光明的样子。咺（xuān）：坦白的样子。⑧谖（xuān）：忘记。⑨青（jīng）青：茂盛的样子。⑩充耳：即“瑱（tiàn）”，缀于冠上悬垂于耳际的饰物。琇（xiù）：宝石。这句说，用晶莹的玉石作瑱。⑪会（kuài）：缝合。弁（biàn）：一种束发的皮帽。这句说，皮帽上的美玉珍珠亮如繁星。⑫箦（jí）：通“积”，茂密的样子，形容竹林丛聚。⑬如金如锡：比喻人锤炼精纯得像金、锡。⑭如圭如璧：比喻人道业已成，如圭、璧已琢磨成器。圭，古玉器，长形，上端呈三角形，古时帝王、诸侯行大典时手中捧圭。璧，古玉器，平圆而中有圆孔。⑮宽兮绰兮：指人心地宽厚开朗。⑯猗：“依”的假借字。古人乘车多站立，需依凭。较：指车上供人扶持、依靠的横木。重较，指装有金质曲钩的“较”。猗重较，指倚立在装饰华丽的车上。⑰戏谑（xuè）：开玩笑。⑱虐：粗暴，无礼。这二句说，善开玩笑，但不粗俗。

【译文】

看那淇水悠悠河湾多，绿竹葱翠真婀娜。那个有文采的君子呀，似象牙经过切磋，似玉石经过琢磨。多庄重啊多威武！多光明啊多磊落！那个有文采的君子呀，永远不会把他忘却！

看那淇水悠悠河湾长，绿竹青青多茁壮。那个有文采的君子呀，晶莹的宝石镶耳瑱，皮帽上的美玉闪闪亮。多庄重啊多威武！多光明呀多磊落！那个有文采的君子呀，永远不会把他遗忘！

看那淇水悠悠河湾曲，绿竹青翠多茂密。那个有文采的君子呀，像精纯的金锡，像琢磨好的圭璧。多宽厚啊多开朗，他在华丽饰金的车上倚，他谈吐风趣，但从不粗暴失礼。

考　槃

考槃在涧①，硕人之宽②。
独寐寤言③，永矢弗谖④。

考槃在阿⑤，硕人之薖⑥。
独寐寤歌，永矢弗过⑦。

考槃在陆⑧，硕人之轴⑨。
独寐寤宿，永矢弗告⑩。

【题解】

这是一首描写隐居生活的诗。隐者徜徉于山林间，独善其身，自得其乐。诗歌的语言简淡，意境幽远，韵致隽永，“读之觉山月窥人，涧芳袭袂”（吴闿生《诗义会通》）。此诗称得上是隐逸诗之宗。

【注释】

①考：成，成就。槃（pán）：乐，快乐。考槃，即“成乐”的意思。或训“槃”为“盘”，盘桓、回旋之意，亦通。这句的意思是，徜徉在山涧边很快乐。　②硕人：大人，美人，贤人。此指隐士。宽：此指心地宽畅。　③独寐寤言：独睡，独醒，独自说话。　④永：长久。矢：誓，发誓。弗谖

（xuān）：不忘。谖，忘。 ⑤阿：山阿，山坡转弯处。 ⑥薖（kē）：宽大。形容贤者风度宽宏。 ⑦永矢弗过：指永不改变。过，去，越过。 ⑧陆：高平之地。 ⑨轴：车轴，引申为旋转之意，即盘桓不行的意思。 ⑩弗告：即此乐无以告人。

【译文】

悠然自得呀在涧水旁，贤士心情真宽畅。独睡独醒独自说，这样的乐趣永不忘。

悠然自得呀在山坡，贤士心胸真开阔。独睡独醒独自歌，隐居的志向永不消磨。

悠然自得呀在高原上，贤士来回在徜徉。独睡独醒独自躺，此中乐趣无从言讲。

硕　　人

硕人其颀①，衣锦褧衣②。
齐侯之子③，卫侯之妻④，
东宫之妹⑤，邢侯之姨⑥，
谭公维私⑦。

手如柔荑⑧，肤如凝脂⑨，
领如蝤蛴⑩，齿如瓠犀⑪，
螓首蛾眉⑫。巧笑倩兮⑬，
美目盼兮⑭！

硕人敖敖⑮，说于农郊⑯。
四牡有骄⑰，朱幩镳镳⑱，

翟茀以朝[19]。大夫夙退[20]，
无使君劳。

河水洋洋[21]，北流活活[22]。
施罛濊濊[23]，鳣鲔发发[24]，
葭菼揭揭[25]。庶姜孽孽[26]，
庶士有朅[27]。

【题解】

这是赞美卫庄公夫人庄姜的诗。《左传·隐公三年》："卫庄公娶于齐，东宫得臣之妹曰庄姜，美而无子，卫人所为赋《硕人》也。"诗歌的第一章叙她的出身高贵，次章写她的容貌美丽，第三章写她初嫁到卫国时礼仪之盛，第四章写她嫁卫时随从之盛。

诗歌的第二章以生动的比喻描绘庄姜的容貌，把她的手比作"柔荑"，把她的皮肤比为"凝脂"……如果仅止于此，固然细致逼真，但是仅仅写其形而未能传其神，美则美矣，了无生气。末二句"巧笑倩兮，美目盼兮"，以转瞬即逝的唇间巧笑和不可捉摸的秋波流动来传其神，则赋予她一股生气，"直把个绝世美人，活活的请出来在书本上滉漾，千载而下，犹如亲其笑貌。"（孙联奎《诗品臆说》）

【注释】

①硕：大，高大。硕人：指庄姜。颀（qí）：身长的样子。　②褧（jiǒng）衣：女子嫁时在途中所穿的外衣，以蔽尘土，用枲麻一类制成。这句说在锦衣上加褧衣。第一个"衣"字作动词用，穿上。　③齐侯：指齐庄公。子：女儿。　④卫侯：指卫庄公。　⑤东宫：指齐太子得臣。这句是说，庄姜和得臣同母，表明她是嫡出。　⑥邢侯之姨：邢侯的妻是庄姜的姐妹。邢，国名。姨，指妻的姐妹。　⑦谭公维私：谭公是庄姜的姐妹的丈

夫。谭，国名。维，其。私，女子称其姐妹的丈夫。 ⑧柔荑（tí）：初生的茅草嫩芽。嫩茅去皮后洁白细软，用来比喻庄姜的手。 ⑨凝脂：凝结的脂油。用来比喻庄姜皮肤白且滑。 ⑩领：颈。蝤蛴（qiúqí）：天牛的幼虫，白色身长。用来比喻庄姜的颈子。 ⑪瓠（hù）犀：瓜的籽儿。瓠，葫芦类。瓜籽洁白整齐，用来形容庄姜的牙齿。 ⑫螓（qín）：虫名，似蝉而小，额宽广而方正。蛾：蚕蛾。蚕蛾的触角细长而曲，用以形容庄姜的眉毛。 ⑬倩：口颊含笑的样子。 ⑭盼：黑白分明。 ⑮敖敖：高而长的样子。 ⑯说（shuì）：休息，歇止。郊：城外。 ⑰四牡：驾车的四匹雄马。骄：肥壮的样子。 ⑱朱幩（fén）：马嚼子露在外面的部分用红绸缠起来，作为装饰。幩，马身上的装饰，今名马口铁、马嚼。镳（biāo）镳：形容盛大。 ⑲翟茀（dífú）：女子所乘的车前后都要遮蔽起来，用来遮蔽的东西叫“茀”。翟茀，以雉羽为装饰的茀。朝：朝见。指庄姜与庄公相见。 ⑳夙退：早点退朝。这句连下句的意思是，今日群臣早退，免得卫君劳于政事，不得与夫人相亲。 ㉑河：指黄河。洋洋：水大的样子。黄河在卫之西齐之东，庄姜从齐入卫，必渡黄河。 ㉒活（guō）活：水流之声。 ㉓施罛（gū）：张网于水，撒渔网。罛，大渔网。濊（huò）濊：撒网下水声。 ㉔鳣鲔（zhānwěi）：黄鱼和鳝鱼。发（bō）发：鱼尾拨动的样子. ㉕葭（jiā）：芦苇。菼（tǎn）：荻苇。揭揭：高长的样子。 ㉖庶姜：指随嫁的众女。“姜”是齐君的姓，陪庄姜出嫁的都是同姓的女子。孽（niè）孽：形容女子高大。 ㉗庶士：指随从庄姜出嫁的男子。朅（qiè）：英武高大的样子。

【译文】

那个美人身材细长，麻纱外衫披在锦衣上。她是齐侯的女儿，卫侯的妻房，太子的胞妹，邢侯的小姨，谭公是她的姐丈。

白嫩的手指像柔荑，光润的皮肤像凝脂，匀长的脖颈像蝤蛴，洁白的牙齿像瓠籽，方正的额头弯弯的秀眉，唇边的笑涡真美丽，美目流转无限情意。

那个美人身材细高，停车歇息在城郊。四匹雄马多肥膘，马嚼子上的红绸飘飘，乘着雉羽装饰的车儿去上朝。众位大夫早点退朝，莫让卫君太辛劳。

黄河水浩浩荡荡，滔滔流向北方。撒下渔网沙沙响，黄鱼鳝鱼泼泼闹，芦荻岸边高高扬。陪嫁的女子个子长，随从的男子多雄壮！

氓

氓之蚩蚩[①]，抱布贸丝[②]。
匪来贸丝，来即我谋[③]。
送子涉淇[④]，至于顿丘[⑤]。
匪我愆期[⑥]，子无良媒[⑦]。
将子无怒[⑧]，秋以为期。

乘彼垝垣[⑨]，以望复关[⑩]。
不见复关，泣涕涟涟[⑪]。
既见复关，载笑载言。
尔卜尔筮[⑫]，体无咎言[⑬]。
以尔车来，以我贿迁[⑭]。

桑之未落，其叶沃若[⑮]。
于嗟鸠兮[⑯]，无食桑葚[⑰]！
于嗟女兮，无与士耽[⑱]！
士之耽兮，犹可说也[⑲]。
女之耽兮，不可说也。

桑之落矣，其黄而陨[⑳]。

自我徂尔[21]，三岁食贫[22]。
淇水汤汤[23]，渐车帷裳[24]。
女也不爽[25]，士贰其行[26]。
士也罔极[27]，二三其德[28]。

三岁为妇，靡室劳矣[29]。
夙兴夜寐[30]，靡有朝矣[31]。
言既遂矣[32]，至于暴矣。
兄弟不知，咥其笑矣[33]。
静言思之，躬自悼矣[34]。

及尔偕老，老使我怨[35]，
淇则有岸，隰则有泮[36]。
总角之宴[37]，言笑晏晏[38]。
信誓旦旦[39]，不思其反[40]。
反是不思[41]，亦已焉哉[42]！

【题解】

这是一首弃妇诗。被弃的女子回忆起当初相爱、结婚的经过及婚后的景况，深悔自己不该被虚情假意的男子蒙骗。她以自己的错误爱情提醒那些天真热情的姑娘："于嗟女兮，无与士耽！"千万不要迷惑于爱情！她认为，男子轻义，很容易就将情意抛在一边；女子重情，便难于自拔。这些激愤的话中包含着她不幸的婚姻体验，极其沉痛。她恨丈夫情意不专，"二三其德"，她悲自己终日操劳，却无以为靠。在悲苦无告中回忆起当年的"信誓旦旦"，更如万箭穿心。当年那个纯情幼稚的少女已在苦难中煎熬得成熟了，她对虚伪的丈夫已不存任何幻想，"反是不思，亦已焉哉"，她不再留恋过去，以刚毅的眼光正视自己的不幸命运。

【注释】

①氓（méng）：民。诗中男子的代称。蚩（chī）蚩：同“嗤嗤”，戏笑的样子。 ②贸：交易。此句说以布易丝。 ③即：就，接近。谋：商量。这二句说，那个人并非真的来买丝，是来找我商量事情。 ④淇：卫水名。⑤顿丘：地名。 ⑥愆（qiān）期：过期。 ⑦子：指那个男子。这二句说，并非我拖延婚期不肯嫁，是因为你没有找好媒人。 ⑧将（qiāng）：愿。含请求、希望之意。 ⑨乘：登。垝垣（guǐyuán）：颓废的土墙。这句说，女子登上土墙远眺。 ⑩复：返。关：在往来要道所设的关卡。女子希望男子到期来会，他来时一定要经过关门。一说，“复关”指男子所居之地。亦通。⑪涟涟：涕泪下流的样子。她初时不见氓回到关门来，以为他负约不来了，因而伤心泪下。 ⑫卜：烧灼龟甲，观察龟甲的裂纹以判吉凶。筮（shì）：用蓍草占卦。尔：指男子。 ⑬体：指龟兆和卦兆，即卜筮的结果。无咎言：指卦上无凶辞。 ⑭贿（huì）：财物，此指嫁妆。以上四句的意思是，你从卜筮看一看吉凶吧，只要卜筮的结果好，就打发车子来迎娶，并将嫁妆搬过去。 ⑮沃若：润泽的样子。以上二句以桑的茂盛时期比喻自己恋爱满足、生活美好的时期。 ⑯于嗟：同“吁嗟”，叹息。鸠：斑鸠，鸟名。 ⑰桑葚（shèn）：桑树的果实。据说斑鸠吃多了桑葚就会昏醉。比喻女子迷惑于爱情。 ⑱耽（dān）：通“酖”。《说文·酉部》“酖，乐酒也。”引申为沉浸，迷恋，指过分沉溺于欢乐。这二句的意思是，一个女子千万不要过分迷恋于同男子相爱啊。 ⑲说（tuō）：脱，解脱。 ⑳陨（yǔn）：落下。此二句以桑叶枯黄谢落比喻情意之衰微。 ㉑徂：往，去。这句说，自我嫁到你家。 ㉒食贫：过贫穷的生活。 ㉓汤（shāng）汤：水势盛大。 ㉔渐：浸湿。帷裳：车旁的布幔。这二句说，女子被弃后渡淇水而归。 ㉕爽：过失，过错。 ㉖贰：是“贰”的误字。“贰”同“忒（tè）”，过错，差错。这二句说，女方没有过错，是男方的行为不对。 ㉗罔极：无常，没有定准。

㉘二三其德：言行前后不一致。 ㉙靡室劳矣：家中诸事无不操劳。靡，无。 ㉚夙兴夜寐：起得早，睡得晚。夙，早。兴，起。 ㉛靡有朝矣：指朝朝如此，不能计算了。即天天早起晚睡。 ㉜既遂：已遂心如意。此句连下句的意思是：女子已安心同他过日子了，男子就对她暴虐不仁了。 ㉝咥（xì）：笑的样子。以上二句说，兄弟不能理解她的遭遇，对她讥笑。 ㉞躬自悼：自己伤悼自己。 ㉟这二句说，当初你说要与我偕老，现在想起这些话，徒然使我怨恨痛苦。 ㊱隰（xí）：应作“湿”，水名，即漯河，与淇水同流经卫国境内。泮（pàn）：畔，边。此二句说，“淇水有岸，漯河有畔”，凡事都有边际，而自己的痛苦无边。一说，“隰（xí）”，水泽，低洼之地，亦通。 ㊲总角：男女未成年时结发成两角，叫“总角”。宴：欢乐。 ㊳晏晏：温和。 ㊴旦旦：诚恳的样子。 ㊵不思其反：没想到他会变了心肠。 ㊶反是不思：不要再把过去的事情想。反，同“返”。 ㊷已焉哉：犹言“算了吧”。

【译文】

那个人儿笑嘻嘻，抱着布匹来换丝。其实不是来换丝，有事来找我商议。送你送过淇水，直到顿丘才告辞。不是我拖延婚期，只怪你没有好媒人。请你不要生气，好日子约定在秋季。

登上那道破土墙，把那入关的人儿张望。看不见那人儿入关，眼泪汪汪向下淌。看见那人儿入关来，有笑有说多欢畅。快去占卜呀快去问卦，卦上该没有不吉利的话。赶上你的车儿来，把我的嫁妆带回家。

桑叶还没有凋落，葱绿一片真鲜嫩。唉，斑鸠呀斑鸠，不要贪吃那桑葚。唉，年轻的姑娘呀，不要迷惑于男人。男人恋上女子呀，很容易就解脱。女子要是恋上男人，哪里甩得脱！

桑叶凋谢了，一片枯黄纷纷飘零。自从嫁到你家，三年受尽苦和贫。淇水滔滔渡河回，水溅车帷湿淋淋。我做妻子没有过错，是你男人太无情。你喜新厌旧无常性，三心二意坏德行！

做你家的媳妇已多年，家里家外都操劳。起得早，睡得晚，天天如此非一朝。日子过得遂心愿，你却对我越来越粗暴。兄弟们不能体谅我，见我回家都讥笑。静静思来细细想，我暗自伤心泪珠往下掉。

你曾说白头偕老，想起这话我心头恼。淇水呀有岸，漯水呀有边。两小无猜共游玩，说说笑笑亲密无间。信誓旦旦犹在耳，没有想到你把心变。从前的事情不再去想，算了吧，不必留恋。

竹　竿

籊籊竹竿①，以钓于淇。
岂不尔思②？远莫致之③。

泉源在左④，淇水在右⑤。
女子有行，远兄弟父母。

淇水在右，泉源在左。
巧笑之瑳⑥，佩玉之傩⑦。

淇水滺滺⑧，桧楫松舟⑨。
驾言出游，以写我忧⑩。

【题解】

这是远嫁他乡的女子思归之作。诗歌的第一章回忆未嫁时的鱼钓之乐，第二章回忆嫁时光景，第三章回忆未嫁时嬉玩之事。虽是回忆，却把往事活灵活现地绘于纸上，那么真切，如闻如见，足见女子沉浸在多么甜蜜的回忆中。回忆中的甜蜜更增添了思乡不得归的苦痛，所以第四章言“出游”“写忧”。在女子的回忆中，家乡的水照样流，水上的船儿依旧，她何时能重温旧梦呢？此诗用笔雍容，音节圆畅，风致嫣然，当是“三百篇”中的佳作。

有人认为此诗的作者是许穆公夫人，根据不足。

【注释】

①籊（dí）籊：修长挺直的样子。 ②尔：指你，你们。不尔思，即“不思尔”。 ③致：到，达到。这二句说，难道我不思念故乡吗？路途遥远回不去。 ④泉源：水名，在卫国的西北部，向东南流入淇水。水以北为左，以南为右，泉源在朝歌北，故曰“泉源在左”。 ⑤淇水：在卫国西南部，东流与泉源合。因其在朝歌之南，故曰“淇水在右”。 ⑥瑳（cuó）：本指玉色润泽洁白。在此形容少女笑而见齿的样子。 ⑦傩（nuó）：通“娜”。形容女子行走时腰身婀娜有姿。 ⑧滺（yóu）滺：水流之状。 ⑨桧楫：桧木做的船桨。松舟：松木做的船。 ⑩写：通“泻”，消除，宣泄。

【译文】

长长竹竿细又尖，用它垂钓在淇水边。我哪能不把你想念？山高水长路途远。

泉源汩汩左边淌，淇水滔滔右边涌。女儿家出嫁了，远离了父母弟兄。

淇水滔滔右边流，泉源汩汩左边淌。巧笑露齿白如玉，行走婀娜佩玉叮当响。

淇水悠悠日夜流，桧桨松舟也依旧。驾起车儿且出游，聊解心头的忧愁！

芄　兰

芄兰之支①，童子佩觿②，
虽则佩觿，能不我知③？
容兮遂兮④！垂带悸兮⑤！

芄兰之叶，童子佩韘⑥。
虽则佩韘，能不我甲⑦？
容兮遂兮！垂带悸兮！

【题解】

此诗是一位少女对意中人发出的娇嗔之词。他们本是青梅竹马，两小无猜。但长大后却渐渐疏远。这一天，两人相遇，也许是不好意思吧，小伙子装出一本正经的样子，大摇大摆地走过去，仿佛与姑娘不相识。姑娘又好笑又好气，于是出言挖苦他：毛头小伙子，别在我面前装腔作势！

此诗写得很有情趣，寥寥数语，便把姑娘的恼怒及小伙子的神态写活了。

【注释】

①芄（wá）兰：一种野生植物，又名萝藦。支：指芄兰的荚实，形尖，比喻童子所佩的觿。　②童子：小伙子。诗中女子对男友的戏谑之称。觿（xī）：用象牙、兽骨制成的小锥，可以用来解结，是成人佩用的装饰物。又名解锥。　③能不我知：怎不和我相知？知，指男女相爱恋。　④容：雍容之状。遂：安闲之状。这句是挖苦童子装模作样，故作悠闲大度。　⑤悸：本指惊恐战栗。这里指衣带下垂抖动之状。　⑥韘（shè）：用兽骨、玉石制成

的缺口扳指，射箭时戴在右手拇指上，用来扣弦引弓。佩韘也是成年男子的标志。 ⑦甲：即“狎”，亲近戏玩。

【译文】

芄兰荚儿尖又尖，毛头小伙解锥佩身边。虽然解锥佩身边，怎么不再把我恋？瞧你装模作样假正经，垂长的衣带摇呀摆。

芄兰叶儿圆又圆，毛头小伙手戴扳指环。虽然手戴扳指环，怎么不再和我玩？瞧你装模作样假正经，垂长的衣带摇呀摆。

河 广

谁谓河广？一苇杭之①。
谁谓宋远？跂予望之②。

谁谓河广？曾不容刀③。
谁谓宋远？曾不崇朝④。

【题解】

这是侨居卫国的宋人思乡之作。卫国在戴公迁漕以前，都城在朝歌，和宋国只隔着一条黄河。在急欲归乡的诗人眼中，黄河“一苇”可渡、狭不容舟，他心目中的宋国举目可望。诗人以夸张的语言极言河之狭、宋之近，其迫切归乡的心情跃于纸上。

【注释】

①杭：通“航”，渡。苇可以编筏子，“一苇杭之”是说用一片芦苇就可以渡过黄河了，极言渡河不难。 ②跂（qǐ）：踮起脚跟。予：犹“而”。以上两句言宋国并不远，踮起脚跟就可以望见了。 ③曾：乃，而。刀：通

“舠”，小船。这句形容黄河之狭。 ④崇：终。崇朝，从天明到早饭时。这句说，从卫到宋不消崇朝的时间，言其很近。

【译文】

谁说黄河宽又广？一片芦苇就能航。谁说宋国路途远，踮起脚跟就能望。

谁说黄河广又宽？河中容不下一只小船。谁说宋国路途遥？不要一早就到对岸。

伯 兮

伯兮朅兮①，邦之桀兮②。
伯也执殳③，为王前驱④。

自伯之东⑤，首如飞蓬⑥。
岂无膏沐⑦？谁适为容⑧？

其雨其雨⑨，杲杲出日⑩。
愿言思伯⑪，甘心首疾⑫。

焉得谖草⑬？言树之背⑭。
愿言思伯，使我心痗⑮。

【题解】

此诗抒写一个妇人对从军远征的丈夫的思念之情。当她想象丈夫执殳前驱，气概英武，颇有一些骄傲之感。然而紧接着袭上心来的却是刻骨的相思。自丈夫远征之后，她“首如飞蓬”“甘心首疾”，备受相思的折磨。人说谖草可以忘忧，可是到哪儿去找能让她忘忧的谖草呢？显然这一段相思是化不开的，丢不掉的。诗歌围绕一个“思”字着墨，由绘形而写心，层层递进，细致地道出辗转于心的一缕柔情，感人至深。

【注释】

①伯：女子对丈夫的称呼。朅（qiè）：威武壮健的样子。 ②邦：国。桀：通“傑”（即“杰”），英杰，才智出众的人。 ③殳（shū）：兵器，杖类，长一丈二尺。 ④前驱：在前导引。 ⑤之：往，去。 ⑥蓬：草名。蓬草遇风就狂飞四散，所以称“飞蓬”。这句用飞蓬形容头发散乱。 ⑦膏：指润发的油。沐：洗头。 ⑧适：悦。容：修饰容颜。这句说，修饰容貌为了取悦谁呢？ ⑨其雨其雨：犹言“下雨吧，下雨吧。”其，含有祈求的意思。 ⑩杲（gǎo）杲：光明的样子。这二句的意思是，极盼下雨，而偏偏出太阳。比喻亟盼丈夫回来，偏偏事与愿违。 ⑪愿言：犹“愿然”，沉思的样子。或作“睠然”，念念不忘之意，亦通。 ⑫甘心：情愿。这句说，虽因相思而头疼，也心甘情愿。 ⑬焉：何，此指什么地方。谖（xuān）草：萱草，又名忘忧草。 ⑭树：动词，种植。背：古与“北”同字。这里的“背”指北堂的阶下。 ⑮痗（mèi）：病。

【译文】

阿哥健壮又威武啊，咱们国家的英雄。他手里拿着丈二殳，为了君王打先锋。

自从阿哥去征东，我头发散乱像飞蓬。难道没有润发油？为谁喜欢我整仪容？

下雨吧，下雨吧，偏偏出了大太阳。一心把我阿哥想，想得头痛又何妨。

哪儿去找忘忧草？北堂之下把它种。一心把我阿哥想，想得肠断又心痛。

有　狐

有狐绥绥[①]，在彼淇梁[②]。
心之忧矣，之子无裳[③]。

有狐绥绥，在彼淇厉[④]。
心之忧矣，之子无带[⑤]。

有狐绥绥，在彼淇侧[⑥]。
心之忧矣，之子无服。

【题解】

这是女子思念流离在外的丈夫的诗。深秋季节，她在淇水边看到一只狐狸。狐狸慢吞吞地走过河梁，走过沙滩，在河岸上转悠。她不禁想起了飘零在外的丈夫，也是那么的孤独无依。而狐狸尚且换上了厚密的新毛，而丈夫却没有一件过冬的衣裳。在忧虑的悬想中她唱出了这首歌。诗歌共三章，采用层层递进的修辞手法，由浅入深，吟出女子的所思所感。

【注释】

①绥（suí）绥：徐行。形容步伐迟缓的样子。　②梁：桥。　③裳：下衣，类似现在的裙。　④厉：渡口。指河水深而可涉过的地方。一说，“厉”为“濑”的借字，指有沙石的浅滩。　⑤带：指衣带。　⑥侧：指河边。

【译文】

一只狐狸慢吞吞，走在淇水河梁上。我的心中多忧伤，在外的人儿没衣裳。

一只狐狸慢吞吞，走在淇水沙滩上。我的心中多忧伤，那个人儿无带束衣裳。

一只狐狸慢吞吞，走在淇水河岸边。我的心中多忧伤，在外的人儿没衣衫。

木　瓜

投我以木瓜①，报之以琼琚②。
匪报也③，永以为好也④。

投我以木桃⑤，报之以琼瑶⑥。
匪报也，永以为好也。

投我以木李，报之以琼玖⑦。
匪报也，永以为好也。

【题解】

这是描写青年男女互赠礼物的诗。作者似是男性。姑娘在采摘野果时遇见了自己的意中人，于是随手投掷果子以表情意。男子接到掷来的果子，也接受了姑娘的一颗心，马上解下身上的佩玉回赠。回赠的礼物虽然贵重，但“匪报也”，男子的本意并不在物，他深知姑娘的情意哪里是这些东西能报答的，他不过是借此表示长久相爱的意愿罢了。“匪报也”三字，使诗意翻进一层，转折添姿，更增情味。

诗歌采用复沓形式，反复歌咏，尽情地倾诉永结同心的意愿。

【注释】

①投：扔。木瓜：植物名，落叶灌木，果实椭圆，可食。 ②报：回报，回赠。琼琚：指佩玉。琼，赤玉。琚，佩玉名。下二章的“琼瑶”“琼玖”，都泛指佩玉。 ③匪：非，不是。 ④好：爱，相爱。 ⑤木桃：就是桃子。下章的“木李”，也就是李子。为了和首章“木瓜”一律，所以加上“木”字。 ⑥瑶：美石。 ⑦玖（jiǔ）：黑色的玉。

【译文】

她送我木瓜，我拿佩玉来报答。不是为了报答，表示永远爱着她。

她送我鲜桃，我拿佩玉来还报。不是为了还报，表示和她长相好。

她送我李子，我拿佩玉做回礼。不是为了回礼，表示和她好到底。

风·王风

共十篇作品。“王”即指周王室。平王东迁洛邑，周室衰微，无力统御诸侯列国，王室地位等于列国，故称“王风”。其地包括今河南省洛阳、孟州、沁阳、巩义、温县一带。《王风》均是周室东迁之后的作品，多乱离悲凉之音。

黍　离

彼黍离离①，彼稷之苗②，
行迈靡靡③，中心摇摇④。
知我者谓我心忧，不知我者谓我何求⑤？
悠悠苍天⑥，此何人哉⑦？

彼黍离离，彼稷之穗。
行迈靡靡，中心如醉，
知我者谓我心忧，不知我者谓我何求？
悠悠苍天，此何人哉？

彼黍离离，彼稷之实。
行迈靡靡，中心如噎⑧。
知我者谓我心忧，不知我者谓我何求。
悠悠苍天，此何人哉？

【题解】

毛诗序说周人东迁后有大夫行役到故都，见宗庙宫室平为田地，遍种黍稷。他忧伤彷徨，“闵周室之颠覆”，因而作了这首诗。此说在旧说之中最为通行，影响极大，“黍离”一词已成为后世文人感慨亡国触景生情时常用的典故。但从诗的本身体味，只见出这是一个流浪者诉忧之辞，是否有关周室东迁的事却很难说，所以“闵周”之说只可供参考。

诗人满目凄凉，触景伤情，一腔悲怆无由宣泄，只得连连呼天。

【注释】

①黍（shǔ）：小米。离离：一行行的样子。 ②稷（jì）：高粱。这二句说，黍稷离离成行，正在长苗的时候。 ③行迈：行走。迈，远行。靡靡：脚步迟缓的样子。 ④中心：即心中。摇摇：心神不宁的样子。 ⑤这两句的意思是，了解我的人见我在这里徘徊，晓得我心里忧愁；不了解我的人还当我在寻求什么东西呢。 ⑥悠悠：遥遥。 ⑦这句与上句合在一起的意思是，老天啊，是谁造成这种状况的？ ⑧噎（yē）：气逆不能呼吸。

【译文】

那黍子行行长得好，那高粱正出苗。一路徘徊慢慢走，愁闷满怀心神摇。了解我的，说我心里忧伤；不了解我的，问我在把什么寻找？老天呀你高高在上，是谁弄成这个样？

那黍子行行排成队，那高粱正吐穗。一路徘徊慢慢走，心神不宁如酒醉。了解我的，说我心里忧伤；不了解我的，问我正在找谁？老天呀你高高在上，是谁弄成这个样？

那黍子行行长得密，那高粱结籽粒。一路徘徊慢慢走，心头烦闷喘不上气。了解我的，说我心里忧伤；不了解我的，问我有什么希冀？老天呀你高高在上，是谁弄成这个样？

君子于役

君子于役①，不知其期。
曷至哉②？鸡栖于埘③，
日之夕矣，羊牛下来④。
君子于役，如之何勿思？

君子于役，不日不月⑤。
曷其有佸⑥？鸡栖于桀⑦，
日之夕矣，羊牛下括⑧。
君子于役，苟无饥渴⑨？

【题解】

这是女子怀念征人的诗。丈夫久役不归，其妻苦苦思念，每当日薄西山的时分，正是相思最切之际。鸡儿上窠了，太阳落坡了，牛羊下了山冈，而久役在外的人儿仍然没有踪影，怎叫人不挂念呢？他大概不至于忍受饥渴吧？诗歌的语调低沉缓慢，仿佛是思妇在沉思中发出的低语，她那忧虑的目光久久落在夕阳辉映的山冈上……诗歌以黄昏村落的典型情境来强化思妇孤独无依、思远怀人的氛围，情境如画，颇具感染力。

【注释】

①君子：妻对夫的称谓。于：往。役：指在外服役。 ②曷至哉：何时归来。 ③埘（shí）：土墙上凿洞做成的鸡窠。 ④下来：指从山冈上下来。 ⑤不日不月：不可以按日月计算，没有定期。这是“不知其期”的另一种说法。 ⑥有：又。佸（huó）：相会。这句说，何时能再会。 ⑦桀（jié）：小木桩。指鸡窠中让鸡栖息于上的横木。 ⑧括（kuò）：义同“佸”。下括，指牛羊聚集在一起下山冈。 ⑨苟：且。大概，也许。这句是妻子猜测的话，希望他无饥渴而又不敢确信。

【译文】

夫君在外服役，不知道他的归期。他什么时候才能回来呢？鸡栖息在窝里，太阳已经偏西，牛羊下山回栏里。夫君还在外服役，我怎么能不把他相思！

夫君在外服役，没有准期日子长。什么时候才能团聚一堂？鸡栖息在木桩上，太阳已经落坡，牛羊成群下山冈。夫君在外服役，该不会缺水缺粮？

君子阳阳

君子阳阳①，左执簧②，
右招我由房③。其乐只且④？

君子陶陶⑤，左执翿⑥，
右招我由敖⑦。其乐只且！

【题解】

这是一首描绘歌舞共乐的诗。诗歌的风格轻快活泼，洋溢着一种载歌载舞的欢乐气氛。

【注释】

①君子：此处指舞者。阳阳：即“扬扬”，快乐得意的样子。 ②簧（huáng）：一种乐器，即大笙。 ③由：从，跟。由房，跟他一同到房里去。 ④只且（jū）：语尾助词。 ⑤陶陶：和乐的样子。 ⑥翿（dào）：一种用雉羽装饰的扇形道具，舞者持手中挥舞。 ⑦敖：游玩。

【译文】

那个人儿喜洋洋，左手拿着笙簧，右手招我进房一起唱。心儿在欢唱！

那个人儿乐陶陶，左手拿着羽扇摇，右手招我一起舞蹈。心儿在欢跳！

扬之水

扬之水①，不流束薪②。
彼其之子③，不与我戍申④。
怀哉怀哉⑤，曷月予还归哉⑥？

扬之水，不流束楚⑦。
彼其之子，不与我戍甫⑧。

怀哉怀哉！曷月予还归哉？

扬之水，不流束蒲⑨。
彼其之子，不与我戍许⑩。
怀哉怀哉！曷月予还归哉？

【题解】

这是一首戍卒怀乡思归之作。周平王东迁洛阳后，南方楚国势力渐强，有并吞小国的野心。申、吕、许三个诸侯小国都是姜姓，屡遭楚人侵犯，周平王派兵戍守，戍卒流离不归，思乡怀人，故作此怨诗。据《竹书纪年》，周平王三十三年（公元前738年）楚人侵申国，三十六年周王遣兵戍守。这首诗可能就是那时产生的。

【注释】

①扬之水：悠扬的水。一说“扬”通“杨”，地名，在周畿内，也许是戍者的故乡。 ②束薪：一捆柴薪。这二句说，缓缓流动的水漂不走一束柴薪。诗人以此作比兴，喻士兵远戍，而不能让亲人同行，犹如“扬之水，不流束薪”。 ③彼其之子：指诗人所怀念的人。 ④申：国名，姜姓，是周平王的母家，在今河南省南阳市北。这句说，所怀念的人儿不能和我一起戍守申国。 ⑤怀：思念。 ⑥曷：何。予：我。这句说：我何年何月才能回故乡。⑦楚：牡荆，一种落叶灌木。 ⑧甫：国名，又作“吕”。也是姜姓之国，在今河南省南阳市卧龙区境西，与申邻近。 ⑨蒲：水生的蒲草。或者指蒲柳，一种生在水边的落叶乔木。 ⑩许：国名，也是姜姓之国，在今河南省许昌市魏都区一带。申、吕，许三国互相为唇齿，抵御楚国。戍吕、许，即等于戍申，所以诗中三国并提。

【译文】

河水缓缓流，不能漂走一捆柴薪。我那个人儿呀，不能同我一起守申。想念她呀思念她，何年何月才能回家？

河水缓缓流，不能漂走一捆牡荆。我那个人儿呀，不能和我来甫当兵。想念她呀思念她，何年何月才能回家？

河水缓缓流，不能漂走一捆蒲柳。我那个人儿呀，不能和我来许驻守。想念她呀思念她，何年何月才能回家？

中谷有蓷

中谷有蓷①，暵其干矣②。
有女仳离③，嘅其叹矣④。
嘅其叹矣，遇人之艰难矣⑤！

中谷有蓷，暵其脩矣⑥。
有女仳离，条其啸矣⑦。
条其啸矣，遇人之不淑矣⑧！

中谷有蓷，暵其湿矣⑨。
有女仳离，啜其泣矣⑩，
啜其泣矣，何嗟及矣⑪。

【题解】

这是一首哀悯弃妇的诗。诗人满怀同情地把弃妇比喻为旱天的草，她遇人不淑，遭人抛弃，陷于绝境，就像旱天的草一样一天天枯萎，一天天憔悴。她无法抗拒不幸的命运，唯有长叹，呼号，哭泣！诗歌分三章，诗人分别用“干、脩、湿”来喻弃妇的境况，以“叹、啸、泣”来描写弃妇的情绪，由浅及深，很有层次地表现了弃妇的悲苦状况。

【注释】

①中谷：谷中。蓷（tuī）：药草名，即益母草，通常生长在湿润之地。②暵（hàn）：干燥。这二句是以蓷草生于谷中而枯萎来比喻女子被遗弃而憔悴。　③仳（pǐ）离：分离。这里指被离弃。　④嘅（kǎi）：叹息的样子。⑤人：指丈夫。艰难：此处指丈夫对她不好。　⑥脩（xiū）：本意为干肉，此处指草干枯。　⑦条：长的样子。啸（sù）：蹙口发声。条其啸，即长声而嘘，深长的叹息。　⑧不淑：不善。　⑨湿：“曝（qī）”的假借字，晒干。⑩啜（chuò）：低声哭泣。　⑪何嗟及矣：应为“嗟何及矣”。意思是后悔莫及。

【译文】

益母草，在山谷，天旱草渐枯。有个女子被遗弃，哀哀叹息心伤痛。哀哀叹息心伤痛，嫁个丈夫把她欺负！

益母草，在谷间，天旱草渐干。有个女子被遗弃，哀声长叹心内酸。哀声长叹心内酸，嫁个丈夫是负心汉！

益母草，在谷中，天旱草枯焦。有个女子被遗弃，呜咽哭泣自伤悼。呜咽哭泣自伤悼，后悔莫及添烦恼。

兔　爰

有兔爰爰①，雉离于罗②。
我生之初，尚无为③，
我生之后，逢此百罹④。
尚寐无吪⑤！

有兔爰爰，雉离于罦⑥。
我生之初，尚无造⑦。
我生之后，逢此百忧。
尚寐无觉⑧！

有兔爰爰，雉离于罿⑨。
我生之初，尚无庸⑩。
我生之后，逢此百凶。
尚寐无聪⑪！

【题解】

此诗是小民在徭役重压下的痛苦呻吟。诗中一再将“我生之初”与“我生之后”相比，抱怨自己生不逢时，遭遇“百罹”“百忧”“百凶”，一生下来就落在罗网里，像一只无力挣扎的野鸡，逃脱的办法唯有一死。诗歌表现出强烈的愤世嫉俗的情绪，“词意凄怆，声情激越”（方玉润《诗经原始》）。

【注释】

①爰（yuán）爰：缓缓，宽纵的样子，即自由自在。 ②雉：野鸡。离：遭受，遭到。罗：罗网。以上二句以狡兔自由自在而野鸡落入罗网作比兴，喻社会不平等，有人享受自由，而小民被剥夺了自由。 ③尚：犹，还。为：古与“繇”通，指徭役。这句说，在我出世之前还没有那么多的徭役。④罹（lí）：忧。古读如“罗”。百罹，即多种忧患。 ⑤尚：庶几，带有希望的意思。寐：睡。吪（é）：动。这句说，希望睡着了一动不动。即但愿长眠不醒，不愿再活下去的意思。 ⑥罦（fú）：一种带有机轮的罗网，又叫作覆车网。 ⑦造：营造，指劳役。 ⑧觉：醒。 ⑨罿（chōng）：捕鸟网。⑩庸：用，指劳役。 ⑪聪：闻，听觉。

【译文】

野兔来往自在，野鸡落入网里。我出生之前，还没有这么多苦役，我出生之后，偏偏有这么多愁事。但愿一觉睡去不再动！

野兔来往自在，野鸡落进网来。我出生之前，还没有这么多苦差。我出生之后，偏偏有这么多祸灾。但愿一觉睡去眼不开！

野兔来往自在，野鸡落入网里。我出生之前，还没有这么多差使。我出生之后，偏偏有这么多忧虑。但愿一觉睡去听不见！

葛　藟

绵绵葛藟①，在河之浒②。
终远兄弟③，谓他人父④。
谓他人父，亦莫我顾⑤。

绵绵葛藟，在河之涘⑥。
终远兄弟，谓他人母。
谓他人母，亦莫我有⑦。

绵绵葛藟，在河之漘⑧。
终远兄弟，谓他人昆⑨。
谓他人昆，亦莫我闻⑩。

【题解】

这是一首流浪者自述悲苦的诗。诗歌以生长在河边的葛藟起兴，引出身世飘零之叹。葛藟尚且托根于河岸，自己却流离他乡，与亲人失散，即使向人家求爹告娘，也得不到一点点怜悯。诗歌的语言平实，感情沉重，确实出自一颗备受屈辱的心灵。

【注释】

①绵绵：蔓延不绝，连绵不断。葛藟（lěi）：葛、藟皆蔓生植物。②浒：水边。③终：既。远：远离。④谓他人父：呼叫他人为父。这句说，自己流落他乡，向人哀告时不得不称别人为“爸爸”。下文“谓他人母”“谓他人昆”，同义。⑤顾：眷顾，照顾。⑥涘（sì）：水边。⑦有：同“友”，亲爱。⑧漘（chún）：水边。⑨昆：兄长。古人称兄弟为昆仲。⑩闻：问，恤问，怜惜。

【译文】

葛藟长又长，连绵河边生。远离兄和弟，把别人喊父亲。阿爸阿爸连声喊，也没有人把我照看。

葛藟长又长，连绵河岸生。远离兄和弟，把别人喊娘亲。阿妈阿妈连声喊，也没有人肯发善心。

葛藟长又长，连绵生河旁。远离兄和弟，把别人喊兄长。阿哥阿哥连声喊，也没有人肯帮忙。

采　葛

彼采葛兮①，一日不见，
如三月兮！

彼采萧兮②，一日不见，
如三秋兮③！

彼采艾兮④，一日不见，

如三岁兮！

【题解】

这是一首思念情人的诗。对于热恋中的男女，分离，哪怕只是片刻的分离，也显得很漫长，令人难以忍受。这首诗即表达了这种独特的心理感受。诗歌首章称“一日不见”“如三月”，次章称“如三秋”，末章称“如三岁”，只换了几个字，就生动地传写出对情人越来越强烈的思念之情。

古代采集工作多由女子承担。此诗似男子所作，想象意中人正在采葛采萧。

【注释】

①彼：她。诗人所怀念的人。葛：一种蔓生植物，其皮可制成纤维织布。 ②萧：植物名，香蒿，可供祭祀用。 ③三秋：通常以一秋为一年。在这首诗里，“三秋”该长于“三月”，短于“三岁”，义同三季，即九个月。④艾：菊科植物，烧艾叶可以灸病。

【译文】

那人正在采葛藤，一天不见她，就像过了三月整。

那人正在采香蒿，一天不见她，如隔三秋受煎熬。

那人正在采艾草，一天不见她，如隔三年真烦恼！

大车

大车槛槛①，毳衣如菼②。

岂不尔思③？畏子不敢④。

大车哼哼⑤，毳衣如璊⑥。
岂不尔思？畏子不奔⑦。

穀则异室⑧，死则同穴⑨。
谓予不信⑩，有如皦日⑪。

【题解】

这是一个女子向情人剖析心曲的情诗。她热恋着这个男子，有心和他私奔。但是男子心里究竟怎么想的呢？她不能确定，心存疑惑，故而不敢贸然行动。但是她向情人表示矢志不渝，指日为证。诗歌的前二章委婉陈词，第三章慨然立誓，大胆而热烈。

【注释】

①大车：牛拉的车。槛（kǎn）槛：大车行走的声音。 ②毳（cuì）：兽类的细毛，此指毛织品。毳衣，用毛织品缝制的衣物。菼（tǎn）：初生的芦荻，淡青色。这句说，那个驾车的小伙子穿着一件淡青色的毛衣。 ③尔：你，指男子。这句说，哪里是不想念你。 ④畏：怕。子：指男子。 ⑤哼（tūn）哼：大车行走的声音。 ⑥璊（mén）：赤色的玉。 ⑦奔：私奔。 ⑧穀：生，活着。 ⑨穴：墓穴。 ⑩予：我。不信：不诚实。这句说，如果以为我不是诚心诚意。 ⑪皦（jiǎo）：明亮。这句说，太阳为证。以上四句是女子对情人发的誓言。

【译文】

大车驶过“坎坎坎”，身上毛衣青色淡。怎么能不想你？怕你做事不果敢。

大车驶过“腾腾腾”，身上毛衣红色深。怎么能不想你？怕你犹豫不敢奔。

活着如不能同房，死了也要合葬。你要是不信我的话，请看天上太阳明亮亮！

风·郑风

共二十一篇作品。郑国原在今陕西省西安市附近，西周末年犬戎杀幽王和郑桓公。周室东迁洛邑后，郑桓公之子武公继位，都于新郑（今河南省新郑市）。新郑在当时是一个繁华的都市，民间有在溱、洧等地游春嬉戏的习俗，诗多言情之作。《郑风》多是东周至春秋之间的作品。

缁　衣

缁衣之宜兮①，敝予又改为兮②！
适子之馆兮③，还予授子之粲兮④！

缁衣之好兮，敝予又改造兮！
适子之馆兮，还予授子之粲兮！

缁衣之蓆兮⑤，敝予又改作兮！
适子之馆兮，还予授子之粲兮！

【题解】

这是一首赠衣的诗。缁衣是古代卿大夫私朝（即到官署）时穿的衣服，可见诗歌的作者身份较高贵。这位贵妇对丈夫的衣着很关心，希望他穿得体体面面地上官署，特意为他缝制新衣。诗歌的语气很亲昵，如同妇人在丈夫耳边絮絮细语。旧说此诗赞美郑武公好贤，不足信。

【注释】

①缁（zī）衣：黑色的衣。宜：合适。此处指衣服称身。　②敝：破。予：我。改为：另外缝制。下文的“改造”“改作”同义。　③适：往，到。子：指女子的丈夫。馆：官署。　④还：回。指男子由官府回来。授：给予。粲：形容新衣色彩鲜明。一说，“粲”为美餐。这二句的意思是，你到官署去当值，回来时我给你新衣。　⑤蓆（xí）：宽大。这里指衣服合体。

【译文】

这件黑衣好式样，破了我再做新裳。你到官舍去啊，回来让你试新装。

这件黑衣多好看，破了我再缝一件。你到官舍去啊，回来让你穿穿看。

这件黑衣多合体，破了我再缝新的。你到官舍去啊，回来给你穿新衣。

将　仲　子

将仲子兮[①]，无逾我里[②]，
无折我树杞[③]。岂敢爱之[④]？
畏我父母。仲可怀也，
父母之言，亦可畏也！

将仲子兮，无逾我墙，
无折我树桑。岂敢爱之？

畏我诸兄。仲可怀也，
诸兄之言，亦可畏也！

将仲子兮，无逾我园[5]，
无折我树檀[6]。岂敢爱之？
畏人之多言。仲可怀也，
人之多言，亦可畏也！

【题解】

这是一首女子拒绝男子前来幽会的诗。诗歌采用与情人倾谈心里话的口气，明白自然。开首“将仲子”三字，语气亲昵又带着一丝祈求，正透露着她内心的冲突。她劝情人不要逾墙攀树来幽会，又生怕这拒绝会让情人产生误解，赶紧说明原委：“畏我父母”。她在情人面前坦率地承认：我不是不想念你，是怕别人说闲话。如此一波三折，把女子微妙的心理和盘托出，委婉动人。“父母之言”“诸兄之言”“人之多言”所形成的巨大压力迫使女子硬下心肠劝阻情人前来幽会，但是不能让她改变“仲可怀也”的态度。是屈服于社会压力？还是抗争？诗歌没有告诉我们，留下了想象的空间。

【注释】

①将（qiāng）：请，愿。仲子：男子的字。一说，女子对情人的称号。仲，是兄弟中排行第二，“仲子”，犹言“二哥”。 ②逾：越，翻过。里：古制五家为邻，五邻为里，里外有墙。逾里，指越过里墙。 ③杞（qǐ）：柳树的一种。逾墙就不免攀缘墙边的树，树枝攀折了留下痕迹，逾墙的事也就瞒不了人。所以请仲子勿折杞也就是请他勿逾里的意思。 ④爱：吝惜，舍不得。之：指杞树。这句说，不是舍不得杞树。 ⑤园：种果木菜蔬的地方有围墙者为“园”。“逾园”即逾墙。 ⑥檀（tán）：树名，木质坚硬，可做

器具。

【译文】

仲子呀，听我讲，请你不要翻过我家里墙，别把杞树折伤。哪里是舍不得杞树？是担心我爹和娘。仲子啊，我把你记挂，可爹娘的责骂也让人害怕。

仲子呀，听我讲，请你不要翻过我家院墙，别把桑树折伤。哪里是舍不得桑树？是担心众位兄长。仲子啊，我把你记挂，可兄长的责骂也让人害怕。

仲子呀，听我讲，请你不要翻过我家围墙，别把檀树折伤。哪里是舍不得檀树？是担心别人说闲话。仲子啊，我把你记挂，可人多嘴杂让人害怕。

叔　于　田

叔于田①，巷无居人②。
岂无居人？不如叔也，
洵美且仁③。

叔于狩④，巷无饮酒⑤。
岂无饮酒？不如叔也，
洵美且好。

叔适野⑥，巷无服马⑦。
岂无服马？不如叔也，
洵美且武⑧。

【题解】

这是一首赞美猎人的诗。作者可能是一位女子。她爱上了同住里巷的一位猎人，在她的眼中，意中人是无人比得上的。只要他去打猎，整个里巷就黯然失色了，“巷无居人”“巷无饮酒”“巷无服马”，似乎他带走了里巷的光彩和生气。这些描绘无疑是夸张的，但它们所传达的感情对于坠入情网的女子来说又是十分真实的。因为她的整颗心都放在猎人身上，别的都不足道。只有在意中人身边，生活才有欢笑；而意中人一离开她的眼界，她的心立即就变得空荡荡的，生活也索然无味。这首诗写得朴实自然，是少女情怀的坦露，纯真感人。

旧说此诗写郑庄公之弟太叔段，不足信。

【注释】

①叔：女子对情人的昵称。古代兄弟排行序列是伯、仲、叔、季。“叔”指兄弟之中的年幼者。当时习俗，女子常用伯、仲、叔、季称呼爱人。于：往。田：打猎。 ②巷：里巷。这句说，里巷里好像没有住着一个男子。言外之意，只要叔不在，就没有第二个男子了。 ③洵：实在，确实。仁：宽厚慈爱。 ④狩（shòu）：冬天打猎。 ⑤饮酒：指饮酒者。 ⑥适：到，往。野：郊外。 ⑦服马：骑马，乘马。 ⑧武：英武。

【译文】

阿叔打猎出了门，街巷空空不见人。哪是巷里真没人，能及阿哥的有几人？他那么漂亮又温存。

阿叔出门去猎狩，街巷无人在喝酒。哪是真的无人喝酒，能及阿哥的有几个？他那么漂亮又宽和。

阿叔出门去郊野，街巷没有骑马人。哪是真的无人骑马，能有几人及阿叔？他那么漂亮又英武！

大叔于田

叔于田[1]，乘乘马[2]。
执辔如组[3]，两骖如舞[4]。
叔在薮[5]，火烈具举[6]。
襢裼暴虎[7]，献于公所[8]。
将叔无狃[9]，戒其伤女[10]。

叔于田，乘乘黄[11]。
两服上襄[12]，两骖雁行[13]。
叔在薮，火烈具扬[14]。
叔善射忌[15]，又良御忌[16]。
抑磬控忌[17]，抑纵送忌[18]。

叔于田，乘乘鸨[19]。
两服齐首[20]，两骖如手[21]。
叔在薮，火烈具阜[22]。
叔马慢忌[23]，叔发罕忌[24]。
抑释掤忌[25]，抑鬯弓忌[26]。

【题解】

这首诗赞美一个武艺高强的猎人。首章写他徒手缚虎，表现他的勇猛；次章写他驱车逐兽，表现他精于射，善于御；末章写猎毕收场，表现他的从容风度。诗歌采用赋的手法，细致生动地描绘了狩猎的激烈场景及猎人的勃勃英姿，尤其是通过一些富于特征的动作，把猎人的形象写得栩栩如生，使人如临其境，如见其人。这种铺陈笔法对后世的赋体很有影响，所以姚际恒说此诗“描摹工艳，铺张亦复扬厉，淋漓尽致，为《长杨》《羽猎》之祖”。

旧说此诗与《叔于田》皆写郑庄公之弟太叔段，乃附会史实，不足为信。

【注释】

①叔：对猎人的称呼。于：去，往。田：打猎。 ②乘乘马：乘着四匹马拉的车。四马叫作“乘（shèng）”。前一“乘（chéng）”字作动词，驾车，乘车。 ③辔（pèi）：指马缰绳。组：编织。这句的意思是，手执缰绳，缰绳排列整齐有序，握在手中如编织一样。形容驾车技术高超。 ④骖（cān）：古代驾车的马，在车辕中间的叫“服”，在车辕外侧的叫“骖”。这句的意思是，两侧骖马跑起来步子整齐一致，像舞蹈一样。⑤薮（sǒu）：地低湿而草木茂盛之处，禽兽聚居之地。 ⑥烈：古“迾”字，遮。猎时放火烧草，遮断群兽逃散的路，叫作“火烈”。具举：齐举，指同时举火。古代狩猎时，人们手持火炬，焚烧山泽，形成包围圈，以逐捕禽兽，称为燎猎。 ⑦襢裼（tǎnxī）：脱去衣服，露出肉体。暴（bào）虎：空手与虎搏斗。 ⑧公所：君王所居住的宫室。 ⑨将：请，求。狃（niǔ）：习以为常的意思。 ⑩戒：警惕。其：指老虎。女：同“汝”，你。指猎人。这二句是诗人关心猎人的话：希望你不要经常干肉搏老虎这类冒险的事，小心老虎伤害你。 ⑪乘黄：四匹黄马。 ⑫服：车辕内侧的马，见注④。襄（xiāng）：马头昂起。襄，同“骧”。 ⑬雁行：雁群飞行的行列。这二句的意思是，服马在前昂首而行，骖马稍后于服马，依次而行，好像大雁飞行的行列。 ⑭扬：起。指火光腾起。 ⑮忌：语助词。后文同。 ⑯良御：善于驾驭车马，骑术高明。 ⑰抑：发语词。磬（qìng）控：控止马不让它前进。 ⑱纵送：放纵马使它奔驰。 ⑲鸨（bǎo）：此指黑白杂毛的马。 ⑳此句指两匹服马齐头并行。 ㉑此句说两骖在旁而稍后，像人的两只手。 ㉒阜（fù）：盛，指火势猛烈。 ㉓慢：慢行。忌：语助词。 ㉔发：发箭。罕：

少。这二句说，狩猎要结束了，叔的坐骑徐缓慢行，射箭也少了。㉕抑：发语词。释：解开。掤（bīng）：箭壶的盖子。这句说，打开箭壶的盖子，准备把箭放进去。　㉖鬯（chàng）：“韔”的假借字，弓囊，此处作动词用。鬯弓，即将弓放入囊中。

【译文】

阿叔去打猎，驾着四马上路途。手拉马缰如丝组，两匹骖马如跳舞。阿叔打猎在林薮，四面燃起熊熊篝火。赤膊空拳打老虎，猎物献给我君主。阿叔以后别这样，小心野兽把你伤。

阿叔去打猎，驾着四马毛色黄。两匹服马头高昂，两匹骖马成雁行。阿叔打猎在林薮，四面篝火齐飞扬。阿叔百发百中啊，阿叔驾车本领高强。一会儿勒马急停，一会儿纵马驰骋！

阿叔去打猎，四匹花马驾车走。两匹服马并头进，两匹骖马齐如手。阿叔打猎去林薮，四面篝火烧得猛。阿叔马儿慢慢走呀，阿叔箭儿少出手。揭开箭筒盖呀，把弓儿收进袋里头。

羔　裘

羔裘如濡[①]，洵直且侯[②]。
彼其之子[③]，舍命不渝[④]。

羔裘豹饰[⑤]，孔武有力[⑥]。
彼其之子，邦之司直[⑦]。

羔裘晏兮[⑧]，三英粲兮[⑨]。
彼其之子，邦之彦兮[⑩]。

【题解】

此诗赞美郑国一位正直的大夫。据《左传》昭公十六年记载："郑六卿饯韩宣子于郊，子产赋郑之《羔裘》。宣子曰：'起不堪也。'"可见这首诗在当时流行已广，已被卿大夫们称引。

羔裘是大夫的朝服。诗歌即以羔裘起兴，引出对大夫人品才能的赞美。诗中"舍命不渝""孔武有力"二语流传至今，已成为成语。

【注释】

①羔裘（qiú）：用黑羊羔皮缝制的皮袍，是大夫的朝服。如濡（rú）：形容毛皮光滑润泽，像濡湿了一样。濡，湿。 ②洵：诚然，确实。直：正直。侯：美。这句既指皮裘毛顺直漂亮，又指人的品格正直美好。 ③彼其之子：那个人。 ④渝：变。这句说，宁死也不变节。 ⑤豹饰：指皮袍的袖口以豹皮为饰。 ⑥孔：甚，很。 ⑦邦：国。司直：官名，负责正人过失。司，主。 ⑧晏：鲜艳美好的样子。 ⑨三英：指袖口有三道豹饰。粲：鲜明。 ⑩彦：美士，英才。

【译文】

光滑润泽的羔皮袄，真是顺直又美好。那个人儿呀，宁死也不变节操。

皮袄袖口饰豹皮，多么威武很有力。那个人儿呀，主持国家的正义。

羔羊皮袄多光鲜，三道豹皮更明艳。那个人儿呀，不愧是国家的英彦。

遵 大 路

遵大路兮①，掺执子之祛兮②。

无我恶兮③，不寁故也④。

遵大路兮，掺执子之手兮。
无我魗兮⑤，不寁好也⑥。

【题解】

这是一首弃妇诗。与《邶风·谷风》的絮絮哀诉不同，也与《卫风·氓》的毅然决绝不同，这首诗既没有弃妇对往事的追忆、追悔，也没有诉说满腹的心酸委屈，也没有对负心郎的痛切谴责，而是截取了一个具有典型意义的场景：被弃的女子跟在负心郎的后面，拉他的衣袖，拉他的手，苦苦恳求他不要忘记旧情，不要厌弃自己……女子“执袪”“执手”的动作及哀告之语，都生动地刻画出女子孤苦无助的情态，令人同情。

【注释】

①遵：循，沿着。 ②掺（shǎn）：拉，握，与“执”同义。子：指负心郎。袪（qū）：袖。这句说，拉住负心郎的衣袖。 ③无我恶：即“无恶我”，不要厌恶我。恶（wù），厌恶，讨厌。 ④寁（zǎn）：速离。故：旧的，原来的。这句说，不要这么快就抛弃故人。 ⑤魗（chǒu）：即“丑”。 ⑧好：相好。

【译文】

沿着大路走啊，我拉住你衣袖。请你不要厌恶我啊，别一下子抛弃故旧。

沿着大路走啊，我拉住你的手。请你不要嫌我丑啊，别一下子把相好丢。

女曰鸡鸣

女曰："鸡鸣"。士曰："昧旦。"①
"子兴视夜②，明星有烂③。"
"将翱将翔④，弋凫与雁⑤。"

"弋言加之⑥，与子宜之⑦。
宜言饮酒，与子偕老。
琴瑟在御⑧，莫不静好⑨。"

"知子之来之⑩，杂佩以赠之⑪。
知子之顺之⑫，杂佩以问之⑬。
知子之好之⑭，杂佩以报之⑮"。

【题解】

此诗是新婚夫妇的对话。第一章是妻与夫的对话。一问一答。妻说：鸡叫了。夫说：天将亮未亮。妻说：你起来看看天吧，启明星那么亮。夫说：那我要去射凫雁了。第二章妻子对丈夫说的话：射得凫雁我给你做下酒菜，愿我们和乐偕老。第三章是丈夫对妻子说的话；我知道你的心意，我将这块杂佩送给你，表达我的情意。

诗歌以日常生活对话的形式表现了和乐美满的家庭生活情景，被人赞美为"脱口如生，传神之笔"。

【注释】

①士：这里指男子，丈夫。昧旦：天将亮未亮。 ②兴：起。视夜：观察夜色。 ③明星：即金星。早晨金星出现在东方，称为启明星。有烂：犹

"烂烂"，鲜明。天将亮时众星隐微，独启明星显得更亮。 ④翱、翔：本是鸟飞回旋的样子。这里借指人外出游逛、遨游。 ⑤弋（yì）：一种带丝绳的箭。这里作动词，射。凫（fú）：野鸭。 ⑥言：语助词。加：射中。之：指凫与雁。 ⑦子：指丈夫。宜：肴，指烹调菜肴。之：指凫与雁。这句说，为你把凫雁做成菜肴。 ⑧御：用，弹奏的意思。古代常以琴瑟合奏，象征夫妇和好。 ⑨静好：安静和乐。以上四句的大意是，我把野鸭大雁烹调好，再倒上好酒，祝我们和乐到老。 ⑩子：指妻子。来：关怀，慰勉。 ⑪杂佩：用多种玉、石、珠组成的佩饰。 ⑫顺：和顺，柔顺。 ⑬问：赠送。 ⑭好：相好，恩爱。 ⑮报：酬答，报答。

【译文】

女子说："鸡叫了。"男子说："天还没亮。""你起来看看是啥辰光，启明星正在闪亮。""那我出去逛一逛，射几只野鸭大雁回来尝。"

"你要射中野鸭和大雁，我为你精心来烹调。佳肴加美酒，和你恩恩爱爱直到老。弹起琴来鼓起瑟，美满幸福乐陶陶。"

"知道你对我的关怀，这串佩玉表达我的爱。知道你对我的柔情，这串佩玉表白我的心。知道你对我的情意，这串佩玉报答你。"

有女同车

有女同车，颜如舜华①。
将翱将翔②，佩玉琼琚③。
彼美孟姜④，洵美且都⑤。

有女同行，颜如舜英⑥。
将翱将翔，佩玉将将⑦。
彼美孟姜，德音不忘⑧！

【题解】

此诗是一位贵族男子对意中人的赞美之词。诗人把姑娘的容颜比作鲜花，这是静态的描绘；又写她步履轻盈像鸟儿“将翱将翔”，这是动态的描绘。动静结合，完整地勾勒了一位栩栩如生的女子形象。诗人赞美她容貌如花，更赞赏她贞静娴雅。

【注释】

①颜：容颜。舜：木槿，落叶灌木，开红花、紫花或白花。华：同“花”。 ②将翱将翔：本义指鸟儿飞旋。此处形容女子步态轻盈，像鸟儿飞翔。 ③琼琚：指佩玉。这句说姑娘身上戴着佩玉。 ④孟：排行第一。姜：姓。这句犹如说，姜家的大姑娘。 ⑤洵：诚然，确实。都：娴雅。 ⑥英：花。 ⑦将将：即“锵锵”，指佩玉相碰之声。 ⑧德音：好声誉，品德好。

【译文】

和我同车的姑娘，脸儿就像木槿花。步履轻盈像鸟儿飞翔，成串的佩玉身上挂。那个姜家大姑娘啊，真是美丽又娴雅。

和我同行的姑娘，木槿花般的脸庞。步履轻盈像鸟儿飞翔，身上佩玉叮当响。那个姜家大姑娘啊，美好的品德永不忘。

山有扶苏

山有扶苏①，隰有荷华②。
不见子都③，乃见狂且④！

山有桥松⑤，隰有游龙⑥。
不见子充，乃见狡童⑦！

【题解】

这是一位女子对男子打情骂俏。女子与情人在山野之地幽会，女子端起架子捉弄情人，她娇嗔地笑骂：你哪里配得上我？我爱的是一个美男子，哪里是你这个粗野的毛头小伙子！

或说是女子找不到合适对象而发的怨词，亦通。

【注释】

①扶苏：亦作“扶疏”，大树枝叶茂盛分披的样子。 ②隰（xí）：低湿之地。荷华：即荷花。 ③子都：古代美男子的名字。下章“子充”同义。 ④狂：痴愚。且：语助词。 ⑤桥松：高大的松树。 ⑥游：形容水荭枝叶舒展。龙：植物名，即水荭，夏秋季节开白色或淡红色花。 ⑦狡童：狡狯小儿。女子对情人的嘲骂之称。

【译文】

高山上呀长大树，水洼里开鲜荷。没看见美男子子都，倒碰上你这个痴呆的家伙！

高山上呀有长松，水洼里生水荭。没看见美男子子充，倒碰上你这个滑头的小顽童！

萚　兮

萚兮萚兮①！风其吹女②。
叔兮伯兮③！倡，予和女④！

萚兮萚兮！风其漂女⑤。
叔兮伯兮！倡，予要女⑥！

【题解】

这首诗是女子要求爱人同歌共舞。人在欢乐歌舞时常有飘飘欲起的感觉，如同风中的枯叶。此诗即以风中枯叶起兴，渲染出一种欢快活泼的气氛。女子说叶儿被风吹得飘起来了，你快来领唱吧。我来和你。两章句式相似。全诗节奏明快，情调活泼，令人仿佛看到女子一边随着音乐节拍载歌载舞，一边热情地相邀心上人，翩翩的身姿有如飘飞的树叶。

【注释】

①萚（tuò）：草木落下的皮或叶。 ②其：将。女：同“汝”，指树叶。 ③叔、伯：女子称呼爱人为伯或叔或叔伯，在《诗经》里常见。“叔兮伯兮”语气像对两人，实际上是对一人说话。 ④倡：带头唱。予：我。和（hè）：声音相和。女：同“汝”，指叔伯。 ⑤漂：或作“飘”，吹动。⑥要：会，成，合。即“和”的意思。

【译文】

枯叶呀枯叶，风儿要把你吹落！哥哥呀哥哥，你唱吧，我来和！
枯叶呀枯叶，风儿要把你吹走！哥哥呀哥哥，你唱吧，我来跟着！

狡童

彼狡童兮①，不与我言兮②！
维子之故③，使我不能餐兮！

彼狡童兮！不与我食兮！
维子之故，使我不能息兮④！

【题解】

这是一位失恋女子的抱怨之词。她发觉情人对她不像过去那样亲热，态度冷淡多了。她深感苦恼，为此吃不下饭，睡不着觉。她虽然嗔怪地责备情人是“狡童”，但语气间满是依依之情，难以解脱。

【注释】

①狡童：犹言“小滑头”。一说，“狡”是“姣”的假借字，美好之意。 ②言：指说笑。 ③维：为，因为，由于。 ④息：安息，睡眠。

【译文】

那个小滑头呀，不肯和我说说话。就是因为你呀，我连饭都吃不下！

那个小滑头呀，不肯和我同吃饭。就是因为你呀，我连觉都睡不安！

褰 裳

子惠思我①，褰裳涉溱②。
子不我思③，岂无他人？
狂童之狂也且④！

子惠思我，褰裳涉洧⑤。
子不我思，岂无他士？
狂童之狂也且！

【题解】

这是女子戏谑情人的诗。她心里极盼与情人相会，故意调侃他：你要是真的想我爱我，就涉水过来；你要是不把我放心上，还有别人哩！语气很亲昵。尤其章末一句；“狂童之狂也且”，更是娇嗔中流露出无限爱意。

【注释】

①子：女子称她的情人。惠：爱。 ②褰（qiān）裳：提起下裙。裳，下裙，古时男女皆着裳。溱（zhēn）：水名，即今新密市东溱河，东南会洧水。 ③不我思：即“不思我”。 ④狂：痴愚。狂童，犹言“傻小子”。这句说，你这个傻子中的傻子啊。 ⑤洧（wěi）：水名，发源于河南省登封市东的阳城山。溱水东南流，洧水向东流至新郑市，会溱水成双洎河。

【译文】

你要是爱我想我，就提起衣裳蹚过溱河。你要是不想我，难道没有别人么？你这个最笨的傻家伙！

你要是爱我想我，就提起衣裳蹚过洧河。你要是不想我，难道没有别人么？你这个最笨的傻家伙！

丰

子之丰兮①，俟我乎巷兮②，
悔予不送兮③！

子之昌兮④，俟我乎堂兮⑤，
悔予不将兮！

衣锦褧衣⑥，裳锦褧裳⑦。
叔兮伯兮⑧，驾予与行！

裳锦褧裳，衣锦褧衣。
叔兮伯兮，驾予与归[9]！

【题解】

这是女子后悔未能与心上人结婚的诗。当初，他曾在巷口门外苦苦等候，而自己终未能随他而去；如今想起来追悔莫及，只希望他能重申旧好，再来迎娶。诗歌的前二章写后悔当初之事；后二章写今日的期待，在重复迭唱中尽情抒写了内心的感情激动。

【注释】

①丰：丰满美好。此处形容男子容颜。　②俟（sì）：等候。巷：指大门外，巷口。　③予：我。送：与第二章“将”同义，都是“从行”即跟着他回家之意。　④昌：健壮。　⑤堂：客堂门口。　⑥衣（yì）：穿衣。锦：有花纹的丝绸。褧（jiǒng）衣：细麻布做的单衣。　⑦裳：下裙，第一个“裳”作动词用。　⑧叔、伯：女子对意中人的称呼。　⑨归：于归，即出嫁。

【译文】

你的容颜真丰润呀，等候我在小巷中。真后悔当初没有跟从！

你的身材真健壮呀，等候我在房门口。真后悔没有跟你走！

花绸衣上披纱衣，花绸裙上罩纱裙。哥哥呀好哥哥，驾车接我一同行。

花绸裙外罩纱裙，花绸衣穿在纱衣内。哥哥呀好哥哥，驾车接我一同归。

东门之墠

东门之墠[1]，茹藘在阪[2]。

其室则迩[3]，其人甚远。

东门之栗[4]，有践家室[5]。
岂不尔思[6]？子不我即[7]。

【题解】

这是一首抒写相思情怀的恋歌。上章男唱，下章女和。男子说：你住的房屋近在眼前，你这个人儿却离我很远，可望而不可即。女子则矜持地说：谁让你不来找我呢？诗歌风韵婉约，情味隽永，尤其是首章末二句意境深厚，为后世文人所袭用。

【注释】

①墠（shàn）：土坪。 ②茹藘（rúlǘ）：茜草，其根可以做红色染料。阪（bǎn）：土坡。 ③迩（ěr）：近。 ④栗：栗树。 ⑤践：行行排列的样子。 ⑥不尔思：即“不思尔”。尔，你。 ⑦即：就，亲近。我即，即我，接近我。这二句说，不是我不想你，是你没有来接近我。

【译文】

东门外，黄土坪，茜草满坡绿茵茵。你的家近在眼前，人儿却远在天边。

东门外，有栗树，齐齐栽在我家四周。我难道不想你吗？是你不来亲近我。

风　雨

风雨凄凄[1]，鸡鸣喈喈[2]。
既见君子[3]，云胡不夷[4]！

风雨潇潇[5]，鸡鸣胶胶[6]。
既见君子，云胡不瘳[7]！

风雨如晦[8]，鸡鸣不已[9]。
既见君子，云胡不喜！

【题解】

这是一首爱情诗。运用景物描写渲染情绪，是它的特点。全诗三章，每章开头两句都是写景。在这个风雨交加、天色昏暗、群鸡乱叫的时候，这位女子正在思念她的“君子”。那飘零的风雨犹如她纷乱的思绪，那晦暗的天色就像是她惨淡的心境，而杂乱的鸡鸣更增添了心头的烦闷……正在这时候，她的“君子”来到了。这怎能不令她欣喜万分呢？见到“君子”，烦躁的心境一变而平静了；见到“君子”，就像重病霍然而愈了。先前是那样抑郁苦闷，后来是那么欢喜！这富于戏剧性的变化，生动地表现了热恋中的感情起伏。

【注释】

①凄凄：寒凉之意。 ②喈（jiē）喈：鸡鸣声。 ③君子：女子对她爱人的称呼。 ④云：发语词。胡：何也。夷：平。指心情平静。 ⑤潇潇：急骤。指风雨急骤之声。 ⑥胶（jiāo）胶：鸡鸣声。 ⑦瘳（chōu）：病愈。说原先抑郁苦闷，像患病似的，现在却霍然而愈。 ⑧如晦：昏暗如夜。 ⑨已：止，歇。

【译文】

风嗖嗖呀雨凄凄，鸡鸣叽叽烦人心。终究看见心上人，心情怎么会不平静！

风瑟瑟呀雨潇潇，鸡鸣喳喳恼人心。终究看见心上人，心病怎么会不除尽！

风雨交加昏沉沉，鸡鸣声声叫不停。终究看见心上人，怎不叫人喜盈盈！

子　衿

青青子衿①，悠悠我心②。
纵我不往③，子宁不嗣音④？

青青子佩⑤，悠悠我思。
纵我不往，子宁不来？

挑兮达兮⑥，在城阙兮⑦。
一日不见，如三月兮！

【题解】

这是描写一位女子思念情人的诗。她苦于相思难遣，不禁抱怨情人：纵然我不曾去会你，难道你就这样断了音信吗？难道你就再不来找我了吗？这种亲昵的埋怨口吻颇能传达这位女子对情人又爱又怨的心情。她在城阙下等候情人，不见人影，急得来回踱步——这个动作很形象地写出了她的烦乱心绪。而“一日不见，如三月兮”，这发自内心的叹息则把她的相思之情推到高潮。对于她来说，一日的分别都意味着漫长的煎熬；一日复一日的相思，又将如何忍受呢？

【注释】

①子：诗中女子称呼其情人。衿（jīn）：衣领。　②悠悠：忧思绵长的样子。　③纵：即使，纵然。　④宁不：何不，难道不。嗣（sì）：《韩诗》作“诒”，寄。音：音信，消息。　⑤佩：此指佩玉的绶带。　⑥挑、达：形

容来往走动的样子。　⑦城阙：城门两边的观楼，是男女惯常幽会的地方。

【译文】

你的衣领青又青，绵长不绝绕在心。纵然我不去找你，你怎能断了音信？

青青的是你的佩带，绵长的是我的情怀。纵然我不去找你，你怎能从此不来？

独自徘徊来往，在那城门楼上。一日不见你，就像三月那么长！

扬之水

扬之水①，不流束楚②。
终鲜兄弟③，维予与女④。
无信人之言，人实迋女⑤。

扬之水，不流束薪。
终鲜兄弟，维予二人。
无信人之言，人实不信⑥。

【题解】

这是一首叮咛劝勉的诗，主旨是：我们要相互信任，不要轻信别人的离间之言。至于诗中人物的关系，则难以确实。或说夫临行，叮咛妻子之语；或说妻向夫表白之语；或说兄弟相勉之语。诗歌以悠悠之水漂不起柴薪起兴，牵出流言不能离间情感之意。

【注释】

①扬：悠扬，激扬。　②束：捆。楚：荆条。　③终：既，已。鲜

（xiǎn）：少。 ④维：通“惟”，只有。予：我。女：同“汝”，你。这二句的意思是，没有别的亲人，只有我和你。 ⑤迂（kuāng）：同“诳”，欺骗。 ⑥信：诚实，可靠。不信，不可靠。

【译文】

河水悠悠流去，不能漂起一捆柴荆。没有兄来没有弟，我和你相依为命。人家的闲话不要听，人家骗你你莫信。

河水悠悠流走，不能漂起一捆柴草。没有兄来没有弟，你我二人在一道。人家的谎话不要听，他们实在不可靠。

出其东门

出其东门，有女如云①。
虽则如云，匪我思存②。
缟衣綦巾③，聊乐我员④！

出其闉阇⑤，有女如荼⑥。
虽则如荼，匪我思且⑦。
缟衣茹藘⑧，聊可与娱⑨！

【题解】

这是一位男子表白衷情的诗。东门游女虽然“如云”“如荼”，但他心里只有一位“缟衣綦巾”，衣着素朴的人儿，只有和她在一起，他才感到由衷的快乐。此诗语淡情浓，很有韵味。

【注释】

①如云：形容众多。 ②匪：非，不是。思存：思念。这二句说，女子

虽多，但都不是我所思念的。　③缟（gǎo）衣：白衣。缟，未经染色的绢。綦（qí）巾：暗绿色的佩巾。这是未嫁女子的服装。　④聊：姑且，尚可。员（yún）：同“云”，语助词。这二句说，只有那位白衣绿巾的女子才能让我快乐。　⑤闉阇（yīndū）：外城的城门。闉，城门外护城的小曲城，又叫瓮城。阇，瓮城的门。　⑥荼（tú）：茅草的白花。如荼，指女子众多像一片白茅草花。　⑦且：读为“zhuó”，犹“存”。思且，即思存，思念。一说，读为“jū”，助词，无义。　⑧茹藘（lǘ）：茜草，其根可作绛红色染料。此处指绛色佩巾。　⑨娱：乐。这二句说，只有那位白衣红巾的女子才能使我感到欢悦。

【译文】

出了城东门，女子多得像彩云。虽然女子多如云，都不是我的意中人。那位白衣绿巾的人儿，才能使我喜盈盈。

出了外城门，女子多得像白茅花。虽然女子多如花，都不是我思念的她。那位白衣红巾的人儿，和你一起乐哈哈。

野有蔓草

野有蔓草①，零露漙兮②。
有美一人，清扬婉兮③。
邂逅相遇④，适我愿兮⑤！

野有蔓草，零露瀼瀼⑥。
有美一人，婉如清扬⑦。
邂逅相遇，与子偕臧⑧！

【题解】

这是一首情歌。大清早，露水未干，一对男女在田野不期而遇。

那位小伙子被姑娘那双水汪汪的眼睛所打动，立即向她吐露爱慕之意。此诗属辞自然，有一股原始朴野之气。

【注释】

①野：野外。蔓草：蔓生的草。 ②零：落，滴。汚（tuán）：露珠圆的样子。 ③清扬：清明，形容眼睛灵活有神采。婉：美。这二句说，那个姑娘有一双水汪汪的眼睛很漂亮。 ④邂逅：不期而遇，偶然相遇。 ⑤适：合。以上二句说，偶然遇见一位姑娘，真合我的心意。 ⑥瀼（ráng）瀼：露水多的样子。 ⑦婉如清扬：同"清扬婉兮"。如，同"而"。 ⑧臧（zāng）：好，善。偕臧，相爱。一说，"臧"为"藏"的假借字，一起藏于僻静处（闻一多说），亦通。

【译文】

野地里草儿蔓延，露水珠颗颗滚圆。有一个漂亮人儿，水汪汪一双大眼。想不到碰在一块儿，可真是合我心愿。

野地里草儿蔓延，露水珠晶晶亮亮。有一个漂亮人儿，大眼睛水汪汪。想不到碰在一块儿，我和你相爱多欢畅！

溱　洧

溱与洧方涣涣兮①，
士与女方秉蕳兮②。
女曰："观乎！"③
士曰："既且。"④
"且往观乎！⑤
洧之外洵訏且乐。"⑥
维士与女⑦，

伊其相谑[8]，赠之以勺药[9]。

溱与洧浏其清矣[10]，
士与女殷其盈矣[11]。
女曰："观乎！"
士曰："既且。"
"且往观乎！洧之外洵訏且乐。"
维士与女，
伊其将谑[12]，赠之以勺药。

【题解】

古代习俗，三月上巳之日，人们聚集在河边举行祭祀，男女青年则趁此机会寻觅情侣，谈情说爱。这首诗即描写了这一民间习俗的盛况。这首诗采用第三者的语气做客观的描绘，涣涣春水，春意盎然的仕女，生动活泼的对话，渲染出浓郁的节日气氛。方玉润说"在三百篇中别为一种，开后世冶游艳诗之祖"，颇有见地。

【注释】

①溱（zhēn）、洧（wěi）：水名，在郑国境内。见前《褰裳》注。方：正。涣（huàn）涣：春水弥漫的样子。 ②士与女：指未婚的男子和女子。秉（bǐng）：拿，持。蕑（jiān）：兰草。古人所说的兰草是一种菊科植物，有香气。郑国风俗，每年三月上巳日男女聚在溱洧两水之上，招魂续魄，手持兰草，祓除不祥。 ③观：游观，看看。这句是说，一个女子约她的爱人道："看看热闹去吧。" ④既：已经。且（jū）："徂"的借字，往也。这句是男答女："已经去过了。" ⑤且往观乎：再去看看吧。这是女的再劝男的。且，有"再"的意思。 ⑥洵：确实，诚然。訏（xū）：大。乐：好玩。这句是女对男说：洧水之外确实场面盛大而且好玩。 ⑦维：语助词，无义。

⑧伊：语助词，无义。其：他们，指士与女。相谑（xuè）：互相调笑。⑨勺药：香草名，即芍药。古代男女以勺药相赠表示情意。 ⑩浏（liú）：水清的样子。 ⑪殷：众多。盈：满。 ⑫将：相将，相互。

【译文】

溱水洧水春波荡漾，男男女女手里兰草香。姑娘说："去看看呀？"小伙子说："去过了一趟。""再去看看吧，洧水边上确实好玩又宽敞。"小伙子大姑娘，相互调笑多欢畅，赠枝芍药表衷肠。

溱水洧水泛清波，男男女女挤满岸坡。姑娘说："去看看吧？"小伙子说："已经去过。""再去看看吧，洧水边上好玩又宽阔。"小伙子大姑娘，互相调笑多欢乐，表表心意赠芍药。

风·齐风

共十一篇作品。齐是吕尚的封邑，其地包括今山东省北部和中部。春秋时，国都临淄是一个商业繁荣、文化发达、人口稠密的大都市。《齐风》诸作可能产生于东周初年到春秋这一段时期。

鸡 鸣

"鸡既鸣矣①，朝既盈矣②。"
"匪鸡则鸣③，苍蝇之声。"

"东方明矣，朝既昌矣④。"
"匪东方则明，月出之光⑤。"

“虫飞薨薨⑥，甘与子同梦⑦。”
“会且归矣⑧，无庶予子憎⑨。”

【题解】

此诗是闺中私语，写的是妻子催促当朝官的丈夫早起，不要误了上朝，招致别人的批评。诗歌采用夫妻对答的形式。妻子说：“鸡叫了。”睡得迷迷糊糊的丈夫却说：“是苍蝇嗡嗡之声。”妻子又提醒他：“天亮了。”他却说：“是月亮的光。”他贪恋床笫，不肯早起，妻子很不满意。全诗对话毕肖声口，富于生活气息。

【注释】

①既：已经。　②朝：朝堂，君臣聚会的地方。盈：满。这二句是妻子催促丈夫起身赴朝会，说上朝的人已到齐了。　③匪：非，不是。则：之。这二句是夫答妻之辞，说不是鸡鸣，是苍蝇的声音。　④昌：盛，言人多。这二句是妻子再次提醒丈夫：天亮了，上朝的人很多了。　⑤这二句是夫答妻之辞，他把日光当月光，赖着不起床。　⑥薨（hōng）薨：虫子群飞之声。⑦甘：乐。子：你，指妻子。这二句是夫答妻之辞，说“虫儿还在飞叫，我们再好好睡一觉”。　⑧会：朝会。且归：参加朝会的人将散朝回家。　⑨无庶：“庶无”的倒文，希望不要。予子憎：对你憎恶。予，通“与”。子，指丈夫。这二句是妻子劝告丈夫：上朝的臣子快回来了，你还是早些去吧，别让人家讨厌你。

【译文】

“鸡已经叫了，上朝的人都到了。”“不是鸡叫，那是苍蝇嗡嗡吵。”

“东方已放亮，上朝的人济济一堂。”“不是东方亮，那是明月光。”

“苍蝇飞，嗡嗡嗡，我愿和你再入梦。”“上朝的人快回家了，不希望人家把你恨。”

还

子之还兮[①]，遭我乎猺之间兮[②]。
并驱从两肩兮[③]，揖我谓我儇兮[④]！

子之茂兮[⑤]，遭我乎猺之道兮。
并驱从两牡兮[⑥]，揖我谓我好兮[⑦]！

子之昌兮[⑧]，遭我乎猺之阳兮[⑨]。
并驱从两狼兮，揖我谓我臧兮[⑩]！

【题解】

这是一首猎人互相赞美的诗。在山林里两个猎人欣然相逢，他们并驾齐驱，拱手相许，由衷地赞美对方身手矫健，武艺超群。此诗长短句错杂，属词轻利，有一股豪爽之气洋溢其间。尤其每章的末二句，更刻画出猎人并肩纵马剽悍形象。所以后人称此诗“飞扬豪骏，有控弦鸣镝之气”。

【注释】

①子：指猎人。还（xuán）：旋。便捷，轻捷。 ②遭：相遇。猺（náo）：齐国山名，在今山东省临淄市南。 ③从：追逐。肩：亦作“豜”，大猪。这句说，并驾齐驱追逐两只大野猪。 ④揖（yī）：拱手为礼。儇（xuān）：轻捷，美好。这句说，（他）拱手作揖夸我身手矫健。 ⑤茂：美。 ⑥牡：雄兽。 ⑦好：美好，指技艺完美。 ⑧昌：盛，指强壮。 ⑨阳：山之南。 ⑩臧（zāng）：善，好。

【译文】

你是多么矫健呀，我们相逢在猺山之间。并马追逐两头野猪呀，你拱手行礼夸我身手灵便！

你是多么英豪呀，我们相逢在猺山之道。并马追逐两只雄兽呀，你拱手行礼夸我技艺高超！

你是多么剽悍呀，我们相逢在猺山之南。并马追逐两只狼呀，你拱手行礼夸我身手不凡！

东方之日

东方之日兮，彼姝者子①，
在我室兮。在我室兮，
履我即兮②！

东方之月兮，彼姝者子，
在我闼兮③。在我闼兮，
履我发兮④！

【题解】

这是一位男子回忆与情人相会情景的诗。诗歌二章分别以日月起兴，既以景物引出对情人美貌的赞叹，又以日升而落、月初升暗示着时间的流逝，写出情人清早来而晚上归的经过。诗中以“履我即”“履我发”写女子的轻盈动作，颇能传神。

【注释】

①姝（shū）：美。子：指诗人的情人。 ②履：义同“蹑”，放轻脚步。即：相就，亲近。 ③闼（tà）：门内。 ④发：行，指离开。

【译文】

太阳升起在东方，那位姑娘真漂亮，她进了我的房呀！进了我的房，轻手蹑脚偎我身旁！

月亮从东方升起，那位姑娘真美丽，她就在我的门里。在我的门里，轻手蹑脚要离我而去！

东方未明

东方未明，颠倒衣裳①。
颠之倒之②，自公召之③。

东方未晞④，颠倒裳衣。
倒之颠之，自公令之⑤。

折柳樊圃⑥，狂夫瞿瞿⑦。
不能辰夜⑧，不夙则莫⑨。

【题解】

这是一首小官吏不堪差役繁重的怨词。他每天天不亮就受官府差遣，忙得衣裳颠倒，昼夜不分，寝食不安，满腔怨忿。

【注释】

①衣：上衣。裳：下裙。这句说，由于太慌忙，而将衣裳穿颠倒了。②之：指衣裳。 ③公：指官府。自：从。召：召唤。这句说，从官府那里传来命令，传唤当差。 ④晞（xī）：日将出。未晞，天未明。 ⑤令：号令，命令。 ⑥樊：通“藩”，指篱笆。圃：园圃，菜圃。这句说，用柳条编篱笆围护菜圃。 ⑦狂夫：犹言“疯子”。瞿（jù）瞿：瞪眼而视的样子。这二句

的意思是，柳条编的篱笆虽然没有什么大用处，但是连疯子也会知道它的界限而不敢越过，闯入园圃。以此兴起下面二句的意思是，白天黑夜的界限是很分明的，可是我忙得昏头昏脑，分不清昼夜，连疯子都不如。 ⑧辰夜：即白昼和夜晚。这句的意思是，因为太忙，失去了正常的时间概念，分不清白日和黑夜。 ⑨夙：早。莫：同“暮”。这句说，不是起早就是睡晚。

【译文】

东方还没有发亮，我颠颠倒倒穿衣裳。衣裳颠颠倒倒穿，官府把我召唤。

东方还没有破晓，我穿衣裳颠颠倒倒。颠颠倒倒穿衣裳，官府号令催得慌。

砍下柳条围菜园，疯子也会直瞪眼。我分不清白天和黑夜，不是起早就是睡晚。

南　山

南山崔崔①，雄狐绥绥②。
鲁道有荡③，齐子由归④。
既曰归止⑤，曷又怀止⑥？

葛屦五两⑦，冠緌双止⑧。
鲁道有荡，齐子庸止⑨。
既曰庸止，曷又从止⑩？

蓺麻如之何⑪？衡从其亩⑫。
取妻如之何⑬？必告父母⑭。
既曰告止，曷又鞠止⑮？

析薪如之何[16]？匪斧不克[17]。
取妻如之何？匪媒不得。
既曰得止[18]，曷又极止[19]？

【题解】

这是一首讽刺齐襄公淫乱无耻的诗。据《左传》和《公羊传》，齐襄公与其妹文姜有私情。文姜嫁给鲁桓公之后，仍与齐襄公私通。后来，鲁桓公与文姜同去齐国，发现了文姜与齐襄公的暧昧关系，就责备了文姜。文姜告诉了齐襄公，襄公便派大力士彭生把鲁桓公害死。这件乱伦丑行引起人们的极端憎恶，于是作此诗对文姜和襄公进行了无情的讥讽和谴责。

【注释】

①南山：即齐国的牛山。崔崔：犹“崔嵬”，山势高峻的样子。 ②绥绥：形容转来转去、追求匹偶的样子。古人认为狐是淫兽，本诗以公狐比喻齐襄公，刺其荒淫。 ③鲁道：通向鲁国的道路。荡：平坦。 ④齐子：指文姜。这二句说，齐国的文姜就是由这条平平坦坦的大路嫁到鲁国去的。⑤既：已经。 ⑥曷：何，为什么。怀：想念。止：语助词，无义。这二句说，文姜既然已经嫁到鲁国了，为什么还想着齐襄公呢？ ⑦葛屦（jù）：葛鞋，麻鞋。五：古同‘午”，交叉之状，两：同“緉”，鞋带。这句说，鞋带必须两根交叉着系。 ⑧緌（ruí）：帽带。这句说，帽带必须两根交叉着系。葛屦是贫贱者穿的鞋，冠緌是贵族的服饰。这二句的意思是，人不分贵贱，都各有一定的配偶，犹如鞋带或帽带都是两根交叉成对。 ⑨庸：用，由，与上章“由”同义。 ⑩从：跟随。这二句的意思是，文姜既然已经出嫁了，襄公为什么还要追求她？ ⑪蓺（yì）：种植。 ⑫衡从：即“纵横”。这二句的意思是，种麻之前必须把田地仔细耕耘好。 ⑬取：同“娶”。 ⑭古代礼教，子女的婚事必遵父母之言，由父母做主。以上四句以种麻必先耕耘好

土地为喻，说女子的婚事必听父母之言。 ⑮鞠（jū）：穷尽之意。这二句的意思是，既然文姜已经奉父母之命出嫁了，为什么还要这样放纵？ ⑯析薪：砍柴。 ⑰匪：非。克：能，成功。这二句说，如何砍柴呢？非用斧子不可。⑱得：娶得。 ⑲极：穷尽，与“鞠”同义。

【译文】

巍巍南山高又高，公狐狸来回跑。多平坦呀齐鲁大道，文姜从这里出嫁了。既然已出嫁，你为什么还想着他？

麻鞋系带当成双，冠上长缨垂两行。平坦坦大道通鲁国，文姜出嫁从这里过。既然已出嫁，你为什么还缠着她？

怎样种大麻？先要耕耘田亩。怎样娶妻子？必定禀告父母。既然已禀告父母，为什么还由她放纵？

柴薪怎么砍？没有利斧不能。妻子怎么娶？没有良媒不成。既然娶了文姜，为什么还由她放荡？

甫　田

无田甫田①，维莠骄骄②。
无思远人，劳心忉忉③。

无田甫田，维莠桀桀④。
无思远人，劳心怛怛⑤。

婉兮娈兮⑥，总角丱兮⑦。
未几见兮⑧，突而弁兮⑨！

【题解】

这是一首怀人之诗。其作者可能是一位女子。她与一个男孩儿曾有青梅竹马的交情，后来男孩儿去了远方，姑娘没有忘记他。随着年龄渐大，对他的思念之情就像田里的荒草蓬蓬郁郁地萌生出来，令她心烦意乱，愁肠百结。忽然，有一天，他来到了她的面前，当年的总角小子，仿佛一下子长成了大人，令她又惊又喜。诗歌的前两章写思念之苦，末章写重逢之惊喜。

【注释】

①无田（diàn）：即“勿佃”，不要耕作。这个“田”作动词用。甫：大。这句说不要种太多的田地。 ②维：其。莠（yǒu）：野草，即害苗之草。骄骄：高而挺的样子。 ③劳心：心劳，指心情忧伤烦恼。忉（dāo）忉：苦恼的样子。 ④桀桀：犹“骄骄”，高而挺的样子。 ⑤怛（dá）怛：忧劳的样子。 ⑥婉、娈（luán）：美好的样子。 ⑦总角：儿童头发左右分梳成髻，如同犄角，故称总角。丱（guàn）：形容总角翘起的样子。⑧未几：不久。 ⑨突而：突然。弁（biàn）：冠。作动词用，戴冠。古制，男子二十岁时在宗庙行加冠仪式。加冠即表示成人，可以娶妻。

【译文】

不要种大片的田，高高野草长成片。不要把远方人儿思念，想起来愁闷莫解。

不要种大片的地，野草长得高又密。不要把远方人儿惦记，想起来伤心伤意。

他是多么俊气姣好呀，头上双髻像犄角翘。时隔不久见面了，突然戴上成人帽！

卢 令

卢令令①，其人美且仁。

卢重环，其人美且鬈②。

卢重鋂③，其人美且偲④。

【题解】

这是一首赞美猎人的诗。诗歌三章，每章二句，先吟猎犬，由颈环叮当的猎犬引出它的主人。

【注释】

①卢：黑毛猎犬。令令：环铃之声。 ②鬈（quán）：勇壮。 ③鋂（méi）：一个大环套两个小环。 ④偲（cāi）：有才智。

【译文】

猎狗呀，环儿响叮当，那人儿呀，漂亮又有好心肠。
猎狗呀，颈上套双环，那人儿呀，漂亮又强悍。
猎狗呀，颈上三环带，那人儿呀，漂亮又能耐。

敝 笱

敝笱在梁①，其鱼鲂鳏②。
齐子归止③，其从如云④。

敝笱在梁，其鱼鲂鱮⑤。
齐子归止，其从如雨⑥。

敝笱在梁，其鱼唯唯⑦。
齐子归止，其从如水⑧。

【题解】

这首诗讽刺鲁庄公放任其母文姜与齐襄公私通。文姜与齐襄公是同父异母的兄妹，有私情。文姜嫁给鲁桓公后，仍与齐襄公私通。丑闻暴露后，齐襄公派人杀害鲁桓公。桓公之子庄公即位。鲁庄公不敢兴兵替父报仇，也无能力阻止其母文姜多次回齐国与襄公相会。文姜回齐国时，还大张旗鼓，随从众多，令人侧目。这首诗既讽刺文姜的荒淫无耻，也批评鲁庄公的懦弱无能。

【注释】

①敝笱（gǒu）：破旧的竹制捕鱼笼。梁：鱼梁，鱼坝。在河中筑坝，中留缺口，安置鱼笱，鱼入而不得出。 ②鲂（fáng）：鳊鱼。鳏（guān）：鲲鱼，形大体重。这二句以破鱼笱捉不住鲂鳏，比喻懦弱无能的鲁庄公不能管束文姜。 ③齐子：齐国女子，指文姜。归：指文姜回齐国娘家。 ④从：随从。如云：形容人多。 ⑤鱮（xù）：鲢鱼。 ⑥如雨：形容人多。 ⑦唯唯：形容鱼自由无拘地游来游去的样子。暗喻文姜的行为放荡无拘，而鲁庄公不能制止。 ⑧如水：形容人多。

【译文】

破鱼篓撂鱼梁上，鳊鱼鲲鱼任游荡。文姜回齐国了，随从多得像云一样。

破鱼篓撂鱼梁上，鳊鱼鲢鱼任游荡。文姜回齐国了，随从多得像雨一样。

破鱼篓撂鱼梁上，鱼儿游来又游往。文姜回齐国了，随从多得像水一样。

猗　嗟

猗嗟昌兮[①]，颀而长兮[②]。
抑若扬兮[③]，美目扬兮[④]。
巧趋跄兮[⑤]，射则臧兮[⑥]！

猗嗟名兮[⑦]，美目清兮[⑧]。
仪既成兮[⑨]，终日射侯[⑩]。
不出正兮[⑪]，展我甥兮[⑫]！

猗嗟娈兮[⑬]，清扬婉兮[⑭]。
舞则选兮[⑮]，射则贯兮[⑯]。
四矢反兮[⑰]，以御乱兮[⑱]！

【题解】

此诗赞美一位射技高超的美少年。诗人采用赋的笔法，对少年射手的形貌动态做了精细的描绘，活灵活现。诗歌的第一章是虚笔勾勒，点出他“射则臧”——射技出众。诗歌第二章具体描写他射靶“不出正”，箭箭中的，是实写。诗歌第三章特意写箭穿靶心的一刻，“射则贯兮，四矢反兮”，四箭连发中的，是特写。如此步步深入，使少年射手的神态及射技给人留下深刻印象。

旧说此诗中赞美的少年射手就是鲁庄公。当时他是一个十七岁的青年，已当了四年国君。诗人在赞美他形貌英俊、射技高明的同时，又说“展我甥兮”——“真是齐国的好外甥”“以御乱兮”——“这人能平敌御敌”，语中微含讥讽之意，讽刺他不能为父报仇，不能制止其母文姜与齐襄公私通。供参考。参阅《南山》《敝笱》《载驱》等诗。

【注释】

①猗（yī）嗟：即“吁嗟”，叹词。昌：盛。健壮美好的样子。 ②颀（qí）：身长的样子。 ③抑：“懿”的假借字，美。若：形容词词尾。扬：形容漂亮的样子（用马瑞辰说）。这句夸奖少年容貌俊美。 ④美目扬：指眼睛有神采。 ⑤趋：快步。跄（qiāng）：形容步伐轻捷巧妙。这句夸少年快步行走时轻巧有姿。 ⑥臧：善，指射技出色。 ⑦名：“明”的假借字，意同“昌”，赞其身体健美。 ⑧清：指眼睛清澄如水。 ⑨仪：指射箭仪式。成：就，完成。 ⑩终日：从早到晚，整天。侯：箭靶。这句说，他整天练习射靶。 ⑪正：靶心。不出正，即不出靶心，中的。 ⑫展：诚然，确实。甥：外甥。鲁庄公之母文姜为齐襄公之妹，庄公为襄公之外甥。 ⑬娈（luán）：美好。 ⑭清扬婉：形容眼睛灵活有神。 ⑮选：整齐。指舞蹈动作合于音乐节拍。古时射箭必跳舞，是射仪的重要部分。 ⑯贯：穿透。指箭穿透靶心。 ⑰反：复。指四箭都射中一个地方。古代礼制，习射时，每发四箭。 ⑱御：抵御。

【译文】

多健壮啊，他的身材高又高。容貌多漂亮啊，一双美目真俊俏。快步疾行多轻巧啊，张弓射箭本领高超。

多精神啊，一双美目真清澄。仪式已经举行了，习武射靶一天整。箭箭中靶子啊，真是一个好外甥！

多佼好啊，一双美目真灵巧。舞姿蹁跹合节奏啊，连发连中实在妙。四支利箭穿一孔，平乱抗敌靠这招！

风·魏风

共七篇作品。西周初年封同姓于魏（今山西省芮城东北一带）。“其地陋隘而民贫俗险”，自然条件恶劣，君主俭啬，百姓负担沉重，境况比其他地区更为艰难。因此，魏诗多讥讽上层统治者及愤世不平之作。周惠王十六年（前661年），晋国灭魏，《魏风》均是春秋初年，魏亡之前的作品。

葛 屦

纠纠葛屦①，可以履霜②。
掺掺女手③，可以缝裳④。
要之襋之⑤，好人服之⑥。

好人提提⑦，宛然左辟⑧，
佩其象揥⑨。维是褊心⑩，
是以为刺。

【题解】

这是刺“褊心”的诗。诗中“缝裳”的女子似是婢妾，“好人”似是嫡妻。妾请嫡试新装，嫡扭转腰身，戴她的象牙搔头，故意不加理睬。这是心地偏狭的表现，诗人因此编了一支歌，“是以为刺”。作者或许是众妾之一，或许就是这缝裳的女子。婢妾的地位本是家庭奴隶，这诗多少反映出她们的处境。

【注释】

①纠纠：绳索缠结缭绕之状。指葛屦上所系结的带子。葛屦（jù）：用葛麻编结的鞋。 ②履（lǚ）：践，踏。葛屦是夏季穿用，“可以履霜”是说它不透寒气，手工精致。 ③掺（qiān）掺：同“纤纤”，形容女人手指纤细。这里的“女手”有所指，就是制葛屦的手，也就是缝裳的手。 ④裳：下裙。 ⑤要：即“腰”，指衣裳的腰。襋（jí）：衣领。在这句中，要、襋作动词，意思是一手提领一手提腰。 ⑥好人：美人，指嫡妻。以上二句说，缝裳之女将缝成的衣裳拿给“好人”去穿。 ⑦提（tí）提：与“媞媞”同，安详舒泰的样子。形容“好人”爱答不理的神情。 ⑧宛然：回转的样子。左辟：回避。这句说“好人”把身子一扭转开。意思是不搭理让她试穿新衣的婢妾。⑨象揥（tì）：象牙制作的搔头。搔头是一种发饰。 ⑩褊（biǎn）心：心地狭隘。

【译文】

葛麻编结的鞋儿，可以踩冰霜。纤纤细细的手儿，可以缝制衣裳。手提衣腰和衣领，请那美人试新装。

美人佯佯不搭腔，扭转身子闪一旁，拿起牙簪插头上。这个女人狭心肠，我把讽刺歌儿唱一唱。

汾沮洳

彼汾沮洳①，言采其莫②。
彼其之子，美无度③。
美无度，殊异乎公路④！

彼汾一方，言采其桑。
彼其之子，美如英⑤。

美如英，殊异乎公行[⑥]！

彼汾一曲[⑦]，言采其藚[⑧]。
彼其之子，美如玉。
美如玉，殊异于公族[⑨]！

【题解】

这是一首赞美劳动者的诗。在诗人的眼里，那位在汾水岸边采菜采桑采药的人儿非常出众，那些达官贵人根本无法和他相比。“美无度”“美如英”“美如玉”这些夸张比喻表达了诗人对那个人儿的由衷赞美，而每章末句突然提出“公路”“公行”“公族”做对比，褒奖之意更加鲜明。

或说诗中所赞美的人是隐于汾水的贤士，他采蔬自给，不食俸禄，然而他的才德远在那些身居高位者之上。

【注释】

①汾（fén）：水名，在今山西省境内，流入黄河。沮洳（jùrù）：低湿之地。 ②言：助词，无意义。莫（mù）：莫菜，一种野菜，嫩叶可吃。 ③美无度：美得无法衡量。 ④殊：非常。异：不同。公路：掌管国君车驾的官吏。 ⑤英：花。 ⑥公行：管兵车的官吏。 ⑦曲：指河湾。 ⑧藚（xù）：泽泻，一种多年生水草，又叫水舄（xì）。 ⑨公族：管宗族事务的官吏。公路、公行、公族均是由贵族子弟充任。

【译文】

在汾水的低洼地里，把那莫菜摘取。那个人儿呀，美得不知如何赞许。不知如何赞许，管公车的官儿没法跟他比！

在那汾水的岸畔上，采摘那嫩桑。那个人儿呀，美得像花儿一样。

他像花儿一样，管兵车的官儿哪里比得上！

在那汾水的河湾里，采摘那水舄。那个人儿呀，美得像块玉。美得像块玉呀，管宗族的官儿没法跟他比！

园有桃

园有桃，其实之殽①。
心之忧矣，我歌且谣②。
不我知者，谓我士也骄③。
彼人是哉④？子曰何其⑤？
心之忧矣，其谁知之！
其谁知之！盖亦勿思⑥！

园有棘⑦，其实之食。
心之忧矣，聊以行国⑧。
不我知者，谓我士也罔极⑨。
彼人是哉？子曰何其？
心之忧矣，其谁知之！
其谁知之！盖亦勿思！

【题解】

这是一首忧时伤己的诗。其格调与《黍离》相类。诗人可能是一个士大夫，他对现实深感不满，他的言论得不到别人的理解同情，反而招致批评非议，说他太骄傲、太狂妄。他在精神上极其悲苦郁闷，唯有长歌当哭，聊作宽解。此诗多用虚字，句法参差，很好地营造出一种长吁短叹、欲言还止、言犹未尽的沉郁风格。

【注释】

①殽（yáo）：吃，食，食物。这里作动词用。这二句说，果园中的桃子还可以供人食用。诗人由此联想到自己有“才”而不被人了解，不为世用，而心情忧伤，以歌自慰。 ②歌：有乐器伴奏叫作歌。谣：清唱，类似后来的徒歌。这里作“歌唱”解。 ③骄：傲慢。这二句说，不了解我的人说我太傲慢。 ④彼人：指“不知我者”。是：对，正确。 ⑤子：歌者自称。其：语助词。以上二句是诗人自问：那些人说得对吗？你自己还有什么好说的？⑥盖：同“盍”，何不。亦：语助词。这句是诗人自解之词，说不如丢开别想。 ⑦棘（jí）：酸枣树。 ⑧聊：姑且。行国：行游于国中。这二句的意思是，心忧无法排遣，只得出门行游。 ⑨罔极：无常。

【译文】

果园里有桃树，桃儿可以填肚饱。我的心情多忧伤啊，只好放声唱歌谣。不知道我的，说我这个人太骄傲。他们说得对吗？你还有什么可唠叨？我的心情忧伤啊，有谁知道我的苦闷！有谁知道我的烦恼！我何不把这一切都丢掉！

果园有枣树，枣子可以充饥肠。我的心情多忧伤啊，只好出门去游逛。不知道我的，说我这个人反复无常。他们说得对吗？你还有什么可讲？我的心情多么忧伤啊，有谁了解我的苦闷！有谁了解我的衷肠！何不丢开它不再想！

陟　岵

陟彼岵兮①，瞻望父兮②。
父曰：“嗟！予子行役③，夙夜无已④。
上慎旃哉⑤，犹来无止⑥。”

陟彼屺兮⑦，瞻望母兮。
母曰："嗟！予季行役⑧，夙夜无寐⑨。
上慎旃哉，犹来无弃⑩。"

陟彼冈兮，瞻望兄兮。
兄曰："嗟！予弟行役，夙夜必偕⑪。
上慎旃哉，犹来无死。"

【题解】

这是一首描写征人望乡的诗。它的表现手法很有特点。它不直接写征人思乡之情，却去想象家中父母兄长如何惦念着他。他登上光秃秃的山顶眺望，眼前浮现出亲人的面容，耳边响起了亲人的话语，他们向他诉说亲人的牵挂之情，大家都因为思念他而日夜不安，希望他多多保重，平安归来。读着这些凄切的诗句，仿佛可以看到那位可怜的征人翘首望乡的身影。他盼望能平安还乡，与亲人团聚，但是未来的日子却笼罩着死亡的阴影。也许他已预感到自己将抛下爹娘，埋骨他乡，所以一次次把目光投向远隔云天的亲人……

【注释】

①陟（zhì）：登。岵（hù）：有草木的山。 ②瞻：望。 ③嗟：叹息声。行役：服兵役或劳役流离在外。此句及以下数句是行役者想象父亲对他说的话。 ④夙：早。已：息，止。这句说，行役在外，日夜奔忙没有完。 ⑤上："尚"的假借字，庶几，表示希望。旃（zhān）：犹"之"，语助词。这句的意思是，希望你多加小心呀。 ⑥犹来：还能够回来。无止：别永留外乡。 ⑦屺（qǐ）：无草木的山。 ⑧季：小儿子。 ⑨寐：睡眠。⑩无弃：不要弃我不归。 ⑪偕：俱。这句说，行役兼早与晚，不得休息。

【译文】

登上青葱葱的山头，把我的父亲遥望。父亲说："唉，我的儿子出官差，从早到晚整天忙。希望你小心在意呀，回来吧，不要留在外乡。"

登上光秃秃的山头，遥望我的母亲。母亲说："唉，我的小儿出官差，早早晚晚不能停。希望你小心在意啊，不要扔下你的娘亲。"

登上那边的山冈，遥望我的兄长。兄长说："唉，我的弟弟出官差，从清早奔忙到晚上。希望你小心在意啊，回来吧，不要死在他乡！"

十亩之间

十亩之间兮①，桑者闲闲兮②，
行与子还兮③！

十亩之外兮，桑者泄泄兮④，
行与子逝兮⑤！

【题解】

这首诗描写采桑女子劳作之后，呼群邀伴，踏歌而去的情景，音节舒缓，传达着一种悠闲轻松的情韵。

【注释】

①十亩：举其成数，非确数。　②桑者：指采桑女子。古时蚕桑之事多由妇女担任。闲闲：悠闲自在。　③行：走。或解作"且"，亦通。还：归，指回家。　④泄（yì）泄：舒缓轻松的样子。　⑤逝：去。

【译文】

十亩桑园里面呀，采桑人儿多自在！走吧，我和你一道回去！

十亩桑园外边呀，采桑人儿多悠闲！走吧，我和你一道回去！

伐 檀

坎坎伐檀兮①，寘之河之干兮②，
河水清且涟猗③。不稼不穑④，
胡取禾三百廛兮⑤？不狩不猎⑥，
胡瞻尔庭有县貆兮⑦？
彼君子兮⑧，不素餐兮⑨！

坎坎伐辐兮⑩，寘之河之侧兮，
河水清且直猗⑪。不稼不穑，
胡取禾三百亿兮⑫？不狩不猎，
胡瞻尔庭有县特兮⑬？
彼君子兮，不素食兮！

坎坎伐轮兮⑭，寘之河之漘兮⑮，
河水清且沦猗⑯。不稼不穑，
胡取禾三百囷兮⑰？不狩不猎，
胡瞻尔庭有县鹑兮⑱？
彼君子兮，不素飧兮⑲！

【题解】

这首诗是被剥削者发出的抗争之声。不过，诗人没有正面抨击不合理的现象，而是采用了诘问的方式。一群在河边伐木的劳动者向剥削者发出义正词严的责问：你们不种庄稼，为什么稻谷满仓？你们不去打猎，为什么猎物挂满庭院？你们凭什么不劳而食？这些问句充满了愤怒，问得深刻，问得有力！最后诗人讽刺地说：你们这些“君子”，真是不白白吃饭啊！讥诮之意溢于言表。

这首诗语调尖刻而幽默。可以想象：这群伐木者一边劳作，一边你一言我一语地对不劳而食的“君子”冷嘲热讽，发泄心中的愤怒。

【注释】

①坎坎：伐木声。檀：檀树，木质坚硬，可作器物。 ②寘（zhì）：同“置”，放置。干：岸。 ③涟：水的波纹。猗（yī）：语助词，同“兮”。 ④稼：耕种。穑（sè）：收获。 ⑤胡：为什么。廛（chán）：“缠”的假借字，作“束”解。三百廛就是三百束，言其很多，不一定是确数。下二章“三百亿”“三百囷”仿此。 ⑥狩：冬猎。 ⑦尔：你。庭：庭院。县（xuán）：同“悬”。貆（huān）：一种野兽，今名猪獾。 ⑧君子：指那些“不稼不穑”“不狩不猎”的人。 ⑨素餐：吃白饭，指不劳而食。 ⑩辐：车轮中的直木。伐辐，是说伐取制辐的材料，承上“伐檀”而言。下章“伐轮”仿此。 ⑪直：指水波平直。 ⑫亿：“繶”的假借字。繶，《广韵·职韵》指为绦绳，即圆形的丝带，古代用以饰履。《广雅·释诂三》：“繶，束也。”这里作动词，意谓以绦绳去捆束禾黍。 ⑬特：三岁的兽。一说四岁的兽。指大兽。 ⑭轮：车轮。这句指伐取制作车轮的木材。 ⑮漘（chún）：水边。 ⑯沦：小风吹波成纹。 ⑰囷（qūn）：同“稇”，束。 ⑱鹑（chún）：鸟名，俗名鹌鹑。 ⑲飧（sūn）：熟食。

【译文】

叮叮当当把檀树砍，砍倒放在河岸边，河水清清波纹像连环。耕种收割你不管，凭什么千捆万捆往家搬？上山打猎你不沾，凭什么你家满院挂猪獾？那些个正人君子呀，可不是白白吃闲饭！

做车辐叮当砍木头，砍来放在河滩头，河水清清波纹直溜溜。栽秧割稻你不伸手，凭什么千捆万捆你来收？别人打猎你闲走，凭什么满院挂野兽？那些个正人君子呀，可不是白白把饭吃到口！

做车轮砍树叮当响，砍来放在大河旁，河水清清波纹长。耕种收割你不忙，凭什么千捆万捆进了仓？上山打猎你不帮，凭什么满院鹌鹑挂成行？那些个正人君子呀，可不是白白吃干粮！

硕　鼠

硕鼠硕鼠①，无食我黍②！
三岁贯女③，莫我肯顾④。
逝将去女⑤，适彼乐土⑥。
乐土乐土，爰得我所⑦！

硕鼠硕鼠，无食我麦！
三岁贯女，莫我肯德⑧。
逝将去女，适彼乐国。
乐国乐国，爰得我直⑨！

硕鼠硕鼠，无食我苗。
三岁贯女，莫我肯劳⑩。
逝将去女，适彼乐郊。
乐郊乐郊，谁之永号⑪！

【题解】

这首诗反映农夫对沉重剥削的怨恨和控诉。诗人把剥削者比为贪婪害人的大老鼠。农夫年年岁岁辛苦地供养了“老鼠”，却得不到它们丝毫的恩惠。忍无可忍的诗人发出愤怒的呼声，发誓要离开“老鼠”，去寻觅安居的乐土。尽管这片“乐土”是不存在的，但是对美好生活的向往和追求，鼓舞着人民进行抗争。在这首诗中，诗人采用重章叠词的手法来加强感情力量。比如开头两个“硕鼠”叠用，表达出农夫苦苦祈求之意；最后两个“乐土”叠用，则表示出无限向往之情。

【注释】

①硕鼠：大老鼠。或指鼫鼠，即田鼠。这里用来比喻剥削无厌的统治者。 ②黍：一种谷物，即黄米。 ③这句说，侍奉你多年。贯：侍奉。三岁：言其久。女：同“汝”，指剥削者。 ④莫我肯顾：即“莫肯顾我”。下章“莫我肯德”“莫我肯劳”亦同。顾，眷顾，照顾。 ⑤逝：通“誓”。去：离开。女：同“汝”。这句说，发誓要离开你（大老鼠）。 ⑥适：到，往。 ⑦爰：犹“乃”。 ⑧德：惠，恩惠。这里作动词用。 ⑨直：通“值”，价值。这句说，使我的劳动得到公正的代价。 ⑩劳：慰劳，慰问。⑪之：犹“其”。永号：长叹。这二句说，既到乐郊，就再不会有悲愤，谁还长吁短叹呢？

【译文】

大老鼠呀大老鼠，别吃我的黄黍！整整三年把你喂足，没有谁管我的死活。我发誓另找生路，去到那片乐土。乐土啊乐土，那儿才是我安身之所！

大老鼠呀大老鼠，别吃我的小麦！伺候你们整整三载，没有谁给我半点惠爱。我发誓和你分开，去到乐国多痛快。乐国呀乐国，在那儿把力气公平出卖！

大老鼠呀大老鼠，别吃我的秧苗！三年喂得你长肥膘，没有谁来把我慰劳。我发誓和你分手，投奔那片乐郊。乐郊呀乐郊，谁还有不平向人号叫？

风·唐风

共有十篇作品。周成王封其弟叔虞于唐（今山西翼城西）。叔虞之子继位，徒居晋水旁，改国号为晋。唐风即是晋风，可能产生于东周和春秋时期。

蟋　　蟀

蟋蟀在堂①，岁聿其莫②。
今我不乐，日月其除③。
无已大康④，职思其居⑤。
好乐无荒⑥，良士瞿瞿⑦。

蟋蟀在堂，岁聿其逝⑧。
今我不乐，日月其迈⑨。
无已大康，职思其外⑩。
好乐无荒，良土蹶蹶⑪。

蟋蟀在堂，役车其休⑫。
今我不乐，日月其慆⑬。
无已大康，职思其忧⑭。
好乐无荒，良士休休⑮。

【题解】

这是一首岁暮述怀的诗。诗歌三章，每章意思相同。诗人有感于岁月流逝，一年将尽，流露出及时行乐的思想；但是又告诫自己不可耽于享受，荒废本业，应当时时考虑自己的责任，居安思危。——这是中国封建士大夫典型心态的表述。

此诗结构严谨，说理清晰，被后人称为“构法是紧净”。

【注释】

①蟋蟀在堂：蟋蟀本在野外，秋凉季节迁至室内。这句说岁暮天凉，蟋蟀已迁入堂屋。 ②岁：年。聿（yù）：语助词，含有“就”意。莫：即“暮”。这句说一年将尽。 ③日月：岁月，光阴。除：去。 ④无已：不要太过分。已，过。大康：泰康，安乐。这句说不要过分耽于安乐。 ⑤职：当，得，必须。居：处，处境。或指所担任的职务。 ⑥无荒：不要荒废正业。 ⑦良士：指有见识有修养的人。瞿（jù）瞿：警觉的样子。 ⑧逝：去，往。 ⑨迈：逝去。 ⑩外：指本职之外的工作。 ⑪蹶（jué）蹶：动作敏捷之状。 ⑫役车：服役之车。休：歇。指岁暮天凉，行役的人当回乡休息。 ⑬慆（tāo）：逝去。 ⑭忧：忧患之事。 ⑮休休：心情安详平和的样子。这句的意思是，有识之士对忧患之事有心理准备，所以平常日子心境安详。

【译文】

蟋蟀在屋角落，一年将尽到岁暮。今日我不及时行乐，光阴似水留不住。莫要欢乐过度，也该想想自己的职务。行乐呀，莫把正业耽误，有识之士当警悟。

蟋蟀在屋角落，一年光阴剩无多。今日我不及时行乐，岁月流逝匆匆过。莫要欢乐过度，也该想想分外的工作。行乐呀，莫把正业耽误，有识之士当勤勉振作。

蟋蟀在屋里声声唱，行役的车儿也该回乡。今日我不及时行乐，光阴流逝空悲伤。莫要过分享乐，也该想想可能的祸殃。行乐呀，不要太荒唐，有识之士气度安详。

椒　聊

椒聊之实①，蕃衍盈升②。
彼其之子③，硕大无朋④。
椒聊且⑤，远条且⑥。

椒聊之实，蕃衍盈匊⑦。
彼其之子，硕大且笃⑧。
椒聊且，远条且。

【题解】

这是一首赞美妇人多子的诗。椒，即花椒。花椒多子，汉人将后妃所居之室称为椒房，即取其多子吉祥之意。诗歌分二章，开头皆以花椒结子繁多，引出妇人宜子之意；章末皆以花椒飘香久远作结，不仅前后照映，而且诗味更显隽永。

【注释】

①椒：花椒，果实红色，种子黑色，可供入药或调味。聊：草木结实成串，犹今语“嘟噜”（从闻一多说）。一说，“聊”指山楂。　②蕃衍：繁盛众多。盈：满。升：一种量器。　③彼其之子：指所赞美的妇人。　④硕：大。朋：比。无朋，无比。　⑤且（jū）：叹词。　⑥条：古与“修”通用。修、长。这句说椒香之气传得很远。　⑦匊（jū）：古“掬”字，双手捧物。⑧笃：厚。这里指妇人身体壮实。

【译文】

花椒结子一嘟噜，满满采了一升多。这位妇人子孙多，身材高大没人比得过。花椒结子啊一嘟噜，香气飘远多长久！

花椒结子一嘟噜，多得双手捧不够。这位妇人子孙多，身材高大又肥硕。花椒结子啊一嘟噜，香气飘远真长久！

绸　缪

绸缪束薪①，三星在天②。
今夕何夕③？见此良人④。
子兮，子兮⑤，如此良人何⑥！

绸缪束刍⑦，三星在隅⑧。
今夕何夕？见此邂逅⑨。
子兮，子兮，如此邂逅何！

绸缪束楚⑩，三星在户⑪。
今夕何夕？见此粲者⑫。
子兮，子兮，如此粲者何！

【题解】

这是一首庆贺新婚的诗。诗歌的语气带有戏谑味道，大约是闹新房的人逗弄新人时唱的歌。在新婚之夜，闹洞房的人们围着喜气洋洋的新郎和羞答答的新娘，开玩笑地问他们：三星高照，你们将怎样消受这良辰美景呢？诗歌气氛欢快活泼。

【注释】

①绸缪（chóumóu）：犹缠绵，紧密缠束的意思。束薪：捆好的柴薪.诗

中“束薪”“束刍”“束楚”都是象征婚姻。②三星：据孔颖达疏曰：“三星，参也。在天，谓始见东方也”，指参星出现在东方天空。而郑玄曰：“三星，谓心星也。”关于“三星”，历来有不同说法，存疑。③今夕何夕：今天晚上是什么日子？④良人：古代妇人对丈夫的称呼。⑤子兮：犹言“你呀”。这是闹洞房人呼唤新娘之词。⑥这句说，你要如何对待你的丈夫呢，拿他怎么样呢。⑦刍（chú）：牧草。⑧在隅：在天空的一角。指三星已经从东方移动位置了，暗示时间的流逝。⑨邂逅（xièhòu）：即“解说（悦）之貌”，指可爱的人。⑩楚：荆条。⑪在户：参星已移至南方天空，房门南开，正好被参星照着，故曰“在户”。⑫粲者：美人。

【译文】

一捆柴草紧紧缠，三星在天空亮闪闪。今夜是啥好日子？和那个好男人来相见。新娘呀，新娘呀，拿这个好男人怎么办？

一捆牧草紧紧缠，三星在天边亮闪闪。今夜是啥好日子。心爱的人儿来相见。新郎呀，新娘呀，拿心爱的人儿怎么办？

一捆荆条紧紧缠，三星照门亮闪闪。今夜是啥好日子？和那个美人来相见。新郎呀，新郎呀，拿这美人怎么办？

杕　杜

有杕之杜[①]，其叶湑湑[②]。
独行踽踽[③]，岂无他人？
不如我同父[④]。嗟行之人[⑤]，
胡不比焉[⑥]？人无兄弟，
胡不佽焉[⑦]？

有杕之杜，其叶菁菁[⑧]。

独行睘睘⑨，岂无他人？
不如我同姓⑩。嗟行之人，
胡不比焉？人无兄弟，
胡不佽焉？

【题解】

这是一个流浪者的悲叹之词。他漂泊无依，孤独无助，举目无亲，得不到一丝温暖，也得不到一点援助，不禁向这个冷漠的人世发出激愤的责问。

【注释】

①杕（dì）：孤生的样子。杜：杜梨，棠梨，果实小而味酸。 ②湑（xǔ）湑：形容树叶茂盛的样子。 ③踽（jǔ）踽：孤独的样子。 ④同父：同父所生，指兄弟。 ⑤嗟：叹。行：道路。行之人，指路上的行人。或指流浪者，亦通。 ⑥胡：为什么。比：亲近。 ⑦佽（cì）：帮助，救助，资助。 ⑧菁（jīng）菁：树叶茂盛的样子。 ⑨睘（qióng）睘：通“茕茕”。孤孤单单，无所依靠的样子。 ⑩同姓：指同母所生的兄弟。

【译文】

一株杜梨孤零零，树叶长得多茂盛。我独自赶路好冷清，难道没有同路人？但都不如弟兄同父生。可叹那些路上人，为啥不肯和我亲近？我身边没有兄弟，为啥不肯把手伸？

一株杜梨孤零零，树叶长得郁郁青青。一个人赶路孤独无依，难道没有人同行？但都不如同母兄弟亲。可叹那些路上人，为啥不肯和我亲近？我身边没有兄弟，为啥不肯把手伸？

羔 裘

羔裘豹祛①，自我人居居②。
岂无他人？维子之故③。

羔裘豹褎④，自我人究究⑤。
岂无他人？维子之好⑥。

【题解】

这首诗可能是一位失恋女子的怨词。情人的倨傲无礼，深深刺伤了她的心。她气恨地诘问：“难道没有别的人，非跟你好不可？”

旧说此诗是“晋人刺其在位，不恤其民也”。

【注释】

①羔裘：羊羔皮袍。祛（qū）：袖口。 ②自：对于。我人：我们。居居：借作“倨倨”，倨傲无礼。 ③维：只。子：指男子。故：借作“婟”，恋爱，眷念。以上二句说，难道没有别人，我只能和你相好？ ④褎（xiù）：古“袖”字。 ⑤究究：犹“居居”，傲慢的意思。 ⑥好：爱。

【译文】

豹皮袖口羔皮袍，你对我多倨傲。难道没有别的人，我非要跟你相好？

豹皮袖口羔皮衣，你对我多无礼。难道没有别的人，我只能爱上你？

鸨 羽

肃肃鸨羽①，集于苞栩②。
王事靡盬③，不能蓺稷黍④。
父母何怙⑤？悠悠苍天，
曷其有所⑥？

肃肃鸨翼，集于苞棘⑦。
王事靡盬，不能蓺黍稷。
父母何食？悠悠苍天，
曷其有极⑧？

肃肃鸨行⑨，集于苞桑。
王事靡盬，不能蓺稻粱。
父母何尝？悠悠苍天，
曷其有常⑩？

【题解】

这首诗是农夫在徭役重压下的呻吟。农夫因为劳于“王事”，无暇顾及耕种，使父母的生活失去保障。而所谓王事又像是永远没有完，什么时候才能安居乐业呢？没有人能回答他。司马迁说得好：“夫天者，人之始也；父母者，人之本也；人穷则反本。故劳苦倦极，未尝不呼天也；疾痛惨怛，未尝不呼父母也”（《史记·屈原列传》）。于是，陷于绝境的诗人发出了“悠悠苍天，曷其有极”的惨痛呼声。

【注释】

①肃肃：鸟羽扇动的声音。鸨（bǎo）：形状似雁的大鸟。一名野雁。鸨脚上没有后趾，不能在树上稳定地栖息。诗人以此来比喻农民苦于徭役而不安居。 ②集：鸟栖息在树上。苞：草木丛生。栩（xǔ）：栎树。这句说，许多鸨鸟栖息在丛生的栎树上。 ③王事：指官差，徭役。靡：没有。盬（gǔ）：闲暇，休止。这句说，徭役没有止息的时候。 ④蓺：种植。稷黍：泛指粮食。 ⑤怙（hù）：依靠， ⑥曷其有所：何时才能安居。曷，何。所，处所。 ⑦棘：荆棘。 ⑧极：止，完结，终止。 ⑨行（háng）：鸟翮。或说鸨鸟飞行排列成行。 ⑩常：正常。这句说，何时才能恢复正常的生活而不必再去服徭役呢？

【译文】

野雁扇翅沙沙响，成群息在栎树上。官差没完没了，不能种植黍粱。拿什么来把父母赡养？老天呀老天，何时才有安身的地方？

野雁扇翅沙沙响，成群落在荆棘上。官差没完没了，黍稷五谷种不上。父母饥饿吃什么粮？老天呀老天！这种日子到底有多长？

野雁沙沙拍翅膀，成群落在桑树上。官差没完没了，稻子高粱种不上。父母饥饿拿什么供养？老天呀老天！何年何月日子才能正常？

无　衣

岂曰无衣七兮①？不如子之衣，
安且吉兮②！

岂曰无衣六兮？不如子之衣，
安且燠兮③！

【题解】

这是一首感旧诗。人已去，而衣犹在。诗人揽衣怀人，惆怅不已，情不自禁地发出轻轻的叹息。旧说此诗是晋武公篡位后，他的大夫为他请命而写给周天子使者的，恐属附会之词。

【注释】

①岂曰：难道说。衣七：七件衣服。“衣七”及下章“衣六”，指衣服很多。 ②安：安舒，安适。吉：美好。 ③燠（yù）：暖和。

【译文】

难道说我没有七件衣服穿？可惜都不如你缝的，既舒服又美观。

难道说我没有六件衣服穿？可惜都不如你缝的，既舒服又温暖。

有杕之杜

有杕之杜①，生于道左②。
彼君子兮，噬肯适我③？
中心好之④，曷饮食之⑤？

有杕之杜，生于道周⑥。
彼君子兮，噬肯来游⑦？
中心好之，曷饮食之？

【题解】

这是一个女子的相思之词。她暗恋着一个男子，不知对方的心意如何，心中忐忑不安，只希望有机会和他亲近，倾诉心曲。因为是单相思，所以诗歌以孤零零的杜梨树起兴，它牵动了女子甜蜜而略带落寞的情怀。

【注释】

①杕（dì）：孤零零。杜：指杜梨树。 ②道左：道路的东边。古人以东为左。 ③噬（shì）：语助词，同“逝”，无义。适：往，到。这句说，肯不肯到我身边来？ ④中心：心中。好：爱，喜爱。之：指所思念的男子。⑤曷：何不。 ⑥道周：道路的西边。“周”为“右”的假借，古人以西为右。或说指道路弯曲处。 ⑦来游：来看看，来逛逛。

【译文】

一株杜梨孤单单，长在道路的东边。那个人儿呀，可肯来到我身边？我心里爱着他，何不请他吃茶饭？

一株杜梨孤单单，长在道路的西边。那个人儿呀，可肯逛游来这边？我心里爱着他，何不请他吃茶饭？

葛　生

葛生蒙楚①，蔹蔓于野②。
予美亡此③，谁与独处④？

葛生蒙棘⑤，蔹蔓于域⑥。
予美亡此，谁与独息？

角枕粲兮⑦，锦衾烂兮⑧。
予美亡此，谁与独旦⑨？

夏之日，冬之夜⑩。

百岁之后⑪，归于其居⑫。

冬之夜，夏之日。
百岁之后，归于其室⑬。

【题解】

这是女子悼念亡夫的诗。诗人一面悲悼死者，想象他枕着角枕，盖着锦衾，在荒野荆棘之下独自长眠，孤独无伴；一面自己伤感，想着未来漫长的岁月都是可悲的，生活的乐趣已随良人而去，唯有待百年之后和良人同穴，才是归宿。全诗如泣如诉，悱恻感人。

【注释】

①葛：一种多年生蔓草，其纤维可织布。蒙：覆盖。楚：牡荆。这句说，葛藤蔓延，覆盖荆树。上古“死则裹之以葛，投诸沟壑”（《法言·重黎篇》注），其后仍有以葛藤缠棺之俗（《墨子·节葬篇》）。诗人悼亡用“葛生”起兴，或许与古俗有联想。 ②蔹（liǎn）：一种蔓生植物。蔓：延伸。③予美：犹言“我的爱人”。亡：去。此：指人间世。这句说，我的爱人不在此世。 ④谁与独处：应在“与”字读断。这句的意思是，我的爱人不在人世而在地下，谁伴着他呢？还不是独自在那里住！ ⑤棘：枣树。 ⑥域：坟地。 ⑦角枕：用牛角制成或用兽角装饰的枕头。角枕是用来枕尸首的。粲：与下句“烂”互文，鲜明的样子。 ⑧锦衾：用锦做的被子。敛尸单被。锦，有彩色花纹的丝织品。 ⑨独旦：独寝的意思。 ⑩这二句的意思是，未来的日子不易熬过，每天将如夏日的迟迟，每夜将似冬夜的漫漫。 ⑪百岁之后：死后。 ⑫其居：指亡夫的住处，即坟墓。以上二句说，死后与丈夫同穴。⑬其室：犹“其居”，亡夫的坟墓。

【译文】

葛藤覆盖着荆树，蔹草蔓生在野地。我的爱人撒手去了，与谁相伴呀，独自在那里！

葛藤覆盖着枣树，蔹草在坟地蔓延。我的爱人撒手去了，与谁相伴呀，独自难眠！

角枕多鲜艳呀，锦被闪闪亮。我的爱人撒手去了，与谁相伴呀，独宿到天亮。

夏日长长呀，冬夜漫漫。百年之后，到你坟中相见。

冬夜漫漫呀，夏日长长。百年之后，到你坟中相依傍。

采 苓

采苓采苓[①]，首阳之巅[②]。
人之为言[③]，苟亦无信[④]。
舍旃舍旃[⑤]，苟亦无然[⑥]。
人之为言，胡得焉[⑦]？

采苦采苦[⑧]，首阳之下。
人之为言，苟亦无与[⑨]。
舍旃舍旃，苟亦无然。
人之为言，胡得焉？

采葑采葑[⑩]，首阳之东。
人之为言，苟亦无从[⑪]。
舍旃舍旃，苟亦无然！
人之为言，胡得焉？

【题解】

这是劝人不要听信谗言的诗。《毛诗序》说："刺晋献公也。献公好听谗言。"据史载，晋献公因听信宠妃的谗言，无故杀死太子申生。不过，从此诗的诗意看，未必有那么具体的讽喻对象。诗歌三章均以采野菜于首阳山起兴，然而所采的苓、苦、葑却非首阳山上所出产，诗人以此起兴，暗喻谗言名实相乖，似是而非，不可轻信。诗歌每章只变换了三个字，形成一种反复叮咛、慎重嘱咐的声口。

【注释】

①苓（líng）：甘草。 ②首阳：山名，在今山西省永济市南。 ③为言：即"伪言"，谎话。 ④苟：诚，确实。亦：语助词。这二句说，人家的谎言，确实不可听信。 ⑤舍：放弃，舍弃。旃（zhān）：犹"之"。指谎言。 ⑥无然：无是，勿以为正确。然，对，是。这句的意思是，千万不要以谎言为然，千万不可听信谎言。 ⑦胡：何，什么。 ⑧苦：荼菜。 ⑨无与：不要赞同，不要信从。 ⑩葑（fēng）：菜名，蔓菁。 ⑪从：听从。

【译文】

采甘草呀采甘草，到那首阳山头找。有人专爱说谎话，千万别信那一套。丢开它，丢开它，谎话完全不可靠。有人专爱说谎话，什么都捞不到！

采苦菜呀采苦菜，到那首阳山脚下。有人专爱造谣言，千万不可听信它。丢开它，丢开它，谣言完全不可靠。有人专爱造谣言，什么都捞不到！

采蔓菁呀采蔓菁，来到首阳山之东。有人专爱说假话，千万不可听从。丢开它，丢开它，假话完全不可靠。有人专爱说假话，什么都捞不到！

风·秦风

共有十篇作品。秦原为周王室附庸，其地在今甘肃天水一带。周平王东迁时，秦襄公派兵护送，平王封秦襄公为诸侯。成为诸侯国的秦，领地扩大到西周王畿和豳地，即今陕西及甘肃东部。《秦风》多是东周末到春秋时的作品。秦地尚武，诗多车马田猎之事。

车　邻

有车邻邻①，有马白颠②。
未见君子③，寺人之令④。

阪有漆⑤，隰有栗⑥。
既见君子，并坐鼓瑟。
今者不乐⑦，逝者其耋⑧。

阪有桑，隰有杨。
既见君子，并坐鼓簧⑨。
今者不乐，逝者其亡⑩。

【题解】

《毛诗序》说此诗是赞美秦仲，因为“秦仲始大，有车马礼乐侍御之好焉。”后儒多认为此诗写“君臣相得”。不过，从诗歌后二章开头两句的语气看，此诗似乎出于女子口吻，因为《诗经》中类似的习语多用来表示男女之情。这位女子可能是秦宫中的宫人。诗歌的首章写车马之盛，寺人之令，渲染出秦君的庄严气派。后二章写后宫鼓瑟鼓簧，尽今日之欢，洋溢着欢愉气氛。前章的威严气派和后二章浓郁的人情味形成对比，饶有情致。

【注释】

①邻邻：同“辚辚”，车行声。 ②白颠：白额。指马额正中有一片白毛。古人认为白额马是良马。 ③君子：指秦君。 ④寺人：宫中供传令的小臣。宫人没有寺人传令，是不能面见国君的。 ⑤阪（bǎn）：山坡。漆：漆树。 ⑥隰（xí）：低湿之地。以上二句，是《诗经》中常用于兴起男女之情的习语。 ⑦今者：今日。 ⑧逝者：来者，将来，对“今者”而言。耋（dié）：八十岁，或说指七十、六十。泛言年老。 ⑨簧：即笙，乐器名。⑩亡：丧失。

【译文】

大车驶过声辚辚，高头马儿白额顶。见不到君王，寺人没有传令。

山坡上漆树长，洼地里栗树种。见到君王，并坐鼓瑟乐融融。今日呀，不行乐，明日衰老成老翁。

山坡上有桑树，洼地里有水杨。见到君王，并坐同乐吹笙簧。今日呀，不行乐，转眼衰亡空悲伤！

驷　驖

驷驖孔阜①，六辔在手②。
公之媚子③，从公于狩④。

奉时辰牡⑤，辰牡孔硕⑥。

公曰左之⑦，舍拔则获⑧。

游于北园⑨，四马既闲⑩。
輶车鸾镳⑪，载猃歇骄⑫。

【题解】

这是一首赞美秦襄公田猎的诗。秦襄公助平王东迁洛阳，因功被封诸侯，领有岐、丰之地，始有田狩之事。此诗采用赋体，叙述了田猎的全过程，首章写整队待发，次章写射猎，末章写猎罢而归，脉络清楚。

【注释】

①驷驖（sìtiě）：四匹铁青色的好马。驖，铁青色的马。孔：大，甚。阜：肥大。 ②辔：马的缰绳。四马应有八根缰绳，因驾辕的马缰绳系在轼前，御者手中实有六根。 ③公：秦襄公。媚子：受宠爱的臣子。④狩：冬猎。 ⑤奉：供给，敬献。时：是。辰：时，应时。牡：公兽。这句说：虞人（管兽苑的小官）把这个时季的公兽驱赶出来，以供秦襄公打猎。⑥硕：肥大。 ⑦左之：把车赶到左边，从左边射杀猎物。 ⑧舍：放，发。拔：亦作“柭”，箭尾，这里代指箭。这句说，放箭皆中猎物。 ⑨北园：秦国的大园囿。 ⑩闲：熟练。这句说，马儿走得轻捷熟练，已被训练好了。 ⑪輶（yóu）车：一种轻便的车。鸾（luán）：马所佩戴的小铃铛。镳（biāo）：马嚼子。“鸾镳”，即带铃的马嚼子。 ⑫猃（xiǎn）：长嘴猎犬。歇骄：短嘴猎犬。这句说，轻车上载着长嘴和短嘴的猎犬。

【译文】

四匹黑马多肥壮，六根缰绳手中拿。宠爱的臣子随身边，跟着国君把猎打。

驱赶来应时的公兽，只只野物多肥大。国君说“朝左射”，弯弓放箭不虚发。

打罢猎，游北园，四匹马儿多熟练。马车轻快铃儿响，车上载着良种猎犬。

小　戎

小戎俴收[1]，五楘梁辀[2]。
游环胁驱[3]，阴靷鋈续[4]。
文茵畅毂[5]，驾我骐馵[6]。
言念君子[7]，温其如玉[8]。
有其板屋[9]，乱我心曲[10]。

四牡孔阜[11]，六辔在手[12]。
骐骝是中[13]，騧骊是骖[14]。
龙盾之合[15]，鋈以觼軜[16]。
言念君子，温其在邑[17]。
方何为期[18]？胡然我念之[19]？

俴驷孔群[20]，厹矛鋈錞[21]。
蒙伐有苑[22]，虎韔镂膺[23]。
交韔二弓[24]，竹闭绲縢[25]。
言念君子，载寝载兴[26]。
厌厌良人[27]，秩秩德音[28]。

【题解】

这是一位女子思念远征丈夫的诗。秦襄公时，秦国国力逐渐强大，于是整备军力征伐西戎，而西戎也值强盛时期，秦兵屡征不休。这位女子的丈夫随军出征，久而未归，使她思念不已。想到秦军征伐的威势，又使她自豪不已。思夫、夸耀国威交织在一起，表现了女子的矛盾心情。诗歌采用赋法，首章写战车之盛美，次章写战马之剽壮，末章写兵器之精良，铺采摛文，笔意恣肆，充分展示了秦国的军容军威，笔力刚健，反映了秦人好武的习尚。而每章的末四句则写思夫，柔情缕缕，与前面的阳刚之气相映成趣。

【注释】

①小戎：一种士兵所乘的兵车。俴（jiàn）：浅。收：车轸，这里指车厢。为了适应战斗的需要，兵车的车厢比较浅。　②五楘（mù）：五条有花纹的皮带。梁辀（zhōu）：车辕，其形弯曲，既像房梁，又像船，所以叫“梁辀”。这句说，车辕上缠五根有花纹的皮带。　③游环：活动的皮环，结在驾辕之马的颈套上，用来贯穿骖马的外辔。胁驱：驾具名，用来控制骖马。④阴靷（yǐn）：从车前横板上引出的两根拉绳，拴在骖马颈上。鋈（wù）续：白铜制的环。这句说，拉绳的环是用白铜制的。　⑤文茵：虎皮褥垫。茵，褥垫。畅：长。毂（gǔ）：车轴伸在两轮之外的部分。兵车的“毂”比载重车长。　⑥骐：青黑色而有花纹的马。馵（zhù）：后左蹄是白色的马。⑦念：怀念。君子：女子称从军的丈夫。　⑧温其如玉：性格温和，如同美玉。　⑨板屋：木板盖的屋子。西戎民俗以木板盖屋。　⑩心曲：心窝。这二句说，一想到出征的丈夫住在西戎的木板屋里，就心乱如麻。　⑪牡：公马。孔阜：很肥大。孔，很，甚。阜，大。　⑫辔：马缰绳。　⑬駵（liú）：“骝”的省借字。红鬃黑马。中：指两匹服马，即驾辕的马。这句说，青黑色而有花纹的马和红鬃黑马在中间驾辕。　⑭騧（guā）：黑嘴黄马。骊（lí）：黑马。骖（cān）：在车辕外侧拉车的马。这句说，黑嘴黄马和黑马在外侧拉车。　⑮龙盾：画有龙纹的盾牌。这句说，两个画龙的盾牌合在一起立在车上。　⑯觼（jué）：有舌的环。軜（nà）：骖马内侧的辔绳。这句说，用白

铜装饰骖马辔绳上的环。 ⑰在邑：指西戎之邑。 ⑱方：将。期：归期。这句说，将以哪年哪月为归期。 ⑲胡然：为什么。 ⑳俴：这里是薄的意思。指马身披薄铁甲。孔群：指四匹马走路和谐一致。群，合。这句说，披着薄铁甲的四匹马步伐协调。 ㉑厹（qiú）矛：三刃的长矛。錞（duì）：矛柄下端的金属套。这句说，三刃长矛镶嵌着白铜錞。 ㉒蒙伐：画有采羽花纹的盾牌。苑：指花纹美好。伐：中等大小的盾牌。 ㉓虎韔（chàng）：虎皮弓套。韔，弓囊。镂膺（lòuyīng）：镂金马带。膺，胸，此处指马的肚带。 ㉔交韔二弓：交叉放置二弓在弓囊中。 ㉕竹闭：绑在弓弦内侧的竹片，以来保护弓弦，纠正弓体。即弓架。绲（gǔn）：绳。縢（téng）：系，拴。这句说，用绳把弓架捆紧。 ㉖载寝载兴：睡了又醒，醒了又睡。指思念深切，起居不宁，难以安睡。 ㉗厌厌：安静，安详。良人：指丈夫。 ㉘秩秩：井然有序的样子。即进退有礼。德音：好声誉。

【译文】

兵车轻便车厢浅，五根皮带辕上缠。缰绳穿环儿控骖马，白铜饰环多灿烂。虎皮褥垫车毂长，白脚青马驾车欢。想起我的夫君，性格温雅玉一般。你在西戎的木板屋里，不由我心情烦又乱。

四匹公马多肥壮，六条缰绳手中牵。青马红马驾车辕，黄马黑马拉两边。画龙盾牌合车前，白铜绳环亮闪闪。想起我的夫君，温存笃厚在戍边。哪年哪月是归期？怎不令我苦苦思念？

四马轻甲多协调，三刃长矛白铜套。彩绘盾牌画羽纹，虎皮弓套金马带。两弓交叉放弓囊，竹制弓架捆起来。想起我的夫君，忽睡忽醒真难挨。那个温和安详的人儿，彬彬有礼声誉在。

蒹　葭

蒹葭苍苍①，白露为霜。

所谓伊人②，在水一方③。
溯洄从之④，道阻且长⑤。
溯游从之⑥，宛在水中央⑦。

蒹葭凄凄⑧，白露未晞⑨。
所谓伊人，在水之湄⑩。
溯洄从之，道阻且跻⑪。
溯游从之，宛在水中坻⑫。

蒹葭采采⑬，白露未已。
所谓伊人，在水之涘⑭。
溯洄从之，道阻且右⑮。
溯游从之，宛在水中沚⑯。

【题解】

这是一首优美的爱情诗。在这个秋天的早晨。芦苇上的霜露浓重，诗人冒着秋寒在岸边徘徊，寻找所思念的人儿。她（他）在哪里呢？在水的另一方。河道回曲盘纡，道路艰难遥远，远远望去，所思念的人儿“宛在水中央”，可望而不可即。在这首诗中，诗人巧妙地利用芦苇、霜露、秋水等景物渲染出一种凄迷气氛，以此来烘托所思不见的怅惘心情。每章开头两句写芦苇上霜露的变化，“为霜”“未晞”而“未已”，以此来暗示时光的流逝，使人意会到他（她）已经在秋水畔徘徊了一个清晨。此诗意境幽远，韵味清隽，抒情意味浓郁，是“诗三百”中的佳篇。

【注释】

①蒹（jiān）：荻。葭（jiā）：芦。苍苍：茂盛鲜明的样子。 ②伊

人：那个人。指诗人所追寻的人。　③方：边。“在水一方”就是说在水的另一边。　④溯洄：逆水而向上游走。从：就，接近。　⑤阻：险，难。⑥溯游：顺流而往下游走。　⑦宛：好像，仿佛。　⑧凄凄：同“萋萋”，茂盛的样子。　⑨晞（xī）：晒干。　⑩湄（méi）：水草交接之处，岸边。⑪跻（jī）：登高，升高。　⑫坻（chí）：水中高地，小岛。　⑬采采：犹“萋萋”。　⑭涘（sì）：水边。　⑮右：曲。　⑯沚（zhǐ）：水中沙洲，小渚。

【译文】

芦苇一片青苍苍，清早露水变成霜。心上人儿在哪里，正在河水那一方。逆着流水去找她，绕来绕去道路长。顺着流水去找她，仿佛在那水中央。

芦苇一片密又繁，露水珠儿不曾干。心上人儿在哪里，正在河岸那一边。逆着流水去找她，越走越高攀登难。顺着流水去找她，仿佛在那水中滩。

芦苇一片密又稠，叶儿露水还未收。心上人儿在哪里，正在水边那一头。逆着流水去找她，曲曲弯弯路难走。顺着流水去找她，仿佛在那水中洲。

黄　鸟

交交黄鸟①，止于棘②。
谁从穆公③？子车奄息④。
维此奄息⑤，百夫之特⑥。
临其穴⑦，惴惴其慄⑧。
彼苍者天，歼我良人⑨！
如可赎兮⑩，人百其身⑪！

交交黄鸟，止于桑。
谁从穆公？子车仲行[12]。
维此仲行，百夫之防[13]。
临其穴，惴惴其慄。
彼苍者天，歼我良人！
如可赎兮，人百其身！

交交黄鸟，止于楚[14]。
谁从穆公？子车鍼虎[15]。
维比鍼虎，百夫之御[16]。
临其穴，惴惴其慄。
彼苍者天，歼我良人！
如可赎兮，人百其身！

【题解】

这是一首挽歌。据历史记载，公元前621年，秦穆公卒，以一百七十七人殉葬。其中有三良：子车奄息、子车仲行、子车鍼虎。秦国人民非常同情这些无辜的殉葬者，作《黄鸟》哀之。这首诗是对惨无人道的人殉制度的血泪控诉。

诗歌分三章，分别挽三人。每章开首都以黄鸟悲鸣起兴，渲染出一种悲凉气氛。诗人真实地描述了子车氏三子殉葬时毛骨悚然的情景，为这些无辜就死的好人发出撕肝裂胆的呼声。诗人一再表示“如可赎兮，人百其身”，情愿死一百次来赎回子车氏三子的生命。这种夸张的表达方式，正强调了人们无比痛惜的感情。

【注释】

①交交：鸟叫声。黄鸟：黄雀。　②止：停息。棘：酸枣树。黄雀落

在棘、桑、楚等小树上，是不得其所，暗喻三良死于非命。一说，棘指“紧急”，桑指“悲伤”，楚指“痛楚”，采用谐音来表达情绪，亦通。 ③从：跟从，跟随，指殉葬。 ④子车奄息：人名。子车是姓，奄息是名。 ⑤维：语助词。 ⑥百夫：百人。特：匹。这句说，子车奄息的才能要一百人才抵得上。 ⑦穴：墓穴。 ⑧惴（zhuì）惴：恐惧的样子。慄（lì）：战栗，哆嗦。 ⑨歼（jiān）：灭。良人：好人。 ⑩赎（shú）：赎身，指替换。 ⑪人百其身：以一百人来替换他（奄息）。 ⑫仲行：人名。 ⑬防：比，当。“百夫之防”与“百夫之特”同义。 ⑭楚：牡荆。 ⑮鍼（qián）虎：人名。 ⑯御：当。与“特”“防”同义。

【译文】

黄雀叽叽，酸枣树上息。谁跟穆公去了？子车家的奄息。说起这位奄息，一人能把百人敌。走近了他的坟墓，吓得浑身哆嗦。苍天啊苍天！我们的好人一个不留！如果能赎他的命，拿我们一百换他一个。

黄雀叽叽，飞来桑树上。谁跟穆公去了？子车家的仲行。说起这位仲行，一人能把百人挡。走近了他的坟墓，吓得浑身哆嗦。苍天啊苍天，我们的好人一个不留！如果能赎他的命，拿我们一百换他一个。

黄雀叽叽，息在牡荆树。谁跟穆公去了？子车家的鍼虎。说起这位鍼虎，一人当百不含糊。走近了他的坟墓，吓得浑身哆嗦。苍天啊苍天，我们的好人一个不留！如果能赎他的命，拿我们一百换他一个。

晨　风

鴥彼晨风①，郁彼北林②。
未见君子，忧心钦钦③。
如何如何④，忘我实多！

山有苞栎⑤，隰有六駮⑥。
未见君子，忧心靡乐⑦。
如何如何，忘我实多！

山有苞棣⑧。隰有树檖⑨。
未见君子，忧心如醉。
如何如何，忘我实多！

【题解】

这是一位女子的怨艾之词。她的爱人冷淡了她，疏远了她，令她焦虑不安，柔肠百结。但是她不忍放弃微茫的希望，一再扪心自问：“如何如何”。爱与恨、希望与失望在她心中交织，难以清理。

【注释】

①鴥（yù）：鸟儿疾飞的样子。晨风：鸟名，即鹯（zhān）鸟，属于鹰鹞一类的猛禽。 ②郁：林木茂盛的样子。北林：北山之林。 ③钦钦：忧愁不已的样子。 ④如何如何：犹言“怎么办怎么办”。 ⑤苞：丛生的样子。栎（lì）：树名。 ⑥六駮（bó）：古“驳”字。梓榆一类的树。因榆树皮多斑纹，故名“駮”。 ⑦靡：无。 ⑧棣（dì）：唐棣，郁李，结果红色，大小似李。 ⑨树檖（suì）：即“檖树”。山梨，果实比一般梨子小。

【译文】

鹯鸟疾速地飞行，飞进茂密的北林。见不到那个人儿，忧心忡忡不安宁。怎么办呀怎么办，他心里哪有我这个人！

山上栎树一丛丛，洼地榆树长得多。见不到那个人儿，忧心忡忡无欢乐。怎么办呀怎么办，他哪里还会想到我！

山上有一丛丛唐棣，洼地有一片山梨树林。见不到那个人儿，忧心如醉昏沉沉。怎么办呀怎么办，他把我忘掉太绝情！

无　衣

岂曰无衣？与子同袍①。
王于兴师②，修我戈矛③，
与子同仇④！

岂曰无衣，与子同泽⑤。
王于兴师，修我矛戟⑥，
与子偕作⑦！

岂曰无衣？与子同裳⑧。
王于兴师，修我甲兵⑨，
与子偕行⑩！

【题解】

这首诗是军中的歌谣，反映了秦国兵士团结友爱、共御强敌的精神。全诗分为三章，采用兵士相语的口吻。

在激战前夕，兵士们聚在一起紧张地修整武器。这时，有人顾虑自己没有衣裳。他的战友就充满友情地劝慰他："谁说没有衣裳，我和你同披一件战袍！"又用大义来激励同伴："国家出兵打仗，我们且把武器修理好，我和你面对着一个共同的敌人。"从诗中不仅可以看到兵士之间的友爱，也可以看到他们在国难当头的时刻，心甘情愿地承担起重大牺牲的爱国精神。诗歌音节短促，声调激昂，生动地表现了秦国兵士们同仇敌忾、慷慨从军的情景。

【注释】

①袍：长衣。行军者日以当衣，夜以当被。就是今之披风、斗篷。②王：指秦王。于：语助词。兴师：出兵。 ③戈矛：都是长柄的兵器，戈平头而旁有枝，矛头尖锐。 ④与子同仇：等于说你的仇敌就是我们的仇敌。⑤泽：内衣，衬衣。 ⑥戟（jǐ）：兵器名。古戟形似戈，有横直两锋，既能直刺，又能横击。 ⑦偕作：一起行动。 ⑧裳：下衣。 ⑨甲：铠甲。⑩偕行：同往。

【译文】

谁说没有衣裳？和你同披一件战袍。大王出兵打仗，把咱们的矛戈修好，和你一起把敌人干掉！

谁说没有衣裳？和你同穿一件衬衣。大王出兵打仗，修好咱们的矛戟，和你战斗在一起！

谁说没有衣裳？和你同穿一件下裳。大王出兵打仗，修好咱们的铠甲刀枪，和你一起上战场！

渭　　阳

我送舅氏①，曰至渭阳②。
何以赠之③？路车乘黄④。

我送舅氏，悠悠我思⑤。
何以赠之？琼瑰玉佩⑥。

【题解】

这是秦康公送流亡在外的晋公子重耳归国时写的诗。晋公子重耳之姐是秦穆公夫人，秦康公之母，所以秦康公称重耳为“舅氏”。重耳归国时，秦穆公夫人已死，秦康公为太子。秦康公送舅念母，写下了这首情意真挚的小诗。后人评此诗“诗格老当，情致缠绵，为后世送别之祖，令人想见携手河梁时也”。

【注释】

①我：秦康公自称。舅氏：舅舅，指晋公子重耳，归国后即位，为晋文公，春秋五霸之一。 ②曰：发语词。渭阳：渭水之北。渭，渭水，流经陕西省西安。阳，河水北面。 ③何以：以何，用什么。 ④路车：古代诸侯所乘的大车。乘黄：四匹黄马。古时一辆兵车叫一乘，用四匹马拉。 ⑤悠悠：绵长的样子。这句的意思是，因送舅舅而勾起对母亲的思念。 ⑥琼瑰：质地次于玉的美石。玉佩：一种饰物，用珠玉美石镶嵌成。

【译文】

我送舅舅把家回，一直送到渭水北。什么礼物送给他？大车一辆黄马两对。

我送舅舅把家回，绵绵思念心欲碎。什么礼物送给他？几块美石几件玉佩。

权　舆

於①！我乎，夏屋渠渠②，
今也每食无余③。于嗟乎④！
不承权舆⑤。

於！我乎，每食四簋⑥。
今也每食不饱。于嗟乎！
不承权舆。

【题解】

这是一个没落贵族的自伤之词。春秋时期，随着社会变革，私田增多，传统的贵族领主的地位日渐衰落，失去了昔日的富贵荣华，甚至衣食不周，于是发出了今不如昔的哀叹。

【注释】

①於：同“乌”，叹词。 ②夏屋：大屋。夏，大。渠渠：宽阔深广的样子。 ③无余：没有剩余。指勉强够吃。 ④于（xū）嗟乎：叹词。⑤承：继承，继续。权舆：始，从前，先前。 ⑥簋（guǐ）：古代一种圆形食器。

【译文】

唉，我呀，早先住大院深宅，如今呀，每餐没有剩余的饭菜。唉呀呀，过去的好日子不再来！

唉，我呀，早先餐餐四盘不能少，如今呀，餐餐都吃不饱。唉呀呀，今天的日子哪有过去好！

风·陈风

共十篇作品。周武王封其陶正（官名）虞阏之子妫满于陈（今河南淮阳县及安徽亳州市谯城区一带），后被楚灭。《陈风》多情诗，该地民俗崇信巫鬼，诗中多有反映。其产生年代可能是东周以后。

宛　丘

子之汤兮[①]，宛丘之上[②]。

洵有情兮[3]，而无望兮[4]。

坎其击鼓[5]，宛丘之下。
无冬无夏[6]，值其鹭羽[7]。

坎其击缶[8]，宛丘之道。
无冬无夏，值其鹭翿[9]。

【题解】

这是一首情诗，出于男子口吻。陈地民风好歌舞，巫风盛行。诗中的“子”就是一个以歌舞祭神为业的巫女。她“无冬无夏”，每天都在舞蹈，敲着鼓点，手拿鸟羽，舞姿像鸟儿一样轻盈。诗人生动地描写了巫女歌舞情景，表达爱慕之意。

【注释】

①子：指在宛丘歌舞的女子。汤（dàng）：“荡”的假借字。摇荡，形容舞姿轻盈。 ②宛丘：丘名，在陈国国都（今河南淮阳县）东南。 ③洵：信，确实。 ④望：希望，指望。 ⑤坎：击鼓或击缶之声。 ⑥无冬无夏：无论冬夏。指巫女一年到头都在跳舞。 ⑦值：持，拿。鹭羽：用鹭鸶鸟的羽毛制成的舞具，成伞形或扇形，舞蹈时或拿在手上或戴在头上。 ⑧缶（fǒu）：瓦制的打击乐器，盆形。 ⑨翿（dào）：即鹭羽。

【译文】

你的舞姿飘荡荡，在那宛丘高地上。我对你一片真情呀，可惜没有啥指望。

鼓儿敲得咚咚响，载歌载舞宛丘下，没有冬来没有夏，舞着鹭羽多婀娜！

瓦盆敲得当当响，在那宛丘大道上。没有冬来没有夏，舞着鹭羽多漂亮！

东门之枌

东门之枌[①]，宛丘之栩[②]。
子仲之子[③]，婆娑其下[④]。

榖旦于差[⑤]，南方之原[⑥]。
不绩其麻[⑦]，市也婆娑[⑧]。

榖旦于逝[⑨]，越以鬷迈[⑩]。
视尔如荍[⑪]，贻我握椒[⑫]。

【题解】

这是一首男女慕悦的情诗。春光撩人，姑娘们不肯坐在家里纺麻，相约着来到宛丘高地上，和小伙子们载歌载舞，选择对象。诗人在舞会上相中了一位舞姿婆娑的姑娘，觉得她美得像锦葵花一样。那位姑娘赠给他一把花椒，接受了他的爱情。诗歌生动地反映了陈国男女聚会于市井、歌舞相亲的民俗。

【注释】

①东门：指陈国国都的东门，地近宛丘。枌（fén）：白榆树。 ②栩（xǔ）：栎树，一名柞树。 ③子仲之子：子仲家的女儿。子仲，姓氏。 ④婆娑：形容舞姿轻盈的样子。其下：指栎树下。以上四句的大意是，在城东门宛丘的榆树、栎树下，子仲家的姑娘正在跳舞。 ⑤榖旦：好日子。榖，善。旦，白天。犹言“良辰吉日”。差：选择。 ⑥原：高而平坦的土地。“南

方之原”或指东门和宛丘，那儿是歌舞聚乐的地方，同时也是市井所在的地方。 ⑦绩：纺。 ⑧市：集市，买卖货物的场所。以上四句大意是，在一个吉日良辰，姑娘们放下活计，来到集市般热闹的南边高地上，飘然起舞。⑨逝：往。 ⑩越以：发语词，无义。鬷（zōng）迈：多次去。鬷，屡次，数次。迈，往，去。这二句说，诗人在那个良辰吉日，多次去找子仲家的姑娘。⑪尔：你。指子仲家的姑娘。荍（qiáo）：锦葵，植物名，开淡紫色花。这句说，你就像一朵锦葵花。 ⑫贻（yí）：赠。握椒：一把花椒，赠椒表示结交定情。

【译文】

东门有白榆，宛丘有栎树。子仲家的姑娘，树下婆娑起舞。

选一个大好时光，来到南方平原上边。放下手中麻团，闹市当中舞翩跹。

趁着良辰去聚会，三番五次寻找她。你就像朵锦葵花，送我花椒一大把。

衡　门

衡门之下①，可以栖迟②。
泌之洋洋③，可以乐饥④。

岂其食鱼，必河之鲂⑤？
岂其取妻，必齐之姜⑥？

岂其食鱼，必河之鲤？
岂其取妻，必宋之子⑦？

【题解】

这是一首宣扬安贫乐贱思想的诗。第一章说居处饮食不嫌简陋。第二、三章说小家贫女可以为偶。诗歌的作者可能是一个没落贵族。以他原来的身份地位，本有河鲂河鲤可食，可娶名门淑女为妻；然而如今不行了，没落了，只能降格以求。所以此诗虽然历来被视为“隐逸诗”，诗中的“衡门栖迟”“泌水乐饥”已成为隐逸之典而被后人广泛称引，然而细研诗意，在那些故作豁达语的设问中，有几多失落，几多无奈。

【注释】

①衡门：横木为门，言其简陋。衡，“横”的假借字。 ②栖迟：栖息，安歇。以上二句说，陋室也可以安居。 ③泌（bì）：泉水。洋洋：水流不竭的样子。 ④乐饥：疗饥。乐，“𤺋”的假借字。𤺋，治，疗。这句说，泉水可以充饥解饿。 ⑤鲂（fáng）：鱼名，鳊鱼，味鲜美。黄河的鳊鱼尤为名贵。 ⑥齐之姜：齐君姓姜，姜姓是齐国的上层贵族。以上四句的意思是，娶妻不必选齐姜这样的名门贵族，正如吃鱼不一定要吃黄河产的鳊鱼。下章仿此。 ⑦宋之子：宋君是殷之后，姓子。

【译文】

横木条儿钉成门，门里可以安歇。泉水哗哗流不息，喝它可以充饥。

难道吃鱼，一定要吃黄河鳊鱼？难道娶妻，一定要娶齐国姜姓女？

难道吃鱼，一定要吃黄河鲤鱼？难道娶妻，一定要娶宋国子姓女？

东门之杨

东门之杨，其叶牂牂①。
昏以为期②，明星煌煌③。

东门之杨，其叶肺肺④。
昏以为期，明星晢晢⑤。

【题解】

这首诗抒写久候情人不至的惆怅心情。他们本来相约黄昏后在东门外杨树下见面，然而直等到夜深人静，仍不见那人儿的身影，只有树叶沙沙，满天星星。诗人并没有直接倾诉内心的情绪，然而在对周围情境的叙述中已透露出掩饰不住的焦灼、不安、失望……

【注释】

①牂（zāng）牂：茂盛的样子。 ②昏：黄昏。期：日期，指幽会之期。这句说，黄昏是约定的幽会之期。 ③明星：即金星。黄昏时见于西方叫长庚星，黎明时见于东方叫启明星。或泛指明亮的星星。煌煌：明亮的样子。 ④肺（pèi）肺：同“芾芾”，茂盛的样子。 ⑤晢（zhé）晢：犹“煌煌”。

【译文】

东门外有棵大白杨，枝叶茂盛青苍苍。人儿约在黄昏后，哪知星星亮光光。

东门外有棵大白杨，枝叶茂盛绿汪汪，人儿约在黄昏后，哪知星星亮堂堂。

墓　门

墓门有棘①，斧以斯之②。
夫也不良③，国人知之④。
知而不已⑤，谁昔然矣⑥！

墓门有梅，有鸮萃止⑦。
夫也不良，歌以讯之⑧。
讯予不顾⑨，颠倒思予⑩！

【题解】

这首诗表现了人民反抗不良统治者的强烈情绪。相传这是骂陈佗的诗。据《左传》，陈佗趁陈桓公生病时，杀了太子免。桓公死后，陈佗自立，陈国因而大乱，国人至于分散。后来蔡国为陈国平乱，杀了陈佗。人民对这样的坏人自然是深切痛恨的。诗歌以荆棘、鸮鸟起兴，以恶木、恶禽暗喻那个坏人。说那个人的恶行无人不知，他却不肯悔改；唱歌警告他，他也无动于衷。诗人恨得咬牙切齿，以至要把他像荆棘那样砍去、像鸮鸟那样驱赶。

【注释】

①墓门：陈国国都的城门名。一说是坟墓通道的门。棘：荆棘。诗人以“棘”喻他所憎恨的人。荆棘生墓门，喻坏人当道。　②斧以：即“以斧”，用斧头。斯：劈开，剖开。之：指荆棘。这二句的意思是，城门边有荆棘，我恨不得用斧头劈了它！这是咒骂之辞，表现诗人对坏人的痛恨之深。　③夫：犹言“彼人”，那个人。不良：不善，坏。　④国人：国都中之人。这句说，那人的恶行人人共知。　⑤不已：不止，不停止。意思是不改恶行，继续作

恶。⑥谁昔：即“畴昔”，往昔。然：如此，这样。这二句的意思是，“人人都知道他不善，他也不悔改，很久以来就是这样的。”⑦鸮（xiāo）：猫头鹰。萃（cuì）：集，停息。止：语尾助词。⑧讯（suì）：“谇”的假借字，责问，斥责，警告。这句说，唱歌警告他斥责他。⑨予：而，虚字。这句说，唱歌警告他，他不理会。⑩颠倒：指国家混乱，陷入困境。予：我。指诗人，这句的意思是，等到他陷入困境时才会想起我来。

【译文】

墓门有棵荆棘树，拿起斧头砍掉它。那个人做事太可恶，大家都知道他。大家尽知他不悔改，很久以来就这样啦！

墓门有棵梅树，猫头鹰在上面落。那人做事太可恶，讽刺歌儿唱一个。斥责警告全不顾，灾难临头才想起我！

防有鹊巢

防有鹊巢①，邛有旨苕②。
谁侜予美③？心焉忉忉④。

中唐有甓⑤，邛有旨鹝⑥。
谁侜予美？心焉惕惕⑦。

【题解】

这是一首担心有人离间自己情人的诗。诗歌分二章，每章开头二句分别以两种不合常理的事物起兴：本该筑在树上的鹊巢却筑在堤上，本该长在低湿地的苕草却长在山丘上；本不该铺瓦的庭院却铺了瓦；本不该长绶草的土丘却长了绶草——以此来说明谗言不可信，靠不住。诗人因担心情人受谗言迷惑而忧心忡忡，“心焉忉忉”“心焉惕惕”，焦虑、猜疑、烦躁之情尽在“忉忉”“惕惕”之中。

【注释】

①防：堤坝。②邛（qióng）：土丘，山丘。旨：美味。苕（tiáo）：一种蔓生植物，长在低湿地，可以食用。③侜（zhōu）：欺骗，诳骗。予美：犹言“我的爱人”。④忉（dāo）忉：忧愁的样子。⑤唐：庙堂门内的大路。中唐，即中庭的路。甓（pì）：砖瓦。这里指瓦。⑥鹝（yì）：一种杂色小草，又名绶草，俗名十样锦。⑦惕惕：担心恐惧的样子。

【译文】

哪有堤上筑鹊巢？哪有山上长苕草？谁在诳骗我爱人？心里忧伤又烦恼。

哪有庭院铺瓦片？哪有绶草长山尖？谁在诳骗我爱人？使我烦躁心不安。

月　出

月出皎兮①，佼人僚兮②。
舒窈纠兮③，劳心悄兮④！

月出皓兮⑤，佼人懰兮⑥。
舒慢受兮⑦，劳心慅兮⑧！

月出照兮，佼人燎兮⑨。
舒夭绍兮⑩，劳心惨兮⑪！

【题解】

这是一首月下怀人的诗。明月高照，清光千里，在这个清幽的月夜，诗人怀念着一位在月光下遇见的美丽姑娘，她那苗条轻盈的倩影仿佛在月光下飘动。月色依旧，伊人渺渺，诗人悄然心忧，思念不已。诗歌分三章，每章第一句写月色，第二句写姑娘容色之美，第三句写姑娘行动姿态之美，末句写诗人因爱慕相思而不能自宁的感觉。此诗大量运用形容词，细致描绘出月下女子的绰约风姿和诗人的绵绵幽思。

【注释】

①皎：洁白光明。 ②佼人：美人。佼或作“姣”。僚（liáo）：美好，娇美。僚通“嫽”。 ③舒：舒缓，徐缓。窈纠（yǎojiǎo）：体态苗条的样子。这句是说“佼人”行步安闲，体态苗条。 ④劳心：忧心，忧思。悄：忧愁的样子。 ⑤皓：犹“皎”。 ⑥懰（liǔ）：妩媚，妖冶。 ⑦懮（yōu）受：体态婀娜的样子。 ⑧慅（cǎo）：忧愁不安的样子。 ⑨燎：明亮。形容月光下女子明丽照人。 ⑩夭绍：也是形容女子体态轻盈婀娜。 ⑪惨：心神不宁的样子。

【译文】

月儿出来月色皎，那个美人多俊俏。慢慢走来呀，身姿苗条，想她想得心头焦。

月儿出来月光耀，那个美人多妖娆。慢慢走来呀，身姿窈窕，想她想得多烦恼。

月儿出来月色好，那个美人光彩照。慢慢走来呀，倩影飘飘，想她想得心煎熬。

株　林

胡为乎株林①？从夏南兮②？
匪适株林③，从夏南兮！

驾我乘马④，说于株野⑤。
乘我乘驹⑥，朝食于株⑦。

【题解】

这是一首讽刺陈灵公淫乱的诗。据《左传》记载，郑穆公之女夏姬嫁给陈国大夫夏御叔，生子徵舒，字南。陈灵公和大夫孔宁、仪行父都与夏姬私通，君臣嘲戏于朝廷。后来陈灵公被夏徵舒杀死，陈国不久即被楚灭。陈国人十分憎恶陈灵公等人的丑行，愤然作此诗嘲讽。此诗当作于陈灵公未被杀时，即鲁宣公十年（前599年）前。

【注释】

①胡为：何为，干什么。株：陈邑名，株是夏姬之子夏徵舒的封邑。林：郊野。这句说，我们的国君到株邑的郊野去干什么呀？　②从：跟从。夏南：夏姬之子徵舒字南。诗人故意讽刺说：他是去找夏南的吗？　③匪：同“彼”，指陈灵公。适：往。　④乘：一车四马为“一乘”。　⑤说（shuì）：停息，停留。　⑥驹：小马。乘驹，小马拉的车。　⑦朝食：吃早饭。以上四句写陈灵公驱驰车马，奔往夏姬居地，朝夕不休息的情景。

【译文】

他为啥到株邑之郊？是去把夏南寻找吗？哦，他赶往株邑之郊，原来是为了把夏南寻找。

驾着我的大马车，在株邑之野流连忘返。驾着我的小马车，赶到株邑夏家吃早饭。

泽　陂

彼泽之陂①，有蒲与荷②。
有美一人，伤如之何③。
寤寐无为④，涕泗滂沱⑤。

彼泽之陂，有蒲与蕳⑥。
有美一人，硕大且卷⑦。
寤寐无为，中心悁悁⑧。

彼泽之陂，有蒲菡萏⑨。
有美一人，硕大且俨⑩。
寤寐无为，辗转伏枕⑪。

【题解】

这是一首表达思慕之情的诗，诗人可能是一位女性。她在长满蒲草和荷花的池塘边遇见了一位身材高大、举止庄重的男子，深深地爱上了他，然而无由传情，她只能把炽热的感情埋在心里，独自忍受单相思的煎熬，为此珠泪涟涟，辗转反侧。

【注释】

①陂（bēi）：堤岸，水池的边沿。　②蒲：一种水草，叶狭长柔韧。荷：莲花的一种。　③伤：思，忧思。这句说，我如此思念他，怎么办才好呢？　④寤（wù）：醒。寐（mèi）：睡。无为：没有办法达到目的，不知如何办。这句的意思是，醒来睡着都想他，也是枉然。　⑤涕泗：眼泪鼻涕。滂

沱（tuó）：形容涕泗止不住的样子。 ⑥蕑（jiān）：泽兰。一说为“莲”的借字，上章的“荷”，此章的“蕑”、下章的“菡萏”分别指荷叶、莲蓬、荷花，亦通。 ⑦硕：高大。卷：同“婘”，美好的样子。这句说，那人身材高大，相貌美丽。 ⑧悁（juān）悁：郁闷不乐。 ⑨菡萏（hàndàn）：荷花。⑩俨：端庄大方。 ⑪辗转伏枕：在枕上翻来覆去睡不着。

【译文】

池水清清绕堤坡，池中有蒲又有荷。那里有个美男子，想他心伤莫奈何。时刻想他也枉然，眼泪鼻涕流成河。

池水清清绕堤坡，池中有蒲有莲蓬。那里有个美男子，高大身材俊脸庞。时刻想他也枉然，心中郁闷好伤痛。

池水清清绕岸边，蒲草高高荷花开。那里有个美男子，身材高大仪态庄严。时刻想他也枉然，翻来覆去难成眠。

风·桧风

共有四篇作品。故地在今河南省郑州市南。据《史记》记载，东周初年（前766年）桧国被郑国吞并。《桧风》全为西周时期作品。

羔　裘

羔裘逍遥①，狐裘以朝②。
岂不尔思③？劳心忉忉④。

羔裘翱翔⑤，狐裘在堂⑥。

岂不尔思？我心忧伤。

羔裘如膏⑦，日出有曜⑧。
岂不尔思？中心是悼⑨。

【题解】

这是一首抒写忧心的诗。旧说这是桧国大夫忧虑于国君只知美盛服饰、逍遥游宴而不能自强，故作此诗讽喻。不知确否。就诗歌本身所表达的情绪看，诗人是怀念着一位衣饰光鲜的大夫，为他思虑重重。

【注释】

①羔裘：羊羔皮袍。逍遥：指悠闲自得地游宴。 ②狐裘：狐皮袍。羔裘、狐裘都是贵族大夫的服饰。朝：上朝。 ③岂不尔思：即“岂不思尔”。难道不为你思虑？ ④劳心：忧心。忉（dāo）忉：忧愁的样子。 ⑤翱翔：本意指鸟飞。这里意同“逍遥”，自由自在游逛的意思。 ⑥堂：公堂。听政之所。 ⑦膏：油。 ⑧曜（yào）：照耀。这二句说，在阳光映照下，羔裘油光润滑。 ⑨悼：哀伤。

【译文】

穿着羔皮袍去游遨，穿着狐皮袍去上朝。难道我不思念你？忧心忡忡愁难消。

穿着羔皮袍去游逛，穿着狐皮袍上公堂。难道我不思念你？我的心实在忧伤。

羔皮袍子油光光，太阳底下闪闪亮。难道我不思念你？心中忧虑太哀伤。

素　冠

庶见素冠兮①？棘人栾栾兮②，
劳心慱慱兮③？

庶见素衣兮？我心伤悲兮，
聊与子同归兮④！

庶见素韠兮⑤？我心蕴结兮⑥，
聊与子如一兮⑦！

【题解】

旧说此诗是称赞父母丧，能守丧三年的孝子。不过，从诗意看，这很可能是一位寡妇的悼亡之词。在入殓之际，她看着白衣素冠的亡夫，抚尸痛哭，表示要与亡夫同赴黄泉。此诗三章，每章三句，语气短而促，生动地传写出永诀之际那种胆肝俱裂的伤痛之情。

【注释】

①庶：庶几，有幸，含有期待之意。素冠：白帽。素衣白冠是当时人的常服，这里指死者的服饰。这句说，何时还能见到戴白帽的你啊。　②棘：急。棘人，指陷于哀佚的人。栾（luán）栾："脔脔"的假借字，肌瘦体枯之状。这句说，哀伤情急的人（诗人自谓）憔悴枯瘦。　③劳心：忧心。慱（tuán）慱：忧愁难解，郁闷不安的样子。　④聊：愿，想。子：指亡夫。同归：同归于黄泉，同死。　⑤素韠（bì）：素色的蔽膝，类似今之围裙，以皮革制成。　⑥蕴结：郁积难消。　⑦如一：即"同归"。与子如一，和你同一个人，你死我也死。

【译文】

还能看见我那戴白帽的人儿吗？哀伤情急的我瘦骨棱棱，悲痛不已好伤心！

还能看见我那穿白衣的人儿吗？我心伤悲泪涟涟，我愿和你同赴黄泉！

还能看见我那着素韠的人儿吗？我满怀郁结悲痛难忍，我和你同生共死如一人！

隰有苌楚

隰有苌楚①，猗傩其枝②，
夭之沃沃③。乐子之无知④！

隰有苌楚，猗傩其华⑤，
夭之沃沃。乐之子无家⑥！

隰有苌楚，猗傩其实，
夭之沃沃。乐子之无室！

【题解】

这是乱离之世的忧苦之音。桧国在东周初年被郑国所灭。此诗大约写在桧国将亡之时。诗人不堪现实生活中离乱颠沛的重荷，不能从忧患中解脱出来，深感生命的沉重黯淡，不禁觉得草木的无知无觉、无家无室也是值得羡慕的了。

【注释】

①隰（xí）：低湿之地。苌（cháng）楚：植物名。又名羊桃，花赤色，

果实可食。 ②猗傩（ēnuó）：柔美茂盛的样子。在这里是形容羊桃枝条柔弱，从风而靡。 ③夭：草木未长成者。这是作形容词，少而壮盛的样子。沃沃：树叶茂密而润泽。 ④乐：喜，爱悦。子：指苌楚。以上四句，前三句写苌楚猗傩从风，少壮而有光泽；末句诗人自叹其不如草木之无知。言外之意，倘若苌楚有知，一定也会像我似的忧伤憔悴，不能这样欣欣向荣了。 ⑤华：花。 ⑥无家：言其无家累，下章仿此。

【译文】

低洼地里长羊桃，桃枝儿随风荡摇，你多么少壮啊多么美好。羡慕你无知无觉忧愁少。

低洼地里长羊桃，花儿开得多娇娆，你多么少壮啊多么美好。羡慕你无家无室拖累少。

低洼地里长羊桃，果儿累累挂枝条，你多么少壮啊多么美好。羡慕你无室无家拖累少。

匪　风

匪风发兮①，匪车偈兮②。
顾瞻周道③，中心怛兮④！

匪风飘兮⑤，匪车嘌兮⑥。
顾瞻周道，中心吊兮⑦。

谁能亨鱼⑧？溉之釜鬵⑨。
谁将西归⑩？怀之好音⑪。

【题解】

这是游子怀乡的诗。诗人离国东去，踽踽独行。他看见官道上车马急驰，风起尘扬，想到自己有家归未得，甚至离家日趋远，不禁伤感起来。这时，他希望遇见一个西归的故人，好托他捎带个平安口信。唐人诗云："故园东望路漫漫，双袖龙钟泪不干。马上相逢无纸笔，凭君传语报平安"。意境相似。

【注释】

①匪：读为"彼"，那。发：同"发发"，风声。 ②偈（jié）：同"偈偈"，驰驱的样子。 ③顾瞻：回头看。周道：大路。 ④怛（dá）：忧伤。 ⑤飘：旋风叫作"飘"，这里指风旋转的样子。 ⑥嘌（piāo）：轻疾的样子。 ⑦吊：忧伤。 ⑧亨：古与"烹"通用，煮。 ⑨溉（gài）：洗涮。釜（fǔ）：古代炊具，锅。鬵（xín）：大锅。 ⑩西归：回到西方故乡。 ⑪怀：送，遗。这里有托付之意。之：指西归人。以上四句说，如果有人能烹鱼，我就给他洗涮锅让他煮；如果有人西归，我就请他向家里送个平安消息。

【译文】

那风儿吹得呼呼响，那车儿跑得飞一样。回头把大路张望，心里多么悲伤！

那风儿刮得直打转，那车儿轻快急忙忙。回头把大路张望，心里忧伤泪汪汪。

哪个人会烹鱼？我把大小锅儿洗净。哪个人要西去？我托他捎个平安消息。

风·曹风

共有四篇作品。周武王封其弟振铎于曹，其地在今山东省菏泽市定陶西区一带，公元前487年被宋灭。《曹风》产生于春秋时代。

蜉　蝣

蜉蝣之羽[1]，衣裳楚楚[2]。
心之忧矣，于我归处[3]。

蜉蝣之翼，采采衣服[4]。
心之忧矣，于我归息。

蜉蝣掘阅[5]，麻衣如雪[6]。
心之忧矣，于我归说[7]。

【题解】

这是一首叹息人生短促的诗。蜉蝣是一种小昆虫，它虽然“衣裳楚楚”“采采衣服”，有华丽漂亮的翅膀，但是朝生而暮死，生命短促得可怜。蜉蝣勾起了诗人对人生的思考：人生虽然美好，但是太短促，任何人都逃避不了死的结局，诗人为此悲伤不已。这首诗格调低沉，它的主题一再被后世文人反复吟唱，“生年不满百”的忧虑，始终困惑着人们。

【注释】

①蜉蝣（fúyóu）：昆虫名，成虫翅膀薄而透明。据说它生命期很短，朝生而暮死。羽：指翅膀。 ②楚楚：光泽鲜明的样子。 ③于：语助词。归处：归宿之处，指死亡。下章“归息”“归说”同义。 ④采采：绚丽的样子。 ⑤掘：穿。阅：古与“穴”通。掘阅，指蜉蝣初生时破土而出。 ⑥麻衣：指蜉蝣半透明的翅翼。 ⑦归说（shuì）：舍息之意，指死亡。

【译文】

蜉蝣的翅膀，好漂亮的衣裳。可叹朝生暮死，你和我的归宿都一样。

蜉蝣的羽翼，好华丽的衣裳。可叹朝生暮死，你和我的归宿都一样。

蜉蝣穿洞飞出来，麻衣如雪白亮亮。心里多么忧伤啊，你我的下场都一样。

候　　人

彼候人兮①，何戈与祋②。
彼其之子③，三百赤芾④。

维鹈在梁⑤，不濡其翼⑥。
彼其之子，不称其服⑦。

维鹈在梁，不濡其咮⑧。
彼其之子，不遂其媾⑨。

荟兮蔚兮⑩，南山朝隮⑪。
婉兮娈兮⑫，季女斯饥⑬。

【题解】

这是一首讽刺新贵的诗。据《左传》记载，僖公二十八年，晋文公伐曹，指责曹君不任用贤士僖负羁而滥施封赏，给数百人，使他们受到乘坐轩车的待遇。与诗中所说的“三百赤芾”相符。诗人对充任卑微的候人之职的贤士极表同情，对暴发的新贵极表不满。诗歌的第二、三章把新贵比作不捕鱼的鹈鹕，讽刺他们不配居于官位。第四章则叹息候人虽然勤于王事，自己的小女儿却不能免于饥饿。

【注释】

①候人：负责迎送宾客的小官。 ②何：同“荷”，扛在肩上，背。戈、祋（duì）：武器名。祋，亦作“殳”。荷戈巡逻，是候人之责。 ③子：指所讽刺的那些新贵。 ④赤芾（fú）：红色皮革制的蔽膝，是大夫以上官员的服饰。曹共公时，任命三百个新的大夫。 ⑤维：语气词。鹈（tí）：鹈鹕，一种水鸟，长嘴。梁：鱼梁，鱼坝。 ⑥濡：湿。以上二句用鹈鹕落在鱼梁上而不湿翅膀来暗喻那些新贵没有治理之才，不称职。下章“不濡其咮”意同。 ⑦不称其服：指那些新贵的才能与那身高官之服不相称。称，适合。 ⑧咮（zhòu）：喙，鸟嘴。 ⑨遂：称心，遂意。媾：宠。恩宠。这句说，他们不配得到那样的恩宠。 ⑩荟（huì）、蔚（wèi）：本指草木丛生茂密的样子。这里引申为指云气升腾弥漫的样子。 ⑪南山：曹国山名。隮（jī）：虹。 ⑫婉、娈：美好柔顺的样子。 ⑬季女：少女，指候人的幼女。斯：语助词。一说以少女喻贤士。

【译文】

那个候人啊，扛着长戈和殳棍。那些张三李四们，身穿朝服三百人。

鹈鹕守在鱼梁上，不曾沾湿两翅膀。那些张三李四们，不配他的好衣裳。

鹈鹕落在鱼坝上，不曾沾湿它的嘴。那些张三李四们，难以久享国君恩惠。

一会儿青啊一会儿紫，南山早上彩虹起。多么娇啊多么美，幼小女儿忍着饥。

下 泉

冽彼下泉①，浸彼苞稂②。
忾我寤叹③，念彼周京④。

冽彼下泉，浸彼苞萧⑤。
忾我寤叹，念彼京周。

冽彼下泉，浸彼苞蓍⑥。
忾我寤叹，念彼京师。

芃芃黍苗⑦，阴雨膏之⑧。
四国有王⑨，郇伯劳之⑩。

【题解】

这是一首乱世思治之作。东周后期，天下纷乱。曹国作为一个衰弱的小国处于大国的威胁之下，更是飘摇不宁。因此诗人发出今不如昔的叹息，怀念着昔日比较安定强盛的“周京”之治。诗歌前三章均以寒泉浸草来比喻曹国局势的艰危，以引出对昔日周王朝“太平之治”的怀念，一唱三叹，反复吟诵，大有不胜今昔的凄惶之感。诗歌末章忽作明朗声调，阴雨膏苗，芃芃其盛，以生机勃勃的景象来寄托对盛世之治的期望。

【注释】

①洌（liè）：寒冷。下泉：出自地下的泉水。一说奔流而下的泉水。②苞：草木丛生的样子。稂（láng）：状似谷子的草，即狗尾草，又名童粱。③忾（xì）：叹息。寤：醒，觉。 ④周京：周天子所居的京城。这里借指周王朝强盛之期。下章“京周”“京师”与此同义。 ⑤萧：蒿草。 ⑥蓍（shī）：野草名，古人用其茎干占卦。 ⑦芃（péng）芃：茂盛的样子。⑧膏：油脂。这里是滋润的意思。 ⑨四国：四方众国。这句的意思是，四方诸侯之国都能尊奉周天子。 ⑩郇（xún）伯：郇侯，周文王之子，为州伯，治理诸侯有功。劳之：慰劳诸侯。这二句是诗人理想中的“周京”之治：各方诸侯尊奉周天子之命，不再相互征伐；而周天子派郇侯一一慰劳勤于王事的诸侯。

【译文】

寒冷的泉水往外冒，浸泡一丛丛狗尾草。唉，我睁眼醒来长叹息，怀念昔日的周王朝。

寒冷的泉水往外冒，浸泡着一簇簇蒿草。唉，我睁眼醒来长叹息，怀念昔日的周王朝。

寒冷的泉水往外冒，浸泡着一蓬蓬蓍草。唉，我睁眼醒来长叹息，怀念昔日的周王朝。

生机勃勃小黍苗，阴雨滋润长得高。各国诸侯来上朝，郇伯殷勤来慰劳。

风·豳风

共有七篇作品。豳地在今陕西栒邑、邠县一带，是周民族的发祥地，原是祖先公刘开发的。周人重农务，这个特点在《豳风》中有所反映。《豳风》全部产生于西周时期，是国风中最早的诗。

七　月

七月流火[①]，九月授衣[②]。
一之日觱发[③]，二之日栗烈[④]，
无衣无褐[⑤]，何以卒岁[⑥]？
三之日于耜[⑦]，四之日举趾[⑧]，
同我妇子[⑨]，馌彼南亩[⑩]。
田畯至喜[⑪]。

七月流火，九月授衣。
春日载阳[⑫]，有鸣仓庚[⑬]。
女执懿筐[⑭]，遵彼微行[⑮]，
爰求柔桑[⑯]。春日迟迟[⑰]，
采蘩祁祁[⑱]。女心伤悲，
殆及公子同归[⑲]。

七月流火，八月萑苇[⑳]。
蚕月条桑[㉑]，取彼斧斨[㉒]，
以伐远扬[㉓]，猗彼女桑[㉔]。
七月鸣鵙[㉕]，八月载绩[㉖]，
载玄载黄[㉗]，我朱孔阳[㉘]，
为公子裳。

四月秀葽[㉙]，五月鸣蜩[㉚]。
八月其获[㉛]，十月陨萚[㉜]。
一之日于貉[㉝]，取彼狐狸，

为公子裘[34]。二之日其同[35]，
载缵武功[36]。言私其豵[37]，
献豜于公[38]。

五月斯螽动股[39]，六月莎鸡振羽[40]。
七月在野[41]，八月在宇[42]，
九月在户[43]，十月蟋蟀入我床下[44]。
穹窒熏鼠[45]，塞向墐户[46]。
嗟我妇子，曰为改岁[47]，
入此室处[48]。

六月食郁及薁[49]，七月亨葵及菽[50]。
八月剥枣[51]，十月获稻，
为此春酒[52]，以介眉寿[53]。
七月食瓜，八月断壶[54]。

九月叔苴[55]，采荼薪樗[56]，
食我农夫[57]。
九月筑场圃[58]，十月纳禾稼[59]。
黍稷重穋[60]，禾麻菽麦[61]。
嗟我农夫，我稼既同[62]，
上入执宫功[63]。昼尔于茅[64]，
宵尔索绹[65]，亟其乘屋[66]，
其始播百谷。

二之日凿冰冲冲[67]，三之日纳于凌阴[68]，
四之日其蚤[69]，献羔祭韭[70]。

九月肃霜[71]，十月涤场[72]。
朋酒斯飨[73]，曰杀羔羊，
跻彼公堂[74]，称彼兕觥[75]，
“万寿无疆”！

【题解】

这是一首农事诗，叙述了农夫全家一年到头的劳动生活。第一章总写岁寒到春耕的辛苦之状。第二章写妇女蚕桑。第三章写布帛衣料的制作。第四章写秋收后猎取野兽。第五章写一年将尽，为自己收拾屋子过冬。第六章写农桑之余还要为贵族采藏果蔬和造酒，同时为自己采藏粗果野菜准备过冬。第七章写田事完毕之后为贵族干室内的活计，然后才顾得上用茅草修补自家住屋。第八章写为贵族凿冰和一年一度的年终燕饮。

从诗人的叙述中可以看到，农夫一家从春到冬，终年忙碌，一刻不闲。男人为贵族耕种，女人为贵族纺织，还要为主人打猎、盖房、采果、藏冰、造酒。他们的时间精力绝大部分是被贵族无偿占有，他们只能靠野菜充饥：“采荼薪樗，食我农夫”；穿的是破衣烂衫：“无衣无褐，何以卒岁”。他们的辛酸还不止于冻饿，妇女还“殆及公子同归”，备受欺凌。——《七月》宛如一幅画卷，生动地呈现了三千年前阶级对立的社会现实。

此诗叙事简繁得当，每个场景虽然笔墨不多，却鲜明生动。尤其是多采用对比手法，更给人以突出印象。诗歌的语言平实流畅，一件件，一桩桩，平直道来，不作夸张渲染，也没有主观情绪的特意宣泄，却有一种如泣如诉、酸楚感人的艺术效果。

【注释】

①七月：夏历七月。火：星名，或称“大火”，即心宿。流：向下降

行。每年夏历五月，黄昏时候，这里当正南方，也就是正中和最高的位置。过了六月就偏西向下了，所以叫“流火”。 ②授衣：将裁制冬衣的工作交给妇女去做。九月丝麻之事结束，所以在此时开始制冬衣。 ⑧一之日：十月以后的第一个月的日子。以下“二之日”“三之日”“四之日”等仿此。觱发（bìbō）：大风呼叫之声。 ④栗烈：即“凛冽”，寒冷。 ⑤褐（hè）：粗布，这里指粗布做的短衣。 ⑥卒岁：终岁，到年终。这二句的意思是，没有御寒的粗布衣，真不知怎样过冬。 ⑦于：为。耜（sì）：古代翻耕田地的农具。于耜，即修理翻地的农具，准备春耕。 ⑧举趾：下地去耕田。趾，脚。 ⑨同：偕同。妇子：老婆孩子。 ⑩馌（yè）：送饭，指送饭到地里去吃。南亩：泛指田地。 ⑪田畯（jùn）：农官，又称农正。至喜：甚喜。这三句说，妇女小孩儿到田里送饭给干活的农夫吃，农官看见大家卖命干活，非常欢喜。 ⑫春日：指夏历二月。载：始，开始。阳：温暖。这句说，春天来了，开始暖和了。 ⑬仓庚：鸟名，即黄莺。 ⑭懿筐：深筐。⑮遵：沿着。微行（háng）：小路。 ⑯爰（yuán）：焉，于是。柔桑：初生的桑叶。这三句说，采桑女提着深筐，沿着小路走到桑林里采桑。 ⑰迟迟：缓慢。指春日昼长。 ⑱蘩：白蒿，古人用于祭祀。一说用白蒿煮水滋润蚕子，容易孵出，所以养蚕者需要它。祁（qí）祁：众多。这二句说，春天白昼漫长，采了那么多白蒿也不算晚。 ⑲殆：害怕。公子：泛指贵族恶少。这句说，怕被贵族公子强迫带回家。 ⑳萑（huán）：苇的一种。八月芦荻长成，收割下来，可以做蚕箔。 ㉑蚕月：养蚕的月份，即三月。条桑：修剪桑树。 ㉒斨（qiāng）：方孔的斧。 ㉓远扬：指长得太长而高扬的枝条。㉔猗（yī）：借作“掎”，牵引之意。女桑：即嫩桑。以上四句说，三月里要修剪桑树，砍下向上伸得太高的枝条，攀拉着桑枝采摘嫩嫩的桑叶。㉕鵙（jué）：鸟名，即伯劳鸟。 ㉖载绩：开始绩麻织布。 ㉗玄：黑色。㉘朱：红色。孔：甚，很。阳：鲜明。这二句说，所染的各种布料中有黑色、黄色和红色，而红色尤其鲜亮。 ㉙秀：植物结子。葽（yāo）：植物名，今名远志，味苦，可入药。这句说四月里远志结子了。 ㉚蜩（tiáo）：蝉。

㉛其获：庄稼开始收割。 ㉜陨萚（yǔntuò）：指草木枝叶脱落。 ㉝于：取。貉（hè）：一种似狐狸的野兽。 ㉞裘：皮袍。以上三句说，十一月开始射猎，猎取貉狐，为贵族公子做皮袍。 ㉟其同：指狩猎之前聚合众人，然后出发。 ㊱载：乃。缵（zuǎn）：继续。武功：指田猎之事。 ㊲言：乃。私：猎者个人。豵（zōng）：一年的小猪。泛指小兽。这句说，小兽归猎者私有。 ㊳豣（jiān）：三岁的大猪。泛指大兽。公：指贵族。这句说，大兽要献给贵族老爷。 ㊴斯螽（zhōng）：虫名，蝗虫类。动股：旧说斯螽以两腿相摩擦发出声音。 ㊵莎（suō）鸡：虫名，今名纺织娘。振羽：振动翅膀发声。 ㊶野：野外。 ㊷宇：屋檐下。 ㊸户：门，此指屋内。 ㊹以上四句都指蟋蟀的鸣声，由远而近，先在野地，后移檐下，再移到屋内，最后入床下。蟋蟀鸣声越来越近，而天气越来越冷。 ㊺穹（qióng）：空隙。指鼠洞。窒（zhì）：塞满，堵塞。这句说，把屋里所有的洞隙都堵好，以便用柴草烧烟熏鼠。 ㊻向：朝北的窗户。墐（jìn）：涂。这句说，把朝北的窗户堵上，把门用泥涂好。穷人以柴竹为门，冬天必须涂上泥才能防寒。 ㊼曰：语助词。改岁：过年。 ㊽室处：居室。农民在农忙时，往往露宿于场上或临时搭建的草棚里，到了冬日，天寒事毕，才回到屋里住。 ㊾郁：植物名，果实似李子，赤色。薁（yù）：植物名，果实大如桂圆，俗名野葡萄。 ㊿亨：同“烹”，煮。葵：菜名。菽（shū）：豆子。这句说，农夫以野果粗菜充饥。 51剥：读为“扑”，敲击。剥枣，即打枣。 52春酒：冬天酿酒，经春始成，叫作春酒。枣和稻都是做酒的原料。 53介：求。眉寿：长寿。人到老时眉上有长毛，叫作“秀眉”，所以称长寿为“眉寿”。 54断壶：摘下葫芦。 55叔：拾取。苴（jū）：秋麻之子，可以食用。 56荼：苦菜。薪樗（chū）：以樗为薪柴。樗，臭椿。 57食（sì）：供养，养活。 58场：打谷场。圃：菜园。春夏做菜园的地方，秋冬就筑成打谷场，所以场圃连成一词。 59纳：收入。这句说将谷物入仓。 60稷：粟，又称谷子。重穋（lù）：即穜（tóng）穋。先种后熟的谷，叫穋；后种先熟的谷，叫穜。 61禾：指小米。 62同：集中。指把粮食谷物都送到仓房里。 63上：同

"尚"，还有。宫：指贵族的住宅。宫功，指建筑宫室，或指做室内的工作。这二句说，地里的庄稼虽然收拾完了，还得到贵族家里去服役当差。 ⑭昼：白天。尔：语助词。于茅：采取茅草。 ⑮宵：夜晚。索：做动词用，搓绳索。绹（táo）：绳子。这二句说，白天去采取茅草，晚上搓绳子。 ⑯亟：急，赶快。乘屋：登上屋顶去修理屋子。这句连着下句是说，赶紧修理住屋，否则一到春天，又要开始播种各种谷物了。 ⑰冲冲：凿冰声。 ⑱凌阴：指冰窖。 ⑲蚤：即"早"，所谓"早朝"即是指一种祭祖仪式。 ⑳献羔祭韭：用羔羊和韭菜来祭祖。《礼记·月令》说仲春献羔开冰，"四之日"正是仲春二月。 ㉑肃霜：天高气爽。霜，同"爽"，从王国维说。 ㉒涤场：清扫场地。这句说，到十月农事完毕，将场地打扫干净。一说"涤场"即'涤荡"，指天气澄清，亦通。 ㉓朋酒：两杯酒。斯：语助词。飨（xiǎng）：同"享"，享用。 ㉔跻（jī）：登上。公堂：古代聚会的场所。 ㉕称：举杯敬酒。兕觥（sìgōng）：一种牛角酒杯。

【译文】

七月火星向西移，九月人家派做寒衣。冬月北风叫得尖，腊月寒气添，粗布衣裳无一件，怎么挨过这一年？正月里修犁头，二月里忙下田，老婆孩子一起干，饭菜送到地垄边。田官老爷露笑脸。

七月火星向西移，九月人家派做寒衣。春天里太阳暖洋洋，黄莺儿叫得忙。姑娘拿起深竹筐，走在那条小路上，采摘喂蚕的嫩桑。春天里太阳慢悠悠，白蒿采了一个够。姑娘心里好忧愁，生怕被公子强带走。

七月火星向西沉，八月芦苇好收成。三月里修桑条，拿起砍柴刀，太长的枝儿都砍掉，采桑攀着嫩枝条。七月里伯劳唱，八月里绩麻忙，染出丝来有黑又有黄，朱红色儿更漂亮，得给那公子做衣裳。

四月里远志把子结，五月里知了叫不歇。八月里收谷，十月里落树叶。冬月里打貉子，还得捉狐狸，要给公子做皮衣。腊月里大伙又聚齐，打猎习武艺。小个儿野猪留给自己，大个儿野猪献给公爷。

五月蝈蝈弹腿响，六月纺织娘抖翅膀。七月蛐蛐儿在野地，八月里在屋檐底，九月门口叫，十月床下移。柴烟熏耗子，窟窿先堵起，塞起北窗户，柴门涂上泥。唉，可怜儿子和老妻，如今快过年，且来搬屋里。

六月里吃山楂野葡萄，七月里煮葵菜豆角。八月里打枣，十月里割稻，冬天做成春酒，老人家喝了长寿。七月里把瓜儿采，八月里把葫芦摘。九月里收麻子，又掐苦菜又砍柴，咱农夫吃的是这饭菜。

九月垫好打谷场，十月谷进仓。早谷晚谷黄米高粱，芝麻豆麦满满装。唉，咱们这些庄稼汉，地里活儿刚忙完，又要到官府把苦役干。白天茅草割得多，夜里绳索搓得长，赶紧盖好房，开春播种又要忙。

十二月凿冰咚咚响，正月里抬冰窖里藏，二月取冰来上祭，献上韭菜和羔羊。九月里天高气爽，十月里清扫打谷场。两杯米酒大伙尝，还杀一只肥羔羊，一齐上公堂，牛角杯儿举头上，祝一声“万寿无疆”！

鸱　鸮

鸱鸮鸱鸮[①]，既取我子[②]，
无毁我室[③]。恩斯勤斯[④]，
鬻子之闵斯[⑤]！

迨天之未阴雨[⑥]，彻彼桑土[⑦]，
绸缪牖户[⑧]。今女下民[⑨]，
或旨侮予[⑩]！

予手拮据[⑪]，予所捋荼[⑫]，

予所蓄租[13]。我口卒瘏[14]，
曰予未有室家[15]！

予羽谯谯[16]，予尾翛翛[17]，
予室翘翘[18]。风雨所漂摇[19]，
予维音哓哓[20]！

【题解】

这是一首禽言诗。通篇以一只失去小鸟的母鸟口吻，诉说自己过去遭受的迫害、经营巢窠的辛劳和目前处境的艰苦危殆，通篇都是深忧危苦之词。显然诗人是别有寄托，不过所指何人何事，不得而知。

《尚书·金縢篇》记载，周公在平定管、蔡、武庚之乱后，作《鸱鸮》一诗送给成王。自汉儒以下，历代注家多从此说，认为诗中的“鸱鸮”是指武庚，而以哀鸣的母鸟为周公自喻。但是，近人考证《尚书·金縢篇》是伪作，因此周公作《鸱鸮》的说法未必可信，仅供参考。

【注释】

①鸱鸮（chīxiāo）：即猫头鹰。古人认为猫头鹰是恶鸟，诗人以它喻恶人。 ②子：指雏鸟。 ③室：鸟窝。以上二句是对猫头鹰说的话：你既然已经抓走了我的孩子，就不要再毁坏我的窝了！ ④恩：殷。斯：语助词，无义。恩、勤，即殷勤，勤苦。 ⑤鬻（yù）：“育”的借字。闵：病。斯：语助词，无义。这二句说，我辛辛苦苦，就因为哺育孩子才累病了。 ⑥迨（dài）：趁着，赶上。 ⑦彻：“撤”的假借字，剥取。土：是“杜”的假借字。桑杜，就是桑根。这里指桑树根的皮。 ⑧绸缪（chóumóu）：缠绵，密密缠绕。牖（yǒu）：窗。牖户，本指门窗，这里指鸟巢的空隙处。以上三句说，趁着天还未下阴雨，剥取桑根皮，把窝修补得牢牢的。 ⑨女：同

“汝”，你。下民：指人类。鸟在树上，所以称人类为“下民”。 ⑩或：有人。这二句说，现在，你们那些住在下面的人类，谁敢来欺侮我呢！ ⑪予：我。拮（jié）据：手爪劳累过度的样子。 ⑫所：尚。捋（luō）：成把成把地摘取。荼：指芦苇开的花。捋荼，是为了垫鸟巢。 ⑬蓄：积累。租：同“苴”，茅草。蓄苴，也是为了垫鸟巢。 ⑭卒瘏（tú）：疾病。卒，同“悴”。这句说，我的嘴累病了。 ⑮曰：语助词。室家：指窝。以上五句说，脚爪和嘴都因为过度劳累而病了，但是窝还没有造好。 ⑯谯（qiáo）谯：不丰满，指羽毛稀疏的样子。 ⑰翛（xiāo）翛：羽毛干枯凋零的样子。 ⑱翘翘：危而不安稳的样子。 ⑲漂摇：同“飘摇”。这句说，还没有修好的窝高而不稳，在风雨中飘摇。 ⑳哓（xiāo）哓：由于惊恐而发出的叫声。

【译文】

猫头鹰呀猫头鹰，已经抓了我的娃，就不要再毁我的家。我辛辛苦苦，喂养娃儿累又乏。

趁着老天没下雨，剥啄桑树根的皮，把我窝儿修结实。你们那些树下人，有谁还敢把我欺！

我的手儿太疲劳，还得采芦花垫巢，还得絮上干茅草。我的嘴儿累病了，窝儿还没修理好！

我的羽毛纷纷掉，我的尾巴枯焦焦，我的窝儿高高翘。风吹雨打晃又摇，吓得我呀喳喳叫！

东　山

我徂东山①，慆慆不归②。
我来自东，零雨其濛③。
我东曰归，我心西悲④。
制彼裳衣⑤，勿士行枚⑥。

蜎蜎者蠋[7]，烝在桑野[8]。
敦彼独宿[9]，亦在车下。

我徂东山，慆慆不归。
我来自东，零雨其濛。
果臝之实[10]，亦施于宇[11]。
伊威在室[12]，蟏蛸在户[13]。
町畽鹿场[14]，熠耀宵行[15]。
不可畏也？伊可怀也[16]！

我徂东山，慆慆不归。
我来自东，零雨其濛。
鹳鸣于垤[17]，妇叹于室[18]。
洒扫穹窒[19]，我征聿至[20]。
有敦瓜苦[21]，烝在栗薪[22]。
自我不见，于今三年！

我徂东山，慆慆不归。
我来自东，零雨其濛。
仓庚于飞[23]，熠燿其羽。
之子于归[24]，皇驳其马[25]。
亲结其缡[26]，九十其仪[27]。
其新孔嘉[28]，其旧如之何[29]？

【题解】

这是征人还乡途中念家的诗。这个征人随军东征已经很久了，在这个细雨蒙蒙的日子，他终于踏上了回乡的小路。他想象到家后换上平民服装，不再从事征战，心情兴奋（第一章）。又想象自己的家园可能已经荒芜了，景象凄凉，但他立即宽慰自己：那有什么可怕，那里是我日夜怀念的地方（第二章）。他想象自己的妻子正在为思念他而叹息（第三章），又回忆起三年前新婚的光景，设想着重逢的快乐（第四章）。又悲又喜，悲喜交聚，细致地刻画了征人在回乡途中复杂的内心活动和对和平生活的热切渴望。诗歌每章都以“我徂东山，慆慆不归。我来自东，零雨其濛”开头，反复吟唱，造成一种悲怆气氛笼罩全诗。此诗抒情浓郁，绘景如画，笔势收纵自如，韵律宛曲多变，是三百首中的上乘之作。

旧说此诗和周公东征奄国（今山东省曲阜）有关。

【注释】

①徂（cú）：往。东山：诗中征人远戍之地。相传本诗与周公伐奄有关，东山当在奄国（今山东省曲阜市）境内。　②慆（tāo）慆：长久。③零雨：小雨，细雨。濛：细雨之状。以上二句说，我从征戍之地动身返乡时，正下着蒙蒙细雨。　④这二句说，我在东方要动身时，不禁含悲想念西方的家乡。　⑤裳衣：下裳和上衣。古人男子衣服上衣下裳，但是戎服不分上衣下裳。裳衣，指普通平民穿的服装。　⑥士：同“事”。勿事，不要从事。行枚：即横枚。古人行军，用一根筷子似的东西横衔在嘴里以防出声，叫作衔枚。横枚，即衔枚。以上二句是设想回家后换上平民服装，不再行军征战。　⑦蜎（yuān）蜎：虫蠕动的样子。蠋（zhú）：蛾蝶的幼虫。这里指桑林间的野蚕。　⑧烝（zhēng）：久。　⑨敦：团，蜷。指睡觉时身体蜷缩在一起。这四句的意思是，兵士在车下独宿，身体蜷成团，就像桑林间的野蚕。但是野蚕在桑间是得其所，人在野地露宿是不得其所。　⑩果臝（luǒ）：葫芦科植物，一名栝楼或瓜蒌。　⑪施（yì）：移，蔓延。宇：屋檐。瓜蒌蔓延到屋檐下是无人剪伐的荒凉景象。　⑫伊威：虫名，俗名土鳖，常在潮湿处生活。　⑬蠨蛸（xiāoshāo）：虫名，即喜蛛。户：门。　⑭町畽（tǐngtuǎn）：

田舍旁的空地，禽兽践踏的地方。鹿场：鹿住的地方。这句说，自己的家园成了野兽出没的地方。 ⑮熠耀（yìyào）：光亮的样子。宵行：即萤火虫，萤火虫夜里闪亮。 ⑯这二句说，家园如此荒败很可怕吗？还是很怀念它呀。 ⑰鹳（guàn）：鸟名，涉禽类，形似鹤。垤（dié）：小土堆。 ⑱妇：征人之妻。以下六句都是征人想象妻子在家怀念他的情形。 ⑲穹窒：堵塞墙上的洞隙。 ⑳我征：我的征人。这二句是诗人想象妻子收拾屋子迎接他。 ㉑有敦：即“敦敦”，团团的。瓜苦：即匏瓜，葫芦类。古人结婚时行合卺之礼，就是以一匏分作两瓢，夫妇各执一瓢盛酒漱口。 ㉒这二句说，圆圆的匏瓜放在那柴堆上已经很久了。这是征人想象妻子收拾屋子时看到的景象。匏瓜、束薪都是与婚仪有关之物，故而引出下章的新婚回忆。 ㉓仓庚：黄莺鸟。㉔之子：那个人。指征人之妻。于归：出嫁。 ㉕皇：黄白色。驳：赤白色。㉖亲：指妻子的母亲。缡（lí）：佩巾的带子。古时风俗，女子出嫁时母亲为女结缡。 ㉗九十：虚数，形容多。这句说，婚礼仪式名目繁多。 ㉘孔嘉：甚美，很好。 ㉙旧：犹“久”。这二句大意是，“之子”新嫁来时很漂亮，隔了三年，不知道现在怎样？

【译文】

我到东山去打仗，久久不能归故乡。今日动身离东方，蒙蒙细雨迷茫茫。我自东方将要归，眼望家乡心里悲。缝好一身便衣装，不再衔枚把兵当。蠕蠕爬动的野蚕，息在野外桑树上。独宿的人儿蜷成团，兵车下边和衣躺。

我到东山去打仗，久久不能归故乡。今日动身离东方，蒙蒙细雨迷茫茫。瓜蒌结果一串串，长蔓挂到屋檐上。屋里土鳖到处爬，门上蜘蛛结大网。屋旁空地变鹿场，萤火虫儿闪磷光。荒凉景象不可怕吗？即使荒凉也怀乡。

我到东山去打仗，久久不能归故乡。今日动身离东方，蒙蒙细雨迷茫茫。鹳雀鸣叫土堆上，妻子哀叹在空房。扫庭院，堵鼠洞，我的征人快回乡。匏瓜呀圆又圆，早就搁在柴堆上。自从分手不相见，整整三年日月长。

我到东山去打仗，久久不能归故乡。今日动身离东方，蒙蒙细雨迷茫茫。黄莺儿飞来飞往，羽毛闪闪多鲜亮。那个人儿出嫁，迎亲花马有红有黄。亲娘替她把佩巾系上，仪式繁多一项又一项。新婚时节她多漂亮，久别重逢她会怎么样？

破斧

既破我斧，又缺我斨①。
周公东征②，四国是皇③。
哀我人斯④，亦孔之将⑤！

既破我斧，又缺我锜⑥。
周公东征，四国是吪⑦。
哀我人斯，亦孔之嘉⑧！

既破我斧，又缺我銶⑨。
周公东征，四国是遒⑩。
哀我人斯，亦孔之休⑪！

【题解】

据史载，周成王元年、三年，殷、奄、徐、淮夷等属国先后叛乱，周公率兵征伐，前后达三年之久，史称“东征”。旷日持久的战事，使许多东征士兵倒下了，埋骨他乡。而侥幸生还者看着残破的刀斧，难以抚平心头的创伤。他们唱出了《破斧》，庆幸自己死里逃生。旧说此诗是赞美周公之作，恐不足信。

【注释】

①缺：缺口，这里做动词用。斨（qiāng）：方孔的斧。以上二句写斧斨破缺，暗示战事日久。 ②周公：周武王之弟，名旦。周灭殷后，武王把殷地分为三部分，命自己的兄弟管叔、蔡叔、霍叔各领一部，封纣王子武庚为诸侯。武王死后，子成王立，年纪幼小，由武王同母弟周公辅政。后来武庚联合管、蔡和东方旧属国起兵反周。周公带兵征讨，杀武庚和管叔，放逐蔡叔，平息了叛乱。由于叛乱诸国在西周都城镐京（今西安市）的东边，史称“东征”。 ③四国：四方诸侯之国，指天下。皇：匡正。这句说，周公征服了叛乱的诸侯国，其他属国也驯服了，四方得到匡正。 ④斯：语助词。 ⑤孔：很。将：大。这句说，我们这些人死里逃生真是很幸运，命大。⑥锜（qí）：凿子一类的工具。 ⑦吪（é）：动，化。这句的大意是，周公东征，促使四方诸侯之国得到教化。 ⑧嘉：好。这句说，我们能活着回来，真是走运。 ⑨銶（qiú）：一种形似铁锹的兵器。 ⑩遒（qiú）：固，稳固。这句的意思是，周公东征，天下局势稳定了。 ⑪休：美好。这句说，能活着回来真好。

【译文】

砍破了我的斧，又弄缺了我的斨。周公率兵东征，匡扶天下四方。可怜我们这些人啊，死里逃生回故乡！

砍破了我的斧，又弄缺了我的凿。周公率兵东征，四方得到教化。可怜我们这些人啊，死里逃生也算命大！

砍破了我的斧，又弄缺了我的锹。周公率兵东征，天下大势稳定。可怜我们这些人啊，死里逃生也算大幸！

伐柯

伐柯如何[①]？匪斧不克[②]。

取妻如何？匪媒不得。

伐柯伐柯，其则不远[3]。
我觏之子[4]，笾豆有践[5]。

【题解】

这首诗赞扬依礼娶妻的人。诗人以砍削斧柄必须用斧头为喻，说明娶妻必须有媒人。后来人们称为人做媒叫“伐柯”“作伐”，即是从此而来。

【注释】

①伐：砍。柯：指斧柄。 ②匪：同“非”。克：能。这句说，没有斧头不行。 ③则：准则，法则。这句说，手持斧头去砍削制作斧柄的木料，手中斧头的柄就是取材的样板，不必远求。 ④觏（gòu）：见，遇。之子：指所追求的姑娘。 ⑤笾（biān）：盛果品的竹制器具，形如豆。豆：木制的独足碗，上有盖，盛肉食菜肴。笾和豆都是古人宴饮或祭祀用的餐具，被称为“礼器”。有践：陈列整齐的样子。

【译文】

怎样砍削斧柄？没有斧头不成。怎样娶个妻子？哪能没有媒人。

砍斧柄呀削斧柄，斧柄的样子在手上。我看那个人儿，陈设礼器很在行。

九　罭

九罭之鱼鳟鲂[1]，我觏之子[2]，
衮衣绣裳[3]。

鸿飞遵渚[4]，公归无所[5]，
于女信处[6]。

鸿飞遵陆，公归不复[7]，
于女信宿。

是以有衮衣兮[8]，无以我公归兮[9]，
无使我心悲兮！

【题解】

这是一首殷勤留客的诗。鳟、鲂都是形体较大的鱼。诗人以它们比喻尊贵的客人。主人留客的情意深绵，就像用密网去捕大鱼，大鱼逃不掉，尊贵的客人也将留下。诗人以密网捕鱼起兴，引出留客之意。诗中的客人衮衣绣裳，显然是一位贵族。旧说此诗是东人挽留东征的周公，舍不得让他西归，不足信。

【注释】

①九罭（yù）：捕小鱼小虾的密网。九，虚数，言网上孔眼很多。鳟（zūn）：鳟鱼。鲂（fáng）：鲂鱼。鳟、鲂都是体形较大的鱼，用密网去捕它就不易逃脱。 ②觏（gòu）：见，遇。 ③衮（gǔn）衣：绘着龙形的上衣。绣裳：五彩绣裙。 ④鸿：大雁。遵：沿着。渚：水中沙洲。 ⑤公：指客人。无所：没有适宜的住所。 ⑥女：同“汝”，你。信：两宿为信。信处，犹言住两夜。 ⑦不复：不返，不回。 ⑧有：藏（从闻一多说）。这句说，藏起客人的衣裳，不让他走。 ⑨无以：别让。

【译文】

密密鱼网捕鳟鲂，我看见那个人儿，穿着绣龙衣裳。

大雁飞飞绕沙洲，你若归去无处住，留你两夜不让走！
大雁沿着陆地飞，你若归去不再回，留你两夜莫推诿！
藏起你的绣龙衣呀，不让你归呀，不要让我伤悲呀！

狼跋

狼跋其胡①，载疐其尾②。
公孙硕肤③，赤舄几几④。

狼疐其尾，载跋其胡。
公孙硕肤，德音不瑕⑤？

【题解】

这是一首讽刺诗。诗人把那个服饰华丽、大腹便便的贵族公孙比喻为老狼。公孙虽然神气活现，派头十足，但是到处碰壁，处境狼狈，就像老狼往前踩着自己的下巴肉，往后又踩着尾巴。诗人讽刺他真是“完美无缺”！

【注释】

①跋：践踏，踩。胡：颔下悬肉。老狼胡长，走起来便踩着它。②载：又。疐（zhì）：同“踬”，脚踩。这句说，老狼后退则被尾巴绊倒。③公孙：公子王孙。硕肤：肥胖。硕，大。 ④赤舄（xì）：红鞋，有金饰，亦名“金舄”。这是王公贵族与礼服配穿的鞋。几几：鞋头弯曲上翘的样子。⑤德音：好名誉，好声誉。瑕：疵病。这句讽刺公孙品德“完美无瑕”。

【译文】

老狼前行踩下巴，老狼后退绊尾巴。公孙身体肥又大，红鞋弯弯派头大。

老狼后退绊尾巴，老狼前行踩下巴。公孙身体肥又大，品德声誉真无瑕？

雅·小雅

共七十四篇（另有六篇“笙诗”有目无辞）。雅是周王朝镐京一带地区的乐调名。由于音乐的不同，又分为“小雅”和“大雅”。

小雅各篇产生的年代最长，从西周到东周都有，以厉王、宣王、幽王时代为最多。它大多出自周王朝贵族之手，只有极少数来自民间。

鹿　鸣

呦呦鹿鸣①，食野之苹②。
我有嘉宾，鼓瑟吹笙③。
吹笙鼓簧④，承筐是将⑤。
人之好我⑥，示我周行⑦。

呦呦鹿鸣，食野之蒿⑧。
我有嘉宾，德音孔昭⑨。
视民不恌⑩，君子是则是效⑪。
我有旨酒⑫，嘉宾式燕以敖⑬。

呦呦鹿鸣，食野之芩⑭。
我有嘉宾，鼓瑟鼓琴。

鼓瑟鼓琴，和乐且湛⑮。
我有旨酒，以燕乐嘉宾之心！

【题解】

这是贵族宴会宾客的乐歌。汉代有的说诗者认为此诗讽刺“在位之人不仁”，但从诗的内容看，并无讽刺之意。全诗分三章，描写宴会上主人殷勤待客的盛况。首章言奏乐，次章言饮酒，末章则奏乐、饮酒并之，三章的情绪气氛次递“增温”，越来越热烈。而主人待客的态度，首章称赞客人对自己的教益，语气谦恭；次章赞美客人的品德，语气诚恳，末章则写自己有“燕乐嘉宾之心”，语气越来越亲切。这些地方，都可以看出诗人匠心经营之妙，令人想见宴会上宾主相酬、杯觥交错、丝竹齐奏的欢乐情景。

【注释】

①呦（yōu）呦：鹿鸣之声。 ②苹：即藾蒿，一种青叶白茎的野菜。一说“苹”通“荓”，即马帚菜。这二句以鹿觅得鲜草而相唤，兴起招客聚饮之意。 ③鼓：作动词用，弹奏。瑟（sè）：一种古代弹拨乐器。笙：一种簧管乐器。 ④簧（huáng）：笙中的舌片。这里指笙。吹笙时，以手指按簧，吹出音调。 ⑤承：奉上，捧上。筐：放币帛的竹器。古代宴饮时有以筐盛币帛赠客的礼节。这句说，主人把筐恭敬地献给客人，行赠币帛之礼。 ⑥人：指客人。好：爱。 ⑦示：指示。周行：大道。这里引申为大道理。这二句是主人献币帛时说的客气话：你们惠爱我，给我指示了大路。 ⑧蒿：草名，指青蒿。 ⑨德音：好品德，好声誉。孔：甚，很。昭：明。 ⑩恌（tiāo）：同“佻”，轻佻，轻薄。 ⑪则：法则，准则，楷模。效：模仿，仿效。这二句说，德高望重的客人能教育人不轻薄，是人们学习仿效的楷模。 ⑫旨酒：美酒。 ⑬式：语助词，无义。燕：通“宴”，宴会。敖：通“遨”，游乐，快乐。 ⑭芩（qín）：蒿类植物。或说即水芹。 ⑮湛（dān）：即“耽”，指

沉浸于欢乐中，尽兴而欢。

【译文】

鹿儿呦呦鸣叫，相唤来吃野地蒿草。我有满座嘉宾，弹起瑟来吹起笙。吹起笙来奏起簧，奉上币帛满竹筐。诸位嘉宾很友好，给我有益的教导。

鹿儿呦呦鸣叫，相唤来吃野地青蒿。我的嘉宾真不少，他们的品德实在好。示范众人不可轻佻，君子也可学习仿效。我有美酒，且饮一杯共逍遥。

鹿儿呦呦叫不停，相唤来吃野地水芹。我有满座嘉宾，弹起瑟来奏起琴。弹起瑟来奏起琴，宾主尽欢喜盈盈。我有美酒，且拿来陶醉嘉宾的心！

四　牡

四牡騑騑[①]，周道倭迟[②]。
岂不怀归？王事靡盬[③]，
我心伤悲！

四牡騑騑，啴啴骆马[④]。
岂不怀归？王事靡盬，
不遑启处[⑤]！

翩翩者鵻[⑥]，载飞载下[⑦]，
集于苞栩[⑧]。王事靡盬，
不遑将父[⑨]！

翩翩者鵻，载飞载止，
集于苞杞[10]。王事靡盬，
不遑将母！

驾彼四骆，载骤骎骎[11]，
岂不怀归？是用作歌[12]，
将母来谂[13]！

【题解】

这是苦于王事的小官吏思乡怀亲之作。奔波于途的小官吏心里惦念着家中老父老母，担忧他们无人奉养，恨不得插翅飞回家乡。但是官家的差事没完没了，他日夜不停地听候差遣，风尘仆仆，哪里有安居于家的时候呢？他只好在诗中一再叹息："岂不怀归？王事靡盬！"他很羡慕鹁鸪，鹁鸪飞来飞去，尚且有落在树上歇息的自由，自己听命于王室，何时才能了却奉养双亲的心愿呢？诗分五章，把诗人颠沛于路的辛劳和思亲不归的矛盾心情淋漓尽致地咏唱出来。

【注释】

①牡：公马。騑（fēi）騑：行走不停的样子。　②周道：大路。倭迟（wēiyí）：纡回遥远的样子。　③王事：官府的差事。靡盬（gǔ）：没有止息，没完没了。盬，止息。　④啴（tān）啴：喘息的样子。骆：黑鬃的白马。　⑤遑：暇。不遑，没有空闲。启："跽"的借字，跪。古人席地而坐，以双膝着地，直起身子叫"跪"。处：居。启处，指在家安居休息。　⑥翩翩：鸟飞的样子。鵻（zhuī）：鸟名，今名鹁鸪。　⑦载飞载下：一会儿飞上，一会儿飞下。　⑧集：鸟群栖于树木。苞：草木丛生。栩（xǔ）：柞树。⑨将：奉养。　⑩杞（qǐ）：枸杞。　⑪骤：马急驰的样子。骎（qīn）骎：马疾驰的样子。　⑫是用作歌：因此作歌。　⑬谂（shěn）：思念，怀念。

一说，告。倾诉。

【译文】

四匹公马快如飞，大路遥远又纡回。我难道不想把家归？官家差事没个完，我的心儿多伤悲！

四匹公马快如飞，黑鬃白马气喘吁吁。我难道不想回家去？官家差事没了结，哪有空闲去休息！

鹁鸪翩翩飞翔，一会儿飞上，一会儿飞下，落脚在丛生的柞树上。官家差事没收场，哪有工夫把老父奉养！

鹁鸪翩翩飞翔，一会儿飞，一会儿停，落脚在丛生的杞树上。官家差事没收场，哪有工夫把老母奉养！

驾起四匹黑鬃白马，疾驰如飞马蹄忙。我难道不想回家乡？编支歌儿唱一唱，母亲呀，我日夜把你怀想！

常　棣

常棣之华①，鄂不韡韡②，
凡今之人，莫如兄弟。

死丧之威③，兄弟孔怀④。
原隰裒矣⑤，兄弟求矣⑥。

脊令在原⑦，兄弟急难⑧。
每有良朋⑨，况也永叹⑩。

兄弟阋于墙⑪，外御其务⑫。
每有良朋，烝也无戎⑬。

丧乱既平，既安且宁。
虽有兄弟，不如友生⑭。

傧尔笾豆⑮，饮酒之饫⑯。
兄弟既具⑰，和乐且孺⑱。

妻子好合⑲，如鼓瑟琴⑳。
兄弟既翕㉑，和乐且湛㉒。

“宜尔室家㉓，乐尔妻帑㉔。”
是究是图㉕，亶其然乎㉖！

【题解】

这是一首宴兄弟劝友爱的诗。首章以棠棣之花起兴，点明“凡今之人，莫如兄弟”的主题。第二、三、四章，以危难之中朋友与兄弟的帮助相比较，说明在紧急关头只有兄弟最可靠。第五章笔势一折，另起波澜，感叹在平常日子兄弟不如朋友相亲，言外之意：这是不应当的。第六章至第八章，笔势再扬，先写兄弟宴饮之和乐，再以夫妇比衬兄弟，说明兄弟友爱对室家之乐的重要。全诗写得抑扬多姿，音调流畅和婉，殷殷劝喻之意溢于言表。

《左传》认为此诗是周厉王时代召虎所作，《国语》认为是周成王时代周公所作。

【注释】

①常棣：即棠梨。果实像李子而较小。花两三朵为一缀，茎长而花下垂。诗人以棠棣的花比兄弟，或许因其每两三朵彼此相依，联想到兄弟手足之情。华：花。 ②鄂（è）不：花蒂。鄂，同“萼”。“不”字在甲骨文又是花蒂的象形。韡（wěi）韡：光彩，光辉。 ③威：同“畏”。 ④孔

怀：很关心。孔，大，甚。这二句说，死丧的事一般人只觉可怕，兄弟却真是关心。 ⑤原：高而平的陆地。隰（xí）：低而湿的地。裒（póu）：聚。聚于原野似战争一类的事。一说“裒”读为“（bó）”，毙。 ⑥求：相求。这二句说，在战场上兄弟彼此关心生死，互相寻觅。一说，如果死在外面，只有兄弟去寻找遗尸。 ⑦脊令：水鸟名，又作“鹡鸰”。水鸟在原野就陷入困境，比喻人有患难。 ⑧急难：急于难，火速救助之意。 ⑨每：时常。 ⑩况：即“贶”，赐给。以上二句说，当危难的时候，往往有些良朋只能为之长叹，而不能像兄弟奔赴援助。 ⑪阋（xì）：相争。 ⑫务：“侮”的借字。以上二句说，虽然兄弟有时相争于内，一旦有外侮，就同心抵御。 ⑬烝（zhēng）：久。戎：助。 ⑭友生：朋友。生，语助词，无义。⑮傧（bīn）：陈列。尔：你，你们。笾、豆：祭祀或燕享时用来盛食物果品的器具。笾是竹制，豆是木制，形似独足碗。 ⑯饫（yù）：满足，饱。⑰具：同“俱”，聚集。 ⑱孺（rú）：中心相爱，相亲。 ⑲好合：情投意合。 ⑳鼓：弹奏。以上二句说，夫妻相亲爱，像乐音之配合调谐。用夫妇来衬兄弟。 ㉑翕（xī）：聚合。 ㉒湛（dān）：久乐或甚乐。 ㉓宜：安。尔：你。 ㉔帑（nú）：通“孥”，子。 ㉕究：寻根追底。指用心体会上面讲的道理。图：努力做到，谋求。 ㉖亶（dǎn）：信，诚。然：这样，指“宜室家”“乐妻帑”。这二句的大意是，如果你认真体会上面说的两句话（指兄弟和睦能“宜尔室家，乐尔妻帑”）的道理，并努力去做，就会感到真是这样的。

【译文】

棠梨花儿盛开，花萼花蒂都有光彩。如今一般的人，谁像兄弟相亲爱？

死丧的威胁，兄弟最是关心。众人聚战原野，兄弟往来相寻。

鹡鸰困在陆地，兄弟赶来救难。往往有些良朋，相赠只有一声长叹。

兄弟在家相争，同心抵抗外侮。往往有些良朋，久久不伸援手。

乱事平定之后，日子过得安宁。这时虽有兄弟，却不如朋友相亲。

摆好竹碗木碗，饮宴心足意满。兄弟今日团聚，既亲热又温暖。

夫妻相爱相亲，就像琴瑟谐调。兄弟今日团聚，永远欢乐和好！

“使你全家相安，妻儿都能快乐！”好好体会力行，这话真是不错！

伐　木

伐木丁丁①，鸟鸣嘤嘤②。
出自幽谷③，迁于乔木④。
嘤其鸣矣，求其友声⑤。
相彼鸟矣⑥，犹求友声；
矧伊人矣⑦，不求友生⑧？
神之听之，终和且平⑨。

伐木许许⑩，酾酒有藇⑪。
既有肥羜⑫，以速诸父⑬。
宁适不来⑭？微我弗顾⑮。
于粲洒扫⑯，陈馈八簋⑰。
既有肥牡⑱，以速诸舅⑲。
宁适不来？微我有咎⑳。

伐木于阪㉑，酾酒有衍㉒。
笾豆有践㉓，兄弟无远㉔。
民之失德㉕，乾餱以愆㉖。
有酒湑我㉗，无酒酤我㉘，

坎坎鼓我㉙，蹲蹲舞我㉚。
迨我暇矣㉛，饮此湑矣！

【题解】

这是一首宴会亲友的乐歌。旧说此诗咏文王之事，或指为人子之诗，都没有依据。从“伐木”“鸟鸣”的比兴看，此诗或许本出自民间，而被贵族采用；或者是贵族文人仿民歌而作。

诗歌的第一章以鸟与鸟相求比喻人和人相爱，以神对人的降福说明人与人友爱相处的必要。第二章言备酒肴，勤洒扫，专候亲友们到来。第三章写醉饱歌舞之乐，说亲友之间来往之礼不可失。此诗反映了古代人对人际关系纯朴的观念。诗歌采用了一些对偶句式，如“伐木丁丁，鸟鸣嘤嘤”“出自幽谷，迁于乔木”等，天然自成。第三章中还运用了排比手法，宣染宴饮的热闹气氛。

【注释】

①丁（zhēng）丁：伐木声，象声词。 ②嘤嘤：鸟鸣声，象声词。 ③幽谷：深谷。 ④乔木：高大的树木。 ⑤友声：指同类的声音。 ⑥相：看，视。 ⑦矧（shěn）：况，况且。伊：是。 ⑧友生：友人，以上四句说，看那些鸟儿，还寻找同伴的声音；况且是人，怎么能不需要朋友呢。 ⑨终：既。这二句说，人类友好相爱，神听到后会保佑人类平安的。 ⑩许（hǔ）许：一作“浒浒”，锯树木声。 ⑪酾（shī）：用草筐漉酒，去掉酒糟。藇（xù）：亦作“醑”，酒味甘美。酒滤过之后味醇。 ⑫羜（zhù）：五个月大的羊羔。 ⑬速：召，请。诸父：对同姓长辈的尊称。 ⑭宁：何。适：往。这句说，诸父何往而不来呢？意思是诸父必来。 ⑮微：训“无”，就是勿。顾：念。“微我弗顾”，即“勿弗顾我”，不会不顾念我，不会不给我面子的意思。 ⑯于：发语词。粲：鲜明的样子。这句说，把庭院屋子收拾得干干净净，满屋生辉。 ⑰陈：摆设，置放。馈（kuì）：奉献食品给尊者。

簋（guǐ）：古读“jiǔ”，盛食品的器具，圆筒形。八簋，言食品种类很多。⑱牡：这里指公羊。 ⑲诸舅：对异姓长辈的尊称。 ⑳咎（jiù）：怪罪，责备，过错。这句说，希望诸舅都来，不要怪罪我。 ㉑阪（bǎn）：山坡。㉒衍：水溢。这句言酒多。 ㉓笾（biān）豆：古时用于祭祀或宴饮的食具，笾为竹制，豆为木制。践：陈列整齐的样子。 ㉔兄弟：指同辈亲友。无远：别疏远我。也是希望对方应邀赴宴的意思。 ㉕失德：无恩德，失和而相怨恨。 ㉖餱（hóu）：干粮。干餱，在这里指粗劣的食品，愆（qiān）：过失。以上二句说，人与人反目失和，往往因饮食细故。 ㉗湑（xǔ）：澄滤，义同“酾”。我：语尾助词。下三句中的“我”，同此。 ㉘酤（gū）：通“沽”，买酒。这二句的意思是，家里有酒就滤出来喝，家里无酒就去买现成的来喝。 ㉙坎坎：击鼓声，象声词。 ㉚蹲（cún）蹲：即“墫墫”，跳舞的样子。 ㉛迨（dài）：及，到。暇：空闲。这二句说，趁着今天有空闲，把清酒喝个够。

【译文】

砍树响叮叮，鸟儿叫嘤嘤。出了深谷底，飞上高树顶。鸟儿为何嘤嘤叫，要把朋友声音找。看那鸟儿多殷勤，还知道把朋友声音找；人比鸟儿更有情，怎能不把朋友交？神灵听说人相爱，既保平安又和好。

锯树呼呼响，筛酒扑鼻香。我家宰了小肥羊，众位叔伯请来尝。哪儿去了还不来？可别不肯来赏光！打扫屋子生光彩，八大盘儿席上摆。我把肥壮公羊宰，众位长亲请过来。哪儿去了还不来？千万别见我的怪！

砍树砍倒山坡上，筛酒漫出酒缸边。盘儿碗儿排齐整，老哥老弟别疏远。有时人们伤和气，饮食小事成祸源。咱们有酒把酒筛呀，没酒就去把酒买啊。咱们咚咚打起鼓呀，跳跳蹦蹦一起舞啊。趁着今日有工夫啊，来把清酒喝个足啊。

天　保

天保定尔[1]，亦孔之固[2]。
俾尔单厚[3]，何福不除[4]？
俾尔多益[5]，以莫不庶[6]。

天保定尔，俾尔戬穀[7]。
罄无不宜[8]，受天百禄。
降尔遐福[9]，维日不足[10]。

天保定尔，以莫不兴[11]。
如山如阜[12]，如冈如陵，
如川之方至[13]，以莫不增。

吉蠲为饎[14]，是用孝享[15]。
禴祠烝尝[16]，于公先王[17]。
君曰卜尔[18]，万寿无疆！

神之吊矣[19]，诒尔多福[20]。
民之质矣[21]，日用饮食。
群黎百姓[22]，遍为尔德[23]。

如月之恒[24]，如日之升，
如南山之寿，不骞不崩[25]。
如松柏之茂，无不尔或承[26]。

【题解】

这是一首臣下祝颂君主的诗。内容是赞颂神灵先王，祈求上天赐福禄于君主，反映了周朝统治者“敬天保民”的思想。诗中提及“先王”，当作于周武王之后。诗中连用了九个比喻，把君主比喻为高山大川、日月松柏，取喻意象宏伟，生动地传达了君主的威严气派，所以后世以“天保九如”作为祝颂之辞。

【注释】

①保：安。尔：您，指君主。这句说，上天保佑您，使您安宁。②孔：大，甚。固：巩固，牢靠。 ③俾（bǐ）：使。单（dān）：即“亶”，多。单厚，强大富有的意思。 ④除：开，启，这里有赐予之意。这句的意思是，什么福分不赐给你？即享有一切福分。 ⑤多益：指物产丰富众多。 ⑥以莫不庶：没有什么不丰富。庶，多，充足。 ⑦戬（jiǎn）穀：福禄。 ⑧罄（qìng）：尽，所有的。罄无不宜，即没有什么事不称心，万事如意。 ⑨遐（xiá）：远。遐福，深远广大之福，犹言“永福”。 ⑩维，同“唯”。这句说，唯恐每天享福不足。 ⑪兴：盛。 ⑫阜（fù）：土山。⑬如川之方至：犹言“如大河滚滚而来”。 ⑭吉蠲（juān）：清洁的意思。吉，善。蠲，洁。饎（chì）：酒食。这句说，准备好清洁的酒食。古人祭祀要选择吉日，斋戒沐浴而治酒食，以示敬意。 ⑮是：指酒食。孝享：祭献。⑯禴（yuè）：夏祭。祠：春祭。烝：冬祭。尝：秋祭。 ⑰公：先公。⑱君：指先公先王的神灵。古人祭祀祖先时，用活人充当神像，接受众人膜拜，叫作“尸”，尸可代表神灵讲话。君曰，即尸传达先公先王神灵的话。卜：赐予，授予。 ⑲吊（dì）：至。指神灵祖考降临。 ⑳诒（yí）：遗，赠送。 ㉑质：实，朴实无伪。 ㉒群黎：众人。百姓：指百官。古代奴隶没有姓氏，殷商时始有“百姓”一词，指当时的奴隶主贵族，周时指“百官族姓”；直至战国以后，才泛指不居官位者为“百姓”，含庶民之意。㉓遍：普遍，为：化，感化。这二句说，百姓众官都普遍感受您的恩德。

㉔恒（gèng）：上弦月的样子。恒，弦。一说，恒久、长久意。 ㉕骞（qiān）：亏损。崩：坏。 ㉖或：有。承：继承。这句说，你的福禄没有一样不被延续下去。即福禄永不衰减。

【译文】

上天保佑你安定幸福，使你的政权长久牢固。使你强大富有，什么福分你没有领受？使你物产丰盈，什么东西都应有尽有。

上天保佑你安定幸福，赐你多多福禄。万事无不称心如意，蒙受天恩赐你百禄。上天降你无边福祉，唯恐一天不足。

上天保佑你幸福安宁，所有的事儿都兴盛。犹如山丘，犹如大阜，犹如高冈，犹如崇岭，犹如大河滚滚至，你的福禄多增益。

准备好洁净的酒食，恭恭敬敬拿来献祭。春夏秋冬四季，按时把先王祭祀。“先王”开口讲话：“赐你万寿无疆！”

祖先神灵来临，赐你多多幸福。人们老实纯朴，日用饮食充足。黎民百官，无不托你的洪福。

犹如新月高悬，犹如旭日东升，犹如南山长寿，永不亏损溃崩。犹如松柏茂盛，你的福禄永世长存。

采　　薇

采薇采薇①，薇亦作止②。
曰归曰归，岁亦莫止③。
靡室靡家④，玁狁之故⑤；
不遑启居⑥，玁狁之故。

采薇采薇，薇亦柔止⑦。
曰归曰归，心亦忧止。

忧心烈烈[⑧]，载饥载渴[⑨]。
我戍未定[⑩]，靡使归聘[⑪]。

采薇采薇，薇亦刚止[⑫]。
曰归曰归，岁亦阳止[⑬]。
王事靡盬[⑭]，不遑启处[⑮]。
忧心孔疚[⑯]，我行不来[⑰]。

彼尔维何[⑱]？维常之华[⑲]。
彼路斯何[⑳]？君子之车[㉑]。
戎车既驾[㉒]，四牡业业[㉓]。
岂敢定居？一月三捷[㉔]。

驾彼四牡，四牡骙骙[㉕]。
君子所依[㉖]，小人所腓[㉗]。
四牡翼翼[㉘]，象弭鱼服[㉙]。
岂不日戒[㉚]？猃狁孔棘[㉛]。

昔我往矣，杨柳依依[㉜]。
今我来思，雨雪霏霏[㉝]。
行道迟迟[㉞]，载渴载饥。
我心伤悲，莫知我哀！

【题解】

这是戍边士兵在归乡途中抚今追昔而写下的诗。诗歌的前三章诉说远别家室，历久不归，粮草不续的苦状。“采薇”即采集野生的薇菜，食不果腹的士兵只好以它充饥。诗人即巧妙地通过薇菜的变化来表达日益深重的乡愁。第一章说“薇亦作止”，这是春天，薇菜刚刚绽生小叶；第二章说“薇亦柔止”，这是夏天，薇菜叶片肥嫩；第三章说“薇亦刚止”，这是秋天，薇菜叶茎将老而粗硬。从春到秋，薇菜由嫩而老，一年将尽，士兵何时才能回到家乡呢？读着忧伤的诗句，仿佛看到面带菜色的戍卒一边在荒野漫坡上采集野菜，一边屈指计算着返乡的日期……诗歌的第四、五章写将帅车马服饰之盛，和戍卒不敢定居的辛劳。最后一章写归途中的情景。在一个雨雪纷飞的日子，戍卒终于踏上了归途。这本来是一件令人兴奋的事。然而长久的戍边生活在他心中留下难以弥合的精神创伤，他是怀着一颗破碎的心走向故乡的。他忧伤地想到，当年我离开家乡时，正是春天，柳丝低拂；而今天我重返故乡，却是雨雪迷蒙的冬天了。在艰难的归途上，他默默体味着自己的苦楚。读罢全诗，仿佛看见他冒着风雪，沿着泥泞小路走向远方……“昔我”四句，以景写情，含蓄深永，被后人誉为《诗经》中最好的句子。

【注释】

①薇：豆科植物，野生，可食。又名巢菜。 ②亦：助词。作：生出。止：语尾助词。 ③莫：同“暮”。岁暮：一年将尽的时候。④靡：无。这句说，终年在外，和妻子远离，有家等于无家。 ⑤玁狁（xiǎnyǔn）：一作猃狁，种族名。到春秋时代称为狄，战国、秦、汉称匈奴。玁狁所居之地在周之北方。以上二句是说，远离室家是为了和玁狁打仗。 ⑥不遑（huáng）：没有闲暇。遑，暇。启居：启，跪。居，安坐。古人跪和坐都是两膝着席。坐时臀部和脚跟接触，跪时将腰伸直。这句说，奔走不停，没有闲暇坐下来休息。 ⑦柔：说薇叶未老而肥嫩。 ⑧烈烈：本是火势猛盛的样子，用来形容忧心，犹言“忧心如焚”。 ⑨载饥载渴：又饥又渴。 ⑩戍：驻守。这句说，驻防未有定处。⑪使：使者。聘：问讯，问候。以上二句说，由于一直没有驻扎下来，无

法托人捎信回家问候。 ⑫刚：说薇菜将老而茎粗硬。 ⑬阳：夏历十月。 ⑭王事：国事。此指征讨猃狁之战。靡盬（gǔ）：没有尽头，没完没了。 ⑮启处：犹“启居”。 ⑯孔：很，甚。疚（jiù）：病痛。这句说，内心很痛苦。 ⑰不来：无人慰问。来，慰勉。或解为返回，亦通。⑱尔：通“薾”，花朵盛开的样子。维：是。 ⑲常之华：即棠棣之花。以上二句说，那盛开的什么花？是棠棣之花。 ⑳路：借作“辂”，一种高大的车。斯：语助词，犹“维”。这句和“彼尔维何”句法相同。 ㉑君子：指将帅。 ㉒戎车：战车。既：已。 ㉓牡：驾车的公马。业业：高大的样子。㉔捷：抄小路为“捷”。三捷，言多次行军，就是不敢定居的意思。一说，捷即胜，指一月多次获胜。 ㉕骙（kuí）骙：强壮的样子。 ㉖依：依靠，指将帅倚靠在车厢上。 ㉗小人：指戍卒。腓（féi）：隐蔽。这二句说，将帅乘坐的兵车，戍卒借以隐蔽身体。 ㉘翼翼：行列整齐的样子。 ㉙弭（mǐ）：弓两端受弦处。象弭，用象牙制成的弭。服：借作“箙”，盛箭的箭袋。鱼箙，用鲨鱼皮制的箭袋。 ㉚日戒：每日警备。 ㉛棘：同“亟”，紧急。 ㉜依依：柳条柔弱随风飘拂的样子。 ㉝霏霏：雨雪纷飞的样子。㉞迟迟：缓缓。

【译文】

大巢菜采了又采，大巢菜冒出芽尖。说回家哪时回家，转眼间就到残年。有家就像没有家，为跟猃狁拼杀；没有空闲坐一下，为跟猃狁拼杀。

大巢菜采了又采，大巢菜多么鲜嫩。说回家哪时回家，心里头多么忧闷。心忧闷好像火焚，饥难忍渴也难忍。驻防地没有固定，哪有人捎个家信？

大巢菜采了又采，大巢菜又粗又老。说回家哪时回家，小阳春十月又到。当王差无穷无尽，哪能有片刻安身。我的心多苦闷，戍边在外谁来问？

什么花开得繁华？那都是棠棣之花。什么车高高大大？那是将帅的车马。兵车啊已经驾起，气昂昂公马四匹。哪儿能安然住下，一个月三次转移。

驾起了公马四匹，四匹公马多神气。将帅们坐在车上，士兵们靠它隐蔽。四匹马多么雄壮，象牙弭鱼皮箭囊。怎么能不天天警戒？那猃狁实在猖狂。

想起我离家时光，杨柳啊轻轻飘荡。如今我走向家乡，雪花儿纷纷扬扬。慢腾腾一路走来，又饥又渴苦难当。我的心多么凄凉，谁知道我的忧伤！

出　车

我出我车，于彼牧矣[①]。
自天子所[②]，谓我来矣[③]。
召彼仆夫[④]，谓之载矣[⑤]。
王事多难，维其棘矣[⑥]。

我出我车，于彼郊矣[⑦]。
设此旐矣[⑧]，建彼旄矣[⑨]。
彼旟旐斯[⑩]，胡不旆旆[⑪]？
忧心悄悄[⑫]，仆夫况瘁[⑬]。

王命南仲[⑭]，往城于方[⑮]。
出车彭彭[⑯]，旂旐央央[⑰]。
天子命我，城彼朔方。
赫赫南仲[⑱]，猃狁于襄[⑲]。

昔我往矣，黍稷方华[20]。
今我来思，雨雪载涂[21]。
王事多难，不遑启居[22]。
岂不怀归？畏此简书[23]。

喓喓草虫[24]，趯趯阜螽[25]。
未见君子[26]，忧心忡忡[27]。
既见君子，我心则降[28]。
赫赫南仲，薄伐西戎[29]。

春日迟迟[30]，卉木萋萋[31]。
仓庚喈喈[32]，采蘩祁祁[33]。
执讯获丑[34]，薄言还归。
赫赫南仲，猃狁于夷[35]。

【题解】

这是一首出征武士凯旋时创作的乐歌。大约作于周宣王时期。西周后期，北方的猃狁部落举兵南侵，周宣王继位后数次发兵征伐，终于取得了平定四夷的胜利，开创了“中兴”局面。南仲是当时的大将，在征伐猃狁的战争中立了殊勋。这首诗颂扬了周宣王平定四夷的功绩，称赞大将南仲勤劳王事，克敌有功，也描写了出征将士们辛苦转战的情景，以及眷属对征人的牵挂。诗歌的前半部气象庄严，气氛肃杀；后半部情调和乐，风情款款。这首诗的后三章采用了不少民歌的句子，如“昔我往矣，黍稷方华。今我来思，雨雪载涂”是袭用《采薇》末章；“喓喓草虫，趯趯阜螽。未见君子，忧心忡忡。既见君子，我心则降”是袭用《召南・草虫》的；“春日迟迟，卉木萋萋。仓庚喈喈，采蘩祁祁”是截取《豳风・七月》的。可见当时的贵族文人很注意从民歌中吸取创作养分。

【注释】

①牧：远郊放牧之地。 ②天子：指周王。所：处所，指周京。③谓：命，使。这二句说，周天子命我来此。 ④仆夫：指御者。 ⑤谓之载：命他们驾起车出征。载，指以车载人或物出行。 ⑥维：发语词。棘：同“急”，紧急。这二句说，周王朝举步维艰，情况十分紧急了。 ⑦郊：城外为郊。 ⑧设：陈列，列置。旐（zhào）：画龟蛇的旗。 ⑨建：树立。旄（máo）：装在旗杆上的牦牛尾，这里指装饰着牦牛尾的旗。 ⑩旟（yú）：画鸟隼的旗。斯：语助词。 ⑪旆（pèi）旆：旗帜飞动的样子。⑫悄悄：忧愁的样子。 ⑬况瘁：忧苦劳瘁，憔悴。 ⑭王：指周宣王。南仲：周宣王时大将，率师北伐猃狁有功。 ⑮城：筑城，指修建工事。方：即下文的“朔方”，在周王畿之北。这句说，在朔方筑城设防。 ⑯彭彭：众多的样子。 ⑰旂：龙旗。央央：又作“英英”，鲜明的样子。 ⑱赫赫：显盛的样子。 ⑲襄：通“攘”，除，扫除。 ⑳方华：正开花。 ㉑载涂：满路都是泥浆。载，满。涂，泥浆。 ㉒不遑：没有空闲。启居：指安坐休息。 ㉓简书：写在竹简上的文书，指周王的命令，下文“薄伐西戎”即简书的内容。 ㉔喓（yāo）喓：虫鸣声。草虫：指蝗。或泛指草间之虫。 ㉕趯（tì）趯：跳跃的样子。阜螽（zhōng）：蝗类，蚱蜢。此二句以“草虫鸣叫而阜螽随声跳跃”兴起男女相悦求之情。 ㉖君子：这里是征夫的亲属称征夫。 ㉗忡（chōng）忡：不安。“未见”“既见”都是征夫想象中的情景。㉘降：下，指放心了。这六句想象女子思念征夫。 ㉙薄：语助词。西戎：西方戎族。这二句说，南仲的军队在归途中又奉命西征戎族。 ㉚迟迟：缓慢，指春天白昼漫长。 ㉛卉（huì）：百草的总称。萋萋：草木茂盛的样子。㉜仓庚：黄莺。喈（jiē）喈：鸟鸣声。 ㉝蘩（fán）：白蒿。祁祁：众多。㉞执：捕。讯：审问。获：“馘（guó）”的假借字，就是杀而献其左耳。丑：首恶。这句说，对待俘虏分两类：对于需要问讯取得口供的就拘捕起来；对于罪魁就杀掉并割下左耳。一说，“丑”是对敌人的蔑称，亦通。古人杀俘虏必割其左耳，以上报计数。 ㉟夷：平。

【译文】

开出我的车子，车子走向牧地。打从天子所在，奉命来到这里。召集御车的武士，叫他们装载武器。如今国家多难，国难已是紧急。

开出我的车子，车子走向郊野。龟蛇旗子高举，杆上牛尾挂起。问那些龟蛇鸟旗，为何不飘扬翻飞？我的心惶惶不安，仆夫们面容憔悴。

天子命令南仲，到朔方筑起城墙。车马浩浩荡荡，旌旗一片辉煌。天子命我南仲，把城堡筑在朔方。威名远扬的南仲，把猃狁彻底扫荡。

当初从军打仗，高粱穗花儿才吐；如今走向家乡，雪花飞泥水满路。只为了国家多难，不曾有片刻闲住。难道不怀念乡土？担心那告急的文书。

草虫叽叽地叫，蚱蜢蹦蹦地跳。见不着我的丈夫，心儿忡忡如捣；见着了我的丈夫，心儿放下来了。威名远扬的南仲，又把西戎征讨。

春天的日子漫长，春天的草木茁壮。黄莺儿到处歌唱，采蘩的满载满装。审问过俘虏报过了杀伤，凯旋的将士归还家乡。南仲啊威名远扬，那猃狁再不能猖狂。

杕　杜

有杕之杜①，有睆其实②。
王事靡盬③，继嗣我日④。
日月阳止⑤，女心伤止，
征夫遑止⑥？

有杕之杜，其叶萋萋⑦。
王事靡盬，我心伤悲。
卉木萋止⑧，女心悲止，

征夫归止？

陟彼北山[9]，言采其杞[10]。
王事靡盬，忧我父母[11]。
檀车幝幝[12]，四牡痯痯[13]，
征夫不远？

匪载匪来[14]，忧心孔疚[15]。
斯逝不至[16]，而多为恤[17]。
卜筮偕止[18]，会言近止[19]，
征夫迩止[20]！

【题解】

这是一首女子思念久役不归的丈夫的诗。第一章因见棠梨结果，岁暮将至，而猜测战事该结束了，征人该回乡了。第二章棠梨绿叶成荫，时届暮春，想象征人已在归途了。第三章女子登山采杞，想象疲惫的马儿拉着丈夫正往家赶路，离家当不远了。第四章写女子在失望中卜筮，得到吉兆，心中又燃起了希望……诗歌曲曲折折地吟唱，抒写了女子思念征人、柔肠百转的心情。

此诗可能本出自民间，后被配上雅乐。

【注释】

①杕（dì）：孤立的样子。杜：棠梨。　②睆（huǎn）：果实浑圆的样子。一说“睆”形容颜色美好。　③靡盬（gǔ）：没完没了，无尽头。④继嗣：继续，延长。日：指归期。古代行役，规定春行秋返，秋行春返。诗中所写征人已过秋时而不返，归期一再拖延。　⑤阳：农历十月。　⑥遑：暇，闲。这句是思妇猜测之词，说征人这时该到闲暇将归的时候了。下文“征

夫归止”等句仿此。　⑦萋萋：茂盛的样子。　⑧卉：百草的总和。　⑨陟：登上。　⑩杞（qǐ）：枸杞。　⑪这句说，丈夫久役不归，使父母也很牵挂，岂止是我哩。　⑫檀车：檀木造的车。檀木质地坚硬细密，适合造车轮。幝（chǎn）幝：破旧的样子。　⑬牡：公马。痯（guǎn）痯：疲惫的样子。这二句写思妇设想征夫在途中车敝马疲，缓缓前进。　⑭匪：同“非”。这句说，不见车儿载人回来。　⑮孔：大，甚。疚（jiù）：病，苦恼。　⑯期逝：归期已过。　⑰恤：忧。这句说，丈夫逾期不归，因此更加忧愁。　⑱卜筮：占卜算卦。偕：俱。指女子灼龟占卜和弄蓍草占卦都用了。　⑲会：合。指占卜算卦合言。近：指归期不远。　⑳迩：近。以上二句说，占卜算卦都说丈夫归期不远，他离家很近了。

【译文】

孤零零的棠梨树，圆溜溜的棠梨果。官家差事无穷尽，归家日期拖了又拖。进了十月残年到，我的心儿多烦恼，出门人儿该闲了？

一棵棠梨孤零零，棠梨叶儿密成荫。官家差事无穷尽，叫我如何不伤心。百草千花都盛旺，叫我如何不感伤，出门人儿该回乡？

天天爬上北山崖，上山为把枸杞采。官家差事无穷尽，爹娘牵挂愁满怀。檀木车儿破又烂，四匹公马腿发颤，出门人儿该不远？

不见车载不见人，叫我心上痛难忍。归期已过人不回，千忧百虑一齐生。又问灵龟又问卦，都说快要看见他，出门人儿快到家！

鱼　丽

鱼丽于罶①，鲿鲨②。
君子有酒③，旨且多④。

鱼丽于罶，鲂鳢⑤。

君子有酒，多且旨。

鱼丽于罶，鰋鲤⑥。
君子有酒，旨且有⑦。

物其多矣⑧，维其嘉矣⑨！

物其旨矣，维其偕矣⑩！

物其有矣，维其时矣⑪！

【题解】

这是一首宴飨时唱的乐歌。诗人极力赞美宴会上佳肴美酒的丰盛，反映了当时贵族的豪华生活。此诗的前三章采用了二字、三字、四字的句式，参差不齐，错落有致，节奏活泼，可能是配合乐曲的需要。据《仪礼》记载，乡饮和燕礼都演唱这首诗，显然是因为它的内容和乐曲都很适合于这种场合。

【注释】

①丽（lí）：通“罹”，遭，被。这里指被捕到。罶（liǔ）：捕鱼的竹笼。这句说，鱼被竹笼捕捉。 ②鲿（cháng）：即黄颊鱼，头阔而扁，身形厚而长。鲨（shā）：即鮀（tuó）鱼，又名吹沙，似鲫鱼狭而小，体圆有黑点。 ③君子：指宴会的主人。 ④旨：味美。 ⑤鲂（fáng）：即鳊鱼。鳢（lǐ）：即黑鱼。 ⑥鰋（yǎn）：即鲇鱼。 ⑦有：意同“多”。 ⑧物：指宴会上的各种珍馐美酒。 ⑨维：是。嘉：好，善。 ⑩偕：齐全，俱。⑪时：时鲜，时令佳品。

【译文】

鱼儿游进了鱼篓，黄颊吹沙样样都有。那个人儿有酒，又多又可口！

鱼儿游进了鱼篓，鳊鱼黑鱼样样都有。那个人儿有酒，美酒喝个够！

鱼儿游进了鱼篓，鲇鱼鲤鱼样样都有。那个人儿有酒，好酒管喝够！

佳肴真不少啊，味道真是好呀！

佳肴味道美啊，品种真齐备呀。

佳肴真丰富啊，都是时鲜货呀！

南山有台

南山有台①，北山有莱②。
乐只君子③，邦家之基④。
乐只君子，万寿无期！

南山有桑，北山有杨。
乐只君子，邦家之光⑤。
乐只君子，万寿无疆！

南山有杞，北山有李。
乐只君子，民之父母。
乐只君子，德音不已⑥！

南山有栲⑦，北山有杻⑧。
乐只君子，遐不眉寿⑨。
乐只君子，德音是茂⑩！

南山有枸⑪，北山有楰⑫。

乐只君子，遐不黄耇[13]。
乐只君子，保艾尔后[14]！

【题解】

这是一首颂德祝寿的乐歌。诗歌分五章，每章的开首两句都采用民间习语起兴，每章后四句则称美高尚之德及祝祷长寿。旧说此诗是祝祷周王得贤人。

【注释】

①台：通“薹”，草名，又称莎草，可做蓑衣。 ②莱（lái）：草名，即藜，嫩叶可食。 ③只：语气词。 ④邦家之基：犹言“国家之本”。基，本，根本。 ⑤光：光荣。 ⑥德音：美好的声誉，好品德。不已：不止。 ⑦栲（kǎo）：一种常绿乔木。 ⑧杻（niǔ）：檍树。 ⑨遐：通“曷”“何”。眉寿：老人眉中有毫毛秀出，称秀眉、寿眉。眉寿即长寿。 ⑩茂：盛。 ⑪枸（jǔ）：即枳椇。 ⑫楰（yú）：苦楸树。 ⑬黄耇（gǒu）：黄发。指老人的头发由白转黄，标志着年事甚高，长寿。耇，老。 ⑭艾（yì）：养育。尔：指诗歌所称颂的“君子”。后：子孙后代。

【译文】

南山莎草密又密，北山莱草绿萋萋。尽情欢乐吧，高贵的人儿，你是国家的根基。尽情欢乐吧，高贵的人儿，祝你万寿无期！

南山上有绿桑，北山上长白杨。尽情欢乐吧，高贵的人儿，你是国家的荣光。尽情欢乐吧，高贵的人儿，祝你万寿无疆！

南山上有杞树，北山上长李树。尽情欢乐吧，高贵的客人，你是百姓的父母。尽情欢乐吧，高贵的客人，你的美誉永记住！

栲树长在南山头，檍树长在北山丘。尽情欢乐吧，高贵的客人，怎不祝你安康长寿？尽情欢乐吧，高贵的客人，你的美誉传九州。

南山上长枳椇，北山上有苦楸。尽情欢乐吧，高贵的客人，怎不祝愿你安康长寿？尽情欢乐吧，高贵的客人，保佑你的子孙传千秋。

蓼　萧

蓼彼萧斯①，零露湑兮②。
既见君子③，我心写兮④。
燕笑语兮⑤，是以有誉处兮⑥。

蓼彼萧斯，零露瀼瀼⑦。
既见君子，为龙为光⑧。
其德不爽⑨，寿考不忘⑩。

蓼彼萧斯，零露泥泥⑪。
既见君子，孔燕岂弟⑫。
宜兄宜弟⑬，令德寿岂⑭。

蓼彼萧斯，零露浓浓⑮。
既见君子，鞗革冲冲⑯。
和鸾雝雝⑰，万福攸同⑱。

【题解】

这是一首贵族诸侯宴饮时唱的乐歌。有人认为是诸侯在宴饮时祝颂周王的诗。诗歌每章均以露零于蒿草起兴，暗喻君王恩泽遍及四海之意。首章渲染宴饮的欢乐和睦气氛；次章称颂周王令德，“为龙为光”；第三章夸耀自己与周王“宜兄宜弟”，在赞美周王的同时，也自抬身份；第四章写周王车乘的威仪。四章之中，首章与末章是实写，二、三章是虚写。虚实相辅，把歌功颂德之意表达得淋漓尽致。

【注释】

①蓼（lù）：长大的样子。萧：蒿草，艾蒿。斯：语气词。 ②零：落。古人以为露水是天降的，故称“零”。湑（xǔ）：露水盈盈的样子。③君子：这里指周天子。 ④写：通“泻”，有宣泄之意。这句说，心情舒畅。 ⑤燕：同“宴”，宴饮。 ⑥誉处：安乐。誉，通“豫”，乐。处，安。 ⑦瀼（ráng）瀼：露水盛多的样子。 ⑧龙：通“宠”，恩宠。这二句说，今天见到周天子，得到恩宠沾了荣光。 ⑨不爽：没有差错。爽，差。这句的意思是，周王对诸侯的恩德深厚。 ⑩寿考：长寿。这句的意思是，到老也忘不了周王的恩德。一说“不忘”解作“不亡”，长寿不死之意。⑪泥泥：沾湿的样子。 ⑫孔燕：非常安乐。孔，甚。燕，安。岂弟：同“恺悌”，和悦近人。 ⑬宜兄宜弟：为兄亦宜，为弟亦宜。形容关系和睦融洽，像兄弟一样。 ⑭令德：美德。令，好。寿岂：长寿快乐。岂，同“恺”，乐。 ⑮浓浓：露水厚重的样子。 ⑯鞗（tiáo）：亦作“鋚”，马勒上的铜饰。革：即“勒”的借字。冲冲：形容马辔上的铜饰下垂的样子。 ⑰和鸾（luán）：都是车铃。和，挂在车前横木上的铃。鸾，挂在马口两旁的铃。一说，挂在车衡上的铃叫“鸾”。雝（yōng）雝：此处形容铃声。 ⑱攸：所。同：聚。这句说，各种福禄都汇聚到你身上。

【译文】

艾蒿长得高又长，露珠儿晶莹闪亮。今天见到您，我的心情真舒畅。宴会上说说笑笑，大家都喜气洋洋。

艾蒿长得高又长，露珠儿滚滚闪亮。今天见到您，得到恩宠和荣光。您的恩德浩浩荡荡，我终生到老难忘。

艾蒿长得高又长，串串露珠湿漉漉。今天见到您，多么亲切又随和。既像弟来又像哥，祝您长寿又欢乐！

艾蒿长得高又长，浓浓露珠挂叶上。今天见到您，马辔铜饰垂下方。车铃声儿叮当响，万般福禄聚一堂。

湛　露

湛湛露斯①，匪阳不晞②。
厌厌夜饮③，不醉无归。

湛湛露斯，在彼丰草。
厌厌夜饮，在宗载考④。

湛湛露斯，在彼杞棘⑤。
显允君子⑥，莫不令德⑦。

其桐其椅⑧，其实离离⑨。
岂弟君子⑩，莫不令仪⑪。

【题解】

这是贵族宴饮时唱的乐歌。有人认为当是周天子宴饮诸侯的诗。诗歌的前两章是主人向宾客劝酒，“不醉无归”；后两章是主人称颂宾客的美德。诗歌反映了当时贵族夜以继日地宴饮、不醉不休的享乐生活。

【注释】

①湛（zhàn）湛：露水浓重的样子。斯：语气词。　②匪：同“非”。晞（xī）：干。　③厌厌：即“愔愔”，快乐，安闲。　④宗：宗庙。载：则，再。考：拷，击，敲，指敲钟。这句说，在宗庙宴饮敲响钟。一说，宗

指宗室，宽大的宫室。考，成。意思是在广大的厅堂中设宴，一定会成功。⑤杞：枸杞。棘：酸枣树。 ⑥显：显赫高贵。允：信，诚实。君子：指来宾。 ⑦令德：美德。 ⑧椅：树名，桐树类。 ⑨离离：果实累累下垂的样子。 ⑩岂弟：同“恺悌”，和悦近人。 ⑪令仪：美好的仪容举止。

【译文】

露水珠儿一串串，不晒太阳它不干。夜宴饮酒多安闲，酒不喝醉莫回还。

露水珠儿闪闪亮，成串挂在丰草上。长夜饮酒多欢畅，宗庙燕享乐钟响。

露水珠儿一串串，挂在枸杞酸枣上。高贵诚信的嘉宾，个个都有好名声。

桐树椅树叶儿稠，累累果实垂枝头。和悦平易的嘉宾，个个都有好仪容。

彤　弓

彤弓弨兮①，受言藏之②。
我有嘉宾③，中心贶之④。
钟鼓既设，一朝飨之⑤。

彤弓弨兮，受言载之⑥。
我有嘉宾，中心喜之。
钟鼓既设，一朝右之⑦。

彤弓弨兮，受言櫜之⑧。
我有嘉宾，中心好之。

钟鼓既设，一朝酬之⑨。

【题解】

这是周天子宴饮赏赐有功诸侯时唱的乐歌。据史载，周天子曾多次把弓矢等物赐给有功诸侯。此诗语言简练，语气庄重而亲切，很符合周天子的至尊地位和赏赐有功之臣的特定场合。诗中一再说“中心贶之”“中心喜之”“中心好之”，表达了周天子对有功诸侯的喜爱之情；而“一朝飨之”“一朝右之”“一朝酬之”，则表达了周天子宴享诸侯的诚意。

【注释】

①彤（tóng）：红色。弨（chāo）：放松弓弦，或未张之弓。周朝尚赤，以赤为重，故以红色的弓作为赏赐之物。 ②言：语气词。这句说，有功诸侯接受彤弓后珍藏起来。 ③我：周天子自称。嘉宾：指诸侯。 ④中心：即内心，含有诚心诚意的意思。贶（kuàng）：赏赐。 ⑤一朝：指整个上午。飨（xiǎng）：一种盛大宴会的名称。 ⑥载之：藏起来。与上章“藏之”同义。 ⑦右：“侑”的假借字，劝酒。 ⑧櫜（gāo）：弓箭袋。此处指把彤弓收藏起来。 ⑨酬（chóu）：宾主彼此敬酒的意思。

【译文】

红漆雕弓弦儿松，赐给功臣藏家中。我有如此好宾客，诚心赐物示恩宠。擂起鼓，敲响钟，清早宴享到日中。

红漆雕弓弦儿松，功臣接过藏家中。我有如此好宾客，心中喜悦乐融融。擂起鼓，敲响钟，清早劝酒到日中。

红漆雕弓弦儿松，功臣接过藏袋中，我有如此好宾客，心中宠爱现笑容。擂起鼓，敲响钟，清早敬酒到日中。

菁菁者莪

菁菁者莪①，在彼中阿②。
既见君子③，乐且有仪④。

菁菁者莪，在彼中沚⑤。
既见君子，我心则喜。

菁菁者莪，在彼中陵⑥。
既见君子，锡我百朋⑦。

汎汎杨舟⑧，载沉载浮。
既见君子，我心则休⑨。

【题解】

旧说此诗是“乐育才也”，赞美有道君子能培育人才。后世一直把“菁莪”作为培育人才的典故。诗歌的作者可能是一位身受栽培之恩的学子。诗歌的前三章均以山野水洲能长育出“菁菁者莪”来兴起良师能培育人才之意，咏叹得遇有道君子的喜悦心情。而末章则横写一笔，倒叙未见君子之前的心情，有如杨舟在水中沉浮不定，因此更突出“既见君子”的兴奋之情。近人或以为此诗写男女（或朋友）相见之乐，备考。

【注释】

①菁（jīng）菁：茂盛的样子。莪（é）：亦名莪蒿、萝蒿，其茎叶可食。 ②阿：大土丘。 ③君子：这里指有德之人，良师。 ④仪：仪表。有

仪：表率，榜样。⑤沚：水中小沙洲。⑥陵：大土丘。⑦锡：赐。朋：古人以贝壳为货币，五贝为一串，两串为一朋。百朋，极言其多。⑧汎汎：指船在水中飘浮的样子。杨舟：杨木船。⑨休：好。指心喜悦而安定。

【译文】

萝蒿一片长又长，在那山丘的中央。有幸得遇良师，心里欣喜有榜样。

萝蒿一片密又长，在那水洲的中央。有幸得遇良师，我的心里喜洋洋。

萝蒿一片密又稠，长在高高山陵中。有幸得遇良师，胜过赐贝一百朋。

杨木船儿水中摇，半沉半浮随波飘。有幸得遇良师，我的心情才变好。

六　月

六月棲棲①，戎车既饬②。
四牡骙骙③，载是常服④。
玁狁孔炽⑤，我是用急⑥。
王于出征⑦，以匡王国⑧。

比物四骊⑨，闲之维则⑩。
维此六月⑪，既成我服⑫。
我服既成，于三十里⑬。
王于出征，以佐天子⑭。

四牡修广⑮，其大有颙⑯。

薄伐猃狁[17]，以奏肤公[18]。
有严有翼[19]，共武之服[20]。
共武之服，以定王国。

猃狁匪茹[21]，整居焦获[22]。
侵镐及方[23]，至于泾阳[24]。
织文鸟章[25]，白旆央央[26]。
元戎十乘[27]，以先启行[28]。

戎车既安，如轾如轩[29]。
四牡既佶[30]，既佶且闲。
薄伐猃狁，至于大原[31]。
文武吉甫[32]，万邦为宪[33]。

吉甫燕喜[34]，既多受祉[35]。
来归自镐，我行永久[36]。
饮御诸友[37]，炰鳖脍鲤[38]。
侯谁在矣[39]？张仲孝友[40]。

【题解】

西周后期，自厉王以来，国势衰弱，北方以猃狁为首的军事部族趁机南侵。周宣王即位后派兵征伐猃狁。一方面命大将南仲驻防朔方，一方面命大将尹吉甫率兵深入敌地。这首诗即赞美大将尹吉甫北伐猃狁取得的胜利。可能是当尹吉甫凯旋后在私第设宴，有宾客歌功颂烈，追述其事而作此诗。诗歌围绕“文武吉甫”作笔。写他率兵出征、抗御外敌、安定周邦、急于王事的精神，是“文”；写他的军威军容、行军逐敌，是“武”，塑造了一位文武双全的将领形象。篇末以“侯谁在矣？张仲孝友”收笔，则在金戈铁马声中添以温馨之调，见出尹吉甫善待诸友的一面。

【注释】

①六月：夏历六月。古时冬夏不出兵，盛夏六月出兵，表明猃狁入侵，边事紧急。棲棲：紧张不安的样子。 ②戎车：兵车，战车。西周时代，征战中的主力是车兵（即甲士）。饬（chì）：整治，整顿。 ③牡：公马。兵车一车四马。骙（kuí）骙：马强壮的样子。 ④载：装载。常服：兵士们作战时的军服。一说，载，设置，指树立旗帜。常：一种绘有日月图案的旗帜。服，属。亦通。 ⑤猃狁（xiǎnyǔn）：北方部族名。即北狄。孔：很，甚。炽：盛，猖狂凶猛之意。 ⑥我是用急：即“我用是急”。这句说，我们因此而紧急行动。是用，是以。因此。 ⑦王：指周宣王。于：语助词。⑧匡：救助。王国：指周王国。 ⑨比物：指选择毛色足力一样的马。比，比较，选择。物，指马。骊（lí）：黑马。 ⑩闲：同“娴”，娴习，熟练。维：是。则：法度，规则。这句说，军马训练得娴熟，合乎规则。 ⑪维：发语词。 ⑫服：戎服，军服。 ⑬于：往，及。古时行军，三十里为一日的行程，叫一舍。这句说，每天行军三十里可以休息。 ⑭佐：辅佐。这二句说，尹吉甫奉天子命出征，以佐助天子之业。 ⑮修广：言马又高又大。修，长。⑯颙（yóng）：大头。这句说，马很肥硕，大头大脑。 ⑰薄：发语词。⑱奏：成。肤：大。公：通“功”。这句说，完成大功业。 ⑲有严：严肃威武的样子。有翼：恭敬谨慎的样子。 ⑳共：共同。服：事。意思是共同作战。一说，“共”乃“恭”之省字，说认真恭谨地对待战事。亦通。㉑匪：同“非”。茹：训为“度”。这句说，猃狁不自量力，不自度量。一说“茹”，柔弱，亦通，意思是猃狁势力不弱。 ㉒整居：集合军旅而占据。焦获：周地名，在今陕西省泾阳县西北部。 ㉓镐（hào）：地名，不是周都镐京。方：朔方，地名。 ㉔泾阳：地名，在泾水之北，即甘肃平凉市西。㉕织：同“帜”，旗帜。文：花纹。鸟章：绘有鸟隼的图案。这句说，将帅

旗上绘有鸟隼之形。 ㉖旆（pèi）：旗帜末端燕尾形的飘带。央央：犹“英英”，鲜明的样子。 ㉗元戎：大的战车。 ㉘启：开。启行，开道。这二句说，十辆大战车在前面冲锋开道。 ㉙轾（zhì）：车前低后高，指车往下俯。轩（xuān）：车前高后低，指车向上仰。这二句说，车子调度得安稳，高低俯仰自如。 ㉚佶（jí）：马健壮的样子。 ㉛大原：古地名，在今甘肃省平凉市。 ㉜吉甫：即尹吉甫，周宣王时大将，率兵征伐猃狁。 ㉝万邦：指众多诸侯国。宪：法，榜样。 ㉞燕：宴会。 ㉟祉（zhǐ）：福，福祉。 ㊱这二句说，从镐地班师归来，路上走了很久。 ㊲御：进，侍。 ㊳炰（páo）：蒸煮。脍（kuài）：细切鱼或肉。 ㊴侯：发语词，犹“维”。㊵张仲：人名，吉甫的好友。孝：敬爱父母。这句说，吉甫的宴会上有贤客嘉宾。

【译文】

六月出兵好紧张，修整兵车匆忙忙。四匹公马肥又壮，士兵军服车工装。猃狁实在太猖狂，我军因此备战忙。周王派我去征讨，保我邦国保我王。

四匹黑马力相当，操练娴熟合规章。盛夏六月大太阳，制成套套新军装。崭新军装身上穿，日行三十里赴边疆。谨奉王命去征伐，吉甫一心辅周王。

四匹公马高又壮，肥头大脑气昂昂。兴兵讨伐那猃狁，一定要把大功创。将帅威严又谨慎，个个同心来打仗。个个同心来打仗，保我邦国保我王。

猃狁真是不自量，占我焦获太猖狂。侵犯镐地和朔方，铁蹄一直到泾阳。鸟隼大旗高高扬，旗端飘带多鲜亮！大型战车有十辆，冲锋开道谁能挡！

兵车驾得很安稳，前后仰俯无损伤。四匹公马真健壮，马儿健壮又驯良。兴兵讨伐那猃狁，深入大原敌后方。能文能武尹吉甫，四方诸侯好榜样。

归来赴宴喜洋洋，周王赏赐多吉祥。我从镐地班师还，一路行军日子长。邀请众位好朋友，烹鳖脍鱼味道香。座中嘉宾还有谁？孝友张仲坐身旁。

采　芑

薄言采芑[1]，于彼新田[2]，
于此菑亩[3]。方叔莅止[4]，
其车三千，师干之试[5]。
方叔率止[6]，乘其四骐[7]，
四骐翼翼[8]。路车有奭[9]，
簟茀鱼服[10]，钩膺鞗革[11]。

薄言采芑，于彼新田，
于此中乡[12]。方叔莅止，
其车三千，旂旐央央[13]。
方叔率止，约軧错衡[14]，
八鸾玱玱[15]。服其命服[16]，
朱芾斯皇[17]，有玱葱珩[18]。

鴥彼飞隼[19]，其飞戾天[20]，
亦集爰止[21]。方叔莅止，
其车三千，师干之试。
方叔率止，钲人伐鼓[22]，
陈师鞠旅[23]。显允方叔[24]，
伐鼓渊渊[25]，振旅阗阗[26]。

蠢尔蛮荆[27]，大邦为仇[28]。
方叔元老[29]，克壮其犹[30]。
方叔率止，执讯获丑[31]。
戎车啴啴[32]，啴啴焞焞[33]，
如霆如雷[34]。显允方叔，
征伐𤞤狁，蛮荆来威[35]。

【题解】

此诗和《出车》《六月》一样，也描写了周宣王时平定四夷的战争，不过大将方叔征伐的是南方荆蛮（即楚）。《出车》《六月》均是将士凯旋后的歌功颂德之作，而此篇则类似出征前的檄文。诗歌的前三章以铺陈笔法描写王师军容之威、军纪之严，而无一字涉及征伐，只是在气势上大作渲染，起到威慑强敌的作用。末章才切入征伐荆蛮的主题。如此大军压境，势在必胜，取得了不战而屈敌的效果。

【注释】

①薄言：语气词。芑（qǐ）：一种苦菜。 ②于：在。新田：开垦两年的田。 ③菑（zī）：开垦一年的田。 ④方叔：周宣王时的大将，奉命征伐南方荆蛮。莅（lì）：来临。 ⑤师：众，指兵士。干：盾，泛指武器。试：用，指操练。这句说，兵士们拿着武器操练。 ⑥率：统率。止：语气词。⑦骐（qí）：有青黑花纹的马。 ⑧翼翼：整齐的样子。 ⑨路车：大车，贵族乘坐的大车。奭（shì）：赤色。 ⑩簟第（diànfú）：竹制的车篷。簟，竹席。鱼服：用鲨鱼皮制的箭袋。 ⑪钩膺：马胸颈上的兜带，即马鞅。鞗革（tiáolè）：铜饰的马勒。鞗，马勒上的铜饰。革，即“勒”的借字。 ⑫中乡：中田，即田中。 ⑬旂：绘有交龙的旗。旐（zhào）：绘有龟蛇的旗。央央：同“英英”，鲜明的样子。 ⑭约：缠，束。軧（qí）：车毂（gǔ）。错：涂金为文饰。衡：车辕前端的横木。这句说，用皮革缠束兵车的车毂，

车辕前的横木绘有文彩。形容战车的华丽。 ⑮鸾：系在马口两旁的车铃。玱（qiāng）玱：铃声，象声词。 ⑯服：穿。命服：官服。指周宣王赏赐的礼服。 ⑰朱芾（fú）：红色的蔽膝。蔽膝，古人系在前腹，下垂至膝的一块布帛，类似围裙。斯：语气词。皇：明亮的样子。 ⑱葱珩（héng）：指青绿色的玉佩。红蔽膝、青玉佩是卿大夫的服饰。 ⑲鴥（yù）：鸟疾飞的样子。隼（sǔn）：鹰类猛禽。 ⑳戾（lì）：至，到。 ㉑爰：于。止：栖止。这二句说，隼飞得虽然很高，但也要有栖止的地方。比喻兵士虽然勇猛，但也要听命于将帅。 ㉒钲（zhēng）：古代乐器，形似有柄的钟，敲击发声。或解作铙。伐：击。古时行军作战，击鼓则动，击钲则停。这句说，钲人击钲，鼓人击鼓。 ㉓陈：列队。师：古代以二千五百人为一师。鞠（jū）：告，誓师的意思。旅：五百人为一旅。这句的意思是，把军队集合起来，整好队形，誓师出征。 ㉔显：明，英明，高贵。允：信，诚信。 ㉕渊渊：鼓声。 ㉖振旅：整训军旅。阗（tián）阗：指步伐整齐发出声响。 ㉗蛮荆：即荆州之蛮。周成王时封熊绎于荆蛮为楚子，地在今湖北宜昌一带。 ㉘大邦：指周朝。 ㉙元老：指功高的老臣。 ㉚克：能，胜任。壮：宏大。犹：同“猷”，谋划，计谋。这句说，方叔有宏图大略。 ㉛执：捕。讯：审问。获：“馘（guǒ）”的假借字，就是杀而献其左耳。古人杀俘虏割其左耳以上报计数。丑：首恶。或说对敌俘的蔑称，亦通。 ㉜啴（tān）啴：众多的样子。 ㉝焞（tūn）焞：盛大的样子。 ㉞霆：霹雳。如霆如雷，形容方叔军威之盛。 ㉟蛮荆来威：犹“蛮荆是畏”。意思是说，荆蛮听说方叔征伐猃狁的胜利后，吓得向周朝称臣，表示畏服。

【译文】

采苦菜呀采苦菜，在开垦两年的新田，又到这块初垦田。方叔亲临来查验，列队战车有三千，兵士持盾勤操练。方叔率兵把仗打，四匹骐马把车驾，马儿步伐一般大。辆辆兵车红漆涂，鲨鱼箭袋竹车篷，马鞅马勒饰白铜。

采苦菜呀采苦菜，在开垦两年的新田，又到这块初垦田，方叔亲临来查验，列队兵车有三千，军旗飘飘多鲜艳！方叔领兵征蛮荆，毂缠皮革衡涂金，八个车铃响叮叮。王赐官服穿身上，大红蔽膝鲜亮亮，青玉佩儿叮咚响。

鹞鹰疾飞如闪电，高高飞上九云天，终要栖落在地面。方叔亲临来查验，列队兵车有三千，兵士持盾勤操练。方叔领兵去出征，有人敲鼓，有人击钲，列队誓师好庄严！方叔高贵又诚信，鼓声咚咚传号令，步伐齐整慑人心！

无知荆蛮太愚蠢，竟敢和大邦来作对。方叔本是元老臣，雄才大略兵如神。方叔领兵去出征，又俘又杀威慑人。兵车齐发轰隆隆，排山倒海天地动，势如雷霆振军容。方叔英明又诚信，征伐猃狁威风凛，荆蛮畏服心已惊！

车　攻

我车既攻[①]，我马既同[②]。
四牡庞庞[③]，驾言徂东[④]。

田车既好[⑤]，四牡孔阜[⑥]。
东有甫草[⑦]，驾言行狩[⑧]。

之子于苗[⑨]，选徒嚣嚣[⑩]。
建旐设旄[⑪]，搏兽于敖[⑫]。

驾彼四牡，四牡奕奕[⑬]。
赤芾金舄[⑭]，会同有绎[⑮]。

决拾既佽[16]，弓矢既调[17]。
射夫既同[18]，助我举柴[19]。

四黄既驾[20]，两骖不猗[21]。
不失其驰[22]，舍矢如破[23]。

萧萧马鸣[24]，悠悠旆旌[25]。
徒御不惊[26]，大庖不盈[27]。

之子于征[28]，有闻无声[29]。
允矣君子[30]，展也大成[31]！

【题解】

此诗记叙周宣王会同诸侯、举行田猎的情形。周宣王即位后，南征北战，平定四夷，呈“中兴”局面。在这种情形下，他东巡洛邑，会同诸侯，行田猎之事，一方面是为了炫耀实力，威慑四方；另一方面含有号令天下、确立周王室至尊地位的意义。诗歌叙述了田猎前的准备过程、随行车马的华丽盛壮、射御技术的高超、田猎所获的丰盛，最后赞美周宣王会猎的成功。如此繁杂的内容，以四句八章吟出，言简意赅，气象庄严，情景如画。像第七章写猎罢归营，“萧萧马鸣，悠悠旆旌”二句动中有静，静中有动，大营肃穆气氛油然而出，可谓写景高手。杜甫诗“落日照大旗，马鸣风萧萧”本此。

【注释】

①攻：同“工”，修治，整修。这句说车子已经加工修理，坚固可用。②同：齐。这句说拉车的马已经挑选和训练，跑起来快慢相齐了。 ③牡：公马。庞庞：充实的样子。形容马壮实。 ④徂：往。东：指东都洛邑，在镐

京之东。 ⑤田车：打猎时乘的车。 ⑥孔阜：很高大肥壮。孔，甚，很。阜，大。 ⑦甫草：甫田之草。甫田，亦作圃田，地名，在今河南开封中牟县西北，宣王时其地属王畿之内，后归郑国。 ⑧行狩：进行田猎。冬猎为狩，这里用来指一般田猎。这二句说，我们驾车到东边的甫田去打猎。 ⑨之子：那些人，指随从周王出猎的人，实指周宣王。古人对尊贵的人往往不直接指称，而称其臣属以代本人，如陛下、阁下等，苗：夏猎。这里指一般田猎。⑩选（suàn）：点数的意思，通“算”。徒：步卒。嚣嚣：众多的样子。 ⑪建：树，立。旐（zhào）：绘有龟蛇图案的旗。设：列，置。旄（máo）：顶端饰牦牛尾的旗。 ⑫搏兽：一作“薄狩”。敖：地名，在今河南省荥阳市西北。 ⑬奕奕：盛。形容车马络绎不绝。 ⑭赤芾（fú）：即朱芾，红色蔽膝。蔽膝，类似今之围裙。舄（xì）：一种厚底鞋。朱芾金舄是诸侯服饰。 ⑮会同：诸侯盟会的专称。有绎：犹“绎绎”，形容人多，络绎不绝。 ⑯决：射时钩弦之具，用象骨制成，戴在右手拇指。拾：又名遂，就是射鞲，一种皮革制的护臂之具，套在左臂。佽（cì）：利，便利，指工具合用。 ⑰调：指箭的轻重和弓的强弱配合得当。 ⑱射夫：射手。同：聚齐。⑲柴（zì）：“𦍿”的假借字，积。举柴，指堆积动物的尸体。这二句说，参加打猎的射手都已集合来相助获得禽兽。 ⑳四黄：四匹黄马。 ㉑两骖：古时用四匹马驾车，左右两侧的马叫“骖”。猗（yǐ）：当作“倚”。不倚，指方向不偏倚，和中间两马一致。 ㉒不失其驰：指御不违法则。御和射相配合，有一定法则。 ㉓舍矢：放箭。如：犹“而”。破：破的，射中。这二句说，御者不违其驾车之法，射者每发必中。赞美御者和射者配合得好。 ㉔萧萧：马鸣长嘶声。 ㉕悠悠：闲暇的样子，指旗帜轻轻飘动。这二句写大猎后整队归营时的静肃景象。 ㉖徒：步行者。御：指在车上驾驶者。惊：当作“警”，警戒，警备。这句用诘问语气说车上车下都在警戒着。 ㉗大庖（páo）：周王的厨房。盈：满。这句用诘问语气说天子的厨房里猎物很多。㉘征：行。 ㉙有闻：车行马鸣的声音有所闻。无声：没有人声。以上二句说，归途中队伍严肃。 ㉚允：信，真是。 ㉛展：诚，信。这二句赞美周宣王：真是君子呀，真是太成功呀！

【译文】

我们的车儿制造精工，我们的马儿动作齐同。四匹雄驹肌肉饱满，驾起车来奔驰向东。

我们的猎车全都完美，四匹马儿高大雄伟。大块草泽就在东边，驾起车儿前去打围。

那位君子出发打猎，清点步卒人声喧喧。龟蛇旗杆上挂牛尾，为了打猎要上敖山。

那些车子驾着四马，四马的车儿络绎纷纭。金色的鞋子红皮蔽膝，诸侯们纷纷前来会盟。

扳指和射鞲全都便利，弓儿和箭全都相配。弓箭手们会合拢来，帮我们猎获禽兽成堆。

驾起四匹马毛色全黄，两旁的马儿没有偏向。四马的步儿一丝不乱，箭才离了弦就有杀伤。

声萧萧马儿嘶唤，轻悠悠旌旗招展。车上车下谁不警戒？大厨房里怎不充满？

那位君子走上归程，只听见车马不闻人声。真是圣明天子呀，如今真个是大功告成！

鸿　雁

鸿雁于飞①，肃肃其羽②。
之子于征③，劬劳于野④。
爰及矜人⑤，哀此鳏寡⑥！

鸿雁于飞，集于中泽⑦。

之子于垣[8]，百堵皆作[9]。
虽则劬劳，其究安宅[10]？

鸿雁于飞，哀鸣嗷嗷[11]。
维此哲人[12]，谓我劬劳；
维彼愚人，谓我宣骄[13]。

【题解】

这是一首诅咒徭役的诗。王室贵族强征众民修筑城邑、宫室，连鳏寡都不放过。他们被驱赶着，走上漫漫的服役之路，风餐露宿，劳作于旷野之中。拍翅飞去的大雁声声哀鸣，引起了他们对自身命运的叹息，唱出了这首诗歌。后世以“哀鸿”一词作为流民的代称，就是从此诗来的。

旧说此诗是赞美周宣王派使者招抚流民。

【注释】

①鸿雁：即大雁。 ②肃肃：鸟扇翅飞动之声。 ③之子：这些人，指被征服役者。 ④劬（qú）：劳，劳累。 ⑤爰：乃。矜（jīn）人：受苦人，穷苦人。 ⑥鳏（guān）：老而无妻。寡：老而无夫。 ⑦集：群息。中泽：泽中。 ⑧垣（yuán）：墙。于垣，修筑墙。 ⑨百堵：一百方丈。堵，旧时计量单位；一说“方丈为堵”，此言所筑土墙极长且高。作：修筑起来。 ⑩究：究竟。安宅：何处居住。 ⑪嗷嗷：雁叫声。 ⑫哲人：智者，明白人。 ⑬宣骄：骄傲。这里指不安分的言行。以上二句说，只有这通情达理的人，才说我们受尽劳苦，境况可怜；而那些愚蠢的人不明事理，才说我们不安分。

【译文】

雁儿飞去了，两翅沙沙响。那人出门去，野外苦遍尝。都是受苦人，鳏寡更可伤！

雁儿飞去了，落在湖泽里。那人筑墙去，百丈都筑起。吃尽辛和苦，哪是安身地？

雁儿飞去了，嗷嗷鸣悲声。这些明白人，知我苦难忍。只有糊涂蛋，说我不安分。

庭　燎

夜如何其①？夜未央②。
庭燎之光③。君子至止④，
鸾声将将⑤。
夜如何其？夜未艾⑥。
庭燎晣晣⑦。君子至止，
鸾声哕哕⑧。

夜如何其？夜乡晨⑨。
庭燎有辉⑩。君子至止，
言观其旂⑪。

【题解】

这是一首宫廷乐歌，吟唱诸侯朝会周王的情景。旧说以为是周宣王时代作品。全诗分三章，每章均以设问句起首，笔势突兀，将读者一下子带入夜未尽、天将晓之时的特定氛围中。诗歌写庭燎，从火光照人到只见烟气；写入朝的大臣，从鸾声锵锵到旌旂可辨，都见出时间由黑夜到天明的进展。

【注释】

①其（jī）：表示疑问的语气词。这句说：夜色是什么时辰啦？ ②央：尽。未央，未尽。一说未央即未半。 ③庭燎：在庭院里燃点的火炬。又叫大烛，古人的烛是用麻秆或芦苇做的。 ④君子：指上早朝的诸侯卿大夫。止：语尾助词。 ⑤鸾：车铃。将（qiāng）将：同“锵锵”，铃声。 ⑥未艾：未已，未尽。 ⑦晣（zhé）晣：亦作“晢晢”，明亮。 ⑧哕（huì）哕：有节奏的铃声。上朝的人渐近了，步子放慢，因而铃声显得有节奏。 ⑨乡（xiàng）：即“向”。向晨，近晓，天快亮之时。 ⑩煇（xūn）：形容烟气缭绕的样子。因天近晓，而庭燎之光渐弱，烟光相杂。 ⑪旂（qí）：绘有交龙的旗。言：语气词。这句说，因天近晓，能看见旗上的图案了。

【译文】

夜天怎么样啦？还有多一半长。庭前火把辉煌。公侯们来啦，听到铃声当当。

夜天怎么样啦？黑夜还没有消尽。火把依旧光明。公侯们近啦，听到铃声叮叮。

夜天怎么样啦？曙光渐渐出现。火把正在冒烟。公侯们来啦，龙旗已经看得见。

沔　水

沔彼流水[①]，朝宗于海[②]。
鴥彼飞隼[③]，载飞载止[④]。
嗟我兄弟，邦人诸友[⑤]，
莫肯念乱[⑥]，谁无父母[⑦]？

沔彼流水，其流汤汤[⑧]。

鴥彼飞隼，载飞载扬⑨。
念彼不迹⑩，载起载行⑪。
心之忧矣，不可弭忘⑫。

鴥彼飞隼，率彼中陵⑬。
民之讹言⑭，宁莫之惩⑮。
我友敬矣⑯，谗言其兴⑰。

【题解】

这是一首伤时悯乱畏谗而告诫友人的诗。旧说此诗规谏周宣王，不足信。此诗善用比兴：首章以百川尚且归海、飞隼尚有所止，兴起大乱已至而身无所依的感慨；次章以流水激荡、飞隼高扬，兴起忧愁不已、坐立不宁之情；末章以飞隼高飞尚且能沿山陵而行，兴起谗言流传却无人制止的感慨。此诗语调沉重，忧乱则哀苦凄怆，戒友则语重心长。

【注释】

①沔（miǎn）：水流满溢的样子。 ②朝宗：诸侯朝见天子，春见曰“朝”，夏见曰“宗”。这里借指百川入海。这二句说，浩荡弥漫的流水，终归汇入大海。 ③鴥（yù）：鸟疾飞的样子。隼（sǔn）：鹞鹰类猛禽。④载飞载止：忽飞忽停。 ⑤邦人：国人，或乡人。 ⑥念：考虑，思考。乱：指动乱，祸乱。 ⑦以上二句说，他们不考虑祸乱会危及父母妻儿，谁没有父母呢？ ⑧汤（shāng）汤：同“荡荡”，水势浩大的样子。 ⑨扬：高飞的样子。 ⑩不迹：不循道而行，不遵法则办事。 ⑪载起载行：指忧思深重，坐立不安。 ⑫弭（mǐ）：止，消除。 ⑬率：循，沿。中陵：陵中，山陵一带。此章可能脱简，少了两句。 ⑭讹（é）言：伪言，谎言，谣言。⑮宁：胡，何，为什么。惩：止，制止。这几句说，飞隼高飞还能循着山

陵，而民间流传的谣言却无人制止。 ⑯敬：同“儆”，警，警惕，提防。⑰兴：盛。这二句告诫朋友要提高警惕，谣言太多太可怕了。

【译文】

弥漫的流水呀，百川汇入汪洋。疾飞的鹞鹰呀，时而停息时而飞翔。可叹我的兄弟，可叹朋友同乡，不肯考虑国将乱，谁没有父母爹娘？

弥漫的流水呀，水势浩浩荡荡。疾飞的鹞鹰呀，拍翅高高飞翔。那些人做事不正当，坐立不安我彷徨。心忧国事呀，终日焦虑不能忘！

疾飞的鹞鹰呀，沿着山陵飞翔。民间谣言流传，竟无人制止真荒唐。我的朋友须提防，谣言可怕起四方！

鹤　鸣

鹤鸣于九皋①，声闻于野。
鱼潜在渊②，或在于渚③。
乐彼之园，爰有树檀④，
其下维萚⑤。他山之石⑥，
可以为错⑦。

鹤鸣于九皋，声闻于天，
鱼在于渚，或潜在渊。
乐彼之园，爰有树檀，
其下维穀⑧。他山之石，
可以攻玉⑨。

【题解】

这是一首说理诗。诗人以鹤鸣、鱼潜、园生檀树、石可攻玉等为喻，说明招纳贤才为国所用的道理。

【注释】

①鹤：俗名仙鹤。一种大型涉禽，头小颈长、鸣声嘹亮。皋（gāo）：沼泽。九皋，指深曲的沼泽。九，虚数，极言其曲折。此句以鹤比喻贤人，说贤人虽然隐居江湖，但名声显扬于四方，就像九皋之鹤鸣，传遍四野。　②渊：深水潭，深水。　③渚（zhǔ）：水中沙洲。此处指洲旁浅水，相对“渊”而言。这二句以鱼或在渊或在渚，比喻贤人去就不定，或为世用，或隐于世。④爰：乃。檀（tán）：贵重木材，可制车轮。　⑤其：指上句所说的檀树。维：语助词。萚：当为“檡”（tuò），又名软枣树，类似柿树，果小可食。这四句以檀树比喻贤人，以普通的檡树比喻一般人，说贤者当居高位，而无贤才者当居其下。一说“萚”指枯落之叶，喻小人，亦通。　⑥他山：比喻他国。　⑦错：又作“厝”，指琢磨玉器的砺石，很坚硬的宝石制成。这句说，他山之石也可以用来作琢玉的砺石，比喻他国的贤才也可以招纳来辅助国君。或说别处的贤才也可以帮助自己纠正过错，亦通。　⑧榖（gǔ）：树名，楮树，其皮可制纸。　⑨攻：治。攻玉，即“错玉”，雕刻，琢磨。

【译文】

仙鹤长鸣深泽边，叫声嘹亮四郊传。鱼儿潜在深水潭，有的游在浅水滩。令人喜爱的花园里，又高又大是香檀，檡树长在他下面。他山宝石也不错，同样可把玉琢磨。

仙鹤长鸣深泽边，叫声嘹亮达九天。鱼儿游在浅水滩，有的沉入深水潭。令人喜爱的花园里，又高又大是香檀，楮树长在它下面。他山宝石也不错，同样可把玉雕琢。

祈　父

祈父①！予王之爪牙②。
胡转予于恤③，靡所止居④？

祈父！予王之爪士⑤。
胡转予于恤，靡所厎止⑥？

祈父！亶不聪⑦。
胡转予于恤，有母之尸饔⑧？

【题解】

这是一位王国卫士指斥其上司的诗。祈父，即司马，是执掌都城禁卫的长官。诗人在每章开首直呼“祈父”，“三呼而责之，末始露情”（姚际恒《诗经通论》），可见其怨愤之气积郁之心，不得不发。

【注释】

①祈父（qífǔ）：即司马，掌管都城禁卫的长官。　②予：我。爪牙：鸟兽以爪牙为武器，此以爪牙指卫士。　③胡：为什么。转：移，转辗，这里有引上、陷入之意。予：我，指卫士。恤（xù）：忧愁、忧患。这二句的大意是，我本是国君的卫士爪牙，为什么让我陷入忧患之境？卫士的职责本是保卫都城王宫，大约司马调卫士出征上战场，卫士口出怨言。一说，“予王之爪牙”指祈父，亦通。　④靡：无。止居：止息。这句说终日征战，不得休闲。　⑤爪士：爪牙之士。　⑥厎（zhǐ）止：义同“止居”，止息。⑦亶（dǎn）：诚，信，实在。不聪：不闻，糊涂，昏庸。　⑧尸：失。尸本

作“屍”，从尸从死，死与亡同义，故尸训为“失”。饔（yōng）：熟食。尸饔，指无人奉养。这句的意思是，由于卫士长期在外，不能侍养父母，而使老母没有饭吃。

【译文】

司马！我本是国君的爪牙卫兵。为啥害我陷于困境，使我无处安身？

司马！我本是国君的爪牙卫士。为啥害我陷入绝地，使我无处栖止？

司马！你实在昏庸。为啥陷我于苦痛，不能供养父母？

白　驹

皎皎白驹①，食我场苗②。
絷之维之③，以永今朝④。
所谓伊人⑤，于焉逍遥⑥。

皎皎白驹，食我场藿⑦。
絷之维之，以永今夕。
所谓伊人，于焉嘉客⑧。

皎皎白驹，贲然来思⑨。
尔公尔侯⑩，逸豫无期⑪。
慎尔优游⑫，勉尔遁思⑬。

皎皎白驹，在彼空谷⑭。
生刍一束⑮，其人如玉⑯。

毋金玉尔音⑰，而有遐心⑱！

【题解】

这是一首留客惜别的诗。前三章是客未去而挽留。这位嘉宾高贵如玉，骑着一匹如玉的白马，更显得风神飘逸。诗歌每章即以“皎皎白驹”起首，以挽留白驹驻足，牵出留客的款款深情。末章是客已去而相忆。主人目送白马载着如玉的人儿消失在空谷中，希望常相思，勿相忘。此诗言浅情深，流溢着一股温馨隽永的情味。

【注释】

①皎皎：洁白的样子。 ②场：圃，菜园。同一块地，春夏种菜为圃，秋冬打谷平整为场。苗：指豆苗。 ③絷（zhí）：绊马两足。维：系，拴住，指系紧马缰。 ④永：长。这句是留客之词。拴住白驹，留住客人，多留一刻，这欢乐的时光就延长一刻。 ⑤伊人：指白马的主人。 ⑥焉：此。逍遥：闲散自在。 ⑦藿（huò）：初生的豆，即豆苗。 ⑧这句说，在我这里做好客人。 ⑨贲然：有光彩的样子。思：语助词。 ⑩尔公尔侯：指“伊人”身份高贵。 ⑪逸豫：安乐。无期（jī）：没有尽头，无极。这句说，客人在这里能得到极大的安乐。 ⑫慎：重，珍视。优游，意同“逍遥”。意思是珍视这个时机好好玩一玩。 ⑬勉：同“免”，劝止，抑止。遁：迁，离。这句说且别做离去的打算。 ⑭空谷：深谷。 ⑮生刍（chú）：青苗，用来喂白驹。 ⑯其人：指白驹的主人。如玉：言其有美德。 ⑰毋：勿，别。尔音：你的音讯。这句说，别太珍惜你的音信像珍惜金玉似的。 ⑱遐：远。遐心，指疏远之心。最后两句是希望其人勿断绝音讯。

【译文】

洁白的小马儿，吃我场上青苗。拴住它呀拴紧它，延长欢乐的今朝。那个人儿呀，且在我这里逍遥。

洁白的小马儿，吃我场上豆茎。拴住它呀拴紧它，延长今夜的时辰。那个人儿呀，是我家的贵客。

洁白的小马儿，光彩奕奕来此地。公爷呀侯爷呀，此地十分安逸。好好在这里玩乐吧，别打走的主意。

洁白的小马儿，到深谷那边去了。咀嚼着一束青草，那个人儿啊玉一般美好。莫把音讯当金玉啊，别有疏远我的心啊！

黄　　鸟

黄鸟①！黄鸟！无集于榖②，
无啄我粟③！此邦之人，
不我肯穀④。言旋⑤，言归，
复我邦族⑥。

黄鸟！黄鸟！无集于桑，
无啄我粱⑦！此邦之人，
不可与明⑧。言旋，言归，
复我诸兄。

黄鸟！黄鸟！无集于栩⑨，
无啄我黍⑩！此邦之人，
不可与处。言旋，言归，
复我诸父⑪。

【题解】

这是一首漂泊异乡者思归的诗。这位流亡者离乡背井，本是为了寻找一片安居的“乐土”，然而，在异乡依然逃脱不了受剥削受欺凌的命运，他悲愤地把这些剥削者比喻为贪吃的黄鸟，祈求它们口下留情。当然这些哀告打动不了铁石心肠的人，他深感人情冷漠，更加怀念故乡亲人，恨不得插翅归去。

【注释】

①黄鸟：指黄雀，比喻剥削者。 ②集：鸟群栖于树。穀（gǔ）：楮树，桑科，其皮可制纸。 ③粟：小米。 ④穀：善，善待。又训为“养”，赡养。这二句说，这地方的人不肯善待我。 ⑤旋：还。 ⑥复：返，回去。邦族：上古一国同族，所以邦族连称，指邦国族人。 ⑦粱：高粱。 ⑧不可与明：有理说不清的意思，不可理喻。明，晓喻。 ⑨栩（xǔ）：柞树，结子名橡。 ⑩黍：即黄米。 ⑪诸父：同姓的长辈。

【译文】

黄雀啊黄雀！我的楮树你别上！我的小米你休想！这儿的人啊，待我没有好心肠。回去了，回去了，回我的本族旧家乡。

黄雀啊黄雀！别在我的桑树息！别吃我的高粱米！这儿的人啊，没法叫他通情理。回去了，回去了，和我哥哥们在一起。

黄雀啊黄雀！不许落在橡子树！不许偷吃我的黍！这儿的人啊，谁能和他相处。回去了，回去了，回去见我的众伯叔。

我行其野

我行其野，蔽芾其樗①。
昏姻之故②，言就尔居③。
尔不我畜④，复我邦家⑤。

我行其野，言采其蓫⑥。

昏姻之故，言就尔宿⑦。
尔不我畜，言归斯复⑧。

我行其野，言采其葍⑨。
不思旧姻⑩，求尔新特⑪。
成不以富⑫，亦只以异⑬。

【题解】

这是一首弃妇诗。这位女子远嫁他乡，却遭遗弃，她满怀悲愤地来到原野，一边劳作一边想着心事。入眼而来的恶木臭椿、恶菜僻蓝，使她想到自己嫁人不淑，遭遇恶夫，心有所感，以此起兴。她表示要与喜新厌旧的恶夫决裂。

【注释】

①蔽芾（fèi）：草木茂盛之状。樗（chū）：臭椿，叶子有臭味。 ②昏姻：即“婚姻”，夫家称姻，妇家称婚。 ③言：乃。就：相从。这二句说，因为有了婚姻之约，我才来到你家。 ④尔：指男子。畜：喜爱。或训为养，亦通。 ⑤邦家：指家乡。 ⑥蓫（chú）：草名，又名羊蹄菜。 ⑦言就尔宿：意同“言就尔居”。 ⑧言归斯复：意同“复我邦家”。 ⑨葍（fú）：多年生蔓草，又名小旋花。 ⑩旧姻：指旧日的妻子。 ⑪特：配偶。这二句的意思是，不念旧日婚姻之情，一心追求新配偶。 ⑫成：同“诚”。 ⑬祇（zhǐ）：只。这二句说，诚然不是因为新人富有，只因喜新厌旧。异：指新人不同于旧妻。一说，“祇”训为“适”，恰巧，正是。

【译文】

我在郊野独自走，臭椿茂盛叶满树。为了婚姻的缘故，我才和你住一处。你却不再疼爱我，我要返回家乡故土。

我在郊野徘徊，采摘那羊蹄菜。为了婚姻的缘故，我才住到你家来。你却不再把我爱，我就归乡不再来。

我独自在郊野走，采摘葍菜好凄楚。旧日恩情全不顾，只顾追求新配偶。确实不是她富有，只因那人喜新厌旧。

斯　干

秩秩斯干[①]，幽幽南山[②]。
如竹苞矣[③]，如松茂矣[④]。
兄及弟矣，式相好矣[⑤]，
无相犹矣[⑥]。

似续妣祖[⑦]，筑室百堵[⑧]，
西南其户[⑨]。爰居爰处[⑩]，
爰笑爰语。

约之阁阁[⑪]，椓之橐橐[⑫]。
风雨攸除[⑬]，鸟鼠攸去，
君子攸芋[⑭]。

如跂斯翼[⑮]，如矢斯棘[⑯]，
如鸟斯革[⑰]，如翚斯飞[⑱]，
君子攸跻[⑲]。

殖殖其庭[⑳]，有觉其楹[㉑]，
哙哙其正[㉒]，哕哕其冥[㉓]，
君子攸宁[㉔]。

下莞上簟[25]，乃安斯寝。
乃寝乃兴[26]，乃占我梦[27]。
吉梦维何[28]？维熊维罴[29]，
维虺维蛇[30]。

大人占之[31]：维熊维罴，
男子之祥[32]；维虺维蛇，
女子之祥[33]。

乃生男子，载寝之床[34]，
载衣之裳，载弄之璋[35]。
其泣喤喤[36]，朱芾斯皇[37]，
室家君王[38]。

乃生女子，载寝之地，
载衣之裼[39]，载弄之瓦[40]。
无非无仪[41]，唯酒食是议[42]，
无父母诒罹[43]。

【题解】

这是周王建筑宫室落成时的祝颂歌辞。第一章总述地势，面山临水，祝家族和美。第二章言筑室始终，祝嗣续妣祖。第三章描写宫室的坚固和严密。第四章描写屋宇的美盛。第五章描写堂室的宽明。第六章祝主人安寝并得吉梦。第七章假设占梦之辞。第八章祝生贵男。第九章祝生贤女。

此诗反映了周朝营修宫室的详细过程。从诗歌最后两章中可以看出，贯穿中国社会两千余年的男尊女卑意识，在那时已经形成。至今，人们还把生儿称为“弄璋之喜”，生女称为“弄瓦之喜”。

此诗作者采用了叠字修辞手法。例如以“秩秩”写山涧，以“幽幽”写山，以“阁阁”摹束板声，以“橐橐”拟夯土声，以“殖殖”写庭院平正，以“哙哙”写正室明亮，以“哕哕”写幽室光亮……用词准确，有声有色，使诗歌增添了魅力。在第四章中连用四个比喻，形容屋宇的华丽，更为后人推重为“古丽生动，孟坚（班固）《两都赋》所祖。”

【注释】

①秩秩：水流的样子。斯：指示代词，此，这。干：古通“涧”，水涧。 ②幽幽：深远的样子。南山：即终南山，在镐京之南。 ③苞：植物丛生稠密的样子。 ④茂：兴盛。竹苞、松茂都是象征家族团结兴旺。 ⑤式：语助词。 ⑥犹：欺诈。 ⑦似：“嗣”的借字，继续继承。妣（bǐ）：亡母之称。这里的“妣祖”等于说先妣、先祖，指远祖。这句的意思是，所以修筑宫室，是为了继承祖先之业。 ⑧堵：方丈为堵。百堵，房屋四面的墙共合一百方丈，极言其多。 ⑨户：门。古人堂寝的制度，有正户有侧户，正户南向，侧户东西向。这里只说“西南”，而不说“东”，是为句式所限制，说“西”也包括了“东”。这句的意思是，新宫室房屋其多，朝南朝西朝东都开了门。 ⑩爰：于是。居、处：居住。 ⑪约：束缚，捆束。阁阁：捆紧筑墙发出的声音。 ⑫椓（zhuó）：击，指筑墙时用木杵筑土。橐（tuó）橐：筑土之声。 ⑬攸：所。 ⑭芋：当作“宇”，居住。这三句说，房屋修造得很结实，风雨之害得以除去，鸟鼠不能穿破，这是君子居住的地方。 ⑮跂（qǐ）：人两腿分开而立，叫“跂”。翼：敬，端正的样子。这句是说，房屋端正，像人恭敬地站立着。 ⑯棘（jí）：《玉篇》引《韩诗》作“朸”，棱。这句说，屋子四角有棱，像箭头。 ⑰革（jí）：“翱”的省借。指鸟翅膀。这句是说，栋宇高扬，像鸟儿举翅。 ⑱翚（huī）：一种有彩羽的山鸡，雉。这句说，檐阿有光彩，形势轩张，像雉鸟起飞。

⑲跻（jī）：升，登。 ⑳殖殖：平正的样子。 ㉑有觉：犹“觉觉”，高大而直的样子。楹（yíng）：柱子。 ㉒哙（kuài）哙：犹“快快”，形容堂殿明亮宽敞。正：向明之处，指朝阳的正房。 ㉓哕（kuì）哕：犹“煟煟”，明亮。冥：幽暗处。这句说，不向阳而本当幽暗的地方也是明亮的，可见其轩豁。 ㉔宁：安。这句就是下文“乃安斯寝”的意思。 ㉕莞（guǎn）：植物名，生在水中，又名水葱，形似小蒲，可以织席。这里“莞”即指莞席。簟（diàn）：苇或竹丝织成的席。这二句说，床铺下面垫着莞席，上面再铺上竹席，睡在床上一定很舒服。 ㉖兴：起。 ㉗占梦：推断梦的吉凶。㉘维何：是什么。 ㉙罴（pí）：兽名，似熊而高大。 ㉚虺（huǐ）：四脚蛇蜥蜴类。一说，一种有花纹的毒蛇。以上三句说，主人梦中见熊罴与虺蛇。㉛大人：或即指太卜。《周礼》有太卜之官，掌占梦。以下四句是太卜对梦的解释。 ㉜男子之祥：古人认为熊罴刚猛有力，是阳物，是生男孩儿的吉兆。㉝女子之祥：古人认为虺蛇穴处，柔弱隐伏，是阴物，是生女孩儿的吉兆。㉞载：则。 ㉟弄：玩弄。璋（zhāng）：玉器，形似半个圭。男孩儿玩弄璋玉，可能是当时习俗，象征将来地位尊贵。 ㊱喤（huáng）喤：小儿洪亮的哭声。 ㊲朱芾：红色的蔽膝，天子诸侯的服饰。斯皇：即“皇皇”，鲜明光亮的样子。 ㊳君王：君指诸侯，王指天子。以上二句说，生下的贵子将来都要佩朱芾衣饰，不是当诸侯，就是当天子。 ㊴裼（tì）：又名褓衣，婴儿用的小被。 ㊵瓦：指古人纺线时用的陶棰。 ㊶无非：即“无违”，指不违背长辈和丈夫的意见。仪（é）：邪，指不合礼法的行为。 ㊷议：商量，考虑，操持。 ㊸诒（yí）：通“贻”，给予。罹（lí）：忧。以上二句说，女子只负责操持酒食之事，在夫家不要有过失而让父母担忧。

【译文】

涧水汩汩流动。南山多么幽深。好像绿竹成丛，好像青松茂盛，阿兄阿弟，相爱相亲，没有假意虚情。

继承先妣先祖，筑成房屋百堵，向西向南开户。全家来此居住，说说笑笑相处。

绑扎停停当当，敲打叮叮当当。风雨都能挡住，雀鼠不能穿破，君子安居之所。

像人立那么端正，像箭头那样有棱，宏壮像大鸟举翅，彩檐像雉鸡飞升，君子举足登临。

前庭平平正正，楹柱高大齐整。亮处十分轩敞，深处也是宽明。君子得到安宁。

下有莞席上有竹簟，舒舒服服就寝。君子睡罢起身，叫卜人推详梦境。是什么吉祥梦境？梦见小熊大熊，梦见虺蜴长虫。

卜人详了梦：梦见小熊大熊，预兆生个男娃；梦见虺蜴长虫，预兆生个女娃。

生下了男娃，让他睡在床上，为他穿上衣裳，再给他一块玉璋。他哭得声音响亮，朱红礼服辉煌，周邦未来的君王。

生下了女娃，放在地上安睡，为她裹上褓被，给她纺线的瓦棰。她长大温顺无邪，能把酒食来料理，让父母安心满意。

无羊

谁谓尔无羊①？三百维群②，
谁谓尔无牛？九十其犉③。
尔羊来思④，其角濈濈⑤。
尔牛来思，其耳湿湿⑥。

或降于阿⑦，或饮于池⑧，
或寝或讹⑨。尔牧来思⑩，
何蓑何笠⑪，或负其餱⑫。
三十维物⑬，尔牲则具⑭。

尔牧来思，以薪以蒸[15]，
以雌以雄[16]。尔羊来思，
矜矜兢兢[17]，不骞不崩[18]。
麾之以肱[19]，毕来既升[20]。

牧人乃梦[21]：众维鱼矣[22]，
旐维旟矣[23]。大人占之：
众维鱼矣，实维丰年；
旐维旟矣，室家溱溱[24]。

【题解】

这是一首歌咏牛羊蕃盛的诗。可能是祭祀时的祝辞。首章夸耀放牧牛羊数量之多。次章写牧场上牛羊的动态及牧人的形象。第三章写牛羊夕归。第四章借牧人梦境，祝颂牛羊蕃盛，家族兴旺。这首诗生动地反映了周朝畜牧业的情况。

此诗善于状物，体物之工，尤受后人推重。尤其是第二、三章，以简洁生动的语言勾勒了一幅牧放图，或写物态，或写人情，无不精妙，是诗三百中的佳作。

【注释】

①尔：你，指牛羊的所有者。 ②维：犹“为”。三百：虚数，言其多。这句说以三百羊为一群。 ③犉（rún）：七尺的牛，即大牛。大牛，就有九十，其他牛还有许多。 ④思：语助词，下同。 ⑤濈（jí）濈：聚集。许多只羊头角聚在一起。 ⑥湿湿：耳朵扇动的样子。 ⑦或：有的。降：下。阿：丘陵，山冈。 ⑧饮于池：从池中饮水。 ⑨寝：睡。讹（é）：动。这三句写牛羊动态：有的从山冈上下来，有的在池边饮水，有的躺着，有的走动。 ⑩尔牧：你的牧人。 ⑪何：同“荷”，肩上担东西叫“荷”。

此处指“背”或“戴”。蓑（suō）：草织制的雨衣。笠：斗笠，竹制的雨帽。 ⑫负：背着。餱（hóu）：干粮。以上三句说，牧人来了，穿着蓑衣，戴着斗笠，有的还背着干粮。 ⑬物：毛色。三十：虚数，言其多。这句说，牛羊毛色有三十种之多。 ⑭牲：牺牲，指供祭祀而宰杀的牛羊等牲畜。具：备，全。这句是说，供祭祀用的牲都具备了。古人祭祀用的牲毛色不同，如阳祀用骍（赤色），阴祀用黝（黑色），所以各种毛色的牲畜需齐备。 ⑮薪：粗柴。蒸：细小的柴薪。 ⑯雌雄：指捕得的鸟兽。以上三句写牧人除放牧牛羊外，兼做打柴、猎野味的事。 ⑰矜（jīn）矜：小心谨慎的样子。兢兢：唯恐落后，唯恐失群的样子。 ⑱骞（qiān）：亏损，走失。崩：溃散。这三句说，羊群驯顺紧凑地相随而行，没有一只失群掉队。 ⑲麾：指挥。肱（gōng）：手臂。这句说，牧人不用羊鞭，只用手臂指挥，是承接上文写羊的驯顺。 ⑳毕：全。既：尽。升：登，进。这句说，牛羊全都赶入圈牢。 ㉑牧人：官名，掌畜牧。上文的“牧”指一般放牧牛羊的人，与此不同。 ㉒众维鱼矣：犹“维众鱼矣”，鱼很多。一说“众”是螽字之省，螽即蝗，蝗类。“螽维鱼矣”即螽化为鱼。 ㉓旐（zhào）：画龟蛇的旗。旟（yú）：画鸟隼的旗。旐、旟都是用来聚众的旗子。 ㉔溱溱：亦作“蓁蓁”，众多的样子。室家溱溱，言人丁兴旺。以上四句是卜者对梦境的解释。

【译文】

谁说你家羊儿少，一群就是三百条。谁说你家没有牛，七尺黄牛九十头。你的羊儿都来了，羊儿犄角挨犄角。你的牛儿都来了，牛儿都把耳朵摇。

有些牛羊正下坡，有些池边来饮水，也有动弹也有睡。你的牧人都来了，背着蓑衣和斗笠，有把干粮袋子背。牛羊毛色三十种，各色祭牲都齐备。

你的牧人都来了，他们一路打柴草，又捉雌鸟和雄鸟。你的羊儿都来了，谨谨慎慎相依靠，不奔不散不亏少。摆动胳膊来指挥，一古脑儿进圈牢。

牧官做梦真希奇，梦见蝗虫变成鱼，龟蛇旗儿变鸟旗。占梦先生来推详：梦见蝗虫变成鱼，来年丰收谷满仓；龟蛇旗儿变鸟旗，添人进口喜洋洋。

节 南 山

节彼南山[1]，维石岩岩[2]。
赫赫师尹[3]，民具尔瞻[4]。
忧心如惔[5]，不敢戏谈[5]。
国既卒斩[7]，何用不监[8]？

节彼南山，有实其猗[9]。
赫赫师尹，不平谓何[10]！
天方荐瘥[11]，丧乱弘多[12]。
民言无嘉[13]，憯莫惩嗟[14]。

尹氏大师，维周之氐[15]。
秉国之均[16]，四方是维[17]。
天子是毗[18]，俾民不迷[19]。
不吊昊天[20]，不宜空我师[21]。

弗躬弗亲[22]，庶民弗信[23]。
弗问弗仕[24]，勿罔君子[25]。
式夷式已[26]，无小人殆[27]。
琐琐姻亚[28]，则无膴仕[29]。

昊天不佣[30]，降此鞠讻[31]。
昊天不惠[32]，降此大戾[33]。
君子如届[34]，俾民心阕[35]。
君子如夷，恶怒是违[36]。

不吊昊天，乱靡有定[37]。
式月斯生[38]，俾民不宁。
忧心如酲[39]，谁秉国成[40]？
不自为政，卒劳百姓[41]。

驾彼四牡，四牡项领[42]。
我瞻四方，蹙蹙靡所骋[43]。

方茂尔恶[44]，相尔矛矣[45]，
既夷既怿[46]，如相酬矣[47]。

昊天不平，我王不宁。
不惩其心[48]，覆怨其正[49]。

家父作诵[50]，以究王讻[51]。
式讹尔心[52]，以畜万邦[53]。

【题解】

这是一首政治讽喻诗，斥责周王昏庸无能，揭露太师尹氏专权误国。全诗分十章。首章斥尹氏暴虐不平。次章说尹氏招致天怒人怨。第三章说尹氏有负太师之重责。第四章斥周王打击贤才，用人不当。第五章期望朝廷任用贤人。第六章怨周王委政小人。第七章自伤无地可逃避。第八章说尹氏是喜怒无常的小人。第九章怨周王不悟。第十章说明作诗目的。

此诗是西周末年的作品。作者家父可能是周朝大夫，他痛心疾首于朝政腐政、国势日衰，而发此激愤之声。

【注释】

①节：高峻的样子。南山：终南山，在今西安市南。 ②岩岩：山石堆积之貌。 ③赫赫：势位显盛的样子。师：官名，太师的简称。太师是三公之中最尊的。师尹，指太师尹氏。尹氏是周之名族。 ④具：俱，全。瞻：望，视。 ⑤惔（tán）：“炎”的借字。如惔，犹“如焚”，火烧。 ⑥戏谈：随便戏谑谈论。这句说，人民惧怕尹氏的威虐，不敢随便说话。 ⑦国：指周。卒：终。斩：绝。这句说，国祚已到终绝的时候，极言其危殆。 ⑧用：犹“以”。监：察，觉察。 ⑨实：满。言草木丰盛。猗（ē）：通“阿”，山坡。 ⑩谓何：犹“云何”。这句说，尹氏为政不平，没有可说的。 ⑪荐：重，再。瘥（cuó）：病，包括疫疾饥馑等灾患。这句说，老天一再降下灾患。 ⑫弘：大。这句说，死丧祸乱既大且多。 ⑬嘉：好。这句说，人民没有什么好听的话可说。意思是所说的无非怨愤之言。 ⑭憯（cǎn）：曾，竟，尚。惩：戒，惩戒。嗟：语尾助词。以上四句的大意是，天正降下灾患，死丧祸乱如此之多，人们诅咒你，你竟然不知悔改。 ⑮氐（dī）：同“柢”，树根。以上二句言，尹氏地位重要，为国家根本。 ⑯秉：执。均：同“钧”，本是制陶器模子下面的车盘。制陶器必须运转陶钧，治国必须运用政权，所以借比。 ⑰维：维护，维系。 ⑱毗（pí）：辅佐。 ⑲俾（bǐ）：使。迷：迷失，无所适从。以上四句言太师应负的职责。 ⑳不吊：不善，不恤。 ㉑空：穷。师：众人。“我师”犹言我们大众。以上二句是怨愤呼天，要求不体恤下民的老天，不要再容许尹氏把众人抛向穷途绝境。 ㉒弗：不。躬：亲身。 ㉓庶民：众人。以上二句说，周王不亲理朝政，民众不信任他了。

㉔问：询问，咨询。仕：任用。这句批评周王不向贤人咨询政事，不任用贤臣。 ㉕勿：语助词。罔：欺。以上二句说，对君子不咨询不任用就是欺罔君子。 ㉖式：语助词。夷：平。已：止。这句说，应该使上文所述的不合理现象得到夷平和制止。 ㉗无：勿，不要。殆：近。以上二句表示，希望周王纠正尹氏，疏远尹氏这般小人。 ㉘琐琐：计谋偏淡之貌。姻亚：泛指亲戚。姻，犹言儿女亲家。亚，连襟。尹氏和周王室有婚姻关系。 ㉙膴（wǔ），厚，腴美。以上二句说，亲戚中才智短浅者不必委以高官厚禄。 ㉚佣：均。不佣，不平。 ㉛鞠讻（jūxiōng）：极大的灾祸。鞠，穷。讻，凶。 ㉜惠：和顺。 ㉝戾（lì）：恶。 ㉞届：至，到。 ㉟阕（què）：息，止。以上二句说，如果贤者来从政，人民的怨愤之心可以止息。 ㊱违：去。以上二句说，君子如果没有什么不公正，众人的暴怒也可以除去。 ㊲靡：无。㊳式：语助词。月：“抈”字的省借，摧折。抈斯生，就是说扼杀斯民。㊴酲（chéng）：因酒醉致病。 ㊵国成：国政的成规。《周礼·天官·小宰》列举官府八事作为经邦的根据，叫“八成”。 ㊶卒：“瘁（cuì）”字的假借，病。以上三句说，周王不亲问政事，使小人掌权，致百姓受苦。㊷牡：公马。项：大。领：颈。马颈肥大，引申为马健壮。 ㊸蹙（cù）蹙：局缩不得舒展的样子。靡所骋：无可驰骋之处。以上四句说，我虽然有四匹健壮的公马拉车，但举目四望，无处可去。 ㊹尔：指尹氏。这句说，当你怨恶正盛之时。 ㊺这句说，注视着你的矛。指要动武。 ㊻夷、怿（yì）：说怒气平息，愉悦了。 ㊼酬：宾主相互敬酒。以上四句说小人情态无常。㊽不惩其心：犹言“其心不惩”，指周王无惩戒之意。 ㊾覆：反。这句说周王反而怨恨对他谏正的人。 ㊿家父：或作“嘉父”。人名，就是本篇的作者。诵：诗。 (51)究：举发。追究。王讻：指周王任用的恶人，即尹氏。(52)讹：化，动，变化。尔：周王。 (53)畜：养。万邦，全国。

【译文】

高峻的终南山，上有垒垒的岩石。烜赫的尹太师，人民万目所视。

人民心似火煎，不敢随便笑谈。国运终要斩断，天公何不开眼？

高峻的终南山，山坡上草木茂盛。烜赫的尹太师，为政不平还能说甚！老天反复降灾，多少死丧祸害！人民没一句好话，自己还不惩戒。

姓尹的太师，是周家的根柢。掌握国家大权，四方仗他维系。君王要他辅助，百姓要他带路。不体恤人的老天，可不能断人活路！

（王）自己不问国政，对人民不肯信任。不咨询也不任用，对君子不该欺哄。坏事要纠正也要制止，不要和小人靠拢。庸碌的亲戚，不要再给恩宠。

老天不公不平，降下特大灾难。老天不仁不慈，降下这般忧患。君子如果执政，能够消除民愤。君子没啥不平，暴怒也能平静。

老天不惜人命，大乱何时平定。不要扼杀百姓，使人不得安宁。我忧心好像酒醉，谁执掌国家成规？（王）不肯亲自执政，害苦了天下百姓。

驾起了四匹公马，四匹马颈项肥壮。我放眼四下观望，却没有投奔的地方。

当你恶意盛旺，眼光就向着刀枪。当你怒气消除，就像对饮着酒浆。

天公不想太平，我王不能安枕。他的心偏不清醒，反怨恨人家纠正。

家父作了这首诗，来揭王家的凶徒。只指望王心感化，好好把四方安抚。

正　月

正月繁霜[①]，我心忧伤。
民之讹言[②]，亦孔之将[③]。

念我独兮，忧心京京[4]。
哀我小心，癙忧以痒[5]。

父母生我，胡俾我瘉[6]？
不自我先，不自我后[7]。
好言自口，莠言自口[8]。
忧心愈愈[9]，是以有侮[10]。

忧心惸惸[11]，念我无禄[12]。
民之无辜[13]，并其臣仆[14]。
哀我人斯[15]，于何从禄[16]？
瞻乌爰止，于谁之屋[17]？

瞻彼中林[18]，侯薪侯蒸[19]。
民今方殆[20]，视天梦梦[21]。
既克有定[22]，靡人弗胜[23]。
有皇上帝[24]，伊谁云憎[25]？

谓山盖卑[26]，为冈为陵[27]。
民之讹言，宁莫之惩[28]。
召彼故老[29]，讯之占梦[30]。
具曰“予圣”[31]，谁知乌之雌雄[32]？

谓天盖高，不敢不局[33]。
谓地盖厚，不敢不蹐[34]。
维号斯言[35]，有伦有脊[36]。
哀今之人，胡为虺蜴[37]！

瞻彼阪田[38]，有菀其特[39]。
天之扤我[40]，如不我克[41]。
彼求我则[42]，如不我得。
执我仇仇[43]，亦不我力[44]。

心之忧矣，如或结之。
今兹之正[45]，胡然厉矣[46]！
燎之方扬[47]，宁或灭之[48]。
赫赫宗周[49]，褒姒威之[50]。

终其永怀[51]，又窘阴雨[52]。
其车既载，乃弃尔辅[53]。
载输尔载[54]，将伯助予[55]。

无弃尔辅，员于尔辐[56]。
屡顾尔仆[57]，不输尔载。
终踰绝险[58]，曾是不意[59]。

鱼在于沼[60]，亦匪克乐[61]。
潜虽伏矣[62]，亦孔之炤[63]。
忧心惨惨[64]，念国之为虐[65]。

彼有旨酒[66]，又有嘉殽。
洽比其邻[67]，昏姻孔云[68]。
念我独兮，忧心慇慇[69]。

佌佌彼有屋[70]，蔌蔌方有谷[71]。

民今之无禄，天夭是椓[72]。
哿矣富人[73]，哀此惸独[74]！

【题解】

这是一首忧国哀民、愤世嫉俗的诗。产生于周幽王时代。作者是一位贵族大夫，他眼见幽王倒行逆施，国将溃败，忧心如焚！他痛恨国君荒淫误国、群小嫉贤害能；感慨自己不得重用，反遭迫害；为自己身处乱世，凄惶不安。诗歌真实地反映了西周末年的黑暗统治，展示了一个头脑清醒的士大夫复杂的内心世界。

诗歌共十三章。第一章从天时失常说到忧心独深。第二章自伤生逢乱世，谗邪可怕。第三章忧虑后祸不测。第四章寄希望于天命。第五章指斥执政者不制止谣言，是非纷纭。第六章说自己危惧不安。第七章说自己在朝孤立，备受压抑。第八章警告周幽王荒淫亡国。第九章以车载物弃辅为喻，告诫幽王及早救乱。第十章再申前意，劝喻幽王采取正确的措施。第十一章自伤进退维谷。第十二章言小人朋党已成，自己孤立无援。第十三章举出社会不平现象，说明可哀的不只是个人的不幸。

作者在忧世嗟生的叹息中，大量地运用比喻手法来抒写心曲。例如以乌鸦落谁屋，比喻人们流离失所；以丛林中尽是小木，比喻小人林立朝廷；以车喻国，以载物喻治国……多讽善喻是此诗的显著特点。

【注释】

①正月：指周历六月，相当于夏历四月，是孟夏季节。繁霜：多霜冻。这种天时失常的现象古人往往认为是灾祸的预兆，所以诗人为之忧伤。②讹言：伪言，谎话，妖言。 ③孔：甚。将：大。以上二句说，谣言流传很盛。 ④京京：忧不能止的样子。以上二句说，想到只有我一个人在忧愁

时，忧心更深重了。 ⑤瘋（shǔ）：忧。痒（yǎng）：病。以上二句说，我整天担惊受怕，以致得了病。 ⑥俾：使。瘉（yù）：病，此指痛苦。这二句说，父母生下我，为什么让我这样痛苦？ ⑦这二句说，忧患之来不先不后，正让我碰上。 ⑧莠（yǒu）言：丑言，坏话。以上二句说，好话和坏话都可以从人口中出来。是畏惧谗言的意思。 ⑨愈愈：犹“瘐瘐”，病弱的样子。⑩有侮：指为小人所轻侮。小人不以国事为忧，而以忧国者为迂阔，加以嗤笑，甚至欺辱。 ⑪惸惸：孤独无依的样子。 ⑫无禄：无福，不幸。⑬辜：罪。 ⑭臣仆：奴仆。这二句说：一旦亡国，无论有罪无罪，都将沦为奴仆。 ⑮我人：我这样的人。斯：语气助词。 ⑯禄：指维持生活之资。这句是说，将无以为生。 ⑰这二句说，乌鸦不知将止息在谁家屋上。比喻国人将不晓得何所依归。这句是承上文“并其臣仆”说的。 ⑱中林：林中。 ⑲侯：犹“维”，为。薪、蒸：粗柴和细柴。以上二句说，看那树林里，都是一些粗细不等的柴火。言外之意，没有成材的树木，比喻朝中尽是小人居官位，贤人遭排斥。 ⑳方：正，恰好。殆：危险。㉑梦梦：同“蒙蒙”，不明。这二句说，人们正处于危殆之中，看看老天也是昏昏沉沉，对人间苦难似无所见。 ㉒克：能够。有定：指天意有定准。 ㉓靡：无，没有。弗胜：不能胜过。以上二句说，一旦天意有定之后，没有人不为天所胜。意思是坏人终会受到惩罚。作者仍然对天寄予希望。 ㉔有皇：犹“皇皇”，伟大。上帝：指天的主宰。 ㉕伊、云：语助词。谁憎：憎谁。这二句说，伟大的老天憎恶什么人还不知道呢。言外之意，殃民者未必为天所偏爱。 ㉖盖：读为“盍”（hé），何。下同。卑：低矮。 ㉗冈、陵：泛指高处。以上二句说，高山何尝变卑矮呢？它不是依然为冈为陵么。比喻谣言无凭。 ㉘宁：乃。惩：止，制止。这二句说，对这一类在民间流传的谣言，却没有人来制止，听凭蔓延。㉙召：请。故老：指国家元老。 ㉚讯：问。占梦：指专管占梦的官。 ㉛这句说，故老和占梦者都自称是圣人。 ㉜乌的形状毛色雌雄无别。这句以乌鸦的雌雄难辨比喻故老和占梦者各执一说，自以为圣，让人是非难分。诗人讽刺执政者尽是一些刚愎自用的家伙。 ㉝局：或作“跼”，屈曲不伸。㉞蹐（jí）：小步走。以上四句说，天虽高地虽厚，人们却不敢不弯曲着腰，小步走路，不得舒展。 ㉟维：语助词。号：呼。斯言：指上面四句。 ㊱伦：理。脊：《春秋繁露》引作“迹”。迹，道，道理。这二句说，宣讲这些话是有道理的。 ㊲胡为：何为。虺蜴（huǐyì）：蜥蜴。虺蜴见人就逃避，用来比喻人的局蹐。说乱世中的人都成了蜥蜴，见人就东奔西逃。 ㊳阪（bǎn）田：山坡上的田。 ㊴菀（wǎn）：茂盛的样子。特：独特。以上二句作者以高田里一棵特殊壮苗自比。 ㊵扤（wù）：摇动。我：作者自称。 ㊶克：制胜。以上二句说，天对我这棵独特之苗要加以摧残，唯恐不能制伏我。㊷彼：指周王。则：语尾助词。这句连下句是说，周王征求我的时候好像唯恐不能得到。 ㊸仇仇：同“执执”，缓持，松弛不用力的样子。 ㊹不我力：不力我。与“执执”意同。以上四句是说，周王访求我时唯恐不得，一旦征得，又并不认真用我，让我发挥作用。 ㊺今兹：现在。正：同“政”。㊻胡然：为什么这样。厉：恶，暴虐。 ㊼燎：放火烧草木。方扬：火势正盛。 ㊽宁：乃。或：有。 ㊾赫赫：兴盛的样子。宗周：西周。 ㊿褒姒（bāosì）：人名。西周时褒国的女子，被周幽王纳为妃，幽王宠爱她而做了许多荒唐的事，终于亡国。威，古“灭”字。以上四句以方扬的燎火比显盛的宗周。说燎火虽烈仍然可以扑灭，宗周虽然强盛亡国并不难。所以该引以为鉴戒。 ⑸终：既。永怀：长忧。 ⑸窘（jiǒng）：困。阴雨则泥泞，而车易陷。这二句说，日益困窘。 ⑸辅：装货的车厢板。用来比国家辅佐之臣。⑸前“载”字是语助词，后“载”字是指所载之物。输：坠，落。 ⑸将：请。伯：对男子的泛称。予：我。以上四句说，（不任用贤才）就像车上货物已装载好，却把车厢板扔了，载的货物必然会掉下来，到这时只得呼唤“请老哥帮忙”了。 ⑸员：益，加。辐有松脱时，用布条等物围缠起来或加木楔（木楔），就是加大。 ⑸顾：照顾。仆：指御车者。此处喻治国人才。⑸终：终于，最终。逾（yú）：越过。绝险：指最危险的地方。 ⑸曾：乃。不意：不在意，不放在心上。以上六句以御车比喻执政，说度过险关本有办法，但执政者不加考虑。 ⑥⓪沼：池。 ⑥①匪：非。克：能。 ⑥②潜：深藏。这句犹言“虽潜伏矣”。 ⑥③孔：很，甚。炤（zhāo）：明，显著。以上四句是说，鱼在池中不能快乐，虽潜伏深藏还是昭然可见，难逃网罟。作者以鱼自比。 ⑥④惨惨：伤心的样子。 ⑥⑤念：想。为虐：为暴虐之政。 ⑥⑥旨酒：美酒。 ⑥⑦洽：和洽，结交。比：亲近。 ⑥⑧昏：同“婚”。云：周旋的意思。指在姻戚之间大事周旋活动。以上四句是说，那些当权的小人交结联络，成群树党。和自己的孤立相对照。 ⑥⑨殷殷：很痛心的样子。 ⑦⓪佌（cǐ）佌：小，藐小的样子。 ⑦①蔌（sù）蔌：鄙陋的样子。以上二句说，朝廷使用一些猥琐鄙陋的人，他们都有屋有谷，拥有财产。 ⑦②夭：灾祸。椓（zhuó）：打击。 ⑦③哿（gě）：喜乐。 ⑦④惸独：孤独。以上四句是作者感慨世道不平。

【译文】

初夏不断下霜，我心填满忧伤。民间谣言纷起，传播广远非常。忧时的只我一个，更教我悲愁难放。可叹我小心谋虑，因此损害了健康。

为何父母生我，让我遭这场灾祸！灾祸不在我生之前，灾祸不在我死之后。好话出自人之口，丑话也出自人之口。忧伤使我恍惚，因此更招人欺侮。

我独自忧心难排，想来我真是命乖。多少无辜的百姓，也要沦作奴才。可怜这些人啊，哪儿能安身度命？看那些乌鸦飞来，息向谁家的屋顶？

看那大树林中，只剩下粗薪细柴。人民处境危殆，恨老天梦眼不开。等到天心有了定准，谁也不能和它争胜。伟大的主宰之神，你憎恨的是哪一种人？

谁说高山已经不高？冈陵还不是冈陵。民间谣言传播，居然不能查禁。把故老请来询问，再请教占卜的人。他们人人自夸高明，乌鸦的雌雄谁能辨认?

无论天是怎样高,人还是不敢直腰。无论地是怎样大,人的脚步不敢不小。该把这名言宣告,它真是有理有道。为何现在的人民,像虺蜴东奔西逃?

瞧那坡上的田里,有棵特殊的壮苗。天把我使劲摇撼,唯恐压我不倒。那人在征求我时,生怕不能得到。他只是松松地捏着,我出力他却不要。

我心里的痛苦,像绳子打了个扣。今天的政事,为何这样糟透?野火烧得旺时,有人把它浇熄。宗周正在盛时,褒姒把它毁灭。

我既是经常忧虑,又像是苦遭阴雨。那车子把货物装满,却把那夹板丢去。等货物倾倒坠落,才叫喊"老兄相助"。

不要丢弃你的夹板,你的车辐需要加固。对赶车的要多照顾,才不会损失货物。险关本来有法度过,这些你却不加考虑。

鱼儿身在池沼,也不能够快乐。虽然在深处躲藏,仍然会被人看到。我心上惶惶不安,忘不了朝政的残暴。

他有美酒,又有美肴。和邻人结交,对亲戚讨好。想到我的孤立,真是忧心如捣。

猥琐的人都有房,鄙陋的人都有粮。百姓们空着肚肠,老天爷降下灾殃。财主们过得欢乐,孤苦人只有哀伤!

十月之交

十月之交①,朔月辛卯②。
日有食之,亦孔之丑③。
彼月而微,此日而微④。
今此下民,亦孔之哀⑤。

日月告凶[6]，不用其行[7]。
四国无政[8]，不用其良[9]。
彼月而食，则维其常[10]。
此日而食，于何不臧[11]。

烨烨震电[12]，不宁不令[13]。
百川沸腾，山冢崒崩[14]。
高岸为谷，深谷为陵[15]。
哀今之人，胡憯莫惩[16]。

皇父卿士[17]，番维司徒[18]，
家伯维宰[19]，仲允膳夫[20]，
棸子内史[21]，蹶维趣马[22]，
楀维师氏[23]，艳妻煽方处[24]。

抑此皇父[25]，岂曰不时[26]。
胡为我作[27]，不即我谋[28]？
彻我墙屋[29]，田卒汙莱[30]。
曰“予不戕[31]，礼则然矣[32]”。

皇父孔圣[33]，作都于向[34]。
择三有事[35]，亶侯多藏[36]。
不慭遗一老[37]，俾守我王[38]。
择有车马[39]，以居徂向[40]。

黾勉从事[41]，不敢告劳。
无罪无辜，谗口嚣嚣[42]。

下民之孽[43]，匪降自天；
噂沓背憎[44]，职竞由人[45]。
悠悠我里[46]，亦孔之痗[47]。
四方有羡[48]，我独居忧[49]。
民莫不逸[50]，我独不敢休[51]。
天命不彻[52]，我不敢效我友自逸[53]。

【题解】

这是一首忧国刺君的诗。作者指斥幽王无道，小人专权，以致灾异屡现，生灵涂炭，国运衰微。诗歌共八章。前三章说日食月食、山崩地震等自然灾害，都是上天对执政者的警告，然而他们不知自惩。第四、五、六章直斥权臣皇父与宠妃褒姒相互勾结，树立私党，损害王室。第七、八章一方面自伤遭逢乱世，处境危殆，一方面又表示要勤于国政，挽救天命。此诗的作者显然是贵族，诗歌抒写了孤臣孽子之心，语调沉痛激愤。他有较好的文学修养，比如第三章写地震，用语准确、形象，后人评曰："写得直是怕人。"

此诗记录了西周末年的政治状况和自然灾害情况。据清代和现代学者考定，诗中提到的那次日食，发生于周幽王六年（公元前776年），这是世界上有年代可考的最早一次日食记载。此诗的写作年代也可确定为公元前776年。

【注释】

①十月：指周历十月，夏历八月。交：日月交会，指日食或月食。 ②朔：每月的初一，这天是辛卯日。 ③孔：甚，很。丑：恶。以上四句说，十月初，辛卯日那天发生了日食，这是凶兆。据天文学家推算，在公元前776年9月6日8点左右发生日食，即周幽王六年十月初一（辛卯日）辰时。 ④微：暗淡无光。 ⑤古人不懂日食、月食是一种自然现象，认为是上天预示凶兆，所

以很哀伤。 ⑥告凶：显示凶兆。 ⑦行：道，正常轨道。这二句说，日月之所以显示凶兆，是因为它们不按照正常的轨道运行。 ⑧四国：四方，指天下。无政：指政局混乱，无善政。 ⑨良：善，指良好的政治措施。以上四句以日月不依常轨而行比喻治国不行善政。 ⑩维：是。常：正常。古人以月为阴，象征臣民，以日为阳，象征国君。所以在他们看来，月食是正常的，日食则是反常的。 ⑪于何：奈何。臧：好，吉利。这二句感叹：这日食多么不吉利！ ⑫烨（yè）烨：形容电光闪闪的样子。 ⑬宁：安。令：善，好。⑭冢（zhǒng）：山顶。崒：“碎”的借字。这二句说，江流泛滥，山陵崩裂。⑮这二句写地震的情景：一时间高岸变成深谷，深谷变成丘陵。 ⑯胡：何。憯（cǎn）：曾，乃。惩：止。这二句说，可叹这些当权者，为何不警戒，终止暴政。 ⑰皇父（fǔ）：人名。可能指周幽王宠臣虢石父。卿士：六卿之长。 ⑱番（pó）：姓氏。司徒：掌管人口土地的官。 ⑲家伯：人名。宰：官名，负责周王家中内外事务。 ⑳仲允：人名。膳夫：掌管天子饮食之事。㉑聚（zōu）：姓氏。内史：担任人事、司法的长官。 ㉒蹶（guì）：姓氏。趣马：给周王掌管马匹的官。 ㉓楀（jǔ）：姓氏。师氏：掌管监察的长官。以上列举周幽王时七个奸佞之臣。 ㉔艳妻：指周幽王宠妃褒姒。煽：炽盛，指得宠于天子。方处：并处，指同处于朝廷中。这句说，褒姒和七个奸臣同处于朝，相互勾结，权倾一时，炙手可热。 ㉕抑：同“噫”，感叹词。 ㉖不时：指违背农时。这句说，皇父不以为自己役使百姓有违农时。时，此指农闲之时。 ㉗胡为：为什么。我：诗人自称。作：指服役劳作。 ㉘即：就。谋：商议，商量。 ㉙彻：通“撤”，拆毁。 ㉚卒：尽，全。汙（wū）：田中积水。莱：指田中长野草。 ㉛曰：指皇父说。戕（qiāng）：残害。㉜礼：礼法。以上六句大意是，皇父为什么要派我差役？不来和我商量一下，就拆毁了我的屋子，使我田里积水长满野草，他还说“我没有迫害你，按照礼法就该这么办”。 ㉝圣：圣明，高明。这句是讥讽皇父。 ㉞都：都城。向：邑名，在今河南莒县南。向是皇父的封邑。 ㉟有事：即有司。按周朝礼制，列国可设三个卿士。 ㊱亶（dǎn）：诚然，确实。侯：维，是。多藏：所藏财物很多，很富有。以上二句说，皇父所选的三个卿士，确实都很富有。 ㊲憖（yìn）：愿，肯。遗：留。老：指旧臣。 ㊳俾：使。这二句说，皇父把所有老臣都带到自己封地去了，不肯留下一个来保卫周王。 ㊴有车马：指有车马的富人。 ㊵居：语助词。徂：往。这二句是说，皇父专门选择那些有车马的富人迁往向地去居住。 ㊶黾（mǐn）勉：勤奋勉力。 ㊷嚣（xiāo）嚣：众口诋毁的样子。 ㊸孽（niè）：灾难。 ㊹噂（zǔn）：聚，会面。沓（tà）：合。这句说，小人当面则投合，背后则互相憎恨。 ㊺职：主。竞：争。以上四句说，人们遭受的灾难，不是天降，而是这些当面一套、背后一套的小人竞相干坏事造成的。 ㊻悠悠：遥远深长的样子。里："悝"的借字，忧伤。 ㊼痗（mèi）：病。 ㊽羡：欣喜。 ㊾居：语助词。㊿民：人。逸：安乐。 (51)休：止息。 (52)彻：道。不彻，不循常道。指天道无常。 (53)效：模仿。

【译文】

十月日月相会交，本月初一是辛卯。突然，日食发生了，这个征兆太不妙。那月亮呀光暗了，这太阳呀没光耀。如今老百姓呀，实在可怜受煎熬。

太阳月亮示凶兆，运行不再循常道。普天之下无善政，治国良策全不要。那次月亮亏蚀，还算平常小事；这次发生日食，实在太不吉利！

雷声轰轰电光闪，朝政不善民不安。百川奔腾大泛滥，山峰崩裂碎石乱。高岸霎时变深谷，深谷霎时变高山。可恨当今执法人，怎不警惕快改变！

六卿之首是皇父，番氏当上大司徒，内外事务家伯管，仲允专掌天子厨，棸子内史管司法，蹶氏管的是车马，还有楀氏任监察官，艳妻得宠一齐把坏事干。

哎呀，这皇父，难道说役使民众时机不错？为何派我服役，事先不找我说一说？拆毁我的墙和屋，田间积水野草多。皇父说“不是我为害，依照礼法该这样做”。

皇父实在太高明，要在向邑筑都城。选中卿士有三个，个个都是富豪人。不肯留下一个老臣，让他保王卫宫廷。看中富家有车马，迁往向邑路上行。

尽心竭力为王事，不敢诉苦不敢怨。没有错来没有罪，众口谗言来诬陷。黎民百姓遭灾难，不是老天不开眼。当面言欢背后骂，小人竞相把坏事干。

忧愁无尽恨悠悠，使我病痛在心头。四方之人皆高兴，我一个人在发愁。人家都在寻安乐，我独辛劳不敢休。天道无常难猜透，我不敢效仿人家图享受。

雨无正

浩浩昊天①，不骏其德②。
降丧饥馑③，斩伐四国④。
旻天疾威⑤，弗虑弗图⑥。
舍彼有罪⑦，既伏其辜⑧。
若此无罪，沦胥以铺⑨。

周宗既灭⑩，靡所止戾⑪。
正大夫离居⑫，莫知我勚⑬。
三事大夫⑭，莫肯夙夜⑮。
邦君诸侯，莫肯朝夕⑯。
庶曰式臧⑰，覆出为恶⑱。

如何昊天，辟言不信⑲。

如彼行迈[20]，则靡所臻[21]。
凡百君子[22]，各敬尔身[23]。
胡不相畏[24]，不畏于天？

戎成不退[25]，饥成不遂[26]。
曾我暬御[27]，憯憯日瘁[28]。
凡百君子，莫肯用讯[29]。
听言则答[30]，谮言则退[31]。

哀哉不能言，匪舌是出[32]，
维躬是瘁[33]。哿矣能言[34]，
巧言如流[35]，俾躬处休[36]。

维曰于仕[37]，孔棘且殆[38]。
云不可使[39]，得罪于天子。
亦云可使，怨及朋友[40]。

谓尔迁于王都[41]，
曰："予未有室家。"[42]
鼠思泣血[43]，无言不疾[44]。
昔尔出居，谁从作尔室[45]？

【题解】

这是一首讽刺周幽王及佞臣荒淫误国的诗。作者当是幽王左右的侍御之臣。他有比较清醒的头脑，痛伤朝政腐败，灾患屡降，民不聊生，天下崩析；而幽王不用贤人，仍然听信"巧言如流"的小人，继续作恶。处于乱离之世的作者怀着孤臣孽子之心，悲天悯人，无可奈何，只有“鼠思泣血”，直陈时弊，将一腔郁愤化而为歌。

诗歌共七章。首章斥幽王行苛虐之政。次章言内部人心离析。第三章昏庸君臣各为自身打算。第四章自伤忧劳成疾。第五章说忠言直谏者受害，巧言佞色者得势。第六章感慨乱世为官之难。第七章为危难中无人辅佐王室而痛心。语调激愤，出语冷峻，确实是“无言不疾”。

【注释】

①浩浩：广大的样子。昊天：皇天。昊，大。 ②骏：长，长久。德：恩德。这二句说，皇天施于人的恩德不长久。 ③丧：灾难。饥馑（jǐn）：荒年。粮食歉收叫“饥”，蔬菜不熟叫“馑”。 ④斩伐：残害。四国：四方。⑤旻（mín）天：应作“昊天”。疾威：暴虐。 ⑥弗：不。虑：考虑。图：谋划，图谋。这二句指责执政者对上天降下的警惩，不加以考虑，不图谋去纠正。 ⑦舍：除。 ⑧既：尽。伏：隐藏，隐匿。辜：罪。这二句指斥执政者对那些有罪之人舍而不罚，隐瞒他们的罪行。 ⑨沦：率。胥（xū）：相，皆。沦胥，相继。铺：通“痡”，痛苦。这二句说，那些无罪的人则相继陷于痛苦。 ⑩周宗：应作“宗周”，指镐京。一说周宗指周室的宗亲。既灭：指犬戎攻入镐京。 ⑪靡：无。止：居。戾（lì）：安。这二句说，镐京已经失陷，全国没有一个安定的地方。 ⑫正大夫：长官大夫。离居：离开原来居住的镐京而逃散各地。 ⑬勩（yì）：劳苦。这二句说，长官大夫都弃职逃散了，再没有人知道我的辛劳。 ⑭三事：即三司，司徒，司马，司空。 ⑮夙夜：早晚。这二句说，周王朝的三公大夫不肯为国事日夜忧劳。 ⑯朝夕：与“夙夜”同义。这二句说，各国诸侯不肯为国事早起晚息。 ⑰庶（shù）：幸，希望。曰：语助词。式：用。臧：善，好。 ⑱覆：反，反而。这二句说，希望周王能任用贤人以挽救国势，他反而更行暴政。 ⑲辟：法。辟言，合乎法度的话，正确的话。这二句说，苍天呀怎么办？我上奏的正确之言却不被听信。 ⑳行迈：行走。 ㉑臻（zhēn）：至。这二句说，周王不听信

法度之言，就像一个行路人，无法到达目的地。 ㉒凡百君子：指群臣百官。㉓敬：谨慎，看重。这二句说那些官员只知自保其身。 ㉔胡：为何。这句连下句是说，那些人为何不怕人，也不怕天呢？古人迷信，认为天是最该敬畏的。 ㉕戎：兵，指战事。成：指兵患已成。西周末年西戎曾入侵。退：平息。 ㉖遂：安，成，顺利。这二句说，兵祸已形成而不消退，饥荒已形成而人民不得安生。 ㉗曾：语助词。暬（xiè）御：侍御，周王的近臣。 ㉘憯（cǎn）憯：忧愁的样子。瘁（cuì）：憔悴。 ㉙讯：当作“谇”。谏诤，告。《韩诗》作“谇”。这二句说，那些在官者，都不肯对周王直言谏诤。㉚听言：顺耳之言，指奉承阿谀之言。 ㉛谮（zèn）言：指进谏之言。谮，毁，谤。古人以谏言为诽谤。退：斥退。这二句说，周王听到奉承的话就搭理，就重用其人；听到谏诤之言就斥退不用。 ㉜匪：不。出：“疷”的借字，病。 ㉝躬：自身。瘁：毁坏。指遭祸殃。这三句的意思是，可悲呀，忧国忧君的人有话不能讲，不是口舌生了疮，而是唯恐招致杀身祸患。 ㉞哿（gě）：快乐。 ㉟巧言：阿谀之言。 ㊱俾：使。休：好，福气，福禄。处休，指享福。这三句说，多快乐呀，那些能言善辩的人，讲起好听的话像流水滔滔不绝，自己享尽福禄。 ㊲维：语气词。于仕：出仕，前去做官。㊳孔：甚，很。棘：通“急”，紧张。殆（dài）：危险。 ㊴不可使：不可从。 ㊵以上六句的大意：乱世去做官是一件很紧张又危险的事。说政令不善，不可顺从，就得罪了天子；如说可从，就得罪了忠直的朋友。 ㊶尔：指皇父、三司等权贵。王都：指镐京。 ㊷予：权贵们自称。这二句是作者劝那些逃离王都的人迁回去，他们却说“那里没有我的住房”，加以拒绝。 ㊸鼠思：即“癙思”，忧虑。泣血：流着血泪饮泣，形容极度悲痛。 ㊹疾：疾苦，痛苦。意思是：我说的每一句话都是痛心之言。一说，疾，恨，亦通。㊺这二句是反诘那些权贵的话：先前你们迁出王都，是谁跟着你们去为你们盖房子呢？现在却以此为遁词，不肯迁回王都。

【译文】

苍天浩大茫茫，你的恩德不久长。降下死亡和饥荒，残害天下四方。上天暴虐太猖狂，不加考虑不思量。有罪之人你放过，把他罪行来隐藏。无罪之人落罗网，相继受害真冤枉。

镐京已经破亡，天下没有安定地方。长官大夫逃散四乡，有谁知道我辛苦备尝。三司大夫不尽职，谁肯日夜辅君王？各国邦君和诸侯，谁肯早晚来勤王？希望周王任贤良，反而作恶更荒唐。

老天呀，这怎么行，正经话儿王不听。好比一个行路人，漫无目的向前行。各位大夫公卿，各自保全自身。为啥不相畏惧，甚至不畏天命？

战事没有消停，灾荒严重民不聊生。我这个侍御之臣，忧心深重人憔悴。百官群臣都噤口，忠言直谏怕获罪。阿谀之言王应答，逆耳忠言尽斥退。

可悲呀，忠良有话不能讲，不是舌头长了疮，只怕自身遭祸殃。快乐呀，小人能言会道，巧言如水流滔滔，享尽福禄乐陶陶。

说起去做官，实在紧张又危险。说“王命不正不可干”，得罪天子怎么办。要说“也可以干”，忠直朋友纷纷怨。

劝你们搬回王都，说“我在那里没有房住”。我忧伤万分血泪流，哪句话儿不痛心疾首！试问先前离王都，是谁给你们盖房屋？

小　旻

旻天疾威①，敷于下土②。
谋犹回遹③，何日斯沮④？
谋臧不从⑤，不臧覆用⑥。
我视谋犹，亦孔之邛⑦。

潝潝訿訿[8]，亦孔之哀[9]。
谋之其臧，则具是违[10]。
谋之不臧，则具是依[11]。
我视谋犹，伊于胡底[12]？

我龟既厌[13]，不我告犹[14]。
谋夫孔多[15]，是用不集[16]。
发言盈庭[17]，谁敢执其咎[18]？
如匪行迈谋[19]，是用不得于道[20]。

哀哉为犹，匪先民是程[21]，
匪大犹是经[22]。维迩言是听[23]，
维迩言是争[24]。如彼筑室于道谋，
是用不溃于成[25]。

国虽靡止[26]，或圣或否[27]。
民虽靡膴[28]，或哲或谋[29]，
或肃或艾[30]。如彼泉流，
无沦胥以败[31]。

不敢暴虎[32]，不敢冯河[33]。
人知其一[34]，莫知其他[35]。
战战兢兢[36]，如临深渊，
如履薄冰[37]。

【题解】

这是一首讽刺周幽王重用小人、惑于邪谋的诗。全诗共六章，围

绕着首章“谋犹回遹”一句来叙述周幽王不听良谋，以致国事日非，危在旦夕，倾诉自己内心的哀伤、无奈、惊骇、绝望等复杂心情。第一、二章直切主旨，斥责邪谋误国。第三章说朝廷多庸才，无益于国。第四章说朝廷听信浅薄之言，百事难成。第五章说天下不乏良才，但幽王不用。第六章全用比喻，以“暴虎”“冯河”来比喻国势危殆，以临深渊、履薄冰来比喻自己战战兢兢的心情。这些比喻因其生动形象，而被后人广为引用。

【注释】

①旻（mín）天：即皇天。暗喻周幽王。疾威：暴虐。 ②敷：布。下土：指天下。 ③谋犹：谋略。犹，通“猷”，规划。回遹（yù）：邪僻。 ④斯：语助词。沮（jǔ）：止。这二句说，邪僻的谋略何时才会终止？ ⑤臧：善，好。从：依从，听从。 ⑥覆：反。用：采用。这二句说，好的计谋，幽王不依从，反而采用坏的谋略。 ⑦孔：甚，很。邛（qióng）：病。这句说，有很大的弊病。 ⑧潝（xì）潝：互相赞同的样子。訿（zǐ）訿：诋毁别人的样子。 ⑨这二句说，在位的小人党同伐异，实在令人悲哀。 ⑩具：俱，全。违：背弃，违反。 ⑪依：依从。这二句说，小人对于好的谋略，全都反对，不支持，对于坏的谋略，则都依从，都赞成。 ⑫伊：语助词。于：往，到。胡：何。底（zhǐ）：至。这二句说，我看他们的邪门歪道，到底要把国家引到什么地步！ ⑬龟：龟甲。古人以钻龟甲占卜吉凶。厌：厌烦。⑭犹：“繇”的假借字，卜兆的占辞。这二句的意思是，我多次占卜，灵龟已经厌烦了，不再把吉凶告诉我了。 ⑮谋夫：谋士，谋臣。 ⑯是用：是以，因此。不集：不成，不成功。这二句说，谋士虽然很多，议来议去不能形成一个一致的意见，策划自然不成功。 ⑰盈：满。 ⑱执：任，承担。咎：责。这二句说，发表意见的人满朝廷都是，谁能承担责任呢？ ⑲匪：彼。行迈：行路。此指行路人。 ⑳道：路。这二句说，谋事的人七嘴八舌，就像跟行路人商议大事，是找不到正确的办法的。 ㉑匪：非。先民：古人，古圣贤。

程：效法。这句说，不效法古圣贤。㉒大犹：大道。犹，同“猷”，道。经：行。这句说，小人制谋略不依正道而行。㉓维：唯，只。迩（ér）言：近言，浅近之言。这句说，只听信浅薄之言。㉔争：指争相为“迩言”。因为昏君只听得进肤浅无远见的意见，小人便争相为之。㉕溃：遂，达到。以上二句说，执政者没有远谋，只听信浅薄的言论，这就像盖房子，而不断和过路人商量，屋子是不会顺利建成的。㉖止：至，极。引申为“大”的意思。靡止：不大。㉗或：有，有的。圣：英名。否：非，不是。㉘膴（wǔ）：厚，引申为“多”，靡膴，不多。㉙哲：明智。谋：谋略。㉚肃：严肃，恭敬，指品行端正的人。艾（yì）：治理，指有治国之才的人。以上五句的大意是，国家虽然不大，也有圣人有凡夫。民众虽然不多，也有人明于事理，有人富于谋略，有人品行端正，有人有治国才干。㉛无：语助词。沦：陷没。胥：相率。败：指国家败亡。这二句的意思是，多种多样的人才都有益于国，但周王不任用，以致国运像泻去的泉水不可收复，终至败亡。㉜暴虎：徒手搏虎。㉝冯（píng）河：无舟而渡河。㉞其一：指上文提到的“暴虎”“冯河”。㉟其他：指国事。这二句的意思是，一般目光短浅的人只知道“暴虎”“冯河”是很危险的这一点，而不知道丧家亡国等其他的隐患。㊱战战：恐惧的样子。兢兢：谨慎小心的样子。㊲履：走。这三句说，较清醒、较有远见的人，看到国事日非，惧怕祸殃到来，惴惴自危，如同面临深渊，如同走在薄冰上。

【译文】

上天暴虐太过，灾难流布国土。邪门歪道的谋略，哪天才能终结？好计谋你不依从，坏主意反而采用。我看那些谋划呀，弊病实在大！

党同伐异叽叽咕咕，我心为此深悲痛。那些好计谋，你全不采用。那些坏主意，件件都依从。我看那些歪谋邪计，到底弄到啥境地！

我的灵龟已厌倦，不再把吉凶之兆现。谋士虽然有很多，议来议去无定见。发言之声满厅堂，谁敢把责任来担当？好像和陌生路人来商量，很难找到正确方向。

可悲呀如此计谋，不效先圣不师古，不遵正道走邪路。浅陋之言王听从，争进陋言来邀宠。如同造房问路人，终究不会盖成功。

国家虽然不算大，既有圣人也有庸夫。民众虽然不算多，有人明事理，有人谋略富，有人品行端，有人善治国。就像那泉水泻流，国运颓败不可复！

不敢空手捉老虎，不敢徒步把河渡。世人皆知这一点，无人知道得更多。我终日战战兢兢，就像走近深渊旁，就像踏在薄冰上。

小　宛

宛彼鸣鸠[①]，翰飞戾天[②]。
我心忧伤，念昔先人[③]。
明发不寐[④]，有怀二人[⑤]。

人之齐圣[⑥]，饮酒温克[⑦]。
彼昏不知[⑧]，壹醉日富[⑨]。
各敬尔仪[⑩]，天命不又[⑪]。

中原有菽[⑫]，庶民采之[⑬]。
螟蛉有子[⑭]，蜾蠃负之[⑮]。
教诲尔子，式穀似之[⑯]。

题彼脊令[⑰]，载飞载鸣。
我日斯迈[⑱]，而月斯征[⑲]。
夙兴夜寐[⑳]，无忝尔所生[㉑]。

交交桑扈[22]，率场啄粟[23]。
哀我填寡[24]，宜岸宜狱[25]。
握粟出卜[26]，自何能穀[27]。

温温恭人[28]，如集于木[29]。
惴惴小心[30]，如临于谷。
战战兢兢[31]，如履薄冰[32]。

【题解】

宋代朱熹《诗集传》称此诗："此大夫遭时之乱，而兄弟相戒以免祸之诗。"他的见解是正确的。

诗歌共六章。首章以小小斑鸠能上青天，兴自己有追步先人遗德之志。第二章说要谨慎处世，注意举止仪容。第三章以中原有菽，人皆可采，螟蛉有子，蜾蠃持之抚养，比喻世事无常，富贵无主，只有恭谨有德的子孙方能保之，引出"教诲尔子"之意。第四章以鹡鸰之飞兴辛苦奔走之意，自加勉励。第五章以青雀啄粟自活，兴自己孤贫无依，又陷牢狱，难以为生。第六章以鸟集于木、临深谷、履薄冰比喻自己战战兢兢的精神状态。显然，多用比兴手法是此诗的特点。从诗中可以看到，尽管这位大夫与兄弟相戒小心翼翼地做人，但是灾祸突降的阴影依然笼罩着他，他终日生活在惊恐焦虑之中。

【注释】

①宛（wǎn）：小的样子。鸣鸠：斑鸠。　②翰飞：高飞。翰，高。戾（lì）：至。　③先人　指祖先。　④明发：天色发亮。寐：睡。这句说，通宵不寐。　⑤怀：思念。二人：指父母。　⑥齐圣：指聪明智慧。　⑦温：同"蕴"。克：克制。温克，蕴藉自持。这二句说，聪明智慧的人，即使饮酒也还能温和恭谨，自持以礼。　⑧昏不知：昏愦愚蠢。知，同"智"。　⑨壹：

语助词。日富：日益骄横自满。这二句说，那些昏庸无知的人，一喝酒就很放肆。 ⑩敬："儆"的省字，警戒，戒慎。尔：你，你们。仪：威仪。 ⑪天命：上天安排的命运。古人迷信，以为人间的祸福富贵都是上天安排的。此指天赐的福禄。这二句说，你们要各自警戒言行举止，勿失威仪，要知道天赐之福不会有第二次。不又：不再。 ⑫菽：大豆。 ⑬庶民：众人。 ⑭螟蛉：螟蛾的幼虫。 ⑮蜾蠃（guǒluǒ）：一种青黑色蜂，细腰。它常捕捉螟蛾的幼虫放到自己的窝里，留作自己幼虫的食物。古人错以为蜾蠃是把螟蛉拖回去当作己子喂养。故称人的养子为"螟蛉"。负：负持。 ⑯式：发语词。又训"用"。穀：善。似："嗣"的借字，继续，继承。这二句说，教育你的子孙，祖先的善德要继承好。 ⑰题（dì）："踶"的借字，视，看。脊令：又作"鹡鸰"，鸟名。 ⑱日：日日，天天。斯：语助词。迈：征，行。 ⑲而：你。月：月月。征：远行。这二句说，我和你都日日月月征役不已。 ⑳夙兴夜寐：起得早睡得晚。夙，早。兴，起。 ㉑忝（tiǎn）：辱，辱没。尔所生：指生养你的父母。这二句说，早起晚睡，日夜奔忙，不要辱没你的父母。㉒交交：鸟飞来飞去的样子。桑扈（hù）：青雀，又名窃脂。 ㉓率：循，沿。场：打谷场。这二句说，飞来飞去的青雀，沿着打谷场来啄食谷物。 ㉔填（diān）："瘨"之借字，病。 ㉕宜："且"字形近之讹。且，乃。岸："犴"（àn）之借字，监牢。这二句说，可怜我这个贫病交加的人，还陷入牢狱吃官司。 ㉖粟：即"糈"（xǔ），祭神用的精米，占卜之后作为给卜者的报酬。握粟，即持糈问卜。 ㉗穀：善。此指吉卜，吉利的卦词。这句说，何时才能得到吉卜。 ㉘温温：柔和的样子。恭人：恭谨谦和的人。 ㉙集：鸟栖于树。这二句说，温和恭谨的人自知警戒，就像鸟集于树木，惧怕坠落下去。 ㉚惴（zhuì）惴：恐惧小心的样子。 ㉛战战兢兢：恐惧谨慎的样子。㉜履：踏。

【译文】

小小斑鸠鸟，高飞上青天。我心真忧伤，想起我祖先。通宵不能眠，把我父母念。

那些聪明智慧的人，喝酒温文有节制。那些昏愦愚蠢的人，日日醺醉很放肆。各位作风要恭谨，天禄不会来二次。

平原之中有豆子，人人都可去采摘。螟蛉螟蛉有幼子，蜾蠃把它背回来。教育你的子孙后代，光大祖德莫忘怀。

看那小小鹡鸰，一边飞一边鸣。我天天奔波，你月月远行。早起晚睡要努力，不要辱没生养你的人。

小小青雀来回飞，啄食小米满场绕。可怜我贫病无告，还吃官司坐监牢。手握粞米去问卜，何时才能得吉兆？

温和恭谨的人儿，如同鸟儿在树上栖身。恐惧不安要当心，如临山谷万丈深。战战兢兢，好像踩上薄冰。

小弁

弁彼鸒斯①，归飞提提②。
民莫不穀③，我独于罹④。
何辜于天⑤，我罪伊何⑥？
心之忧矣，云如之何⑦？

踧踧周道⑧，鞫为茂草⑨。
我心忧伤，惄焉如捣⑩。
假寐永叹⑪，维忧用老⑫。
心之忧矣，疢如疾首⑬。

维桑与梓⑭，必恭敬止。
靡瞻匪父⑮，靡依匪母⑯。
不属于毛⑰，不离于里⑱。

天之生我，我辰安在[19]？

菀彼柳斯[20]，鸣蜩嘒嘒[21]。
有漼者渊[22]，萑苇淠淠[23]。
譬彼舟流[24]，不知所届[25]。
心之忧矣，不遑假寐[26]。

鹿斯之奔[27]，维足伎伎[28]。
雉之朝雊[29]，尚求其雌[30]。
譬彼坏木[31]，疾用无枝[32]。
心之忧矣，宁莫之知[33]。

相彼投兔[34]，尚或先之[35]。
行有死人[36]，尚或墐之[37]。
君子秉心[38]，维其忍之[39]。
心之忧矣，涕既陨之[40]。

君子信谗，如或酬之[41]。
君子不惠[42]，不舒究之[43]。
伐木掎矣[44]，析薪杝矣[45]。
舍彼有罪，予之佗矣[46]。

莫高匪山[47]，莫浚匪泉[48]。
君子无易由言[49]，耳属于垣[50]。
无逝我梁[51]，无发我笱[52]。
我躬不阅[53]，遑恤我后[54]。

【题解】

这是被父放逐的儿子抒写忧愤之作。旧说或以为周幽王放逐太子宜臼，宜臼的师傅作此诗；或以为宣王尹吉甫惑于后妻，逐前妻之子伯奇，伯奇作此诗。这些说法都缺乏根据。

全诗共八章。首章自明无罪遭逐。次章抒写内心的忧伤如何煎熬。第三章点明自己孝敬而失欢于父母。第四章伤感自己无所依靠。第五章言无人能了解自己的心情。第六章叹息父亲寡恩。第七章怨父亲信谗不察。第八章是总结受谗的教训，并对来日表示悲观。诗中或指天而呼，哀怨痛切；或写景抒情，婉曲细腻；或用比兴，剖析心曲，是一首情辞俱佳的好诗。诗歌抒写的情感并不复杂，但章法富于变幻，正中有奇。诗歌的作者比较注意用字。像第二章“我心忧伤，惄焉如捣”中的“惄”和“捣”两字，就用得很有分量，警拔传神，钱钟书先生称赞它们“惊心动魄，一字千金。”

【注释】

①弁（pán）：“昪”的假借字，快乐。鸒（yù）：鸟名，形似乌，大如鸽，腹下白色。往往千百成群，鸣声“雅雅”，又名雅乌。一说即寒鸦。斯：语助词。 ②提（shí）提：群飞安闲的样子。 ③穀：善，美好。④罹（lí）：忧愁。 ⑤辜：罪。 ⑥伊：维，为。以上四句说，人家都过得很好，只有我陷于忧愁，我怎么得罪了上天，我有什么罪过？ ⑦云：语助词。如之何：怎么办。 ⑧踧（dí）踧：平坦易行的样子。周道：指周朝京师的大路。 ⑨鞫（jú）：穷，尽。这二句说，平坦的京师大道，现在却长满野草。 ⑩惄（nì）：忧愁的样子。捣：用棍棒的一端撞击，舂。这二句说，心里忧伤，就像心被棍棒捣着一样的痛苦。 ⑪假寐：和衣而睡。永叹：长叹。 ⑫维：语助词。用：以。这句说，忧伤使人衰老。 ⑬疢（chèn）：热病。疾首：头痛。以上二句说，心忧时烦热而头痛。 ⑭梓：木名，可以供建筑和器用。桑梓都是宅旁常栽的树。这句连下文是说，见桑

梓容易引起对父母的怀念，所以起恭敬之心。 ⑮瞻：尊仰，敬仰。匪：非。 ⑯依：依恋。这二句说，父母是自己唯一所敬仰所依恋的。 ⑰属：连。毛：喻父。 ⑱离：通“丽”，附着。里：衣裘的里子，喻母。以上二句以衣裘为喻，说自己既连不上皮衣的毛，又挨不着皮衣的里，比喻失去双亲的欢心。 ⑲辰：时运。安在：何在。这二句是责问老天：我的好运气在哪里？言外之意，现在遭遇不幸。 ⑳菀（wǎn）：茂盛的样子。斯：语助词。 ㉑蜩（tiáo）：蝉。嘒（huì）嘒：蝉鸣声。 ㉒漼（cuǐ）：水深的样子。 ㉓萑（huán）苇：苇的一种，荻。淠（pèi）淠：草木茂盛的样子。以上四句写四周生机勃勃的景物，兴起作者人不如物的黯淡心情。㉔舟流：无人操纵随水漂流的船。 ㉕届：到。这二句以随水漂流的船自喻，言无所寄身。 ㉖遑：暇，空闲。这二句说，忧思深重，连闭眼睡一下都不成。 ㉗斯：语助词。奔：跑。 ㉘维：语助词。伎（qí）伎：疾行的样子。 ㉙雉（zhì）：野鸡。朝：早晨。雊（gòu）：雉鸣。 ㉚尚：尚且。这二句的意思是，鹿尚且疾行以奔其群，雉尚且求配偶，动物尚且有亲情，而自己父母对自己却全无骨肉情谊。 ㉛坏：读为“瘣”（kuài）：树干瘿肿。 ㉜疾：指得瘣病。用：而。这句说，树木瘣而无枝，以兴下文心忧而无知之意。 ㉝宁：难道。这句说，我心忧伤，难道就无人知觉。㉞相：视。投兔：投网之兔。 ㉟或：有人。先之：先放掉它，一说“先”读为“掀”，言掀网放兔。 ㊱行：道路。 ㊲墐（jǐn）：埋。 ㊳君子：指作者父亲。秉心：持心，存心。 ㊴维其：何其。忍：残忍。这二句说，自己父亲居心何其残忍。 ㊵陨：坠落。 ㊶酬：劝酒，敬酒。这二句说，“君子”（作者父亲）听信谗言，就像有人向他敬酒一样，乐于接受。 ㊷不惠：不仁爱。 ㊸舒：缓。这句说，“君子”对谗言不徐徐地加以研究。一说，舒，缓，引申为宽恕。究，穷。指其父不肯宽恕，狠狠整治他。 ㊹掎（jǐ）：牵引。伐大木时用绳牵住树梢，以控制树倒的方向，并让它慢慢倒下。㊺析薪：劈柴。杝（chǐ）：顺着木柴的纹理来劈破，这样容易劈开。以上二句是比喻，言“君子”听信谗言，不能徐究，不能依理分析，还不如伐木析薪的人。 ㊻予：我。佗（tuó）：加。以上二句说，“君子”丢开真有罪的人不管而把罪过加在我身上。 ㊼匪：非。 ㊽浚（jùn）：深。这二句说，无高非山，无深非泉。 ㊾由：于。 ㊿属：连。垣（yuán）：墙。这二句总结被谗的教训，意思是不要轻易发表意见，有人把耳朵贴在墙壁上偷听。 ⑤①逝：往。梁：鱼梁，隹坝。 ⑤②发：打开。笱（gǒu）：鱼篓。 ⑤③躬：自身。阅：容。 ⑤④遑：暇，闲。恤：忧。以上四句已见《邶风·谷风》。作者引谚语表示本身已不见容，日后的事更顾不得了。

【译文】

快乐的雅鸟啊，从容飞飞还巢。人人都过得很好，只有我被忧伤撂倒。我对天有什么罪过？我的错到底是什么？心里忧伤啊，叫我把它奈何！

平坦的大道，长满了野草。心里忧伤啊，就像棒子舂捣。睡梦里也要长叹，忧伤使我衰老。心里忧伤啊，头痛身如火燎。

想到桑树梓树，我总是毕恭毕敬。我尊敬的只是父亲，依恋的只是母亲。难道我既连不上皮衣的毛，又挨不着皮衣的里？上天让我生下来，我的好运在哪里？

密密的柳树，上有蝉鸣嘒嘒。深深的水潭，长着茂盛的芦苇。像在漂荡的船上，不知漂向哪里。心里忧伤啊，要睡也不容易。

鹿儿奔跑起来，四足轻快如飞。雉鸡早晨鸣叫，呼唤母鸡相随。好比臃肿的病树，病得不长枝条。我心忧伤啊，难道就不知觉？

瞧那投网的兔子，或许还有人放它。路上有了死人，或许还有人葬他。君子啊你的居心，为什么这样残酷？我的心多么悲伤，泪流如何能住。

君子听信谗言，好像喝人家的敬酒。君子没有慈心，不肯慢慢推究。伐树还使绳索拉住，砍柴还要看看理路。真正的罪人轻轻放过，反而把罪名横加给我。

没有高的不是山峦，没有深的不是水泉。君子别轻率出言，有耳朵贴在墙垣。别让人上我的鱼梁，别让人开我的鱼笱，如今我自己不能被容，哪顾得了我的身后。

巧　言

悠悠昊天[1]，曰父母且[2]。
无罪无辜[3]，乱如此幠[4]。
昊天已威[5]，予慎无罪[6]。
昊天泰幠[7]，予慎无辜。

乱之初生，僭始既涵[8]。
乱之又生，君子信谗[9]。
君子如怒，乱庶遄沮[10]。
君子如祉[11]，乱庶遄已[12]。

君子屡盟[13]，乱是用长[14]。
君子信盗[15]，乱是用暴[16]。
盗言孔甘[17]，乱是用餤[18]。
匪其止共[19]，维王之邛[20]。

奕奕寝庙[21]，君子作之[22]。
秩秩大猷[23]，圣人莫之[24]。
他人有心[25]，予忖度之[26]。
跃跃毚兔[27]，遇犬获之[28]。

荏染柔木[29]，君子树之。

往来行言[30]，心焉数之[31]。
蛇蛇硕言[32]，出自口矣。
巧言如簧[33]，颜之厚矣[34]。

彼何人斯[35]，居河之麋[36]。
无拳无勇[37]，职为乱阶[38]。
既微且尰[39]，尔勇伊何[40]。
为犹将多[41]，尔居徒几何[42]？

【题解】

这是一首讽刺周王听信谗言，以致败国乱政的诗。旧说“刺幽王”，缺乏依据。全诗六章，首章自言无辜受谗。次章及第三章痛斥周王信谗，朝政昏乱。末三章痛斥谗人巧言乱政。作者大约身受谗言之害，对“巧言如簧”的谗人恨之入骨，以尖锐的言辞揭露他们的祸害。

【注释】

①悠悠：遥远的样子。昊天：皇天。昊，大。 ②曰、且：语助词。 ③辜：罪。 ④乱：指祸乱，被谗遭祸。幠（hū）：大。以上四句是在极度悲愤中呼告天地父母，说我没有罪，怎么让我遭受这样大的灾祸。 ⑤已：甚。威：施虐，暴虐。 ⑥慎：诚然，确实。 ⑦泰：大。泰幠，大而又大，指暴虐太甚。以上四句再次申说自己无罪遭祸，指斥老天过分暴虐。 ⑧僭（jiàn）：通“谮”，谗言。既：尽。涵：容，宽容。这二句说，祸乱之所以发生，是因为周王一再宽容谗言。 ⑨君子：指周王。这二句说，乱子进一步发展，是因为周王听信谗言。 ⑩庶：庶几，含期望之意。遄（chuán）：速，快。沮（jū）：止。这二句紧承上文，意思是说，周王初听谗言，如果立即加以怒斥，祸患可能很快就制止了。 ⑪祉（zhǐ）：福，福禄。这里指

给贤人福禄，即任用贤人。 ⑫已：止。这二句说，周王如果能信用贤人，祸乱可能很快结束。 ⑬盟：盟约，盟誓。屡盟，多次订盟。指周王与谗人订盟，即信用谗人。 ⑭是用：是以，因此。长：增多。这二句说，周王一再信用谗人，祸乱因此而增加。 ⑮盗：强盗，指谗人。 ⑯暴：猛烈，严重。 ⑰盗言：谗言。孔甘：很甜蜜。 ⑱餤（tán）：本义为进食，引申为加剧、厉害。这二句说，谗言甜蜜动听，周王信而不疑，因此祸乱日益加剧。⑲匪：非。其：代词，“他”，指谗人。止共：指忠于职守，尽职。共，同“恭”。 ⑳维：为。邛（qióng）：病，忧病。 ㉑奕（yì）奕：高大的样子。寝庙：古代帝王的宗庙分寝和庙两部分。寝是宗庙的后殿，庙是前殿接神之处。 ㉒作：兴，兴建。 ㉓秩秩：有智慧，聪明。猷（yóu）：道，指典章制度。 ㉔莫：“谟”之假借，谋划，计议。 ㉕他人：指谗人。 ㉖忖度（cǔnduó）：思考，猜测，揣度。 ㉗跃跃：奔走的样子。毚（chán）：狡兔，比喻谗人。 ㉘获：擒获。之：指狡兔。以上八句的大意是，圣明的君主建造了高大的宫室宗庙，又制定了治国的典章制度，他人有谗邪之心，我（指圣明君主）皆能揣度出来。那些谗人像奔来跑去的狡兔一样，狡兔遇上犬就会被擒捉，谗人在我面前也不会得逞。这是作者对朝廷君王的期待。㉙荏（rěn）染：柔韧的样子。 ㉚行言：即流言。行：路。 ㉛焉：语助词。数：计算，辨别。这二句说，对那些广为传布的流言，心里要有分辨。㉜蛇（yí）蛇：通“訑訑”，大言欺人的样子。硕言：大话。 ㉝巧言：漂亮话，阿谀之言。簧：笙中的簧片，听笙则簧动发声。如簧，指谗人讲起花言巧语来，就像笙簧发音那样动听。 ㉞颜：颜面，脸皮。 ㉟彼：那。斯：语助词。 ㊱麋（méi）：通“湄”，水边。低湿之地，比喻谗人卑下。 ㊲拳：力气。 ㊳职：主，专。乱阶：祸乱的阶梯，引申为祸乱之根源。这二句说，谗人什么本事都没有，专门制造祸乱。 ㊴微：亦作“癥”，小腿上生疮。尰（zhǒng）：肿，脚肿。 ㊵尔：你，指谗人。伊：语助词。 ㊶犹：谋略，此指奸计。将多：很多。 ㊷居：语助词。徒：徒众，指同党。以上四句是作者讽刺谗人：你跛腿肿脚的，还讲什么勇敢？你搞了许多阴谋诡计，可是你有几个徒众？

【译文】

悠悠苍天呀，生养我的父母！我没有什么罪过，竟然遭此大祸。苍天太残酷，我实在没有过错。老天太暴虐，我确实无辜。

当初乱事刚发生，谗言得到纵容。乱子一个接一个，君王把谗言听从。如果怒责谗人，乱事很快制止。如果信用贤人，乱子很快消失。

君王屡次盟誓，乱子增多不止。君王听信谗言，乱子更加凶残。谗言甜甜蜜蜜，乱子日益加剧。不是他们尽职守，是把君王引上穷途。

高大的宫室宗庙，先王所建造。明智的典章制度，圣哲所计谋。那人有邪心，我就能猜知。像那奔跑的狡兔，遇上猎犬难逃脱。

柔韧小树长起来，君子亲手把它栽。流言四处传布，听者心中要有数。欺人大话来何处？都从谗人口中出。花言巧语如吹簧，脸皮厚得像堵墙。

他究竟是啥货色，住在河边的草地。既无拳又无勇，他是祸乱的根由。腿上生疮脚又肿，你的勇气又如何？阴谋诡计搞得多，你的同党有几个？

巷　伯

萋兮斐兮[①]，成是贝锦[②]。
彼谮人者[③]，亦已大甚[④]。

哆兮侈兮[⑤]，成是南箕[⑥]。
彼谮人者，谁适与谋[⑦]？

缉缉翩翩[⑧]，谋欲谮人。
慎尔言也[⑨]，谓尔不信。

捷捷幡幡[10]，谋欲谮言。
岂不尔受[11]，既其女迁[12]。

骄人好好[13]，劳人草草[14]。
苍天苍天！视彼骄人，
矜此劳人[15]。

彼谮人者，谁适与谋？
取彼谮人，投畀豺虎[16]。
豺虎不食，投畀有北[17]。
有北不受，投畀有昊[18]。

杨园之道[19]，猗于亩丘[20]。
寺人孟子[21]，作为此诗。
凡百君子[22]，敬而听之[23]。

【题解】

这首诗是一个叫作孟子的寺人所作。“巷伯”本是内官，可能是作者所任之职，因此作为篇名。作者遭到小人诬陷，悲愤而作此诗。诗歌以形象的比喻和生动的语言勾勒了进谗者奸诈阴险的灵魂及鬼鬼祟祟的行径，希望这种人受到惩罚。作者对这种小人怀着刻骨仇恨，极其蔑视他们，认为这种丑恶之物连豺狼老虎都不愿吃，连不毛之地都不肯收容，只有等老天爷来惩罚了。全篇情绪激愤，议论痛切。

【注释】

①萋：“缕”的假借字。缕（qī）、斐（fēi）都是文采相错的样子。 ②贝锦：织成贝纹的锦。古人珍视贝壳，所以用为锦上的图案。以上二句说，谗

人诬陷别人用许多迷惑人的言语，好像编织好看的文采以成美锦似的。③谮（zèn）人：谗害别人的人。 ④大甚：即“太甚”，太过分。 ⑤哆（chǐ）：张口。侈（chǐ）：大。 ⑥南箕：星名，即箕宿。箕宿四星，联起来成梯形，也就是簸箕形。距离较远的两星之间就是箕口。古人认为箕星主口舌，所以用来比喻谗者。 ⑦适（dí）：专主。这二句质问：谁是进谗者的后台，谁是主谋？ ⑧缉（qī）缉：“咠咠”之借字，附耳低语。翩翩：是“谝谝”的借字。谝，巧佞之言。这句形容进谗者的小人丑态。 ⑨慎：谨慎。以上二句是警告谗者，你说话谨慎些吧，听者会发现你是不可信的。 ⑩捷捷：能言善说的样子。幡（fān）幡：反复的样子。 ⑪受：接受。岂不尔受，即“岂不受尔”。意思是，不会没有人接受你的谗言，受你的欺骗。 ⑫既：既而，不多时。女：同“汝”，你。迁：转移。这二句的意思是，该担心的倒不是别人不受你谗言欺骗，而是不久别人会识破谗言，而把憎恶被谗者的心，转而憎恶你这个进谗者。即谗者害人，终将害己。 ⑬骄人：傲慢的人，指谗者。谗者因谗言被君主听从而踧扈，所以称为“骄人”。好好：喜悦。⑭劳人：忧人，指被谗者。草草：“慅慅”的假借字，忧愁的样子。 ⑮矜（jīn）：哀怜。 ⑯畀（bì）：给予。 ⑰有北：北方极寒无人之境。 ⑱有昊：昊天，上天。以上六句说，把那个谗人扔给豺虎，豺虎不愿吃；扔到北极无人之境，北极不接收，如此恶人，只有让上天来惩治他。 ⑲杨园：种植杨木的园。一说是园名。 ⑳猗（yǐ）：加。亩丘：丘名。以上二句言，亩丘之上有通往杨园之道。 ㉑寺人：阉官，是天子侍御之臣。孟子：这寺人的表字，即本诗的作者。 ㉒凡百君子：指诸位执政者。 ㉓敬：慎重。以上二句说明作诗目的，希望执政者认真听取。

【译文】

彩丝亮啊花线明，织成贝纹的丝锦。那个造谣的害人精，实在太狠心！

张开口啊大又大，簸箕星南天挂。那个造谣的东西，谁在给他出主意?

嘁嘁喳喳说不停，一心只想坑陷人。劝你说话加小心，有一天没人再相信。

花言巧语舌头长，千方百计来编诳。并不是没有人上当，只怕你自己要遭殃。

骄横人得意忘形，忧苦人忧愁在心。苍天呀苍天，看看那些骄横人，可怜这些忧苦人！

那个造谣的坏东西，是谁给他出主意？捉住那个造谣的，扔给虎豺去充饥。虎豺不肯吃，扔到北极无人地。北极不肯要，扔给老天去惩治！

一条大路通杨园，路在亩丘上边。我是阉人叫孟子，这支歌儿是我编。诸位君子赏个脸，认真听我唱一遍。

谷　风

习习谷风[①]，维风及雨[②]。
将恐将惧[③]，维予与女[④]。
将安将乐，女转弃予[⑤]。

习习谷风，维风及颓[⑥]。
将恐将惧，寘予于怀[⑦]。
将安将乐，弃予如遗[⑧]。

习习谷风，维山崔嵬[⑨]。
无草不死，无木不萎。
忘我大德[⑩]，思我小怨[⑪]。

【题解】

这是一首弃妇诗。女子谴责负心汉，说在危难之中只有我与你相依为命，共度患难；如今安乐了，就把心肠变。全诗分三章，每章都以“习习谷风”起兴。首章言风夹带雨袭来，次章言旋风肆狂，第三章言暴风施虐，草木皆死，采用这种递进手法来步步渲染气氛，暗喻事变愈演愈烈。全诗语极凄恻，恰如妇人泣诉。旧说此诗刺“天下俗薄，朋友道绝”。

【注释】

①习习：连续不断的风声，犹“飒飒”。谷风：吹自山谷的风，大风。②维：是。 ③将：且，只。 ④维：只。予：我。与：赞许，亲附。女：同“汝”，你。这二句说，当初处境艰难，又惊又恐，只有我支持你、记挂你。⑤转：反而。 ⑥颓：旋风。 ⑦寘（zhì）：即“置”。怀：怀抱之中。⑧遗：遗忘。这句说，抛弃我，就像完全不记得一样。 ⑨崔嵬：山巅高峻的样子。 ⑩德：恩德，指共患难。 ⑪小怨：小毛病，小缺点。

【译文】

山谷大风响沙沙，风吹雨又打。当初惊恐多可怕，唯有我把你放心上。如今日子安乐了，反而把我抛一旁。

山谷大风呼呼吹，风势激荡旋风起。当初恐惧又惊疑，把我搂在怀抱里。如今过上好日子，把我抛开全忘记。

山谷大风吹不停，吹过高峻的山顶。刮得百草枯死，刮得树木凋零。忘掉我的大恩情，专把小错记在心。

蓼　　莪

蓼蓼者莪①，匪莪伊蒿②。

哀哀父母[3]，生我劬劳[4]。

蓼蓼者莪，匪莪伊蔚[5]。
哀哀父母，生我劳瘁[6]。

瓶之罄矣[7]，维罍之耻[8]。
鲜民之生[9]，不如死之久矣。
无父何怙[10]？无母何恃[11]？
出则衔恤[12]，入则靡至[13]。

父兮生我，母兮鞠我[14]，
拊我畜我[15]，长我育我[16]，
顾我复我[17]，出入腹我[18]。
欲报之德[19]，昊天罔极[20]！

南山烈烈[21]，飘风发发[22]。
民莫不穀[23]，我独何害[24]。

南山律律[25]，飘风弗弗[26]。
民莫不穀，我独不卒[27]。

【题解】

这是一首儿子悼念父母的诗。全诗共六章。前二章以蓼莪起兴，痛恨自己不是抱娘蒿，而是散生无用的蒿草，以兴父母生己的辛苦。第三章倾诉自己不能赡养父母的深痛。第四章，诗人用了“生”“鞠”“拊”“畜”“长”“育”“顾”“复”“腹”等九个动词来形容父母爱“我”的深情，“勾人眼泪全在此无数‘我’

字。”最后两章以南山飘风起兴，象征自己遭遇不幸，不能赡养父母，与首二章遥相呼应。诗歌感情真挚，声声哀告发自内心。严粲《诗辑》说得好：“呜呼！读此诗而不感动者，非人子也。”

【注释】

①蓼（lù）蓼：又长又大的样子。莪（é）：植物名，即萝，又名莪蒿，《本草纲目》曰，即抱娘蒿。 ②匪：非。伊：维，是。蒿：俗称蒿子，即青蒿。 ③哀哀：可怜。 ④劬（qú）劳：辛劳，劳苦。 ⑤蔚（wèi）：植物名，即牡蒿。 ⑥劳瘁（cuì）：劳累。 ⑦瓶：器具名。此指汲水用的瓶，较罍小。罄（qìng）：空，尽。 ⑧维：是。罍（léi）：器具名，盛水之物。以上二句以瓶喻子，以罍喻父母。瓶汲水注入罍，犹于赡养父母。瓶竭而罍罄，为罍之耻，即子不能供养父母而贻亲之耻。 ⑨鲜民：孤独之人。 ⑩怙（hù）：依靠。 ⑪恃：与“怙”同义。 ⑫衔恤（xù）：含忧。恤，忧。⑬靡至：无所归依。以上二句说，出门怀着忧伤，回来则无所归。皆因失去双亲，生活失去欢乐。 ⑭鞠（jū）：养育。 ⑮拊：犹“抚”，抚摸，抚爱。畜：养育。又训作爱。 ⑯长、育：喂养，培育。 ⑰顾：看，照管。复：往复。指不舍离去，牵挂不止。 ⑱腹：怀抱。 ⑲之：这。指父母养育之恩。⑳昊（hào）天：上天。罔极：无极，没有准则，不公正。这二句的意思是，想要报答父母养育之恩，但是老天太不公平，降下灾祸（指父母亡故），使我不能养老送终。 ㉑南山：终南山。烈烈：山高峻险阻的样子。 ㉒飘风：暴风。发（bō）发：大风呼叫之声。 ㉓穀：善。 ㉔害：祸害，指双亲之丧。这二句说，人人都过得好，为何独我遭难？ ㉕律律：同“烈烈”。㉖弗弗：同“发发”。 ㉗卒：终，指终养。这二句说，人人都过得好，为何独我不能为父母养老送终？

【译文】

高高的是莪蒿？不是莪蒿是蒿草。可怜我的爹娘，生我多辛劳。

高高的是莪蒿？不是莪蒿而是蔚。可悲我的爹娘，生我多劳累。

小水瓶里空荡荡，大水坛愧难当。孤儿活在世上，不如早早死亡。没有爹怎依靠？没有娘怎依傍？出门心含忧，归来心凄惶。

爹呀生养我，娘呀哺养我，抚摩我呀爱护我，培养我呀教育我，照顾我呀牵挂我，出门进门抱着我。我想报此大恩情，上天不公降灾祸！

南山高峻攀登难，狂风呼啸透骨寒。人人过得不错，为啥独我遭灾难！

南山巍峨把路挡，狂风呼啸断人肠。人人都能养爹娘，独我不能心忧伤！

大　东

有饛簋飧[①]，有捄棘匕[②]。
周道如砥[③]，其直如矢[④]。
君子所履[⑤]，小人所视[⑥]。
睠言顾之[⑦]，潸焉出涕[⑧]。

小东大东[⑨]，杼柚其空[⑩]。
纠纠葛屦[⑪]，可以履霜[⑫]。
佻佻公子[⑬]，行彼周行[⑭]。
既往既来[⑮]，使我心疚[⑯]。

有冽氿泉[⑰]，无浸获薪[⑱]。
契契寤叹[⑲]，哀我惮人[⑳]。
薪是获薪[㉑]，尚可载也[㉒]。
哀我惮人，亦可息也[㉓]。

东人之子[24]，职劳不来[25]。
西人之子[26]，粲粲衣服[27]。
舟人之子[28]，熊罴是裘[29]。
私人之子[30]，百僚是试[31]。

或以其酒[32]，不以其浆[33]。
鞙鞙佩璲[34]，不以其长[35]。
维天有汉[36]，监亦有光[37]。
跂彼织女[38]，终日七襄[39]。

虽则七襄，不成报章[40]。
睆彼牵牛[41]，不以服箱[42]。
东有启明，西有长庚[43]。
有捄天毕[44]，载施之行[45]。

维南有箕[46]，不可以簸扬[47]。
维北有斗[48]，不可以挹酒浆[49]。
维南有箕，载翕其舌[50]。
维北有斗，西柄之揭[51]。

【题解】

这是东方诸侯各国的人困于赋役，怨刺周室的诗，反映了西周王朝与诸侯各国臣民之间的矛盾。相传作者是谭国大夫，谭国在今山东省历城县东南。

诗歌分七章，首章以饭食、行路总写周人对东人的剥削。次章写东方诸侯各国的财富已被搜刮殆尽。第三章写东人不堪劳役之苦。第四章把周人与东人的地位处境作对比。第五章至末章，写诗人仰观天象，历举天上星宿有空名无实用，见出不合理的事无处不平。他指出：天汉虽然闪光，但不能当镜子用；织女整天织布，终无所成；牵牛不能供人驾车；毕星不能助人猎兔；箕星不能扬糠粃，斗星不能斟酒浆，它们都是西周王室统治者的象征，徒有虚名而不恤臣民。此诗的作者具有较好的文学修养，能很熟练地运用赋、比、兴表现手法来表达情感；尤其是诗中所显示的奇特想象力，更给人以深刻印象。

【注释】

①饛（méng）：食物满器的样子。簋（guǐ）：古代盛食物的器具，圆口，旁有两耳。飧（sūn）：熟食。　②捄（qiú）：借作“觩”（qiú），长而弯曲的样子，形容匕柄的形状。棘：酸枣树。匕（bǐ）：勺子。棘匕，酸枣木做的勺子。以上二句说，周人饮食丰足，食具精美。　③周道：指周王畿大道，自岐山至丰镐，东至成周（洛邑）。砥（dǐ）：磨刀石。　④矢：箭。这二句说，大路像磨刀石一样平整，像射出的箭一样笔直。　⑤君子：指周的贵族。履：走。　⑥小人：指平民。来往于周道的多是贵族，他们的行动被百姓注视着。　⑦睠（juàn）言：回顾的样子。　⑧潸（shān）焉：流涕的样子。以上四句的大意是，东方诸侯国的百姓眼睁睁看着周室贵族在平坦的大道上把征收的物资财富源源不断地运到西方，不禁流下了眼泪。　⑨小东大东：东指东方诸侯国，远为大，近为小。　⑩杼柚（zhùzhóu）：织机上的部件。即织布机上的梭子和梭子里面承受经线的轴。这句大意是，所有丝帛被周室搜刮将尽。　⑪纠纠：缠绕的样子。葛屦（jù）：用葛麻编制的便鞋。⑫履霜：踏霜，在霜上行走。葛履本是夏天穿的鞋，因为编制得很精美结实，故而可以秋冬穿而“履霜”。这二句已见《葛屦》篇。　⑬佻（tiāo）佻：《释文》引《韩诗》作“嬥嬥”，美好，漂亮。　⑭周行：即周道。⑮既往既来：来往不绝的样子。　⑯疚（jiù）：病痛，忧虑不安。以上四句的大意是，丝帛及可以履霜的麻鞋都被搜刮尽了，穿得漂漂亮亮的贵族公子还是川流不息地来催缴赋税，使我内心十分忧虑。　⑰冽（liè）：寒

冷。氿（guǐ）：从旁侧出。氿泉，即从旁侧流出的泉。 ⑱获薪：已割的柴草。以上二句说，已割下的柴草不能让水浸湿，浸了就要腐烂。比喻困苦的东人不堪再受摧残。 ⑲契契：忧苦。寤叹：不寐而叹，睡不着直叹气。 ⑳惮（dàn）人：疲劳的人。 ㉑薪是获薪：第一个“薪”字是动词，言用来当柴草烧火。是：这。 ㉒载：装载。以上二句的意思是，如果要把已割下来的柴草当薪用，还可以用车子载往别处，以免继续被水浸泡。㉓息：休息。这二句紧承上文，说对疲劳的东人也该让他们息一息了，否则就不堪役使了。 ㉔东人：即“小东大东”之民，指周王畿以东诸侯国的人民。 ㉕职：主，专任。来：通“徕”，慰勉，慰劳。以上二句说，东方诸国的人专干劳苦的事而得不着慰劳。 ㉖西人：指周人。 ㉗粲粲：华丽的样子。 ㉘舟人：即舟子。一说舟即“周”。 ㉙熊罴（pí）是裘：穿着熊罴的皮毛制的皮袄。罴，似熊而体大。 ㉚私人：私家奴仆之类。㉛僚：又作“寮”，官。试：用。“舟人”和“私人”，在周人中都属地位低下的人，连他们也能穿熊罴之袄，委以各种官职，相形之下更见得东人之苦，极不平等。 ㉜或：有人。“或”字贯以下四句。以：用。 ㉝浆：薄酒。以上二句说，有人喝美酒，有人连浆都喝不上。这是将西人和东人相比。下二句仿此。 ㉞鞙（xuàn）鞙：《尔雅》作“琄琄”，玉圆的样子。璲：“瑞”的假借字，宝玉。古代有爵位的王公贵族佩戴上镶嵌的宝玉叫“瑞”。 ㉟长：指杂佩之长。杂佩虽长而是用各种小块玉石杂凑起来的，不值钱。西人崇尚奢侈，所以不用普通的长佩只用琄琄的宝玉；而东人连普通的杂佩都不得用。 ㊱汉：云汉，就是天河。 ㊲监：通“鉴”，镜子。古人以水为鉴。以上二句说，天河虽然有光，但照不见人影。 ㊳跂（qì）：通“歧”，分叉状。织女三星，下二星像两足分歧。 ㊴终日：指从朝至暮。襄：反，更动。七襄，即七次移动位置。一昼夜分为十二辰，通常以自卯时到酉时为昼，共七辰。一日七辰，每辰移动一次，故称为七襄。㊵报：复。指织布时纬线不断反复来去。章：纹。以上四句说，织女星虽然终日七易其位，但终于织不成布帛。 ㊶睆（huàn）：光亮的样子。牵牛：星宿名。　㊷服：驾。箱：指车厢。以上二句说，这星名为牵牛但不能用来驾车。　㊸启明、庚：同是金星的异名，朝在东方，叫作启明；晚在西方，叫作长庚。　㊹天毕：星名，共八星，形状像田猎时所用的毕网（有柄的网）。捄（qiú）：形容毕星排列的形状长而弯曲。　㊺载：乃。施：张，张设。行：路。毕是拿在手中捕兔的小网，张设在路上，当然不会有实用。以上二句说，毕星有名无实，无助于捕兔。　㊻箕：星名。共四星。排列之状像张口的簸箕。　㊼簸：扬米去糠。以上二句说，箕星徒然叫作箕，不能拿来簸糠。㊽斗：指南斗星。南斗六星聚成斗形。当它和箕星同在南方的时候，箕在南，斗在北。　㊾挹（yì）：用勺酌水。斗本是舀取液体的器具，既不能挹，也只是空有斗名。　㊿翕（xì）：吸，形容箕星口大底狭，似向内吸舌，作吞噬之状。　51西柄：柄指向西方。揭：高举。南斗星之柄指向西，箕星之口大张，暗示西人对东人的搜刮。

【译文】

饭盒儿装得满满，饭匙儿长柄弯弯。大路好像磨平，直得好像箭杆。贵人们来来往往，小百姓瞪着两眼。回转头看了再看，忍不住双泪涟涟。

远近的东方之邦，织机上搜刮精光。葛布鞋丝带缠绑，穿起来不怕寒霜。漂亮的公子哥儿，大路上来来往往。来了去去了又来，真教我看着心伤。

旁流的泉水清冷，别浸着割下的柴薪。睡不着苦苦长叹，可怜我疲劳的人。谁要用这些薪柴，还得拿车儿装载。可怜我疲劳的人，休息难道不该？

东人的子弟，劳苦没人慰问。西人的子弟，衣服鲜亮照人。舟人的子弟，身上熊皮轻暖。家奴的子弟，都来当吏当官。

有人享用美酒，有人喝不上酒浆。有人佩着宝玉，有人杂佩也戴不上。天上有条银河，照人无影空有光。织女分开两只脚，一日七次移位忙。

虽说七次移位忙，织布也不成花样。牵牛星儿闪闪亮，不能用来拉车辆。启明星在东方，长庚星在西方。天毕星柄儿弯又长，空自把它张在大路上。

南边有座箕星，不能拿来簸糠。北边有座斗星，不能拿来舀酒浆。南边的箕星，舌头吸着向上。北边的斗星，柄儿举向西方。

四　月

四月维夏[①]，六月徂暑[②]。
先祖匪人[③]，胡宁忍予[④]。

秋日凄凄[⑤]，百卉具腓[⑥]。
乱离瘼矣[⑦]，爰其适归[⑧]？

冬日烈烈[⑨]，飘风发发[⑩]。
民莫不穀[⑪]，我独何害。

山有嘉卉[⑫]，侯栗侯梅[⑬]。
废为残贼[⑭]，莫知其尤[⑮]。

相彼泉水[⑯]，载清载浊[⑰]。
我日构祸[⑱]，曷云能穀[⑲]？

滔滔江汉[⑳]，南国之纪[㉑]。
尽瘁以仕[㉒]，宁莫我有[㉓]。

匪鹑匪鸢[24]，翰飞戾天[25]。
匪鳣匪鲔[26]，潜逃于渊[27]。

山有蕨薇[28]，隰有杞桋[29]。
君子作歌[30]，维以告哀。

【题解】

此诗是一位遭谗被祸的大夫吐露愤世忧生之情。前三章说自己受尽磨难，无所归依。第四章以嘉木无故被伐为喻，申诉自己无罪遭害。第五、六章指斥执政者昏庸，叹息自己忠而被疏。第七章叹息无计可逃祸。第八章自叙作诗目的。这位作者“尽瘁以任”，黾勉从公，却遭陷害，辗转流徙，无处投奔，内心忧愤交织。触目所见的景物不时触动他的心事，故而诗歌八章各自为兴，兴象和寓意浑然，蕴藉深永。

【注释】

①四月：和下句的六月，都是指夏历。维：是。 ②徂（cú）：往，至。 ③匪人：不是别人。 ④胡：何，怎么。宁：乃。忍：忍心。以上二句说，我的祖先又不是外人，怎么忍心看着我受难呢？这是诗人在困苦中报怨祖先不保佑他。 ⑤凄凄：指凉风。 ⑥百卉（huì）：百草。卉，众草之总称。具：全，备。腓：“痱（féi）”的假借字，病，指草木枯萎。 ⑦瘼（mò）：病，疾苦。 ⑧爰：《孔子家语·辨政篇》引诗作“奚”，何。适：往。这二句说，因遭乱而忧病，我将到哪儿去呢？ ⑨烈烈：《鲁诗》作“栗栗”，同“冽冽”，寒冷的样子。 ⑩飘风：暴风。发（bō）发：风声。 ⑪穀：善，好。这句连下句说，人人都生活得好，为什么我遭此灾祸？⑫嘉：好，美好。嘉卉，指芳草嘉木。 ⑬侯：维，是。 ⑭废：大。残贼：摧残，残害。 ⑮尤：过失，过错。以上四句的大意是，山上美好的草木竟无

故遭到摧残，不知道自己有什么过错。这是以草木的遭遇比喻自己无故受害。⑯相：看。⑰载：乃。⑱日：天天。构祸：遇祸。⑲曷：何。云：语助词。这四句的大意是，看那泉水尚且时而清，时而浊，浊而能清，我天天遇祸，这种境况何时才会有好转的希望？诗人以泉水有清浊比兴执政者浊而不清，使自己日日处于困境。⑳江汉：长江和汉水。㉑南国之纪：南方百川之纲纪。意思是大小河流汇入江汉，使它们成为南方的主河。纪，纲纪。㉒尽瘁：尽力劳苦。仕：通“事”。㉓宁：而。有：通“友”，友善，友好。莫我有，即“莫有我”。这二句的意思是，我为国事精力耗尽，而当政者却不友善待我。㉔匪：彼。鹑（tuán）：雕。鸢（yuān）：鹞鹰。㉕翰（hàn）：高飞。戾（lì）：至。这二句的意思是，雕及鹰都能高飞上天，而自己却不能。㉖鳣（zhān）：又名鲟鱼。鲔（wěi）：鱼名，与鳣类似。一说是鲟鱼的古称。㉗潜：深藏。渊：深水。这二句的意思是，自己不能像鳣鲔那样躲起来避祸。㉘蕨（jué）、薇：野菜名。㉙隰（xí）：低湿之地。杞（qǐ）：枸杞。桋（yí）：树名，又叫赤楝（shè）。以上二句的意思是，草木各有其所，兴自己不得其所之意。㉚君子：作者自称。

【译文】

四月里，立了夏，六月暑热难当。我的祖先非外人，为啥忍心让我遭祸殃？

秋天里凉风起，百草经霜尽枯萎。身遭离乱心忧苦，何处是家何处归？

冬天里，刺骨凉，狂风吹得呼呼响。别人日子都好过，为啥独我遭祸殃？

高山上，草木美，也有栗子也有梅。砍它伐它摧残尽，不知犯了什么罪？

看那泉水流下坡，有时清来有时浊。我天天都遭祸，啥时日子才好过？

江水汉水浪滔滔，南国百川归河道。尽心竭力为国事，却没有人说我好。

那鹞鹰，那老雕，一飞直上九云霄。那鳣鱼，那鲔鱼，潜入深水真逍遥。

高山上，蕨薇生，洼地里杞桋长。我作歌儿唱一唱，诉说心中的忧伤。

北　　山

陟彼北山[1]，言采其杞[2]。
偕偕士子[3]，朝夕从事[4]。
王事靡盬[5]，忧我父母[6]。

溥天之下[7]，莫非王土。
率土之滨[8]，莫非王臣[9]。
大夫不均[10]，我从事独贤[11]。

四牡彭彭[12]，王事傍傍[13]。
嘉我未老[14]，鲜我方将[15]。
旅力方刚[16]，经营四方[17]。

或燕燕居息[18]，或尽瘁事国[19]。
或息偃在床[20]，或不已于行[21]。

或不知叫号[22]，或惨惨劬劳[23]。
或栖迟偃仰[24]，或王事鞅掌[25]。

或湛乐饮酒㉖，或惨惨畏咎㉗。
或出入风议㉘，或靡事不为㉙。

【题解】

这是小官吏哀苦怨悱之歌。他苦于“王事鞅掌”，抱怨朝廷上苦乐不均。诗歌分为六章。首章怨差役繁多，给父母带来忧愁。次章怨役使不均。第三章言奔走四方。末三章一连用了十二个“或”字，两两对举，列举了六组劳逸不均的现象。这一系列的对比，鲜明地突出了诗歌的主题，尽情地倾泻了作者内心的牢骚不平。在对比之后全诗戛然而止，留给人们许多思索。

【注释】

①陟：登。 ②言：语助词。杞（qǐ）：枸杞。 ③偕偕：强壮的样子。士子：作者自称。 ④从事：犹言办事，办理王事。 ⑤靡：无。盬（gǔ）：尽。 ⑥忧我父母：父母为我忧伤发愁。 ⑦溥：同“普”。⑧率：自。滨：水边。古人相信中国四周都是海。 ⑨王臣：指周王朝的臣民。以上四句说，普天之下，都是周王的土地，四海之内，都是周王的臣民。 ⑩大夫：指执政大臣。不均：不公平。 ⑪贤：多。独贤，犹言独多，独劳。以上二句说，执政大臣分配差役不公平，我的事情特别繁多。 ⑫四牡：四匹公马。古时一车四马。彭彭：不得休息的样子。 ⑬傍傍：纷至沓来，没完没了的样子。 ⑭嘉：嘉许，夸奖。⑮鲜：犹“嘉”。称赞。方将：正当壮年。方，正。将，壮。 ⑯旅：“膂（lǚ）”的借字。旅力，即臂力。这句说体力强健。 ⑰经营四方：指到处奔波忙于差事。以上四句说，因为自己正当年富力强，执政长官就派我到处出公差。 ⑬或：有人。燕燕：安闲的样子。居息：言在私居休息。 ⑲瘁：劳。尽瘁，筋疲力尽。事国：为国效力。 ⑳息偃：安卧休息。 ㉑不已于行：奔走不停。已，止。 ㉒叫号：哭叫悲号。“不知叫

号”言不识人间有痛苦事。 ㉓惨惨：亦作“懆（cǎo）懆”，忧虑不安。劬（qú）劳：劳苦。 ㉔栖迟：栖息游乐。偃仰：同“息偃”。 ㉕鞅掌：忙乱烦扰的意思。 ㉖湛（zhàn）：乐，过度享乐。 ㉗咎（jiù）：过失。 ㉘风议：放言，夸夸其谈。 ㉙为：做，干。靡事不为，没有什么事情不干。

【译文】

登上北山头，为把枸杞采。强干的士子，早晚都当差。王家的事儿无穷无尽，带累我父母难解忧怀。

普天之下，哪一处不是王土。四海之内，谁不是王的臣仆。执政大夫不公平，偏教我独个儿劳碌。

四匹马奔忙路上，王家事纷纷难当。夸奖我说我还不老，重视我为我正强壮。就因我筋力未衰，驱使我奔走四方。

有些人在家里安安逸逸，有些人为国事筋疲力竭。有些人吃饱饭高枕无忧，有些人在道路往来奔走。

有些人不晓得人间烦恼，有些人身和心不断操劳。有些人随心意优游闲散，有些人为王事心忙意乱。

有些人贪杯盏终日昏昏，有些人怕得罪小心谨慎。有些人耍嘴皮只会扯淡，有些人为公家什么都干。

无将大车

无将大车①，祇自尘兮②。
无思百忧③，祇自疧兮④。

无将大车，维尘冥冥⑤。
无思百忧，不出于颎⑥。

无将大车，维尘雍兮⑦。
无思百忧，祇自重兮⑧。

【题解】

这是一首忧时伤乱之作。诗人忧思万端，于无奈中作豁达之想，唱出这支短歌。诗仅三章，每章仅变换几个字，以此来表达情绪的进展。首章言“尘”，次章言“尘冥冥”，末章言“尘雍”，推车招尘的事态愈来愈严重。诗人以推车招尘作比兴，喻忧思伤人。首章言“疧”，次章言“颎”，末章言“重”，忧思伤身的事态愈来愈可怕。如此递进，足见诗人构思之工巧。

【注释】

①无：勿，不要。将：扶，用手推着车。 ②祇（zhī）：只。尘：作动词用，招惹尘土。这二句说，不要去推大车，那样做只会招惹一身灰尘。大车，指用牛拉的车。 ③无思：不要去想。 ④疧（qí）：病，忧病。 ⑤冥冥：昏暗的样子，指尘土障蔽天日。 ⑥颎（jiǒng）：同“炯”，光明。这二句说，只想着忧心事，就看不见前面有光明．即陷于绝望之中。 ⑦雍：通“壅”，遮蔽。 ⑧重：累，病累。

【译文】

不要去把大车推，只会弄得一身灰。不要去想忧心事，只会徒然伤自身。

不要扶着大车走，遮天蔽日扬尘土。不要去想忧心事，只会绝望没盼头。

不要去把大车推，尘土飞扬天地遮。不要去想忧心事，只会徒然添病累。

小　明

明明上天，照临下土。
我征徂西[1]，至于艽野[2]。
二月初吉[3]，载离寒暑[4]。
心之忧矣，其毒大苦[5]。
念彼共人[6]，涕零如雨[7]。
岂不怀归[8]？畏此罪罟[9]。

昔我往矣，日月方除[10]。
曷云其还[11]？岁聿云莫[12]。
念我独兮，我事孔庶[13]。
心之忧矣，惮我不暇[14]。
念彼共人，睠睠怀顾[15]。
岂不怀归？畏此谴怒[16]。

昔我往矣，日月方奥[17]。
曷云其还？政事愈蹙[18]。
岁聿云莫，采萧获菽[19]。
心之忧矣，自诒伊戚[20]。
念彼共人，兴言出宿[21]。
岂不怀归？畏此反复[22]。

嗟尔君子[23]，无恒安处[24]。
靖共尔位[25]，正直是与[26]。
神之听之，式榖以女[27]。

嗟尔君子，无恒安息[28]。
靖共尔位，好是正直[29]。
神之听之，介尔景福[30]。

【题解】

这是一位久役在外的小官吏的怨词。他被贬斥到荒远之地服役，从二月初到岁暮，熬过了漫长的日子，却不知归期。他很想归乡，却生怕惹祸，只好忍耐着。政事冗繁，使他心情恶劣，更加思念同僚好友；然而天各一方，无法相聚，只能祝愿他们勤谨供职，正直为官。通过诗人的叙述，使我们看到了一位满腹牢骚又谨小慎微的小官吏形象。

【注释】

①征：远行。徂（cú）：往。 ②艽（qiú）野：偏远荒凉之地。 ③二月：指夏历二月。初吉：上旬的吉日。 ④离：经历，遭遇。寒暑：犹言冬夏。 ⑤毒：指痛苦。大：同“太”。这句说，这事（指服役艽野）太让人痛苦了。 ⑥共人：即“恭人”，宽和谦恭的人，指诗人的僚友。共，“恭”之借字。 ⑦涕：泪。零：落。 ⑧怀：思念。 ⑨罟（gǔ）：网。此指法网。 ⑩除：去。指除陈布新。这二句说，从前我出发的时候，正是日月除陈迎新之日，指旧岁刚辞新年刚到。 ⑪曷：何时。云：语助词。其：将。⑫聿、云：都是语助词，无义。莫：同“暮”。这二句说，不知何时能回家？而今又是一年将尽了。 ⑬孔：很。庶：众多。这二句说，感念我孤独在外，我的差事很多。 ⑭惮（dàn）：通“瘅”，劳苦。暇：空闲。这句说，忙累得没有一点儿闲暇之时。 ⑮睠（juàn）睠：反顾的样子。顾：顾念，怀念。⑯谴：谴责，呵斥。 ⑰奥（yù）：“燠”之借字，暖。这二句说，从前出发时，正值天气由寒转暖。 ⑱蹙（cù）：急，紧迫。 ⑲萧：艾蒿。获：收割。菽：豆。 ⑳诒（yí）：通“贻”，留。伊：是，此。戚：忧伤。这句

说，自寻烦恼，自添忧伤。 ㉑兴：起，指起床。宿：住处。这句说：因思念“共人”，不能安睡。 ㉒反复：反复无常，指不测之祸。 ㉓嗟：叹词。尔：你。君子：指僚友，即上文所言“共人”。 ㉔恒：常。安处：指安闲居息。这句劝勉僚友不可耽于安乐。 ㉕靖：通“静”，犹“审”，审慎，认真。共：恭，恭谨。位：职位。 ㉖与：赞许，赞助。一说，与，相处，相友好。这二句说，审慎恭谨地对待自己的职务，襄助正直之士（或与正直之士相交往）。 ㉗式：乃，则。穀：善。以：与。这二句说，神明听到了这些事（指“无恒安处”“靖共尔位”“正直是与”），会赐福给你。 ㉘安息：义同“安处”。㉙好：爱好。 ㉚介：助。景：大。这句说赐你大福。

【译文】

上天明朗朗，普照大地上。我行役到四方，一直到那边荒。二月初旬吉日走，如今寒来暑往。我心真忧伤，这种事儿苦难当。怀念那位谦恭人，不觉泪落雨一样。难道不想回乡？只怕触犯法网。

当初我离家乡，正是辞旧迎新的时光。何时才能回乡？岁暮已近无希望。想我一个多孤单，公事太纷繁。我心真忧伤，整天辛劳不得闲。怀念那个谦恭人，依依不舍把他念。难道不想回乡？只怕遭到责难。

当初我离家乡，天气暖洋洋。何时才能回乡？公事真是紧张。一年又将过完，采蒿收豆忙又忙。我心多忧愁，自寻烦恼空悲伤。怀念那个谦恭人，难以安睡走出房。难道不想回乡？只怕惩罚反复无常。

啊，你这个好人，休要贪图安逸享乐。恭谨地对待你的职务，把正直之士赞助。神明听到这一切，定会赐你福禄。

啊，你这个君子，休要贪图安逸舒服。恭谨地对待你的职务，把正直之士爱护。神明听到这一切，定会赐你大禄大福！

鼓　钟

鼓钟将将[①]，淮水汤汤[②]。
忧心且伤。淑人君子[③]，
怀允不忘[④]。

鼓钟喈喈[⑤]，淮水湝湝[⑥]。
忧心且悲。淑人君子，
其德不回[⑦]。

鼓钟伐鼛[⑧]，淮有三洲[⑨]。
忧心且妯[⑩]。淑人君子，
其德不犹[⑪]。

鼓钟钦钦[⑫]，鼓瑟鼓琴[⑬]。
笙磬同音[⑭]。以雅以南[⑮]，
以籥不僭[⑯]。

【题解】

此诗抒写伤今思古的感情。诗人在淮水上重观周乐，而想到昏君虽有先王之乐而失先王之德，感慨系之，黯然神伤。诗歌的最后一章以简洁的笔墨描绘了演奏周乐的盛大场面，各种乐器合奏，有的吹，有的弹，有的敲。诗人陶醉于美妙的音乐中，自然会追怀创造这音乐的古圣先贤。

旧说此诗刺周幽王（或说周昭王）淫乐于淮上。供参考。

【注释】

①鼓：敲击。鼓钟，敲钟。将（qiāng）将：同“锵锵”，钟声。 ②淮水：淮河。源出今河南省桐柏山，经安徽、江苏的北部，东流入海。汤（shāng）汤：大水奔流的样子。 ③淑人君子：指古圣先贤。淑，善。 ④怀：思念。允：诚然，确实。 ⑤喈（jiē）喈：象声词，此处形容钟声。 ⑥湝湝（jiē）：大水奔流的样子。 ⑦回：邪，奸邪。不回，指品德端庄正直。 ⑧伐：击。鼛（gāo）：大鼓。 ⑨洲：水中陆地。三洲，淮河中的三个小岛，今不知所在。三洲可能是周王会诸侯奏乐的地点。 ⑩妯（chōu）：悲恸，哀伤。 ⑪犹：已。不犹，即不已，流传千秋。 ⑫钦钦：钟声。 ⑬鼓瑟鼓琴：弹瑟弹琴。 ⑭笙：一种吹奏乐器。磬（qìng）：一种古代打击乐器，用玉或石制成。同音：音调和谐。 ⑮以：为。雅：雅乐。天子之乐为雅乐，古称为正乐，用于祭礼、朝会等大典上。南：指南方的乐调。现在的河南南部，湖北江陵、宜昌一带，古代属南夷。 ⑯籥（yuè）：古代管乐器。此指籥舞（从朱熹说）。籥舞，又称文舞，舞者左手持籥，右手持翟羽。僭（jiàn）：乱。不僭，不乱，齐整有序。

【译文】

敲起钟儿响“当当”，淮河之水浩浩荡荡。我心忧愁且悲伤。古圣先贤呀，令人怀念不能忘。

敲起钟儿响“叮叮”，淮河之水奔流不歇。我心忧愁且悲切。古圣先贤呀，品德端庄不偏邪。

敲起钟来擂起鼓，淮水之上有三洲。我心悲恸且忧愁。古圣先贤呀，品德高贵传千秋。

敲起钟儿叮叮叮，弹起瑟，弹起琴。笙磬同奏相和鸣。奏雅乐，奏南乐，籥舞跳得多整齐。

楚 茨

楚楚者茨[①]，言抽其棘[②]。
自昔何为[③]？我蓺黍稷[④]。
我黍与与[⑤]，我稷翼翼[⑥]。
我仓既盈[⑦]，我庾维亿[⑧]。
以为酒食[⑨]，以享以祀[⑩]。
以妥以侑[⑪]，以介景福[⑫]。

济济跄跄[⑬]，絜尔牛羊[⑭]，
以往烝尝[⑮]。或剥或亨[⑯]，
或肆或将[⑰]。祝祭于祊[⑱]，
祀事孔明[⑲]。先祖是皇[⑳]，
神保是飨[㉑]。孝孙有庆[㉒]，
报以介福[㉓]，万寿无疆[㉔]。

执爨踖踖[㉕]，为俎孔硕[㉖]，
或燔或炙[㉗]。君妇莫莫[㉘]，
为豆孔庶[㉙]，为宾为客[㉚]。
献酬交错[㉛]，礼仪卒度[㉜]，
笑语卒获[㉝]。神保是格[㉞]，
报以介福，万寿攸酢[㉟]。

我孔熯矣[㊱]，式礼莫愆[㊲]。
工祝致告[㊳]：“徂赉孝孙[㊴]。
苾芬孝祀[㊵]，神嗜饮食[㊶]，

卜尔百福[42]。如幾如式[43]，
既齐既稷[44]，既匡既敕[45]。
永锡尔极[46]，时万时亿[47]。”

礼仪既备[48]，钟鼓既戒[49]。
孝孙徂位[50]，工祝致告[51]。
神具醉止[52]，皇尸载起[53]。
鼓钟送尸[54]，神保聿归[55]。
诸宰君妇[56]，废彻不迟[57]。
诸父兄弟[58]，备言燕私[59]。

乐具入奏[60]，以绥后禄[61]。
尔肴既将[62]，莫怨具庆[63]。
既醉既饱，小大稽首[64]。
神嗜饮食，使君寿考[65]。
孔惠孔时[66]，维其尽之[67]。
子子孙孙，勿替引之[68]。

【题解】

这是周王祭祀祖先的乐歌，详细地记叙了宗庙祭祀的全过程。第一章写祭前的准备。第二章写祭祀时陈设各种祭品，神尸向神灵祈祷。第三章写宴请宾客。第四章写神尸传达神灵的意旨。第五章写奏乐送神，重设私宴。第六章写私宴的场面。由于是用于宗庙祭祀的特定场合，所以此诗词气平和，气度雍容，与国风明显不同。其中也颇多生动之笔。如第一章连用五个“我”、四个“以”，写出了祭前紧张热闹的气氛。第二章连用四个“或”，也让人想见设祭时的忙碌场景。第六章写同姓私宴，颇具声色。所以后人评曰：“气格闳丽，结构严密。写祀事如仪注，庄敬诚孝之意俨然。有景有态，而精语险句，更层见错出，极情文条理之妙。”

【注释】

①楚楚：丛生茂密的样子。茨：蒺藜，一年生草本植物。 ②言：语助词。抽：除，拔。棘：指茨刺。 ③昔：从前。这句的意思是，自古以来就这样做（指垦田先除茨），是为什么呢？ ④蓺（yì）：种植。 ⑤与与：茂盛的样子。 ⑥翼翼：同“与与”。 ⑦仓：仓库。既：已。盈：满。 ⑧庾（yǔ）：在野外的、露天的粮囤。维：是。亿：通“盈”（从王引之说）。这二句说，我们的仓库、粮囤都装得满满的了。 ⑨以：用。 ⑩享：献，献神。祀：祭礼。 ⑪妥：安坐。侑（yòu）：劝酒。古代祭祀祖先时，让活人扮神，叫作尸。在祭礼时主人先迎接神尸，请他进庙坐在神位上，并请他享用酒食。 ⑫介：求。景：大。 ⑬济济：庄严恭敬的样子。跄（qiāng）跄：走路有板有眼的样子。 ⑭絜（jié）：同“洁”。洗干净。牛羊：指用于祭礼的那些牛羊。 ⑮烝（zhēng）：冬祭。尝：秋祭。蒸尝，泛指祭祀。 ⑯或：有的，有人。剥：分解皮肉，宰割。亨（pēng）：即“烹”。 ⑰肆：陈列。指把祭品盛放到器具里。将：送，捧持送往。指把祭品端进去。 ⑱祝：太祝，掌管祭礼的官。祭：祭告。祊（bēng）：庙门内的祭坛。这句说，太祝在庙门内祭告。 ⑲祀事：祭祀之事。孔：甚，很。明：整齐，完备。 ⑳先祖是皇：犹言“先祖是往”。皇，借为“往”，前来。 ㉑神保：犹言神灵，此指先祖的神灵。飨（xiāng）：以酒食款待人。此指请神灵享用酒食。 ㉒孝孙：主祭的人，指周王。庆：善。 ㉓报以介福：指祖先享用祭品后赐以大福作为酬报。一说 报是一种祭典，为报恩德而举行。 ㉔无疆：没有界限。 ㉕执：执掌。爨（cuàn）：灶。执爨，执掌炊事，犹言司厨。踖（jí）踖：恭谨敏捷的样子。 ㉖俎（zǔ）：古代祭祀时盛放祭品的器物，形似小方桌。孔硕：很大。指俎盛放的肉食很多。 ㉗燔（fán）：烧肉。炙（zhì）：烤肉。 ㉘君妇：天子、诸侯之妇。一说，主妇。莫莫：神情肃穆的样子。

㉙豆：古代食器名。庶：众。这句说盛放祭品的豆很多。 ㉚为宾为客：招待宾客。 ㉛献：主人向客人敬酒。酬：宾客向主人回敬劝酒。 ㉜卒：尽，完全。度：法度。这句说礼仪尽合法度。 ㉝获：合于时宜，恰到好处。这句说笑语欢谈尽得其宜。 ㉞格：至，来到。 ㉟攸：语助词。酢（zuò）：报酬。 ㊱我：指主祭人。熯（rǎn）：敬惧。 ㊲式：语助词。愆（qiān）：差错，过失。这二句说，我多么敬惧恭谨，在礼节上没有一点儿差错。 ㊳工祝：即太祝。致告：传告。 ㊴徂：往。赉（lài）：赏赐。以上二句说，太祝传告神灵的话，要赐福给我孝孙。 ㊵苾（bì）芬：芳香。孝祀：享祀。指祭品。这句说，祭品喷香。 ㊶这句说，神灵喜欢用此饮食。 ㊷卜：赐予。尔：指主祭人孝孙。百：言众多。 ㊸幾（jī）："期"的借字。式：法度。如：合。这句说，祭祀如期举行，合于法度。 ㊹齐：齐肃。稷：借为"亟"，敏捷。古人以敏捷为敬。 ㊺匡：正，端庄。敕：同"饬"，整饬，严整。 ㊻锡：犹"赐"。极：至。指最大的福气。 ㊼时：是。万、亿：极言其多，无数。以上八句是太祝转述神灵的话，意思是称赞上供的祭品味美可口，祭祀合于法度，如期按时举行，主祭人（孝孙）的态度恭谨庄肃又敏捷，很得祖先欢心，赐给孝孙无边洪福。 ㊽备：齐备，完备。 ㊾戒：犹"备"。祭祀将毕，奏乐以告礼成。这二句的意思是，祭礼已近尾声，快结束了，各种乐器已准备齐全。 ㊿徂位：走回原位。指主祭人回到未祭前所站立的位子。 (51)这句说，太祝传达神灵的意旨。 (52)具：全。 (53)皇：大。尸：古人祭祀时代表受祭者的活人。皇尸，对尸的尊称。这三句说，太祝传达神灵的意旨，神灵们都喝醉了，装扮祖先神灵的皇尸站起来了。 (54)这句说，乐器齐奏送走皇尸。 (55)聿：乃，于是。这句说，神灵都回去了。 (56)诸宰：众位膳夫，即司厨。 (57)废：去，除。彻：通"撤"。这二句说，众位膳夫和主妇，迅速地撤去席上的祭品。 (58)诸父：同姓长辈。犹言叔伯。 (59)备：齐。燕私：古代祭祀后亲属在宗庙后殿举行私宴。 (60)乐：指乐队。具：全部。指乐工都进入后殿演奏。 (61)绥：安。后禄：指共享祭后的酒食。 (62)肴（yáo）：指熟的肉食。将：美好。指味美。 (63)这句说，没有人抱怨，大家

都高兴。 ⑭小大：大大小小。稽首：叩头。这是一种跪拜礼，双膝跪地，以头叩地。 ⑮寿考：长寿。 ⑯惠：顺。时：宜时。 ⑰这句说，主人在祭礼中完全遵守礼仪。 ⑱替：废。引：长，延续。之：指祭祀祖先。这句说，子子孙孙不可废弃祭祖之礼，要永远保持下去。

【译文】

密密丛生的蒺藜，把它们除去。自古如此为什么？我要种高粱小米。我的谷子多茂盛，我的高粱多整齐。我的仓库已堆满，我的粮囤已充实。用它酿酒，用它做饭，用它献神，用它祭祀。请来尸神敬上酒，求神降下大福气。

态度恭敬又端庄，洗刷干净牛和羊，准备用来作祭享。有的宰割，有的烹煮，有的装盘，有的端上。太祝在庙门祷告，祭祀之事已十分妥当。列祖列宗欣然前往，神灵来把酒食尝。主祭孝孙有吉庆，祖先赐你大福气，使你长寿永无疆。

司厨恭敬又敏捷，案上鱼肉真不少，有的烧呀有的烤。主妇神态多敬肃，奉上碗盏一个个，款待嘉宾和贵客。主宾互敬来又往，礼仪完全合规章，笑语欢谈都得当。祖先神灵已来到，降赐洪福作酬报，让你长生永不老。

我祭祖先多敬惧，礼仪周到没毛病。太祝传告神旨："赐下福禄给孝孙。祭品酒食多芳芬，神灵享用真开心，赐你百般好福气。祭礼如期合法度，办事谨慎又迅速，态度端庄又严肃。无量洪福赐给你，成万上亿无数计。"

祭祀之礼已完备，钟鼓之乐已备齐。主祭孝孙回原位，太祝禀告祭礼毕。神灵都已醉醺醺，尸神于是站起身。敲钟击鼓送尸神，神灵翩翩上归程。众位膳夫和主妇，撤下祭品真迅速。众位父老兄弟们，齐集宴饮真快乐！

乐队入殿来演奏，安享祭后的口福。你的肴馔味道香，没人抱怨都欢畅。饭已吃饱酒已足，大大小小来叩头。神灵爱吃这饮食，保你长寿福禄齐。祭祀合时又顺利，完完全全守礼仪。子子孙孙，永把祭礼来保持。

信南山

信彼南山①，维禹甸之②。
畇畇原隰③，曾孙田之④。
我疆我理⑤，南东其亩⑥。

上天同云⑦，雨雪雰雰⑧，
益之以霡霂⑨。既优既渥⑩，
既霑既足⑪，生我百谷。

疆埸翼翼⑫，黍稷彧彧⑬。
曾孙之穑⑭，以为酒食。
畀我尸宾⑮，寿考万年⑯。

中田有庐⑰，疆埸有瓜。
是剥是菹⑱，献之皇祖⑲。
曾孙寿考，受天之祜⑳。

祭以清酒，从以骍牡㉑，
享于祖考㉒。执其鸾刀㉓，
以启其毛㉔，取其血膋㉕。

是烝是享㉖，苾苾芬芬㉗，

祀事孔明[28]。先祖是皇[29]，
报以介福[30]，万寿无疆。

【题解】

这是周王祭祖祈福的乐歌，专为冬祭所用。意旨虽然与《楚茨》相同，但《楚茨》是严格按照祭祀的过程进行叙述，本篇却远从田事落笔。首章言垦田齐整，次章言雨雪及时，第三章言收获，乃涉入祭祀之事。因此本篇与《楚茨》相比，笔墨显得比较灵动。正如后人所评："上篇（指《楚茨》）铺叙闳整，叙事详密；此篇则稍略而加以跌宕，多闲情别致，格调又自不同。"

【注释】

①信："伸"的假借字，延长，延伸。南山：即终南山，在今陕西省西安市南。这里指终南山地区的田野。 ②维：是。禹：大禹。甸：治理，开垦田地。之：指田野。这二句说，绵远无际的终南山之野，是大禹在这里开垦。③畇（yún）畇：形容开垦后的土地平整的样子。原隰：高地和洼地。④曾孙：主祭者自称，指周王。田：耕种。之：田地。 ⑤疆：田界。这里作动词用，指划定田界。理：指田中沟渠。这里作动词用，指挖掘沟渠。 ⑥南东其亩：意思是纵横耕耘田地。南北而耕曰纵，东西而耕曰横。亩，田地。⑦上天：冬季的天空。同云：阴云密布。 ⑧雨雪：下雪。雰（fēn）雰：犹"纷纷"。 ⑨益：加，加上。霡霂（màimù）：小雨。这三句说，冬天天空阴云密布，雪花纷纷飘落，加上蒙蒙小雨滋润田地。 ⑩既：已。优：丰足，指雨水多。渥（wò）：沾湿，润湿。 ⑪霑（zhān）：滋润。足："浞（zhuó）"的借字，湿润的样子。 ⑫疆埸（yì）：指田界，田畔，田埂。翼翼：整齐的样子。 ⑬彧（yù）彧：茂盛的样子。 ⑭穑：收获谷物。 ⑮畀（bì）：给予。尸宾：皇尸和宾客。尸，古代祭祀时以活人代表受祭者坐于神位上，叫"尸"。祭祀上有迎尸入座、宴飨宾客之礼，参见《楚茨》。 ⑯寿

考：长寿。　⑰中田：田中。庐：“芦”的假借字，芦菔，即萝卜。　⑱剥：剖开。菹（zū）：腌菜。　⑲皇祖：祖先的美称。这二句说，把萝卜甜瓜剖开腌成咸菜，奉献给祖先。　⑳祜（hù）：福。　㉑从：跟随。骍（xīng）：赤黄色的牛马。牡：雄畜。骍牡，指赤黄色的公牛。　㉒享：献。考：指父亲。祖考，泛指列祖列宗。　㉓鸾（luán）刀：带铃的刀。　㉔启：开，划开。㉕膋（liáo）：指膏油，牛脂。周人献祭，主祭者（周王）亲执鸾刀割开牲口的毛皮，以表示选用的牺牲毛色纯正（周人尚赤，故用赤黄之牛），取其血，表示是新杀的，取其脂，与艾蒿、黍稷等一起燃烧，使香气四溢，以示敬神之意。㉖烝：冬祭。　㉗苾（bì）苾芬芬：香气浓郁。指牛脂燃烧之气。　㉘孔明：整齐完备。　㉙皇：往。这句说，祖宗神灵前往受用祭品。　㉚报以介福：祖先降赐洪福作为酬报。

【译文】

南山之野绵延无际，大禹在这里开荒垦地。高田洼地平展整齐，曾孙在这里播种耕地。划定田界挖好沟渠，东西南北纵横耕耘。

冬日天空阴云布，纷纷雪花漫天舞，加上小雨细蒙蒙。雨水丰足雨水多，土地滋润多肥沃，生长我们的百谷。

田界条条多整齐，黍米高粱遍田野。曾孙周王来收割，用它酿酒做饭食。献给尸神宴宾客，长寿万年乐无比！

田地里，有萝卜，田埂上，长甜瓜。剖开它，腌制它，献给祖先请收下。曾孙长寿永不老，全靠皇天保佑他。

祭礼之时斟清酒，再献一只红毛牛，列祖列宗请享用。拿起那把带铃刀，划开公牛的皮毛，取出鲜血和脂膏。

于是冬祭献祭品，气味芬芳喷鼻香，祭祀诸事都妥当。列祖列宗欣然往，神灵酬报洪福降，使你万寿永无疆！

甫　田

倬彼甫田[1]，岁取十千[2]。
我取其陈[3]，食我农人[4]。
自古有年[5]。今适南亩[6]，
或耘或耔[7]，黍稷薿薿[8]。
攸介攸止[9]，烝我髦士[10]。

以我齐明[11]，与我牺羊[12]，
以社以方[13]。我田既臧[14]，
农夫之庆[15]。琴瑟击鼓[16]，
以御田祖[17]。以祈甘雨[18]，
以介我稷黍[19]，以穀我士女[20]。

曾孙来止[21]，以其妇子[22]，
馌彼南亩[23]。田畯至喜[24]，
攘其左右[25]，尝其旨否[26]。
禾易长亩[27]，终善且有[28]。
曾孙不怒[29]，农夫克敏[30]。

曾孙之稼，如茨如梁[31]。
曾孙之庾[32]，如坻如京[33]。
乃求千斯仓[34]，乃求万斯箱[35]。
黍稷稻粱，农夫之庆。
报以介福[36]，万寿无疆。

【题解】

这是周王祭祀农神，祈求丰年的乐歌。虽以祭神祀年为主旨，但绝大多数篇章都用于描绘农事劳作、周王劝农及丰收喜悦，只有极少笔墨涉及祭祀。然而那些“闲笔”都是为了渲染中心意旨而经营的，闲而不散。值得注意的是，本篇在章法上颇有变化。首章言周王（曾孙）到田间劝农，而第三章接续其意，再加描绘。第二章言迎神祈雨，第四章接续其意，突出“报以介福”。如此笔法，断而又续，言断而意不断，足见作者用心之巧。

【注释】

①倬（zhuō）：广大宽阔的样子。甫田：大田。甫，大。 ②岁：每年。十千：极言其多。 ③我：诗人自称，可能他是周王的农官或掌祭祀之职。陈：陈粮。 ④食（sì）：拿东西给人吃。这二句说，我拿出陈粮旧谷，做饭给农人吃。农人在耕种公田时，由公家拿出粮食供食用。“尊者食新，农夫食陈”（《毛传》），这在当时统治者看来是天经地义的。 ⑤有年：丰年。 ⑥适：往。南亩：指向南朝阳的田地。 ⑦或：有的，有人。耘：除草。耔（zǐ）：给苗培土。 ⑧薿（nǐ）薿：茂盛的样子。 ⑨攸：助词，无义。介：大。指庄稼长大。止：至。指收获庄稼。 ⑩烝：进，进献。髦士：英俊之士，此指田官。意思是庄稼收获了，田官把它献上来。一说，烝，进，拔擢，意思是庄稼收割了，提拔那些管理农事能干的官员。 ⑪齐明（zīchéng）：“粢盛”的假借字。粢盛，指祭祀用的谷物。 ⑫牺：祭祀用的牲畜。这里指牛。 ⑬社：土地神。这里作动词用，指祭土地神。方：四方之神。这里作动词用，指祭四方之神。 ⑭臧：善。指庄稼长得好。 ⑮庆：福。 ⑯琴瑟：作动词用，弹琴鼓瑟。 ⑰御：迎。田祖：指农神。相传，发明农事的是神农氏，后世祀以为神。 ⑱甘雨：应时好雨。 ⑲介：大。这句说，使我黍稷长大。 ⑳穀：养。士女：本指未婚的男女，这里等于说男男女女，指庶民，群黎。 ㉑曾孙：指周王。止：助词，无义。 ㉒这句有

二义："妇子"指周王之妇与子；或说，指农夫之妇与子。前说似较妥帖。㉓馌（yè）：送饭。这二句说，周王携带王妃和儿子到田里行馌田礼，送陈米饭给农夫吃。 ㉔田畯（jùn）：农官。 ㉕攘：取。左右：指放在旁边的饭菜。一说，攘，读为"让"；左右，指随行之人。意思是田官欲尝酒食，先让左右随员。 ㉖旨：味美。否：不。 ㉗易："移"之假借字，盛。长亩：满亩。这句说，禾苗蕃盛茎叶覆满田亩。 ㉘终：既。有：多。这句说，庄稼长得既壮又密。 ㉙不怒：不发脾气。 ㉚克：能。敏：敏捷。指又好又快。㉛茨：草屋的顶。梁：桥梁，拱桥。形容粮食堆积得又高又隆。 ㉜庾：在野外露天的粮囤。 ㉝坻（chí）：小丘。京：高丘。 ㉞乃：于是。斯：语助词。 ㉟箱：车厢。 ㊱报：酬谢。介：大。指神灵赐福以酬谢祭献。

【译文】

多广阔呀那片大田，每年产粮成万上千。我拿仓中陈粮，去给农夫把肚填。自古常有丰收年。今日巡视到南边田间。有人除草，有人培土，黍米高粱密密一片。长大了，收割了，田官向我来进献。

盛满黍米高粱，备好我的牛羊，祭祀土神和四方。我的庄稼长势好，农夫们呀喜洋洋。弹起琴瑟擂起鼓，热热闹闹迎田祖。求它降下及时雨，保我庄稼都长成，养活我庶民众生。

曾孙来了，带着王后和王子，赏饭来到田野间。农官一见心喜欢，拿起身边菜和饭，尝尝味道鲜不鲜。庄稼蕃盛满田垄，长得壮实结穗重重。曾孙欢喜不气恼，农夫干活快又好。

曾孙的庄稼堆满场，像屋顶，像桥梁。曾孙的粮囤高又圆，像土丘，像山冈。快修上千谷仓，快造上万车辆。装满了黍稷稻粱，农夫们呀喜洋洋。神灵降赐大福气，保佑曾孙万寿无疆。

大　田

大田多稼[1]，既种既戒[2]，
既备乃事[3]。以我覃耜[4]，
俶载南亩[5]。播厥百谷[6]，
既庭且硕[7]，曾孙是若[8]。

既方既皁[9]，既坚既好[10]，
不稂不莠[11]。去其螟螣[12]，
及其蟊贼[13]，无害我田穉[14]。
田祖有神[15]，秉畀炎火[16]。

有渰萋萋[17]，兴雨祁祁[18]。
雨我公田[19]，遂及我私[20]。
彼有不获穉[21]，此有不敛穧[22]。
彼有遗秉[23]，此有滞穗[24]。
伊寡妇之利[25]。

曾孙来止[26]，以其妇子[27]。
馌彼南亩[28]。田畯至喜[29]。
来方禋祀[30]，以其骍黑[31]，
与其黍稷。以享以祀，
以介景福[32]。

【题解】

这是西周农事诗之一。虽然与《楚茨》《甫田》一样，是用于祭神祈年的乐歌，其中也有祭神报赛等内容，但它的主要笔墨用于描写一年四季农业生产的各种活动。第一章写春播，嘉禾生长。次章写夏忙，除草灭虫，谷粒坚好，丰收在望。第三章写秋雨充足，收获丰盛。第四章写犒劳农夫，祭神求福。

作者以简洁洗练的语言描绘了农业生产的场面，情景生动，人物跃然纸上，后人评曰："闲情别致，令人想见田家乐趣，有画图所不能到者。"当然，此诗的意义远不止于"田家乐趣"，更重要的是，它展示了西周时期农业发展的状况，为了解两千年前的阶级关系、公田与私田的关系、分配关系等，提供了重要资料。

【注释】

①大田：面积广大的田。多稼：多多种上庄稼。 ②种：指挑选良种。戒：修整农具。 ③既备：言上述的事（选种、修械）已准备停当。乃事：言从事下文所述的事（耕作播种）。 ④覃（tán）："剡"字的假借，锐利。耜（sì）：古代翻土农具。类似后世的犁铧。 ⑤俶（chù）：始。载：从事。南亩：向南朝阳的土地。此泛指田亩。 ⑥厥：其。 ⑦庭：读为"挺"，向上挺直而出。硕：大。 ⑧曾孙：指周王。若：顺。这二句说，庄稼长得苗壮，一切顺了周王的心愿。 ⑨方：通"房"，指谷粒已长了嫩壳。皁（zào）：指谷物结实而外壳未坚硬。 ⑩坚：指谷粒外壳坚硬。好：指谷粒坚实完好。 ⑪稂（áng）：又叫童粱，似谷而不结实。莠（yǒu）：形似禾的一种野草，亦名狗尾草。 ⑫螟（míng）：吃苗心的小青虫。螣（tè）：吃禾叶的虫。 ⑬蟊（máo）：吃苗根的虫。贼：专食禾节的虫，善钻禾秆。⑭稺：通"稚"，幼苗。 ⑮田祖：农神。神：犹"灵"。 ⑯秉：拿。畀：付。以上二句是祈求稷神之词，说田祖如果有灵，就将这些害虫投到火里去吧。 ⑰渰（yǎn）：阴云笼罩的样子。萋萋："凄凄"的假借，清冷的样子。 ⑱兴：起。兴雨，下雨。祁祁：同"徐徐"，缓慢的样子。 ⑲雨：作动词用，落雨。公田：又称籍田，是周王分赐给诸侯和百官的井田，按照贵族

等级来分配的，公田所得要向天子纳税。 ⑳遂：遍。私：指私田。私田是贵族利用奴隶开辟的井田外的荒地，不向天子纳税。 ㉑获：收割。不获穉：因未成熟而不割的禾。 ㉒敛：收。穧（jì）：收割庄稼。不敛穧，已割下而未收的禾。 ㉓遗秉：遗漏的成把的禾。秉，把。 ㉔滞穗：抛撒在田里的穗子。 ㉕伊：是。利：好处。以上五句说，这里那里都有遗下的穗粒，准许穷苦的寡妇去拾取。 ㉖止：语助词。 ㉗此句是说，周王带着妻与子来巡视。 ㉘馌（yè）：送饭。 ㉙田畯：田官。以上四句已见《甫田》第三章。 ㉚来：指周王来。方：指祭祀四方之神。禋（yīn）祀：精洁致祀。这句说周王以精致洁净的祭品祭祀四方之神。 ㉛骍（xīng）：赤色牲。黑：黑色牲。 ㉜介：求。景：大。

【译文】

大田里多种多收，种子选了农具修，各事齐备来动手。用我锋利的犁头，开始整南田的土壤。播种庄稼多样，生长得棵棵茁壮，顺了周王的希望。

谷粒长了皮壳，长得坚实完好，没有稂草莠草。除去青虫，丝虫，蝗虫和它的同伙，别祸害我的幼禾。田祖有灵，把它们投进大火。

阴云密布冷清清，淅沥小雨下不停。落在我的公田里，洒在我的私田里。那里有迟熟的庄稼还没收，这里有已割的庄稼散地头。那里有遗落的禾把，这里有谷穗抛撒。舍给孤苦寡妇家。

王来看收成，带着妻和子。送饭送到田里，田官来了也欢喜。王来祭祀四方，牺牲有赤有黑，还有稷子黄米。奉请诸神受祭，赐王天大福气。

瞻彼洛矣

瞻彼洛矣①，维水泱泱②。

君子至止，福禄如茨③。
韎韐有奭④，以作六师⑤。

瞻彼洛矣，维水泱泱。
君子至止，鞞琫有珌⑥。
君子万年，保其家室⑦。

瞻彼洛矣，维水泱泱。
君子至止，福禄既同⑧。
君子万年，保其家邦⑨。

【题解】

此诗赞美周王会诸侯、起六军于洛上、讲武事、安家邦。作诗者可能是诸侯之一。诗中用“韎韐有奭”“鞞琫有珌”描绘周天子形象，简略传神。

【注释】

①瞻：看。洛：水名，源出陕西，流经河南西部，汇入黄河。 ②泱（yāng）泱：水面广阔深远的样子。 ③茨：茅草屋顶。茨用许多茅草堆积成。此极言福禄之多。 ④韎韐（mèigé）：用染成红色的熟皮制成的蔽膝。奭（shì）：通“赩（xì）”，赤色。 ⑤作：起，兴。六师：六军。 ⑥鞞琫（bǐběng）：饰有宝玉的刀鞘。鞞，刀鞘。琫，刀鞘上的玉饰。珌（bì）：形容刀鞘玉饰花纹的精美。 ⑦家室：指王族。 ⑧同：聚。 ⑨家邦：国家。

【译文】

看那边的洛水呀，波澜壮阔无边际。天子车驾到来，福禄多如茅茨。熟皮蔽膝是红色，指挥六军齐奋起。

看那边的洛水呀，水面深阔不见边。天子车驾到来，玉饰刀鞘真光艳。祝愿天子长寿，保佑王族平安。

看那边的洛水呀，江面广阔翻波浪。天子车驾到来，福禄会聚一堂。祝愿天子万岁，保佑国家兴旺。

裳裳者华

裳裳者华①，其叶湑兮②。
我觏之子③，我心写兮④。
我心写兮，是以有誉处兮⑤。

裳裳者华，芸其黄矣⑥。
我觏之子，维其有章矣⑦。
维其有章矣，是以有庆矣⑧。

裳裳者华，或黄或白。
我觏之子，乘其四骆⑨。
乘其四骆，六辔沃若⑩。

左之左之⑪，君子宜之⑫。
右之右之⑬，君子有之。
维其有之⑭，是以似之⑮。

【题解】

此诗赞美一位年轻有为的贵族，朱熹认为“此天子美诸侯之辞”。诗歌分四章，抒写初见“之子”的欣慰之情和赞赏之意。诗人以盛开的鲜花起兴，比喻“之子”的青春有为。每章中都采用叠句，来强调内心的感情。尤其是末章多用叠词，造成长声咏哦、一唱三叹的韵味。所以后人称此章“似歌非歌，似谣非谣，理莹笔妙，自是名言”。

【注释】

①裳裳：“堂堂”的假借，花朵盛开的样子。华：花。 ②湑（xǔ）：茂盛的样子。 ③觏（gòu）：见，遇见。之子：此人。 ④写：犹“泻”，指心中的烦恼消除了，舒畅了。 ⑤誉：通“豫”，安乐。誉处，即安处，指愉悦，快乐。 ⑥芸：形容花朵极黄的样子。 ⑦章：文章，指有才华。⑧庆：福。 ⑨骆：黑鬃白马。 ⑩辔（pèi）：缰绳。沃若：柔软光润的样子。 ⑪左之：犹“左兮”，“之”为语气词。左，左辅，指君王身边的辅佐之人。 ⑫君子：即“之子”。宜：适合。之：指上文所言“左”。这二句说，让他当左辅吧，他很适合这个职务。 ⑬右之：犹“右兮”。之，为语气词。右，右弼。 ⑭有：有能力，有才能。一说，“有”，取，取其所长而用。 ⑮似：“嗣”的假借字。继承。这二句说，因为他才德兼备，所以得以继承世禄。一说，因为能用辅弼之贤，所以能使他得以继承先祖食禄。

【译文】

鲜花朵朵开放，绿叶郁郁苍苍。我遇见这个人儿，心里真舒畅呀。心里真舒畅呀，多么欢愉安康。

鲜花朵朵开放，花儿一片灿灿黄。我遇见这个人儿，他很有才华呀。他很有才华呀，好运气属于他。

鲜花朵朵开放，白的白呀黄的黄。我遇见那个人儿，黑鬃白马驾车上呀。黑鬃白马驾车上呀，六根缰绳溜溜光。

左辅呀左辅，他干这个很适合。右弼呀右弼，他干这个也适宜。正因为才德兼有，所以继承了世禄。

鸳鸯

鸳鸯于飞[1]，毕之罗之[2]。
君子万年，福禄宜之[3]。

鸳鸯在梁[4]，戢其左翼[5]。
君子万年，宜其遐福[6]。

乘马在厩[7]，摧之秣之[8]。
君子万年，福禄艾之[9]。

乘马在厩，秣之摧之。
君子万年，福禄绥之[10]。

【题解】

这是一首祝贺新婚的诗。鸳鸯乃匹鸟，所以诗歌的前二章以鸳鸯兴夫妻恩爱之情。古代礼制，由男方乘车马前往女方迎亲，所以诗歌的后二章以摧秣乘马兴结婚亲迎之礼。

【注释】

①鸳鸯：水鸟名，雌雄成对不离，古称匹鸟。于：语助词。 ②毕：有长柄的小网。罗：网。毕、罗在这里作动词。作者以及时用网捕捉飞翔的鸳鸯，比喻及时迎娶。 ③宜：安。 ④梁：鱼梁，拦鱼的坝。 ⑤戢（jí）：“捷”的假借字，插。这句的意思是，鸳鸯栖息的时候把它的嘴插在左翼里。一说，戢为收敛。 ⑥遐：远，久。遐福，永福。 ⑦乘（shèng）马：四匹马。古代一车四马为一乘。或泛指驾车之马。厩（jiù）：马棚。 ⑧摧

（cuò）：通“莝”，铡碎的草。这里用作动词。秣（mò）：喂马的谷物。这里作动词用。这句的意思是，用铡碎的草喂马，用谷物喂马。 ⑨艾：辅助。一说艾为养。 ⑩绥（suí）：安。安好。

【译文】

鸳鸯双飞不分开，小网捕捉大网掩。祝愿君子寿万年，安享福禄双全。

鸳鸯成双在鱼梁，嘴儿插进左翅膀。祝愿君子寿万年，安享福禄到永远。

迎亲马儿在马房，喂它草，喂它粮。祝愿君子寿万年，福禄助你永安康。

迎亲马儿在马槽，喂它粮，喂它草。祝愿君子寿万年，福禄常在永安好。

頍弁

有頍者弁①，实维伊何②？
尔酒既旨③，尔肴既嘉④。
岂伊异人⑤？兄弟匪他⑥。
茑与女萝⑦，施于松柏⑧。
未见君子，忧心奕奕⑨。
既见君子，庶几说怿⑩。

有頍者弁，实维何期⑪？
尔酒既旨，尔肴既时⑫。
岂伊异人？兄弟具来⑬。
茑与女萝，施于松上。

未见君子，忧心怲怲[14]。
既见君子，庶几有臧[15]。

有頍者弁，实维在首。
尔酒既旨，尔肴既阜[16]。
岂伊异人？兄弟甥舅[17]。
如彼雨雪[18]，先集维霰[19]。
死丧无日[20]，无几相见[21]。
乐酒今夕，君子维宴[22]。

【题解】

这是周王宴请兄弟亲戚的诗。诗人采用对话的形式，生动地描述了主人热诚迎客、客人欣然赴会，骨肉情意相通的场景。然而在骨肉相聚的一片温馨中，却不时透出悲凉之慨。尤其是末章，发出人生短暂、相会无几、且尽今日之欢的哀叹。所以后人说：“今夕何夕？死丧近矣；而君子唯怡然宴乐。长夜之饮不辍，来朝之事亦可知矣。如后世敌兵四合而帐中夜饮，亡国之惨，千古一辙……长歌可以当泣，其《頍弁》之谓乎！”（郝敬《毛诗原解》）从这首诗中可以看到，在西周末年国势颓败、国运危殆之际，贵族们绝望无奈、及时行乐的阴暗心理。

【注释】

①頍（kuǐ）：形容帽子高高的样子。一说，抬头的样子。弁（biàn）：一种皮帽，是贵族的服饰。　②实：当作“寔”，是。维：为。伊：语助词，无义。这二句当是主人迎客之语：戴着高高的皮帽，那是什么人？　③尔：你。旨：味美。　④肴：做熟的鱼肉等。嘉：美好。　⑤岂：难道。伊：是。异人，异己之人，外人。　⑥匪：非。以上四句当是客人答语：你的酒既然

甘醇，你的菜既然不错，难道来的是外人？是自家兄弟，不是别人。 ⑦茑（niǎo）：即茑萝，一种寄生植物，叶呈心形，花色淡绿、果实球形，味酸。女萝：即松萝，一种攀缘植物，寄生于大树上。 ⑧施（yí）：延伸。这二句说，茑和女萝攀缘着松柏生长。这是以女萝附生于树木比喻亲友的关系，有依附、攀缘等寓意。 ⑨奕（yì）奕：心神不安的样子。 ⑩庶几：差不多，含期待之意。或作连词，“才”的意思。说怿（yì）：同“悦怿”，喜悦。⑪期（jī）：语助词，无义。 ⑫时：嘉，美。 ⑬具：通“俱”，全，皆。 ⑭怲（bǐng）怲：很忧愁的样子。 ⑮臧：善，好。 ⑯阜（fù）：多，盛。 ⑰甥舅：古代称女婿为甥，岳父为舅。姐妹之子为甥，母亲的兄弟为舅。这里泛指异姓亲友。 ⑱雨雪：落雪。 ⑲集：聚集。维，是。霰（xiàn）：小雪珠。这二句说，下雪之前，先落一阵雪珠，然后再下雪花。诗人似乎是以此比喻人生虽有先后，但最终不免一死，如同雪珠和雪花虽有先后，都同样融化。⑳无日：不知何日。 ㉑无几：没有多久，没有几次。 ㉒维：同“惟”，只有。这二句说，且在今夕快乐地饮酒，我们只想尽兴宴饮。

【译文】

“头上高高戴皮帽，是什么人来到？”“你的酒味香醇，你的菜肴精美；怎么会有外人？除了兄弟没有谁。”茑萝和女萝，附生在松柏树。没有见到君子，心神不宁忧难诉。如今见到君子，这才喜上心头。

“头上高高戴皮帽，是什么人来到？”“你的酒味甘甜，你的菜肴喷香；怎么会有外人？兄弟们全到场。”茑萝和女萝，攀在松树上。没有见到君子，忧愁满腹欲断肠。如今见到君子，这才心情舒畅。

“那人昂首戴皮帽，帽儿高高头上翘。”“你的酒味甘美，你的菜肴丰盛。怎么会有外人？兄弟甥舅全来到。”就像老天下雪前，先落一阵小冰霰。不知何日就死去，人生难得见几面。今夜相聚且痛饮，君子行乐同欢宴。

车 舝

间关车之舝兮①，思娈季女逝兮②。
匪饥匪渴③，德音来括④。
虽无好友⑤？式燕且喜⑥。

依彼平林⑦，有集维鹂⑧。
辰彼硕女⑨，令德来教⑩。
式燕且誉⑪，好尔无射⑫。

虽无旨酒⑬？式饮庶几⑭。
虽无嘉肴？式食庶几。
虽无德与女⑮？式歌且舞⑯。

陟彼高冈⑰，析其柞薪⑱。
析其柞薪，其叶湑兮⑲。
鲜我觏尔⑳，我心写兮㉑。

高山仰止㉒，景行行止㉓。
四牡騑騑㉔，六辔如琴㉕。
觏尔新昏㉖，以慰我心。

【题解】

这是一首描写新婚燕乐的诗。诗人没有耗费笔墨去描绘迎亲仪仗的盛大或随从的众多，而完全着力于刻画新郎在迎亲途中的心情。他心中充满了喜悦，一路上触景生情，浮想联翩。看见平地丛林中的锦鸡，就想到还在父母家的少女；看见高冈上的栎树，栎树的嫩叶使他想到少女的青春美貌……一路上的景物都因他的心情而染上了欢乐色彩，连那六根缰绳也像琴弦一样，仿佛在弹奏新婚之歌。诗歌的前二章写往迎，后二章写迎归，中间第三章则是新郎在迎亲途中想象婚宴上的情景。后人称“全诗章法皆灵”。确实，灵动的章法恰到好处地表出了新郎兴奋不安的心情和活跃跳突的思绪。

旧说此诗是周大夫希望幽王迎娶贤德之女以废误国褒姒而作。

【注释】

①间关：车轮转动时车轴发出的声响。舝（xiá）：同“辖”，车轴两头的小铁键，卡住车轮不致脱落。 ②思：发语词。娈（luán）：娇美的样子。季女：少女。逝：往。这二句说，车轴“咯咯”地响，我去迎娶美丽的新娘。 ③匪，同“非”。 ④德音：美誉，令闻。此指那位有美誉的少女。来：语助词。括（guō）：同“佸（huó）”，会同。这二句说，非饥非渴，因一心想与那位有美誉的姑娘会合而如饥似渴。 ⑤虽：犹“岂”。友：相亲爱。⑥式：语助词。燕，安。这二句是想象婚后情景：难道我们不会相亲相爱？定会安乐幸福。 ⑦依：“郁”的假借字。草木茂盛的样子。平林：平原上的丛林。 ⑧集：鸟栖息于树。维：语助词。鷮（jiāo）：长尾野鸡。这二句以鷮栖息在平林中喻季女在父母家。 ⑨辰：善良。硕女：即美女。古代以身材高大为美。 ⑩令德：美德。教：教导。这二句说，季女在父母受到良好教育，美而贤。 ⑪誉：同“豫”。安：乐。此句意思与上章“式燕且喜”相同。 ⑫好（hào）：爱。尔：指季女。射（yì）：通“斁”，厌，厌弃。这句的意思是欢爱永无餍足。 ⑬虽：犹“岂”。难道：怎么。旨酒：美酒。⑭式：语助词。庶几：希望。这二句采用诘问句式：难道酒的味道不好？希望多饮几杯。下二句意思相似。 ⑮德：恩德。此指恩爱。女：同“汝”，你。⑯式：语助词。这二句的意思是，难道你和我没有恩爱？尽情地边歌边舞吧。此章以反诘语气来强调正面的含义。 ⑰陟（zhì）：登。 ⑱析：劈，砍。

柞（zuò）：树名，又名栎（yì）树。古人结婚时以柴薪作火把，故而常以析薪喻迎亲。　⑲湑（xǔ）：茂盛的样子。　⑳鲜（xiǎn）：善。觏（gòu）：遇见。　㉑写：同“泻”。指心情舒畅。这二句说，有幸遇见你，心情真舒畅。　㉒仰：仰望。止：之。　㉓景行：大道。景，大。这二句说，高山则可仰望，大道则可行走。　㉔四牡：四匹公马。騑（fēi）騑：马行不停的样子。㉕辔（pèi）：缰绳。这句说，六根马缰绳像琴弦一样协调，形容驭手技艺高超，马儿步伐娴熟。　㉖昏：同“婚”。这二句说，看着你这个新娘，我心中得到慰藉。

【译文】

车辖咯咯响不停，去把美丽少女来亲迎。不是饥呀不是渴，想和那好姑娘来会合。怎么不会相亲爱？安安乐乐多快活！

平地丛林郁苍苍，长尾锦鸡栖树上。美丽贤惠的姑娘呀，陶冶品德有教养。和和美美多欢畅，喜欢你呀永不忘。

难道酒味不够美？希望你能喝几杯。难道菜肴不够好？希望你能尝尝味。难道与你不恩爱？边歌边舞乐一回！

登上那个高山顶，砍下柞树当柴薪。砍下柞树当柴薪，叶儿茂盛嫩又青。有幸遇见你呀，我的心儿多欢欣！

高山巍巍可仰望，大道宽阔走上前。迎亲马儿不停蹄，六根缰绳如琴弦。望着车上新嫁娘，我心宽慰喜洋洋。

青　蝇

营营青蝇①，止于樊②。
岂弟君子③，无信谗言。

营营青蝇，止于棘④，

谗人罔极⑤，交乱四国⑥。

营营青蝇，止于榛⑦。
谗人罔极，构我二人⑧。

【题解】

这是一首斥责谗言乱政误国的诗。诗歌分三章，每章以青蝇起兴，以青蝇嗡嗡之声比喻谗言。首章言“无信谗言”，次章言谗言“交乱四国”，末章言谗言能离间同心二人。如此递进，将谗言不止、祸害日重的情景鲜明地揭示出来，警告人们不可小看那些“营营青蝇”般的谗言。

旧说此诗刺周幽王信褒姒之谗，而陷害忠良。

【注释】

①营营：形容苍蝇扇翅飞动的声音。青蝇：一种绿头苍蝇，又叫金蝇，俗名绿苍蝇。诗人以青蝇喻巧谗之人。 ②止：止息，停息。樊（fán）：“藩”的假借字。篱笆。 ③岂弟（kǎitì）：即“恺悌”，和易近人。④棘：酸枣树。 ⑤罔极：不已，无尽。一说，无定则，无准则。 ⑥交：俱，同时。四国：四方诸侯之国。指谗人制造混乱，四方各国都受其害。⑦榛（zhēn）：榛树，一种丛生小灌木，其果实可食。 ⑧构：构祸，引起冲突。二人：指作者与听谗言者。

【译文】

绿头苍蝇嗡嗡响，落在篱笆上。和易近人的人儿，莫信谗言莫上当。

绿头苍蝇嗡嗡响，落在酸枣树上。造谣的人没个完，迷惑人心乱四邦。

绿头苍蝇嗡嗡响，落在榛树上。造谣的人没个完，竟然离间咱们俩。

宾之初筵

宾之初筵[1]，左右秩秩[2]。
笾豆有楚[3]，肴核维旅[4]。
酒既和旨[5]，饮酒孔偕[6]。
钟鼓既设[7]，举酧逸逸[8]。
大侯既抗[9]，弓矢斯张[10]。
射夫既同[11]，献尔发功[12]。
发彼有的[13]，以祈尔爵[14]。

籥舞笙鼓[15]，乐既和奏[16]。
烝衎烈祖[17]，以洽百礼[18]。
百礼既至[19]，有壬有林[20]。
锡尔纯嘏[21]，子孙其湛[22]。
其湛曰乐[23]，各奏尔能[24]。
宾载手仇[25]，室人入又[26]。
酌彼康爵[27]，以奏尔时[28]。

宾之初筵，温温其恭[29]。
其未醉止[30]，威仪反反[31]。
曰既醉止，威仪幡幡[32]。
舍其坐迁[33]，屡舞僊僊[34]。
其未醉止，威仪抑抑[35]。
曰既醉止，威仪怭怭[36]。
是曰既醉，不知其秩[37]。

宾既醉止，载号载呶[38]。
乱我笾豆，屡舞僛僛[39]。
是曰既醉，不知其邮[40]。
侧弁之俄[41]，屡舞傞傞[42]。
既醉而出，并受其福[43]。
醉而不出，是谓伐德[44]。
饮酒孔嘉[45]，维其令仪[46]。

凡此饮酒，或醉或否[47]。
既立之监[48]，或佐之史[49]。
彼醉不臧[50]，不醉反耻[51]。
式勿从谓[52]，无俾大怠[53]。
匪言勿言[54]，匪由勿语[55]。
由醉之言[56]，俾出童羖[57]。
三爵不识[58]，矧敢多又[59]。

【题解】

这首诗完整地描述了一次盛大的贵族酒宴，讽刺贵族们饮酒无度、失礼败德。作者运用对比手法来表达讽喻之意。首章写宴会开始，饮酒后举行射礼。次章写在乐舞中祭祖求福，而后饮酒，再行射礼。这是正面描写，酒宴上杯盘碗盏井然有序，与饮者个个衣帽岸然，彬彬有礼，气氛庄严静穆。第三、四章，诗人细致地描写了与饮者的另一副面孔，勾勒了他们从“未醉”“既醉”至烂醉的各种情态，可谓穷形极相。未醉之时，谦恭有礼，举止庄重。既醉之后，举止轻浮，失了常态。至于烂醉之后，更是杯盘狼藉，大喊大叫，手舞足蹈，衣冠不整，洋相百出。前后对照，作者的讥讽之意是很明显的。最后一章是对这种无节制的宴饮提出批评。

旧说此诗是卫武公刺周幽王而作。

【注释】

①初筵（yán）：刚刚入席。筵，铺设在地上的竹席，古人席地而坐。②左右：指筵席的东西两边。依照礼仪，主席在东，宾席在西。秩秩：恭敬有礼的样子。 ③笾（biān）：一种盛食物的竹器，形似高足盘。豆：一种盛食物的木器，形与笾相似。有：语助词，无义。楚：摆设整齐的样子。 ④肴：指盛在豆里的鱼肉。核：指盛在笾里的干果。维：是。旅：陈列，陈放。这二句说，在陈列得整整齐齐的笾豆中，盛放着鱼肉、干果。 ⑤和旨：指酒味醇和可口。 ⑥孔：很。偕：整齐，和谐。这句说，大家举杯饮酒的动作整齐划一。 ⑦设：陈设。 ⑧醻：或作“酬”。主人向宾客敬酒叫“酬”。举醻，指宾主举杯相互劝饮。逸逸：同“绎绎”，连续不断的样子。 ⑨侯：古代的一种箭靶。古人射箭时，用兽皮作靶叫皮侯，用布作靶叫布侯。侯的中央加上圆形或方形的布块，叫作“的”，即靶心。大侯，指君主大射时用的箭靶，用虎皮、熊皮、豹皮制成。抗：举，张设。箭靶张设在一木架上，再把木架竖起。 ⑩斯：是。张：弓上加弦再搭上箭。 ⑪射夫：射手。同：两两配对比射。一说，会齐。 ⑫尔：你，你们。发功：发矢射的之功，即射技。 ⑬的：靶心。 ⑭祈：求。尔：指比射的对手。爵：一种三足酒杯。古人比射，胜者罚对手饮酒。这二句的意思是，射者祝愿自己一箭中的，而罚对方喝一杯酒。 ⑮籥（yuè）：古代吹奏乐器。籥舞，执籥而舞。笙：古代乐器。 ⑯和：和谐。这二句说，执籥而舞，笙鼓伴奏，演奏的乐曲很协调。⑰烝：进，指进乐。衎（kàn）：娱乐，和乐。烈祖：有功业的先祖。 ⑱洽：合，配合。百礼：指各种礼仪。以上二句说，进献乐舞来娱乐创业的先祖，百礼齐备。 ⑲既至：已经齐备。至，极，齐备之意。 ⑳壬：大，指礼仪场面宏大隆重。林：众，指礼仪项目繁多。 ㉑锡：同“赐”。尔：你，你们。纯：大。嘏（gǔ）：福。 ㉒湛（dān）：喜，乐。以上二句说，祖先赐你大福，子子孙孙可以享受快乐。 ㉓曰：语助词。这句的意思是尽情地欢乐。

㉔奏：献，进。能：才能，技能。 ㉕载：则，就。手：取，选择。仇：匹偶，指比射的对手。这句说，客人各自找好射箭比赛的对手。 ㉖室人：主人。这句说，主人也进入射场与宾客比射。 ㉗酌：斟满。康：大。 ㉘时：是，指中的。这二句说，把大酒杯斟满，进献给得胜者以示祝贺。 ㉙温温：表情柔和的样子。恭：恭谨。 ㉚止：语助词。 ㉛威仪：仪表举止。反反：持重谨慎的样子。这二句说，还没喝醉的时候，一个个举止慎重，一本正经。 ㉜幡（fān）幡：轻佻放肆、不庄重的样子。 ㉝舍：弃，离开。坐：指座位。迁：移动。这句说，离开自己的座位，任意走来走去。 ㉞屡：《释文》作“娄”，亟，急切。僊（xiān）僊：即“跹跹”，轻举的样子，飘飘然。这句说乱舞乱动。 ㉟抑抑：谨慎严肃的样子。 ㊱怭（bì）怭：轻薄亵慢的样子。 ㊲秩：规矩，常规。 ㊳载：语助词。号：呼喊。呶（náo）：喧哗。 ㊴僛（qī）僛：身体歪斜的样子。 ㊵邮：同“尤”，过失。㊶侧：倾斜。侧弁，歪戴帽子。俄：倾斜的样子。 ㊷傞（suō）傞：醉舞盘旋不止的样子。以上八句形容醉态：他们大声喧哗，把碗盏弄得乱七八糟，歪戴着帽子，歪歪斜斜地舞个不停，根本不知道什么叫失礼。㊸这二句说，如果喝醉了酒能自动出去，大家都受他的福了。 ㊹伐德：败德。这二句说，如果喝醉了还赖着不走，这就是缺德了。 ㊺孔嘉：很好。 ㊻维：同“唯”，只是。这二句说，喝酒本是一件很好的事情，只是要有好的仪表风度。 ㊼或：有的。否：非，指未醉。 ㊽监：即司正，负责督察宴会上的礼仪。 ㊾佐：辅助。史：记事记言的史官。这二句说，派司正来监察饮酒者的礼仪，让史官来帮着记录宴会上的情况。㊿臧：善。 (51)耻：羞耻，丢脸。这二句说，那些醉客不以为自己的行为不好，反倒以不醉为羞耻。 (52)式：发语词。从：跟着。谓：勤，相劝勉的意思，此指劝酒。 (53)俾：使。怠：怠慢，无礼。以上二句说，不要跟着劝酒了，不要让他们（指醉客）过分失礼。 (54)匪：非。这句说，不当说的话就不要说。 (55)由：法。这句说，不合理的话不要说。(56)由：从。醉：指醉客。 (57)童羖（gǔ）：没有长角的黑色公羊。童，秃。

公羊皆有角，无角公羊是没有的。这二句的大意是，从醉客嘴里说出的话，就像“让人拿出无角黑公羊”一样荒唐，不足为信。 ㊿三爵：三杯。古代君臣小宴以三爵为度。这句说醉客连“三爵之礼”都不懂。一说，醉客三杯下肚就浑然无知，亦通。 ㊾矧（shěn）：况且，尚且。又：再。

【译文】

众位宾客开始入席，东西分坐井然有序。杯盘碗盏排成行，鱼肉果品都摆上。酒浆味醇很可口，大家举杯齐饮酒。钟鼓乐器已悬设，频频举杯互敬酒。虎皮箭靶竖立起，张弓搭箭准备齐，射手两两结成对，同场献技逞英杰。但愿一射能中的，罚你喝下一大爵。

执籥起舞笙鼓伴随，众乐齐奏音调谐美。进献乐舞娱烈祖，协调百礼合常规。各种礼仪已齐备，名目繁多气派堂皇。神灵赐你大福气，子孙后代享安康。人人尽兴多欢畅，各献技艺上靶场。宾客这就自选对手，主人也下场走一趟。满满斟上大酒杯，祝你获胜进一觞。

众位宾客开始入席，态度温雅举止得体。酒过一巡人未醉，庄端持重有威仪。酒过三巡人初醉，谈吐轻佻渐失礼。离开座位任意窜，乱舞乱动不肯停。他们还未喝醉时，满脸严肃一本正经。待到喝得大醉时，行为亵慢骨头轻。这就叫已经喝醉，不知礼仪不合常规。

众位宾客已喝醉，又是号叫又是闹。打翻杯盘和碗盏，跌跌撞撞把舞跳。这就叫已经烂醉，昏头昏脑不害臊。头上歪戴一顶帽，东旋西转跳着闹。如果醉了就出去，大家得福都说好。如果醉了偏不走，这种人就叫缺德佬。饮酒本来是好事，只是礼仪很重要。

凡是这类的酒会，有人清醒有人醉。设立酒监察礼仪，再派史官作记录。酗酒本来很不好，反以不醉为耻辱。不要跟着劝人酒，害他失礼太丢丑。不当说的不要说，不合情理少开口。醉汉说话不可靠，硬说公羊没犄角。“三爵之礼”也不懂，怎敢让他多喝酒？

鱼 藻

鱼在在藻①，有颁其首②。
王在在镐③，岂乐饮酒④。

鱼在在藻，有莘其尾⑤。
王在在镐，饮酒乐岂。

鱼在在藻，依于其蒲⑥。
王在在镐，有那其居⑦。

【题解】

这是赞美周王在镐京宴饮安乐的诗。诗分三章，每章都以“鱼藻”起兴，以鱼在水藻中悠然自得比喻周王在镐京安居逸乐。方玉润《诗经原始》认为此诗是镐地百姓庆幸周王建都于镐而作，故其体近于国风，有“细民声口”。此说供参考。

【注释】

①藻（zǎo）：水草名。这句应当读为：“鱼在？在藻。”诗人自问自答：鱼在哪儿？在水藻丛中。下二章意同。 ②颁（fén）：头大的样子。 ③镐：镐京，西周都城，在今陕西西安市西南。这句当读为：“王在？在镐”。下二章意同。 ④岂（kǎi）：即“恺”，和乐。 ⑤莘（shēn）：尾巴长长的样子。 ⑥依：靠。蒲：水草名。 ⑦那（nuó）：安乐，安逸的样子。居：其处。

【译文】

鱼在哪儿？水藻下，露出头儿大又大。王在哪儿？在镐京，喝喝美酒多开心。

鱼在哪儿？藏水藻，长长尾巴摇呀摇。王在哪儿？在镐京，喝喝美酒多逍遥。

鱼在哪儿？水藻丛，傍着蒲草游呀游。王在哪儿？在镐京，居处安乐好享受。

采菽

采菽采菽①，筐之筥之②。
君子来朝③，何锡予之④？
虽无予之，路车乘马⑤。
又何予之？玄衮及黼⑥。

觱沸槛泉⑦，言采其芹⑧。
君子来朝，言观其旂⑨。
其旂淠淠⑩，鸾声嘒嘒⑪。
载骖载驷⑫，君子所届⑬。

赤芾在股⑭，邪幅在下⑮。
彼交匪纾⑯，天子所予。
乐只君子⑰，天子命之⑱。
乐只君子，福禄申之⑲。

维柞之枝⑳，其叶蓬蓬㉑。
乐只君子，殿天子之邦㉒。

乐只君子，万福攸同[23]。
平平左右[24]，亦是率从[25]。

泛泛杨舟[26]，绋纚维之[27]。
乐只君子，天子葵之[28]。
乐只君子，福禄膍之[29]。
优哉游哉[30]，亦是戾矣[31]。

【题解】

这首诗赞美诸侯来朝、周王赏赐诸侯。诗歌以较多的笔墨描述了诸侯来朝的景象：只见旌旗招展，诸侯身着礼服，驾着车马来到，态度谦恭，接受天子的检阅，天子则一一有所颁赏。其场面宏大，颇有盛世气象，所以后人多以为此诗产生于西周盛时。

值得注意的是，与其所表现的内容相协调，此诗各章正文都写得典雅雍容；但是各章的起首均以山野之物起兴（除第三章外），朴雅清淡。后人称之为“事极典重而起极轻微”，这种不协调造成一种独特的审美感受，耐人品味。

【注释】

①菽（shū）：豆。 ②筐：方形盛物的竹器。筥（jǔ）：圆形盛物的竹器。筐、筥在这里均作动词。指用筐筥装豆。 ③君子：指诸侯。朝：朝见。 ④锡：犹“赐”。予：给。之：指上文的“君子”。这句说，用什么来赏赐来朝的诸侯？ ⑤路车：古代诸侯乘坐的一种车。乘马：四匹马。古时一车四马曰“乘”。 ⑥玄衮（gǔn）：绘有卷龙的黑色礼服。黼（fǔ）：本指古代礼服上所绘的黑白相间的斧形花纹。古代礼服，龙绘在衣，黼绘在裳。⑦觱沸（bìfú）：泉水涌流的样子。槛泉：应作“滥泉”。滥，涌。 ⑧言：语首助词。芹：水芹，生在水田、湿地，可食。 ⑨言：语首助词。旂：古

时一种绘有交龙的旗。此泛指旌旗。　⑩淠淠（pèi）：旗帜飘动的样子。⑪鸾（luán）：一种铃铛。古代旗上有铃。嘒（huì）嘒：铃声。　⑫载：语助词。骖：一车驾三马。驷：一车驾四马。　⑬届：到，来到。这二句说，诸侯们有的驾着骖马，有的驾着驷马，前来朝见天子。　⑭赤芾（fú）：诸侯的服饰。芾，用熟皮制成的蔽膝，类似今之围裙。诸侯礼服用赤芾。股：大腿。⑮邪幅（bī）：古人缠胫包脚之布，今名绑腿。这二句形容诸侯的打扮：红色的皮蔽膝在大腿前，绑腿缠在膝下。　⑯彼：同“匪”，不是。交：“侥”的假借字，侥倖，急躁。纾（shū）：缓。这句说，诸侯不急躁也不怠慢。⑰只：语气词。　⑱命：策命，赐命。古代帝王对臣下授爵或赏赐时，颁诏书，曰“命”。之：指诸侯。　⑲申：重，再。指多次赏赐。古制，受赐命的次数越多，等级就越高，宠荣就越大。　⑳柞：树名。果实曰橡子。又叫栎树。　㉑蓬蓬：茂盛的样子。　㉒殿：镇定，安抚。邦：国。　㉓攸：所。同：聚会。　㉔平平：《韩诗》作“便便”。能干有口才的样子。左右：指诸侯的亲信臣子。　㉕亦：也。率从：顺从。这二句说，诸侯那些能干善辩的臣子，也相率来朝。　㉖泛泛（fàn）：漂流浮动的样子。杨舟：杨木船。　㉗绋（fú）：麻绳。缅（lí）：竹制的绳索。维：系。　㉘葵（kuí）：通“揆”，度量，指天子估量诸侯德行而颁赏。　㉙膍（pí）：厚，厚赐。㉚优、游：闲适自得的样子。　㉛戾（lì）：借为“莅”，至。

【译文】

采呀采呀采豆忙，方筐圆篓往里装。众位诸侯朝我王，天子用啥来犒赏？虽然没有厚赏赐，一辆路车四匹马。还要再给什么赏？绣龙黑衣加黼裳。

泉水汩汩涌出来，在那水边采芹菜。众位诸侯朝我王，旌旗飘飘已在望。旌旗随风在飘扬，铃儿铃儿响叮当。驾骖车，驱驷马，诸侯一起来到场。

红皮蔽膝挂腿前，绑腿歪缠小腿上。不急不躁不怠慢，天子理应把他赏。众位诸侯多快乐，天子策命传嘉奖。众位诸侯多快乐，福呀禄呀多多降。

柞树枝条长又长，叶儿茂盛绿旺旺。众位诸侯多快乐，辅佐天子镇四邦。众位诸侯多快乐，万般福禄聚身上。能干善辩的左右，率从君命国安康。

杨木船儿水中荡，麻绳竹索拴住它。众位诸侯多快乐，天子揆功无偏差。众位诸侯多快乐，千福万禄厚赏他。从容不迫去受赏，大家一起上殿堂。

菀　柳

有菀者柳①，不尚息焉②。
上帝甚蹈③，无自暱焉④。
俾予靖之⑤，后予极焉⑥。

有菀者柳，不尚愒焉⑦。
上帝甚蹈，无自瘵焉⑧。
俾予靖之，后予迈焉⑨。

有鸟高飞，亦傅于天⑩。
彼人之心⑪，于何其臻⑫，
曷予靖之⑬，居以凶矜⑭？

【题解】

这是一位被放逐的大臣发出的怨词。他曾被委以重任，参与朝政，但是最终却被流放。为什么会是这样一个结果呢？他百思不得其解，满怀郁愤不平。他深有感触地告诫别人：枯萎的柳树下不能歇息乘凉，就像在朝为官不可靠一样。他觉得鸟儿哪怕飞上天，尚可测度；而君王的心却变化无常，深不可测。诗人将比兴的意象与自己的怨愤之情融为一体，造成强烈的感染力。

【注释】

①菀（yùn）：通“苑”。枯萎，枯死。 ②尚：希望。不尚，不可指望。息：停歇。这二句以枯柳之下不可止息，兴腐败的王朝不可依赖之意。一说，菀，“郁”的假借字，茂盛的样子。意思是，浓郁的柳树下，谁不希望去歇息呢？在朝为官，谁不愿意呢？只因周王反复无常，故而不可立于朝。亦通。 ③上帝：此指周王。蹈：动，指喜怒变动无常。 ④暱（nì）：病。自暱，自取病。这二句的意思是：周王喜怒无常暴躁不安，莫要去自惹祸患（指在朝为官取祸）。或说，指周王如此无常，当自作孽。 ⑤俾：使。予：我。靖：治，治理。之：指国事。 ⑥极：“殛（jí）”的假借字，诛放，放逐。这二句说：当初让我治理国事，后来又把我放逐。 ⑦愒（qì）：休息，又作“憩”。 ⑧瘵（zhài）：病。义同“暱”。 ⑨迈：行。指放逐。 ⑩傅：至，到。 ⑪彼人：那个人，指周王。 ⑫臻（zhēn）：至。这句犹言“其至于何”。意思是，周王的心思变到什么地步？难以猜测。 ⑬曷：何，怎么。⑭居：处。凶矜：凶险，危难。

【译文】

柳树枯萎叶发黄，莫到树下去乘凉。周王喜怒太无常，莫去做官招祸殃。当初国事共商量，而今贬我到异乡。

柳树枯萎叶凋谢，莫到树下去歇息。周王暴躁无常性，莫去做官寻晦气。当初让我治国事，而今逐我到边地。

鸟儿展翅高高飞，最高不过九云天。那人心思没有边，到啥地步难想见。为什么让我治国事，又让我陷于凶危间？

都人士

彼都人士[1]，狐裘黄黄[2]。
其容不改，出言有章[3]。
行归于周[4]，万民所望[5]。

彼都人士，臺笠缁撮[6]。
彼君子女[7]，绸直如发[8]。
我不见兮[9]，我心不说[10]。

彼都人士，充耳琇实[11]。
彼君子女，谓之尹吉[12]。
我不见兮，我心苑结[13]。

彼都人士，垂带而厉[14]。
彼君子女，卷发如虿[15]。
我不见兮，言从之迈[16]。

匪伊垂之[17]，带则有余[18]。
匪伊卷之，发则有旟[19]。
我不见兮，云何盱矣[20]！

【题解】

这是一首别具特色的恋歌。诗人不是其中的角色，他站在一个旁观者的角度看着一出爱情剧的演出，而加以咏哦。诗中的人物一个是“都人士”，一个是“君子女”。在诗人看来，他们简直是天生地设的一对，所以每章（第一章除外）的头四句都是“士”“女”对文，并列描述。诗人似乎看透了“都人士”对姑娘的一片爱慕之心，于是每章后二句都代“都人士”抒写心曲，唱出他的思念之苦。值得注意的是，诗人没有对两个人物形象做过多的具体描绘，写“都人士”，只写他的笠帽、充耳宝石及飘然下垂的冠带；写“君子女”，只写她笔直的头发和上翘的双鬓。寥寥数笔，便写出了男子的儒雅风流，女子的美丽天真。所以后人评曰：“写发、带一层，风致翩然，令人神往。”

需要指出的是，本诗《毛诗》为五章，三家诗只有后四章，汉熹平石经《鲁诗》残石中《都人士》也无首章。所以不少学者怀疑第一章是混入《毛诗》的逸诗。从内容上看，第一章与后四章完全无关，写作风格也很不相同。前人依据第一章而说此诗为怀念昔日都邑人物之美盛，颇为牵强。

【注释】

①彼：指示代词，那。都：优美。都人：美人。都人士，犹言“美男子”。 ②狐裘：狐狸皮做的袍子。黄黄：形容皮袍之色。 ③章：指谈吐有辞藻之美。 ④行：将。周：指周都镐京。 ⑤望：仰望。 ⑥臺（tái）：“薹”的假借字。植物名，即莎草。臺笠，莎草编的草帽。缁（zī）：黑色。撮（cuō）：一种束发小帽。缁撮，即黑布小帽。 ⑦君子女：犹言“贵族小姐”。 ⑧绸直如发：犹言“发直如绸”，说头发又直又滑像丝绸。 ⑨我：指“都人士”。这是诗人以“都人士”的口气抒发情感。 ⑩说：同“悦”，喜欢。 ⑪充耳：古代饰物，又叫琇。从冠两旁垂下，悬于耳际，多用玉及美石制成。琇：美石。实：在此形容美石之圆润好看。 ⑫尹吉：吉，当作“姞”。尹氏吉氏，都是周朝世族之姓。这句说，那位女子是世家大族之女。⑬苑结：郁结，抑郁。 ⑭垂带：垂下的衣带。而：如。厉：通“裂”。裂，绸布的残余，即指布带。这句说，衣带飘飘下垂。 ⑮卷发：两鬓短发上卷。虿（chài）：蝎子，其尾上翘。此处形容女子卷发之美。 ⑯迈：行。这句

说，真想跟女子一起走。 ⑰匪：非。伊：是。 ⑱有余：指衣带长而有多余。这二句说，不是故意让衣带下垂，而是因为布带长而有余，自然下垂。 ⑲有旟（yú）：扬起，上翘。这二句说，不是有意让发鬓卷曲，是它自己天生向上扬起。 ⑳云：语助词，无义。盱（xū）：“吁”的假借字。忧伤。

【译文】

那位公子真漂亮，狐皮袍子黄又黄。他的容貌没变样，谈吐不俗有辞章。将要回到镐京去，万人都把他仰望。

那位公子好派头，草笠黑帽戴在头。那位小姐真俊秀，头发光直如丝绸。不能见到她的面，我的心里多忧愁。

那位公子好容仪，佩戴充耳镶美玉。那位小姐多标致，她是尹吉氏的闺女。不能见到她的面，我的心里多忧郁。

那位公子多精神，飘飘衣带两边垂。那位小姐真娇美，鬓发卷翘如蝎尾。不能见到她的面，真想把她来追随。

不是有意垂衣带，衣带本来长又长。不是有意卷鬓发，鬓发自然高高扬。不能见到她的面，怎么能不长吁短叹！

采　绿

终朝采绿①，不盈一匊②。
予发曲局③，薄言归沐④。

终朝采蓝⑤，不盈一襜⑥。
五日为期，六日不詹⑦。

之子于狩⑧，言韔其弓⑨。
之子于钓，言纶之绳⑩。

其钓维何⑪？维鲂及鱮⑫。
维鲂及鱮，薄言观者⑬。

【题解】

这是一支情歌，抒写女子对逾期不归的丈夫的思念。大约丈夫出门时告诉她五天就回来，因此她天天数日子。第一章写她正全无心绪地在山上采绿，突然想起今日已是第五天了，丈夫该回来了，而自己头发蓬乱，于是赶紧要回家洗发。第二章写已是第六天了，丈夫仍无归，使她无心劳动，愁闷难解。第三、四章写她想象丈夫回来以后，无论打猎钓鱼，都要跟着他，再也不离开了。笔调凄婉，思致隽永，“真乃肠一日而九回”。

【注释】

①终朝：从清早到早饭时。绿：一作“菉”，又名王刍，据说可以染黄。 ②盈：满。匊（jū）：即“掬”，双手捧取。这二句说，整个早上采绿，不满一捧。 ③予：我。曲局：卷曲，指蓬乱。 ④薄言：语助词，无义。沐：洗头。 ⑤蓝：草名，叶可以作染料。 ⑥襜（chān）：系在胸前的一种遮巾，类似今之围裙。 ⑦詹（zhān）：到。这二句说，丈夫出行过了约期而不归。 ⑧之子：指丈夫。狩：冬猎，此泛指打猎。于：往。⑨言：语助词。韔（chàng）：藏弓的袋子。这里作动词，即收弓入袋。⑩纶（lún）：钓鱼的丝线。这里作动词用，理钓绳。 ⑪其：彼，指“之子”。维：是。这句说：他钓的什么鱼？ ⑫鲂（fáng）：鳊鱼，体扁而脊隆。鱮（xù）：鲢鱼，体扁肚白。 ⑬者：通“诸”，之乎的合音。

【译文】

整个早上采菉草，菉草不满两只手。我的头发卷又曲，我要回家洗洗头。

整个早上去采蓝，兜起围裙盛不满。他说五天就见面，过了六天不回还。

往后那人去打猎，我要跟他收弓箭。往后那人去钓鱼，我要跟他理丝线。

钓鱼钓着什么鱼？白肚子鲢鱼缩颈子鳊。白肚子鲢鱼缩颈子鳊，他钓我看总不厌。

黍　　苗

芃芃黍苗①，阴雨膏之②。
悠悠南行③，召伯劳之④。

我任我辇⑤，我车我牛⑥。
我行既集⑦，盖云归哉⑧？

我徒我御⑨，我师我旅⑩。
我行既集，盖云归处⑪？

肃肃谢功⑫，召伯营之⑬。
烈烈征师⑭，召伯成之⑮。

原隰既平⑯，泉流既清⑰。
召伯有成⑱，王心则宁⑲。

【题解】

周宣王封其母舅于申，命召伯虎率士卒、役夫经营谢邑，作为国都。本篇即述其事。诗人可能是随行人员之一，他借士卒役夫之口歌颂召伯的功绩，并发出功成思归的急切呼声。诗分五章。首章写召伯劳众，如雨滋润黍苗。第二、三章写功成思归。诗人没有描绘建谢的具体场景，只是以“任”“辇”“车”“牛”写役夫，以“徒”“御”“师”“旅”写士卒。一连用了十个“我”字，传达出一种浩大声势，令人想见千军万马、热火朝天的壮观场面，笔墨可谓简略传神。第四章赞召伯指挥有方。第五章称美召伯建谢有功于王室。此诗语言朴厚，后人评曰“近乎风”。

【注释】

①芃（péng）芃：草木茂盛的样子。 ②膏（gào）：滋润。 ③悠悠：遥远的样子。 ④召伯：姓姬名虎，封于召国，称召穆公。劳：慰劳。 ⑤任：负重，背负。辇（niǎn）：人力拉挽的车。“任”“辇”，在此作动词用，指有的负重而行（如挑担），有的拉车。 ⑥车：指赶车。牛：指牵牛。 ⑦行：指行役之事，即建谢之役。既：已。集：就，成。 ⑧盖：通“盍”，何不。云：语助词。这二句说，我们建谢的任务已完成，何不赶快回家呢？ ⑨徒：步行，步卒。御：驾驭车马。 ⑩师、旅：古制五百人为旅，五旅为师。 ⑪归处：指回家安居乐业。 ⑫肃肃：严正的样子。谢功：指修建谢邑的工程。谢：邑名，在今河南信阳，周宣王封申伯于谢邑。 ⑬营：经营，治。 ⑭烈烈：威武的样子。 ⑮成：组成。 ⑯原：高地。隰：低湿之地。平：治理。 ⑰清：指疏浚河道。 ⑱有成：有成就，指建谢功成。⑲王：指周宣王。宁：心安。

【译文】

蓬勃黍苗喜煞人，绵绵阴雨来滋润。南方之行真遥远，召公关心来慰问。

有的拉车有的扛，赶车牵牛实在忙。建谢任务已完工，何不赶快回家乡？

有的步行有的驾车，士卒成旅又成师。建谢任务已完成，何不回家看亲人？

谢邑工程真严正，召伯苦心来经营。行军队伍多威武，召伯精心来调度。

原田洼地已治平，泉水河流已浚清。召伯大功已告成，宣王欢喜心安宁。

隰　　桑

隰桑有阿①，其叶有难②。
既见君子③，其乐如何。

隰桑有阿，其叶有沃④。
既见君子，云何不乐⑤？

隰桑有阿，其叶有幽⑥。
既见君子，德音孔胶⑦。

心乎爱矣，遐不谓矣⑧。
中心藏之⑨，何日忘之。

【题解】

这是一位女子的爱情自白。她深深地爱上了一个小伙子，但又羞于表达，只好将爱情藏在心里，时时品味着爱情的甜蜜和苦涩。摇曳多姿的“隰桑”引起了她对意中人的思念，不禁沉浸在幸福的想象中……诗歌的情调纯朴率真，与风诗毫无二致。

【注释】

①隰：低湿之地。阿：美好，美貌。 ②难（nán）：通“傩”，盛多。有难，茂盛的样子。“阿难”是联绵词，这里分用。 ③既：已。君子：女子称呼意中人。这二句是女子设想之词。 ④沃：柔美。 ⑤云：语助词。这句说怎么能不欢乐？ ⑥幽：通“黝”，色青而近黑。 ⑦德音：这里指情话，甜蜜的话。孔胶：很缠绵。胶，粘连，引申为缠绵不断。 ⑧遐不：即“胡不”，何不。谓：告诉。这句说，心里那么爱他，何不告诉他让他知道？ ⑨中心：心中。

【译文】

洼地桑树多么美，叶儿繁茂鲜又嫩。见着我的心上人，我的心情多兴奋！

洼地桑树多么美，叶儿肥嫩绿旺旺。见着我的心上人，怎么能不喜洋洋！

洼地桑树多么美，叶儿黝黝闪绿光。见着我的心上人，情话绵绵诉衷肠。

心里深深爱着他，为啥不敢告诉他？心里深深藏着他，哪一天才会忘记他？

白　华

白华菅兮①，白茅束兮②。
之子之远③，俾我独兮④。

英英白云⑤，露彼菅茅⑥。
天步艰难⑦，之子不犹⑧。

滮池北流[9]，浸彼稻田[10]。
啸歌伤怀[11]，念彼硕人[12]。

樵彼桑薪[13]，卬烘于煁[14]。
维彼硕人[15]，实劳我心[16]。

鼓钟于宫[17]，声闻于外。
念子懆懆[18]，视我迈迈[19]。

有鹙在梁[20]，有鹤在林[21]。
维彼硕人，实劳我心。

鸳鸯在梁，戢其左翼[22]。
之子无良[23]，二三其德[24]。

有扁斯石[25]，履之卑兮[26]。
之子之远，俾我疷兮[27]。

【题解】

这是一首弃妇诗。她所爱的人负心绝情，弃她而去，使她伤痛不已，作此歌以抒幽恨之情。诗歌八章，每章用比兴手法，借喻寓怨，寄托深沉，情致宛曲。

旧说此诗乃周人刺幽王。幽王娶申后为后，得褒姒而废申后，此诗即写申后之怨。或说乃申后自作。

【注释】

①华：同“花”。菅（jiān）：一种多年生草本植物，秋天开白花。 ②白

茅：草名，秋开白花如柳絮，茎叶柔韧，可用来捆扎东西。　③之子：指负心人。远：疏远。　④俾：使。这二句说，那个人疏远了我，使我很孤独。　⑤英英：白云轻盈明亮的样子。　⑥露：沾濡，滋润。这二句指白云雾气润泽菅草和白茅。　⑦天步：犹言“时运”，命运。艰难：指不幸，多厄。　⑧不犹：无道，不道德，悖理。犹，通“猷”，道。　⑨滮（biāo）池：古水名，又名冰池，在今西安市西北。　⑩浸：灌溉。　⑪啸歌：指长声而歌。啸，蹙唇发声，其声舒长。　⑫硕人：身材高大的人。又指美人，男女均可。古人以“硕”为美。　⑬樵：砍伐，此指打柴。　⑭卬（áng）：我，女子自称。烘：烤。煁（shén）：一种不带锅而可移动的炉灶，又叫“行灶”。　⑮维：“唯”，思，想念。　⑯劳：忧愁，劳瘁。　⑰鼓：敲击。　⑱懆（cǎo）懆：忧愁不安的样子。　⑲视：对待，看待。迈迈：《韩诗》作“怖（pèi）怖”，恨怒。　⑳鹙（qiū）：古书上说的一种水鸟，又名秃鹙，形似鹤而大。梁：鱼梁，鱼坝。　㉑鹤：鸟名，涉禽类，头小颈长，嘴长而直。㉒戢（jí）：收敛。鸳鸯栖息时，将其嘴插在左翅膀下。　㉓无良：不善良。㉔二三其德：指言行前后不一致，三心二意。　㉕斯：此。　㉖履（lǚ）：踩，踏。卑：低下。这二句的意思是，这块石头又扁又平，人踩在上面也不高。　㉗疧（qí）：病。

【译文】

菅草呀，开白花，白茅呀，捆紧它。那个人抛弃我，使我孤独又寂寞。

白云轻淡天上飘，润泽白茅和菅草。我的命运太不幸，那人悖理太无道。

滮池水呀流北边，灌溉那一片稻田。长歌慢吟心伤痛，把那人儿来怀念。

砍那桑枝当柴薪，燃起行灶暖暖身。想起那个人儿呀，实在让我太伤心。

宫廷里面敲大钟，声音洪亮传出宫。想他想得心烦躁，他却对我狠又凶。

秃鹫歇在鱼坝上，白鹤在那林中藏。想起那个人儿，我的心里真忧伤。

鸳鸯成对栖鱼梁，嘴儿插进左翅膀。那个人儿不善良，三心二意变心肠。

那块石头扁又平，踩在上面仍嫌低。那个人儿把我弃，忧思深重成了疾。

绵　　蛮

“绵蛮黄鸟[①]，止于丘阿[②]。
道之云远[③]，我劳如何！”
“饮之食之[④]，教之诲之[⑤]。
命彼后车[⑥]，谓之载之[⑦]。”

“绵蛮黄鸟，止于丘隅[⑧]。
岂敢惮行[⑨]，畏不能趋[⑩]。”
“饮之食之，教之诲之。
命彼后车，谓之载之。”

“绵蛮黄鸟，止于丘侧[⑪]。
岂敢惮行，畏不能极[⑫]。”
“饮之食之，教之诲之。
命彼后车，谓之载之。”

【题解】

关于此诗的主题，说法不一。从诗意看，似是一位行役者与一位大臣的对唱。诗分三章，三章意思一样，前四句为行役者所歌，后四句为大臣所歌。行役者风尘仆仆于路，又饥又渴，但不敢停歇，生怕误了时限。他不禁羡慕起小黄雀，一会儿在丘阿，一会儿在丘隅，多自由啊！正在劳顿之际，遇见一位驾车而过的大臣。大臣对他的处境表示同情，让他吃喝，教诲他，并让他坐上副车，捎他一段路。短短八句之章，刻画了两个形象生动的人物：一个劳瘁不堪的行役者，一个颐指气使而不失同情心的大臣。

或说后四句是行役者在无奈中生出的希望，亦通。

【注释】

①绵蛮：鸟叫声。或说指鸟毛花纹细密。 ②止：止息。丘阿：山坡弯曲处，山窝。 ③云：语助词，无义。这二句说，道路十分遥远，我多么辛劳！ ④饮（yǐn）：给人东西喝。食（sì）：给人东西吃。 ⑤教：教育，开导。诲：劝说，劝告。 ⑥后车：后面的车，又叫副车。 ⑦谓：叫。载：装载。前一个“之”指后车的御者，第二个“之”指行役者。这二句说，叫那赶车的让他坐上副车。 ⑧丘隅（yú）：山角。 ⑨惮（dàn）：畏惧。行：指步行。 ⑩趋：快走。这二句的意思是，岂敢怕步行？是害怕走不快误了役期。 ⑪丘侧：山边。 ⑫极：至。指到达目的地。

【译文】

“黄鸟叽叽喳喳唱，歇在那边山坡上。道路实在太遥远，我劳瘁不堪踉踉跄跄。”“给他水喝给他饭，教他劝他莫沮丧。命令后面那辆车，告诉车夫让他上。”

“黄鸟叽喳叫得急，落在山角歇一歇。哪里敢怕走远路，只怕慢了赶不及。”“给他喝的给他吃，教他劝他莫泄气。命令后面那辆车，让他坐上喘口气。”

“黄鸟叽喳叫得欢，落在路旁山坡边。哪里敢怕走远路，只怕赶不到地点。”“给他水喝给他饭，教他劝他莫丢脸。命令后面那辆车，让他坐上把路赶。”

瓠　叶

幡幡瓠叶①，采之亨之②。
君子有酒③，酌言尝之④。

有兔斯首⑤，炮之燔之⑥。
君子有酒，酌言献之⑦。

有兔斯首，燔之炙之⑧。
君子有酒，酌言酢之⑨。

有兔斯首，燔之炮之。
君子有酒，酌言酬之⑩。

【题解】

这是一首宴请宾客的诗。宴会的主人大约是一个下层贵族。首章言采瓠叶做菜，后三章言烧烤野兔待客。每章后二句言主人劝客，“尝之”“献之”“酢之”“酬之”，菜肴虽只有数味，然而宾主对饮不胜欣喜之状跃然纸上。

【注释】

①幡（fān）幡：犹“翩翩”，叶片反复翻动的样子。瓠（hù）：即瓠

瓜，又叫葫芦，其果实可食。其叶嫩时也可食。　②亨（pēng）：“烹”的古体。　③君子：指主人。　④酌：斟酒。言：犹“而”。　⑤斯：语助词。首：头、只。这句说，有只兔子。　⑥炮：用泥包裹连毛的鸡、鸭、兔等在炭火上烧烤。燔（fán）：烤。　⑦献：向客人敬酒，叫“献”。　⑧炙（zhì）：熏烤。　⑨酢（zuò）：宾客向主人回敬酒。　⑩酬：劝酒。指主人自饮后，又劝宾客。

【译文】

瓠叶瓠叶上下翻，采摘回来煮成汤。那人备有好陈酒，斟上一杯共品尝。

这些野兔肥又嫩，涂泥煨烤香喷喷。那人备有好陈酒，斟上一杯敬客人。

这些野兔肥又胖，火上熏烤味道香。那人备有好陈酒，宾客回敬饮一觞。

这些野兔嫩又肥，烤的烤来煨的煨。那人备有好陈酒，宾主互敬举起杯。

渐渐之石

渐渐之石①，维其高矣②。
山川悠远，维其劳矣③。
武人东征④，不皇朝矣⑤。

渐渐之石，维其卒矣⑥。
山川悠远，曷其没矣⑦？
武人东征，不皇出矣⑧。

有豕白蹢⑨，烝涉波矣⑩。
月离于毕⑪，俾滂沱矣⑫。
武人东征，不皇他矣⑬。

【题解】

这是东征将士慨叹征途困顿的诗。前二章写一路上跋山涉水，急如星火地行军。第三章写滂沱大雨给行军造成的困难。此章前四句如突兀起峰，造语奇峭，令人耳目一新，历代注家解说颇多，持议不一。方玉润的解释较为平实，供参考："此必当日实事。月离毕而大雨滂沱，虽负涂曳泥之豕，亦烝然涉波而逝，则人民之被水灾而几为鱼鳖者可知，即武人之需体涂足，冒险东征，而不遑他顾者更可见。"

【注释】

①渐（chán）渐：同"巉巉"，山石高峻的样子。 ②维：语助词。③劳：苦，劳瘁。 ④武人：指东征将士。 ⑤皇：同"遑"，暇，闲暇。朝（zhāo）：早上。不遑朝，犹言"等不及天亮就行军"。 ⑥卒："崒（zú）"的假借字，高而险的样子。 ⑦曷：何，何时。没：尽，完。这句说，跋涉行军何时才能结束？ ⑧出：出险，指退却。这句的意思是，只知深入险地，无暇顾及能否脱险生还。 ⑨豕（shǐ）：猪。蹢（dí）：蹄。 ⑩烝：众。涉波：过河。有的注家认为"猪涉河"是将大雨的征兆。 ⑪离：通"丽"，依附，靠近。毕：星宿名，因其排列的形状像猎兔的小网而得名。毕，本指一种有柄的网。 ⑫俾：使。滂沱（pāngtuó）：雨很大的样子。这二句说，月亮靠近毕星是要下大雨的征兆。 ⑬他：其他，他事。这二句说，没有空暇来顾及其他的事情，只想着行军作战。

【译文】

山石真峻峭，山峰险又高。山长水又远，行军多辛劳。将士去东征，赶路天未晓。

山石真峻峭，山峰陡又险。山长水又远，行军何时完？将士去东征，何曾想生还。

猪儿有白蹄，成群涉过河。月亮近毕星，滂沱大雨落。将士去东征，他事无暇顾。

苕之华

苕之华①，芸其黄矣②。
心之忧矣，维其伤矣③。

苕之华，其叶青青。
知我如此，不如无生。

牂羊坟首④，三星在罶⑤。
人可以食，鲜可以饱⑥。

【题解】

这首诗反映荒年饥馑，民无以为食。第一、二章以凌霄花的荣盛而兴叹人的憔悴，痛感在饥荒之年生而为人，不如死了好。第三章言百物凋耗，人们都在饥饿线上挣扎。诗歌语调极其惨痛，不忍卒读。

【注释】

①苕（tiáo）：植物名，又名凌霄、凌苕或紫葳。蔓生木本，花黄赤色。 ②芸（yún）：形容花朵盛开一片黄的样子。 ③维其：何其。一

说，维，其均为语助词，无义。 ④牂（zāng）羊：母绵羊。坟：大。绵羊头小角短，但羊身越瘦就显得头越大。 ⑤三星：即参星，这里泛指星星。罶（liǔ）：捕鱼的竹器。这句说，罶中没有鱼，水静静地映着星光。一说，“星”读为“鮏”，小鱼，鱼小而少，所以不堪一饱。 ⑥鲜：少。以上二句说，可以得到食物的人也少有能吃饱的。

【译文】

凌霄花儿开放，花儿正鲜黄。我的心忧伤，多么地凄惶。

凌霄花儿开放，叶儿绿汪汪。早知道这样受罪，活着不如死亡。

母羊身瘦大脑袋，竹笼里几点星光。有吃也仅能糊口，少有能够饱饥肠。

何草不黄

何草不黄①！何日不行②！
何人不将③，经营四方④！

何草不玄⑤！何人不矜⑥！
哀我征夫，独为匪民⑦！

匪兕匪虎⑧，率彼旷野⑨。
哀我征夫，朝夕不暇⑩。

有芃者狐⑪，率彼幽草。
有栈之车⑫，行彼周道⑬。

【题解】

西周末年，国势日衰，天下分崩，王室为了维系统治，征役不已。此诗即是从役兵士怨劳苦的诗。诗人哀叹疲于奔命的征夫就像原野上的衰草一样憔悴，就像出没于草丛中的野兽，过着非人的生活。末章写景，描绘了一幅凄惨的画面：狐狸拖着尾巴出没在深草丛，高高的兵车载着征夫继续着漫长的征途……后人评曰："纯是一种阴幽荒凉景象，写来可畏。所谓亡国之音哀以思，诗境至此，穷仄极矣！"

【注释】

①黄：枯黄。这句说，无草不枯萎。诗人以草的憔悴象征征人的憔悴。②这句说，一年之中无一日不奔走，无一日休息。　③将：行。这句说无人能免于奔走。　④经营四方：犹言奔走往来于四方。南北为"经"，东西为"营"。　⑤玄：赤黑色，是百草由枯而腐的颜色。　⑥矜（guān）：和"鳏"字通。无妻为鳏，久役的人丧失室家之乐，等于无妻。　⑦匪民：非人。以上二句说，我们征夫难道就不是人吗？　⑧兕（sì）：犀牛类的野兽，此指野牛。　⑨率：循，沿着。以上二句言，身非野兽而行于旷野。　⑩暇：空闲。⑪芃：本是众草丛生之貌，这里用来形容狐尾的蓬松。　⑫栈（zhàn）：通"巉"，高。形容役车高耸的样子。　⑬周道：大路。

【译文】

什么草儿不枯不黄！哪有一天不奔忙！哪个人儿不奔不走，东西南北走遍四方。

什么草儿不黑不烂！哪个人儿不是单身汉！可怜我这个小兵，偏偏不被当人看！

不是犀牛也不是虎，旷野里东奔西走。可怜我这个小兵，早不停呀晚不休！

狐狸尾巴蓬松松，深深躲在青草丛。高高兵车征夫坐，匆匆行在大道中。

雅·大雅

共三十一篇，都是西周时代的作品，上自周初，下迄至幽王。大雅各篇都出自上层贵族，多美刺之意，其中有几篇是歌咏周族先人业绩的史诗。

大　明

明明在下[1]，赫赫在上[2]。
天难忱斯[3]，不易维王[4]。
天位殷適[5]，使不挟四方[6]。

挚仲氏任[7]，自彼殷商[8]，
来嫁于周[9]，曰嫔于京[10]。
乃及王季[11]，维德之行[12]。
大任有身[13]，生此文王。

维此文王，小心翼翼[14]。
昭事上帝[15]，聿怀多福[16]。
厥德不回[17]，以受方国[18]。

天监在下[19]，有命既集[20]。

文王初载[21]，天作之合[22]，
在洽之阳[23]，在渭之涘[24]。
文王嘉止[25]，大邦有子[26]。

大邦有子，伣天之妹[27]。
文定厥祥[28]，亲迎于渭[29]。
造舟为梁[30]，不显其光[31]。

有命自天，命此文王，
于周于京[32]。缵女维莘[33]，
长子维行[34]，笃生武王[35]。
保右命尔[36]，燮伐大商[37]。

殷商之旅[38]，其会如林[39]。
矢于牧野[40]："维予侯兴[41]，
上帝临女[42]，无贰尔心[43]！"

牧野洋洋[44]，檀车煌煌[45]，
驷騵彭彭[46]。维师尚父[47]，
时维鹰扬[48]。凉彼武王[49]，
肆伐大商[50]，会朝清明[51]。

【题解】

这是周代史诗之一，赞美武王克商而奄有天下。诗人认为天命无常，唯德是助，天命的背离与政治的兴衰、人心的得失是一致的。因此诗歌的重点虽是写武王克商，但却从武王的祖父母、父母的婚事说起，说明他们"维德之行"，终于生下了武王，受命伐纣；而殷商无德终于失天之助。如此经营笔墨，一方面是为了宣扬周室受命于天，另一方面也是为了垂戒后代子孙。而这正是作此史诗的目的。

这首诗气势恢宏，结构严整，叙事有序，确是史诗气派。尤其是末二章写牧野之战，以“洋洋”“煌煌”“彭彭”写周人势如排山倒海的军威，以“鹰扬”写统帅吕尚的神气，绘声绘色，生动地再现了大决战的悲壮场景，显示了较高的艺术表现力。

本诗的作者注意到章法的经营。首章从虚处落墨，慨叹天命无常；而末二章写牧野之战，首尾呼应，神理昭然，有效地突出了主题。另外，作者也注意到修辞手法的运用。诗中第二章末句与第三章首句，第四章末句与第五章首句，第六章末句与第七章首句，其字相承接，很有规律，显然是作者有意识的经营。这一修辞手法后来发展为“顶真格”，广为运用。

【注释】

①明明：光明的样子。在下：指人间。 ②赫赫：显盛、显耀的样子。在上：指天上。这二句的意思是，在人间的君王有清明之德，一定会赫赫显著于天，上帝看得很清楚。 ③忱：与“湛”通，信，相信。难忱，难以相信，指其多变难测。斯：语助词。 ④不易：不可玩忽轻慢。易，安，又训“轻慢”。这二句说，天命是多变而难以相信的，为王则不可轻率怠慢。 ⑤天位：天子之位。殷適：殷的嫡嗣，指殷纣王。適，“嫡”之借字。 ⑥挟：拥有，据有。这二句说，上天让殷纣居于天子之位，却又让他不能统辖天下四方。意思是殷纣本是受命于天的天子，但是暴虐无道，以致天下民怨沸腾，政令不行，终于失天之助。 ⑦挚：殷的一个属国名。仲氏：次女。任：姓。⑧殷商：指殷商畿内。 ⑨周：周国。 ⑩曰：语助词。嫔（pín）：妇，这里作动词用，指出嫁。京：指周京，周国的京都。以上四句说，挚国任家的二女儿自殷商之地嫁到周国，来到周京做新娘。 ⑪乃：于是，就。及：与，配与。王季：文王的父亲，武王的祖父。 ⑫维：助词，同“唯”。这二句说，

她与王季婚配，专行有德之事。 ⑬大任：大，音“tài”，亦作“太”。太任，即指“挚仲氏任”，文王之母。有身：有身孕。 ⑭小心翼翼：恭谨庄肃的样子。 ⑮昭：光明。事：服事，效命。 ⑯聿：语助词，无义。怀：来，招致。这二句说，文王光明正大地效命上帝，招来很多福气。 ⑰厥：犹“其”。回：邪僻，违背正道。 ⑱方国：指四方诸侯国。这二句说，文王德行端正不邪，四方诸侯国都来归附。一说，“方国”犹大国，接受了一个大国（指周为土地广大之国），亦通。 ⑲监：监视。下：指人间。 ⑳有命：指天命。既：已。集：就，临。这二句说，上帝监视着人间诸事，天命已降临到文王身上。 ㉑初载：初年。 ㉒合：配，匹偶。这二句说，在文王即位的初年，上帝即为他选定了婚配。 ㉓洽（hé）：古河名，亦作“郃”，在今陕西合阳县北。洽阳，洽水的北岸。 ㉔渭：渭水，黄河支流，源出甘肃渭源县，流经陕西渭河平原，由潼关入黄河。涘（sì）：水边。以上二句是说明文王配偶出生之地点。 ㉕嘉止：嘉礼，指婚礼。 ㉖大邦：指莘国。子：此指莘国国君的女儿太姒。 ㉗伣（qiàn）：譬如，好比。妹：少女。天之妹，犹言“天女”。 ㉘文定：指定婚。文，礼。指纳币之礼。祥：吉祥，指占卜得吉祥之日。这句说，占卜得吉祥之日举行纳币之礼。 ㉙迎：迎娶。 ㉚造舟为梁：把船连起来作为浮桥。 ㉛不：通“丕”，大。 ㉜以上三句的意思是，有命自天而降，命令这个周文王，在周地建都立国。 ㉝缵（zuǎn）：同“嫧”，美好。维：是。莘：古国名，姒姓。 ㉞长子：长女，指太姒。维行：即出嫁。 ㉟笃：语助词，无义。 ㊱右：即“佑”。命：命令。尔：指周武王。 ㊲燮（xiè）：“袭”的假借字。 ㊳旅：军队。㊴会（kuài）：“旝”的假借字，军中之旗。如林：指旗帜像树林那样多。㊵矢：即“誓”，发誓，誓师。牧野：古地名，殷商郊外地名，距都城朝歌七十里，在今河南省淇县西南。 ㊶维：语助词。予：武王自称。侯：乃。兴：兴起。 ㊷临：监视。女：同“汝”，指参加誓师会战的军队。 ㊸无：毋。以上四句的意思是，周武王在牧野誓师，对将士们说：“我正兴兵伐商纣，上帝在监视着你们，不要有二心！” ㊹洋洋：广大开阔的样子。

㊺檀车：用质地坚固的檀木制造的兵车。煌煌：鲜明有光彩的样子。 ㊻驷騵（yuán）：泛指拉车的战马。古代一车套四马，叫"驷"。騵，赤毛白腹的马。彭彭：强壮的样子。 ㊼维：语助词。师：太师。尚父：指吕尚。本姓姜，其先封于吕，故曰吕尚，字子牙。 ㊽时：是。维：语助词。鹰扬：形容其气势有如鹰鸟迅猛。 ㊾凉：亦作"亮"，辅佐。 ㊿肆伐：纵兵疾袭。 (51)会朝：黎明。清明：指天下政治清明。这句说，牧野之战在黎明时结束。也暗喻武王灭殷商而建周朝，犹如迎来黎明。

【译文】

君王明德在下方，赫赫神灵显天上。天命多变难相信，君王敬谨勿荒唐。天使殷纣继帝位，却又使他失四方。

挚国任家二姑娘，来自殷商远地方，嫁到我们周国来，来到京都做新娘。她与王季配成双，贤德美名扬四方。太任怀上了身孕，生下这个周文王。

就是这个周文王，恭谨小心又端庄。光明正大事上帝，招来许多好福气。品行端正不奸邪，四方诸侯臣服你。

上天明察人间事，天命降临属文王。文王即位的初年，上天为他配新娘。在那洽水的北方，在那渭水的岸旁。文王将要行婚礼，大国有个好姑娘。

大国有个好姑娘，美得就像天仙样。选定吉日下聘礼，文王亲迎渭水旁。排起船儿做桥梁，婚礼盛大真堂皇。

上天旨命示下方，命令这个周文王，周地建都兴家邦。莘国那个好姑娘，她是长女嫁文王，婚后生下周武王。保佑他，命令他，兴兵袭伐讨殷商。

殷商大军聚战场，旌旗如林随风扬。武王誓师在牧野："我奉天命兴义兵，上帝就在监视你，休怀二心徬徨！"

牧野之地宽又广，檀木兵车明又亮，拉车四马多强壮。三军统帅是吕尚，气势如鹰高飞扬。辅佐那个周武王，纵兵疾进伐殷商，一朝清明平四方。

绵

绵绵瓜瓞①，民之初生②，
自土沮漆③。古公亶父④，
陶复陶穴⑤，未有家室⑥。

古公亶父，来朝走马⑦，
率西水浒⑧，至于岐下⑨。
爰及姜女⑩，聿来胥宇⑪。

周原膴膴⑫，堇荼如饴⑬。
爰始爰谋⑭，爰契我龟⑮，
曰止曰时⑯，筑室于兹⑰。

迺慰迺止⑱，迺左迺右⑲，
迺疆迺理⑳，迺宣迺亩㉑。
自西徂东㉒，周爰执事㉓。

乃召司空㉔，乃召司徒㉕，
俾立室家㉖。其绳则直㉗，
缩版以载㉘，作庙翼翼㉙。

捄之陾陾㉚，度之薨薨㉛，
筑之登登㉜，削屡冯冯㉝。

百堵皆兴[34]，鼛鼓弗胜[35]。

迺立皋门[36]，皋门有伉[37]。
迺立应门[38]，应门将将[39]。
迺立冢土[40]，戎丑攸行[41]。

肆不殄厥愠[42]，亦不陨厥问[43]。
柞棫拔矣[44]，行道兑矣[45]。
混夷駾矣[46]，维其喙矣[47]。

虞芮质厥成[48]，文王蹶厥生[49]。
予曰有疏附[50]，予曰有先后[51]，
予曰有奔奏[52]，予曰有御侮[53]。

【题解】

这是周代史诗之一，主要记述其先祖太王古公亶父迁居岐山的业绩。亶父是文王的祖父，周民族的强大始于文王，而基础的奠定者是亶父。

本诗从古公亶父奠基开国，一直写到文王继承遗烈，以一种低吟慢诵的语调娓娓叙来，展示了一幅历史长卷，于不知不觉间将读者带入久逝的画面中。诗歌共九章，前七章赞美太王迁国开墓基的功绩，从迁岐、授田、筑室直写到立社；第八、九章转而写其孙文王姬昌平定夷狄，内用贤臣，外结邻邦，继承祖业，光大周族。

本诗叙事有条不紊，多有生动之笔。尤其是第五、六章写建筑宫室宗庙，火热的劳动场面被诗人描绘得十分真切，如闻其声，如见其景。

【注释】

①绵绵：绵延不断的样子。瓞（dié）：小瓜。诗人以瓜的绵延和多实比喻周族的兴盛。 ②民：人，指周族。初生：即初兴。 ③土：读为“杜”，《汉书·地理志》引作杜，水名，在今陕西省麟游、武功两县。武功县西南是故邰城所在地。邰是周始祖后稷之国。沮：当作“徂（cú）”，往。漆：水名，在今陕西省郴县西北，北入泾水。杜水、漆水都在豳地。这二句的意思是，周族初兴之时，由杜水流域一带迁向漆水流域。 ④古公亶父：周太王，文王的祖父。古公是封号，亶父是名字。 ⑤陶：“掏”之借字，此指掘土为穴。复：“寝”的借字，指从山崖往里掘挖的旁穴。 ⑥家室：指宫室房舍。以上二句说，古公亶父初迁新土，住的是洞穴，居处简陋，没有宫室。周族本居豳地，因屡遭狄人所侵而迁往岐山。 ⑦来朝：即清早，早上。走马：“走”。《玉篇》引作“趣”，趣马即驱马疾驰。这句说，亶父在早晨驰马而来。 ⑧率：循，沿着。西：岐山在豳地之西。水浒：漆水边。浒，水边。 ⑨岐下：岐山之下。岐山在今陕西省岐山县东北。以上二句是说，亶父沿着漆水西行而来到岐山下。 ⑩爰：于是。及：与，同。姜女：指亶父之妃，姓姜，又称太姜。 ⑪聿：语助词。胥：相，视。宇：屋宇。胥宇，犹言“相宅”，指察看建造房屋的地形。 ⑫周：岐山下地名，在山南。原：广平的土地。膴（wǔ）膴：肥美。 ⑬堇（jǐn）：植物名，可食的野菜，亦叫苦堇。荼：苦菜。饴（yí）：用米芽或麦芽熬成的糖浆。这二句说，岐山之南的平原很肥美。连堇荼这些苦味的野菜也甜美如饴。 ⑭爰：于是。始、谋：均是商议、商量之意。 ⑮契：刻。龟：龟甲，指占卜所用的龟甲。占卜时，先要在龟甲上钻孔，然后在火上烧灼，看龟甲上的裂纹来断吉凶。占卜的结果用文字简单记述，刻在甲上。 ⑯止：言此地可以居止。时：言此时可以动工，这句是占卜的结果。 ⑰兹：此地。 ⑱迺：同“乃”。慰：安。这句说，决定在此定居。 ⑲这句说，定居又划定左右隙地的用途。 ⑳疆：划定田地的疆界。理：治，整治土地。㉑宣：开导沟洫泄水。亩：挖筑田垄。 ㉒自西徂东：西东指周原之内，举

西东以包南北。 ㉓周：遍，全。爰：语助词。以上二句说，周原之内无人不从事劳作。 ㉔司空：官名，负责都邑建筑之事。 ㉕司徒：官名，负责调配人力，征发徒役。 ㉖俾：使。这三句说，招来司空和司徒，让他们负责建造宫室。 ㉗绳：墨绳，建筑用来划定直线。 ㉘缩版：直版。古代筑墙用长方形的筑版，往它中间填土，然后杵结实。载：通“栽”，树，指把筑版立起来。这句说，把长的直版树好，以便筑墙。 ㉙庙：宗庙。翼翼：严正的样子。 ㉚捄（jiú）：往筐里装土的动作。陾（réng）陾：众多。 ㉛度（duó）：投。指向筑版内填土。薨（hōng）薨：倒土声。㉜筑：指筑墙。登登：捣土声。 ㉝削屡（lóu）：将墙土隆高的地方削平。屡，古“娄”字，隆高。冯（píng）冯：削土声。 ㉞百堵：指很多墙面。兴：建起。 ㉟鼛（gāo）：大鼓名，长一丈二尺。弗胜：胜不过。敲鼓是为了使劳动着的人兴奋，但百堵之墙同时兴工，众声齐起，大鼓声反而被湮没了。 ㊱皋（gāo）门：王都的外城门。 ㊲伉（kàng）：高大的样子。㊳应门：王宫正门。 ㊴将（qiāng）将：庄严堂皇的样子。 ㊵冢（zhǒng）土：大社。社是祭土神的坛。 ㊶戎：兵。丑：众。攸：所。这句是说，兵众出动。出军必须先祭社，现在大社既立，兵众则可祭社而出动。 ㊷肆：故，虽。殄（tiǎn）：灭绝，消灭。厥：指古公亶父。愠：怒。 ㊸陨：失。问：通“闻”，名声。以上二句的意思是，文王初年，虽然没有消灭古公亶父所愬怒的夷狄，但也未丧失周人的声威。此章及下章叙周文王事。㊹柞（zuò）：栎树。棫（yù）：小木，丛生有刺。拔：拔除，即砍去。㊺行道：道路。兑：通。以上二句言柞棫剪除而道路通畅。 ㊻混夷：古种族名，西戎之一。又作昆夷、犬夷，也就是犬戎。駾（tuì）：奔突，逃跑。㊼维其：何其。喙（huì）：通“瘃”，气促而困顿不堪。以上二句言，混夷因逃遁而窘困不堪。 ㊽虞：古国名，故虞城在今山西省平陆县东北。芮（ruì）：古国名，故芮城在今陕西省大荔县和芮城之间。质：要求公平评断，评理。成：定，平。相传虞芮两国国君争田，久而不定，到周求西伯姬昌（即周文王）评断。入境后为周人礼让之风所感，他们自动相让起来，结果是将他们所争的田作为闲田，彼此都不要了。　㊾蹶（jué）：动，感动。生：读为“性”。以上二句说，虞芮二国国君要求文王评判是非曲直，文王感动了他们礼让的天性。　㊿予：我们。周人自谓。曰：语助词。疏附：宣布德泽使民亲附之臣。　51先后：前后辅佐相导之臣。　52奔奏：奔走四方之臣。　53御侮：捍卫国家之臣。以上四句言，在文王时代我周有这四种良臣，邦国因此兴旺。

【译文】

拖拖拉拉，大瓜连小瓜，当初我们周族，从杜水迁到漆水安家。古公亶父，把山洞来挖，把地洞来打，那时候没把房子搭。

古公亶父，早晨赶着他的马，顺着西水岸，来到岐山下。和他的姜氏夫人，来找地方重安家。

周原土地真肥美。堇菜苦菜都像糖。大伙儿有了商量。神的主张刻在龟板上，说的是：“停下”“立刻”“就在这儿盖起房。”

住下来，心安稳，或左或右把地分，经营田亩划疆界，挖沟泄水修田塍。从西到东南到北，人人干活都有份。

叫来了司空，叫来了司徒，吩咐他们造房屋。拉紧绳子吊直线，竖起夹板好筑土，造座宗庙好庄肃。

盛起土来满满装，填起土来轰轰响。噔噔噔是捣土，呼呼呼是削墙。百堵墙同时筑起。擂大鼓听不见响。

立起王都的郭门，那是多么雄伟。立起王宫的正门，又是多么壮美。大社坛也建立起来，开出抗敌的军队。

对敌的愤怒虽不曾消除，周族的声望依然保住。拔去了柞树和棫树，打通了往来的道路。混夷望风奔逃，气喘吁吁不堪痛苦。

虞芮二君不再相争，文王感动了他们天性。我有贤臣团结臣民，我有贤臣前后辅佐朝廷，我有贤臣睦邻奔走四境，我有贤臣保疆抵御侵凌。

棫朴

芃芃棫朴①，薪之槱之②。
济济辟王③，左右趣之④。

济济辟王，左右奉璋⑤。
奉璋峨峨⑥，髦士攸宜⑦。

淠彼泾舟⑧，烝徒楫之⑨。
周王于迈⑩，六师及之⑪。

倬彼云汉⑫，为章于天⑬。
周王寿考⑭，遐不作人⑮！

追琢其章⑯，金玉其相⑰。
勉勉我王⑱，纲纪四方⑲。

【题解】

这是一篇歌功颂德之作，赞美周文王仪态端庄，用人得当，故能祭祀天神，征伐四方。

【注解】

①芃（péng）芃：茂盛的样子。棫（yù）：丛生小木。朴：一种枣树，也是丛生灌木。　②薪：柴，此作动词用，取以为薪。槱（yóu）：堆积木柴，点火燃起，用以祭祀天神。古时出征则祭祀天神。　③济济：庄严恭肃的样子。辟（bì）：君，国君。　④左右：身边的诸臣。趣：“趋”的借字，

疾行。这里指紧紧跟随在文王身后。　⑤璋：一种玉器，形似圭的一半，是举行朝聘、祭祀等大典所用的礼器。奉：捧着。　⑥峨峨：盛大隆重的样子。⑦髦士：俊士，英才。宜：适合。这二句的意思是，左右的大臣捧着玉璋威仪隆重，这些才俊之士的举止都很适当，合乎章法。　⑧淠（pì）：舟在水中飘动而行的样子。泾：水名。　⑨烝徒：众人。烝，众。楫（jí）：划船的桨。这里作动词用，划桨。　⑩周王：指周文王。于：往。迈：行。这里指周文王出征伐崇国。　⑪六师：犹“六军”。《毛传》：“天子六军”。及：与，同。及之，跟随他（文王）。　⑫倬（zhuó）：大而明。云汉：银河。⑬章：花纹。这里指银河在天上发出美丽的光彩。　⑭寿考：长寿。　⑮遐：通“何”。作人：指培养人才，造就人才。　⑯追（duī）：“雕”的假借字。追琢，雕琢。　⑰相：质，本质。这二句说，俊士本有金玉般高贵的本质，再加以精心培养，如雕金琢玉，就成为有用之才。　⑱勉勉：勤勉不已的样子。　⑲纲纪：指治理，统治。纲，本指网上的大绳。纪，本指丝的头绪。

【译文】

棫树朴树多茂盛，砍下燃起祭天神。文王仪态多恭谨，左右大臣紧跟随。

文王仪态多端庄，左右大臣捧玉璋。捧璋执礼真堂皇，俊士举止很得当。

船儿在泾水飘荡，众人齐心来划桨。文王兴兵去征伐，六军云集随他往。

银河广阔又明亮，星光闪烁照天上。文王福大寿命长，哪能不把人才培养！

精雕细琢镂花纹，金玉质地本优良。勤勉不懈我文王，征讨安抚定四方。

思　齐

思齐大任①，文王之母。
思媚周姜②，京室之妇③。
大姒嗣徽音④，则百斯男⑤。

惠于宗公⑥，神罔时怨⑦，
神罔时恫⑧。刑于寡妻⑨，
至于兄弟，以御于家邦⑩。

雝雝在宫⑪，肃肃在庙⑫。
不显亦临⑬，无射亦保⑭。

肆戎疾不殄⑮，烈假不瑕⑯。
不闻亦式⑰，不谏亦入⑱。

肆成人有德⑲，小子有造⑳。
古之人无斁㉑，誉髦斯士㉒。

【题解】

此诗歌颂周文王善于修身、齐家、治国。他严于执法，不徇私情，能够采纳忠言，持身严谨，宽以待人。他之所以有此“圣德”，是因为继承祖德之故。诗歌即从赞美母德起笔。

【注释】

①思：语首助词，表示感叹。齐：通“斋”（zhāi），端庄肃敬之意。

大任：即太任，王季之妻，文王之母。 ②媚：美好。指德行美好。周姜：即太姜，古公亶父之妻，王季之母。 ③京室：王室。 ④大姒：即太姒，文王之妻。嗣：继承。徽音：美誉。这句说，文王之妻太姒能继承太姜、太任的美誉。 ⑤斯：助词。百，言其多。这句是祷祝之词：一定能多多生子。 ⑥惠：顺。宗公：先公，祖宗。 ⑦罔：无。时，所。 ⑧恫（tōng）：伤心，痛心。 ⑨刑：法。这里作动词用。寡妻：正妻，嫡妻。这句说，周文王以礼法对待正妻。 ⑩御（yà）："迓"之通假。迎。这里引申出遍及、推广之意。以上三句说，周文王以礼法要求正妻，对待兄弟们也一样，并推及到治理邦国。 ⑪雝（yōng）雝：和睦，和谐的样子。 ⑫肃肃：严肃恭敬的样子。庙：宗庙。 ⑬不显：即"丕显"，明显。亦：语助词。临：临视，省察。⑭无：语助词。射（yè）：与"夜""夕"通，引申为阴暗、隐蔽之意。保：保守，保持。这二句的意思是，周文王在显明处（或指白天）能自儆其身；在隐暗处（或夜晚）能保守其德，指周文王无时不在警惕。 ⑮肆：故。戎疾：灾难，凶险，或指西戎凌犯之患。不：语助词，无义，下句同。殄（tiǎn）：断绝，杜绝。 ⑯烈假："厉瘕"的假借字，疾苦病患。厉，瘟疫。瑕："遐"的假借字，远去。以上二句说，凶险灾难杜绝了，害人的瘟疫去除净。⑰不：语助词，无义，下句同。式：用。 ⑱谏：谏言。入：纳，纳谏。这二句说，听到有益的建议就采用，劝谏之言能采纳。 ⑲成人：指成年人。⑳小子：未成年的人。造：造就，成就。 ㉒古之人：古人，指已故去的文王等。斁（yì）：厌，满足。 ㉒誉："豫"的假借字，乐，乐于。髦：选拔，选择，这句说：乐于选拔贤才美士。或"髦斯士"解作"髦士"，英才俊士。斯，无义。

【译文】

端庄的太任啊，她是文王的生母。品德美好的太姜啊，她是王室的媳妇。太姒继承了美誉，必生男儿以百数。

文王孝顺祖宗，神灵没有怨容，神灵没有伤痛。以礼相待正妻，影响及于兄弟，也推及全国各地。

在宫中友爱和气，在庙中严肃恭敬。白天呀，自儆其身，夜晚呀，保守善行。

因此凶灾已根除，害人瘟疫无影踪。善言良策皆采用，谏诤之言也信从。

因此成人有德行，少年子弟有所成。古之圣人永不怠，爱才育人举贤能。

灵台

经始灵台①，经之营之②。
庶民攻之③，不日成之④。
经始勿亟⑤，庶民子来⑥。

王在灵囿⑦，麀鹿攸伏⑧。
麀鹿濯濯⑨，白鸟翯翯⑩。
王在灵沼⑪，於牣鱼跃⑫。

虡业维枞⑬，贲鼓维镛⑭。
於论鼓钟⑮，於乐辟廱⑯。

於论鼓钟，於乐辟廱。
鼍鼓逢逢⑰，矇瞍奏公⑱。

【题解】

这首诗记述周文王游观灵台之乐。诗歌的主旨是赞美周文王提倡文治，施行教化，以致天下太平。这一主题思想是通过描写百姓自动出力建台，所养鹿、鱼、鸟各适其性，各得其所，钟鼓之乐和谐等场景表现出来的，避免了枯燥的说教，在《大雅》中算是写得比较生动的篇作。

【注释】

①经始：开始规划兴建。灵台：台名，用于观察天象的高台，故址在今陕西省西安市西北。 ②经：度量，测量。营：营造。之：指灵台。 ③庶民：指百姓黎民。攻：作，指建造。 ④不日：不数日，不几天。 ⑤亟：犹“急”。 ⑥子来：像儿子似的跑来。这二句的意思是，文王本来并不急于修建灵台，但百姓乐于效劳，像儿子一样跑来帮忙，所以没有几天就修成了。 ⑦囿（yòu）：古代帝王豢养野兽的园子。 ⑧麀（yōu）鹿：母鹿。这句说，灵圃中的鹿很驯熟，见人来了也不受惊，仍伏地不动。 ⑨濯（zhuó）濯：肥美的样子。 ⑩翯（hè）翯：洁白的样子。 ⑪沼：指养鱼的池塘。 ⑫於（wū）：语气词。牣（rèn）：满。鱼跃：指鱼欣得其所，游戏水中。 ⑬虡（jù）：古代悬挂钟磬的木架。业：木架上一块雕木木板。枞（cōng）：木板上的一排锯齿，用来悬挂钟磬，又叫“崇牙”。维：与，和。 ⑭贲（fén）：大鼓。镛（yōng）：大钟。 ⑮於（wū）：语气词，下同。论：同“伦”，有次序。指钟鼓之声配合协调，合节奏。 ⑯辟廱（yōng）：周代水上离宫之名。 ⑰鼍（tuó）：即扬子鳄。其皮可制鼓面。逢逢：鼓声。 ⑱矇（méng）、瞍（sǒu）：指盲人乐师。有眼球而失明叫“矇”，没有眼珠叫“瞍”。古代乐师多由盲人充任。公：通“功”。这句说，乐师奏乐庆祝大功告成。

【译文】

开始动工建灵台，测量营造巧安排。黎民百姓一齐干，不多几日建起来。这活儿本来不用急，他们像儿子自动来。

文王游览灵苑中，母鹿不惊伏草丛。母鹿体大多肥美，白鸟洁净羽毛丰。文王游览到灵沼，满池鱼儿在跳蹦！

木架横板崇牙耸，悬挂大鼓和大钟。啊，钟鼓之声多和谐，啊，文王行乐在离宫！

啊，钟鼓之声多和谐，啊，文王行乐在离宫！鳄鱼皮鼓响咚咚，盲师奏乐庆成功！

生　民

厥初生民①，时维姜嫄②。
生民如何？克禋克祀③，
以弗无子④。履帝武敏歆⑤，
攸介攸止⑥。载震载夙⑦，
载生载育⑧，时维后稷⑨。

诞弥厥月⑩，先生如达⑪。
不坼不副⑫，无菑无害⑬。
以赫厥灵⑭。上帝不宁⑮，
不康禋祀⑯？居然生子⑰。

诞寘之隘巷⑱，牛羊腓字之⑲。
诞寘之平林⑳，会伐平林㉑。
诞寘之寒冰，鸟覆翼之㉒。
鸟乃去矣，后稷呱矣㉓。
实覃实訏㉔，厥声载路㉕。

诞实匍匐㉖，克岐克嶷㉗，
以就口食㉘。蓺之荏菽㉙，

荏菽旆旆[30]，禾役穟穟[31]，
麻麦幪幪[32]，瓜瓞唪唪[33]。

诞后稷之穑[34]，有相之道[35]。
茀厥丰草[36]，种之黄茂[37]。
实方实苞[38]，实种实褎[39]。
实发实秀[40]，实坚实好[41]。
实颖实栗[42]。即有邰家室[43]。

诞降嘉种[44]，维秬维秠[45]，
维穈维芑[46]。恒之秬秠[47]，
是获是亩[48]。恒之穈芑，
是任是负[49]，以归肇祀[50]。

诞我祀如何？或舂或揄[51]，
或簸或蹂[52]。释之叟叟[53]，
烝之浮浮[54]。载谋载惟[55]，
取萧祭脂[56]，取羝以軷[57]。
载燔载烈[58]，以兴嗣岁[59]。

卬盛于豆[60]，于豆于登[61]。
其香始升，上帝居歆[62]，
胡臭亶时[63]！后稷肇祀，
庶无罪悔[64]，以迄于今[65]。

【题解】

这是周代史诗中最有名的一篇，记述了周人始祖后稷的传说和事迹。诗分八章。第一章写姜嫄履迹感孕的神异，第二章写后稷诞生的神异，第三章写后稷被弃而不死的神异，第四章写后稷幼时表现出来的种植天赋才能，第五、六章写后稷对农业的伟大贡献，第七、八章写后稷祭祀的热烈场面。诗的前三章富于神话色彩和浪漫情调，这在《诗经》中是很少有的；诗的第四、五、六章转为写实笔法；最后二章祭祀则把现实生活场景与虚幻想象结合在一起。如此章法，完整地塑造了后稷的英雄形象。至于后稷兼具人性与神性，正反映了先人将本民族传说中的杰出人物神化，作为祖宗来拜祀这一事实。

这首诗所描写的时代是上古原始社会，中国尚处于母系氏族社会，人只知其母而不识其父。诗中关于姜嫄履上帝之迹而感孕的传说，正是这种原始氏族婚配关系的反映，也反映了上古初民对生育的神秘观念。周是一个以农为本的民族，诗中后稷在农业方面所表现的天赋才能正是周人经营农业的经验结晶。后稷被后人奉为农神，正根源于周民族农业发达的历史背景。

【注释】

①厥：其。初：当初。民：人，指周人。 ②时：是。姜嫄（yuán）：传说中远古帝王高辛氏（帝喾）之妃，有邰氏之女，周始祖后稷之母。姜是姓，嫄亦作“原”，是谥号，取本原之义。以上二句言姜嫄始生周人，就是指生后稷。 ③克：能，善于。禋（yīn）祀：一种野祭，祭时点燃柴火，焚烧牲礼，使烟气上升。这里似指祀天帝。一说指祀郊禖，禖是求子之神，祭于郊外。 ④弗：通“祓”。祓是古人为除灾邪不祥而举行的一种仪式。“祓无子”就是除去无子的不祥，也就是求子。 ⑤履：踩，踏。帝：天帝。武：指足迹。敏：大脚趾。武敏，指足迹上的脚趾印。歆：欣然有所感的样子。姜嫄践巨人脚印而感生后稷的故事是周民族的传说。 ⑥攸：语助词。介：息。这句是说祭毕休息。或疑履迹是祭祀仪式的一部分，即一种象征的舞蹈。所谓“帝”是代表上帝的神尸。神尸舞于前，姜嫄尾随其后，践神尸之足迹而舞，

舞毕相携止息于幽闲之处，因而有孕。　⑦载：语助词。震：娠，就是怀孕。夙：犹“肃”，肃敬，严肃。言谨守胎教。古人所谓“胎教”，要求孕妇生活严谨。　⑧育：养。　⑨后稷：传说中的谷神，后稷是其尊号，周人奉他为始祖，名字叫弃。　⑩诞：发语词，有叹美的意思。弥：满。这句说，满了怀孕应有的天数。　⑪先生：犹言“首生”，头胎。达：滑利。这句言，头生子很顺利地生出。　⑫坼（chè）：裂。副（pì）：破裂。这句说生得滑利，不致破裂产门。一说“达”借作“羍”，小羊。据说羊生下时胞衣不破。这里说，姜嫄生后稷，像生小羊一样，胞衣完整地裹着。　⑬菑（zāi）：同“灾”。⑭赫：显，显示。这句说，后稷初生时已显示出灵异。　⑮不宁：不安。　⑯不康：不安。这二句是姜嫄生子后的想法：上帝莫非不安享我的禋祀吗？践大人迹而生子是大怪异的事；生时又显示灵异之象，姜嫄疑为不祥，所以下文又说“居然生子”。　⑰居然：徒然。生子而不敢养育所以为徒然。　⑱寘：同“置”，弃置。隘巷：狭小的巷子。姜嫄将婴儿丢在小巷中，想让牛羊经过时踩死他。　⑲腓（féi）：通“辟”，避开。字：乳。这句说牛羊避开后稷走，并用乳喂养他。　⑳平林：平地上的树林。　㉑会：碰上。以上二句说，想把小儿丢弃在树林里，又恰好遇上砍树的人。　㉒覆：盖。覆翼：以翅膀盖住小儿，使他温暖。　㉓呱（gū）：小儿啼哭声。　㉔实：是。覃（tán）：延。訏（xū）：大。　㉕厥：其。这二句说，小儿的哭声又长又洪亮，声音满路。　㉖匍匐（púfú）：伏地爬行。　㉗克：能。岐：知意。嶷：认识。这句说能有所识别。　㉘以：同“已”。就：求。以上三句是说，后稷才能匍匐爬行时就很聪慧，能自求口食。　㉙蓺：同“艺”，种植。荏菽：大豆。㉚旆（pèi）旆：即“芾芾”，茂盛。　㉛役：《说文》引作“颖”，禾穗。穟（suì）穟：禾穗沉甸甸下垂的样子。　㉜幪（měng）幪：茂盛覆地的样子。　㉝瓞（dié）：小瓜。唪（běng）唪：果实累累的样子。以上五句是说后稷知道游戏时候就爱好种植，所种瓜谷无不良好。　㉞穑：种庄稼。　㉟相：助。以上二句说后稷种庄稼有助成之道，即指下文茀草等事。　㊱茀（fú）：拔除。　㊲黄茂：指嘉谷。　㊳方：整齐。苞：丰茂。　㊴种：犹“肿”，肥盛。褎（yòu）：指禾苗渐渐长高。 ㊵发：指禾茎舒发拔节。秀：初长穗。 ㊶坚：言谷粒充实。 ㊷颖：指垂穗。禾穗因结实饱满而低垂。栗：犹“栗栗”，众多。 ㊸邰（tái）：地名，邰故城在今陕西省武功县西南。这句说后稷到邰地定居。相传后稷在虞舜时代佐禹有功，始封于邰。 ㊹降：天赐。嘉种：良种。这句说，后稷培育出良种。 ㊺维：语助词。秬（jù）：黑黍。秠（pī）：一壳二米的黑黍。 ㊻穈（mén）：赤苗嘉谷。芑（qǐ）：白苗嘉谷。 ㊼恒（gèn）：通“亘”，满，遍。 ㊽是：语助词。这句说，收割而分亩计数。一说，“亩”，指将收割的谷物堆在田里。 ㊾任：抱。负：担。 ㊿肇（zhào）：开始。这句说，谷物归仓后就开始祭祀上帝。 ㉛揄（yóu）：舀取。指从臼中将舂好的米取出来。 ㉜簸：扬去糠秕。蹂：揉搓。指壳未脱尽的就用手搓揉。 ㉝释：淘米。叟（sǒu）叟：淘米声。 ㉞烝：同“蒸”。浮浮：《说文》引作“烰烰”，热气上升的样子。以上四句写准备用于祭祀的米和酒。 ㉟载：语助词。谋：计划，商量。惟：思，考虑。 ㊱萧：香蒿，其味浓烈。祭脂：牛脂。祭祀时把香蒿和牛脂一起烧，香气远闻。 ㊲羝（dī）：公羊。軷（bá）：祭道路之神。因为将要郊祀上帝，先祭道神。这句说取公羊为牲以用于軷祭。 ㊳燔（fán）：烤。烈：烧。这句说，把香蒿和牛脂烧燎起来。 ㊴兴：兴旺。嗣岁：来年。这句说，祭祀是为了兴旺来年，意思是祈求来岁的丰收。 ㊵卬（áng）：我。豆：古代一种高足碗，木制，可以盛肉。 ㊶登：瓦制的豆，可以盛汤。 ㊷居：安。歆：享。 ㊸胡：何，怎么。臭（xiù）：气息，即上文“其香始升”的香气。亶：诚，确实。时：得其时。这句说，何以那馨香之气这样地真正得其时呢，这是赞美的话。 ㊹庶：庶几。 ㊺迄：到。以上三句是说，后稷始创周人的祭祀制度，直到于今，庶几没有获罪于天，遗恨于心的事了。

【译文】

是谁生下第一代周人，姜嫄就是那位母亲。且说周人怎样降生。有一天姜嫄行禋祭，因为无儿求上帝。她踩着上帝的脚拇指印，心里欢喜。就在那里停下来休息。她怀孕了，不敢大意。后来生了孩子，那就是后稷。

姜嫄怀足了十月胎，头生子像只小羊滑下来。不破也不裂，无灾又无害。这些事情显得多奇怪。莫非上帝不愉快，我的祭祀他不爱。教我有儿不敢养，白白生下来。

把他扔在胡同里，牛羊一齐来喂乳；把他扔在树林里，恰巧有人来砍树；把他扔在寒冰上，鸟儿展翅将他护。鸟儿飞去了，后稷哇哇哭。哭声又长又洪亮，大路上听得满清楚。

后稷才会爬，就显出智慧，能把食物找到嘴。他去种大豆，大豆棵棵肥，满田谷穗低低垂，麻和麦子盖田野，大瓜小瓜都成堆。

后稷种庄稼，有他的好方法，先把乱草除，后把好种下。苗儿齐整又旺盛，长高又长大。慢慢发育出穗子，结结实实谁不夸。无数的谷穗沉沉挂。后稷到邰地成了家。

天降好种真出奇：两种黑黍叫作秬和秠，又有赤苗的穈和白苗的芑。黑黍遍地长，收割下来堆地里，穈和芑也是种满地，抱起背起送家里，回家开始把神祭。

要问祭神怎么祭？有人忙舂米，有人忙舀米，有人舂二道，有人簸糠皮，响嗖嗖是淘米，气腾腾是蒸米。然后商量好主意，采些香蒿和油脂，公羊先把道神祭。烧起来，烤起来，祈求来年丰产如人意。

祭品盛在木碗里，木碗瓦碗都盛些。香气开始升上天，上帝安然来受祭，这香气为何真正合时宜？自从后稷创祭礼，无灾又无难，直到今日里。

行　苇

敦彼行苇[①]，牛羊勿践履[②]。
方苞方体[③]，维叶泥泥[④]。

戚戚兄弟⑤，莫远具尔⑥。
或肆之筵⑦，或授之几⑧。

肆筵设席⑨，授几有缉御⑩。
或献或酢⑪，洗爵奠斝⑫。
醓醢以荐⑬，或燔或炙⑭，
嘉殽脾臄⑮，或歌或咢⑯。

敦弓既坚⑰，四鍭既钧⑱。
舍矢既均⑲，序宾以贤⑳。
敦弓既句㉑，既挟四鍭㉒。
四鍭如树㉓，序宾以不侮㉔。

曾孙维主㉕，酒醴维醹㉖。
酌以大斗㉗，以祈黄耇㉘。
黄耇台背㉙，以引以翼㉚。
寿考维祺㉛，以介景福㉜。

【题解】

这首诗描写周天子与族人宴饮、比射，最后以敬老结束。诗的主题是宣扬“周家忠厚”，强调王族血亲之间的团结。

【注释】

①敦（tuán）彼：犹“敦敦”。形容草丛生团聚的样子。行（háng）：道路。苇：芦苇。 ②践履：践踏。这二句说，牛羊要小心，不要践踏道路边的芦苇。 ③方：才，开始。苞：叶苞，这里指芦苇初生之芽尚未长开。体：指芦苇渐渐长成形。 ④维：其。泥泥：叶片柔嫩润泽的样子。

⑤戚戚：亲热的样子。　⑥远：疏远。具：俱，全，都。尔：通“迩”，近。这句的意思是，不要相疏远，都是亲近的人。　⑦或：有的，有的人。肆：陈，设，铺开。筵：竹席。古人席地而坐，以竹席为坐具。　⑧授：犹设、陈，安排。几：几案，是一种小矮桌，类似今之炕桌，通常供年老人凭倚，也可放置食物等。以上二句铺席、为尊者安排几案，说明将摆酒宴。　⑨肆筵设席：指已铺设的竹席上再加铺一层。这就是所谓“重席”之礼，以示尊重。《礼记·礼器》：“天子之席五重，诸侯之席三重，大夫再重。”　⑩缉：轮流不断。御：侍者。这句说，侍者轮番在几案旁侍奉。　⑪献：主人向客人敬酒。酢（zuò）：客人用酒回敬主人。　⑫爵：一种青铜酒器，有三足。奠：置放。斝（jiǎ）：一种青铜酒器，似爵。在酒宴上，主人敬酒前从几案上拿起酒杯洗一洗，然后斟酒；客人饮罢，把酒杯放在几案上。这句的意思是，宾主或敬或饮，来往酬酢。　⑬醓（tǎn）：多汁的肉酱。醢（hǎi）：肉酱。荐：献上。　⑭燔：烧肉。炙（zhì）：烤肉。　⑮嘉殽：指美味的肴馔。脾：此指牛胃，俗称牛百叶。臄（jué）：此指牛舌。　⑯咢（è）：只击鼓而不唱歌。　⑰敦弓：即雕弓。雕弓，绘有花纹的弓，天子所用。　⑱鍭（hóu）：古代箭名，箭头是金属所制。钧：调和。指箭头、箭身的比例及重量都得当。　⑲舍矢：放箭。均：中。　⑳序：指座位排列的次序。序宾，即为宾客排列名次。贤：胜。指射中多者为胜。这句说按照射箭胜负来安排座次。㉑句（gōu）：同“彀”，拉满弓。　㉒挟：持，拿。这句说，持箭上弦。㉓树：竖立。指四支箭射中箭靶，插在靶上。　㉔不侮：不轻慢。这句说，以射箭中的多少为序，互相尊重，不轻慢败者。　㉕曾孙：指酒宴主人。㉖醴（lǐ）：一种甜酒。酒醴，泛指各种酒。醹（rú）：酒味醇厚。　㉗酌：斟酒。大斗：古代酒器，形似长柄勺子。　㉘黄耇（gǒu）：老者。此指长寿。　㉙台背：同“鲐背”。鲐，鱼名，背有黑纹；老年人背有黑纹，故称“鲐背”。　㉚引：引导。翼：在一旁扶持。这句说，对年老人应当尊敬照顾，为他引路，扶着他。　㉛寿考：长寿。祺：吉祥。　㉜介：求。景：大。

【译文】

路边芦苇一丛丛，别让牛羊践踏它。芽苞初发茎初生，叶儿柔嫩多润滑。兄弟应当多亲近，切莫疏远本一家。有的给他铺竹席，有的把几案端给他。

摆好筵，再铺席，几旁侍者轮番忙。主敬客，客酬主，洗杯斟酒置几上。献上肉糜连肉汤，烧肉烤肉味道香，牛胃牛舌尝一尝，有人击鼓有人唱。

彩绘雕弓多强劲，四支利箭很匀称。拉弓放箭中靶心，胜者自然是上宾。彩绘雕弓拉得满，四支利箭搭上弦，箭箭竖在靶上面，败者也不受怠慢。

曾孙很会当主人，清酒浊酒味甘醇。大斗美酒满满斟，举杯祝福老年人。高寿长者当敬重，引他行，扶身旁。长命百岁多吉祥，祈求洪福从天降。

既　醉

既醉以酒①，既饱以德②。
君子万年③，介尔景福④。

既醉以酒，尔殽既将⑤。
君子万年，介尔昭明⑥。

昭明有融⑦，高朗令终⑧。
令终有俶⑨，公尸嘉告⑩。

其告维何？“笾豆静嘉⑪。
朋友攸摄⑫，摄以威仪⑬。”

“威仪孔时⑭，君子有孝子⑮。
孝子不匮⑯，永锡尔类⑰。”

“其类维何？室家之壶⑱。
君子万年，永锡祚胤⑲。”

“其胤维何？天被尔禄⑳。
君子万年，景命有仆㉑。”

“其仆维何？釐尔女士㉒。
釐尔女士，从以孙子㉓。”

【题解】

这是一首宫廷乐歌，是祭祀祖先时，工祝代表扮演先王神灵的“神尸”对主祭人周王的祝颂之词。祝词反映了当时统治者所追求的“景福”，主要是多福多寿，多子多孙。本诗在写法上采用“顶针格”和问答形式。

【注释】

①既：已经。 ②德：恩德。这二句说，喝醉了美酒，饱享了恩德。③君子：指主人。 ④介：助。尔：指主人。景：大。 ⑤殽：熟的鱼肉等。将：美好。 ⑥昭明：光明。 ⑦有融：即“融融”，盛大长远的样子。⑧高朗：高明。令：善。令终，善终，好结果。 ⑨俶：始。这二句的意思是，有此高明的美誉将得善终，善终又将善始。 ⑩公尸：祭祀时装扮成祖先神灵接受祭礼的人。公，君。嘉告：用美好的言辞祝告。 ⑪笾、豆：古代祭祀时用的器具。笾为竹制，可盛果品。豆为木制，可盛食物。静嘉：美好。⑫攸：语助词。摄：佐助。这句说，朋友来助祭。 ⑬威仪：此指祭典的仪

式。 ⑭孔时：很合适，很得当。孔：甚，很。时：善。 ⑮有：又。说君子又是孝子。 ⑯匮（kuì）：尽，竭。 ⑰锡：同“赐”。类：善。这二句说，孝子永远保持美德而不衰竭，祖先将赐给你福气。 ⑱壸（kǔn）：本义是宫中小道，引申为“广”。指王室日益昌盛兴旺。 ⑲祚：福。胤（yìn）：嗣。指后嗣，子孙。 ⑳被：予，赐予。言上天赐予你福禄。 ㉑景命：大命，天命。仆：附，附着。 ㉒釐（lài）：“赉”的假借，赐予，给予。女士：指贤淑之女。 ㉓从：随，跟随。这二句说，赐给你贤淑女子为后妃，让你子孙绵延不绝。

【译文】

美酒喝得醺醺醉，饱受你的大恩惠。君子呀寿万岁，赐你大福大贵。

美酒喝得醉酩酊，佳肴美味数不清。君子呀有长命，赐你前程光明。

前程光明如日中，高明美誉有善终。善终必然有善始，神尸嘉言来祝颂。

他的祝颂有什么？“祭品美好又丰富。众位朋友来相助，祭典隆重有风度。”

“祭典隆重很得体，主人是个大孝子。孝子德行永不竭，永远赐你好福气。”

“好福气是什么？王室昌盛永兴旺。你的寿命万年长，子孙满堂福无疆。”

“子孙后代怎么样？上天会把福禄降。你的寿命万年长，天命属你永吉祥。”

“天命属你怎么样？上天赐你好姑娘，赐你贤后和淑妃，子孙后代绵延长。”

公　刘

笃公刘[①]，匪居匪康[②]。
迺埸迺疆[③]，迺积乃仓[④]。
迺裹餱粮[⑤]，于橐于囊[⑥]，
思辑用光[⑦]。弓矢斯张[⑧]，
干戈戚扬[⑨]，爰方启行[⑩]。

笃公刘，于胥斯原[⑪]。
既庶既繁[⑫]，既顺乃宣[⑬]，
而无永叹。陟则在巘[⑭]，
复降在原[⑮]。何以舟之[⑯]，
维玉及瑶[⑰]，鞞琫容刀[⑱]。

笃公刘，逝彼百泉[⑲]，
瞻彼溥原[⑳]。迺陟南冈，
乃觏于京[㉑]。京师之野[㉒]，
于时处处[㉓]，于时庐旅[㉔]，
于时言言，于时语语[㉕]。

笃公刘，于京斯依[㉖]。
跄跄济济[㉗]。俾筵俾几[㉘]，
既登乃依[㉙]。乃造其曹[㉚]。
执豕于牢[㉛]，酌之用匏[㉜]。
食之饮之[㉝]，君之宗之[㉞]。

笃公刘，既溥既长[35]。
既景迺冈[36]，相其阴阳[37]，
观其流泉。其军三单[38]，
度其隰原[39]，彻田为粮[40]。
度其夕阳[41]，豳居允荒[42]。

笃公刘，于豳斯馆[43]。
涉渭为乱[44]，取厉取锻[45]。
止基乃理[46]，爰众爰有[47]。
夹其皇涧[48]，溯其过涧[49]。
止旅乃密[50]，芮鞫之即[51]。

【题解】

这是周代著名史诗之一。上承《生民》，下接《绵》，歌咏祖先公刘率领族人从邰迁豳的事迹。公刘是后稷的后人，大约生活在夏朝末年，因避夏桀而迁豳地。

诗歌共六章。第一章写起程前周详的准备工作。第二章写来到豳地，择地而居。第三章写视察地形，营建都邑。第四章写君臣宴饮。第五章写开垦荒原。第六章写周人在豳地安居乐业。作者将这一历史事件的始末叙述得有条有理。作者通过迁徙、择地、相地、宴饮、垦荒等情节，塑造了公刘这位勤于政务、事必亲临的部族首领形象；而在场景描写中又插入几笔人物形象素描，如第二章写佩剑，看似闲笔，却使公刘的形象更为丰满鲜明。作者善于运用叠词排比手法来烘托气氛。比如第三章写京师之野，寥寥数笔，便描绘出一幅新居落成的情景，使人仿佛看到京邑旷野上房舍错落，听到那此起彼落的欢声笑语。末章“夹其皇涧，遡其过涧”，人烟稠密之状宛然在目，可见作者刻画功力。

【注释】

①笃：厚。每章以“笃”字起头，赞美公刘厚于国人。公刘：后稷的后裔。公是称号，刘是名。 ②匪：非，不。居、康：都是安的意思。这句说，公刘在邰不敢安居。 ③迺：同“乃”，于是。埸（yì）、疆：都是田的界畔。疆是大界，埸是小界。这句说，修治田亩。 ④积：在露天堆积粮谷。仓：在屋里堆积粮谷。以上都是叙述在邰地故居的事，说公刘用多种方法多储备粮食。 ⑤裹：包。餱（hóu）粮：干粮。 ⑥橐（tuó）、囊：都是装粮食的口袋。囊有底，橐无底，盛物后用绳捆住两端。以上二句说，公刘为迁徙准备好干粮。 ⑦思：发语词。辑：和，和睦团结。用：以，而。光：光大。这句说，公刘要使人心和谐，周族光大。 ⑧斯：语助词。张：设，备好。⑨干：盾。戚、扬：都是古代武器，斧类。 ⑩爰：于是。方：始。启行：开路，动身，出发。 ⑪于：同“曰”，语助词。胥（xù）：相察，视察。斯原：指豳（今陕西省邠县）地的原野。斯，这个。 ⑫既：已经。庶、繁：众多。指随公刘陆续迁来的人多了。 ⑬顺：安，和。宣：通畅，舒畅。这句连下句是说，众人情绪和畅，安于新土，没有人哀声长叹。 ⑭陟：升，登。𪩘（yǎn）：不连于大山的小山。这里泛指小山。 ⑮降：下。这二句说，公刘上下山原，相察地势。 ⑯舟：通“周”，环绕，这里指佩带。这一问句的作用是引起对于公刘身上佩物的描写。 ⑰维：是。瑶：一种似玉的美石。⑱鞞（bǐng）：刀鞘上端的饰物。琫（běng）：刀鞘下端的装饰。容刀：佩刀。这二句说，带着用玉、瑶装饰刀鞘的佩刀。 ⑲逝：往。百泉：众泉。⑳溥（pǔ）：大。以上二句说，公刘来往于众泉之间，视察广大原野。 ㉑觏（gòu）：看见。京：豳的地名，当在南冈之下。以上四句说，公刘在考察地形后选中京地。 ㉒师：都邑之称。如洛邑亦称洛师。京师，即京邑。京师连称始见于此，后来才成为天子所居城邑的专称。 ㉓于时：即“于是”。处：居住。 ㉔庐、旅：同义，寄居。疑原作“庐庐”或“旅旅”。和上下文一律用叠字。以上二句是说，使常住的人有安居之处，远来暂居的人有寄身处。 ㉕这二句描写众人满意新居，到处笑语欢乐。 ㉖斯：乃。依：安

居。这句说，在京邑定居了。 ㉗跄（qiāng）跄：行动安舒从容的样子。济济：庄严的样子。这句形容赴宴者从容庄肃的样子。 ㉘俾：使，含有请的意思。筵：竹席，古人铺在地上作坐具。几（jī），小矮桌，坐时凭倚身体。这句的意思是，请众宾客入席就座。 ㉙登：指登席，就席。依：指凭靠几案。㉚乃：于是。造：比次，排座次。曹：群，指众宾。这句的意思是，按尊卑排定次序入座，井然有序。 ㉛执：捉拿。豕：猪。牢：猪圈。这句说，捉猪宰杀招待宾客。 ㉜酌之：斟酒给他们（指众宾）喝。匏（páo）：本指葫芦，此指将葫芦破为两半，用来盛酒，叫作匏爵。 ㉝食（sì）之：请众宾吃饭菜。饮（yìn）之：请众宾喝酒。 ㉞君之：以他（指公刘）为君王。宗之：以他为族长。 ㉟这句说，土地开垦面积已很大。 ㊱景：日影。这里作动词用，指测日影定方位。迺：同“乃”。冈：作动词用，指登高冈观察地形。㊲相：看，视察。阴：山北。阳：山南。 ㊳单：通“禅”，更替。这句说，把军队分而为三，只用一军服役，轮流替换。 ㊴度（duò）：测量。隰原：洼地和平地。 ㊵彻：治，治田，指开垦荒地。 ㊶夕阳：指山的西面。阳，日。山的西面夕时见日，所以叫“夕阳”。这句说，测量山的西面，扩展种植的土地。 ㊷允：实在。荒：大。这句说，豳人的居地确是很广大了。 ㊸馆：用作动词，指建造房屋宫室。 ㊹乱：横流而渡。 ㊺厉：同“砺”，糙石，用来作磨石。锻：同“碫”，用来捶物的大石。砺、碫都是营造时需要的东西。 ㊻止基：指居处的基址，即地基。理：治理。 ㊼爰“助词。有：犹“众”。指来居住的人众多。 ㊽皇：豳地涧名。 ㊾溯：沿岸向上游走。过：豳地涧名。言沿过涧而上定居。 ㊿止：指常住者。旅：寄住者。密：密集，指人口稠密。 (51)芮：“汭”的假借字。水边向内凹处叫“汭”。鞫（jū）：水边向外凸处叫“鞫”。之：是。即：就。这句说，有的就在水边凹凸处居住。以上四句写公刘迁居豳地后周族人口兴盛，沿涧而居，傍河而处。

【译文】

好心的公刘，他不敢安居只顾忙。忙着修田界，忙着谷上仓。干粮收拾好，各种袋子装。他要团结大众争荣光。大伙儿张开弓，盾牌、长戈、板斧都扛上，迈开脚步向远方。

好心的公刘，看准了这块地。人民越聚越多，个个都觉满意，没有一个人叹气。他一会儿上山冈，一会儿下平地。腰里带着啥东西？玉石多么美，装饰刀鞘的头和尾。

好心的公刘，走向众水泉，观看广大的平原。他登上南冈，发现了叫作京的地方。就在京邑的旷地，长住的安了身，寄居的有了房，到处有谈笑，到处闹嚷嚷。

好心的公刘，在京邑安家停当。臣僚们走来严肃安详。叫他们就竹席，就矮几，身靠矮几坐席上。次序分明列成行。把猪赶出圈。用瓢舀酒浆。让大家有吃又有喝，做大家的君主和族长。

好心的公刘。开辟土地宽又长，观测日影上高冈，勘察山南和山北，看看流泉去哪方。成立三军轮班用，洼地平地都丈量，开出田地产食粮。丈量展到山西方，豳人的土地真宽广。

好心的公刘，在豳又把房屋建。横渡渭水河，把磨石采又把碫石搬。房基墙脚都修筑，人多力众真可观。皇涧两岸都住满，顺着过涧向上展。定居人众都安顿，一直住到曲水湾。

泂　酌

泂酌彼行潦[①]，挹彼注兹[②]，
可以餴饎[③]。岂弟君子[④]，
民之父母。

泂酌彼行潦，挹彼注兹，
可以濯罍[⑤]。岂弟君子，
民之攸归[⑥]。

洞酌彼行潦，挹彼注兹，
可以濯溉[7]。岂弟君子，
民之攸塈[8]。

【题解】

旧说此诗是“召康公戒成王”，史无确证，难以定论。不过，从诗意看，确是规谏君王之辞。诗人以活水有利于民取喻，指出如君王有利于民，人民像离不开水一样离不开他，民心自然归附。

【注释】

①泂（jiǒng）：“迥”的假借字，远。酌：舀取。行潦（lǎo）：指流动的水。这句说，到远处汲取流水。 ②挹（yì）：舀，汲取。注：灌注。兹：此，指盛水之器。 ②餴（fēn）：蒸，馏。饎（xī）：将米蒸熟成饭。又指酒食。 ④岂弟：同“恺悌”，和悦近人。 ⑤濯（zhuó）：洗。罍（léi）：古代容器，形似壶，可以盛酒或水。 ⑥攸：听。归：归心，归附。 ⑦溉（gài）：“概”的假借字。一种酒樽。 ⑧塈（jì）：养息，安息。

【译文】

远处汲来那流水，舀取注入水缸里，可以用它把饭菜蒸熟。和悦可亲的君主，好比百姓的父母。

远处汲来那流水，舀取注入水缸里，可以用它洗涤酒壶。和悦可亲的君主，百姓真心向你归附。

远处汲来那流水，舀取注入水缸里，可以用它洗涤酒樽。和悦可亲的国君，可使百姓养息安居。

卷　阿

有卷者阿[1]，飘风自南[2]。
岂弟君子[3]，来游来歌，
以矢其音[4]。

伴奂尔游矣[5]，优游尔休矣[6]。
岂弟君子，俾尔弥尔性[7]，
似先公酋矣[8]。

尔土宇昄章[9]，亦孔之厚矣[10]。
岂弟君子，俾尔弥尔性，
百神尔主矣[11]。

尔受命长矣[12]，茀禄尔康矣[13]。
岂弟君子，俾尔弥尔性，
纯嘏尔常矣[14]。

有冯有翼[15]，有孝有德，
以引以翼[16]。岂弟君子，
四方为则[17]。

颙颙卬卬[18]，如圭如璋[19]，
令闻令望[20]。岂弟君子，
四方为纲[21]。

凤凰于飞[22]，翙翙其羽[23]，
亦集爰止[24]。蔼蔼王多吉士[25]，
维君子使[26]，媚于天子[27]。

凤凰于飞，翙翙其羽，
亦傅于天[28]。蔼蔼王多吉人[29]，
维君子命，媚于庶人[30]。

凤凰鸣矣，于彼高冈，
梧桐生矣，于彼朝阳[31]。
菶菶萋萋[32]，雝雝喈喈[33]。

君子之车，既庶且多[34]。
君子之马，既闲且驰[35]。
矢诗不多[36]，维以遂歌[37]。

【题解】

这是周王出游卷阿，随行之臣写下的赞颂之诗。诗共十章，首章言献诗助兴，末章再申献诗之由。首尾呼应，神完气足。诗歌的第二至第六章主要歌颂周王的盛德，第七至第九章主要赞美群臣之贤，暗喻周王当求贤用贤。诗中多用比兴，如七至第九章以凤凰飞鸣、百鸟相随起兴，喻天子周围贤才荟萃，境象极其华丽鲜明。尤其是第九章全用比兴，以凤栖梧桐、高冈朝阳来比喻“天子得人，野无遗贤”的盛况，意境壮美，颇有帝王气象。所以此诗虽是颂德之作，但用笔不俗。旧说“召康公戒成王”，供参考。

【注释】

①卷（quán）：曲。有卷，犹“卷卷”。阿：大的丘陵。 ②飘风：旋风。这二句说，弯曲蜿蜒的丘陵，旋风从南边吹来。 ③岂弟：犹言“恺悌”，和悦近人。君子：指周王。 ④矢：陈。音：音声，指乐歌。这二句说，周王来卷阿游玩歌舞，让公卿列士献诗陈歌。 ⑤伴奂（pànhuàn）：从容闲暇，纵情尽兴的样子。尔：指周王。 ⑥优游：悠闲自得的样子。休：息。 ⑦俾：使。弥（mí）：益，增益，扩充。性：天性，本性，此指善性。这句说，使你的善性得到发扬。 ⑧似：犹“嗣”，继承。先公：先王，指文王、武王。酋：终。这句说，继承先王的功业把它完成。 ⑨土宇：封畿，国土。昄（bǎn）：同“版”。版章，犹版图。 ⑩孔：甚，很。厚：丰厚。这二句说，你的国土版图非常辽阔，物产丰富。 ⑪主：主祭。这句说，你要主祭天地百神。意思是天地百神受你祭祀，都会保佑你。 ⑫受命：受天子之命。 ⑬茀（fú）：福。康：安，康宁，安乐。 ⑭纯：大。嘏（gǔ）：福。这句说，你永远享受大福。 ⑮冯（píng）：同“凭”，依靠。翼：辅，助。 ⑯引：引导。这句说，周王有贤臣引导辅佐。 ⑰四方：天下。则：准则，法则，榜样。 ⑱颙（yóng）颙：庄重恭谨的样子。卬（áng）卬：气概轩昂的样子。 ⑲圭、璋：都是玉制的精美礼器。这里用圭、璋来比喻人品高尚纯洁。 ⑳令闻：善誉。令望：名望。令，好。 ㉑纲：纪纲，法度。㉒凤凰：古代传说中的灵鸟。 ㉓翙（huì）翙：翅羽扇动之声。羽，指众鸟之羽。 ㉔集：鸟群栖于树木。爰：于。止：止息。以上三句说，凤凰飞翔，众鸟相从，又都栖息在一处。 ㉕蔼蔼：众多的样子。吉士：对贵族男子的美称，此指贤士。 ㉖维：语气词。君子：指天子。 ㉗媚：爱。 ㉘傅：犹“附”，至。这句说飞至青天。 ㉙吉人：犹“吉士”。 ㉚庶人：平民百姓。上章言贤臣能爱戴天子，此言贤臣能爱护众民。 ㉛朝阳：指山的东面，因早晨见日，故称朝阳。 ㉜菶（běng）菶萋萋：形容梧桐枝叶茂盛的样子。㉝雝（yōng）雝喈（jiē）喈：鸟和鸣之声。 ㉞庶：多。㉟闲：闲习，驯良。指马匹训练有素，步伐娴熟。驰：马疾行。 ㊱不：语词，无义。不多，即多。

㊲遂：对，答。这二句说，群臣陈诗很多，以此答谢周王。

【译文】

弯弯曲曲的山阿，旋风从南边吹过。和悦可亲的君王，来游玩来唱歌，我也陈诗献上歌。

你尽情地游玩呀，你悠闲地休息。和悦可亲的君王，把你的善性增益，完成先王千秋功业。

你的疆域和版图，面积广阔物产丰富。和悦可亲的君王，把你的善性充足，天地百神把你关注。

你受天命久又长，天赐福禄享安康。和悦可亲的君王，把你的善性发扬，大福常在你身旁。

有依靠，有助手，心地仁厚很善良，贤臣引路扶两旁。和悦可亲的君王，四方奉你为榜样。

仪表威严气宇轩昂，人品高贵如圭璋，好声誉，好名望。和悦可亲的君王，四方奉你为纪纲。

凤凰高飞上青天，百鸟相随拍翅响，栖息树上集一方。众多贤士济济一堂，听从你的驱使，爱戴天子不违抗。

凤凰高飞展翅膀，百鸟相随振翅响，直达九霄青天上。众多贤士济济一堂，听从你的驱使，爱护百姓不张狂。

凤凰鸣叫声洪亮，在那高高山冈上。高冈上面生梧桐，面向东方迎太阳。梧桐枝叶郁苍苍，百鸟齐鸣声悠扬。

你的车子呀，漂亮又众多。你的马儿呀，疾迅又调和。献上诗篇真不少，答谢君王来作歌。

民劳

民亦劳止[①]！汔可小康[②]。
惠此中国[③]，以绥四方[④]。
无纵诡随[⑤]，以谨无良[⑥]。
式遏寇虐[⑦]，憯不畏明[⑧]。
柔远能迩[⑨]，以定我王[⑩]。

民亦劳止！汔可小休[⑪]。
惠此中国，以为民逑[⑫]。
无纵诡随，以谨惛怓[⑬]。
式遏寇虐，无俾民忧[⑭]。
无弃尔劳[⑮]，以为王休[⑯]。

民亦劳止！汔可小息[⑰]。
惠此京师[⑱]，以绥四国。
无纵诡随，以谨罔极[⑲]。
式遏寇虐，无俾作慝[⑳]。
敬慎威仪，以近有德。

民亦劳止！汔可小愒[㉑]。
惠此中国，俾民忧泄[㉒]。
无纵诡随，以谨丑厉[㉓]。
式遏寇虐，无俾正败[㉔]。
戎虽小子[㉕]，而式弘大[㉖]。

民亦劳止！汔可小安。
惠此中国，国无有残[27]。
无纵诡随，以谨缱绻[28]。
式遏寇虐，无俾正反[29]。
王欲玉女[30]，是用大谏[31]。

【题解】

周厉王是武王的七世孙，暴虐无道，妄用奸佞，朝纲废弛；赋敛繁重，民不聊生，民心背离，动乱四起。此诗的作者是一位老臣（旧说即召穆公），他痛伤于国事日非，作此诗劝告厉王安民防奸。诗歌共五章，采用重章叠句的形式，反复申说“民亦劳止”“无纵诡随”的意旨，笔调沉重，语气严峻，见出老臣忧国忧民的深心。

【注释】

①劳：劳苦，忧苦。亦、止：语助词。 ②汔（qì）：通“乞”，求。一说，表示希望，也许可以；庶几。康：安，安定，安居。 ③惠：爱。中国：指西周王畿，本土。对“四方”诸侯国而言。 ④绥：安，安抚。四方：指诸侯国。 ⑤纵：放纵。或说纵训“从”，依从，亦通。诡随：狡猾奸诈的人。 ⑥谨：慎，小心。无良：不良，指恶人。 ⑦式：发语助。遏：制止，禁止。寇虐：指掠夺和残暴的行为。 ⑧憯（cǎn）：犹“曾”“乃”。明：高明显宠者。以上二句说，要制止抢掠残虐人民的行为，不怕他位高权重。⑨柔：安抚。远：指远方诸侯之国。能：亲善。迩：近，指近处的诸侯之国。⑩王：指周王朝。以上二句说，安抚远国，亲善邻邦，使周王朝得到稳定。⑪休：休息，安息。 ⑫逑（qiú）：合，相配。民逑，指符合众民心意。⑬惛怓（hūnnáo）：喧闹争吵。 ⑭俾：使。 ⑮尔：指在位者。劳：功劳。 ⑯休：美，美好。这二句的意思是，在位诸公不要放弃职守，以助成周王朝前程美好。 ⑰息：止息。 ⑱京师：都城，即镐京。 ⑲罔极：言行无

准则，反复无常。一说，极训“穷极”，指作恶无穷。 ⑳慝（tè）：邪恶。㉑愒（qì）：休息。 ㉒泄：散发，消除。 ㉓丑厉：丑恶的人。 ㉔正：通“政”，政事，朝政。败：败坏。 ㉕戎：你。小子：年轻人，指执政者。㉖式：用，作用。弘：大。这二句说，你虽然是个年轻人，但起的作用很大。㉗残：害。 ㉘缱绻（qiǎnquǎn）：本指丝缕纠结不解，此指小人结党营私，相互勾结。 ㉙正：犹“政”。政反即朝政颠覆。 ㉚女：同“汝”，你。指周王。玉女，犹“玉汝”，即畜汝，爱汝。这句说，王啊，我爱护你。 ㉛是用：是以，因此。大谏：郑重地劝谏。

【译文】

人民真是劳苦不堪啊，也该让他们稍得安康。惠爱王畿百姓，以此安抚四方。不要放纵狡诈奸邪，不良之辈要提防。掠夺暴虐要制止，不怕他高明显扬。安抚远国，亲善近邦，基业稳定保我王。

人民真是劳苦不堪啊，也该让他们息几天。惠爱王畿百姓，满足他们的心愿。不要放纵狡诈奸邪，警惕小人喧哗作乱。掠夺暴虐要制止，别让百姓忧烦。不要放弃你以前的功绩，助我王好运无限。

人民真是劳苦不堪啊，也该让他们歇口气。惠爱京师百姓，安抚四方之地。不要放纵狡诈奸邪，无常小人要警惕。掠夺暴虐要制止，不使作恶把人欺。恭敬谨慎有威仪，多多亲近有德之士。

人民真是劳苦不堪啊，也该让他们息一息。惠爱王畿百姓，让他们消除怨气。不要放纵狡诈奸邪，提防恶人钻空子。掠夺暴虐要制止，莫使朝政一败涂地。你虽然是个年轻人，起的作用宏大无比。

人民真是劳苦不堪啊，也该让他们稍得安康。惠爱王畿百姓，国无恶人作乱逞强。不要放纵狡诈奸邪，结党营私要提防。掠夺暴虐要制止。莫使朝政颠覆败亡。王啊，我爱护你啊，郑重劝告语重心长。

板

上帝板板[1]，下民卒瘅[2]。
出话不然[3]，为犹不远[4]。
靡圣管管[5]，不实于亶[6]。
犹之未远，是用大谏[7]。

天之方难[8]，无然宪宪[9]。
天之方蹶[10]，无然泄泄[11]。
辞之辑矣[12]，民之洽矣[13]。
辞之怿矣[14]，民之莫矣[15]。

我虽异事[16]，及尔同僚[17]。
我即尔谋[18]，听我嚣嚣[19]。
我言维服[20]，勿以为笑。
先民有言[21]，询于刍荛[22]。

天之方虐[23]，无然谑谑[24]。
老夫灌灌[25]，小子蹻蹻[26]。
匪我言耄[27]，尔用忧谑[28]。
多将熇熇[29]，不可救药。

天之方懠[30]，无为夸毗[31]。
威仪卒迷[32]，善人载尸[33]。
民之方殿屎[34]，则莫我敢葵[35]，
丧乱蔑资[36]，曾莫惠我师[37]。

天之牖民[38]，如壎如篪[39]，
如璋如圭[40]，如取如携[41]。
携无曰益[42]，牖民孔易[43]。
民之多辟[44]，无自立辟[45]。

价人维藩[46]，大师维垣[47]，
大邦维屏[48]，大宗维翰[49]。
怀德维宁[50]。宗子维城[51]。
无俾城坏，无独斯畏[52]。

敬天之怒[53]，无敢戏豫[54]。
敬天之渝[55]，无敢驰驱[56]。
昊天曰明[57]，及尔出王[58]。
昊天曰旦[59]，及尔游衍[60]。

【题解】

这是一位老臣的谏诗。旧说是凡伯劝谏周厉王而作。凡伯是周公后裔，入朝为卿士。他仁厚有德，苦口婆心地劝告年轻的天子不可违逆天意，不可背离民心，一再说“天之方难”“天之方虐”，警告厉王的无道行为已触怒上天，大乱将至。周人“敬天保民”的思想在诗中表现得很明显。由于厉王暴虐，凡伯只得假托劝诫同僚，向厉王剀切进言。诗歌多用比喻，析理形象。

【注释】

①上帝：此处昭喻周厉王。板板：乖张，反常的样子。　②卒瘅（cuìdǎn）：劳累成疾。卒，“瘁”的假借字，忧病。　③不然：不对。　④犹：同“猷”，谋，计谋，策略。不远：无远见；或不长远，朝令夕改。　⑤靡：

无。圣：指圣贤之人。管管：无所依傍，放任自恣的样子。 ⑥不实：不实行。亶（dǎn）：诚信，确实。这二句说，眼中没有圣人自以为是，言行不一，没有信用。 ⑦是用：是以。大谏：郑重地劝谏。 ⑧方：正。难：灾难。这句说，上天正在降下灾难。 ⑨无然：不要这样。宪宪：通“欣欣”，欣喜，喜悦。 ⑩蹶（jué）：动，动乱，动荡。 ⑪泄（yì）泄：通“呭呭”，多嘴多舌，乱发议论的样子。 ⑫辞：言辞。此指君王的政令。辑：和。 ⑬洽：合。这二句的意思是，政治教令和缓协调，民心就融洽舒畅。⑭怿：借作“殬”，败坏，殛。 ⑮莫：通“瘼”，病。这二句的意思是，政治教令败坏混乱，老百姓就遭殃受难。 ⑯我：凡伯自称。异事：指职务不同，所事者异。 ⑰及：与。尔：你们。僚：同官为僚。同僚，同事。这二句说，你我虽然担任的职务不同，但同在朝廷为官。 ⑱即：就。谋：商量，谋划。 ⑲嚣嚣：听不进别人的话的样子。 ⑳维：是。服：治。这句说，我的话都是“治言”，即合理之言，相对“乱言”而言。 ㉑先民：古人。㉒询：询问，请教。刍（chú）：喂牲口的草。荛（ráo）：柴草。这里均指割草砍柴的人。这二句说，古人说，要向割草砍柴的人请教。言外之意，何况是同僚的意见呢？ ㉓虐：暴虐。 ㉔谑（xuè）谑：戏弄，开玩笑的样子。㉕老夫：老人，凡伯自称。灌灌：犹“款款”，诚恳，恳切的样子。 ㉖小子：年轻人。暗指周厉王。蹻（jiǎo）蹻：骄傲的样子。 ㉗匪：同“非”。耄（mào）：八十曰“耄”。这里指昏乱，昏乱糊涂。 ㉘尔：汝，你。忧谑：调笑，戏谑。忧，当作“优”。这二句说，不是我说糊涂话，是你把我的话当玩笑。 ㉙多将：犹言多为，多做。熇（hè）熇：火势炽盛的样子。形容事态严重。这句的意思是，积恶愈多如火之势，事态不可收拾。 ㉚懠（qí）：愤怒。 ㉛夸毗（pí）：指屈己卑身，谄媚于人。 ㉜卒：尽，都。迷：迷乱，混乱。 ㉝载：则。尸：古代祭祀时由人装扮神灵受祭，犹后世的神像，终日不言，吃喝而已，叫“尸”。这二句说，现在君臣礼仪都迷乱失常了，贤良之臣只得闭口不言，像“尸”一样。 ㉞殿屎（xī）：呻吟，“唸咿”的假借。 ㉟则：而。我：指“我民”。葵：“揆”的假借字，猜疑，猜测。这二句的意思是，百姓正在痛苦地呻吟，却没有谁敢来猜测一下他们为什么会这样。 ㊱蔑：无。资：资财，财富。 ㊲曾：竟然。惠：爱，施爱，关心。我师：我民众。师，众庶。这二句说，死丧祸乱，民穷财尽，竟然没有人来关心一下百姓。 ㊳牖：“诱”的假借字，诱导，劝诱。 ㊴壎（xūn）：即埙，古代一种陶制吹奏乐器。篪（chí）：古代一种竹制的吹奏乐器。 ㊵圭、璋：古代玉制的礼器。璋为半圭，二璋合起来则成一圭。㊶携（xié）：提。以上四句的意思是，上天诱导下民的时候，像吹奏埙篪一样和谐，像圭璋一样相合，像取提物件一样得心应手，毫不费力。 ㊷曰：语助词。益：通“隘”，阻碍，阻绝。 ㊸孔：甚，很。这二句：像携取物体那样自然而然，没有阻碍，诱导百姓就很容易了。 ㊹辟：通“僻”，邪僻，指不走正道的人。 ㊺辟（bì）：法。立辟，即立法。这二句的意思是，当今之世多邪僻之人，是因为当政者不能立法自律。 ㊻价（jiè）：介，善。价人，即善人，好人。维：是。藩：篱笆，引申为屏障。 ㊼大师：犹言大众。垣（yuán）：墙。 ㊽大邦：大国，强国。屏：屏障。 ㊾大宗：指周王同姓的宗族，翰：栋梁。 ㊿怀德：以德为怀。宁：安宁。 (51)宗子：指君王之嫡子。 (52)这二句说，不要让城墙毁坏，不要让自己孤立，这是很可怕的。似劝谏周王不可猜忌王子王孙，否则会使自己孤立无援。 (53)敬：敬重，敬畏。(54)戏：嬉戏，耍笑。豫：悦乐。这二句说，对于上天的震怒要敬畏，不可轻侮戏乐。 (55)渝：变，变化。 (56)驰驱：本指马疾驰，此指放纵恣性。 (57)昊（hào）天：上天。 (58)及：与。王，通“往”。这二句意思是，上天把一切都看得很清楚，它和你一起进出来往。 (59)旦：明。 (60)游衍：游荡。

【译文】

上帝反常太乖张，下界百姓遭祸殃。话儿说得不像样，制定政令没眼光。目无圣贤自狂妄，言行不一总变样。政令定了不久长，郑重劝你把话讲。

上天正在降灾难，不要这样欣欣然。上天正在降动乱，不要这样多嘴妄言。政令和顺协调，民心欢洽喜开颜。政令混乱败坏，百姓疲病心生怨。

你我职务虽不同，为官俱在朝廷上。我来找你商量事，你心烦意躁不听讲。我的忠言合情理，切莫当作是玩笑。古人有话说得好：虚心向樵夫请教。

上天正在逞凶暴，不要这样戏耍嬉闹。老夫恳切来劝导，小子却这般骄傲。不是我老了讲胡话，是你轻狂开玩笑。积恶太多如火炽，真正是不可救药。

上天在大发脾气，你不要屈己卑身乱行礼。君臣威仪都迷失，贤士如尸把口闭。百姓正在呻吟叹息，没有谁敢猜测为啥这个样子。死丧动乱民穷财尽，没有谁来把百姓救济！

上天诱导下界之民，如埙如篪来和鸣，如圭如璋多相契，如取如提多省劲。取提物件无阻力，诱导百姓很容易。当今之人多邪僻，皆因当政者不能立法律己。

善人好比是藩篱，大众好比是矮墙，大国好比是屏障，宗族好比是栋梁。以德为怀国安康，王的嫡子是城墙。不要破坏那城墙，勿陷孤立遭祸殃。

上天震怒要敬畏，不敢嬉戏太放荡。上天变化要敬畏，不敢纵性太张狂。明明上天照下界，与你一道进出来往。朗朗上天临下界，与你一道四处游逛。

荡

荡荡上帝①，下民之辟②。
疾威上帝③，其命多辟④。
天生烝民⑤，其命匪谌⑥。
靡不有初⑦，鲜克有终⑧。

文王曰：咨[9]，咨，女殷商[10]！
曾是强御[11]，曾是掊克[12]，
曾是在位[13]，曾是在服[14]。
天降滔德[15]，女兴是力[16]。

文王曰：咨，咨，女殷商！
而秉义类[17]，强御多怼[18]。
流言以对[19]，寇攘式内[20]。
侯作侯祝[21]，靡届靡究[22]。

文王曰：咨，咨，女殷商！
女炰烋于中国[23]，敛怨以为德[24]。
不明尔德[25]，时无背无侧[26]。
尔德不明，以无陪无卿[27]。

文王曰：咨，咨，女殷商！
天不湎尔以酒[28]，不义从式[29]。
既愆尔止[30]，靡明靡晦[31]。
式号式呼[32]，俾昼作夜[33]。

文王曰：咨，咨，女殷商！
如蜩如螗[34]，如沸如羹[35]。
小大近丧[36]，人尚乎由行[37]。
内奰于中国[38]，覃及鬼方[39]。

文王曰：咨，咨，女殷商！
匪上帝不时[40]，殷不用旧[41]。

虽无老成人[42]，尚有典刑[43]。
曾是莫听[44]，大命以倾[45]。

文王曰：咨，咨，女殷商！
人亦有言，颠沛之揭[46]，
枝叶未有害，本实先拨[47]。
殷鉴不远[48]，在夏后之世[49]。

【题解】

这是一首托古讽今的诗。诗人假托周文王感叹商纣暴虐无道而导致亡国，来讥刺时弊，讽喻周厉王以夏、商为鉴。旧说是“召穆公伤周室大坏”而作。

诗共八章。首章叹息天命无常。第二至第七章历数商纣暴行，指斥他凶残贪婪，任用奸佞，排斥贤士，沉湎酒色，内外交怨，人神共怒。末章则用民谣作比，提醒周厉王迷途知返，接受教训。后人评曰：“此诗格局最奇。本是伤时之作，而忽幻作文王咨殷之语。通篇无一语及于当世，但于末二语微词见意，仍纳入文王界中。词意超妙，旷古所无。”篇末二句“殷鉴不远，在夏后之世”，警精凝重，确是传世之语。

【注释】

①荡荡：形容法度废坏、纵性而行的样子。上帝：实指周厉王。②辟（bì）：君主。 ③疾威：暴虐，残暴。 ④命：指本性，品质。辟：通“僻”，邪僻。或说。命，指政令。 ⑤烝民：众民。烝，众。 ⑥谌（chén）：诚信。匪谌，即“非谌”，不可靠，靠不住。 ⑦靡：无。 ⑧鲜：少。克：能。这二句的意思是，人生之初都有好的开始，但很少有人能有好的结果。言外之意：当初商汤受天命时自然是好的，但到商纣时就没有好结

果了；周朝也一样，文王受命是好开始，但到厉王其结果就不好了。因此说天命无常，靠不住。 ⑨咨：嗟叹声。 ⑩女：同“汝”。 ⑪曾：竟然。强御：强暴，凶暴。 ⑫掊（póu）克：聚敛贪狠。掊，聚集。 ⑬在位：指居于统治地位。 ⑭在服：指控制政事。服，事。以上四句是指斥殷商，凶狠残暴，贪婪不足，居于高位，独掌大权。 ⑮滔：借作“慆”，轻慢，傲慢。 ⑯兴：起。力：勤，勉力，尽力。这二句说，上天降侮慢之性给殷人，你（商纣）又来竭力助长这种邪恶。 ⑰而：通“尔”，你。秉：持，用。义类：犹言邪恶。义，同“俄”，邪。类，同“戾”，恶。 ⑱怼（duì）：怨恨。这二句说，你秉性一贯邪恶，凶暴残忍招人怨恨。 ⑲流言：谣言。对：遂，顺。这句是说，谣言四处流布。 ⑲寇攘：抢掠偷窃。式：于。内：指朝廷内部。 ⑳侯：犹“维”，是。作：通“诅”。祝（zhòu）：通“咒”。作祝，即诅咒。 ㉑靡：无。届：至，极，终。究：穷，尽。这二句说，又诅又咒，没完没了。指怨谤不已。 ㉓炰烋（páoxiāo）：即咆哮。㉔敛：集。敛怨，积怨。以上二句说，你在国内咆哮怒吼，积怨甚多，还自以为有德行。 ㉕不明：糊涂。指没有知人之明，不辨善恶。 ㉖时：是以，因此。背：后背。侧：侧面，旁边。无背无侧，指身边没有可依靠的贤人。㉗陪：辅佐。卿：卿大夫。无陪无卿，指朝廷上没有贤士来辅佐。 ㉘湎（miǎn）：沉迷于酒。 ㉙式：用。这二句说，上天没有让你沉溺于酒，没有让你去干无义之事。 ㉚既：已经。愆（qiān）：过失，错误。止：容止，仪容。 ㉛明：天明，指白天。晦：昏暗，指黑夜。 ㉜式：语助词，无义。号：大叫。 ㉝俾：使。以上四句说，殷纣沉迷于酒，礼节威仪全不顾，不分白天黑夜，大呼狂叫，竟把白天当黑夜。 ㉞蜩（tiáo）：蝉。螗（táng）：蝉的一种，又叫蝘（yǎn）。 ㉟沸：开水。羹：菜汤。以上二句的意思是，民怨沸腾，怨言纷纷，像蝉鸣一样；朝政动荡，像开水和菜汤一样混浊不宁。㊱小大：指大大小小的事情。丧：亡，败。 ㊲人：指纣王。乎：于。由行：照行其事。这二句说，大大小小的事情都临近败亡了，你还是照旧一意孤行。㊳奰（bì）：怒。中国：指王畿本土。 ㊴覃：延。鬼方：指远方之国，与

"中国"对文。这二句说，纣王激怒于王畿之民，怨怒还蔓延到远方之邦。㊵时：善，好。 ㊶旧：旧的典章制度。 ㊷老成人：德高望重的老臣，旧臣。 ㊸典刑：指先王留下的旧法常规。 ㊹曾：乃，竟然。莫听：不听，不从。 ㊺大命：指国家命运。倾：覆，灭亡。 ㊻颠沛：颠仆，指树木倒伏于地。揭：举。此指树木倒地后根部举起。 ㊼本：根。拨："败"的假借字，绝。 ㊽鉴：古青铜器名，盛水照影，即镜。引申为借鉴。 ㊾夏后：指夏王桀。这二句说，殷商的借鉴并不远，就在夏桀的时代。言外之意：周厉王的借鉴也不远，近在殷商纣王的时代。

【译文】

纵性无羁的上帝，你是下民的君王。残暴狠毒的上帝，本性邪僻太反常。上天养育众百姓，但天命很不可靠。当初都有好开始，好结果却是很少。

文王说："唉，唉，你这殷商！竟然如此凶暴如狼，竟然如此暴敛如狂！怎么让他高高在上？怎么让他大权独掌？天降此侮慢之性，你又来竭力助长。"

文王说："唉，唉，你这殷商！你品行邪恶疯狂，凶暴残忍结怨广。无稽谣言到处讲，强梁窃踞朝廷上。又是诅呀又是咒，没完没了惹祸殃。"

文王说："唉，唉，你这殷商！咆哮天下太嚣张，积怨如山还逞强。不能知人辨善恶，所以身边无贤良。不能知人辨善恶，所以朝廷无贤相。"

文王说："唉，唉，你这殷商！上天不让你酗酒，多行不义不应当。礼节仪止不像样，没日没夜灌酒浆。叫的叫呀嚷的嚷，直把黑夜当天亮。"

文王说，"唉，唉，你这殷商！民怨鼎沸像蝉鸣，朝政势危如沸汤。大小事儿都败亡，你一意孤行老模样。激怒王畿众百姓，怒火蔓延到远方。”

文王说：“唉，唉，你这殷商！不是上天不善良，是你不守旧典章。虽然身边无老臣，先王成法可依傍。竟然一点听不进，国家命该遭覆亡。”

文王说：“唉，唉，你这殷商！人们都在这样讲，大树倒地根上扬，枝叶虽然无损伤，树根已烂不久长。殷商借鉴当不远，看看夏桀啥下场。”

桑柔

菀彼桑柔①，其下侯旬②。
捋采其刘③，瘼此下民④。
不殄心忧⑤，仓兄填兮⑥。
倬彼昊天⑦，宁不我矜⑧。

四牡骙骙⑨，旟旐有翩⑩。
乱生不夷⑪，靡国不泯⑫。
民靡有黎⑬，具祸以烬⑭。
於乎有哀⑮，国步斯频⑯。

国步蔑资⑰，天不我将⑱。
靡所止疑⑲，云徂何往⑳？
君子实维㉑，秉心无竞㉒。
谁生厉阶㉓，至今为梗㉔？

忧心慇慇㉕，念我土宇㉖。
我生不辰㉗，逢天僤怒㉘。

自西徂东，靡所定处。
多我觏痻[29]，孔棘我圉[30]。

为谋为毖[31]，乱况斯削[32]。
告尔忧恤[33]，诲尔序爵[34]。
谁能执热[35]，逝不以濯[36]？
其何能淑[37]，载胥及溺[38]。

如彼溯风[39]，亦孔之僾[40]。
民有肃心[41]，荓云不逮[42]。
好是稼穑[43]，力民代食[44]。
稼穑维宝[45]，代食维好[46]。

天降丧乱，灭我立王[47]。
降此蟊贼[48]，稼穑卒痒[49]。
哀恫中国[50]，具赘卒荒[51]。
靡有旅力[52]，以念穹苍[53]。

维此惠君[54]，民人所瞻[55]。
秉心宣犹[56]，考慎其相[57]。
维彼不顺[58]，自独俾臧[59]。
自有肺肠[60]，俾民卒狂[61]。

瞻彼中林[62]，甡甡其鹿[63]。
朋友已谮[64]，不胥以穀[65]。
人亦有言：进退维谷[66]。

维此圣人，瞻言百里[67]。
维彼愚人，覆狂以喜[68]。
匪言不能[69]，胡斯畏忌[70]？

维此良人[71]，弗求弗迪[72]。
维彼忍心[73]，是顾是复[74]。
民之贪乱[75]，宁为荼毒[76]！

大风有隧[77]，有空大谷[78]。
维此良人，作为式穀[79]。
维彼不顺，征以中垢[80]。

大风有隧，贪人败类[81]。
听言则对[82]，诵言如醉[83]。
匪用其良，覆俾我悖[84]。

嗟尔朋友[85]，予岂不知而作[86]！
如彼飞虫，时亦弋获[87]。
既之阴女[88]，反予来赫[89]。

民之罔极[90]，职凉善背[91]。
为民不利，如云不克[92]。
民之回遹[93]，职竞用力[94]。

民之未戾[95]，职盗为寇。
凉曰不可[96]，覆背善詈[97]。
虽曰匪予[98]，既作尔歌[99]。

【题解】

这是一首忧时伤世之作，是芮伯为讽刺周厉王所作。芮伯即周卿士芮良夫。公元前842年，周王畿百姓造反，周厉王逃奔彘地，诸侯拥立共伯和为王。此诗大约写在这一段时间。其时天下已乱，诗中多峻急伤痛之语。

全诗共十六章。首章言暴政虐民。次章写征战扰民。第三章写小人乱国，贤士无依。第四章写自己忧国之心。第五章希望贤士进用，保国安民。第六章写贤士归耕。第七章自伤无力挽救颓势。第八章以明君与昏君对比。第九章斥小人进谗。第十章、第十一章、第十二章斥昏君，寄希望于理想的君主。第十三章至第十五章斥小人专权误国害人。第十六章申明作诗的缘由。诗人身处乱世，眼看国势倾危、生灵涂炭，心中伤痛无比却无可奈何，诗歌即以一种沉郁的笔调抒写了他矛盾痛苦的心情。

【注释】

①菀（wǎn）：茂盛的样子。桑柔：即柔桑，柔嫩的桑。 ②侯：维，是。旬：指树荫均布。 ③捋（luō）：成把地从枝上采摘。刘：稀疏。此指稀疏的残叶。 ④瘼（mò）：病，害。 ⑤殄：绝，尽。不殄，即不尽，不断。 ⑥仓兄：同“怆怳（chuànghuǎng）”，凄凉伤感的样子。填（chén）：久。 ⑦倬彼：明亮的样子。昊（hào）天：上天。昊，大。 ⑧宁：何，难道。矜（jīn）：怜悯，同情。 ⑨牡：公马。骙（kuí）骙：马强壮的样子，或马奔走不息的样子。 ⑩旟（yú）：绘有鸟隼的旗。旐（zhào）：绘有龟蛇的旗。有翩：旗帜飘动的样子。 ⑪夷：平，平定。 ⑫靡：无。泯：乱。 ⑬民：人。黎：众，众多。 ⑭具：通“俱”，全，都。烬：灰烬。以上四句说，动乱不已，没有一国不陷入混乱，人剩下的不多了，都遭了灾祸，像劫后余烬。 ⑮於（wū）乎：呜呼，叹息声。 ⑯国步：国运，国家的前程。斯：这样。频：急危，急蹙。 ⑰蔑：无。资：财，财产。

⑱将：助，扶助。这二句说，国家财力穷尽，上天也不扶助我们了。 ⑲疑：定。 ⑳云：发语词。徂：往。这二句说，没有地方能够安定下来，说去又去到哪里呢？ ㉑君子：指贤士。实：是。维：维系。这里是辅佐的意思。㉒秉心：存心，持心。无竞：无竞争。指没有争权夺利之心。这二句说，贤士一心辅佐朝政，没有竞争之心。 ㉓厉：怨，祸。阶：台阶。厉阶，指祸端。 ㉔梗（gěng）：阻塞。作梗，制造困难，捣乱。以上二句说，是谁制造祸端，至今还在从中作梗？ ㉕慇（yīn）慇：很痛心的样子。 ㉖土宇：指国家。土，乡。宇，房屋。 ㉗辰：时。不辰，不是时候，即生不逢时。㉘僤（dàn）怒：大怒。 ㉙觏（gòu）：遇见。瘠（mín）：病，灾难。 ㉚孔棘：很紧急。棘，急。圉（yǔ）：边，边疆。以上二句说，我遇的灾难太多了，现在边疆情况又很紧急。 ㉛谋：谋虑。毖（bì）：谨慎。 ㉜斯：则。削：削平。这二句说，如果能小心谨慎地谋划，动乱状况是可以逐渐平息的。㉝尔：你，指厉王。忧恤（xù），忧国抚民。恤，安抚。 ㉞诲：教导。序：次序，排列次序。爵：官爵。序爵，依照贤德才干合理安排爵位。 ㉟执热：解除炎热。执，救，治。 ㊱逝：语助词。濯（zhuó）：洗涤。此指沐浴。这二句的意思是，沐浴能解热，为了解热，谁不赶快沐浴呢？言外之意：上述的办法（忧恤、序爵）能治乱，为了治乱，应当立即采用。 ㊲淑：善。何能淑，怎么能把政事办好？ ㊳载：则，就。胥：皆，都。这二句说，国家的情况怎么能好转？大家都将陷入深水中。 ㊴溯：向，迎。 ㊵亦、之：都是语助词。僾（ài）：气促，呼吸困难。这二句说，迎着风，呼吸很困难。意思是在厉王暴政之下人们很难喘息。 ㊶民：人。肃心：上进心。肃，进。㊷荓（pīng）：使。云：语助词。逮：及，到。这二句的意思说，人们（指贤士）虽有进取之心，想把国家治理好，但形势使他们的愿望无法实现，力所不及。 ㊸是：这。稼穑：泛指农事。 ㊹这句说，尽力与民同事稼穑，来代替国家的俸禄。 ㊺宝：珍爱。 ㊻这二句说，从事农耕的生活是值得珍爱的，自食其力，以代俸禄，是件好事。诗人觉得处于乱世，有志不逮，不如归耕，自食其力。 ㊼立王：所立之王，指周厉王。这句指周厉王被国人赶跑。

㊽蟊贼：残害秧苗的害虫。蟊吃苗根，贼吃苗茎。 ㊾卒：尽。痒（yǎng）：病。这二句说，天降害虫，把庄稼全毁了。 ㊿恫（tōng）：痛。 51具：同“俱”，全，都。赘（zhuì）：连属。荒：灾荒。这二句说，可怜我们国中，到处都是灾荒。 52旅力：膂力，此指陈力，贡献力量。 53念：感动。穹（qióng）苍：即苍天。这二句说，没有人贡献巨大力量，来感动苍天不再降灾。 54惠：顺。惠君，指顺应道理的君王。 55瞻：仰望。 56秉心：持心，存心，用心。宣：明。犹：同“猷”，道。宣猷，明道。这句说，惠君心地光明通事理。 57考慎：慎重考虑。相：助，指辅佐大臣。 58不顺：指不顺之君，即昏君。 59俾：使。臧：善。这句说不顺之君专断独行，自以为是。 60肺肠：指心意，主张。 61这二句说，不顺之君的心意与众人格格不入，难以理解，使众人迷惑狂乱。 62中林：林中。 63甡（shēn）甡：很多的样子。 64谮（jiàn）：通“僭”，不信任，或乖违。 65胥：相，相与。穀：善。这二句说，朋友之间不信任，不能相与为善。 66维：是。谷：山谷。此处绝境。这句说，进退无路。 67言：语助词。瞻百里：指眼光远大，有远见。 68覆：反，反而。狂：狂妄。这二句说，愚人反而狂妄，自以为欢喜。 69匪：同“非”。 70胡：何，为什么。斯：这样。这二句说，不是不能讲，为啥这样的畏忌？意思是，在暴政下畏忌很多，有话也不敢讲。 71良人：指贤良之士。 72弗：不。迪：进，干进。 73忍心：狠心，凶残。 74顾：眷念，复：再。这四句说，贤良之士不钻营，不乞求做官；那残忍的人念念不舍，一心要当官。 75民：人，指上文所言“忍心”人。贪乱：好乱。 76宁：胡，何，怎么。荼毒：指人心歹毒。这二句说，那些“忍心”人喜欢作乱，他们的心肠怎么这样毒辣！ 77有隧（suì）：犹言“隧隧”，风势疾速的样子。 78有空：空空。这二句说，疾迅的大风是从空谷中刮起来的。比喻“良人”“忍心”各有形成的原因。 79式：语助词。穀：善。 80征：行。中垢（gòu）：垢中。这四句说，贤士行事正派善良，坏人却专干污秽之事，生活在污秽之中。 81贪人：贪残之人。指荣夷公之流。据《史记·周本纪》：厉王即位

三十年，好利，近荣夷公。芮良夫谏厉王，不听，卒以荣公为卿士。败类：残害同类。一说，类，训“善”，残害善良之人，亦通。 ⑫听言：顺耳之言，顺从之言。对：答，答话。 ⑬诵言：讽谏的话。这二句说，厉王只听得进恭维话，听到劝谏的话，就像醉汉一样若无所闻。 ⑭覆：反。悖（bèi）：背，违理，悖逆。这二句说，厉王不用贤良，反而把我看成是悖逆昏乱之人。或说，厉王不用贤良，反而使我辈陷于违理昏乱之境。亦通。 ⑮嗟：叹息。朋友：指同僚。 ⑯予：作者芮良夫自称。而：犹言“尔”，你，你们。作：作为。这句说，我难道不知你们的作为。 ⑰时：有时。弋获：射中捕获。 ⑱既：已经。之：其。阴：“谙”的借字，识，知。女：同“汝”，你。 ⑲来，是。赫：通“吓”。这二句说，我已经了解你们的行为，你们却来恐吓我。 ⑳民：人。指上文所言“忍心”。罔极：没有准则，反复无常。罔，无。极，至。 ㉑职：主，专。凉：刻薄。善背：惯于欺诈，背信弃义。这二句说，他们行为没有准则，专干反复背信的事。 ㉒克：胜。这二句说，他们残害别人，唯恐不能得胜。 ㉓回遹（yù）：邪僻。 ㉔用力：指施用暴力。 ㉕未戾（lì）：不定，不安定。戾，定。 ㉖凉：语词，无义。 ㉗背：反过来。善詈（lì）：大骂，狠骂。这二句说，你对他说这样（指为盗为寇）不行，他反过来把你大骂。 ㉘曰：语助词。匪予：非予，指责我。 ㉙既：终。尔：此。这二句说，虽然你们指责我，我终于作了这支歌。

【译文】

桑树叶儿密又嫩，树叶下面布满阴。又采又捋叶稀疏，可怜百姓身缠病。绵绵愁思不断绝，凄凉悲怆久在心。明明在上的老天，为啥对我们不哀怜？

四匹公马多强壮，旌旗翻飞随风扬。祸乱屡起不能平，天下无处不动荡。百姓丧亡人稀少，劫后余烬遭祸殃。唉唉，多哀伤，国运艰难势危亡。

民穷财尽国将亡，老天不把我来帮。没有地方可安身，何处去？何处往？贤士一心辅朝廷，无意奔竞心敞亮。是谁造下大祸端，至今作梗把人伤？

心情沉重多忧伤，想念故土旧家乡。生不逢时莫奈何，老天发怒我碰上。从西一直到东方，没有安居的地方。遇见灾祸真不少，如今边疆又紧张。

谋划国事要谨慎，动乱逐渐能削平。告诉你要忧国抚民，合理授爵任贤能。好比谁要解除暑热，能不赶紧去冲淋？不然国运怎好转？一齐溺水都丧命。

好比有人迎风立，呼吸困难要窒息。贤士空有进取心，可惜力所不能及。退而隐居务稼穑，与民同力代禄食。亦耕亦种要珍惜，自食其力喜无比。

死亡丧乱从天降，要灭我们所立君王？降下蟊贼害苗秧，各种庄稼都遭殃。哀伤我的国家啊，到处都在闹灾荒。没有人拿出力量，怎么能感动上苍？

这个顺理的君王，万民把他来敬仰。持心光明通事理，慎重考虑择贤相。那个悖理的君王，专断独行自显扬。别有一副肺和肠，使臣民迷惑发狂。

看那山野的树林，麋鹿结队一群群。朋友相欺不信任，不能友善之诚心。前人有言说的好：“进退无路陷困境。”

圣哲之人有远虑，目光远大望百里。愚昧之人顾眼前，反而狂妄沾沾自喜。并非有口不能讲，为啥这样的畏忌？

这些贤良的君子，不求利禄不钻营。那些残忍的小人，眷念不舍来奔竞。他们一心要作乱，怎么这样歹毒狠心！

大风呼呼吹得猛，深山大谷空又空。这些贤良的君子，品德高尚人称颂。那些悖理的小人，混迹在污秽之中。

大风疾猛呼呼吹，贪暴之人是败类。恭顺话儿你答对，一听谏言就装醉。贤良之人不任用，反而视我为昏悖。

唉，我的僚友，我岂不知你所做。就像鸟儿飞空中，有时也会被捕捉。你的底细我知晓，反而发怒恐吓我。

这些人做事无准则，刻薄弃信多背叛。干起害人的勾当，好像唯恐不凶残。他们行为多邪僻，专用暴力造灾难。

他们骚乱不安定，专门为窃又为寇。我说这样不可以，反而大骂把我咒。即使说我千般错，我已经把这支歌儿作。

云　汉

倬彼云汉①，昭回于天②。
王曰：於乎③，何辜今之人④？
天降丧乱，饥馑荐臻⑤。
靡神不举⑥，靡爱斯牲⑦，
圭璧既卒⑧，宁莫我听⑨。

旱既大甚，蕴隆虫虫⑩。
不殄禋祀⑪，自郊徂宫⑫。
上下奠瘗⑬，靡神不宗⑭。
后稷不克⑮，上帝不临⑯。
耗斁下土⑰，宁丁我躬⑱。

旱既大甚，则不可推⑲。
兢兢业业⑳，如霆如雷㉑。
周余黎民㉒，靡有孑遗㉓。
昊天上帝，则不我遗㉔。
胡不相畏？先祖于摧㉕。

旱既大甚，则不可沮[26]。
赫赫炎炎[27]，云我无所[28]。
大命近止[29]，靡瞻靡顾[30]。
群公先正[31]，则不我助。
父母先祖，胡宁忍予[32]？

旱既大甚，涤涤山川[33]。
旱魃为虐[34]，如惔如焚[35]。
我心惮暑[36]，忧心如熏[37]。
群公先正，则不我闻[38]。
昊天上帝，宁俾我遯[39]！

旱既大甚，黾勉畏去[40]。
胡宁瘨我以旱[41]？憯不知其故[42]。
祈年孔夙[43]，方社不莫[44]。
昊天上帝，则不我虞[45]。
敬恭明神，宜无悔怒[46]。

旱既大甚，散无友纪[47]。
鞫哉庶正[48]，疚哉冢宰[49]。
趣马师氏[50]，膳夫左右[51]，
靡人不周[52]，无不能止[53]。
瞻卬昊天[54]，云如何里[55]？

瞻卬昊天，有嘒其星[56]。
大夫君子，昭假无赢[57]。
大命近止，无弃尔成[58]。

何求为我[59]？以戾庶正[60]。
瞻卬昊天，曷惠其宁[61]？

【题解】

这是一首禳旱的乐歌。周宣王时，连年大灾，土地龟裂，禾苗枯萎，颗粒无收，民无以为食。无力抗拒巨大旱灾的先民只得寄希望于上天和祖宗神灵的佐助。这首诗即记述了周宣王祭神求雨的祷词。从那哀切的诉说中，不难看到旱情的严重和百姓在久旱不雨的绝境中苦苦挣扎的情景。

【注释】

①倬（zhuō）：明亮的样子。云汉：银河。 ②昭：明。回：转。指银河在天上的位置方向转移。 ③王：指周宣王。诗人假托周宣王口气作求雨祷词。於乎：呜乎，叹息词。 ④辜：罪。这句说，今之人有何罪？ ⑤饥馑（jǐn）：灾荒。谷不熟为饥，菜不熟为馑。荐：再，重。臻：至。这句说，连年饥馑闹灾荒。 ⑥靡：无。举：奉，指祭祀。 ⑦爱：吝惜。斯：这些。牲：祭祀用的牲口。这二句说，无神不祭，毫不吝惜各种牺牲。 ⑧圭、璧：都是古代玉器。周人用玉器祭神，祭毕，就把玉器烧掉、埋掉或沉入水，或藏起来，不再取出。既：已经。卒：尽。 ⑨宁：何，胡。莫我听：莫听我。这二句说，祭神的圭璧等玉器都用完了，神还是不听从我的祈求。 ⑩蕴：《韩诗》作“郁”，郁积。隆：盛。虫虫：“爞爞”的省借，热气熏蒸的样子。 ⑪殄：断，绝。禋祀：一种祭天神的仪式，先燃柴升烟，再加上祭物焚烧。此泛指祭祀。 ⑫郊：郊外，古代祭礼在郊外祭天地之神。宫：王宫。 ⑬上：指天。下：指地。奠：把祭品陈于地上祭天神。瘗（yì）：埋，把祭品埋到地里祭地神。 ⑭宗：尊。 ⑮后稷：周人始祖，被奉为谷神。克：能，胜。 ⑯临：降临，此指庇护。这二句说，先祖后稷不能爱护周人，上帝也不能保佑周人。指周人灾难深重，无法解脱。 ⑰耗：消耗，

斁（dù）：败坏。下土：下界，下方。指人间。 ⑱宁：岂，何。丁：当，遭逢。我：宣王自称。躬：自身。这二句说，灾荒损伤下方之民，怎让我身逢其难。 ⑲推：除去。 ⑳兢（jīng）兢业业：恐惧而小心谨慎的样子。㉑霆（tíng）：霹雷。 ㉒周：指周地。 ㉓孑遗：遗余，剩余。这二句说，周地留下的百姓，没有活下来的。 ㉓遗（wèi）：赠送，此指救济，援助。或遗，问，慰问，体恤。亦通。 ㉕摧：灭，毁灭。或摧为"谁"的借字，谴责，责罚。亦通。 ㉖沮（jǔ）：止。 ㉗赫赫：阳光强烈耀目的样子。㉘云：荫，庇荫。这句说，无处可荫蔽。 ㉙大命：生命。止：指死亡。一说，大命指死亡之命，止，语气词，无义，意思是死亡之期（大限）已近。㉚瞻：望。顾：回头看。这句说，无暇前瞻后顾。 ㉛群公：先世诸侯。先正：指先世卿士。 ㉜胡：何。宁：竟然。忍予：忍心对我。 ㉝涤涤：涤荡无余的样子。指山川光秃无草无水。 ㉞旱魃（bá）：旱神。 ㉟惔（tán）：燃烧。 ㊱惮（dàn）：畏，害怕。 ㊲熏：灼烤。 ㊳闻：犹"问"，恤问，慰问。 ㊴宁：岂，难道。俾：使。遯：逃遁。或说，遁，引申为"困"。这句说，难道上天要我逃遁？ ㊵黾（mǐn）勉：勉力，努力。畏：恶，憎恶，此指憎恶之物，即旱魃。去：除去。这句说，勉力为之，把旱灾除去。㊶瘨（diān）：病，害。这句说，为什么竟让旱灾来害我？ ㊷憯：曾，乃。 ㊸祈年：祭神祈求丰年。夙：早。 ㊹方：祭祀四方之神。社：祭土神。莫：同"暮"，晚。以上三句说，不知道为什么上天降旱灾，各种祭祀都及时举行了，一点儿没有耽误。 ㊺虞：助，佑助，爱护。这句说，老天不保佑我爱护我。 ㊻悔：恨。这句说，我对神灵那样恭敬，他们应当没有恨怒。 ㊼散：散乱，散漫。友：通"有"。纪：指纲纪法度。 ㊽鞫（jū）：穷困。哉：感叹词。庶正：众官之长。㊾疚（jiù）：病，忧苦。冢宰：官名，百官之长，大宰。 ㊿趣马：掌管周王马匹的官。师氏：管教国子的官。 (51)膳夫：主管周王饮食的官。左右：指周王左右大臣。 (52)周："赒"的假借字，赒济，救助。以上五句的意思：朝廷百官无一不为旱灾而辛苦受累，各尽其力。 (53)这句说，没有人因不能而停止出力。　㊿印：通“仰”，仰望。　55云：发语词。如何：怎么办。里：同“悝”，忧伤。这句说，我心忧伤怎么办？56有嘒（huì）：明亮的样子。　57昭：明。假：至（从朱熹说）。指祀祷神灵。赢：过。无赢，即无差错，无过失。　58这句说，不要放弃前功。59我：宣王自称。　60戾：定，安定。这二句的意思，我求雨不是为了个人有何要求，是为了安定众官的心。　61曷：何，何时。惠：赐。宁：安定。这句说，上天何时赐予我们安宁？

【译文】

浩浩银河宽又长，又明又亮转天上。君王说：唉，如今的人有何罪状？上天把这灾祸降，接二连三闹灾荒。没有神灵不祭祀，不敢吝惜牛和羊。玉圭玉璧都用光，为啥不肯听我讲？

旱象已经很严重，暑气郁盛如火桶。祭祀一天不敢停，从那郊野到王宫。上祭天神下祭地，没有神灵不尊重。后稷无力护周人，上帝不肯佑民众。灾荒施虐毁下土，竟让我身遭苦痛。

旱象已经很严重，谁也不能来消除，要小心，要谨慎，就像雷霆在震怒。周地余下的百姓，没有几个能活着。苍天啊上帝，就是不肯救助。怎么能不畏惧？祖先也在责罚我。

旱象已经很严重，谁也不能止住。骄阳炎炎热似火，哪里有遮荫之处。大限已近命将亡，不能前瞻又后顾。先世公卿的神灵，也不来把我相助。我的先祖父母，怎么忍心让我受苦？

旱象已经很严重，河干山秃草木焦。旱魔肆意逞凶暴，像火燎，像火烧。如此酷热令人惧，忧心如焚似火烤。先世公卿的神灵，也不把我来慰劳。苍天啊上帝，难道要叫我奔逃？

旱象已经很严重，勉力而为把灾除。为啥降旱灾害我？实在不知道缘故。祈年祭礼早举行，方祭社祭不耽误。苍天啊上帝，却不把我爱护。我一向恭敬事神，不应招来恨怒。

旱象已经很严重，没有纲纪人涣散。公卿百官都犯难。朝廷大宰愁眉不展。趣马和师氏，膳夫和大臣，个个都在尽力干，没人放弃一旁站。仰望苍天，我心忧伤怎么办?

仰望茫茫苍天啊，颗颗星星亮晶晶。公卿大夫们啊，敬天祭神无私心。大限虽近命将亡，莫弃前功祈祷不停。我自己有什么要求？为了安定众公卿。仰望茫茫苍天，何时赐我安宁?

烝民

天生烝民[①]，有物有则[②]。
民之秉彝[③]，好是懿德[④]。
天监有周[⑤]，昭假于下[⑥]。
保兹天子[⑦]，生仲山甫[⑧]。

仲山甫之德，柔嘉维则[⑨]。
令仪令色[⑩]，小心翼翼[⑪]。
古训是式[⑫]，威仪是力[⑬]。
天子是若[⑬]，明命使赋[⑮]。

王命仲山甫[⑯]，式是百辟[⑰]。
缵戎祖考[⑱]，王躬是保[⑲]。
出纳王命[⑳]，王之喉舌[㉑]。
赋政于外[㉒]，四方爰发[㉓]。

肃肃王命[㉔]，仲山甫将之[㉕]。
邦国若否[㉖]，仲山甫明之。
既明且哲[㉗]，以保其身。

夙夜匪解[28]，以事一人[29]。

人亦有言："柔则茹之[30]，
刚则吐之。"维仲山甫[31]，
柔亦不茹，刚亦不吐。
不侮矜寡[32]，不畏强御[33]。

人亦有言："德輶如毛[34]，
民鲜克举之[35]。"我仪图之[36]，
维仲山甫举之[37]。爱莫助之[38]，
衮职有阙[39]，维仲山甫补之[40]。

仲山甫出祖[41]，四牡业业[42]。
征夫捷捷[43]，每怀靡及[44]。
四牡彭彭[45]，八鸾锵锵[46]。
王命仲山甫，城彼东方[47]。

四牡骙骙[48]，八鸾喈喈[49]。
仲山甫徂齐[50]，式遄其归[51]。
吉甫作诵[52]，穆如清风[53]。
仲山甫永怀[54]，以慰其心。

【题解】

仲山甫是周宣王时的贤臣，奉命前往齐地筑城，尹吉甫作此诗相赠。诗中盛赞仲山甫的从政才德，盼望他早归。此诗以理趣胜，多警策之语，内涵丰富，充满了生活智慧和哲理，诗中不少语词流传至今，如"明哲保身""柔茹刚吐""爱莫能助"等，足见作者提炼语

言的功力。

【注释】

①烝：众。 ②物：事物。则：法则，规则。这句说，各种事物都各有法则。 ③秉彝：秉性，禀赋。 ④懿：美。这二句的意思是，人之常理，都喜爱美好的品德。 ⑤监：视，察看。有：名词词头。 ⑤昭：明。假：至。这句说，其德昭明于天下。 ⑦兹：此。 ⑧仲山甫：周宣王时大臣，封于樊，排行第二，故亦称樊仲山甫，樊穆仲。 ⑨柔嘉：温和善良。维：是。则：准则。这句说，温和善良是仲山甫为人的准则。 ⑩令：好，善。仪：仪容，风度。色：颜色，指表情。 ⑪翼翼：恭谨的样子。 ⑫式：法，效法，取法。古训：指先王遗训。 ⑬威仪：指礼仪，礼节。力：勤，勉力。这二句说，效法先王的遗训，努力遵循君臣礼节。 ⑭若：择，选择。此指择能而重用。 ⑮明命：指政令。赋：颁布。这二句说，天子选中他委以重任，让他颁布政令。 ⑯王：指周宣王。 ⑰式：则，法则，榜样。百辟（bì）：诸君。指王畿内诸侯。辟，君。 ⑱缵（zuǎn）：继承。戎：尔，你。祖考：祖先。⑲躬：身。这三句说，做诸位公卿的榜样，继承祖先的遗烈，把周王的身体保护。 ⑳出纳：发布和接受。 ㉑喉舌：犹言“代言人”。 ㉒赋政：颁布政令。 ㉓爰：于是。发：行，施行，执行。 ㉔肃肃：严肃。 ㉕将：行，奉行，实行。 ㉖若：善。否（pǐ）：恶。这句说，国事是好是坏，国运是善是恶，仲山甫最清楚明白。 ㉗哲：智，有智慧。 ㉘夙夜：从早到晚。夙，早。匪：非，不。解：同“懈”。 ㉙事：侍奉。一人：指天子，即周宣王。㉚茹：纳，吃。 ㉛维：同“惟”，只有。 ㉜矜（guān）：通“鳏”，老而无妻的人。寡：老而无夫的人。矜寡，泛指弱而无依之人。 ㉝强御：强梁刚暴的人。以上的意思是，人们都说吃软的吐硬的，只有仲山甫软的不吃，硬的不吐，从不欺弱畏强。 ㉞輶（yóu）：本为古代轻车名，此指“轻”。㉟民：人。鲜：少。克：能。这二句说，道德轻如鸿毛，但是很少有人能举起它。意思是，做一个有道德有修养的人，看似容易，其实很困难。 ㊱仪图：

忖度。猜测。仪，“议”的省借。图：谋。 ㊲这二句说，我揣度，只有仲山甫能举起它。意思是，只有仲山甫能称得上有道德有修养。 ㊳这句说，我爱重你，却无力佐助你。 ㊴衮（gǔn）：古代王侯所穿绣龙礼袍。衮职：指天子职责。阙：同“缺”。 ㊵补：弥补。这二句说，天子有了过失缺点，只有仲山甫能弥补。 ㊶祖：祖道，即祭路神。古人出远门，要先祭路神。㊷牡：公马。业业：高大健壮的样子。 ㊸捷捷：行动敏捷的样子。 ㊹怀：思，虑。靡及：不能到达。这句说，常常担心不能达成王命。 ㊺彭彭：强盛的样子。 ㊻鸾：车铃。一马二铃，四马八铃。锵（qiāng）锵：铃声。㊼城：筑城。东方：指镐京之东的齐国。 ㊽骙（kuí）骙：马强壮的样子。或指马疾行不止的样子。 ㊾喈（jiē）喈：本指鸟叫和鸣之声，此指车铃之声清脆悦耳。 ㊿徂（cú）：往，去。 51式：乃。遄（chuán）：疾速。这句说，早些归来。 52作诵：作歌，指作这首诗。 53穆：和美，和煦。 54永怀：长思。这句连下句说，仲山甫远行牵挂不安，作此诗来宽慰他的心。

【译文】

上天降下芸芸众生，万物都各有法则。人的禀性常理，都喜爱美好品德。上天监视我周朝，昭示仁德于下土。为了保佑周天子，生下这个仲山甫。

仲山甫有品德，温和善良是准则。风度高雅和颜悦色，小心翼翼不出格。效法先王的遗训，努力遵循君臣礼节。天子把他来选中，让他颁布法令政策。

周王命令仲山甫，公卿以你为法则。继承祖先的遗烈，担当保护天子的重责。接受王命颁布王命，你是天子的喉舌。颁布政令达畿外，四方之国都贯彻。

天子命令很严肃，仲山甫把它执行。国家政事好和坏，仲山甫洞察分明。既明理又睿智，以此可以保自身。从早到晚不松懈，侍奉天子一个人。

人们经常这样说："软的吃下去，硬的往外吐。"只有这个仲山甫，软的他不吃，硬的他不吐。不欺鳏夫寡妇，不畏强梁暴徒。

人们经常这样说："道德虽然轻如毛，能举起的人很少。"我反复揣度，只有仲山甫能做到。爱惜他呀无法帮助，天子龙袍缺损处，只有仲山甫来修补。

仲山甫远行祭路神，四匹马儿多壮盛。随行士卒步伐疾，常恐不能达王命。四匹马儿多精神，八只铃儿相和鸣。周王命令仲山甫，前往东方去筑城。

四匹马儿跑不停，八只铃儿叮当鸣。仲山甫前往齐国，盼你早日返回程。吉甫作了这支歌，歌声和美如清风。仲山甫远行常牵挂，吟诵此歌慰心灵。

韩　奕

奕奕梁山①，维禹甸之②。
有倬其道③，韩侯受命④。
王亲命之⑤："缵戎祖考⑥，
无废朕命⑦。夙夜匪解⑧，
虔共尔位⑨，朕命不易⑩。
榦不庭方⑪，以佐戎辟⑫。"

四牡奕奕⑬，孔修且张⑭。
韩侯入觐⑮，以其介圭⑯。
入觐于王，王锡韩侯⑰：
淑旂绥章⑱，簟茀错衡⑲，
玄衮赤舄⑳，钩膺镂钖㉑。
鞹鞃浅幭㉒，鞗革金厄㉓；

韩侯出祖[24]，出宿于屠[25]。
显父饯之[26]，清酒百壶。
其肴维何[27]？炰鳖鲜鱼[28]。
其蔌维何[29]？维笋及蒲[30]。
其赠维何？乘马路车[31]。
笾豆有且[32]，侯氏燕胥[33]。

韩侯取妻[34]，汾王之甥[35]，
蹶父之子[36]。韩侯迎止[37]，
于蹶之里[38]。百两彭彭[39]，
八鸾锵锵[40]，不显其光[41]。
诸娣从之[42]，祁祁如云[43]。
韩侯顾之[44]，烂其盈门[45]。

蹶父孔武[46]，靡国不到[47]。
为韩姞相攸[48]，莫如韩乐[49]。
孔乐韩土[50]，川泽訏訏[51]。
鲂鱮甫甫[52]，麀鹿噳噳[53]，
有熊有罴[54]，有猫有虎。
庆既令居[55]，韩姞燕誉[56]。

溥彼韩城[57]，燕师所完[58]。
以先祖受命[59]，因时百蛮[60]。
王锡韩侯，其追其貊[61]。
奄受北国[62]，因以其伯[63]。
实墉实壑[64]，实亩实籍[65]。
献其貔皮[66]，赤豹黄罴[67]。

【题解】

这是一首赞美韩侯的诗。诗分六章。前三章叙述韩侯入朝觐见宣王，受王册命，领受重赏，饯行返国。第四章写韩侯亲迎韩姞。第五章倒叙蹶父为女择婿，选中韩侯。第六章写韩侯筑城，镇守北方。虽是颂赞之词，但不板滞，读起来尚有生动之气。尤其是第四、五章，笔势雄健，场景恢宏。后人称赞："雄峻奇伟，高华典丽兼而有之。"

【注释】

①奕（yì）奕：高大的样子。梁山：在今河北省固安县。 ②维：语助词。禹：大禹。甸：治。 ③有倬：昭明。道：大道。此语双关：一指由韩入周的大路；一指文武之道。 ④韩侯：韩国的诸侯，武王的后代。受命：受册命，受封。 ⑤王：指宣王。 ⑥缵：继承。戎：汝，你。祖考：祖先。 ⑦废：废弃懈怠。朕：我。 ⑧夙夜：早晚。匪：非，不。解：通"懈"。 ⑨虔（qián）：恭敬，诚敬。共：奉，奉行。位：爵位，职位。 ⑩不易：不容易。指王侯之位不是轻易赐给你的。或说，"易"解作"变易"，指"我的命令不变"。 ⑪榦（gàn）：正，匡正。不庭：指不来朝廷朝见天子。方：方国。 ⑫戎：你，指韩侯。辟（bì）：君王，宣王自称。这二句说，你要匡正那些不来朝的诸侯国，辅佐你的天子。 ⑬牡：公马。 ⑭孔：甚，很。修：长。张：大。这二句说，四匹公马很高大，身长体大。 ⑮觐（jìn）：朝见天子。 ⑯以：拿。介圭：大圭，玉制的礼器。 ⑰锡：赐。 ⑱淑：善，美。旂（qí）：绘有交龙的旗。绥章：指旗杆顶端装饰的彩色羽毛或旄牛尾。 ⑲簟茀（diànfú）：竹席制成的车篷。错衡：绘有花纹或涂金的车前横木。 ⑳玄衮（gǔn）：绣龙的黑色礼服。舄（xì）：一种厚底鞋。赤舄，诸侯穿着的红鞋。 ㉑钩膺：套在马胸上的带饰。镂钖（yáng）：马额上的金属装饰物。镂，刻。 ㉒鞹（kuò）：去毛的皮革。鞃（hóng）：裹在车前横木上供人依靠的兽皮。浅幭（miè）：指车前横木用浅色虎皮制的覆盖物。

浅，浅色虎皮。　㉓鞗（tiáo）革：用皮革制的马笼头。厄：通“轭”，马笼头上的金属环。　㉔祖：祭路神。　㉕屠：地名，即杜陵，在今西安市长安区。　㉖显父：人名，周之卿士。饯：设宴送行。　㉗肴：煮的肉类，指荤菜。维何：是何。　㉘炰（páo）：烹煮。　㉙蔌（sù）：蔬菜。　㉚蒲：水生植物，俗称蒲菜。　㉛乘马：四匹马。古人一车用四马拉，叫“一乘”。路车：又作“辂车”，诸侯之车。　㉜笾：竹制的器物，可盛果品。豆：木制的器物，可盛食物。且（jū）：众多的样子。　㉝侯氏：此称韩侯。燕胥：燕乐，安乐。　㉞取：同“娶”。　㉟汾王：即厉王。厉王被国人驱逐，流亡于彘地，在汾水旁，故称。甥：姐妹之子女。　㊱蹶（guì）父：周宣王的卿士，姓姞。　㊲迎：亲迎。止：语气词。　㊳里：指古人居住的村落乡里。㊴两：指车辆。百两（辆），言其多。彭（páng）彭：众多的样子。　㊵鸾：车铃。一马二铃，四马八铃。锵锵：车铃声。　㊶不：通“丕”，大。　㊷娣：古代诸侯嫁女，以同姓诸女作陪嫁，叫“娣”。之：指韩姞。　㊸祁祁：众多的样子。　㊹顾：回头看。这里指古代迎亲的一种礼仪，又叫“曲顾”。㊺烂：有光彩的样子。盈：满。　㊻孔武：很威武，很勇武。　㊼靡国不到：无国不到。　㊽韩姞：即韩侯之妻，蹶父之女。她姓姞。相：看。攸：所。指可嫁之所，即婆家。　㊾乐：安乐，幸福。这句说，没有比韩国更安乐的地方。　㊿孔乐：甚乐，很快乐。　51訏（xū）訏：广大的样子。　52鲂鱮（fángxù）：鳊鱼和鲢鱼。甫甫：大的样子。　53麀（yōu）：母鹿。噳（yǔ）噳：鹿众多成群的样子。　54罴（pí）：熊的一种。　55庆：喜。令居：好住处。此指好家庭，好婆家。　56燕誉：安乐。　57溥：广大，广阔。　58燕：燕国，在韩国之北，与韩国同姓。师：众。完：完成，筑完。59以：因为。先祖：韩侯的先祖是武王之子。受命：指受周王册封为诸侯。60因：依靠。时：是。百蛮，指北方少数民族部落。这句的意思是，为百蛮之长，即统辖北方各部落。　61追（duī）、貊（mò）：均为周代北方少数民族。这二句说，把追、貊之地赐给韩侯。　62奄：包括。奄受，犹言尽有。　63其：指韩侯。伯：长。一方诸侯之长称方伯。这句说，以韩侯为北方的侯伯。 ⑭实：是。墉（yōng）：城墙。壑：城壕，壕沟。 ⑮亩：此指划分田亩地界。籍：税，指制定赋税。 ⑯貔（pí）：一种猛兽，又叫白狐。⑰赤、黄：指皮毛颜色。

【译文】

高耸入云的梁山，大禹治水到此方。一条大道多敞亮，韩侯入朝见周王。宣王亲自对他讲："继承祖先的遗烈，不可废弛我的纪纲。日夜努力不松懈，恭奉爵位莫荒唐，我不会改变主张。希望你匡正不朝之国，以辅佐你的君王。"

四匹公马真高大，又长又壮气昂昂。韩侯入都来觐见，手捧大圭上朝堂，上了朝堂拜宣王。宣王把他来重赏：五彩龙旗羽毛扬，竹篷涂金车一辆，黑色龙袍红礼鞋，马身马额铜饰亮，浅色虎皮蒙轼上，马笼头上闪金光。

韩侯辞都祭路神，夜晚住宿在屠城。显父设宴来饯行，百壶美酒清又醇。吃的荤菜是什么？烹煮大鳖鲜鱼香。吃的素菜是什么？竹笋嫩蒲烧羹汤。赠的礼品是什么？四匹骏马车一辆。盘盘碗碗多花样，韩侯宴饮喜洋洋。

韩侯娶的那个妻房，是厉王的外甥女，蹶父家的姑娘。韩侯亲自来迎娶，来到蹶父的家乡。百辆彩车排路上，车铃不停响叮当，荣耀显赫真堂皇。陪嫁众女随新娘，就像彩云在飘扬。韩侯举行曲顾礼，满门生辉真明亮。

蹶父这人真强壮，无国不到游历广。他为女儿选婆家，没有比韩国更理想。韩国之地欢乐多，湖泊宽阔川流长。鳊鱼鲢鱼肥又大，成群野鹿满山冈。山中有熊又有罴，还有山猫老虎密林藏。庆祝嫁到好地方，韩姞安乐多欢畅。

韩国都城多宽大，燕国民众修筑它。托福祖先受册命，统辖百蛮镇北方。宣王赏赐给韩侯，追貊二族的地方。囊括北方诸小国，充任方伯临其上。筑城墙，挖城池，划田界，收租子。献给天子白狐皮，还有赤豹和黄罴。

常　武

赫赫明明[①]，王命卿士[②]，
南仲大祖[③]，大师皇父[④]：
“整我六师[⑤]，以修我戎[⑥]。
既敬既戒[⑦]，惠此南国[⑧]。”

王谓尹氏[⑨]，命程伯休父[⑩]：
“左右陈行[⑪]，戒我师旅[⑫]。
率彼淮浦[⑬]，省此徐土[⑭]。
不留不处[⑮]，三事就绪[⑯]。”

赫赫业业[⑰]，有严天子[⑱]。
王舒保作[⑲]，匪绍匪游[⑳]。
徐方绎骚[㉑]，震惊徐方。
如雷如霆[㉒]，徐方震惊。

王奋厥武[㉓]，如震如怒。
进厥虎臣[㉔]，阚如虓虎[㉕]。
铺敦淮渍[㉖]，仍执丑虏[㉗]。
截彼淮浦[㉘]，王师之所[㉙]。

王旅啴啴[㉚]，如飞如翰[㉛]，
如江如汉，如山之苞[㉜]，

如川之流。绵绵翼翼[33]，
不测不克[34]，濯征徐国[35]。

王犹允塞[36]，徐方既来[37]，
徐方既同[38]，天子之功。
四方既平，徐方来庭[39]。
徐方不回[40]，王曰还归。

【题解】

这首诗赞美周宣王平定徐国叛乱。宣王是否有亲征徐方之事，旧说不一，难以确定。

诗分六章，完整地记述了征伐徐方的过程。前五章写宣王调兵遣将，挥师亲征，大军压境，出奇制胜，以大量笔墨宣扬军威，夸耀武功，生动地展示了古战场的悲烈情景。尤其是第五章，连用六个比喻，描绘王师的神武，将那种凌厉逼人的气势渲染得淋漓尽致，所以后人称赞："八句如一笔书，文势之盛，得未曾有。"末章写班师回朝，一扫上章风云变色之象而玉宇澄清，称颂之意见于言表。

【注释】

①赫赫：显赫，形容气势凌盛。明明：英明，明察的样子。 ②卿士：西周的高级官员。王：指周宣王。 ③南仲：宣王时的大将。大祖：指太祖庙。 ④大师：即太师，西周执政重臣之一，位列三公之尊。皇父：周宣王时的大臣。 ⑤六师：即六军。 ⑥戎：兵器。 ⑦敬："儆"的省借，警惕。戒，戒备。 ⑧惠：爱。此指施其仁爱。 ⑨尹氏：指尹吉甫。或说指掌卿士之官。 ⑩程伯休父：程国的伯爵，名休父。 ⑪陈行（háng）：列队。 ⑫师旅：军队。 ⑬率：循，沿。淮浦：淮水之岸。浦，水边。 ⑭省：巡察，巡视。徐土：徐国，故城在今安徽泗县北。 ⑮不：语助词，无义。

留：“刘”的假借字，杀。处：安处，安抚。这句说，杀其祸首，安抚百姓。⑯三事：即三卿大夫。就绪：指各司其职。就，即，从。绪，业。⑰业业：很有威严的样子。⑱有严：威严。⑲舒：舒缓，徐缓。保：安，泰然。作：行军，行动。⑳匪：同“非”。绍：缓，迟缓，延缓。游：游荡。这二句说，宣王率领军队从容安泰地前进，并非松弛地遨游。㉑徐方：指徐国。绎（yì）骚：扰动，不安。㉒霆：霹雷。㉓奋：振起，奋发。厥：其。㉔虎臣：虎将，比喻将士勇猛如虎。㉕阚（hǎn）如：老虎发怒的样子。虓（xiāo）：虎啸之声。㉖铺：陈，陈兵。敦：犹“屯”，驻扎。濆（fén）：高岸，大堤。这句说，驻扎军队在淮水高岸之上。㉗仍：因，就。执：捉，拿。丑虏：对俘虏的蔑称。㉘截：切断，引申为整治。或说断绝敌军逃跑之路，亦通。㉙所：处所。㉚啴（tān）啴：众盛的样子。㉛翰：高飞。又指一种鸟名，即晨风，是一种猛禽。㉜苞：训“本”，形容牢固，不可动摇。㉝绵绵：连绵不断的样子。翼翼：齐整不乱的样子。㉞不测：不可测度，指出奇兵。不克：不可战胜。㉟濯：大。㊱犹：同“猷”，谋划，策略。允：诚然。塞：实，踏实，严实。㊲来：指归顺。㊳同：会同，指会同于朝廷。㊴来庭：来朝。㊵不回：不违。回，邪僻。

【译文】

多么显赫，多么英明！宣王命令卿士出征，太祖庙中命南仲，还有太师皇父：“整顿我的六军，修理我的甲兵，提高警惕加强戒备，平定南国施仁心。”

宣王命令尹吉甫，传命程伯休父：“队伍左右排成行，告诫六军听清楚。循着淮水岸边行，巡察徐国的国土。杀祸首，抚良民，三卿大夫各司其务。”

多么显赫，多么尊严，宣王仪表真威严！王师从容向前进，不敢迟缓不敢游玩。徐方闻风大骚乱，惊恐不已心不安。王师压境如雷霆，徐方惊恐人心乱。

宣王奋扬那威武，有如雷霆勃然大怒。前进呀，开路的虎将，怒吼呀，咆哮如老虎。王师陈兵淮水岸，捉获队队俘虏。治理淮水这一带，王师就地把兵驻。

王师斗志真昂扬，好比鸷鸟展翅飞翔，好比江汉浩浩荡荡，像山冈不可摇晃，像洪流不可阻挡。千军万马队形齐，出其不意难估量，大张旗鼓伐徐方。

宣王谋划真周到，徐国归顺已拜倒。会同诸侯来上朝，都是我王的功劳。四方诸国已平定，徐君觐见来上朝。徐国不敢再反叛，宣王说："班师回朝"。

颂·周颂

共三十一篇作品。是《诗经》中最早的诗，全部作于西周初年。其产生地是西周都城镐京。周颂的内容都是颂扬祖德，祈求神佑，用于宗庙祭祀。它多是贵族创作，有的可能出自宫廷史官或乐师之手。

清　庙

於穆清庙[①]，肃雝显相[②]。
济济多士[③]，秉文之德[④]。
对越在天[⑤]，骏奔走在庙[⑥]。
不显不承[⑦]，无射于人斯[⑧]。

【题解】

这是周王祭祀文王于宗庙的乐歌。诗人赞美文王之德，为后人永远遵循。

【注释】

①於（wū）：叹词，犹“呜呼”。穆：美好。清：清明，清静。 ②肃：敬肃。雝：同“雍”，和，和谐。显：高贵显赫。相：辅助。此指助祭的诸侯公卿。 ③济济：众多的样子。多士：众士，指参加祭祀的众臣。 ④秉：执持，执行。这句说，秉执文王之德。 ⑤对越：即“对扬”，对答，报答。在天：指文王在天之神灵。 ⑥骏奔：疾行。骏，敏疾。这句说，众臣勤于祭祀。 ⑦不：犹“丕”，语词。显：光明，显扬。承：犹“烝”，美，尊崇。⑧无射（yì）：无厌，没有餍足。射，“斁”的假借字。斯：语助词，表示感叹。

【译文】

啊，在华美清静的太庙中，助祭公卿肃敬又雍容。文武众官排成行，文王之德记心中。报答文王在天之灵，疾行奔走在庙中。盛德显扬受尊崇，后世拥戴永无穷。

天　作

天作高山①，大王荒之②。
彼作矣③，文王康之④。
彼徂矣⑤，岐有夷之行⑥，
子孙保之。

【题解】

这是周王祭祀岐山的乐歌，颂扬太王古公亶父创业之功。

【注释】

①作：起，此指“生”。高山：指岐山。 ②大王：即太王。指文王的

祖父古公亶父。周人原居豳地，屡遭戎狄所侵，古公亶父率族人迁居岐山，建立国家，国号曰周。荒：治理。 ③彼：指周人。作：指修筑宫室，定居此地。 ④康：安乐。 ⑤徂（cú）：往，到。 ⑥夷：平坦。行：道路。这句语意双关：一是指岐山之路平坦，二是指文王之治清明。

【译文】

上天生成这高山，太王治理庄稼长。人们定居盖新房，文王使民得安康。人们纷纷来归顺，岐山大道坦荡荡，子孙永保这地方！

时迈

时迈其邦①，昊天其子之②，
实右序有周③。薄言震之④，
莫不震叠⑤。怀柔百神⑥，
及河乔岳⑦。允王维后⑧！
明昭有周⑨，式序在位⑩。
载戢干戈⑪，载橐弓矢⑫。
我求懿德⑬，肆于时夏⑭。
允王保之！

【题解】

这是武王克商后巡视四方，祭祀上天和山川诸神的乐歌。旧说多认为是周公所作。

【注释】

①时：犹“是”，语词，无义。迈：行，此指巡行。其邦：指各诸侯国。 ②昊天：上天。子之：把我（指周武王）当儿子。这句说，上天把我

当作亲儿子来保佑了吧。 ③右：同“佑”，助。序：助。有周：即周朝。有，名词词头。 ④薄言：语助词。震：指武王以武力震慑殷商。 ⑤震叠：震慑，恐惧。叠，通“慑”。 ⑥怀柔：安抚。百神：指天地山川众神。⑦及：至，到。河：黄河。乔岳：高山，此指泰山，此处似举黄河、泰山为百神的代表。 ⑧允：信，诚然，确实。王：指武王。维：犹“为”，是。后：君王。这句赞叹周武王确实不愧为天下的君王。 ⑨明昭：光明。 ⑩式：发语词。序：顺序，次序。在位：指在位诸侯及众臣。这句的意思是，封赏在位诸侯公卿井然有序。即按功行赏，确定诸侯的次第。 ⑪载：则，就。戢（jí）：收藏。干：盾。 ⑫櫜（gāo）：古代盛衣甲或弓箭的袋。此指把弓箭入袋。 ⑬懿德：美德。 ⑭肆：陈列，施行，广布。时：是。夏：中国。这二句说，把文治之美德施行于周王朝所统辖的天下。

【译文】

我王巡视诸侯各邦，上天把他当作儿郎，保佑我大周兴旺。我王雄威震殷商，有谁不惧怕恐慌。祭祀天地众神灵，亲临黄河又到泰山上。我王真不愧是天下的君王！大周光明又亮察，诸侯公卿按功封赏。于是把干戈收藏，于是弓箭袋中装。我王把文治之德来崇尚，施行到中国各方。我王保有天下万年长！

思　文

思文后稷①，克配彼天②。
立我烝民③，莫匪尔极④。
贻我来牟⑤，帝命率育⑥。
无此疆尔界⑦，陈常于时夏⑧。

【题解】

这是祭祀后稷以配天的乐歌，用于祈谷。

【注释】

①思：语助词，无义。文：有文德。后稷：周人始祖，名弃。参见《大雅·生民》。 ②克：能。这句说，后稷能够配享上帝。或曰，后稷之功德与天相配。 ③立："粒"的假借字，以谷米为食，有养育之意。烝民：众民。这句说，后稷使众民得以谷粮为食。 ④匪：同"非"。极：极点。此指美德之至极。这句说，没有人不领受你最大的恩德。 ⑤贻：犹"遗"。来：小麦。牟：大麦。 ⑥率：皆，全。 ⑦尔：犹"彼"。这句说，农事不分此疆彼界。 ⑧陈：布，推广，遍布。常：政，指农政。时：是。夏：中国。

【译文】

大有文德的后稷，功德配享上帝。使百姓有了粮食，谁不把你恩德牢记。你留下小麦和大麦，上帝让百姓种植。不要分此疆彼界，把农政推广到中国各地。

臣　工

嗟嗟臣工①，敬尔在公②。
王釐尔成③，来咨来茹④。
嗟嗟保介⑤，维莫之春⑥，
亦又何求⑦？如何新畬⑧？
於皇来牟⑨，将受厥明⑩。
明昭上帝⑪，迄用康年⑫。
命我众人：庤乃钱镈⑬，
奄观铚艾⑭。

【题解】

古代有天子籍田之制。孟春之月，天子为了表示对农耕的重视，率领群臣，亲临籍田。此诗即是天子籍田时所唱的乐歌。诗人以天子的口吻告诫农官，祈求丰年。

【注释】

①嗟嗟：发语词。臣工：群臣，百官。工，官。 ②敬：恭慎。在公：从公，指公家之事。 ③王：周王。釐（lài）：通“赉”，赐。成：成法。④来：是。咨：询问，商议。茹：度，忖度。这二句说，周王把耕作成法赐给你们，你们应当时常商议忖度。 ⑤保介：即“保界”，田官。 ⑥莫：同“暮”。 ⑦亦：助词。又：有。 ⑧新：开垦二年的地曰“新”。畬（yú）：开垦三年的地曰“畬”。 ⑨於（wū）：叹词。皇：大。於皇，赞美之词。来牟：小麦和大麦。 ⑩厥：其，它的。明：成，指收成。这二句说，这麦种多么好呀，将得到好收成。 ⑪明昭：光明。 ⑫迄：至。康年：乐岁，丰年。这二句说，光明的上帝，赐给我们乐岁丰年。 ⑬庤（zhì）：备好，储备。乃：你。钱（jiǎn）：古代农具，犹后世之锹。镈（bó）：古代农具，犹后世之锄。 ⑭奄：遽，疾速（从马瑞辰说）。铚（zhì）：古代农具，犹后世之短镰。艾（yì）：“刈”的假借字，收割。这句说，很快就会开镰收割了。以上二句都是设想之词。

【译文】

喂喂，百官群臣，对待公事要恭慎。我王把成法恩赐，你们要多思考多询问。喂喂，这些农官，现在正是暮春，你们有啥要求？如何耕种新田畴？啊，多么好的麦种，秋来定获丰收。光明的上帝啊，请赐我乐岁丰年。命令我的农夫，准备好锄和锹，很快我又来看你们开镰。

噫　嘻

噫嘻成王[①]！既昭假尔[②]。
率时农夫[③]，播厥百谷[④]。
骏发尔私[⑤]，终三十里[⑥]。
亦服尔耕[⑦]，十千维耦[⑧]。

【题解】

这是一首成王春天祈谷、告诫农官的诗。诗歌反映了周初大规模农业劳动的情况和公田、私田的制度。

【注释】

①噫嘻：叹词。　②既：已。昭：明。假：读作“嘏”，告。尔：指上帝。这句说，成王表明其诚敬之心以上达于天帝。一说，“尔”指农官；或指先王先公之灵。　③率：率领。时：犹“是”，此，这些。　④厥：其。百谷：泛指各种农作物。　⑤骏：大。一说，疾，迅速。发：开发。尔：你，指田官。私：田官的私田。　⑥终：尽。三十里：指私田，方圆三十里。⑦亦：语词。服：从事。　⑧十千：一万。维：其。耦（ǒu）：两个人为一组，并肩拉犁耕作。

【译文】

啊啊，成王！已把诚敬之心明白宣讲。率领这些农夫，播种五谷杂粮。大力开发你们的私田，方圆三十里一望无边。你们的农活加紧干，万人耦耕在田间。

丰年

丰年多黍多稌①，亦有高廪②，
万亿及秭③。为酒为醴④，
烝畀祖妣⑤，以洽百礼⑥，
降福孔皆⑦。

【题解】

这是一首秋收后祭祀祖先的乐歌。

【注释】

①黍：糜子，小米。稌（tú）：稻子。 ②亦：语词，无义。廪（lǐn）：粮仓。 ③及：到。秭（zǐ）：周代十万为亿，万亿为秭。这里极言其多，成万上亿。 ④醴（lǐ）：一种甜酒。 ⑤烝：进献。畀（bì）：给。祖妣（bǐ）：男女祖先，先祖先妣。 ⑥洽：会，合。百礼：指报祭上帝及祖先的各种礼仪，一说，指用酒配合牲、玉、币、帛之类的祭品。 ⑦孔：甚，很。皆：普遍。一说通“嘉”，美好。

【译文】

丰年多产糜和稻，座座粮仓高又高，成万上亿真不少。酿造醇酒和甜醪，献给先妣和先考，备齐牺牲和玉帛，遍降洪福真美好。

有瞽

有瞽有瞽①，在周之庭。

设业设虡②，崇牙树羽③。
应田县鼓④，鞉磬柷圉⑤。
既备乃奏⑥，箫管备举⑦。
喤喤厥声⑧，肃雝和鸣⑨。
先祖是听，我客戾止⑩，
永观厥成⑪。

【题解】

这是一首合乐祭祖的乐歌，描写在宗庙祭祀时各种乐器大合奏的盛况，语言简洁生动，是颂诗中的佳作。

【注释】

①瞽（gǔ）：盲人。周人常以盲人充任乐师，故以“瞽”代指乐师。②设：置。业：悬挂钟磬等乐器的木架横梁上的大板，刻如锯齿状。虡（jù）：悬挂乐器的直木架。 ③崇牙：是“业”板上突出如齿的木钉，用来悬挂乐器。树羽：在崇牙上插鸟羽，作为装饰。这二句说，乐器的木架子已经安置好，挂乐器的崇牙上插着羽毛。 ④应：一种小鼓。田：一种大鼓。县：同“悬”，县鼓即悬挂起来的鼓。 ⑤鞉（táo）：一种小摇鼓。磬：玉石制的打击乐器。柷（zhù）：一种木制乐器，形如方桶。击柷则表示奏乐开始。圉（yǔ）：一种木制乐器，形似伏虎。击圉则表示奏乐结束。以上二句说，各种乐器都准备齐全了。 ⑥既：已。备：齐备，齐全。 ⑦箫管：都是竹制的吹奏乐器。箫指排箫，管指笛。 ⑧喤（huáng）喤：形容乐声洪亮和谐。厥：其。 ⑨肃雝：形容乐声庄重肃穆。 ⑩客：指来观礼的诸侯。戾：至。⑪永：长。成：指一曲奏毕。或曰祭礼完毕。

【译文】

盲乐师呀盲乐师，演奏在宗庙大堂。钟架鼓架都摆好，羽毛插在崇牙上。小鼓大鼓悬挂好，玉磬柷圉还有鞉。乐器齐备就演奏，一齐吹起笛和萧。钟鼓合奏多嘹亮，肃穆和谐声悠扬。祖宗神灵来欣赏，众位贵客也赏光，礼成乐毕一曲长。

有　　客

有客有客①，亦白其马②。
有萋有且③，敦琢其旅④。
有客宿宿⑤，有客信信⑥。
言授之絷⑦，以絷其马⑧。
薄言追之⑨，左右绥之⑩，
既有淫威⑪，降福孔夷⑫。

【题解】

商纣王之兄微子，名启，为卿士，因屡谏不纳，愤而辞官。周武王灭商后，命微子代殷后，封于宋。旧说此诗即是宋微子朝周，武王设宴饯行时所唱的乐歌。

【注释】

①客：指微子。　②亦：语助词，无义。白其马：犹言“其马白”。殷人尚白，微子乘白马来朝，表示不忘祖先。　③有：形容词词头。萋（qī）、且（jū）：形容随从人员众多的样子。　④敦（duī）琢：即雕琢，引申有选择之意。旅：众。此指随行众臣。又通“侣”，伴侣。这句说，微子的随员都是精心挑选的，个个都似玉无瑕。　⑤宿：住一夜。　⑥信：住两夜。这二句是殷勤留客之词，说住了一夜又一夜，多住几夜。　⑦言：语首助词。絷（zhí）：绊马足的绳索，这是名词。　⑧絷：作动词，指用绊马索绊住马。这二句说，绊住马足，留下客人。　⑨薄言：语首助词。追：饯送。之：指微子。　⑩左右：指

周王左右群臣。绥：安。 ⑪淫：大。淫威，大德。 ⑫孔：甚，很。夷：大。这二句说，微子有大德，上天会降大福给他。一说，“夷”，平，易。亦通。

【译文】

客来了，客来了，骑着一匹大白马。随行人员真盛大，个个似玉洁无瑕。客人住了一夜又一夜，客人住了两夜又两夜。拿根绳儿递给他，绳儿拴住他的马。我为贵客来饯行，群臣百官抚慰他。贵客既有好品德，洪福自会赐给他。

载芟

载芟载柞①，其耕泽泽②。
千耦其耘③，徂隰徂畛④。
侯主侯伯⑤，侯亚侯旅⑥，
侯强侯以⑦。有嗿其馌⑧，
思媚其妇⑨。有依其士⑩，
有略其耜⑪。俶载南亩⑫，
播厥百谷⑬。实函斯活⑭。
驿驿其达⑮，有厌其杰⑯。
厌厌其苗⑰，绵绵其麃⑱。
载获济济⑲，有实其积⑳，
万亿及秭㉑。为酒为醴㉒，
烝畀祖妣㉓，以洽百礼㉔。
有飶其香㉕，邦家之光。
有椒其馨㉖，胡考之宁㉗。
匪且有且㉘，匪今斯今㉙，
振古如兹㉚。

【题解】

这是周王祭社稷（土神、谷神）的乐歌。诗歌首先描写农夫大规模耕作的情景和农作物成长的情形；然后写丰收；最后写丰收后祭祖祀神得福。诗人具体叙述了耕耘、收获、祭祀祈福的过程，反映了周代农业生产的状况，有重要的史料价值。

【注释】

①载：开始。芟（shān）：除草。柞（zé）：除木，砍伐树木。 ②泽（shì）泽：土地松散的样子。以上二句说明了是先除草木然后耕地，似是新开的田。 ③耦（ǒu）：二人并耕。千耦，言其多。耘：除去田间杂草。④徂：往。隰：低湿的田地。畛（zhěn）：田畔路径。这句说，耕作的农夫有的来到低山，有的来到田畔上。 ⑤侯：语助词。主：家长。伯：长子。⑥亚：长子以下的诸子。旅：众，指更幼小的子弟辈。 ⑦强：强壮有力。或曰，指地少而有余力来助耕者。以：用，用力。或曰，指无地而为人雇佣者。 ⑧嗿（tǎn）：人声众多的样子。馌（yè）：把饭菜送到田间。这句的意思是，送饭的妇人不止一个，行走和笑语的声音众多。 ⑨思：语助词。媚：美好，妩媚。 ⑩依："殷"的假借字，壮盛。士：指耕地的男子。⑪略：古作"䂮"，锋利。耜（sì）：翻土的农具。 ⑫俶（chù）：开始。载：事，指耕作。南亩：向阳之田，此泛指田地。 ⑬厥：其。 ⑭实：种子。函：含，含藏。活：指活力、生气。这句说，颗颗种子都饱含生气活力。⑮驿驿：亦作"绎绎"，连续不断的样子。达：出土。 ⑯厌：饱满的样子。杰：特出，指先长出来的大苗。 ⑰厌厌：禾苗茂盛齐整的样子。这三句说，种子不断地萌芽出土，先出土的大苗异常茁壮饱满，一般的苗也很齐整。⑱绵绵：详密。一说指众多。麃（biāo）：通"穮"，锄地薅草。这句说，仔仔细细地薅草。或说，田里薅草的人众多。亦通。 ⑲载：乃。获：收割。济济：众多的样子。 ⑳实：满。积：堆积在露天打谷场上。 ㉑万亿及秭：极言粮食之多。万、亿、秭，均为古时的数词。周时十万为亿，万亿为秭。

㉒醴（lǐ）：一种甜酒。 ㉓烝：进奉。畀（bì）：给。祖妣：先祖先妣。 ㉔洽：合。百礼各种祭礼。一说，指用酒配合牺牲，玉币之类的祭品。以上三句说，所收的谷物可以造酒，供祭祖先和各种祭祀之用。 ㉕苾（bì）：同“苾”，芬芳。 ㉖椒：一种香料，可以浸泡椒酒。一说，椒通“俶”，香气浓郁。馨（xīn）：远闻的香气。 ㉗胡：寿。考：老。胡考，长寿。 ㉘匪：同“非”。且：通“此”，指丰收。这句说，不单此处丰收，别处也一样。 ㉙这句说，不单今年丰收，年年都这样。 ㉚振古：自古。兹：此。这句说，自古以来就这样：即神佑不始于今日。

【译文】

除草又砍杂树，接着耕田松土。千对农夫齐耕耘，走向低田上小路。家主和他的长男，还有众多子弟，个个身强卖力干。送饭的一大串，妇人个个美容颜。耕田男子真强悍，犁头锋利把土翻。先耕南边那块地，五谷杂粮播下去，颗颗种子含生气。禾苗不断冒出土，先出的苗儿茎干粗。禾苗齐整长得好，仔仔细细来薅草。丰收果实实在多，场上粮垛堆得高，成万上亿真不少。酿醇酒，酿甜酒，献给列祖列宗喝，各种祭祀礼仪多。祭筵酒气多芬芳，家门荣幸国盛昌。椒酒馨香飘四方，长寿老人得安康。不但这儿获丰收，不但今年收成广，自古以来就是这样。

良　耜

畟畟良耜①，俶载南亩②。
播厥百谷③，实函斯活④。
或来瞻女⑤，载筐及筥⑥，
其饟伊黍⑦。其笠伊纠⑧，
其镈斯赵⑨，以薅荼蓼⑩。

荼蓼朽止[11]，黍稷茂止。
获之挃挃[12]，积之栗栗[13]，
其崇如墉[14]，其比如栉[15]。
以开百室[16]，百室盈止[17]，
妇子宁止[18]。杀时犉牡[19]，
有捄其角[20]。以似以续[21]，
续古之人[22]。

【题解】

这是秋收之后周王祭祀土神谷神的乐歌。因为是答谢神佑，所以禀告了一年农事生产过程，前十二句写耕耘，中间七句写收获，末四句写祭神祈福。

【注释】

①畟（cè）畟：锋利的样子，形容犁头入土很快利。耜（sì）：翻土农具，犁头。　②俶：开始。载：事，此指耕作。南亩：向阳之地，此泛指田地。　③厥：其。　④实：种子。函：含。活：指活力，生气。这句说，颗颗种子都内含生气。　⑤或：有人。瞻：视。女：同“汝”，你，指农夫。　⑥载：背，挎。筐：竹制方形盛具。筥（jǔ）：竹制圆形盛具。　⑦饟（xiǎng）：同“饷”，送来的饭菜。伊：是。黍：小米饭。　⑧笠：草笠。纠：纠缠，此指编织。这句说，农夫戴草编的笠帽。　⑨镈（bó）：锄头。赵：通“掉”，撬。这句说，用锄头扒地除草。　⑩薅（hāo）：除草。荼蓼：两种草本植物。荼，陆生；蓼，水生。　⑪朽：干枯腐烂。止：语气词。下句同。这二句说，杂草枯烂而禾苗茂盛。　⑫获：收获。挃（zhì）挃：收割庄稼的声音。　⑬积：堆积。栗（lì）栗：众多的样子。　⑭崇：高。墉：城墙。　⑮比：排列紧密。栉（zhì）：梳子。这句说，禾垛排得像梳齿一样密。　⑯百室：指储藏谷物的仓房。　⑰盈：满。止：语助词。　⑱宁：安闲

无事。 ⑲时：是，这。犉（chún）：七尺长的大牛。牡：指公牛。 ⑳捄（qiú）：“觓”的假借字，又作“觩”，兽角弯曲的样子。 ㉑似：“嗣”的假借字，嗣续。意思是，祭祀之礼延续不断。 ㉒古之人：指先祖。意思是，先祖于秋收后举行这种祭典，今人正是嗣续先祖的做法。

【译文】

犁头入地嚓嚓响，来到南亩耕作忙。播下五谷杂粮，颗颗种子活力藏。有人前来看望，背着方筐挎园筐，送来小米饭真香。头戴草编圆笠帽，挥锄把土块翻撬，薅除地里水边杂草。杂草枯朽烂掉，黍子高粱长得茂。镰刀唰唰响，禾垛堆场上。高得像城墙，密得像梳齿一样。打开大小仓房，个个仓房满满装，妇人小孩不再忙。宰杀公牛献祭坛，一双牛角曲弯弯。这祭礼延续久远，自古代代相传。

般

於皇时周①！陟其高山②，
堕山乔岳③，允犹翕河④。
敷天之下⑤，裒时之对⑥，
时周之命⑦。

【题解】

这是周王巡守而祭祀山川之神的乐歌。“般”，喜乐之意，抒写奄有天下的喜乐之情。

【注释】

①於（wū）：叹词。皇：大。时：是，这。 ②陟：升，登。高山：泛指诸岳。古代有天子有巡行四方，登泰山而祭祀山川的礼仪。 ③堕（duò）

山：形容山狭长而小。乔岳：高大的山。 ④允：语助词。犹："猷"的假借，顺。翕（xī）：合，聚合。河：黄河。这句说，众水顺着山势汇合于黄河。 ⑤敷：同"普"。 ⑥裒（póu），聚集。时：是。之：指代诸侯百官。对：对答，报答颂扬。这句的意思是，天子召集诸侯百官来答话，褒奖他们守邦之劳；诸侯则颂扬王命。 ⑦时：犹"承"，从马瑞辰说。这句说，接受周王室的命令。

【译文】

啊，多壮美啊大周江山！登上那巍巍高山，只见群山狭长，四岳高大，众水汇合于黄河大川。普天之下诸侯百官，聚集此地受接见，承受周命代代相传。

颂·鲁颂

共四篇作品。是春秋时代的作品，产生于春秋鲁国首都（今山东曲阜）一带地区。其内容为颂扬鲁僖公。旧说其作者是鲁僖公时人奚斯（约生于公元前650年左右）。

駉

駉駉牡马①，在坰之野②。
薄言駉者③，有驈有皇④，
有骊有黄⑤，以车彭彭⑥。
思无疆⑦，思马斯臧⑧。

駉駉牡马，在坰之野。
薄言駉者，有骓有駓[9]，
有骍有骐[10]，以车伾伾[11]。
思无期，思马斯才[12]。

駉駉牡马，在坰之野。
薄言駉者，有驒有骆[13]，
有駵有雒[14]，以车绎绎[15]。
思无斁[16]，思马斯作[17]。

駉駉牡马，在坰之野。
薄言駉者，有骃有騢[18]，
有驔有鱼[19]，以车祛祛[20]。
思无邪，思马斯徂[21]。

【题解】

此诗赞美鲁僖公牧马众多，蕃衍强壮。周代的国防力量主要靠兵车，一车四马，良马的多少直接关乎国力强弱。所以诗人赞美僖公重视养马，实质上是颂扬他深谋远虑，重视国防。

诗分四章，采用复叠形式，历举十六种马名，刻画马的动态，文笔铺张扬厉。

【注释】

①駉（jiōng）駉：马肥壮的样子。牡马：公马。 ②坰（jiōng）：遥远。这二句说，一群群肥壮的公马，在遥远的郊野牧场。 ③薄言：语助词。④驈（yù）：黑马白胯。皇：《鲁诗》作“騜”，黄白马。 ⑤骊（lì）：纯黑马。黄：黄中带赤的马。 ⑥以车：驾车。彭彭：马强壮有力的样子。

⑦思：谋虑，思考。这句说，不断地思考如何养好马。下文“思无期”“思无斁”“思无邪”的“思”字，都是谋虑之意。 ⑧斯：语词。臧：善。 ⑨骓（zhuī）：青白杂毛马。駓（pī）：黄白杂毛马。 ⑩骍（xīn）：赤黄马。骐（qí）：青黑马。 ⑪伾（pī）伾：有力的样子。 ⑫才：通“材”，此作动词，指成材。 ⑬驒（tuó）：有鳞状黑斑纹的青黑马。骆（luò）：黑鬃白马。 ⑭駵（liú）：黑鬃红马。雒（luò）：白鬃黑马。 ⑮绎（yì）绎：马跑得快的样子。 ⑯斁（yì）：厌，满足。无斁，不满足，不厌倦。 ⑰作：奋起。此指马奔腾、腾跃。 ⑱骃（yīn）：浅灰马。騢（xiá）：红白杂毛马。 ⑲驔（diàn）：小腿长白毛的马。鱼：两眼周围长白毛的马。 ⑳袪（qū）袪：强壮矫健的样子。 ㉑徂：往，行。指马奔跑。

【译文】

一群公马多肥壮，放牧在远郊牧场上。那些高头大马，有的黑身白胯，有的浅黄，有的纯黑，有的赤中带黄，驾起车来多强壮！鲁公谋虑深远无疆，想如何让马群兴旺。

一群公马多肥壮，放牧在远郊牧场上。那些高头大马，有的青白，有的黄白，有的青黑，有的赤黄，驾起车来力气壮！鲁公谋虑深远无期，想如何让马儿有材力。

一群公马多肥壮，放牧在远郊牧场上。那些高头大马多喜人，有的黑鬃白身，有的长着黑斑纹，有的黑鬃红身，有的白鬃黑身，驾起车来不停奔！鲁公谋虑不知倦，想如何让马儿奔腾。

一群公马多肥壮，放牧在远郊牧场上。那些高头大马，有的浅灰，有的红白相杂，有的腿长白毛，有的两眼白毛，驾起车来不知疲劳！鲁公谋虑是正道，想如何让马儿如飞奔跑。

有 駜

有駜有駜[1]，駜彼乘黄[2]。
夙夜在公[3]，在公明明[4]。
振振鹭[5]，鹭于下[6]。
鼓咽咽[7]，醉言舞[8]。
于胥乐兮[9]！

有駜有駜，駜彼乘牡[10]。
夙夜在公，在公饮酒。
振振鹭，鹭于飞。
鼓咽咽，醉言归。
于胥乐兮！

有駜有駜，駜彼乘駽[11]。
夙夜在公，在公载燕[12]，
自今以始[13]，岁其有[14]。
君子有穀[15]，诒孙子[16]。
于胥乐兮！

【题解】

这是一首鲁僖公与群臣宴饮的乐歌。在多年的饥馑之后，鲁国终于喜获丰收，诗人作此诗颂祷国君，并描写了君臣醉舞庆丰收的欢乐情景。诗分三章，多采用叠字叠词，诗中三、四言句杂用，变化有致，富于音韵美。

【注释】

①駜（bì）：马肥壮力强的样子。　②乘（shèng）：古时一车四马为一乘。乘黄，四匹黄马。　③夙夜：从早到晚。　④明明：通“勉勉”，勉力，勤勉。　⑤振振：鸟儿振翼群飞的样子。鹭：鹭鸶。此处指鹭羽，舞者拿在手中做鸟儿飞翔之姿。　⑥这句说，舞者持鹭羽做鸟儿落下之姿。　⑦咽（yuān）咽：指鼓声。　⑧言：语助词。　⑨于：发声词。胥：都，皆。　⑩乘牡：四匹公马。　⑪乘駽（xuān）：四匹青黑马。　⑫载：则，就。燕：通“宴”。　⑬以：而。这句说，从今天开始。　⑭其：语助词，表示希望语气。有：有年。即丰收。这句说，希望岁岁丰收。　⑮穀：善。君子：指鲁僖公。　⑯诒（yí）：遗留，传给。孙子：即子孙。这句说，僖公把福禄传给后代。

【译文】

马儿肥，马儿壮，四匹大马毛色黄。从早到晚在公堂，在公堂把政事忙。手持鹭羽翩翩舞，鹭鸶飞落在地上。鼓儿咚咚响，醉舞左右晃。啊，大家同乐多欢畅！

马儿肥，马儿壮，四匹公马气昂昂。从早到晚在公堂，公堂之上饮酒浆。手持鹭羽来起舞，鹭鸶翩翩飞翔。鼓儿咚咚擂，醉酒把家归。啊，大家同乐多陶醉！

马儿肥，马儿壮，四匹青马神气扬。从早到晚在公堂，公堂之上齐举觞。自今而始好时光，岁岁丰收粮满仓。君子有洪福，传给子孙万年长。啊，大家同乐多欢畅！

泮　水

思乐泮水①，薄采其芹②。
鲁侯戾止③，言观其旂④。

其旂茷茷[5]，鸾声哕哕[6]。
无小无大[7]，从公于迈[8]。

思乐泮水，薄采其藻[9]。
鲁侯戾止，其马蹻蹻[10]。
其马蹻蹻，其音昭昭[11]。
载色载笑[12]，匪怒伊教[13]。

思乐泮水，薄采其茆[14]。
鲁侯戾止，在泮饮酒。
既饮旨酒[15]，永锡难老[16]。
顺彼长道[17]，屈此群丑[18]。

穆穆鲁侯[19]，敬明其德[20]。
敬慎威仪[21]，维民之则[22]。
允文允武[23]，昭假烈祖[24]，
靡有不孝[25]，自求伊祜[26]。

明明鲁侯[27]，克明其德[28]。
既作泮宫[29]，淮夷攸服[30]。
矫矫虎臣[31]，在泮献馘[32]。
淑问如皋陶[33]，在泮献囚[34]。

济济多士[35]，克广德心[36]。
桓桓于征[37]，狄彼东南[38]。
烝烝皇皇[39]，不吴不扬[40]，
不告于讻[41]，在泮献功。

角弓其觩㊷，束矢其搜㊸，
戎车孔博㊹，徒御无斁㊺。
既克淮夷，孔淑不逆㊻。
式固尔犹㊼，淮夷卒获㊽。

翩彼飞鸮㊾，集于泮林㊿，
食我桑黮[51]，怀我好音[52]。
憬彼淮夷[53]，来献其琛[54]。
元龟象齿[55]，大赂南金[56]。

【题解】

这是一首颂扬鲁僖公文治武功的乐歌，诗中叙述了鲁公继承祖先业绩，修泮宫，平淮夷，在泮宫祝捷庆功的情景。

【注释】

①思：发语词。泮（pàn）水：水名。 ②薄：语词，无义。芹：水芹，一种长在水边的野菜。 ③戾（lì）：到。止：语气词。 ④言：语助词。旂：绘有交龙的旗。 ⑤茷（pèi）茷：通“旆旆”，旗帜飘扬的样子。 ⑥鸾：指小铃。哕（huì）哕：形容铃声和谐。 ⑦无：不，不论。小、大：指职务高低。 ⑧公：指鲁僖公。迈：行。这二句说，无论大小，所有官员都随从鲁公而行。 ⑨藻：水藻。 ⑩蹻（jiǎo）蹻：强壮勇武的样子。 ⑪昭昭：响亮，指冉公的声音爽朗洪亮。 ⑫载：又。色：和颜悦色。 ⑬匪：同“非”，不。伊：是。这句说，他不动怒，而是教诲人们。 ⑭茆（mǎo）：莼菜。 ⑮旨酒：美酒。 ⑯锡：同“赐”。难老：指长寿不老。 ⑰顺：循。长道：远路。指远征淮夷之路。一说，长道即大道，仁义之道，意思是陈布仁义大道于泮宫中。 ⑱屈：征服。群丑：敌众，指下文的淮夷。丑，恶。⑲穆穆：恭敬端庄的样子。 ⑳这句说，鲁公恭谨地修身，使道德昭明。

㉑威仪：仪表威严。 ㉒维：是。则：法则，准则，典范。 ㉓允：信，诚然，确实。 ㉔昭：明。假：告。烈祖：指开基创业的先王，如周公、伯禽等。这句说，昭告于祖先。 ㉕靡：无。孝：同“效”，效法。 ㉖伊：是，此。祜：福。 ㉗明明：同“勉勉”，勉力，勤勉。 ㉘克：能。 ㉙作：兴建。泮宫：泮水之畔的离宫。 ㉚淮夷：当时居住在淮河中下游的部族。攸：所。服：降服，归服。 ㉛矫矫：勇武的样子。虎臣：勇猛如虎之臣，虎将。㉜馘（guǒ）：古时打仗，割取敌尸左耳以计功。 ㉝淑问：善于审讯。皋陶（gáoyáo）：传说是虞舜的大臣，掌刑狱。这句说，像皋陶那样的大臣来精明地审讯俘虏。 ㉞献囚：献俘。 ㉟济济：众多的样子。多士：众位贤士。㊱广：推而广之。德心：善意。 ㊲桓桓：威武英勇的样子。于：往。 ㊳狄（tī）：“剔”的假借字，整治，治理。东南：指淮夷。 ㊴烝烝皇皇：形容军容美盛。 ㊵吴：喧哗。扬：高声说话。 ㊶讻（xiōng）：讼，争辩。这句说将士都不妄自争功。 ㊷其觩（qiú）：角弓弯曲的样子。 ㊸束矢：成束的箭。古时以五十支为一束。一说百矢为束。其搜：箭疾发之声，犹“嗖嗖”。 ㊹戎车：兵车。孔：很。博：多。 ㊺徒御：徒行的步兵和御车的甲士。无斁（yì）：不厌倦。这句说，士卒们很勉力，没有厌战情绪。 ㊻孔淑：甚善。不逆：不违抗命令。 ㊼式：语词。尔：指鲁公。犹：同“猷”，谋，计谋。这句说将士们坚决执行鲁公定下的计谋。 ㊽卒：终于。 ㊾鸮（xiāo）：猫头鹰。 ㊿泮林：泮水之林。 51桑黮（shèn）：桑葚，桑树的果实。黮，通“葚”。 52好音：善言。怀：送，归。 53憬（jǐng）：觉悟。 54琛（chēn）：珍宝。 55元龟：大龟。 56大赂：大璐，大块的王石。南金：南方出产的金子。

【译文】

泮水之滨喜盈盈，来到岸边采野芹。鲁公大驾已光临，且看那面交龙旗。龙旗迎风在招展，鸾铃之声相和鸣。不论大官和小官，跟从鲁公往前行。

泮水之滨乐陶陶，来到岸边采水藻。鲁公大驾已来到，马儿神骏多蹻蹻。他的马儿多神骏，他的声音亮又高。和颜悦色面带笑，不动怒气来施教。

泮水之滨多愉快，来到岸边采莼菜。鲁公息驾泮水边，就在泮宫设酒宴。畅饮美酒喜开颜，天赐长寿享万年。陈布大道行仁义，制服敌众视等闲。

鲁公恭敬又端庄，修身明德振纪纲。举止敬慎仪态大方，确是众人的榜样。有文德有武功，昭告先祖和先王，事事把成法效仿，自求神佑福禄降。

勤勤恳恳的鲁侯，能使教化昭著。泮宫已经修筑，淮夷前来臣服。将士勇猛如虎，泮宫献耳计无数。审讯精明如皋陶，泮宫之中献俘虏。

贤士济济一堂，能把仁德推广。威风凛凛去远征，东南一角尽扫荡。军容壮盛多堂皇，不喧哗，不张扬，不吵闹，不争功，泮宫献功一桩桩。

牛角弯弓硬又强，万箭齐发嗖嗖响。战车众多排成行，步卒甲士斗志昂。淮夷已经被征服，俯首听命不反抗。执行你的好计谋，淮夷终于全投降。

翩然飞翔猫头鹰，落在泮水的树林，吃了我的桑葚，给我唱出好音。觉悟了的淮夷，送来珍宝当礼品。大灵龟，长象牙，整块美玉和黄金。

颂·商颂

共五篇作品。经后世学者考证，商颂是殷商之后宋国人祭祀宗庙的乐章。“商颂”即“宋颂”，是春秋时代的作品，产生于宋国首都河南商丘一带。

玄　鸟

天命玄鸟①，降而生商②，
宅殷土芒芒③。古帝命武汤④，
正域彼四方⑤。方命厥后⑥，
奄有九有⑦。商之先后⑧，
受命不殆⑨，在武丁孙子⑩。
武丁孙子，武王靡不胜⑪。
龙旂十乘⑫，大糦是承⑬，
邦畿千里⑭，维民所止⑮，
肇域彼四海⑯。四海来假⑰，
来假祁祁⑱。景员维河⑲，
殷受命咸宜⑳，百禄是何㉑。

【题解】

这是宋国国君祭祀其先祖武丁的乐歌。相传武丁任用傅说为相，伐鬼方、大彭、豕韦，国势强大，四夷来朝。此诗即颂扬了武丁的中兴之功，同时追叙了商之始祖诞生的神话。

【注释】

①玄鸟：燕子。玄，黑色。燕子身黑，故称玄鸟。　②商：指商的始祖契。据《史记·殷本纪》记载，有娀氏之女简狄在野外洗澡，捡到一只燕卵，吞食后即怀孕生下契。契长大后协助夏禹治水有功，封在商（今河南商丘）。这二句说，上天命玄鸟降临人间，从而诞生了商的始祖契。　③宅：居。殷土：殷地名。芒芒：即“茫茫”，广大的样子。　④古：从前。帝：天帝。武汤：即成汤。成汤灭夏桀建立商王朝，自号武王。　⑤正：治理。域：封疆。

这二句说，天帝命令成汤治理封畿本土和天下四方。 ⑥方：通“旁”，普遍。后：君，指各地的部族酋长。 ⑦奄有：尽有。九有：即九域，九州。“有”为“域”的假借字。这二句说，遍示那些各国君主，尽有九州之地。⑧先后：先君，先王。 ⑨殆：同“怠”，懈怠，怠慢。 ⑩武丁孙子：当作“孙子武丁”，指成汤的子孙武丁。 ⑪胜：胜任。这二句说，武王成汤的子孙武丁，继承先祖事业，无不胜任。 ⑫龙旂：绘有交龙的旗帜，诸侯所建树。 ⑬大糦（chì）：同“大饎”，指酒食，包括黍、稷、稻、粱等。承：奉，进献。这二句说，诸侯乘着竖有交龙旗的大车，带着祭品来到商都城，前来助祭。 ⑭邦畿：即封畿。 ⑮维：是。止：居。 ⑯肇（zhào）：通“兆”。兆域，即疆域。这三句的意思是，王畿千里，是众民所居之地，其统治的疆域则到四海之滨。 ⑰假（gé）：通“格”，至，到。 ⑱祁祁：众多的样子。这二句说，四海之内的诸侯都来朝拜，来的人很多。 ⑲景：山名，在商的都城亳（今河南商丘市北）。一说，景训为大。员：周围。这句说景山四周大河相绕。 ⑳咸：全。宜：合适，适宜。 ㉑何（hè）：通“荷”。负荷，蒙受。

【译文】

上天命令神燕降，生下契来建立商，住在殷地多宽广。往昔上帝命成汤，治理疆域统四方，遍示各方的诸侯，九州之内尽归商。殷商的先祖先王，受命不怠国运长，传给子孙武丁这贤王。子孙武丁是贤王，成汤大业能担当。龙旗大车有十辆，满载酒食来献上。王畿封地千里，百姓定居在此，疆域开拓到四海之际。四方夷狄来朝贺，络绎不绝人众多。景山四周绕大河，殷商受命多适合，百般福禄从天落。

·楚辞·

屈 原（约前340—约前278）

屈原，名平，原是他的字。屈原出身于与楚王同姓的贵族家庭，最初颇得楚怀王的信任，任左徒的要职，“入则与王图议国事，以出号令；出则接遇宾客，应对诸侯”，参与着重要的内政和外交活动。他主张对内“举贤授能”，刷新政治，限制旧贵族的权益，对外联合齐国，合纵抗秦。由于他这一系列的主张损害了楚国旧贵族的利益，遭到了他们的诽谤诬陷，怀王“怒而疏屈平”。顷襄王继位之后，屈原受到更残酷的排挤和打击。公元前278年秦将白起攻破郢都，屈原眼看家国破亡，自己的政治主张再也不能实现，约在这一年的阴历五月自沉汨罗江而死。

屈原一生曾两次被放逐，一次是在怀王二十五年（前304）左右被放逐于汉北，一次是在顷襄王十三年（前286）左右被放逐于江南，他的大部分作品都作于这两次流放中。

屈原是我国文学史上第一位伟大的爱国诗人，他的诗洋溢着强烈的爱祖国爱人民的热情，激荡着震撼人心的积极浪漫主义精神，是我国古代文学史上思想性和艺术性高度完美结合的典范作品。屈原对后世影响极大，正如刘勰所说：“其衣被词人，非一代也。”（《文心雕龙·辨骚》）

离 骚[①]

帝高阳之苗裔兮[②]，朕皇考曰伯庸[③]。摄提贞于孟陬兮[④]，惟庚寅吾以降[⑤]。皇览揆余初度兮[⑥]，肇锡余以嘉名[⑦]：名余曰正则兮[8]，字余曰灵均[9]。

【题解】

《离骚》是屈原作品中最光辉的一篇，也是我国诗史上最波澜壮阔、震古烁今的长篇政治抒情诗，当作于被楚怀王流放的时候。《离骚》篇名的意义有多种说法，但以司马迁和王逸的说法较通行，即遭遇忧患或离别的忧愁。

《离骚》的思想内容极为丰富复杂，但其中心的主题是反映了诗人强烈的爱国主义精神。这一中心统摄全篇，作为这篇杰作的灵魂闪烁在作品的始终，使之纷而不乱。《离骚》的爱国主义主要表现在下几个方面：首先，为了使国家富强，诗人强烈地追求修明法度和“举贤授能”的美政理想。其次，诗人对腐朽黑暗的楚国政治现实予以坚决深刻的揭露，矛头指向“党人”和楚王。再次，诗人对生他养他的楚国土地和人民倾注了无比的热爱，最后以身殉国在汨罗江这条祖国的江河中。另外，《离骚》中运用楚地民歌形式，楚地方言，创造了楚辞这一新诗体也表现了诗人对祖国历史、文化、语言的热爱，这也是爱国主义的表现。

《离骚》是思想内容与艺术形式完美结合的伟大作品，有着极高的艺术成就。首先，诗人把塑造自我形象作为作品的主要艺术目标，让读者看到了全面的、完整的诗人自我形象，这与《诗经》作品中比较单纯的、某种特定情境中的人物形象相比，是有划时代意义的。从此以后，我国诗史上才出现了真正意义上的文人作品，而其中的人物形象主要是诗人自己的形象。其次，《离骚》是一篇充满浓厚积极浪漫主义的伟大作品。诗人运用想象、夸张、比兴，借用大量的神话传说和历史故事把带有自叙性质的内容结撰成一个个神奇变幻而又引人向上的神奇境界，不仅烘云托月般地突现抒情主人公的形象，而且升华着诗人爱国主义的精神境界。再次，《离骚》发展了《诗经》中的比、兴手法，使之成为我国诗史中久传不衰的“诗骚”的传统。另外，《离骚》在诗的形式、语言运用上也有自己的特色，创造了楚辞这一新诗体，“楚辞”正以《离骚》作为它的最重要的代表作。

《离骚》对后代诗人的人格和写作都有巨大的影响，刘勰说：“自《九怀》以下，遽蹑其迹，而屈宋逸步，莫之能追。……是以枚贾追风以入丽，马扬沿波而得奇，其衣被词人，非一代也。”可以说，后世的有成就的作家，无论是在为人上还是为文上，都或多或少受到过屈原和《离骚》的影响。

【注释】

①离骚：关于“离骚”二字的解释历来说法很多。《史记·屈原列传》：“《离骚》者，犹离忧也。”王逸《楚辞章句·离骚序》：“离，别也。骚，愁也。”即认为离骚是离别的忧愁的意思。另一种说法，认为《离骚》是古代楚地的歌曲名，因为“离骚”二字是“劳商”的异写，《劳商》是古代楚地的歌曲。　②高阳：传说中的古帝颛顼（zhuānxū）的称号。苗裔（yì）：远末子孙。相传楚为颛顼的后代。兮：语气词，相当今言“啊”。③朕（zhèn）：我。秦始皇之前尊卑贵贱皆可称我为朕，至秦始皇始为帝王专用。考：古人称已死的父亲为皇考。伯庸：屈原父亲的字。　④摄提：摄提格的简称。古人纪年把太岁在寅的那一年称摄提格，即寅年。贞：正当。孟：始。陬（zōu）：正月。孟陬，正月。正月是寅月。这句指明时间是寅年寅月。　⑤惟：发语词。庚寅：庚寅那一天。以上两句是说，寅年寅月庚寅那一天我降生了。　⑥皇：皇考的省文。览：察看。揆（kuí）：估计，度（duó）量。初度：初生时的气度。　⑦肇（zhào）：始。锡：同“赐”。嘉名：美名。以上二句是说，父亲观察估计我初生时的气度，一开始就赐给我以美名。⑧名余：给我起名。正则：公正的法则，这是“平”字的含义。　⑨字余：给我起字。古人有名还有字。灵均：灵，引申为高。均，引申为平。高而平之地叫原，所以灵均是“原”的含义。

纷吾既有此内美兮①，又重之以修能②。扈江离与辟芷兮③，纫秋兰以为佩④。汩余若将不及兮⑤，恐年岁之不吾与⑥。朝搴阰之木兰兮⑦，夕揽洲之宿莽⑧。日月忽其不淹兮⑨，春与秋其代序⑩。惟草木之零落兮⑪，恐美人之迟暮⑫。不抚壮而弃秽兮⑬，何不改此度⑭？乘骐骥以驰骋兮⑮，来，吾道夫先路⑯！

【注释】

①纷：盛貌。内美：指天赋的内在的好品质。 ②重（zhòng）之：犹再加上。修能：犹言长才，高才，亦即优秀的才能。 ③扈（hù）：披在身上，楚方言。江离：亦作江蓠，香草名。辟芷：亦作薜芷，香草名。一说辟，幽僻；芷（zhǐ），香草。辟芷，即是生于幽僻之处的白芷。 ④纫（rèn）：用线连缀。秋兰：秋天开花的兰草。佩：佩戴在身上的饰物。以上二句是说，身披江离和辟芷，又把秋兰连缀起来作为佩饰。 ⑤汩（yù）：水流很急貌，楚方言。不及：赶不上。这句是说，时间过得快，我好像总有赶不上的感觉。⑥不吾与：不等我。与，这里是等待之意。 ⑦搴（qiān）：拔取，楚方言。阰（pí）：大土冈，楚方言。木兰：木名，皮似桂而香，状如楠树，是一种香木。 ⑧揽：采。洲：水中的陆地。宿莽：一种经冬不死的草。 ⑨日月：指岁月时光。忽：倏忽，快。淹：久留。 ⑩春与秋：代指一年四季。代序：更代次序。这句是说，一年四季，时序不断更代。 ⑪惟：思。零落：飘零坠落。 ⑫美人：喻人君，即指楚王。又有泛指贤士，喻壮盛之年以及自喻等说，皆可通。迟暮：指暮年衰老。 ⑬抚壮：恃壮。不抚壮，犹言何不趁着壮年。秽（huì）：指污秽丑恶的行为。弃秽，放弃秽行。 ⑭改：改变。度：态度，一说指法度。以上二句是说，君王何不趁着壮年放弃秽行，改变自己的态度？ ⑮骐骥（qíjì）：骏马。 ⑯道：导，引导。“道”《文选》作“导”。先路：犹言前驱，先驱。以上二句是说，希望君王乘着骏马奔驰，我愿意为君王前驱，替君王引路。此比喻治国。

昔三后之纯粹兮[①]，固众芳之所在[②]；杂申椒与菌桂兮[③]，岂维纫夫蕙茝[④]？彼尧舜之耿介兮[⑤]，既遵道而得路[⑥]；何桀纣之猖披兮[⑦]，夫唯捷径以窘步[⑧]。惟夫党人之偷乐兮[⑨]，路幽昧以险隘[⑩]。岂余身之惮殃兮[⑪]，恐皇舆之败绩[⑫]！忽奔走以先后兮[⑬]，及前王之踵武[⑭]。荃不察余之中情兮[⑮]，反信谗而齌怒[⑯]。余固知謇謇之为患兮[⑰]，忍而不能舍也[⑱]。指九天以为正兮[⑲]，夫唯灵修之故也[⑳]！曰黄昏以为期兮[㉑]，羌中道而改路[㉒]。初既与余成言兮[㉓]，后悔遁而有他[㉔]。余既不难夫离别兮[㉕]，伤灵修之数化[㉖]。

【注释】

①三后：三个君王，指禹、汤、周文王。一说，指尧时贤臣伯夷、禹、稷；另一说，指楚国的三位先君熊绎，若敖、蚡冒。纯粹：指德行之纯美无疵。　②固：本来，固然。众芳：众多芳草，比喻贤士。以上二句是说，昔日三后的德行精美不杂，本来那就是群贤所在的时代。　③杂：聚集，集合。申椒：一种香木名，是椒木的一种。菌桂：一种香木，即肉桂。　④维：唯，只。蕙：香草名。茝（zhǐ）：同“芷”。以上二句是说，三后那里集合着申椒和菌桂等各种香物，岂止是连缀起蕙草和白芷？　⑤尧舜：相传是古代的圣明君主。耿介：正直光明。　⑥遵道：遵循着正路。得路：得到可行之路。⑦何：何等。桀纣：古代的昏佞君主。桀是夏代最后一位君主。纣是商代最后一位君主。猖披：指肆行妄为。　⑧捷径：指邪行的小路。窘（jiǒng）步：步履窘困，不好走。以上二句是说，桀纣是何等肆行妄为，只想走邪路，以至寸步难行。　⑨惟：思。夫（fú）：那些。党人：指朝廷中拉党结派的小人。偷乐：苟且享乐。　⑩幽昧：昏暗不明。险隘：危险狭隘。以上二句是说，想那些小人只知苟且偷安，所以国家的前途是既黑暗又险狭。　⑪惮（dàn）殃：害怕灾祸。　⑫恐：恐怕。皇舆：国君乘的大车，比喻楚国。败绩：本指打败仗，这里指国家崩溃灭亡。以上二句是说，难道是我个人害怕遭殃？我

担心的是国家败亡。 ⑬忽：这里指忙忙碌碌。奔走：为君国之事奔忙。先后：指楚王的身边。 ⑭及：赶上。前王：指古代的圣君，如前文所提及的三后。踵武：指足迹。以上二句是说，我匆忙地奔走在君王的前后，想使他追赶上古代圣王的足迹。 ⑮荃（quán）：香草名，又称溪荪。楚辞中荃和荪，多喻指国君。察：明察。中情：内心之情。 ⑯谗：谗言。齌（jì）怒：盛怒。 ⑰固知：本知道。謇（jiǎn）謇：忠贞，这里指忠言直谏。 ⑱忍：指忍住不说话。舍：放弃。以上二句是说，我本知道忠言直谏是取祸之道，想忍住不说但又放弃不了。 ⑲九天：古人认为天有九重。九天，即上天。正：证也。 ⑳灵修：指楚王。以上二句是说，可以请上天为我作证，我的所作所为都只是为了君王的缘故。 ㉑曰："曰"字下的话是当初约定时说的话，故用"曰"。期：约会之期。 ㉒羌（qiāng）：发语词，楚方言，意近于"乃"字。以上二句是说，曾经说过，黄昏是我们约会之期，却在中途又改变了道路。这两句古今学者多以为是错简而窜入的。 ㉓初：当初。成言：约定之言。 ㉔悔：翻悔。遁：犹改变。他：他心，另外的想法。以上二句是说，当初君王曾与我有成言在先，后来又翻悔，改变了初衷而另有打算。 ㉕难：作"惮"解。离别：指离别楚王。 ㉖伤：伤心。数（shuò）：屡次。化：变化。以上二句是说，我并不害怕被君王疏远而离去，伤心的是君王屡次改变主意。

余既滋兰之九畹兮①，又树蕙之百亩②。畦留夷与揭车兮③，杂杜衡与芳芷④。冀枝叶之峻茂兮⑤，愿俟时乎吾将刈⑥。虽萎绝其亦何伤兮⑦，哀众芳之芜秽⑧！

【注释】

①滋：种植。畹（wǎn）：十二亩为一畹，另外有人认为二十亩、三十亩为一畹。九畹，并非确数，言其多。 ②树：动词，种植。百亩：言其多，非确数。 ③畦（qí）：田垄，这里作动词用，指按田垄种植。留夷、揭车：

均是香草名。　④杂：间杂种植。杜衡：香草名，又名马蹄香。芳芷：白芷，香草名。以上四句都是说，种植了许多香草。比喻培植了多种人才。　⑤冀：希望。峻茂：高大茂盛。　⑥俟（sì）：等待。刈（yì）：收获。　⑦萎绝：草木枯萎黄落，以喻所培植的群贤受到摧折。伤：悲伤。　⑧众芳：指培育的众多芳草。芜秽：荒芜，比喻人才改变节操，同流合污。以上二句是说，香草被摧折而枯萎零落倒也算不了什么，可悲的是它们变成了一片荒芜的乱草。

众皆竞进以贪婪兮①，凭不厌乎求索②。羌内恕己以量人兮③，各兴心而嫉妒④。忽驰骛以追逐兮⑤，非余心之所急⑥。老冉冉其将至兮⑦，恐修名之不立⑧。朝饮木兰之坠露兮⑨，夕餐秋菊之落英⑩。苟余情其信姱以练要兮⑪，长颇颔亦何伤⑫！擥木根以结茝兮⑬，贯薜荔之落蕊⑭。矫菌桂以纫蕙兮⑮，索胡绳之缅缅⑯。謇吾法夫前修兮⑰，非世俗之所服⑱。虽不周于今之人兮⑲，愿依彭咸之遗则⑳。

【注释】

①众：众小人，指当时上层社会旧贵族。竞进：争相求进，钻营利禄。贪婪（lán）：贪得无厌。　②凭：满，楚方言。乎：于。求索：指对权势和财富的追求索取。以上二句是说，群小们竞相争权逐利，贪得无厌，私囊早已装满，却仍不厌于求索。　③内恕己：对自己宽容。量人：估量别人，指以自己的坏心眼估量别人。　④兴心：生心，起心。这句是说，群小们各生嫉妒别人的坏心。　⑤驰骛（wù）：指狂乱奔跑。追逐：追名逐利。　⑥急：急于做的事。以上二句是说，群小们匆忙地狂奔乱跑去追名逐利，这不是我所急于做的事。　⑦冉冉：渐渐。　⑧修名：美好的名声。立：树立，以上二句是说，渐渐地老境将至，只恐怕美名来不及树立。　⑨坠露：落下的露水。⑩餐：吃。落：始。落英，初开的花。　⑪苟：只要。信：确实，实在。姱（kuā）：美好。练：精纯，精练。要：操守坚定。练要，指德行的修养精

诚专一。这句是说，只要我的思想感情确实是美好的，德行修养精诚专一。⑫长：久。颇颔（kǎnhàn）：因吃不饱而面黄貌。这句是说，就是长久饿得面黄肌瘦，又有什么值得悲伤？　⑬擥（lǎn）：同“揽”，持。木根：或以为指木兰之根。另一说，以为是一种香草或香木。结：结上，系上。　⑭贯：贯而为串。薜荔（bìlì）：香草名，缘木而生。蕊（ruǐ）：花心。以上二句是说，持取木根结上白芷，把初生的薜荔花的花蕊连贯成串。　⑮矫：举。⑯索：用作动词，搓成绳索。胡绳：香草名，有茎叶，可做绳索。缅（xǐ）缅：形容绳索长而美貌。以上二句是说，举起菌桂，把蕙草串联起来，又把胡绳搓成又长又好看的绳索。以上四句，皆以采取香草喻修身。　⑰謇（jiǎn）：发语词，楚方言。法：效法。前修：前代贤人。　⑱世俗：指世俗之人。服：用。以上二句是说，我效法前贤的行为举动，这不是世俗之人愿意佩用的。意即世俗之人不愿佩戴芳香的草木。　⑲周：合。　⑳彭咸：传说为殷代贤人，谏君不听，投水死。遗则：遗留下来的做人准则。以上二句是说，我的行为虽与当今的小人不合，但我愿依照彭咸遗留下来的做人准则去做。

长太息以掩涕兮①，哀民生之多艰②。余虽好修姱以鞿羁兮③，謇朝谇而夕替④。既替余以蕙纕兮⑤，又申之以揽茝⑥。亦余心之所善兮⑦，虽九死其犹未悔⑧！怨灵修之浩荡兮⑨，终不察夫民心⑩。众女嫉余之蛾眉兮⑪，谣诼谓余以善淫⑫。固时俗之工巧兮⑬，偭规矩而改错⑭；背绳墨以追曲兮⑮，竞周容以为度⑯。忳郁邑余侘傺兮⑰，吾独穷困乎此时也。宁溘死以流亡兮⑱，余不忍为此态也⑲！鸷鸟之不群兮⑳，自前世而固然㉑。何方圜之能周兮㉒，夫孰异道而相安㉓！屈心而抑志兮㉔，忍尤而攘诟㉕。伏清白以死直兮㉖，固前圣之所厚㉗。

【注释】

①长太息：长叹。掩涕：擦眼泪。　②民生：犹言人生。或指人民生活。艰：艰难。　③好（hào）：爱好。修姱：清洁美好。鞿羁（jījī）：马缰绳和马络头，比喻对自己的约束。　④谇（suì）：责骂。替：废弃。以上二句是说，我虽然爱好清洁美好，努力自我约束，却早上被责骂，晚上又被废黜。　⑤纕（xiāng）：佩带。蕙纕，用蕙草编成的佩带。　⑥申：重。申之：犹言再加上。以上二句是说，废弃我，既是因我以蕙草为佩带，又加上我采集了白芷。　⑦善：犹爱好，喜欢。　⑧九死：犹言万死。以上二句是说，我心里所爱好的，就决心为之奋斗，万死不辞，决不后悔。　⑨怨：怨恨。浩荡：本指大水横流貌，这里指楚王横行放纵，不受拘束。　⑩民心：人心，人们的心情，这里主要指屈原的心。　⑪众女：指众小人，朝廷上的佞臣。蛾眉：这里指容貌美好。　⑫谣：造谣。诼（zhuó）：诽谤。淫：邪乱。以上二句是说，众小人嫉妒我容貌美好，造谣诽谤说我喜欢淫乱。　⑬时俗：时下的风气。工巧：善于投机取巧。　⑭偭（miǎn）：违背，违反。规：木工画线取圆的工具。矩：木工画线取方的工具。规矩，比喻法度。错：同“措”，措施。　⑮背：背弃。绳墨：木工画线取直的工具，比喻法度。追曲：追求邪曲。　⑯周容：苟合取容。度：常法，通常法则。以上四句是说，本来时下的风气就是善于投机取巧，背弃应守的法度，改变应行的措施以追求邪曲的利益，争着苟合于世，把它作为通常的处世原则。　⑰忳（tún）：烦闷。郁邑：忧愁郁结貌。侘傺（chàchì）：怅然伫立，这里形容失意者的茫无适从。王逸《楚辞章句》说，“侘傺，失志貌。侘，犹堂堂，立貌也，傺。住也，楚人名住曰傺。”这句是说，我心情烦闷，忧愁郁结，怅然失意。　⑱宁（nìng）：宁可，宁愿。溘（kè）：忽然。流亡：流散失去，指失去生命。⑲此态：指时俗的工巧之态。以上二句是说，我宁可忽然失去生命，也不忍心取时俗之人的谗佞工巧之态。　⑳鸷（zhì）：猛禽，如鹰之类。鸟：指一般的鸟。不群：不合为群。　㉑固然：本来如此。以上二句是说，鸷鸟与一般的鸟是不合为群的，从前世就是如此。比喻刚强正直的人从来就不与邪曲小人同

流合污。 ㉒圜：同“圆”。周：容，合。 ㉓异道：不同的道路，指不同的主张。以上二句是说，方和圆怎能相合无间？不同道的人又怎能相安无事？㉔屈心而抑志：委曲压抑自己的心志。 ㉕尤：罪过。攘（rǎng）：取，招惹之意。诟（gòu）：辱。以上二句是说，我精神上受尽了委屈，忍耻含辱。㉖伏：同服，行。清白：指芳洁的言行和廉洁的操守。直：忠贞正直。这句是说，我坚持清白廉洁的操守，宁愿为忠贞正直之道而死。 ㉗固：本来。前圣：前代圣贤。厚：重视，引申为嘉许。这句是说，这本来就是前代圣贤所嘉许的美德。

悔相道之不察兮①，延伫乎吾将反②。回朕车以复路兮③，及行迷之未远④。步余马于兰皋兮⑤，驰椒丘且焉止息⑥。进不入以离尤兮⑦，退将复修吾初服⑧。制芰荷以为衣兮⑨，集芙蓉以为裳⑩。不吾知其亦已兮⑪，苟余情其信芳⑫。高余冠之岌岌兮⑬，长余佩之陆离⑭。芳与泽其杂糅兮⑮，唯昭质其犹未亏⑯。忽反顾以游目兮⑰，将往观乎四荒⑱。佩缤纷其繁饰兮⑲，芳菲菲其弥章⑳。民生各有所乐兮㉑，余独好修以为常㉒。虽体解吾犹未变兮㉓，岂余心之可惩㉔。

【注释】

①悔：悔恨。相（xiàng）：察看。相道，察看选择道路。察：明审，明白。 ②延伫（zhù）：延颈而望，长久伫立。反：同“返”。以上二句是说，我后悔选择道路没有看清，长久伫立，犹豫而望，打算返回。 ③复路：走回头路。 ④及：趁着。行迷：走上迷路。以上二句是说，返回我的车子，走上来时的旧路，趁着走上迷路还不远。 ⑤步：缓步徐行。皋（gāo）：泽畔高地。兰皋，长满兰草的水边高地。 ⑥丘：小山。椒丘，长满椒的小山。焉：于此。以上二句是说，让我的马在长满兰草的泽畔缓步徐行，又让它

驰上长满椒树的小山，暂且在此停下休息。 ⑦进不入：指虽仕进于朝廷，但未被信用。离：同“罹（lí）”，遭受。尤：罪过。 ⑧退：从朝廷退出。复：重新。修：整治。初服：指当初的服饰。以上两句是说，仕进于朝不被信用，反而获罪，我将退隐而重新整治我当初的服饰。比喻即使身退也不改夙志。 ⑨芰（jì）荷：出水面的大荷叶。衣：上衣。 ⑩芙蓉：指荷花。裳：下衣曰裳。以上二句是说，裁制荷叶做成上衣，积聚荷花以作下裳。 ⑪不吾知：不知我，不了解我。亦已矣：也就罢了。 ⑫苟：只要。信：诚，确实。芳：芳洁。以上二句是说，世人不了解我也罢，只要我的内心确是芳洁纯真。 ⑬高：动词，使高。岌（jí）岌：高耸貌。 ⑭长：动词，使长。佩：指佩戴的饰物。陆离：长貌。以上二句是说，使我的帽子高高的，使我的佩饰长长的。 ⑮芳：芳洁。泽：这里作污垢解（据王夫之《楚辞通释》）。杂糅（róu）：相混杂。 ⑯唯：独，只。昭质：光洁的本质。亏：亏损。以上二句是说，世上芳洁与污垢混杂在一起，只有我的光洁之质毫未亏损。 ⑰反顾：回顾。游目：展目远望。 ⑱荒：荒远之地。四荒，四方荒远之地。以上二句是说，忽然回顾而纵目远望，我将要去观览四方荒远之地。 ⑲佩：动词，戴，佩戴。缤纷：众盛貌。繁饰：繁多的饰物。 ⑳菲菲：香气浓郁貌。弥章：即弥彰，越发明显。以上二句是说，我佩戴着缤纷繁多的饰物，那香气更显得浓郁显著。 ㉑民生：人生，或人们的生活。 ㉒以为常：习以为常。以上二句是说，人生各有所爱，自己独好修洁，并习以为常。 ㉓体解：肢解，古代的一种酷刑。 ㉔惩：戒止。以上二句是说，即使被肢解，我的志向也不变，我的精神是不会因受惩戒而屈服的。

以上是第一部分。叙述自己的家世，出身；回忆自己的政治生涯并申述自己的理想与志向。

女媭之婵媛兮[①]，申申其詈予[②]。曰：“鲧婞直以亡身兮[③]，终然殀乎羽之野[④]。汝何博謇而好修兮[⑤]，纷独有此姱节[6]？薋菉葹以盈室兮[7]，判独离而不服[8]。众不可户说兮[9]，孰云察余之中情[10]？世并举而好朋兮[11]，夫何茕独而不予听[12]？”

【注释】

①女媭（xū）：旧注谓是屈原之姐，实际上当是作者假设的人物。婵媛（chányuán）：婵媛是啴咺（chǎnxuǎn）的假借字，楚方言，喘息之意，此指呼吸急促而言。 ②申申：反复。詈（lì）：骂。 ③鲧（gǔn）：神话中人物，是夏禹之父。曾治水，未成，被流放于羽之野，最后死于此地。婞（xìng）直：刚强正直，这里是批评其刚愎自用。亡身：忘身。 ④殀（yāo）："夭"的异体字。乎：于。羽之野：羽山的郊野。以上二句是说，鲧刚正而忘我，终于被杀于羽山之野。 ⑤謇：直谏。博謇，犹言广謇，指处处直言。好修：爱好修洁。 ⑥姱：美好的节操。以上二句是说，你为何要处处直言，爱好修洁，独有那许多美好的节操？ ⑦薋（cí）：积聚，堆积。菉（lù）：草名，又名王刍，竹叶菜。葹（shī）：草名，又名枲耳，苍耳。菉、葹都不是香草，而是普通的草。盈室：犹满室。 ⑧判：异，别，即区别。独离：独自远离。服：用，指佩用。人家都积聚着满室的菉和葹，你却判然与众不同，远离它们，绝不佩戴。 ⑨户说：挨家挨户去说服。 ⑩孰云：犹谁说。余：犹咱们。中情：内情，本心。以上二句是说，对一般人是不可一家家地去说服的，有谁来明察咱们的内心之情？ ⑪并举：并相而行，即大家全这样做之意。好朋：好结党，指喜欢结党营私。 ⑫茕（qióng）独：原来指无兄弟为茕，无子叫独，这里指孤单，孤独。不予听：犹不听予，不听我的话。以上二句是说，当今之世大家都喜欢结党营私，你为何却总愿孤独一人行事而不听我的劝告？

依前圣以节中兮[1]，喟凭心而历兹[2]。济沅湘以南征兮[3]，就重华而陈词[4]："启《九辩》与《九歌》兮[5]，夏康娱以自纵[6]。不顾难以图后兮[7]，五子用失乎家巷[8]。羿淫游以佚畋兮[9]，又好射夫封狐[10]。固乱流其鲜终兮[11]，浞又贪夫厥家[12]。浇身被服强圉兮[13]，纵欲而不忍[14]。日康娱而自忘兮[15]，厥首用夫颠陨[16]。夏桀之常违兮[17]，乃遂焉而逢殃[18]。后辛之菹醢兮[19]，殷宗用而不长[20]。汤禹俨而祗敬兮[21]，周论道而莫差[22]，举贤而授能兮[23]，循绳墨而不颇[24]。皇天无私阿兮[25]，览民德焉错辅[26]。夫维圣哲以茂行兮[27]，苟得用此下土[28]。瞻前而顾后兮[29]，相观民之计极[30]。夫孰非义而可用兮，孰非善而可服[31]？阽余身而危死兮[32]，览余初其犹未悔[33]，不量凿而正枘兮[34]，固前修以菹醢[35]。”曾歔欷余郁邑兮[36]，哀朕时之不当[37]。揽茹蕙以掩涕兮[38]，沾余襟之浪浪[39]。

【注释】

①节中：节度内心之情，使之不偏倚。　②喟（kuì）：叹息。凭：愤懑。历兹：经历这种情况。以上二句是说，我依循前圣行事，努力节制内心而不使偏倚，可叹我满心愤懑而经受这种种遭遇。　③济：渡河。沅湘：指沅水、湘水，均在今湖南省境内。南征：南行。　④就：趋，从。重（chóng）华：即帝舜。据说舜南巡，中道死，葬于九嶷山。陈词：陈说自己申诉的言词。以上二句是说，我渡过沅水、湘水向南行进，投奔大舜，陈述我的申诉之词。　⑤启：禹的儿子。《九辩》、《九歌》：古代乐曲名，神话传说中说是启从天上偷下来的。　⑥夏：大之意。康娱：娱乐，指贪图欢乐。自纵：自我放纵。以上二句是说，启从天上偷下了《九辩》和《九歌》，太沉湎于寻欢作乐而放纵自己。　⑦顾：顾及，想到。难（nàn）：灾难，危难。图：图谋，考虑。后：后来的事。　⑧五子：即武观，启之子。一说，五子指启的五个儿子。用失乎：失字误增。用乎，因此。家巷：意即内乱。巷，通“閧”。启沉溺于淫乐，儿子武观造反。以上二句是说，启不顾危难，儿子武观因而造

反，爆发了内乱。 ⑨羿（yì）：人名，夏代有穷国国君，曾夺去启子太康的王位。淫游：过度游乐。佚（yì）：放纵。畋（tián）：打猎。 ⑩封狐：大狐。以上二句是说，羿过度放纵于游猎，又爱好射杀大狐。 ⑪固：本来。乱流：胡行乱搞。鲜（xiǎn）：少。鲜终，指少有善终。 ⑫浞（zhuó）：寒浞，羿的相。厥（jué）：其，指羿。家：指羿之妻。传说寒浞贪恋羿之妻，终于杀了羿。以上二句是说，本来胡行乱搞的人很少有善终的，寒浞终于杀了羿，又夺走了他的妻室。 ⑬浇：人名，寒浞之子，后被少康所杀。被服：本意披上，穿上，这里指具有。强圉（yǔ）：强暴有力。 ⑭纵欲：放纵欲念。忍：节制，克制。以上二句是说，浇身体强健而有力，但纵欲而不节制。⑮日：日日。自忘：指在淫乐之中忘了我。 ⑯首：头。用夫：因此。颠陨（yǔn）：坠落。以上二句是说，浇每天贪恋淫乐忘乎所以，终于因此掉了脑袋。 ⑰常违：常违背人情天理。 ⑱遂焉：终了，终于。逢殃：遭受祸殃，指夏桀被汤所灭。 ⑲后：君主称为后。辛：就是商末代君主纣，辛是他的名。菹醢（zūhǎi）：把人剁成肉酱，是古代的酷刑。古籍中记载说纣曾行此酷刑。 ⑳殷：指殷商。宗：宗祀。殷宗，指殷商的国运。用而：因而。以上二句是说，纣滥杀大臣，把人剁成肉酱，因此殷商的国运不长。 ㉑汤禹：商汤、夏禹，都是圣贤之君。俨（yǎn）：庄重。祗（zhī）：敬。 ㉒周：指周初的文王、武王。论道：讲论道义。莫差：没有差错。以上二句是说，商汤、夏禹庄严而恭敬，周文王、武王讲论正道而无差错。 ㉓举贤：举用贤才。授能：把职位授予有能力的人。 ㉔循：遵循。绳墨：木工画线取直的工具，比喻法度。颇：偏斜。 ㉕皇天：犹言上天。阿（ē）：偏袒。 ㉖览民德：观察对人民有德的人。焉：乃，于是。错：同“措”，置，安排。辅：辅助。以上二句是说，上天没有偏爱和袒护之心，看谁有德于民就安排给予辅助。㉗维：唯，只有。圣哲：圣明贤哲。茂行：美好的德行。 ㉘苟得：才得，才能够。用：享用，享有。下土：犹天下。以上二句是说，只有圣明贤哲，具有美好德行的人，才能够享有天下。 ㉙瞻：看。顾：看。 ㉚相（xiàng）观：犹言观察。民：人民。计极：打算的终极之处。以上二句是说，瞻前观后，看看人民打算的最终归向（无不是义和善）。一说，极是标准。计极，即衡量事物所取的标准。　㉛孰：谁。服：行。以上二句是说，谁个能顺顺当当地行不义和不善的事？　㉜阽（diàn）：临危。危死：险些死去。　㉝初：初衷，起初的心愿。以上二句是说，我已临近危险，几乎站在死亡的边缘，但回头想想我的初衷，仍然不后悔。　㉞凿（zuò）：指木工用凿子在木器上凿成的孔。枘（ruì）：木工把木料一端削成的榫（sǔn）。榫插入孔眼，就把木器的两部分紧联起来。　㉟前修：前贤。以上二句是说，不衡量凿孔的大小方圆，就去削正榫头的样式（比喻不看人君的贤愚，就贸然进谏），这本是前代的贤人被昏君剁成肉酱的原因。对重华的陈词至此结束。　㊱曾（céng）：通“层”，重叠，这里犹言不止一次。歔欷（xūxī）：抽泣的声音。郁邑：忧伤苦闷。　㊲不当：不遇。以上二句是说，我抽泣哀叹，心里充满忧伤，悲哀自己生不逢时。　㊳茹：柔软。掩涕：擦拭眼泪。　㊴沾：指沾湿。浪浪：眼泪下流貌。以上二句是说，采一把柔软的蕙草擦一下眼泪，泪水汪汪打湿了我的衣襟。

跪敷衽以陈辞兮①，耿吾既得此中正②。驷玉虬以乘鹥兮③，溘埃风余上征④。朝发轫于苍梧兮⑤，夕余至乎县圃⑥。欲少留此灵琐兮⑦，日忽忽其将暮⑧。吾令羲和弭节兮⑨，望崦嵫而勿迫⑩。路曼曼其修远兮⑪，吾将上下而求索⑫。饮余马于咸池兮⑬，总余辔乎扶桑⑭。折若木以拂日兮⑮，聊逍遥以相羊⑯。前望舒使先驱兮⑰，后飞廉使奔属⑱。鸾皇为余先戒兮⑲，雷师告余以未具⑳。吾令凤鸟飞腾兮㉑，继之以日夜㉒。飘风屯其相离兮㉓，帅云霓而来御㉔。纷总总其离合兮㉕，斑陆离其上下㉖。吾令帝阍开关兮㉗，倚阊阖而望予㉘。时暧暧其将罢兮㉙，结幽兰而延伫㉚。世溷浊而不分兮㉛，好蔽美而嫉妒㉜。

【注释】

①敷（fū）：铺。衽（rèn）：衣的前襟。 ②耿：明。中正：中正之道，指向重华陈词所说的道理。以上二句是说，铺开衣的衣襟，跪着向重华陈词之后，我得到了中正之道，心里更感光明。 ③驷（sì）：驾在车前的四匹马，这里用作动词，以……为驷。玉：指白玉色。虬（qiú）：传说中的一种龙，无角。鹥（yī）：传说中的凤凰一类的神鸟。 ④溘（kè）：忽然，迅速地。埃风：卷有尘埃的风。上征：上行，指上天。以上二句是说，我乘着四条玉虬驾的鹥鸟车，忽然卷起夹有尘埃的大风，我趁机飘然上升。⑤轫（rèn）：支撑车轮的木头。行车时必先撤去。所以发轫，指启程。苍梧：山名，即九嶷山，在今湖南省宁远县东南，舜南巡，死后葬于此。⑥县（xuán）：同“悬”。县圃：传说中的神仙所居之地，在昆仑山中。⑦灵：神灵。琐：刻有花纹的门。县圃是神仙所居之地，所以称它的宫门是灵琐。 ⑧忽忽：形容时间过得快。以上二句是说，我想在县圃之门稍事停留，可是太阳很快就要下山，天色将暮。 ⑨羲和：给太阳驾车的人。弭节：按节徐行。 ⑩崦嵫（yānzī）：山名，传说是太阳所落之处。勿迫：不要迫近。以上二句是说，我命令羲和按节缓行，面对崦嵫山，不要让太阳很快地迫近。 ⑪曼曼：即“漫漫”，长远貌。修远：长远。 ⑫上下：指上天下地。求索：追求寻索，指追求理想。以上二句是说，路途漫长遥远，我将上天下地追求我的理想。 ⑬饮（yìn）：给牲畜喝水。咸池：神话中的天池，是太阳沐浴之处。 ⑭总：系上。辔（pèi）：马缰绳。扶桑：神话中长在日出之处的神树。一说扶桑是日出之地名。以上二句是说，我在咸池饮马，把马缰系在扶桑树上。 ⑮若木：神话中的树名，生在日入之处。拂：蔽，这里说把太阳障蔽住，使它不得前进。一说，拂即拭拂太阳使之放光，不要昏暗下去。⑯聊：姑且。相羊：即“徜徉（chángyáng）”，徘徊。逍遥相羊，即安闲自在地来回行走。 ⑰望舒：为月神驾车的人。先驱：犹言在前面引路。 ⑱飞廉：风神，又称风伯。奔属（zhǔ）：奔走跟随。以上二句是说，使望舒在前面开路，让飞廉紧紧跟随着奔跑。 ⑲鸾（luán）皇：即鸾鸟和凤凰。鸾

是一种凤凰之类的神鸟。皇，通“凰”，即雌凤凰。先戒：先行而戒备。⑳雷师：雷神。未具：行装尚未准备好。　㉑凤鸟：凤凰，传说中的神鸟，凤鸟出现则天下安宁。　㉒继之以日夜：犹言夜以继日。　㉓飘风：回风，旋风。屯：聚合。离：分散。屯其相离，形容旋风忽合忽离。　㉔帅：率领。霓（ní）：虹双出，色鲜者为虹，较暗者为霓，又称副虹。御（yà）：同“讶”，迎接。以上二句是说，旋风忽聚忽散，它率领着云霓前来迎接。㉕纷总总：纷然聚合貌。离合：云忽散忽聚。　㉖斑：杂乱的文采。陆离：光彩四射貌。上下：忽上忽下。以上二句是说，众多的云霓忽散忽聚，光彩四射，上下飘浮。　㉗阍（hūn）：守门者。帝阍，给天帝守门者。关：门闩。开关，犹开门。　㉘倚：凭靠。阊阖（chānghé）：天门，楚方言称门为阊阖。以上二句是说，我命令天帝的看门人打开天门，他却靠在门上望着我。㉙暧（ài）暧：昏暗貌。罢：指一天终结。　㉚结：编结。幽兰：长于幽僻之处的兰。延伫：延颈而望，长久伫立。以上二句是说，时光不早，暮色昏沉，一天将要过去，我手结幽兰，延颈而望，久久伫立。　㉛溷（hùn）浊：混浊，污浊。不分：不分是非黑白。　㉜好（hào）：爱好。蔽美：隐蔽美好的人。以上二句是说，世道污浊不堪，混淆是非黑白，喜欢障蔽好人，生嫉妒之心。

朝吾将济于白水兮①，登阆风而緤马②。忽反顾以流涕兮③，哀高丘之无女④。溘吾游此春宫兮⑤，折琼枝以继佩⑥。及荣华之未落兮⑦，相下女之可诒⑧。吾令丰隆乘云兮⑨，求宓妃之所在⑩。解佩纕以结言兮⑪，吾令蹇修以为理⑫。纷总总其离合兮⑬，忽纬繣其难迁⑭。夕归次于穷石兮⑮，朝濯发乎洧盘⑯。保厥美以骄傲兮⑰，日康娱以淫游⑱。虽信美而无礼兮⑲，来违弃而改求⑳。览相观于四极兮㉑，周流乎天余乃下㉒。望瑶台之偃蹇兮㉓，见有娀之佚女㉔。吾令鸩为媒兮㉕，鸩告余以不好㉖。雄鸠之鸣逝兮㉗，余犹恶其佻巧㉘。心犹豫而狐疑兮㉙，欲自适而不可㉚。凤皇既受诒兮㉛，恐高辛之先我㉜。欲远集而无所止兮㉝，聊浮游以逍遥㉞。及少康之未家兮㉟，留有虞之二姚㊱。理弱而媒拙兮㊲，恐导言之不固㊳。世溷浊而嫉贤兮㊴，好蔽美而称恶㊵。闺中既以邃远兮㊶，哲王又不寤㊷。怀朕情而不发兮㊸，余焉能忍与此终古㊹！

【注释】

①白水：神话中的水名。据说昆仑山出五色流水，其白水入中国，名为河（即黄河，黄河古称河水）。 ②阆（làng）风：神山名，在昆仑山中。緤（xiè）：本指马缰，这里用作动词，系。以上二句是说，早上我渡过白水，登上阆风，拴上马缰， ③反顾：回顾，回头看。 ④高丘：指阆风山。女：指神女，喻志同道合的贤者。 ⑤溘（kè）：迅速，忽然。春宫：神话传说中的东方青帝所居之宫。 ⑥琼枝：玉树之枝。继：续，添加。以上二句是说，我忽然游览于青帝之宫，折下玉树的琼枝，添加我的佩饰。 ⑦荣华：花，指琼树上的花。 ⑧相（xiàng）：察选。下女：指下文的宓妃、简狄和有虞二女等，她们乃下界之人神。下女是与上文“高丘之女”相对而言。诒（yí）：同“贻（yí）”，赠给。以上二句是说，趁着琼树之花还未凋落，赶快选中一个“下女”，把琼花赠给她。 ⑨丰隆：雷神，或云是云神。从本句看他既乘云，当是云神。 ⑩宓（fú）妃：神女名，传说是古帝伏羲氏之女，溺洛水而死，遂为河神，被称为洛神。以上二句是说，我命令丰隆乘着云朵，去寻找宓妃在何处。 ⑪纕（xiāng）：佩带。佩纕，指佩戴的饰物。结言：这里指订结婚约的言语。 ⑫蹇（jiǎn）修：媒人的美称。一说是人名。理：提亲，说媒。以上二句是说，我解下佩带作为订结婚约的凭证，叫蹇修去说媒。一说，鼓钟谓之修，鼓磬谓之蹇。此句即是说用钟磬之音乐做媒介，同宓妃互通情愫。 ⑬纷总总：本指纷然聚合貌，这里指宓妃随从仪仗之盛。离合：指随从的人离合倏忽。 ⑭纬繣（huà）：乖违，指态度发生了变化。

迁：改变。难迁，指态度难以改变。以上二句是说，宓妃的随从仪仗众多，忽离忽合，突然她的态度发生了变化，难让她再改变过来。　⑮归：回归，指宓妃本已来赴会，现在又回去了。次：住宿。穷石：神话中地名。　⑯洧（wěi）盘：神话中水名，源自崦嵫山。以上二句是说，宓妃在归途中晚上停宿在穷石，早上在洧盘洗沐头发。　⑰保：恃，依仗。厥：其，指宓妃。　⑱康娱：贪图欢乐。淫游：过度的游玩。　⑲信美：确实美丽。无礼：指宓妃不守妇道。传说宓妃的丈夫河伯被羿射死后，她又与羿通淫。　⑳违弃：放弃。改求：另寻别人。以上二句是说，宓妃虽然确实很美，但她做无礼之事，我还是放弃她而更寻别的美女。　㉑览相观：观察，察看。四极：四方极远之地，这里指天的四方边远处。　㉒周流：犹周游。下：下到地上，降至人间。　㉓瑶台：瑶筑成的台。瑶，仅次于玉的美石。偃蹇（yǎnjiǎn）：高耸貌。　㉔有娀（sōng）：传说中的古国名，实际上当是一个部落。佚女：美女。有娀氏有二女，长曰简翟（简翟，亦称简狄），次曰建疵，姐妹二人住在瑶台。　㉕鸩（zhèn）：传说是一种有毒的鸟，大如鸮（xiāo，猫头鹰），紫绿色，羽毛有毒。　㉖不好：指鸩鸟污蔑有娀佚女，说她不好。以上二句是说，我让鸩鸟做媒，鸩却污蔑有娀氏佚女不好。　㉗鸣逝：指鸠鸣叫着飞去说媒。　㉘恶（wù）：厌恶。佻（tiāo）巧：轻佻而多嘴. 以上二句是说，雄鸠鸣叫着飞去说媒，我又嫌它轻佻多嘴而不可靠。　㉙犹豫、狐疑：指心犹豫不定，狐疑不决。　㉚自适：自往，指自己直接去求婚。不可：指又觉得不可以这样。㉛凤皇：即凤凰。诒：这里指赠送聘礼。既受诒，指凤凰已接受了高辛氏的委托给有娀之佚女送去了聘礼。　㉜高辛：指帝喾（kù），号高辛氏，传说是黄帝的后代，尧之父。先我：抢在我之先，传说帝喾因得凤凰为媒而娶了有娀氏的长女简翟。以上二句是说，凤凰已受高辛氏的委托给有娀氏之女送去了聘礼，恐怕高辛氏要抢在我的先头了。　㉝集：鸟栖止树上，引申为停留。远集，去远方停留。　㉞聊：姑且。浮游：飘游。以上二句是说，想去远方而又无处可居止，姑且自由自在地飘然而游。　㉟及：趁着。少康：夏相之子，夏代中兴之主，他杀了寒浞之子浇，中兴了夏朝。未家：未有家室，未娶妻。　㊱有虞：传说中的古国名，姓姚。二姚：指有虞君的两个女儿。传说寒浞使浇杀夏相，夏相之子少康逃入有虞，有虞国君嫁二女为少康妻。以上二句是说，趁少康还未成家娶妻，有虞氏还留着二姚未嫁。　㊲理：这里指说媒的人。弱：这里指不善于说媒的辞令。拙：也是指拙于言辞。　㊳导言：传达言语，导引意见。固：坚固，牢靠。不固，指不能固结其心。以上二句是说，媒人笨嘴拙舌，疏于辞令，恐怕不能很好地为我与二姚说合。　㊴溷浊：混浊，污浊。嫉贤：嫉妒贤能。　㊵称：举，称举。恶：恶人。以上二句是说，世道一片混浊，嫉妒贤人，埋没好人而称扬坏人。　㊶闺：女子居住之处。邃（suì）远：深远。　㊷哲王：明智的君王，指楚王，这里是对自己国君之尊称，并不是称颂楚王明哲。寤：同“悟”。以上二句是说，闺中是那么深远，志同道合的人去哪里寻找？况且君王又不觉悟。　㊸朕情：指自己的忠贞之情。不发：不能抒发，不能表现出来。　㊹焉能：怎能。忍：隐忍。此：指上面说的混浊的世情。终古：长久，永久。以上二句是说，我怀着忠贞之情而不能表达出来，怎能忍受这种情况而长久如此！

以上是第二部分。写诗人就重华陈辞、上叩帝阍并上下求索而终无所获。

索藑茅以筳篿兮[①]，命灵氛为余占之[②]。曰：“两美其必合兮[③]，孰信修而慕之[④]？思九州之博大兮[⑤]，岂唯是其有女[⑥]？”曰：“勉远逝而无狐疑兮[⑦]，孰求美而释女[⑧]？何所独无芳草兮[⑨]，尔何怀乎故宇[⑩]？世幽昧以昡曜兮[⑪]，孰云察余之善恶[⑫]？民好恶其不同兮[⑬]，惟此党人其独异[⑭]。户服艾以盈要兮[⑮]，谓幽兰其不可佩[⑯]。览察草木其犹未得兮[⑰]，岂珵美之能当[⑱]？苏粪壤以充帏兮[⑲]，谓申椒其不芳[⑳]。”

【注释】

①索：取。藑（qióng）茅：占卜用的茅草。以：作与解。筳（tíng）：和篿（zhuān）都是占卜用的竹片。 ②灵氛：传说中古代会占卜吉凶的神巫。占（zhān）：占卜，算卦。 ③曰：以下为屈原的话，故用曰字。两美：两美比喻双方志同道合。合：结合，配合。 ④信修：真正是修洁。慕之：追慕“两美相合”。以上二句是说，双方志同道合必然会结合，谁真正是修洁的人谁就会去追求“两美相合”。 ⑤九州：指全中国，因为古代中国分为九州。 ⑥是：指上述神女，宓妃、简狄、二姚所居之地。以上二句是说，想那九州是那样广大，难道只有那几处地方才有美女？ ⑦曰：下面是灵氛占卜之言，故用曰字。勉：努力。狐疑：犹豫不定。 ⑧女：同“汝”，你。释女，放弃你。以上二句是说，你努力去远方吧，不要再有犹豫，谁追求美好谁就不会放弃你。 ⑨芳草：比喻美女。 ⑩何：为何。怀：怀恋。故宇：故乡，旧居，指楚国。以上二句是说，何处没有美女，你为何只怀恋故乡？ ⑪世：世道，指楚国的社会现实。幽昧：昏暗。眩（xuàn）：眼花。曜（yào）：光耀。眩曜，引申义是迷乱，惑乱。 ⑫余：咱们（指说话的灵氛和求占的屈原）。以上二句是说，国家的现实是如此昏暗和迷乱，谁还来辨察咱们是好是坏？ ⑬好恶（hàowù）：爱好和厌恶。 ⑭独异：犹言格外异常。以上二句是说，人们本有不同的好恶，只是这邦党人却分外异常。⑮户：每家每户。服：佩。艾：一种野草名，即白蒿，诗人目之为恶草。盈：满。要：同“腰”。 ⑯谓：说。以上二句是说，家家户户都满腰佩戴着艾草，反说幽兰不可以佩戴。 ⑰览察：观察。未得：指评价不得当。 ⑱珵（chéng）：美玉。珵美，就是美玉。当：恰当。以上二句是说，世人观察草木都不能公正评价，又岂能恰当地评价美玉呢？ ⑲苏：取也。粪壤：粪土。充：充塞。帏（wéi）：帐也。一说帏是香袋。 ⑳申椒：一种香木，果实可做香料。以上二句是说，他们用粪土充满帏帐，反而说申椒不芳香。

欲从灵氛之吉占兮①，心犹豫而狐疑。巫咸将夕降兮②，怀椒糈而要之[3]。百神翳其备降兮[4]，九疑缤其并迎[5]。皇剡剡其扬灵兮[6]，告余以吉故[7]。曰："勉升降以上下兮[8]，求矩矱之所同[9]。汤、禹严而求合兮[10]，挚、咎繇而能调[11]。苟中情其好修兮[12]，又何必用夫行媒[13]？说操筑于傅岩兮[14]，武丁用而不疑[15]。吕望之鼓刀兮[16]，遭周文而得举[17]。甯戚之讴歌兮[18]，齐桓闻以该辅[19]。及年岁之未晏兮[20]，时亦犹其未央[21]。恐鹈鴂之先鸣兮[22]，使夫百草为之不芳[23]。"

【注释】

①从：听从。吉占：吉祥的吉卜。　②巫咸：古代的神巫。降：指降神，迷信说巫觋（xí）能使神降附在他们身上。　③椒：一种香料。糈（xǔ）：精米，事神所用。要：同"邀"，迎接。之：指神。以上二句是说，听说巫咸将要在晚上降神，我怀藏椒糈去迎接。　④翳（yì）：蔽也，这里犹言遮天蔽日。备降：全部降落。　⑤九疑：指九疑山之神。缤：盛多貌。以上二句是说，百神遮天蔽日地都降临了，九疑山之神灵纷纷前迎。　⑥皇：指百神，是对百神的美称。剡（yǎn）剡：光芒四射貌。扬灵：显扬神之灵验。⑦吉故：吉利的往事，指历史上的吉事。下文所述的君臣相得的事例就是"吉故"。　⑧曰：下文是巫咸所说的话，故用曰字。勉：努力。　⑨矩（jǔ）：同矩，木工画线取方的工具。矱（huò）：量长短的尺度。矩矱，比喻规矩，法度，准则。以上二句是说，努力上下四方去寻求与你有共同准则的人吧。⑩严：严肃认真，有谨慎恭敬之意。合：匹合，指志向相同者。　⑪挚：即伊尹，名挚，商初大臣，汤之贤相。原是陪嫁的奴隶，后商汤委以国政，助汤灭夏桀。咎繇（gāoyáo）：即皋陶（yáo），禹之贤臣，掌管刑法，助禹治天下。调：调协，谐和。以上二句是说，汤、禹诚心敬意地寻求与自己相配合的人，终于得到了挚、咎繇，君臣同心协力。　⑫苟：只要。好修：爱好修洁。⑬用：因，依助，凭借。行媒：说媒。　⑭说（yuè）：傅说，商代商高宗

武丁的大臣，原是给人筑墙的奴隶，后被武丁举为三公，任以国政。筑：夹板打墙用的捣杵。傅岩，地名，因傅说而得名。傅说版筑之处，在今山西省平陆县东。　⑮武丁：商高宗，名武丁。以上二句是说，傅说手持捣土棒在傅岩筑墙，武丁毫不犹豫地委以重任。　⑯吕望：即姜太公，姓吕名尚，又称太公望。鼓刀：敲屠刀发声，指吕望曾做过屠户。　⑰得举：得以举用。吕望曾是屠户，文王委以重任，终助文王之子武王灭商。　⑱甯戚：春秋时人，《吕氏春秋》记载，甯戚到齐国经商，暮宿城门之外，适逢齐桓公夜出城迎客，他正在喂牛，于是击牛角而歌，慨叹其怀才不遇。桓公闻之，车载而归，后举用为卿。讴歌：唱歌，指甯戚击牛角而歌。　⑲齐桓：齐桓公，春秋时齐国国君，名小白，春秋五霸之一。该：备。辅：辅佐之臣。该辅，指以甯戚备为辅佐大臣之列，即充当辅佐的大臣。　⑳及：趁着。晏：晚。　㉑未央：未尽。以上二句是说，趁着年岁还不晚，时光还未尽。　㉒鹈鴂（tíjué）：鸟名，即子规，杜鹃。杜鹃春末夏初时鸣，正百花摇落之时。先鸣：过早地鸣叫。　㉓不芳：不芳香，指花落。以上二句是说，只恐杜鹃过早地鸣叫，使得百草之花凋落而不芳香。这几句是劝勉屈原抓紧时机，辅佐贤君，施展抱负。

何琼佩之偃蹇兮[①]，众薆然而蔽之[②]。惟此党人之不谅兮[③]，恐嫉妒而折之[④]。时缤纷其变易兮，又何可以淹留[⑤]。兰芷变而不芳兮，荃蕙化而为茅[⑥]。何昔日之芳草兮，今直为此萧艾也[⑦]！岂其有他故兮，莫好修之害也[⑧]。余以兰为可恃兮，羌无实而容长[⑨]；委厥美以从俗兮[⑩]，苟得列乎众芳[⑪]。椒专佞以慢慆兮[⑫]，樧又欲充夫佩帏[⑬]。既干进而务入兮[⑭]，又何芳之能祗[⑮]？固时俗之流从兮[⑯]，又孰能无变化[⑰]？览椒兰其若兹兮，又况揭车与江离[⑱]？惟兹佩之可贵兮[⑲]，委厥美而历兹[⑳]。芳菲菲而难亏兮[㉑]，芬至今犹未沫[㉒]。和调度以自娱兮[㉓]，聊浮游而求女[㉔]。及余饰之方壮兮[㉕]，周流观乎上下[㉖]。

【注释】

①琼佩：琼玉的佩饰。偃蹇：高耸貌。这里是卓然突出的样子。　②薆（ài）然：隐蔽貌。之：指琼佩。以上二句是说，我的琼佩是多么卓然突出，众人却纷纷遮掩它。　③谅：诚信。　④折：摧折，毁坏。以上二句是说，想那帮党人是没有诚信的，恐怕他们会因嫉妒而摧折我的琼佩。　⑤淹留：滞留，久留。以上二句是说，时世乱纷纷而变化倏忽，我又怎能在故国久留。⑥以上二句是说，兰芷变得不芳香了，荃蕙变为茅草了。比喻时世使一些人变质。　⑦萧：和艾同类，都是蒿草之类。以上二句是说，为什么往日的芳草，现在都竟然变成了这种萧艾？　⑧好修：爱好修洁。以上二句是说，岂有其他的缘故，只是不爱好修洁的祸害啊。　⑨实：实质，实在。容长：容貌好看。以上二句是说，我本以为兰草可以依靠，它却没有美好的实德，只是虚有其表。　⑩委：委弃。从俗：随从世俗。　⑪苟得：苟且能够。乎：于。以上二句是说，兰草抛弃了它原本美好的品质，迎合世俗爱好，只求苟且地忝居群芳之列。　⑫专佞（nìng）：专横谄媚。慢：傲慢。慆（tāo）：傲慢，与慢同义。　⑬榝（shā）：草名，似茱萸（zhūyú）而小。佩帏：佩带的帏、香囊、香袋之类。以上二句是说，椒专横谗佞，傲慢狂妄，榝又想被人们装满在香囊里。　⑭干：求。干进，谋求仕进禄位。务：趋赴，追求。务入，追求进入仕途。　⑮祗（zhī）：振。以上二句是说，既然对功名利禄竭尽钻营奔走、无孔不入之能事，又怎么能自振其芬芳呢？　⑯流从：犹言随波逐流。⑰孰能：谁能。以上二句是说，本来世俗的风气就是随波逐流，谁又能坚持而不变化？　⑱揭车、江离（即江蓠）：都是香草，但比兰、椒品级较低。以上二句说，看看椒和兰都已变成这个样子，又何况揭车和江蓠呢！　⑲兹佩：这些佩饰，指自己所佩戴的饰物。　⑳委：被委弃。历兹：至此时，到如今。以上二句是说，只有我的佩饰真可贵，它的美质却被委弃，直到如今。　㉑亏：亏损，减损。　㉒沬（mèi）：消失，泯灭。以上二句是说，仍然芬芳四溢，至今不损不灭。　㉓和：动词，调节而使和谐之意。调（diào）：格调，音调，指玉之铿锵。度：法度，这里指佩玉节奏整齐。本句是承上文“琼佩”而

言。 ㉔求女：追求美女。以上二句是说，我行走时使所佩的琼玉音韵铿锵，节奏和谐以自我娱乐，姑且飘然远游去追求美女。 ㉕及：趁着。方壮：正盛。 ㉖周流：周游。以上二句是说，趁着我的佩饰正是美盛的时候，我要上下四方周游观览。

灵氛既告余以吉占兮，历吉日乎吾将行①。折琼枝以为羞兮②，精琼爢以为粻③。为余驾飞龙兮，杂瑶象以为车④。何离心之可同兮⑤，吾将远逝以自疏⑥。邅吾道夫昆仑兮⑦，路修远以周流⑧。扬云霓之晻蔼兮⑨，鸣玉鸾之啾啾⑩。朝发轫于天津兮⑪，夕余至乎西极⑫。凤皇翼其承旂兮⑬，高翱翔之翼翼⑭。忽吾行此流沙兮⑮，遵赤水而容与⑯。麾蛟龙使梁津兮⑰，诏西皇使涉予⑱。路修远以多艰兮，腾众车使径待⑲。路不周以左转兮⑳，指西海以为期㉑。屯余车其千乘兮㉒，齐玉轪而并驰㉓。驾八龙之蜿蜿兮㉔，载云旗之委蛇㉕。抑志而弭节兮㉖，神高驰之邈邈㉗。奏《九歌》而舞《韶》兮㉘，聊假日以媮乐㉙。陟升皇之赫戏兮㉚，忽临睨夫旧乡㉛。仆夫悲余马怀兮㉜，蜷局顾而不行㉝。

【注释】

①历：选择。 ②羞：饮食之物叫羞，这里指干肉。 ③精：动词，细切。琼爢（mí）：即琼靡，琼玉的细屑。粻（zhāng）：粮。以上二句是说，折下琼树之枝作为干肉，细切琼玉成屑作为粮食。 ④瑶：美玉。象：指象牙。一说“瑶象”指玉色的白象。以上二句是说，替我驾上飞龙，把美玉和象牙装饰在车上。 ⑤离心：相离之心，指不志同道合之心。 ⑥自疏：自动疏远。以上二句是说，心志不同又怎能相合在一处，我将远远离去而自求疏远他们。 ⑦邅（zhān）：转，楚方言。昆仑：神话传说中的西方神山，是神仙

居住的地方。 ⑧修远：遥远。以上二句是说，我转道昆仑山，在漫长的道路上周游。 ⑨扬：举起。云霓：指画有云霓的旌旗。晻（yǎn）蔼：昏暗貌。⑩玉鸾：指玉做的形似鸾鸟的铃。啾（jiū）啾：拟铃声的象声词。以上二句是说，旌旗飞扬，遮蔽日色，鸾铃摇动，响声啾啾。 ⑪发轫（rèn）：指启动车辆出发，启程。天津：天河。 ⑫西极：这里指天的极西之处。 ⑬翼：翅膀，作动词用，张开翅膀．承：撑举。旂：同“旗”。 ⑭翼翼：高飞时节奏和谐貌。以上二句是说，凤凰张开翅膀在下面撑举着云霓之旗，高高翱翔，动作和谐一致。 ⑮流沙：神话中的沙漠之地，其沙流动不息。 ⑯遵：循，沿。赤水：神话中水名，传说发源于昆仑山。容与：舒缓貌。以上二句是说，忽然我走到了流沙之中，并沿着赤水缓缓而行。 ⑰麾（huī）：举手曰麾，这里指指挥。蛟龙：小龙曰蛟，大龙曰龙。梁：桥梁，这里是动词，架桥梁。津：渡口。 ⑱诏：告，令。西皇：西方的尊神，一说是指古帝少皞（hào）氏。涉予：渡我过河。以上二句是说，我指挥蛟龙让它们横在水上作为桥梁，又命令西皇把我渡过河去。 ⑲腾：这里是传告，传令之意。径待：即径侍，是径相侍卫的意思。以上二句是说，道路漫长而多险阻，于是我传令众车使它们径相侍卫。 ⑳不周：神话中的山名，据说在昆仑西北。 ㉑西海：神话中的西方之海。期：本指约定之期，这里指目的地。以上二句是说，经过不周山又向左转，指定西海作为目的地。 ㉒屯：屯聚。千乘（shèng）：千辆车，非确数，言其多而已。 ㉓轪（dài）：车轮。玉轪，玉饰的车轮。以上二句是说，我把许多车辆集拢起来，使它们齐驱并进。 ㉔蜿（wān）蜿：蜿蜒屈曲貌，形容龙身体屈曲摆动的样子。 ㉕云旗：以云为旗。一说，指画有云霓之旗。委蛇（wěiyí）：绵延曲折貌。这里形容云旗飘扬时卷舒起伏的样子。以上二句是说，驾着蜿蜒行进的八龙之车，车上的云旗随风招展。 ㉖抑志：抑制着希望疾行的心愿。一说，“志”读作“帜”。“抑志”即放下旗帜，停车不前。弭节：按节徐行。 ㉗神：心神，精神。邈（miǎo）邈：远，遥远貌。我的心神却高飞到很远很远的地方。 ㉘《九歌》：传说是夏启从天上偷下来的乐曲。《韶》：亦称《九韶》，传说是舜时的舞乐。 ㉙聊：姑且，暂且。假：借。假日，借时光，婾（yú）：同“愉”。以上二句是说，演奏起《九歌》，跳起《韶》舞，姑且利用这时光娱乐一番。　㉚陟（zhì）：升。陟升，上升。皇：皇天。赫戏：光明貌。　㉛临：面临，下临。睨（nì）：旁视。旧乡：指父母之邦的楚国。以上二句是说，上升到皇天之上，皇天大放光明之时，忽然看到了故国。　㉜怀：怀恋。　㉝蜷（quán）局：拳曲。顾：回顾。以上二句是说，我的仆夫悲伤，马儿怀恋，拳曲着身体回顾故乡而不肯前进。这里的“仆夫”和“马”，当指诗人幻境中所役使的“凤凰”“蛟龙”“飞龙”等。

乱曰①：已矣哉②！国无人莫我知兮③，又何怀乎故都④？既莫足与为美政兮⑤，吾将从彭咸之所居⑥。

【注释】

①乱：乐歌之卒章。后来借用作为辞赋最后总括全篇的收尾。　②已矣哉：犹言罢了，算了吧。　③国无人：楚国没有贤人。莫我知：莫知我。　④故都：犹故国，故乡。以上二句是说，国内没有贤人，不理解我，我又何必怀恋故国？　⑤美政：美好的政治主张。　⑥彭咸：殷代贤人，谏君不听，投水死。所居：所居住的地方。从彭咸之所居，跟从彭咸居于地下，即指死。以上二句是说，既然没有人足以同我实行美政，我将要跟从彭咸，投水而死。

以上是第三部分。写诗人向灵氛和巫咸请求指示道路，并听从灵氛的意见去楚远游，但终不忍离开祖国，并表示以死殉国。

【译文】

我是古代高阳帝的子孙，我那德行美好的父亲表字叫伯庸。寅年那年的寅月，正当庚寅的那一天我出生。父亲观察我出生时气度不凡，一开始就赐给我美名。把我的名叫“正则”，把我的字叫“灵均”。

我有如此盛多的美德，又加上有优秀的才能。身披江离和辟芷，又连缀起秋兰做佩饰。我好像赶不上如流水的时光，恐怕年岁易逝时不待我。早晨在土冈上拔取木兰，晚上在水洲上采取经冬不死的宿草。岁月匆匆不久留，春去秋来四季不断更替。想到草木将要飘零凋落，我担心“美人”也会衰老。君王何不趁着壮年时放弃污秽的行为，改变这种态度？快驾着千里马驱驰飞奔吧，来吧，让我为你引路先行！

从前三位先王的德行纯粹，那本来就是群芳所在的时代。集合着申椒和菌桂各种香物，岂止是连缀着蕙草和白芷？尧、舜二位圣贤正直光明，已经遵循着正路走上了光明大道。而桀、纣二凶又是何等猖狂妄为，只想走邪路终于死路一条。想那些结党的小人只知苟且偷安，所以国家的前途黑暗又险恶。我岂能为自己害怕祸殃，只担心着国家衰落败亡。忙忙碌碌为我王前奔后走，只盼望他能跟上先王的脚步。我王却不明察我的内心忠贞，反而听信谗言对我大发雷霆。我本知忠言直谏是取祸之道，想隐忍不言却终又放弃不了。可以指上天为我作证，我所作所为都只是为了君王。您曾经与我有约在黄昏时，却又中途改了道。当初我们有约定之言，您后又反悔有新的打算。我并不是难以离您而去，伤心的是君王屡次改变主意。

我曾经栽种过大片的兰草，又种植过许多蕙草；还培育过留夷和揭车，杂种过杜衡和白芷。本希望它们枝叶繁茂长得高大，好到时候去收获取用。既然它们已枯萎凋零也算不了什么，可悲的是却都变成了一片荒乱的杂草。

群小们竞相争权逐利贪婪成性，私囊装满了仍不停地求进。他们对己宽容以小人之心度人，又各生嫉妒别人的坏心肠。他们匆忙地来回奔驰追名逐利，我心中却不愿意去干这种事。我只恐年岁已逝老境将至，不能树立美好的名声。早上我饮木兰上落下的露水，晚上食用秋菊初开的花蕊。只要我的思想德行确实美好专一，即使长期面黄肌瘦又有什么悲哀！我手持木兰之根系上白芷，再串结上薜荔初生的花蕊；举起菌桂串连起蕙草，把胡绳搓成好看的绳索。我效法前贤的举止，这不是世俗之人所愿意佩用的。我的行为不合当今小人的时尚，但我愿依照彭咸留下的准则去为人处世。

我长声叹息擦去眼泪，哀叹这人生多么艰难。我虽然爱好清洁美好，努力约束自己，却早上遭咒骂晚上就被放逐。废弃我的原因既是因为我以蕙草为佩带，又是因为我爱采集白芷。只要是我心中所爱好的，就为之奋斗，万死而无一悔！只怨我王横行放纵，终究不明察我的忠心。众“美人”嫉妒我容颜美好，造谣诬我行为放荡。本来时下的风气就善于投机取巧，他们背弃法度改变应行的措施；违背正道以追求邪曲，争着苟合于世并以此为准则。我心情忧郁怅然若失，只能在这时世穷愁困顿终身。宁可现在就死去，我也不忍心取时俗之人的谗媚之态！鸷鸟猛禽是不与一般的鸟合群的，从前世本来就是如此。方和圆怎么能相合无间？既然不同道谁又能相安无事？我委屈压抑内心的感情志向，忍辱含耻又只能如此。我坚守清白宁愿正直而死，这本是前代圣贤所嘉许的美德。

我后悔选择道路没有明察，伫立长久打算返回。让我的车返驾走上回头之路，好在我误入迷途还不远。让我的马在长满兰草的高地上徐步缓行，让它驰上长满椒树的山上就地休息。虽仕于朝但不被信用，我将退隐重整我当初的服饰。把荷叶裁成上衣，集缀荷花为下裳。世人不了解我也就罢了，只要我的内心确是纯洁芬芳。把帽子做得高高的，把佩饰做得长长的。世上芳洁和污垢混杂在一起，只有我的光洁之质丝毫没有亏损。忽回头纵目远望，我将要去观览荒远的四方。佩戴着缤纷繁多的饰物，那香气更显得浓郁远播。人生各有所爱好，我却独好修洁并习以为常。即使我被肢解志向也不会变，我的心志不会因受惩戒而屈服。

女媭絮絮不休地责骂我，反反复复地对我这样说：“鲧性格刚正为治水而忘却自身，终于被杀死在羽山之野。你为什么处处直言爱好修洁，独有这些美好的操守？别人聚积着满室的菉草和葹草，你却判然不同，远离它们决不佩戴。对大众不可能一家家地说服，有谁能体察咱们内心之情？当今世人都喜欢结党营私，你为什么孤独自己而不听我的劝告？”

我依照前圣行事努力节制内心而不偏颇，可叹我内心愤懑而经受这种种遭遇。我渡过沅江、湘水向南行进，投奔大舜向他陈述我的申诉：“启从天上偷下来《九辩》和《九歌》，太沉湎于寻欢作乐放纵自己。不顾危难，儿子终于造反，爆发了内乱。羿过度放纵游猎，又爱好射杀大狐。本来胡行乱搞的人很少能善终，寒浞又贪恋羿妻而杀了羿。而寒浞之子强健有力，但却又纵欲无所节制。每天贪于淫乐忘乎所以，最终也丢了脑袋。夏桀违背天理人情，也终于遭受灭亡的祸殃。商纣把人剁成肉酱，殷代也因此国运不长。商汤和夏禹庄严而恭敬，周文王、武王讲论正道而没有差错，他们举用贤才，给有才能的人以职位，遵守法度而不偏颇。上帝没有偏私袒护之心，看谁有德行就给予辅佐。只有圣贤明哲且有美好德行的人，才能享有天下。观察前代与后世，看看人民的打算和最终的归向，谁可以妄行不义？谁可以肆行不善？我已临近危险站在死亡的边缘，但回想初衷仍无丝毫的后悔，不去衡量凿孔的大小方圆就去削正榫头的样式，这本是先贤被昏君剁成肉酱的原因。”我长久抽泣心里满是忧伤，悲哀自己生不逢时。采一把柔软的蕙草擦去眼泪，泪水却长流打湿我的衣衫。

铺开衣襟跪着向大舜陈词申诉后，心中更觉光明，我得到了中正之道。驾着四条玉虬套着画有鹥鸟的车子，尘风忽然卷起，我乘机飘然飞升。早上我从苍梧出发，晚上就到了昆仑的县圃。我想在县圃门前稍作停留，可是太阳将要下山暮色将至。我令羲和按节徐行，不要让日头很快地迫近崦嵫山。道路正漫长而又遥远，我要上天下地去追求我的向往。让我的马在咸池饮水，在扶桑树上拴住我的马缰。折下若木之枝拂拭太阳使之慢行，姑且安闲自在地逍遥一番。让望舒在前为我的先驱，让飞廉在后紧跟我奔走。让鸾鸟凤凰为我先行做好戒备，雷师却报告说尚未准备好我的行装。我让凤凰飞腾，夜以继日不要止停。旋风飘忽不定聚散不已，它率领着云霓前来迎接。众多的云霓忽散忽聚，光彩四射上下飘荡。我叫天帝的守门人打开天门，他却闲倚门旁斜眼向我瞧望。天色昏暗一天又将过去，我手中编结幽兰久久伫立黯然神伤。世道混浊黑白贤愚不分，总是生嫉妒之心把贤人蔽障。

早上我将要渡过白水，登上阆风山然后拴住马缰。突然回头望禁不住涕泪涟涟，哀叹阆风高山上也没有神女。我忽然游于东方青帝的春宫，折下玉树枝添加我的佩饰。趁着玉树花还未凋落，赶快选中一个下方女子把玉树花赠送给她。我令丰隆乘云而行，去寻找宓妃在什么地方。解下我的佩饰作为订结婚约的信物，叫蹇修去做说媒的信使。宓妃的仪仗随从离合倏忽，她突然改变主意，难以让她回心转意。她在归途中晚上停宿在穷石，早上在洧盘洗沐头发。恃仗着她的美貌态度傲慢，整日贪图欢乐，游冶无度。宓妃虽确实美丽但不守妇道，我应当放弃她去进行新的寻求。远望天之四方极远之处，周游上天后我又下降到世间。远望用美玉砌成的台高高耸立，看到有娀氏的美女简狄住在上面。我让鸩鸟去做媒，鸩鸟告诉我简狄并不美好。雄鸠鸟鸣叫着飞去说媒，我却嫌它多嘴多舌说话不牢靠。我心中犹犹豫豫，迟疑不决，想自己亲去求亲又觉得这样做不好。凤凰已受高辛氏的差遣给简狄送去聘礼，高辛氏要抢在我的先头了。想去远方又无处可以栖止，姑且自由自在地飘然游荡。趁着少康还没有娶亲成家，有虞氏还留着二姚未嫁，可是我的媒人笨嘴拙舌，恐怕不善传达我的意见难以固结二姚的欢心。世道混浊而嫉妒贤能，总爱遮蔽贤人而称赞恶人。闺门遥深难寻到志同道合之人，况且我王又不觉醒，我深怀忠贞而不能表示，怎能忍受此种情况而长久如此！

用占卜用的茅草和竹片，请灵氛为我占卜前程：“双方志同道合必然会结合，谁是真正美好的人值得去追慕？想那九州是如此广大，难道只有这儿处才有美女？”灵氛说：“努力远去吧，不要迟疑，谁追求美好而愿意放弃你？天下何处没有劳草，你为什么总是怀恋故乡？世路幽暗又乱七八糟，谁还来辨察咱们的好坏？人们本有不同的好恶，只有这些‘党人’爱恶弃善与别人异常。他们家家户户腰间佩满艾草，还说幽兰不能佩戴。他们观察野草且香臭不明，又岂能恰当评价美玉？他们取粪土充满帏帐，反说申椒不芳香。”

我想听从灵氛吉祥的占卜，心中又犹豫难下决心。听说巫咸晚上要降神，我怀揣享神的精米去迎接他。百神遮天蔽日地降临了，九疑山诸神前去迎接。百神光彩闪烁地降临了，告诉我许多历史上的吉祥故事。说：“努力上下四方去远游吧，去寻求与你有共同准则的人。商汤、夏禹诚心敬意地寻求与自己意趣投合的人，终于求到了伊尹、皋陶这样同心的人。如果心中爱好高洁，又何必要用什么媒人？傅说手持捣杵在傅岩筑墙，武丁就毫不犹疑地委之以重任。姜子牙敲击着屠刀，遇到了周文王得以举任。甯戚击牛角而歌，齐桓公听到了就让他充任辅佐之臣。趁着年岁还不晚，时光也还未尽。只恐杜鹃鸟过早地鸣叫，使得百草凋零而不芳芬。”

我的玉佩是多么高耸突出，众人却总想遮蔽它。想那帮“党人”是没有诚信的，怕他们因嫉妒而折断它。时世乱糟糟而又变化不定，我又怎能在故国久留。兰草、白芷变得不香了，荃草、蕙草也变成了茅草。为什么往日是那样的芬芳，现在却又都成了萧艾呢？岂有其他的原因，都只是不爱好高洁的祸害。我本以为兰草是可以依恃的，它却又没有美好的实质，只虚有其表；放弃了原本美好的品质而从乎世俗，只苟求忝居群芳的行列。椒专横谄佞，傲慢狂妄，榝又想让人们装它在香袋里。既然如此钻营利禄名位，又怎能振其芬芳？本来时俗风气就是随波逐流，谁又能坚持操守而无变化？看看椒和兰都这样了，又何况是揭车和江离呢！只有我的玉佩真正可贵，它的美质却被委弃直至如今。芳香仍然四溢，至今不灭不减损。它的音韵铿锵节奏和谐足以娱我，姑且飘然远游去追求美女。趁着我的玉佩正是美好盛时，我要周游上下四方观览。

灵氛告诉了我吉祥的占卜之辞，选择好吉日我就动身。折取琼玉的树枝作为干肉，切碎琼玉作为粮食。替我驾上飞龙，把美玉和象牙装饰在车上。心志不同又何能相合在一起，我将远去而自求疏远。转道昆仑山，在漫漫长路上周游。饰有云霓的旌旗飞扬遮蔽日色，鸾鸟形的玉铃摇动，鸣声啾啾。早上从天河启动车驾，晚上到了西天极西之地。凤凰张开翅膀在下承举起云霓之旗，高高飞翔。忽然我行走在流沙之间，并沿着赤水缓缓行进。我指挥蛟龙让它们作河上的桥梁，又命令西皇渡我过河。路途遥远艰险重重，我命令众车驾让它们径相侍卫。经过不周山再向左转，指定西海作目的地。集拢起我的千辆车，使它们齐驱并进。驾着八龙之车蜿蜒行进，车上的云霓之旗迎风招展。且按下疾行的念头徐行缓进，心神却飞驰到很远很远的地方。演奏起《九歌》，跳起《韶》舞，且利用这时光娱乐一番。当我升到那大放光明的皇天之上，忽然俯视见到了我的故乡。我的仆夫悲伤，马儿眷恋，蜷曲着身体频频回望不肯向前。

〔尾歌〕算了吧！故国无贤人，没有人理解我，我又何必怀恋故国？既然没有人足以与我同行美政，我将要跟从彭咸，同他共居一处。

九　歌

东皇太一

吉日兮辰良①，穆将愉兮上皇②。抚长剑兮玉珥③，璆锵鸣兮琳琅④。

瑶席兮玉瑱⑤，盍将把兮琼芳⑥。蕙肴蒸兮兰藉⑦，奠桂酒兮椒浆[8]。扬枹兮拊鼓[9]，疏缓节兮安歌[10]，陈竽瑟兮浩倡[11]。

灵偃蹇兮姣服[12]，芳菲菲兮满堂[13]。五音纷兮繁会[14]，君欣欣兮乐康[15]。

【题解】

《九歌》是屈原在民间巫歌、祭歌基础上创作的一组诗，共十一篇。《九歌》的篇名非指其诗实有的篇数，而是借用古曲的名称，正如明朝人黄文焕所说，“《九歌》之名，自古有之，非楚俗之歌也。稽原之溯古曰‘启《九辩》与《九歌》’，又曰‘奏《九歌》以舞《韶》’，又曰‘启棘宾商，《九辩》《九歌》’，固自明言之。兹之有作，如后人拟古乐府，代古乐府，因其名而异其词云尔”（《楚辞听直》）。《九歌》的内容除《国殇》是祭祀为国捐躯的将士外都是祭祀神灵的。

《东皇太一》是《九歌》十一篇中的第一篇。太一是星名，天之尊神，楚人立其祠于东方，故称东皇。诗是祭祀太一神的歌舞辞，很可能是表演时的合唱。表演者在吉日良辰呈上美酒和其他一些丰厚的祭品，一边击鼓一边奏乐缓歌，造成一种既庄严肃穆又欢乐愉悦的气氛，恭敬礼赞这位天之尊神。诗对太一神的描写简洁扼要，但已绘出这位天神的威严，同时也表现了神人同乐的气氛。全诗在“君欣欣兮乐康”的欢乐气氛中结束，表示了祭礼的完美结局。

这首歌辞简短，有作为全部《九歌》序诗的性质，而所祭之神最为尊贵，放在全部十一篇之首也是恰当其位。

【注释】

①辰良：犹言良辰，好时光。　②穆：恭敬。将：以也。愉：动词，娱悦。上皇：指东皇太一。　③抚：把着。玉珥（ěr）：剑柄与剑身相接处

形似两耳的突出部分叫珥，用玉做成的叫玉珥。 ④璆（qiú）：玉器互相碰击声。锵（qiāng）：金属互相碰击声。琳琅（láng）：美玉名。以上二句是说，手把带玉珥的长剑，身佩玉饰响声叮当。 ⑤瑶：一种玉石名。瑶席，用瑶编织的席子。一说，瑶席是草席的美称。瑱（zhèn）：通“镇”，可以用来压东西，如镇尺。玉做的镇叫玉瑱。 ⑥盍：何不，有应当之意。将：拿。把：与将同义。琼芳：琼玉色的花。以上二句是说，用玉瑱压在瑶席上，再应献上玉做的鲜花。 ⑦蕙：蕙草，一种香草。肴蒸：祭祀用的肉类。兰：兰草。藉：垫着。兰藉，用兰草垫着。 ⑧奠：《说文》：“奠，置祭也。”即放置……用以祭神。奠桂酒，放上桂酒祭祀。桂酒：桂花酒。浆：薄酒。椒浆，用花椒泡的薄酒，以上二句是说，献上用蕙草包着的肉用兰草垫底，放置好桂花酒和花椒酒用以祭神。 ⑨枹（fú）：鼓槌。扬枹，举起鼓槌。拊（fǔ）：敲，打。 ⑩疏：稀。缓节：缓慢的节奏。安歌：安详平缓地歌唱。⑪陈：列。竽（yú）：一种吹奏乐器名。瑟（sè）：一种拨弦乐器名。浩倡：大声唱。以上三句是说，举起鼓槌敲起鼓，按照徐缓的节奏平缓地唱，竽瑟齐奏后又高声歌唱。 ⑫灵：楚辞中的灵有时指神有时指巫，这里指巫。偃蹇（yǎnjiǎn）：仰卧叫偃，一脚站地叫蹇，这里指翩跹变化的舞姿。姣服：美丽的服装。 ⑬菲菲：香草浓郁貌。以上二句是说，巫女们身着美丽服装翩跹起舞，满堂香气馥郁。 ⑭五音：古代分宫、商、角、徵、羽五个音阶，叫五音。纷：繁盛貌。繁会：错杂交响。 ⑮君：这里指东皇太一神。欣欣：喜悦貌。乐康：欢乐安康。以上二句是说，五音纷繁交响会合，东皇太一高高兴兴地欢乐安康。

【译文】

这是一个吉祥的日子好时光，恭恭敬敬地娱悦祭祀东皇。太一神手按宝剑饰玉珥，满身佩玉叮当响。

铺上瑶席上压玉瑱，再把玉做的鲜花献上。蕙草包着的祭肉垫上兰草，放好桂花酒和花椒酒再献上皇。扬起槌啊敲起鼓，节拍徐徐缓声唱，竽瑟齐奏啊再歌声高扬。

巫女身穿丽服翩跹舞，芬芳飘溢香气满堂。五音纷繁会合交响，神灵愉悦快乐安康。

云　中　君

浴兰汤兮沐芳①，华采衣兮若英②。灵连蜷兮既留③，烂昭昭兮未央④。

蹇将憺兮寿宫⑤，与日月兮齐光⑥。龙驾兮帝服⑦，聊翱游兮周章⑧。

灵皇皇兮既降⑨，猋远举兮云中⑩。览冀州兮有余⑪，横四海兮焉穷⑫。思夫君兮太息⑬，极劳心兮忡忡⑭。

【题解】

这是一首祭云神的歌辞。或以为云中君就是《离骚》中的丰隆。歌辞当是有一个装扮成云中君的巫觋唱出，她边舞边唱，想象中神灵降灵，光辉灿烂，又周游四方，飘忽不定中很恰切地描绘出云神横行四海、周览天下的身影。从最后两句看，人们思念她，似乎是为了求雨。诗语言整饬，节奏明快，华词丽句也很切合描写神灵的光辉。比起《东皇太一》，本篇对神灵的描绘要细致得多，云中君的形象也更加丰满。

【注释】

①浴：洗澡。兰汤：指用兰草煮制的热水。沐：洗头。　②华采衣：华丽鲜艳的衣裳。英：花。古人祭祀前要斋戒，用兰草煮香水洗沐，然后穿上鲜艳的衣服进行祭祀。　③灵：这里既指扮神的女巫又指云神。连蜷（quán）：卷曲貌。既留：指神已降附在女巫身上。　④烂：灿烂光明。昭

昭：光明貌。央：中间。未央，未到中间，是正盛的时候。　⑤蹇（jiǎn）：发语词。憺（dàn）：安然，安详。寿宫：奉神之宫。　⑥齐光：同放光明。以上二句是说，云神安然地降临神堂之上，与日月同放光芒。　⑦龙驾：谓云神用龙驾车。帝：指五方之帝。帝服，五方帝之服青黄赤白黑五彩之衣，所以帝服指穿五方帝之五彩衣。　⑧聊：暂且，姑且。翱（áo）游：翱翔飞游。周章：周流往来。以上二句是说，云中君驾着龙车穿五彩的帝服，姑且翱翔而四方周游。　⑨灵：这里只指云神。皇皇：即“煌煌”，辉煌光大。既降：指云神降临人间。　⑩猋（biāo）：犬奔貌，引申为迅疾貌。远举：远飞。以上二句是说，云神伴带着光明辉煌已降到人间，突然间又迅速地高飞入云中。⑪览：观览，这里指神灵光芒观照。冀州：古代分中国为九州，冀州是其首，所以亦可代表中国。有余：与下句“焉穷”互文同义。　⑫横：充溢。四海：古人认为中国四方有四海，所以四海指天下。焉：何。焉穷，何穷，意谓没有穷尽。以上二句是说，云神光辉观照中国有余，充满四海之内无穷无尽。⑬夫（fú）：助词，无义。君：指云神。太息：即叹息。　⑭劳心：指心绪烦劳不平静。忡（chōng）忡：忧愁伤心貌。以上二句是说，思恋云神长声叹息，使人忧心忡忡到极点。

【译文】

我用兰汤洗沐斋戒，再穿上如花鲜艳的衣裳。我曲身起舞时你已降临我身上，光辉灿烂发出盛大的光芒。

你安详地降临到奉神之堂，与日月同辉光芒万丈。你乘龙车穿彩服，姑且翱翔以周游四方。

你辉煌已降临人间，忽又迅飞高举升入云中央。你的光辉临照中国有余，充溢四海普浴万方。思恋你啊我长声叹息，心绪烦劳令我极度忧伤。

湘 君

君不行兮夷犹①，蹇谁留兮中洲②？美要眇兮宜修③，沛吾乘兮桂舟④。令沅湘兮无波⑤，使江水兮安流⑥。望夫君兮未来⑦，吹参差兮谁思⑧？

驾飞龙兮北征⑨，邅吾道兮洞庭⑩。薜荔柏兮蕙绸⑪，荪桡兮兰旌⑫。望涔阳兮极浦⑬，横大江兮扬灵⑭。扬灵兮未极⑮，女婵媛兮为余太息⑯。横流涕兮潺湲⑰，隐思君兮陫侧⑱。

桂棹兮兰枻⑲，斲冰兮积雪⑳。采薜荔兮水中，搴芙蓉兮木末㉑。心不同兮媒劳㉒，恩不甚兮轻绝㉓。石濑兮浅浅㉔，飞龙兮翩翩㉕。交不忠兮怨长㉖，期不信兮告余以不闲㉗！

鼂骋骛兮江皋㉘，夕弭节兮北渚㉙。鸟次兮屋上㉚，水周兮堂下㉛。捐余玦兮江中㉜，遗余佩兮醴浦㉝。采芳洲兮杜若㉞，将以遗兮下女㉟。时不可兮再得㊱，聊逍遥兮容与㊲。

【题解】

湘君与湘夫人是一对配偶神，湘君是男神，湘夫人是女神。又据神话传说，尧二女娥皇、女英嫁舜为二妃。舜巡狩南方，死于苍梧之野，葬于九疑山，二妃追至洞庭，投水而死，遂成为湘水之神。

这首诗以湘夫人口气写出。诗写湘夫人与湘君有约，她精心打扮自己，更显得光辉照人，苗条美丽。她乘兴而去，但湘君终于没有来，心欲决绝而又迟疑流连。诗不仅通过外貌行为的描写，而且通过心理情态的刻画，塑造了光彩照人而又心灵美好的湘夫人形象，使读者在神话般的境界中如闻其声如见其形。同时由实入虚，通过湘夫人的想象之辞，虚写了湘君。虚实结合，两个神灵的形象既具体又朦胧，恰合人物的身份。诗当是由一个扮演湘夫人的女巫表演歌唱，歌舞乐相结合的表演形式，场面气氛当十分美丽神奇。

【注释】

①君：指湘君，这首诗是以湘夫人的语气写的，故称湘君为君。夷犹：犹豫不定。　②蹇：发语词，楚方言。谁留：被谁留在。洲：水中陆地。中洲，洲中，似应是湘君所居之地。以上二句是说，你犹犹豫豫，终没有来，是被谁留在洲中呢！　③要（yāo）眇：美好貌。宜修：此指打扮修饰得很得体。　④沛：行貌。桂舟：桂木做的船。以上二句是说，我长得如此美丽，又打扮得很得体，乘上我的桂舟来同你相会。　⑤令：命令。湘夫人是水神，故可对水发令。沅、湘：湖南境内的二水名，当时属楚境。　⑥江：长江。安流：平缓而流。　⑦未来：指湘君未来赴约。　⑧参差（cēncī）：古乐器名，即排箫。以许多竹管排列而成，竹管参差不齐，故曰参差。谁思：思念谁？　⑨飞龙：飞龙形的快船。北征：北行。湘夫人当是从湘水北行。　⑩邅（zhān）：转，指转道。洞庭：湖名，湘水入洞庭湖。以上二句是说湘夫人驾着飞龙快船北行，转道又在洞庭湖。　⑪柏：“帕”字之误。帕，同“帛”，旗类的总名。绸：缠旗杆的用物。　⑫荪（sūn）：香草名。荪，即《离骚》中的荃，又名溪荪。桡（ráo）：短桨。荪桡，挂有溪荪的短桨。旌（jīng）：旗杆顶端的饰物。以上二句是说，以薜荔为旗，以蕙草缠绕旗杆，以溪荪饰桨，以兰草为旌。　⑬涔（cén）阳：地名，今湖南省澧（lǐ）县有涔阳浦，在洞庭湖西北岸，涔水之滨，涔阳所在的地方似与湘君所居之洲是同一方向，所以湘夫人才“望”。极浦：遥远的水滨。　⑭横：横越，横渡。扬灵：显灵，显示神的灵光。以上二句是说，我眺望在那遥远湖滨的涔阳浦，想象着你发扬着闪烁灵光，正横渡大江向我赶来。　⑮未极：未终极，即未到达。　⑯女：指湘夫人的随从侍女。婵媛（chányuán）：借为“啴咺（chǎnxuǎn）”，喘息也。楚方言。太息：叹息。以上二句是说你虽发扬着灵光而始终未到来，连侍女也为我叹息。　⑰横流涕：涕泪横流。潺湲（yuán）：水流貌，

这里形容泪流不止的样子。 ⑱隐：痛也。陫（fěi）侧：同“悱恻”，忧思哀伤貌。以上二句是说，我涕泪横流，因为思念你而痛苦悲伤。 ⑲桂棹（zhào）：桂木做的长桨。枻（yì）：船的旁板。兰枻，木兰做的船舷。一说枻也是船桨，较短。 ⑳斲（zhuó）：即“斫”，砍也。这句以冰和积雪比喻水的空明澄澈。 ㉑搴（qiān）：拔取。芙蓉：荷花。木末：树梢。薜荔不生水中，荷花不长于树梢，两句比喻湘夫人乘船来会湘君是事与愿违，徒费辛苦。 ㉒劳：辛劳，这里有枉自辛劳之意。 ㉓甚：深。轻绝：指感情容易断绝。以上二句是说，两人心志不同，媒人只是徒劳，恩爱不深，感情容易断绝。 ㉔石濑（lài）：沙石上的流水。浅浅：水流疾貌；一说“浅浅”是水声。 ㉕翩翩：疾飞貌。这两句形容湘夫人的船在水上轻快飞行。 ㉖交：相交。不忠：不忠诚。怨长：指怨多。 ㉗期：指约定日期。信：信用。不闲：没有闲空。以上二句是说，相交而不忠，使人怨望多，约期相会，你却不守信用，反而告诉我没有空闲。 ㉘鼌（zhāo）：同“朝”。骋骛（wù）：奔驰。直驰叫骋，乱驰叫骛。江皋（gāo）：水边。一说“皋”是水泽。 ㉙弭节：按节徐行。渚（zhǔ）：水中小洲。北渚，当在洞庭湖北，所以叫北渚，疑即诗开头所说的“洲”，是湘君所居之地。以上二句是说，早晨我在江泽奔走，傍晚在北渚缓行。 ㉚次：栖息。 ㉛周：绕也。以上二句是说，鸟在屋上栖息，水在堂下环绕。北渚疑是湘君居处。湘夫人到处寻找湘君，最后来到北渚，但北渚却是如此荒凉，也没会见到湘君。 ㉜捐：弃。玦（jué）：如环但有缺口的玉饰。 ㉝遗：丢。醴（lǐ）：通“澧”，澧水。醴浦，澧水之滨。以上二句是说，把我的玉玦抛入江中，把我的佩玉丢在澧浦。玦与佩当都是湘君所送，现在要丢弃，是表示要与之决绝。 ㉞芳洲：长满香花香草之洲。疑即北渚。杜若：一种香草。 ㉟遗（wèi）：赠与。下女：指湘君的侍女。以上二句说，我在芳洲上采来杜若，要送给你的侍女。这说明湘夫人并不能与湘君决绝，仍心存顾恋，折草寄情。 ㊱时：时机，指相会之时机。㊲容与：舒缓貌。以上二句是说，见面的机会难再得啊，我姑且在这里散步逍遥。这两句写出了湘夫人复杂的感情：她既悲伤又竭力自我宽慰，既表示决绝又不忍决绝，既已失望却又期盼着湘君回来。

【译文】

你为什么犹豫迟疑还不来？你为谁留在水中之洲？我打扮得如此美丽得体，又飞快地乘上了我的桂舟。我命令沅水、湘水不要起波浪，让长江水安静地缓流。望你还未到，我吹着排箫为谁思念忧愁？

我驾乘飞龙快船从湘水向北，在洞庭湖转道前行。我以薜荔为旗，旗杆缠上蕙草，用溪荪饰桨，以兰草为旌。眺望那遥远的涔阳浦，想你正横渡大江发扬神的威灵。发出威灵你终究未到，侍女也为我叹息伤心。我涕泪横流，思念着你黯然痛苦伤神。

我用桂树做的船桨划着木兰舟，划破那水波如冰雪空明。如在水中采薜荔，树梢摘荷花，我徒费心神。两心不同，媒人也是徒劳，交情不深就会轻易断交绝情。水飞快地流过沙石，飞龙舟轻快地前进。你对我相交不忠，我怨恨久长，约期你又不守信用，反说没有时间驾临。

早上我在江泽上奔走，晚上来到北渚我按节缓行。鸟儿在屋上栖止无声，堂下是白水环绕静静。把我的玉玦抛入江中，把我的玉佩弃在澧水之滨。却又在芳洲上采来杜若，赠给你的侍女香草芳芬。见面的时机恐难以再得，我暂漫步徐行排遣我伤心的心情，

湘　夫　人

帝子降兮北渚[①]，目眇眇兮愁予[②]。嫋嫋兮秋风[③]，洞庭波兮木叶下[④]。登白薠兮骋望[⑤]，与佳期兮夕张[⑥]。鸟萃兮蘋中[⑦]，罾何为兮木上[⑧]？沅有茝兮醴有兰[⑨]，思公子兮未敢言[⑩]。荒忽兮远望[⑪]，观流水兮潺湲[⑫]。

麋何食兮庭中[⑬]？蛟何为兮水裔[⑭]？朝驰余马兮江皋[⑮]，

夕济兮西澨[16]。闻佳人兮召予[17]，将腾驾兮偕逝[18]。筑室兮水中，葺之兮荷盖[19]。荪壁兮紫坛[20]，播芳椒兮成堂[21]。桂栋兮兰橑[22]，辛夷楣兮药房[23]。罔薜荔兮为帷[24]，擗蕙櫋兮既张[25]。白玉兮为镇[26]，疏石兰兮为芳[27]。芷葺兮荷屋[28]，缭之兮杜衡[29]。合百草兮实庭[30]，建芳馨兮庑门[31]。九嶷缤兮并迎[32]，灵之来兮如云[33]。

捐余袂兮江中[34]，遗余褋兮醴浦[35]。搴汀洲兮杜若[36]，将以遗兮远者[37]。时不可兮骤得[38]，聊逍遥兮容与[39]。

【题解】

这首诗与上一首相连相续，上一首是写湘夫人赴约未见湘君，这一首则是写湘君企盼湘夫人的来临。诗用湘君的口气写出，当有一男巫扮演湘君进行歌舞表演。

或许是他们约期有误，当湘夫人在踌躇遥望，决绝迟疑的时候，湘君早已安排好约会的陈设准备，但久望不见，不免搔首祈盼，愁绪万千。诗中通过对景物的描绘塑造了秋风萧索的意境，极鲜明地烘托了恋人隔绝的哀愁惆怅的悲剧气氛。对人物的刻画主要是通过心理描绘进行的：希望、失望、欢欣、惆怅都寥寥数语而宛然在目，人与景、景与情都水乳交融浑然一体。与上篇连起来看，构成一首人物形象鲜明、故事情节完整、语言韵味无穷的优美诗篇。特别要指出的是，本篇开头关于秋景的描写成为千古名句，对后人悲秋意境的描写起了极为重要的借鉴作用，正如明朝人胡应麟所说："'嫋嫋兮秋风，洞庭波兮木叶下'，形容秋景入画，……千古言秋之祖，六代、唐人诗赋，无不自此出者。"（《诗薮》内篇卷一）

【注释】

①帝子：指湘夫人。相传她是帝尧之女，故称帝子，犹后世所谓公主。

这一句与上一首最后有呼应关系。这首是以湘君的口气写的。 ②眇眇：极目远视之貌。愁予：使我愁。以上二句是说，湘夫人降临北渚，望而不见，使我发愁。 ③嫋嫋（niǎo）：风微吹貌。 ④木叶：树叶。下：落。 ⑤白薠（fán）：草名，生于南方湖泽中。骋望：放眼望去。 ⑥与佳期：与佳人期，指与湘夫人有期约。夕张：黄昏时有所陈设准备。以上两句是说，登上白薠我放眼望去，与佳人有期约，我在黄昏时就做了陈设布置。 ⑦萃（cuì）：集。蘋（pín）：水草。 ⑧罾（zēng）：一种渔网。以上二句是说，鸟为何集聚水中蘋草之上，网为何挂在树木之上。比喻所愿不能实现。 ⑨茝（zhǐ）：即芷，白芷，香草名。醴（lǐ）：同“澧”，澧水，在今湖南境内，流入洞庭湖。 ⑩公子：指湘夫人。 ⑪荒忽：即恍惚，不明貌。 ⑫潺湲：水流不断貌。以上二句是说，我放眼远望，恍惚不清，只见河水潺湲而流。 ⑬麋（mí）：兽名，似鹿而大。食：吃草。庭：庭院。 ⑭蛟：龙的一种，常潜于深水。水裔（yì）：水涯，水边。以上二句是说，麋为何在庭院中吃草，蛟龙为何在浅水边。 ⑮江皋：这里当指水边高地，一说皋是水泽。 ⑯济：渡。澨（shì）：水涯，水边。 ⑰佳人：美人，指湘夫人。 ⑱腾驾：腾驰车驾。偕逝：同往。以上二句是说，听到佳人召唤我，我将腾驰车驾一同前往。 ⑲葺（qì）：用茅草铺盖屋顶，这里指覆盖。荷盖：以荷为屋顶。以上二句是说，在水中筑室，盖上荷叶做屋顶。上文“召予”似是指他们的约会，“偕逝”则是指他们约会后要一同远离过共同的幸福生活；而本句的“筑室”则是指湘君对以后共同生活的设计打算。 ⑳荪（sūn）：香草名，又名溪荪。荪壁，以荪草为墙壁。紫：紫贝。坛：高台，或说是庭院。紫坛，以紫贝砌坛。 ㉑播：播撒，散布。成：整。这句是说，用香椒涂饰整个堂壁，使满堂播散芬芳。 ㉒栋：屋梁。桂栋，桂木做的梁。橑（liáo）：屋椽（chuán）。兰橑，木兰做的屋椽。 ㉓辛夷：香木名，又称木笔，高可二三丈。楣（méi）：门上的横梁。辛夷楣，以辛夷木做门楣。药：白芷。药房，指以白芷饰房间。以上二句是说，桂木做梁，木兰做椽，辛夷木做门楣，白芷装饰房间。 ㉔罔：同“网”，动词，编结。帷（wéi）：幔帐。

㉕擗（pǐ）：剖开。櫋（mián）：屋联，即室中隔扇。以上二句是说，编织薜荔做帷幔，剖开蕙草装饰在隔扇上，已陈设好了。　㉖镇：压座席的器物。㉗疏：分布、陈列。石兰：香草，兰草的一种。以上二句是说，以白玉做镇席之物，陈布石兰以取其芬芳。　㉘葺：铺盖。这句是说，在荷叶盖的屋顶上又铺上芷。　㉙缭（liáo）：绕。杜衡：香草名。这句是说，在屋的四围又用杜衡绕束。　㉚合：聚集。百草：各种香草，指上文所说的香草。实：充实。　㉛建：陈列，设置。庑（wǔ）：廊，一说厢房。以上二句是说，聚集百草以充满庭院，在廊下、门前摆设各种芳香之物。　㉜九嶷：即九疑，山名，这里指九疑山之神。缤：盛多貌。　㉝灵：神灵。如云：言神灵之多。这两句是湘君想象湘夫人来后的绚丽热烈场面。　㉞捐：弃。袂（mèi）：衣袖。一说，袂与下文褋对举成文，应是夹衣。　㉟遗：丢。褋（dié）：单衣，楚方言。醴（lǐ里）：通“澧”，澧水。袂与褋，当是湘夫人为湘君所缝制，现在要丢弃，是表示决绝。　㊱搴（qiān）：拔取，楚方言。汀（tīng）洲：平洲，水中平地。杜若：一种香草。　㊲遗（wèi）：赠与。远者：指在远地的湘夫人。　㊳时：时机，指相会之时机。骤：屡次。　㊴聊：姑且。容与：舒缓自得貌。以上二句是说，见面的机会难常得，我姑且在此散步逍遥。湘夫人未来，湘君不忍离去，冀其再来。

【译文】

我的帝子降临在北渚，望而不见真叫我愁思惆怅。秋风嫋嫋吹过，洞庭起波浪，树叶轻飘荡。登上白薠我纵目遥望，与佳人有约，黄昏时我已做好陈设铺张。鸟为何聚在水里蘋草中？渔网为何挂在树木梢头上？沅水有白芷，澧水有兰草，思念你啊，我难诉衷肠。恍惚中我放眼望，只听水声潺潺流淌。

麋鹿为何在庭院中吃草？蛟龙为何栖止在水滨？早上我在江边驰骋，晚上我渡过西边的水程。听说美人召唤我，我将驾马腾车与她前程同奔。我要在水中建筑房屋，用荷叶盖上屋顶。用溪荪为墙壁紫贝砌高台，香椒涂满墙，满室散芳香。用桂树做栋梁木兰做屋椽，辛夷做门楣白芷饰卧房。编起薜荔做幔帐，剖析蕙草装饰隔扇，一切都停当。白玉做席镇，分撒石兰取芬芳。荷叶屋顶再盖上白芷，又用杜衡把房屋四周环绕上。聚拢百草充实我们的庭院，陈设诸多芳草香物在前门后廊。九嶷诸神都会来迎迓我的帝子，神灵云集绚丽扰攘。

把我那夹衣扔入大江，丢弃我的单衣于澧水边上。到水洲中去采杜若吧，将它给我远方的心上人送上。见面的机会难有多次，我且漫步徐行徘徊彷徨。

大 司 命

广开兮天门[1]，纷吾乘兮玄云[2]。令飘风兮先驱[3]，使涷雨兮洒尘[4]。

君回翔兮以下[5]，逾空桑兮从女[6]。纷总总兮九州[7]，何寿夭兮在予[8]！

高飞兮安翔[9]，乘清气兮御阴阳[10]。吾与君兮斋速[11]，导帝之兮九坑[12]。

灵衣兮被被[13]，玉佩兮陆离[14]。壹阴兮壹阳[15]，众莫知兮余所为[16]。

折疏麻兮瑶华[17]，将以遗兮离居[18]。老冉冉兮既极[19]，不寖近兮愈疏[20]。

乘龙兮辚辚[21]，高驰兮冲天[22]。结桂枝兮延伫[23]，羌愈思兮愁人[24]。

愁人兮奈何[25]，愿若今兮无亏[26]。固人命兮有当[27]，孰离合兮可为[28]？

【题解】

“大司命”是天上的神名，主管人间的寿夭。表演时由男巫扮大司命，由女巫扮人间的近神者。歌舞对唱。歌辞内容写大司命由天上降临人间，然后又从人间返回天上，歌辞中有神人恋爱的意思。诗所描写的人物具有不同的性格特色。大司命似乎是一个威严、冷酷、神秘难测的天神。“纷吾乘兮玄云。令飘风兮先驱，使涷雨兮洒尘”，以及“乘龙兮辚辚”“高驰兮冲天”都表现了他的神威；而他那“寿夭在予”“众莫知余所为”的态度表现了他的冷漠和狂傲；而当巫女迎神者对他延伫留恋时，他又“高驰冲天”毫无顾恋之情。与大司命相反，迎神女的形象则恭谨，善良而又多情。她怀着敬畏的心情“逾空桑”，跟从大司命，并恭谨地引导他来到人间，又在分离时折花相赠愁思绵绵。总之，人物形象是鲜明的，且各具个性特色。诗写了一个绮靡伤情的神人恋爱的悲剧，哀婉悱恻，文辞优美而诗意绵绵。

应当指出，诗中所反映的不仅是爱情的悲欢，而且表现了人们对生命寿夭的疑问与探索。人生为什么有寿夭的不同？是谁在主宰人的命运？这一问题困扰着古人，司命之神由此在想象中诞生。当然诗人可能也是借此而对楚国命运寄托着自己的探索和担忧。

【注释】

①广开：大开。 ②纷：多貌，形容云多。玄：黑。 ③飘风：旋风。 ④涷（dōng）雨：暴雨。以上四句是男巫扮大司命所唱：把天门开得大大的，我乘驾着浓厚的黑云。命令旋风做先驱，让暴雨去清道洒尘。 ⑤君：指大司命，是迎神女巫对大司命的敬称。回翔：回旋飞翔。下：指降临人世。 ⑥逾：越过。空桑：神话传说中的山名。《山海经·东次二经》言有空桑之山。一说，空桑即是扶桑，日出之地的神木。从女：即从你，指从大司命。以上二句是女巫扮迎神者所唱：你盘旋飞翔而下，我越过空桑跟从你。 ⑦纷：多貌。总总：众多聚积貌。纷总总，指世间人口众多。九州：犹言天下。古

分中国为九州，故以九州指天下。　⑧何：何以，为什么。寿：长寿。夭：夭折，短命。在予：在我手中，由我主宰。以上二句由大司命唱：天下人口众多，他们的寿命长短由我主宰操纵。　⑨安翔：犹言缓缓地飞翔。　⑩清气：清阳之气。《淮南子·天文训》："宇宙生气，……清阳者薄靡而为天。"御：驾驭车马，引申为统治，控制。阴阳：古人认为天为阳，地为阴；男为阳，女为阴。这里指男女，御阴阳，犹言控制着人类的命运，与"寿夭兮在予"同一意思。一说，阴阳指阴阳二气，御阴阳指驾乘阴阳二气。　⑪斋速：虔诚恭谨貌。　⑫导：导引。帝：指大司命。在凡人眼里看来，大司命从天而降，无异于"天帝"。之：前往，去到。坑：音冈，山脊也。九坑，犹言九冈，九山，古人以衡山、华山等九山代表九州之山镇。故九坑在这里亦代指九州，天下。以上四句是女巫唱：你高高地飞，徐徐地翔，乘着清阳之气统治着人间男女的寿命短长。我虔诚恭敬地迎接你，引导你降临人间。　⑬灵衣：神灵的衣服，指大司命之衣。被（pī）被：一作"披披"，长貌。　⑭陆离：光彩闪烁貌。　⑮阴、阳：这里指变化不定。壹阴壹阳，即一会儿变成这样一会儿又变成那样。　⑯莫：无人。以上四句是大司命所唱：我的神衣长长，我的玉佩闪烁着光芒。我变化不定，众人没有人知道我的所作所为。一说，阴指女巫，阳指大司命，则"壹阴兮壹阳"二句是说，我俩一女一男，众人谁也说不上我俩在干什么。　⑰疏麻：一种神麻，据说食之可长寿。琼华：像琼玉似的白花，当是疏麻所开之白花。　⑱遗（wèi）：赠给。离居：分离而居处的人，指大司命。　⑲冉冉：渐渐。既：已。极：至。　⑳浸近：渐近，逐渐亲近。疏：疏远。从"折疏麻"至篇末十二句均是女巫所唱。以上四句是说，我折下疏麻那白玉似的花，将它送给那即将分离的人。老年已渐渐地来到，我们不渐渐亲近就会越来越疏远。　㉑龙：指龙车。辚辚：车行声。　㉒高驰：指向高处驰去。　㉓结：编结。延伫：久久伫立（遥望）。　㉔羌：发语词。愈思：犹言越发思念。以上四句是说，你乘着龙车走了，车声辚辚，龙车高驰，冲天而去。我手编桂树枝久久地站着遥望，益发思恋你，真让我愁肠百转。㉕奈何：无可奈何，无办法可想。　㉖今：指他们今天的会面。亏：亏损，缺损。　㉗固：本来。人命：人的命运。当：应当。有当，意谓应当怎样就会怎样。　㉘孰：何，什么。离合：离散聚合。可为：可以做到。意谓什么离散聚合可以做到改变命运？以上四句是说，我发愁也没有办法，只愿像今天这样我们的感情不减。人的命运是有定数的，什么也改变不了。

【译文】

（男）把天门开得大大的，我驾乘着浓密的黑云。命令旋风做我的先驱，让暴雨为我清路洗尘。

（女）你盘旋向下飞翔，为跟从你我越过空桑。（男）天下的人口众多，我掌握着他们的寿命短长。

（女）你高飞缓翔，乘驾着清阳之气，人类男女的命运操纵在你手上。我对你恭谨诚敬，引导着我的天帝来到世上。

（男）我的神衣长长，我的玉佩闪耀着光芒。我变化万端倏忽多样，众人谁知道我所为之端详。

（女）我摘下疏麻那琼玉般的白花，送给那即将离别的心上人。我的年岁已渐渐地老了，为了不越发疏远就要渐相亲近。

你乘上龙车，车声辚辚，高驰向上冲天飞行。我手编桂枝久久伫望，越想你越觉得愁思难忍。

愁思难忍又无可奈何，愿你我之情像今天永不减损。本来人的命运天有定数，离散聚合又怎能改变毫分？

少　司　命

秋兰兮麋芜①，罗生兮堂下②。绿叶兮素华③，芳菲菲兮袭予④。夫人兮自有美子⑤，荪何以兮愁苦⑥？

秋兰兮青青⑦，绿叶兮紫茎⑧。满堂兮美人⑨，忽独与余兮目成⑩。入不言兮出不辞⑪，乘回风兮载云旗⑫。悲莫悲兮生别离[13]，乐莫乐兮新相知[14]。

荷衣兮蕙带[15]，倏而来兮忽而逝[16]。夕宿兮帝郊[17]，君谁须兮云之际[18]？

与女沐兮咸池[19]，晞女发兮阳之阿[20]。望美人兮未来[21]，临风怳兮浩歌[22]。

孔盖兮翠旍[23]，登九天兮抚彗星[24]。竦长剑兮拥幼艾[25]，荪独宜兮为民正[26]。

【题解】

上篇的大司命是主管人间寿命长短的男神，这篇的少司命则是主管子嗣和儿童的女神。表演时由一女巫扮少司命，一男巫扮迎神者，歌辞全由迎神者的口气唱出。歌舞表演时还当有一些伴舞者。诗主要写迎神者对少司命的爱悦和倾慕，倾吐中塑造一个温柔美丽的女神形象，她既有神的神奇刚正又有人的温良慈祥。她为人世的子嗣、儿童的康乐而忧劳操心，似乎对迎神者的倾慕毫不留意。迎神者的形象塑造也极有特色，他似乎自作多情，对女神款款倾诉着自己爱慕的衷肠，非常形象地描绘出了一个单相思中恋爱男子的心理情境。诗的语言十分优美而韵味悠长。有的句子，如“满堂兮美人，忽独与余兮目成”“悲莫悲兮生别离，乐莫乐兮新相知”，不仅辞、义双美而且为后人传诵，明王世贞就认为“入不言”两句“虽尔恍忽，何言之状也”，“悲莫悲”两句“是千古情语之祖”（《艺苑卮言》卷二）。清人林云铭更评全篇曰：“与《大司命》另是一样机轴，极文心之变化，而步伐井然，一丝不乱。”（《楚辞灯·少司命》）应该说都是恰当的评语。

关于本篇前人今人有许多不同的解释。有人认为，少司命是男神，还有人认为少司命与大司命同湘君与湘夫人一样是一对配偶神。至于如何进行表演？是男神主唱还是女神主唱？抑或是男女对唱？更是人各有言，这里不多做介绍。

【注释】

①秋兰：兰草秋七月开花故称秋兰。麋（mí）芜：即蘼芜，香草名. ②罗生：罗列而生。　③素华：素花，白色的花。　④菲菲：香气浓郁。袭：侵袭，这里指香气袭人。袭予：犹言香气扑我鼻。　⑤夫：发语词。美子：美好的子女。　⑥荪：本是一种香草名，这里是美称少司命，以上二句是说，人们自有好儿好女，你为什么要操心忧愁？　⑦青（jīng）青：即“菁（jīng）菁”，茂盛。　⑧紫茎：秋兰的茎青紫色，故言紫茎。　⑨堂：神堂，祭神之所。美人：当指参加祭神表演的其他人，如伴舞者等。　⑩目成：目光相交传情。以上二句是说，满堂美好的人很多，你忽然只同我眉目传情。从全诗看，似乎少司命并无相爱之意，当是迎神男巫的自作多情。　⑪入：这里指少司命的降临入神堂。出：当指其回驾出神堂升天。辞：言辞，说话。⑫回风：旋风。云旗：以云为旗，亦可理解为上面饰有云霓图案的旗。载云旗，指车上载有云旗。　⑬悲莫悲：悲没有比……更悲。生别离：生生地离别。　⑭乐莫乐：乐没有比……更乐。乐，没有比结识新知交更乐。新相知：新的知交。以上二句是说，悲，没有比生生别离更悲；　⑮荷衣：以荷叶为衣。蕙：香草名。蕙带，以蕙草为衣带。　⑯倏（shū）：倏忽，形容时间短速度快。逝：逝去，往。　⑰帝：天帝。帝郊，天帝的郊野，意为天国的郊野。　⑱君：指少司命。须：等待。谁须，即须谁，等待谁。本句下原还有“与女游兮九河，冲风至兮水扬波”二句，是衍文，本为《河伯》中语，错衍入本诗，今删。　⑲女：同“汝”，你。沐：洗头发。咸池：神话中的天池，是太阳沐浴之所。　⑳晞（xī）：晒干。阳：山之南、水之北为阳，这里当指咸池的北面。阿（ē）：水边。《穆天子传》：“天子饮于河水之阿。”注：“阿，水涯也。”一说，阿是曲阿，太阳所经过的一个地方。以上二句是说，我想与你在咸池一同洗头，在咸池北边的水滨晒干你的头发。这是男巫想象中的事。　㉑美人：指少司命。　㉒怳（huǎng）：怅然，失意貌。浩歌：

高歌。这句是说，我临风惆怅不已，故而放声高歌。　㉓孔：孔雀的省文。孔盖，孔雀展翅为车盖。一说，以孔雀羽毛做的车盖。盖：遮盖车子的伞形顶篷。翠：翡旍的省文。翡、翠都是鸟名，翡的毛羽赤色，翠的毛羽青色。旍（jīng）：同“旌”，一种旗子。翠旍，用翡翠的羽毛为旌旗。　㉔九天：犹言九重天，指天的极高处。彗（suì，今读huì）星：俗称扫帚星，古人传说彗星出现可以扫除邪恶。以上二句是说，少司命车上张着孔雀羽毛的车篷，打着翡翠鸟羽毛做的旗帜，登上九天，抚持彗星欲扫除邪恶。　㉕竦（sǒng）：同“耸”，高举。拥：这里是护卫的意思。幼：幼儿，少儿。艾：美好。幼艾，指美好的幼小儿童。　㉖宜：适合。正：长也。民正，民之长，意谓万民之主宰者。以上二句是说，你高举长剑保护着美好的儿童，唯有你适合主宰人类。

【译文】

秋兰和蘼芜，在堂下罗列而生。绿色的叶子白色的花朵，浓郁的香气飘洒袭人。人们各有自己美好的子女，你为什么愁苦劳心？

秋兰茂密繁盛，绿色的叶青紫色的茎。满神堂都是美好的人们，你忽然独独与我眉目传情。你进门出去都不说话，驾乘着旋风以云为旗。悲莫过于生生别离，乐莫过于新交相知。

你穿着荷叶之衣系着蕙草之带，飘忽而来倏忽而去。晚上你止息在天国的郊野，你在云际把谁等待？

我想与你在咸池共洗发，晒干你的头发在咸池的北涯。望你来你却不来，我临风惆怅失意放声歌唱。

你以孔雀的翅羽为车盖翡翠鸟的羽毛饰旗旌，登上九重天抚持着彗星。高举起长剑护卫着美好的儿童，只有你才适宜主持万民。

东　君

暾将出兮东方[①]，照吾槛兮扶桑[②]。抚余马兮安驱[③]，夜皎皎兮既明[④]。驾龙辀兮乘雷[⑤]，载云旗兮委蛇[⑥]。长太息兮将上[⑦]，心低佪兮顾怀[⑧]。羌声色兮娱人[⑨]，观者憺兮忘归[⑩]。

縆瑟兮交鼓[⑪]，箫钟兮瑶簴[⑫]。鸣篪兮吹竽[⑬]，思灵保兮贤姱[⑭]。翾飞兮翠曾[⑮]，展诗兮会舞[⑯]。应律兮合节[⑰]，灵之来兮蔽日[⑱]。

青云衣兮白霓裳[⑲]，举长矢兮射天狼[⑳]。操余弧兮反沦降[㉑]，援北斗兮酌桂浆[㉒]。撰余辔兮高驰翔[㉓]，杳冥冥兮以东行[㉔]。

【题解】

东君是太阳神，在进行歌舞表演时，由一男巫扮演太阳神，歌辞除从“縆瑟兮交鼓”至“灵之来兮蔽日”八句外全部由扮太阳神的男巫主唱，而中间八句则由群巫迎神者合唱。也有人认为全部歌辞都是太阳神独唱，而迎神群巫只进行乐舞迎神的表演。

太阳，人们每天见到，并给人们带来温暖光明，给万物带来生机，与人们的生活、生产最密切相关，所以歌辞对太阳神的礼赞最为热烈，最具声色，对其形象的描绘也最鲜明独特。诗用想象的笔调歌颂太阳的光明温暖，他昼夜奔忙为人类兴利除害，不知倦怠。全诗以太阳初升至日落返回为线索，描写了太阳一天的行程，拟人化的手法使诗带上了浓厚的浪漫主义情调，并使太阳神具有人的思想感情。当他初升时的景色绚丽多姿，光芒普照，但忽然又“长太息兮将上”“心低佪兮顾怀”，已不仅是在描写神灵，而是完全感染上诗人忧国忧民的心情。所以林云铭说这首诗“睠顾楚国，情见乎词”（《楚辞灯·东君》）。

【注释】

①暾（tūn）：温暖光明的样子。一说，暾是初升之日。以下十句是男巫扮太阳神独唱。 ②吾：太阳神自称。槛（jiàn）：栏杆。扶桑：神话中日出之处的神树。一说扶桑是日出之处地名。以上二句是说，温和的朝阳初出于东方，照着我在扶桑的宫殿的栏杆。 ③抚：抚摸，抚拍。安驱：安详地驱行。这句是描写朝阳徐徐升起的状态。 ④皎（jiǎo）皎：即“皎皎”，光明貌。夜皎皎，谓夜尽天亮。既：已经。以上二句是说，轻抚我的马安详地行进，黑夜已尽天色已明。 ⑤辀（zhōu）：车辕，这里代指车。龙辀，龙形的车。乘雷：车轮滚动时响声如雷，似乘雷而行，故说“乘雷”。 ⑥云旗：以云为旗。一说，饰有云霓图案的旗。载云旗，指车上载有云旗。委蛇（wēiyí）：绵延曲折貌。这里是形容云旗飘扬时卷舒起伏的样子。 ⑦太息：叹息。上：上升。 ⑧低佪：徘徊不进，这里指心情依恋不舍。顾怀：回望而怀恋。以上二句是说，我长声叹息将升上天空，心情依恋，顾望不舍。 ⑨羌：发语词。声色：声音色彩，指祭祀迎神场面的歌声乐声喧天，色彩纷呈。娱人：使人欢娱。 ⑩观者：指观看迎神表演的人。憺（dàn）：安，安然。以上二句是说，迎神场面歌声响亮，色彩缤纷，使人欢乐，观看的人都安然忘归。 ⑪緪（gēng）：同“縆”，紧，急。瑟：一种弦乐器名。緪瑟，指瑟声急促。交鼓：交相擂鼓。一说，鼓声相杂而响。以下八句是群巫迎神者的合唱。 ⑫箫：“揱（xiáo）”的假借字，《广雅》：“揱，击也。”箫钟，即揱钟，击钟也。瑶：“摇”的假借字，摇晃。簴（jù）：挂钟磬的木架。瑶簴，即摇簴，钟架摇晃。一说，瑶簴是以瑶玉为饰做的钟架。以上二句是说，瑟声急促，鼓声交响，用力敲钟而钟架晃动。 ⑬篪（chí）：通“篪（chí）”，古代的一种管乐器名，以竹为之，横吹。鸣篪，吹响篪。竽：也是一种竹制管乐器名。 ⑭灵保：指东君。姱（kuā）：美好。贤姱，贤明而美好。以上二句是

说，吹响起篪和竽，思念起东君的贤明美好。　⑮翾（xuān）：小飞。翠：翡翠鸟。曾：通“甑”，举起翅膀，也是飞的意思。这句是说，迎神的群巫衣饰艳丽翩翩起舞，像翠鸟展翅飞翔。　⑯展诗：犹言陈诗，指唱歌。会舞：指多人合舞。　⑰应律：应和着音乐旋律。合节：应合着歌曲的节拍。　⑱灵：指东君。蔽日：遮蔽了太阳。以上二句是说，迎神的歌舞都应合着音乐的旋律和节拍，歌舞声中太阳神率领众多神灵遮天蔽日地降临了。　⑲青云衣：以青云为衣。白霓裳：以白虹为裳。霓，副虹叫霓。上衣叫衣，下衣叫裳。以下至篇末六句为太阳神独唱。　⑳长矢：长箭。天狼：星名，古人认为天狼星主侵掠，是恶星，故有人认为诗人在这里是喻指秦国。以上二句是说，我穿着青云做的上衣，白虹做的下裳，举起长箭射击天狼星。　㉑操：持。弧（hú）：星名，在天狼东南，古人认为是天弓，主防备盗贼。反：同“返”。沦降：降落，指太阳降落西方。古人认为太阳降落进入太阴之中然后返回东方，故诗说“反沦降”，即降落而返回东方。　㉒援：拿。北斗：星名，共七星，勺形。酌：斟酒而饮。桂浆：桂花酒。以上二句是说，我拿起天弓降落回返，取来北斗勺取桂花酒。　㉓撰：拿，持。辔（pèi）：马缰绳。驰翔：奔驰飞翔。㉔杳（yǎo）：深远。冥（míng）冥：昏暗。古人认为太阳落山之后是从大地后面返回东方的，那里黑暗幽深。以上二句是说，我手持马缰，高驰远飞，在幽深黑暗中向东方行进。

【译文】

（男神）温暖和煦的光亮出现在东方，照耀我扶桑神宫的栏杆闪现光芒。我轻抚着马儿安缓地行进，夜色已退天色已亮。我驾着龙车，车轮滚滚如雷，车上的云旗舒卷飘扬。我长声叹息，将渐渐向上，心情依恋不舍徘徊顾望。看那歌舞场面色彩缤纷歌声嘹亮，悦人耳目，观看的人安然忘归流连徜徉。

（群巫）瑟声急促鼓声交响，钟磬猛敲钟架晃摇。吹起篪啊吹起竽，想那神灵多贤明美好。歌舞人翩然轻舞像那翡翠鸟展翅飞翔，唱起诗章其声朗朗，跳起合舞群情陶陶。应于旋律合于节拍，你率领诸神遮天蔽日而降无限美妙。

（男神）我以青云为上衣，白虹为下裳，举起长箭射击那恶星天狼。拿着我的天弓降落回还，手持北斗星勺取桂花酒浆。手按马缰我高驰飞翔，幽深黑暗中我向东回航。

河　伯

与女游兮九河①，冲风起兮水扬波②。乘水车兮荷盖③，驾两龙兮骖螭④。登昆仑兮四望⑤，心飞扬兮浩荡⑥。日将暮兮怅忘归，惟极浦兮寤怀⑦。

鱼鳞屋兮龙堂⑧，紫贝阙兮朱宫⑨，灵何为兮水中⑩？

乘白鼋兮逐文鱼⑪，与女游兮河之渚⑫，流澌纷兮将来下⑬。子交手兮东行⑭，送美人兮南浦⑮。波滔滔兮来迎，鱼邻邻兮媵予⑯。

【题解】

河伯是黄河的水神，名冰夷，亦作冯夷。在进行歌舞表演时，由一男巫扮河伯主唱，一女巫扮迎神者对唱。女巫的唱辞只有“鱼鳞屋兮龙堂”以下三句，其余前八句后七句均是男巫所唱。

《河伯》所写的是一个爱情故事，郭沫若认为是“男性的河神与女性的洛神讲恋爱”（《屈原赋今译》），游国恩则认为“为咏河伯娶妇事也”（《论九歌山川之神》，见其所著《楚辞论文集》）。一般学者多不确定女性的身份，认为是女巫所扮的迎神者。诗中写他们同游九河及黄河之渚，但最后也不得不送别南浦。诗用想象的手法写出斑斓陆离的水底世界，刻画神奇而细致，境界阔大，意境优美。诗中以重笔浓墨刻画了河伯的形象，但隐约中也虚写了女神的形象。

诗中所写的同游而最后分手，以及怅惘之情，可能寓意着诗人与楚王的关系，正如《离骚》所说的“初既与余成言兮，后悔遁而有他。余既不难夫离别兮，伤灵修之数化”。其怅然若失也正是“伤灵修之数化”。

【注释】

①女：同“汝”，你，指迎神女巫。九河：传说禹治水至兖（yǎn）州，为了防止河水外溢，开河为九道，故称九河。以下八句为男巫扮河伯所唱。　②冲风：大风，暴风。　③水车：能行于水的车。荷盖：荷叶做的车盖。　④驾两龙：以两条龙驾车。骖（cān）：古代驾车如用四马，中间两匹叫两服，两旁的两匹叫骖，这里作动词用。螭（chī）：传说中无角的龙。骖螭，以螭为骖。以上二句是说，我乘着水车以荷叶做车盖，驾上两条龙并把螭龙套在两旁。　⑤昆仑：神话传说中的西方神山，是神仙居住的地方。　⑥浩荡：水大貌，这里指心情的舒畅开阔。　⑦惟：思，想。极浦：极远的水边，当指河伯所居住的黄河。寤：觉。怀：心中思念。寤怀，感觉到了心中的思念。以上二句是说，天色将暮，因忘了归去我心中怅然，想起那遥远的黄河水边，触动了我心中的思念。　⑧鱼鳞屋：用鱼鳞做的屋。龙堂：指画饰龙的堂，堂上画龙是为了装饰。以下三句是女巫扮迎神者所唱。仔细体味，他们同游九河、昆仑之后又回到黄河河伯所居住的地方。　⑨阙（què）：古代宫殿、祠庙前左右各建一高台，上起楼观，因两者之间有空缺为道，故名阙或双阙。　⑩灵：神灵，指河伯。以上三句是说，鱼鳞做的屋，画有饰龙的堂，紫贝建的阙楼，红色的神宫，你为什么住在水中央？　⑪鼋（yuán）：大鳖。文鱼：身上有花纹的鱼。此句至篇末均是河伯所唱。　⑫女：汝，你，指女巫。渚：水中洲。河之渚，黄河中的沙洲。　⑬澌（sī）：应作“澌（sī）”字，流冰。流澌就是水中的流冰。以上三句是说，我们乘上白色的大鳖追逐着斑斓的文鱼，与你同游河中之洲，流冰就将纷纷地流下来。　⑭子：你，指女巫。交手：手拉手。　⑮美人：指女巫。南浦：河南边的水滨。　⑯邻邻：一个挨一个。媵

（yìng）：陪送，跟从。表演时似有众人装扮成鱼群舞跟从。

【译文】

（男）我与你同游九河之上，大风刮起水波浩荡。乘上带有荷盖的水车，两龙驾中央，两螭陪两旁。登上昆仑山我放眼四望，心绪飞扬心情激荡。天色将暮，我因忘归怅怅，想起那遥远的黄河边，触动了我的思怀荡漾。

（女）你用鱼鳞为屋，堂上画着龙形的图样，紫贝的双阙后是朱红的宫殿，河伯，你为何住在水中央？

（男）我们乘上白鼋追逐着文鱼，我与你同游河中之洲，流冰纷纷即将顺流而下。我俩手拉手向东行走，我将送你至河南的水滨。波浪滔滔来迎接我们，鱼儿阵阵陪送着我们。

山　鬼[①]

若有人兮山之阿[②]，被薜荔兮带女萝[③]。既含睇兮又宜笑[④]，子慕予兮善窈窕[⑤]。乘赤豹兮从文狸[⑥]，辛夷车兮结桂旗[⑦]。被石兰兮带杜衡[⑧]，折芳馨兮遗所思[⑨]。余处幽篁兮终不见天[⑩]，路险难兮独后来[⑪]。

表独立兮山之上[⑫]，云容容兮而在下[⑬]。杳冥冥兮羌昼晦[⑭]，东风飘兮神灵雨[⑮]。留灵修兮憺忘归[⑯]，岁既晏兮孰华予[⑰]？采三秀兮于山间[⑱]，石磊磊兮葛蔓蔓[⑲]。怨公子兮怅忘归[⑳]，君思我兮不得闲[㉑]。

山中人兮芳杜若[㉒]，饮石泉兮荫松柏[㉓]。君思我兮然疑作[㉔]。

雷填填兮雨冥冥[㉕]，猨啾啾兮狖夜鸣[㉖]。

风飒飒兮木萧萧[㉗]，思公子兮徒离忧[㉘]。

【题解】

山鬼是巫山女神。《山鬼》是祭祀山神的歌舞辞，表演时由一女巫扮山鬼歌舞独唱。歌辞的内容是写山鬼恋爱失意。她高高兴兴地装扮停当去赴约会，但是心上人却没有来。她先是等待，后是怀疑，但等待她的仍然是失恋的忧愁。诗完全以人的感情来写神，曲折反映的仍是人间的爱情心境。

诗中对山中景物的描写最具特色，幽暗深远的环境很恰切地衬托了山鬼失恋的心境和孤独忧愁的身影，塑造了情景交融的优美意境。对人物刻画主要在两个方面：即对山鬼外貌的描写和心理的刻画，由表入里地完整地塑造了人物的形象。外貌的描写突出她的美丽，她以薜荔为衣，女萝为带，“既含睇兮又宜笑”，身材窈窕美好，活绘出一个美丽的女性形象。心理的描写则注重其性格的善良、坦诚和对爱情的忠贞。当她赴约途中就折花欲送“所思”，而等之不来时，仍等待而“憺忘归”，心里交织着爱与怨，怀疑与信任。一个善良、忠贞、温良而愁肠千回百转的失意的恋人也呼之欲出了。语言上优美含蓄，情味悠长。山鬼的高标芳洁求偶不遇也当自寓着诗人的个人感情与经历。

【注释】

①山鬼：山神。之所以称其为“鬼”而不为“神”，可能是认为她不是正神。郭沫若认为文中的於山是指巫山，山鬼是巫山女神（见郭沫若《屈原赋今译》）。据传说，巫山女神叫瑶姬，是天帝之女，未嫁而亡，后被封于巫山之台。　②人：指山鬼。阿（ē）：山的弯曲之处。这里山之阿指深山。③被：同“披”。薜荔（bìlì）：香草名，缘木而生。带：动词，以……为带。女萝：即松萝，地衣类植物。以上二句是说，隐约有个人在山弯里，披着薜荔做成的衣衫，又以女萝为带。　④睇（dì）：含情而视。宜笑：笑得自然笑得美。　⑤子：你，山鬼称其恋人。慕：爱慕。善：美好，指品行。窈

窕（yǎotiǎo）：美好，指体态。　⑥赤豹：赤色的豹。从：让……随从。文狸：有花纹的狸。狸，野猫。　⑦辛夷：香木名，又名木笔，高可二三丈，玉兰花树就是一种辛夷。辛夷车，辛夷木做的车。结：系结。桂旗：桂枝为旗。以上二句是说，山鬼乘着赤豹驾的车，后面跟从着花狸猫，车是辛夷木做的，车上系结着桂枝作为旗。　⑧被：同“披”。石兰：香草名，兰的一种。带：这里当作佩戴。杜衡：香草名，又名马蹄香。这一句与“被薜荔兮带女萝”有所不同。这里的“被石兰”不是披上石兰衣，而是披着石兰作为饰物；“带杜衡”也不是以杜衡为衣带，而是佩戴着杜衡作为饰物。　⑨折：采折。芳馨（xīn）：指香花香草。遗（wèi）：赠送。所思：所思念的人，指恋人。　⑩处：住。幽：幽深。篁（huáng）：指竹林。　⑪独后来：独自迟到了。据诗意看，山鬼来赴约会，未见“所思”，她认为自己迟到了。以上二句是说，我住在幽深的竹林里，不见天日（所以不知时间早晚），道路又艰险，因此来迟了。　⑫表：孤特突出。独立：独自站立。　⑬容容：云出入飞扬翻动貌。以上二句是说，我独自伫立在高山顶之上，脚下云彩飘浮。　⑭杳（yǎo）：深。冥冥：阴暗貌。羌（qiāng）：语助词，楚方言，意近于“乃”字。晦（huì）：暗。　⑮雨（yù）：动词，下雨。以上二句是说，只见一片深沉阴暗，白天也暗淡无光，东风飘然而起，神灵降下了骤雨。⑯留：挽留。灵修：聪明俊美的意思，指山鬼的恋人。憺（dàn）：安心。⑰岁：指年岁。晏（yàn）：晚。华：同“花”，作动词用，开花。华予：犹言使我开花，比喻使我年轻。以上二句是说，为了挽留恋人，我安然忘记归去；我年华老大，有谁爱我，使我青春重返？一说“忘归”指灵修“忘归”。⑱三秀：一种灵芝草，一年可开花三次，故叫三秀。“秀”本是植物开花的意思。于山间：在山间。一说於山，山名，即巫山，於山间，即巫山间。⑲磊磊：石多堆积貌。葛：植物名，多年生草本，茎蔓生。蔓蔓：蔓延貌。⑳怨：怨恨。公子：指山鬼的恋人。　㉑君：指山鬼恋人。闲：空闲。以上二句是说，怨恨公子，我怅然忘归，我想，你还是思念我的，大概你实在没有空闲。　㉒山中人：指山鬼。杜若：一种香草。芳杜若，像杜若一样芳香。

㉓荫：动词，以……为遮蔽。以上二句是说，我像杜若那样芳香，饮用石泉之水，有松柏遮蔽我的居处。 ㉔然：肯定之词，犹言是这样。疑：怀疑。然疑作，疑信交并。这句是说，你是在想我；不，你不是在想我。这两种感情交替涌上我心头。 ㉕填填：雷声。冥冥：幽暗貌。 ㉖猨：今作“猿”。啾（jiū）啾：猿鸣声，象声词。狖（yòu）：长尾猿。 ㉗飒（sà）飒：风声。萧萧：风吹树叶声。 ㉘徒：徒然，枉自。离：通“罹（lí）”，遭遇，遭受。以上二句是说，风声飒飒，木叶萧萧，思念公子，枉自遭受如此的忧愁烦恼。

【译文】

隐约有个人在那山弯里，披着薜荔的衣裳，系着女萝的衣带。她含情微笑，笑容多美好，你爱慕我的身材姿态苗条美妙。我乘着赤豹，身后跟从着文狸，辛夷做的车上系结着桂树枝叶做的旗。身披石兰草，杜衡佩在腰，折下芳草香花送给我的所思。我居住在幽深的竹林里终日不见天日，道路艰险因此来迟。

我高高地站在山顶之上，云气纷纷扬扬在我脚下流动。山林幽暗白日无光，东风飘然刮起，神灵降洒阵阵骤雨。留恋你我安然忘归，年岁已大，谁能使我容华再现？我在山间采下三秀的灵芝，但见山石累累葛藤蔓延。怨恨你啊我怅然忘归，你当是思念我的只是不得空闲。

我像杜若那样芬芳，饮用石泉之水，以松柏遮蔽我的居所。你是否思念我，我相信又怀疑，感情错综交织。雷声阵阵响，下雨天昏暗，猿猴啾啾鸣叫声声。风声飒飒树叶萧萧，思念你枉自寻烦恼。

国　殇①

操吴戈兮被犀甲②，车错毂兮短兵接③。旌蔽日兮敌若云④，矢交坠兮士争先⑤。凌余阵兮躐余行⑥，左骖殪兮右刃伤[7]。霾两轮兮絷四马[8]，援玉枹兮击鸣鼓[9]。天时坠兮威灵怒[10]，严杀尽兮弃原野[11]。

出不入兮往不反[12]，平原忽兮路超远[13]。带长剑兮挟秦弓[14]，首身离兮心不惩[15]。诚既勇兮又以武[16]，终刚强兮不可凌[17]。身既死兮神以灵[18]，子魂魄兮为鬼雄[19]！

【题解】

《九歌》十一篇，有十篇是祭祀神灵的，只有《国殇》除外，它所祭祀的是楚国的阵亡将士，而且所写的乃是失败的战争。这是针对楚国的现实而发的，它反映的是楚怀王之后的楚与秦战屡战屡败的现实。屈原痛心这种形势，于是写了这首诗，祭祀那些为国捐躯的灵魂。歌辞分前后两段，前一段十句记述了一次战争的壮烈失败的经过。当由一男巫扮阵亡者的鬼魂独唱；后一段八句是对阵亡者热烈的礼赞歌颂之辞，歌颂他们生为人杰死为鬼雄的爱国主义和英雄主义，当由群巫祭祀者合唱，进行歌舞表演。

诗中战争场面的描写直赋其事，具有典型性和现实性，所以本篇与其他各篇的浪漫主义不同，带有强烈的现实主义，风格沉着刚健，慷慨雄劲。语言也整齐简练，音节铿锵，掷地有金石声。《国殇》对后代爱国主义诗人和他们的作品有极大影响，可谓是爱国主义诗篇之祖。

【注释】

①国殇（shāng）：死于国事者。这首诗是追悼为国捐躯的将士的祭歌。②操：持。吴戈：吴地生产的戈，是优质兵器。被：同“披”。犀（xī）甲：犀牛皮制的铠甲。以下十句是由男巫扮阵亡者独唱。　③毂（gǔ）：车的轮轴。错毂，轮毂交错。战争激烈时，战车相迫，所以车毂错。短兵：短的兵器。以上二句是说，将士们手持吴戈，身披犀甲，战车交错，短兵相接。

④旌（jīng）：指旌旗。 ⑤交坠：相交而坠落。以上二句是说，旌旗遮掩了天日，敌人如云，箭矢相交而坠，士兵们奋勇争先。 ⑥凌：犯，侵犯。阵：阵地。躐（liè）：践，践踏。行：行伍，行列。 ⑦骖（cān）：骖马，驾在车前两边的马。左骖，左边的骖马。殪（yì）：死。右：指右骖。以上二句是说，敌入侵犯我军的阵地，践踏我军的行列，战车的左骖战死了，右骖也受了伤。 ⑧霾（mái）：通“埋”。絷（zhí）：绊。四马；古时驾车一般用四匹马，这里意指所有驾车的马。 ⑨援：持。枹（fú）：鼓槌。玉枹，镶有玉的鼓槌。击鸣鼓：擂响战鼓。以上二句是说，车轮被埋陷，马儿被绊住，将军仍手持玉枹，擂响进攻的战鼓。 ⑩天时：这里指天象。坠：坠落。一作“怼”，即怨。威灵：威严的神灵。怒：震怒。这句是形容战争的激烈。⑪严：壮。杀：指死。严杀，鏖战痛杀。一说，犹肃杀，指战争的肃杀之气。以上二句是说，战争非常激烈，好像日月星辰都在坠落，威严的神灵也在震怒，将士们鏖战痛杀，全部壮烈牺牲，弃尸于原野之上。 ⑫出：出征。入：回归。反：同“返”，返回，以下八句由群巫合唱。 ⑬忽：远，指荒远辽阔。超远：遥远。以上二句是说，将士们出征就未想着回归，平原辽阔，征程遥远。 ⑭带：佩带。挟（xié）：本指夹在肋下，就是带着。秦弓：秦地生产的弓，是良弓。 ⑮首：头。离，分离。惩：戒惧，戒止。以上二句是说，身佩长剑，手持秦弓，即使身首异处也不惧怕。 ⑯诚：真正，确实。武：指武艺高。 ⑰凌：侵犯。以上二句是说，将士们确实既勇敢又武艺高超，始终刚强而不可侵犯。 ⑱神：指战死的将士的灵魂。灵：灵验。 ⑲子：指战死者。“子魂魄”一作“魂魄毅”。鬼雄：鬼中的英雄。以上二句是说，将士们虽死却神灵显赫，精神不泯，他们的魂魄是鬼中的英雄。

【译文】

（独）我手持吴戈身披犀牛皮的铠甲，战车交错短兵相接。旌旗蔽日色，敌众如云涌，箭矢相交坠落，士卒争踊跃。敌人侵犯我军阵地冲踏我军的行列，我们的战车左骖死亡右骖受伤创。车轮被土埋，马儿被绊住，将军仍手持鼓槌擂起进军鼓。天怨神怒啊，战士们壮烈牺牲弃身原野。

（合）你们出征就未想过回返，荒原辽阔征程遥远。你们身佩长剑手持强弓，身首分离也无所惧怕，你们真勇敢又威武，始终刚强而不可侵犯。英雄已死却英灵不泯，你们的英魂是鬼中的英雄。

礼 魂

成礼兮会鼓①，传芭兮代舞②，姱女倡兮容与③。春兰兮秋菊，长无绝兮终古④。

【题解】

礼，指祭祀的典礼；魂，王夫之说：“魂亦神也。”兼指以前各篇所祭祀的神灵和《国殇》中的英灵。礼魂就是以祠神之礼送别神灵。《礼魂》从祠典上说是送神曲；从《九歌》全体结构上看是尾声“乱辞”。表演时当由群巫男女合唱而舞，虽是尾声想其情景却最热烈腾闹。歌辞直赋其事，语言简洁而悠扬无绝，余意绵绵。

《九歌》十一篇是屈原总结、吸取民间祭歌的形式内容而创造的一组清新优美的抒情诗。总的说来，它主要体现出浪漫主义的风格特色，并借此而曲折地反映了社会现实和社会生活。它情景交融，意境优美，语言简洁自然而情味悠长，是我国古典抒情诗中的艺术珍品。正如明人陆时雍所言“九章（按，指《九歌》）短节简奏，触音有琳琅之声”（引自明蒋之翘《七十二家评楚辞》卷二《九歌》）。

【注释】

①成礼：指祭祀完成。会鼓：齐声擂鼓。 ②芭（bā）：一种香草。一说，同“葩”，花也。代舞：交替而舞。 ③姱女：美女。倡：同“唱”。容

与：舒缓自得貌。④长无绝；指祭祀不断绝。终古：永久，永远。

【译文】

祭礼完成了，大家一齐击鼓，人们传递着香花轮番跳着舞，美女们缓缓地唱着歌。春天用兰花秋天用菊花，祭祀不会停止直至永久。

天　问

曰：遂古之初，谁传道之[①]？上下未形，何由考之[②]？冥昭瞢暗，谁能极之[③]？冯翼惟象，何以识之[④]？明明暗暗，惟时何为[⑤]？阴阳三合，何本何化[⑥]？圜则九重，孰营度之[⑦]？惟兹何功，孰初作之[⑧]？斡维焉系[⑨]？天极焉加[⑩]？八柱何当[⑪]？东南何亏[⑫]？九天之际，安放安属[⑬]？隅隈多有，谁知其数[⑭]？天何所沓[⑮]？十二焉分[⑯]？日月安属[⑰]？列星安陈[⑱]？出自汤谷，次于蒙汜[⑲]；自明及晦，所行几里[⑳]？夜光何德，死则又育[㉑]？厥利维何，而顾菟在腹[㉒]？女岐无合，夫焉取九子[㉓]？伯强何处[㉔]？惠气安在[㉕]？何阖而晦？何开而明[㉖]？角宿未旦，曜灵安藏[㉗]？

【题解】

天问就是问天的意思。关于这首诗的写作，王逸说："何不言问天？天尊不可问，故曰天问也。屈原放逐，忧心愁悴。彷徨山泽，经历陵陆。嗟号昊旻，仰天叹息。见楚有先王之庙及公卿祠堂，图画天地山川神灵，琦玮谲诡，及古贤圣怪物行事。周流罢倦，休息其下，仰见图画，因书其壁，呵而问之，以泄愤懑，舒泻愁思。"（《楚辞章句·天问序》，见洪兴祖《楚辞补注》卷三）他的话虽有臆测成分，但其所述这篇作品的时间背景，创作原因和目的都是合理的。他的这些说法也为古今多数楚辞学者所认可和延用。

诗人在这首长诗中提出了约一百八十个问题，关涉到天地形成、自然现象、神话传说、历史故事以及近代及当代的政治等多方面的内容。诗的主题思想是通过问天，提出了宇宙自然和历史社会的各种问题，企图探索自然现象、天人之际的关系和社会历史兴衰的原因，隐晦曲折地寄寓了诗人对天命的否定和对当时社会现实的讽喻。因此，这首诗有着积极巨大的思想意义。首先，诗人的探索精神表现了我国古代人民积极的世界观和人生观，有朴素的唯物主义因素。其次，对历史社会现象的探索也表现了作者有朴素的唯物主义历史观，基本肯定了历史是人创造的。另外，这首诗同屈原的其他作品一样是表现了诗人对国家和人民的热爱，尽管这种爱国主义精神不如《离骚》《九章》那样明白显豁。

这是一首奇特的长篇抒情诗，除了具有屈原积极浪漫主义的共性之外，还有以下的艺术成就和特点。一是它含有丰富的哲理。诗人在“问”中虽多没有明确的回答，但倾向性很明显，实际上对多数问题诗人心中已有了答案，包含了极为丰富的哲学、社会学的道理。为我国哲学史、思想史乃至文学史提供了丰富的史料。其二，诗的结构宏伟巨丽，篇幅巨大，但层次基本分明清晰，从自然界到人类社会，从古到今，循序而进，表现了作者剪材和运笔的才能。其三，语言上基本用四言句式，但亦间以杂言，整饬中有变化，而通篇问而不答的形式也具有创造性，能充分调动读者的思索。

清人林云铭评本诗说：“一部《楚辞》最难解者，莫如《天问》一篇。”又说：“逐段中错综衬贴，反击旁敲，原不分其事迹之先后，点染呼应，步步曲尽其妙，看来只是一气到底，序次甚明，未尝重复，亦未尝倒置，无疑可缺，亦无谬可辟。”话虽如此说，但其奇诎难读还是多数人承认的。

【注释】

①曰：犹言问曰。遂古：即“邃（suì）古”，远古也。道：说也。以上二句是说，远古起始时的情况是谁传说下来的呢？　②上下：指天地。形：成形。古人认为宇宙初起时一片混沌，天地不分，故曰“未形”。考之：考察它（指天地不分）。　③冥：昏暗。昭：光明。冥昭指黑夜白天。瞢（méng）：混沌不清。极：穷尽。极之，谓研究并明白它（指“冥昭瞢暗”）。以上二句是说，昼夜不分，一片混沌不清，谁能研究清楚它呢？④冯（píng）翼：充满。惟：唯也，只有，只是。象：形象，景象。识：认识。以上二句是说，充满天地间的只是一片满盈的景象，怎么去认识它呢？⑤惟：发语词。时：通是，这。何为：为何，为什么。以上二句是说，天地间或明或暗没有一定，这是为什么？　⑥阴阳：古人认为天地间有阴阳二气，可以变生化孕万物。三合：指天与阴、阳三者的结合。古人认为阴阳可化孕万物，但必须与天三合而万物才能形、神、生理具备。以上二句是说，天与阴、阳三结合才能化生万物，什么是根本？又是怎样变化的呢？　⑦圜：同“圆”字，指天，古人认为天是圆的。九重：古人认为有九重天。营度：经营筹划。以上二句是说，天有九重，谁经营筹划的呢？　⑧惟：思，想。兹：这。何功：犹言何等浩大的工程。孰：谁人。作：制作，建造。以上二句是说，想这是何等浩大的工程，谁最初建造的呢？　⑨斡（guǎn）：车毂（gǔ）周围钉嵌的铁皮，以接受容纳车轴的。维：绳。古代认为天体是以北极星为轴转动的，天与轴之间用绳拴系着，这样就不会坠落。焉：何处。这句是说，连结天与轴斡之间的绳是拴在哪里的呢？　⑩天极：天的顶端。加：安放。这句是说，天的顶端是安放在哪里的呢？　⑪八柱：古代队为有八根擎天柱支撑着天。当：相当。何当，犹言相当于什么呢？或相当于在何处呢？　⑫亏：亏损，缺损。我国东南方是大海，古人因而认为大地东南有缺损。何亏，为什么缺损。　⑬安：怎么，哪里。属（zhǔ）：连系，连接。以上二句是说，九天之间是怎样安放怎样连接的呢？　⑭隅（yú）：边角，角落。隈（wēi）：弯曲之处。隅隈，这里是指地的角落缺损弯曲之处。其：它的，指隅隈。以上

二句是说，地的弯曲缺角之处有很多，谁知道它到底有多少？　⑮沓（tà）：合，会合。这句是说，天在什么地方与地会合？古人认为天圆地方，天如半圆体盖在地上。　⑯十二：十二辰．古人把日月星等在天上运行的圆周轨道分成十二等分，并以十二地支与之对应名之，这就是十二辰。这句是说，天上的“十二辰”是怎样划分的呢？　⑰安属（zhǔ）：怎样连接。这句是说，日月是怎样附接在轨道上的呢？　⑱列星：众星。安陈：怎样陈放。这句是说，众星又是如何陈放在天上的呢？　⑲汤（yáng）谷：即旸谷，神话传说中东方日出之处。次：止息。蒙汜（sì）：神话传说中日落止息之处。　⑳明、晦：指天明、天黑。以上四句是说，太阳早晨升起于汤谷，晚上止息于蒙汜，从天亮到天黑，所走过的道路有多少里？　㉑夜光：指月亮。死：每月月底至下月初有几天没有月亮，故说它已死．育：指月亮又生。每月月初夜晚月亮逐渐出现，故说它又育。以上二句是说，月亮有何德行，能够死而复生？　㉒厥（jué）利：它（月亮）的利益。维：语中助词，无义。顾菟（tù）：神话传说中月亮上的一种动物，古人多认为是兔子，闻一多认为是蟾蜍。以上二句是说，月亮为了什么好处而让顾菟在其腹中？　㉓女歧：神话传说中的神女。合：交合，指男女之事。传说女歧无夫而生九子，所以说她“无合”。焉取：哪里取得。以上二句是说，女歧没有婚配，从哪里取得九个儿子？　㉔伯强：传说中的大厉疫鬼，所至则伤人。一说，以为是风神而兼海神的禺强。何处：处何，在什么地方。　㉕惠气：和顺的风。以上二句是说，伯强在哪里？和风在何处？　㉖阖（hé）：合，关合，关闭。晦：暗，指黑天。明：指白天。以上二句是说，天上什么东西关闭了天就黑？什么东西打开了天就亮？　㉗角宿（xiù）：星宿名，二十八宿之一，是东方苍龙七星第一宿，有两颗星，古人认为这是天门，日月五星要经过这里。角宿未旦，指东方还未明。曜灵：太阳。安藏：藏身何处。以上二句是说，东方天还未亮的时候，太阳藏身何处？

以上是第一大段。主要提出关于天地生成宇宙安排的问题。

不任汩鸿，师何以尚之①？佥曰何忧，何不课而行之②？鸱龟曳衔，鲧何听焉③？顺欲成功，帝何刑焉④？永遏在羽山，夫何三年不施⑤？伯禹腹鲧，夫何以变化⑥？纂就前绪，遂成考功⑦；何续初继业，而厥谋不同⑧？洪泉极深，何以窴之⑨？地方九则，何以坟之⑩？应龙何画⑪？河海何历⑫？鲧何所营⑬？禹何所成⑭？康回冯怒，地何故以东南倾⑮？九州安错⑯？川谷何洿⑰？东流不溢，孰知其故？东西南北，其修孰多⑱？南北顺椭，其衍几何⑲？昆仑县圃，其尻安在⑳？增城九重，其高几里㉑？四方之门，其谁从焉㉒？西北辟启，何气通焉㉓？日安不到㉔？烛龙何照㉕？羲和之未扬，若华何光㉖？何所冬暖？何所夏寒？焉有石林㉗？何兽能言？焉有虬龙，负熊以游㉘？雄虺九首，儵忽焉在㉙？何所不死㉚？长人何守㉛？靡萍九衢，枲华安居㉜？一蛇吞象，厥大何如㉝？黑水玄趾，三危安在㉞？延年不死，寿何所止㉟？鲮鱼何所㊱？鬿堆焉处㊲？羿焉彃日㊳？乌焉解羽㊴？

【注释】

①任：胜任。汩（gǔ）：治理。鸿：通“洪”，洪水。师：众人。尚：推举。之：他，指鲧（gǔn）。 ②佥（qiān）：皆。课：试。行之：进行治水。以上二句是说，大家都说何必担忧鲧，尧为什么不试试他，再让他去实行治水？传说诸侯推鲧治水，尧不同意，众人都说让他试试，不行再罢免，尧于是才同意。 ③鸱（chī）：就是猫头鹰。鸱龟，神话传说中一种像猫头鹰的龟。曳（yè）：拖。曳衔，当是指鸱龟互相衔着尾巴，鲧依此状而筑堤堵水。鲧：传说是禹之父。听：听从，指相信照“鸱龟曳衔”的方式能堵洪水。以上二句是说，鲧为什么听信用“鸱龟曳衔”的样式能堵住洪水呢？ ④顺：顺从，指顺从人们的愿望治好洪水。帝：指舜。刑：处以刑罚，加刑。以上二

句是说，鲧也是想顺应众人之愿望治好洪水，舜为什么还要处他以刑罚呢？⑤遏（è）：拘禁。羽山：传说中的地名，据说在今山东海滨。施：行，指行刑。以上二句是说，鲧被长久拘禁于羽山，为什么三年还不行刑呢？　⑥伯禹：即禹，传说禹代鲧为宗伯，故称伯禹。腹：用作动词，据说禹从鲧腹中变生出来，故说“腹鲧”。何以：这里犹言怎样。以上二句是说，大禹是从鲧的腹中变生出来的，那是怎样变化的呢？　⑦纂（zuǎn）：继，继承。就：就任。绪：事业。前绪指鲧从前的治水事业。考：亡父为考。功，功绩。以上二句是说，禹继承先父的事业，终于成就了父亲的功业。　⑧续初：继续开初的志向（鲧开治水的初志，禹继续之）。继业：继承事业。厥：他们，指鲧与禹。谋：谋划，这里指治水的计划方法。以上二句是说，禹继承鲧的初志与事业，为什么他们治水的办法不同呢？　⑨洪泉：即洪渊。唐避李渊讳，改渊为泉。洪渊，洪水的渊泉。窴（tián）：同“填”。以上二句是说，洪水的渊泉极深大，是怎样填平它的呢？　⑩九则：九等。坟：分。王逸注说，“坟，分也。谓九州之地，凡有九品，禹何以能分别之乎？”意思是说，土地为洪水所淹没，水平之后，禹又是怎样根据九等品次来划分九州土地的呢？　⑪应龙：神话传说中一种有翼的龙。传说禹治水时，应龙以尾画地，禹依其所画进行治水，导之入海。这句是说，应龙是怎样画地的呢？　⑫历：经历。这句是说，河海相通是怎样流过的呢？以上二句原作“河海应龙，何尽何历”，根据朱熹《楚辞集注》改。　⑬营：经营，指经营治理洪水。何所营，经营了什么。　⑭成：成功，成就。以上二句是说，哪些工作是鲧经营的？哪些成就是禹完成的？　⑮康回：即神话传说中的共工。共工与颛顼（zhuānxū）争为帝，盛怒而触不周之山，擎天柱断了，拴系大地的绳也断了，因此，地陷东南，江河也流向东南。冯（píng）怒：盛怒，大怒。墜：倾塌，倾陷。以上二句是说，共工一怒，东南方地为什么就陷塌了呢？　⑯错：即“措”，安放，放置。安错，安放在哪里。　⑰洿（wū）：洪兴祖《楚辞补注》引《集韵》说：“水深谓之洿。”以上二句是说，九州是怎样安放的呢？河谷为什么那样深呢？　⑱修：长。“东流”以下四句是说，江河东流而总不满溢，谁知道其缘故？东西和南北的长度谁更长呢？ ⑲椭（tuǒ）：狭长。南北顺椭，顺着南北向呈狭长。衍（yǎn）：余，意谓多出。古人对东西和南北的地长短一般认为东西长，南北稍短，但也有人认为南北长，东西稍短，屈原取南北长的看法。以上二句是说，大地从南北方向看成狭长形状，那么南北比东西长多少呢？ ⑳昆仑：神话传说中的西方神山，为神仙所居之地。县（读作“悬”）圃：神话传说中昆仑山神仙的居住地。尻（jū）：同“居”，这里有坐落之意。以上二句是说，昆仑山上的县圃坐落在哪里呢？ ㉑增城：增读作“层”。增城，神话传说中说昆仑山有九重层城。以上二句是说，增城有九重（chóng），它有几里高呢？ ㉒四方之门：指昆仑山四方的门。一说指天四方之门，当以前说为是。从焉：从四方之门出入。以上二句是说，昆仑山四方之门，什么东西从那里出入呢？ ㉓辟启：开启，指开门。气：这里指风，传说昆仑山西北方的门开启而纳不周山吹出的寒风。以上二句是说，昆仑山西北门开启时，什么风通过它呢？ ㉔日安不到：犹言太阳有什么地方照不到。㉕烛龙：神话中的龙名。《山海经·大荒北经》说西北有幽冥之国，不见天日，有一条人面蛇身的烛龙睁眼发光则是白天，闭眼休息就是黑夜。这句是说，烛龙是怎样照亮太阳照不到的地方的呢？ ㉖羲（xī）和：神话传说中羲和是给太阳驾车的人，常代指太阳。扬：飞扬，指升起。若华：若木的花。若木是神话传说中西方日落之处的大树。光：发光。以上二句是说，太阳还未升起的时候，若木的花为什么发光呢？ ㉗焉：哪里。石林：有石如树而成林谓之石林。这句是说，哪里有石林。 ㉘虬（qiú）龙：神话中的无角龙。负：背负。以上二句是说，哪里有虬龙能驮着熊行游呢？ ㉙虺（huǐ）：一种有剧毒的蛇。儵（shū）忽：迅捷。以上二句是说，雄虺有九头，往来迅速，究竟在哪里呢？ ㉚不死：指不死之国。古代神话中有许多不死之国，其民长寿不死。 ㉛长人：古传说中有防风氏，长三丈，是为长人，他守卫封、禺二山。这句是说，长人防风氏守护什么地方呢？ ㉜靡：这里是漫延分散之意。蓱：浮萍。靡蓱，指叶有分杈的浮萍。衢（qú）：路之四通八达者谓之衢，这里有“歧”的意思。九衢，指分叉多。枲（xǐ）：麻类植物。以上二句是说，叶分九杈的靡蓱和枲麻的花都生长在何处呢？靡蓱和枲当都是在神话中才有的植物，所以屈原才发出这样的疑问。 ㉝一蛇吞象：古代神话中说南方有一种灵蛇能吞象，三年然后出其骨。厥：其，它的，指蛇的。以上二句是说，传说有一条蛇能吞下大象，它会有多大呢？ ㉞黑水：水名，据说出于昆仑。玄趾、三危：皆山名。以上二句是说，黑水、玄趾和三危在什么地方呢？㉟寿：年寿。据说黑水、三危之人皆长寿不死。以上二句是说，那里的人长寿不死，那么活到何时为止呢？一说，延年指延年之术。则此二句是说，讲延年之术的人可以不死，那么他们活到何时为止呢？ ㊱鲮（líng）鱼：神话传说中的西海的一种人面、人手、鱼身的鱼，出现时就风涛起。这句是说，鲮鱼在哪里呢？ ㊲鬿（qí）堆：即鬿雀，是神话中一种吃人的大鸟，状如鸟，白首而鼠足。以上二句是说，鲮鱼在何处呢？鬿雀又生长在哪里呢？ ㊳羿（yì）：神话传说中的人物，叫羿的人不止一个，这里的羿是射日的英雄。据说尧时天有十日，并出，草木皆枯，羿仰而射其九，留其一。彃（bì）：射。㊴乌：神话传说太阳里有三足乌。《淮南子·精神训》说羿射九日，日中之乌皆死。解羽：犹言脱落羽毛。以上二句是说，羿是怎样射日的呢？日中的三足乌又是怎样翅羽散落的呢？

以上是第二大段。主要是提出鲧禹治水和大地的一些问题。

禹之力献功，降省下土四方①；焉得彼涂山女，而通之于台桑②？闵妃匹合，厥身是继③；胡维嗜不同味，而快鼂饱④？启代益作后，卒然离蠥⑤；何启惟忧，而能拘是达⑥？皆归射鞠，而无害厥躬⑦；何后益作革，而禹播降⑧？启棘宾商，《九辩》《九歌》⑨。何勤子屠母，而死分竟地⑩？帝降夷羿，革孽夏民；胡射夫河伯，而妻彼雒嫔⑪？冯珧利决，封豨是射⑫；何献蒸肉之膏，而后帝不若⑬？浞娶纯狐，眩妻爰谋⑭；何羿之射革，而交吞揆之⑮？阻穷西征，岩何越焉[16]？化为黄熊，巫何活焉[17]？咸播秬黍，莆雚是营[18]；何由并投，而鲧疾修盈[19]？白蜺婴茀，胡为此堂[20]？安得夫良药，不能固臧[21]？天式从横，阳离爰死[22]；大鸟何鸣，夫焉丧厥体[23]？蓱号起雨，何以兴之[24]？撰体协胁，鹿何膺之[25]？鳌戴山抃，何以安之[26]？释舟陵行，何以迁之[27]？惟浇在户，何求于嫂[28]？何少康逐犬，而颠陨厥首[29]？女歧缝裳，而馆同爰止[30]；何颠易厥首，而亲以逢殆[31]？汤谋易旅，何以厚之[32]？覆舟斟寻，何道取之[33]？桀伐蒙山，何所得焉[34]？妹嬉何肆，汤何殛焉[35]？舜闵在家，父何以鳏[36]？尧不姚告，二女何亲[37]？厥萌在初，何所亿焉[38]？璜台十成，谁所极焉[39]？登立为帝，孰道尚之[40]？女娲有体，孰制匠之[41]？舜服厥弟，终然为害[42]；何肆犬体，而厥身不危败[43]？吴获迄古，南岳是止[44]；孰期夫斯，得两男子[45]？缘鹄饰玉，后帝是飨[46]；何承谋夏桀，终以灭丧[47]？帝乃降观，下逢伊挚[48]；何条放致罚，而黎服大说[49]？

【注释】

①禹：夏禹，鲧之子，即前文之伯禹。力：力量，包括精力和体力。献：献给。功：指治水的功绩事业。降：下来。省（xǐng）：察看。下土：指天下。以上二句是说，大禹的力量都投献给了治水的事业，他下来视察天下四方。　②焉得：怎样得到。彼：那个。涂山女：涂山，古国名，在今安徽怀远一带，一说在安徽当涂。传说禹娶涂山氏之女为妻。通：指婚配。台桑：地名，所在不详。以上二句是说，大禹怎样得到了涂山氏之女，与她在台桑婚配？　③闵（mǐn）：忧。妃：配偶。匹合：匹配，婚娶。厥身：指禹。继：继承。以上二句是说，禹担忧婚娶配偶，只是为了延续子嗣后代。　④胡：何，为什么。维：语中助词。嗜（shì）：嗜好，爱好。快：快意，满意。鼌饱：犹言一日之饱，比喻大禹婚后四天就离家去治水。以上二句是说，为什么

大禹的嗜欲与别人不同，只满足于短暂的欢娱呢？　⑤启：禹之子。益：禹之臣，传说禹传位于益，但启夺了益之位，并杀了益。后：君王。卒然：终于。一说，卒通“猝（cù）”，忽然。离：遭受。孽（niè）：罪孽，灾祸。以上二句是说，启欲代替益做君王，终于遭祸。传说启曾被益识破阴谋并被拘禁。⑥惟：借作“罹（lí）”，遭遇。惟忧，指启被益拘禁。达：出，这里有逃脱之意。是：这。拘：拘禁。“拘是达”是“达是拘”的倒言，犹言逃脱了这次的拘禁。以上二句是说，为什么启遭到了忧患，而又能逃脱此次拘禁呢。　⑦归：归送，交还。射：指弓矢。鞠（jū）：通作“鞠”，是一种毬，蹴而为戏，可以作练武用。射鞠，这里泛指武器。归射鞠，指交出武器投降。躬：身。厥躬，指启。以上二句是说，益的兵众与启打仗时，都把兵器交给启而降，一点也没有伤害启的身体。　⑧作：借作“祚（zuò）”，指国祚，国运。革：变革，改变。播降：犹言传下，流传下来。以上二句是说，为什么益的国运很快改变（指被启代而运祚短），而禹的子孙却王位流传呢？　⑨棘：通“亟”，即屡次。一说，急也。宾：作客。商：当是“帝”，指天帝，二字古字形似而误。据说启曾三次在天帝处作客。《九辩》《九歌》：乐曲名，《山海经·大荒西经》说启在天帝处作客，偷得天上的音乐《九辩》和《九歌》。以上二句是说，启屡次到天帝处作客，偷下了《九辩》和《九歌》。⑩勤：爱惜的意思。勤子，指禹爱惜儿子。屠母：指禹之妻启之母为生启而死。神话传说，大禹治水，妻涂山氏女为他送饭，看到禹变成一只熊正在开山，感羞愧而去，禹追之到嵩高山，涂山氏化作石头，禹说“还我儿子”，石头破裂，生启，“勤子屠母”即指此。死：死亡。一说借为“尸”。分：指涂山氏女的尸体分裂成碎块。竟地：遍地，满地。以上二句是说，为什么禹爱儿子而却害死了儿子的母亲，让她的尸体分裂迸散遍地呢？　⑪帝：天帝。夷羿（yì）：指传说中夏代有穷国的国君，有穷国是东夷，故称夷羿。革：改变。孽：祸害。夏民：夏朝之民。神话传说，羿弑夏后相，改变夏朝的政治之道，为害百姓。河伯：黄河河神。传说羿曾射瞎了他的一只眼。妻：作动词用，娶妻。雒（luò）：同“洛”。雒嫔（pín），即洛水女神。以上四句是说，天帝派夷羿降世，改变了夏朝的治道，残害夏朝百姓；羿为什么又要射河伯，娶洛神为妻呢？　⑫冯（píng）：王逸《楚辞章句》：“挟也。”犹言持。珧（yáo）：蚌壳，用之装饰弓之两端，这种弓叫珧弓。利：犹言精良。决：一种射具，象骨玉石等做成，套在右手拇指上，用以钩弦，可起保护手指作用，又叫“扳指”。封：大。豨（xī）：野猪。杀：射杀。以上二句是说，羿持珧弓套着精美的扳指，专射杀大野猪。　⑬献：进献。蒸肉：即烝肉，冬祭时用的肉。膏：指肥肉。后帝：指天帝。若：顺。不若，不顺心。以上二句是说，为什么羿在冬祭时献上肥厚的肉，而天帝还是不满意呢？　⑭浞（zhuó）：即寒浞，人名。浞是羿的相，杀羿而为君。纯狐：纯狐氏之女。据神话传说，她原是乐正后夔之妻，生伯封。有穷后羿灭之，取纯狐氏女为己妻。纯狐氏为报仇与寒浞同谋杀后羿，寒浞又娶之。眩妻，犹言迷惑人的老婆，指纯狐。爰（yuán）：乃，于是。谋：谋划。以上二句是说，寒浞娶纯狐为妻，就是这个迷乱人的老婆与寒浞共同谋害了后羿。　⑮射革：射穿皮革。交：交通，犹言共同。吞：吞灭。揆（kuí）：测度，度量，引申为谋算，算计。之：他，指羿，以上二句是说，为什么羿力能射穿皮革，而那两个人合谋就吞灭了他呢？传说羿被杀后被人烹而食之，“交吞”也可解为被人共同吞食。　⑯阻：借为“徂”，往也。穷：穷石，地名。有穷氏本封于锄，后迁穷石，穷石在西，故曰“西征”。征：行。岩：山崖。越：越过。以上二句是说，后羿往穷地西行，是怎样越过山崖的呢？　⑰化为黄熊：此是追说鲧事。神话传说鲧死后化为黄熊，入羽山之深渊。巫：古代以迷信降神弄鬼的人。从此二句看，鲧死后化作黄熊又被巫复活。以上二句是说，鲧死后化作黄熊，巫又是怎样使他复活的呢？　⑱咸：全。播：播种。秬（jù）黍：黑黍，黑色小米。莆（pú）：洪兴祖《楚辞补注》说，“莆，疑即蒲字。蒲，水草，可以作席。”雚（huán）：《楚辞补注》说：“与萑同。”萑（huán），即萑苇，就是芦苇。营：经营，指种植。以上二句是说，鲧曾教受灾的人们都种上黑黍，又教人在水边专种植蒲草和芦苇。　⑲投：投放，放逐。并投，一同流放。传说鲧与共、驩、三苗同被放逐四裔。疾：痛苦。修：长，指鲧被放三年。盈：满，当指鲧之被杀。以上二句是说，为什么鲧与三凶一并流放，而鲧所受的痛苦最长且终于被杀呢？一说，疾，罪恶也；修盈，谓其罪恶大，所谓恶贯满盈也。　⑳蜺（ní）：同霓，副虹。婴：逶迤缠绕。茀（fú）：通“霈”。洪兴祖《楚辞补注》引《说文》说“霈，云貌。”堂：祠堂，指屈原所见的祠堂，当是祭祀崔文子、王子乔的祠堂，所说的“白蜺婴茀”当是祠堂墙壁上所画的景象。神话传说崔文子学仙于仙人王子乔，乔化为白蜺，云气缭绕，给崔文子送药。文子惊惧，以戈击蜺，堕落其药，文子视之，乃是乔的尸体，须臾化作大鸟飞鸣而去。以上二句是说，墙上画着云气缭绕的白蜺，为了什么建造这个祠堂呢？　㉑安得：怎么得到，从何处得到。良药：好药，指王子乔欲送给崔文子的药。臧：通“藏”，保藏，保存。固藏，犹言好好地保藏。王子乔被崔文子以戈击中，把药丢在地上，所以说他“不能固臧”。以上二句是说，王子乔从哪里得到这良药，而又不能牢固地保藏呢？以上四句也有人认为是说后羿从西王母取不死之药而嫦娥偷食之事。　㉒式：法式，法则。天式，上天的法则。从横：即“纵横”，古人认为阴阳二气运转，彼此消长是天之法则，故言“天式从横”。阳：阳气，人禀受阳气，故生。爰：乃，于是。阳气离人，人于是死。以上二句是说，天的法则是阴阳二气运转消长，阳气离开人体，人就会死。　㉓大鸟：指王子乔所化的大鸟。焉丧：为什么丧失。厥体：他（指王子乔）的身体。王子乔的尸体化作大鸟鸣而飞去，故言“焉丧厥体”。以上二句是说，王子乔变成的大鸟为什么能鸣叫？他是怎样丧失了他的躯体的呢？　㉔蓱号（háo）：即蓱翳（píngyì），神话传说中的雨师，又叫号屏。兴：起，发动。以上二句是说，雨师蓱翳能兴起雨，他是怎样发动的呢？　㉕撰：具，具有。撰体，犹言身体具有着。协：合，指两个物体相合。胁：腋下至肋骨尽处。协胁，这里指有两个上身，指下句的鹿。王逸《楚辞章句》说，“十二神鹿，一身八足两头。”鹿：神鹿，可能是指风伯，《三辅黄图》言“飞廉（风伯名）鹿身”。前二句言雨师，故此二句当是言风伯。膺（yīng）：受。以上二句是说，身上长着两个上身，神鹿是从哪里禀受这样的奇形异体的呢？　㉖鳌（áo）：神话传说中的大鳖。戴：载。山：

指神话中东海里的岱舆、员峤、方壶、瀛洲、蓬莱五座神山。抃（biàn）：抃舞，鼓掌而舞蹈，这里指鳌四肢舞动。神话传说，东海中有五座神山浮水中，上帝派遣十五巨鳌分三班，以头负载之。安之：使神山安稳。以上二句是说，鳌头载负神山而四肢舞动，用什么法子使神山安稳呢？ ㉗释舟：弃舟。陵：山陵。陵行，犹言从陆路行走。迁：迁移。这二句有两说，一说是连前面说的是鳌之事，传说龙伯国的巨人，不用行舟，几步就走到五座神山处，一次钓走了六只神鳌。迁，就是指钓走鳌而迁走之。则此二句是说，龙伯国巨人不用舟而走陆路，用什么办法钓取带走了六只神鳌呢？另一说是连下面说的是浇事，传说浇放舟在陆地上走。则此二句是说，浇放舟于陆地行走，这是怎样使船移动的呢？ ㉘惟：思，想。浇（ào）：古传说中人名，寒浞之子，也称奡（ào）。户：门。传说浇曾借口有事到其寡居的嫂子门上，遂与之通奸。嫂：浇之嫂，传说是女歧。以上二句是说，想那浇到其嫂门上，他对嫂子有什么要求呢？ ㉙少康：人名，传说是夏代的中兴之君，夏后相之子。寒浞和浇杀相篡夺夏代政权，少康杀浇而中兴夏。逐犬：放犬。洪兴祖《楚辞补注》说："夏少康因田猎放犬逐兽，遂袭杀浇而断其头。"颠陨（yǔn）：掉下，坠落。厥首：他（指浇）的头。以上二句是说，为什么少康放犬打猎，却砍下了浇的头呢？ ㉚女歧：人名，据说是浇之嫂，与上文"女歧无合，焉取九子"的女歧当非一人。馆：馆舍。馆同，指浇与女歧同在一屋奸宿。爰：乃，于是。止：止息。以上二句是说，女歧给浇缝衣裳，于是两人就在一处止息。㉛颠：落。易：变换。厥首，指女歧的头。传说少康派人欲袭杀浇于女歧家，却杀错了人，砍下了女歧的头，所以说"颠易厥首"，后来才在打猎时终于杀了浇。亲：亲近。逢殆（dài）：遇上危险。传说女歧被错杀后，浇与少康还很亲近并同去打猎，最终仍遭遇危险被杀。以上二句是说，为什么错砍了女歧头之后，浇仍亲近少康而终遭杀身之危呢？ ㉜汤：一说是指商汤；一说汤是康字之误。游国恩《天问纂义》说，"汤阳同声，古多通用。"则"汤"即"阳"。并说"'阳谋易旅'者，谓阳（佯）借他故，以治军旅，图恢复，欲示人以弗疑也。字亦作佯。"谋：谋划。易：治理。旅：军旅，指少康的部众。厚之：壮大军旅。以上二句是说，少康佯装模样，暗中治理部众，他是用什么使军队发展壮大的呢？ ㉝覆舟：翻船。《竹书纪年》说，浇伐斟寻“大战于潍，覆其舟，灭之。”斟寻：夏的同姓诸侯国。传说夏后相失国后，投奔斟灌、斟寻，浇起兵灭二国，相妻逃归娘家有仍国，生少康。少康后又奔有虞国，有虞助之复国，终灭浇，复兴夏朝。道：方法。取之：指灭浇取得夏之中兴。以上二句是说，斟寻像一条船一下翻沉亡国了，少康用什么办法重兴取得政权的呢？ ㉞桀（jié）：夏朝末代亡国之君。蒙山：古国名。传说桀征伐蒙山国，得美女妹嬉。以上二句是说，桀讨伐蒙山国，得到了什么呢？ ㉟妹嬉：美女名，据王逸注说妹嬉是桀伐蒙山所得。肆：放肆，放纵。汤：商汤，商朝开国之君。殛（jí）：诛。传说汤放逐桀与妹嬉，妹嬉死于放逐中，可以说是被汤所杀。以上二句是说，妹嬉为什么放纵恣肆，而商汤为什么要诛罚她呢？ ㊱舜：虞舜，传说中的上古帝王，在尧后为君。闵：忧。家：室家，指结婚成家。父：指舜的父亲。鳏（guān）：男子无妻叫鳏。以上二句是说，舜为娶妻成家忧愁，他父亲为什么要叫他独身呢？ ㊲尧：唐尧，上古帝王。他曾嫁二女与舜，并传位于他。姚：舜姚姓，这里指舜的父亲。姚告，即告姚，告诉舜的父亲。传说尧嫁二女与舜并没有征求舜父亲的意见。二女：指尧之二女娥皇、女英。亲：指结婚。以上二句是说，尧不告诉舜的父亲，为什么就以两个女儿嫁给舜呢？ ㊳厥：其，泛指事物。萌：萌芽。亿：预料，料想。据传说箕子看到纣用象牙筷子，就料到他还会用玉杯，定会一步步奢淫而亡。以上二句是说，当事情还处在萌芽状态时，人们能预料到什么呢？ ㊴璜（huáng）：一种美玉。璜台，玉砌成的台。十成：犹言十重。据说纣曾作瑶台璇室象廊玉床。极：穷尽，这里有最终推测的意思。以上二句是说，纣终于造了十层瑶台，谁能看到最终会这样子呢？ ㊵登立：登位而立。帝：据周拱辰《离骚草木史》说，当指后二句所说的女娲（wā），她是神话传说中的古神女帝。一说，指伏羲。道：道德。尚：尊尚，尊崇。以上二句是说，女娲能登立为帝，她是以什么道德而得以被尊为女帝的呢？ ㊶女娲：神话传说中的上古女帝，据说她曾造人补天。体：身体，形体，据传说女娲人面蛇身，一日七十变化。有体，谓有这种异样的形体。匠：造。制匠，制造。以上二句是说，女娲有着那种怪样的形体，是谁制造的呢？ ㊷服：服从，顺从。厥弟：其弟，指舜的弟象。象乃舜后母所生弟，施行无道，舜却能委屈自己顺从其弟。终为害：指象终于要杀害舜。以上二句是说，舜委屈顺从他弟弟象，然而象终于还是想杀害舜。 ㊸肆：放肆，放纵。犬体：狗体，象的行为像恶狗，故用犬体为比喻。厥身：其身，这里指象。不危败：传说象虽如此放肆，但舜为天子后仍不杀象，保全了他的性命，所以说“厥身不危败”。以上二句是说，为什么象那样放肆如同恶狗，而他的身家性命却没有危险败亡呢？ ㊹吴：吴国，古诸侯国名，始祖是周太王之子、周文王之伯父太伯、仲雍。春秋时国力强大，前473年被越国所灭亡。获：得，得到。迄古：竟古，终古，即是长久之意。吴国立国时间很长，故说“吴获迄古”。南岳：这里指南山的山，并以此代指南方的山水土地。止：止息。太伯、仲雍知道太王想传位给小弟季历（文王之父），两人避位逃至江南，并在江南立国叫“勾吴”，所以诗言“南岳是止”。以上二句是说，吴国能长久立国，并拥有江南一带土地。 ㊺期：期望，预期。夫：语助词。“夫”本作“去”，王逸注说，“去，一作夫。”据此改。斯：这个，指“吴获迄古”的情况。两男子：指太伯和仲雍。以上二句是说，谁能预料到吴国能立国长久的情况呢？当是由于得到太伯、仲雍这两个真正男子汉的缘故吧？ ㊻缘：与“饰”同义，装饰。鹄（hú）：鸟名，就是天鹅。这句是指鼎上装饰有天鹅的图案并镶嵌以玉石。后帝：天帝。飨（xiǎng）：请享用，这里指祭祀时请神享用。以上二句是说，夏桀用饰以天鹅图案和宝玉的鼎，做出美味食物供祭请天帝享用。 ㊼承谋：承受密谋。伊尹曾承受汤的指示图谋夏桀，故言“承谋夏桀”。灭丧：灭亡。以上二句是说，伊尹是怎样承受商汤的指示图谋夏桀而使他终于灭亡的呢？ ㊽帝：指汤，他是殷商开国之君。降观：犹言下去视察。伊挚：就是伊尹，挚是他的名。伊尹出身微贱，汤举以为相。以上二句是说，汤到下面视察民情，在下面遇见了伊尹。 ㊾条：鸣条，地名，据说在今河南安邑西，汤曾在此大败桀。放：放逐。致罚：给（桀）以惩罚。黎：黎民百姓。服：服从。说（yuè）：

通“悦”，喜悦。以上二句是说，为什么汤在鸣条放逐惩罚了桀，而黎民百姓都非常敬服而喜悦呢？

以上是第三大段。主要是提出夏代的历史和传说的一些问题，并穿插关于女娲神话、舜的传说和吴国开国的问题。

简狄在台，喾何宜①？玄鸟致贻，女何喜②？该秉季德，厥父是臧③；胡终弊于有扈，牧夫牛羊④？干协时舞，何以怀之⑤？平胁曼肤，何以肥之⑥？有扈牧竖，云何而逢⑦？击床先出，其命何从⑧？恒秉季德，焉得夫朴牛⑨？何往营班禄，不但还来⑩？昏微遵迹，有狄不宁⑪；何繁鸟萃棘，负子肆情⑫？眩弟并淫，危害厥兄⑬；何变化以作诈，后嗣而逢长⑭？成汤东巡，有莘爰极⑮；何乞彼小臣，而吉妃是得⑯？水滨之木，得彼小子⑰；夫何恶之，媵有莘之妇⑱？汤出重泉，夫何罪尤⑲？不胜心伐帝，夫谁使挑之⑳？

【注释】

①简狄：古代神话传说中有娀氏女，帝喾（kù）之妻，生子契，为殷商始祖。台：传说简狄住在瑶台（玉砌的台）之上，《离骚》说，“望瑶台之偃蹇兮，见有娀之佚女，”就说简狄是住在瑶台之上。宜：适宜，适合。以上二句是说，简狄住在瑶台上，帝喾为什么认为她很适合做自己的妻子呢？　②玄鸟：即凤凰。一说是燕子。《离骚》说“凤凰既受诒兮，恐高辛之先我”，则当是凤凰。致：送。贻（yí）：送，这里指送去的聘礼。致贻，送去聘礼。神话传说帝喾（即高辛氏）派凤凰送聘礼给简狄，简狄就嫁给了他。女：指简狄。以上二句是说，凤凰送去聘礼，简狄为什么就欢喜呢？　③该：同“亥”，指王亥，传说是殷人的远祖。秉（bǐng）：持，拿。这里有承受，继承之意。季：王亥父冥之别名，曾为夏朝司空，勤于政事，治河死水中。

德：品德，道德。厥父：其父，王亥之父。臧（zāng）：善。以上二句是说，王亥秉承父亲王季的道德，其父认为他（王亥）品质好。 ④弊（bì）：通“毙”，死。有扈：应是有易，古国名。传说王亥发明了“服牛”（以牛驾车），他在有易国“服牛”时因淫乱被杀。牧夫牛羊：牧放牛羊。夫，语中助词。这句与上句是为押韵而倒文。以上二句是说，为什么王亥在有易牧养牛羊而终于被杀呢？ ⑤干：盾。协：和谐。时：是。怀：怀思，思念。以上二句是说，王亥手持盾牌和谐起舞，为什么有易女怀念他呢？王亥因与有易国之女淫通而被杀，所以这样问。 ⑥胁：腋下至肋骨尽处叫胁。平胁，胁处平整，显不出肋骨，是肌肉丰满的表现。曼：润泽细腻。肥：这里是肌肤丰满。之：指有易之女。以上二句是说，有易之女肌肤丰泽，她为什么这样丰满呢？以上四句古说纷纭，事难确考，这里参考胡念贻的说法。 ⑦有扈：即有易。牧竖：本为牧童，这里指王亥，王亥宾于有易，以“服牛”为事，故称他为“牧竖”。云：语首助词，无义。逢：相逢，指与有易女相逢。以上二句是说，王亥在有易国“服牛”，他是怎样与有易女相逢的呢？ ⑧击床：指有易人想乘王亥与有易女睡觉时在床上击杀他，值王亥有事先出，暂时得免。何从：即从何，从哪里捡来的。以上二句是说，有易人想在床上击杀王亥，王亥却有事先出来了，他的一条命是从哪里捡来的呢？以上四句也古说纷纭，史实难考，这里参考胡念贻的说法。 ⑨恒：指王季之子、王亥之弟王恒。朴牛：即仆牛，也就是“服牛”，指王亥服车的牛。 ⑩往：去。营：经营。班禄：颁赐爵禄。但：只，只是。还来：归来，当是指让服牛归来。以上四句史实难考，据有的学者推测，可能是王亥死后，其弟王恒假借去有易国“班禄”，使有易服从，并要回王亥的“服牛”。如此，以上四句是说，王恒秉承父亲王季的道德，他是怎样得到王亥的“服牛”的呢？他为什么去从事颁赐爵禄而不只是使“服牛”归回的呢？ ⑪昏微：指王亥之子上甲微。传说他继任殷侯后借师河伯以伐有易，灭之，杀其君绵臣（见《山海经·大荒东经》）。遵：遵循。迹：足迹，足印，引申为业绩，事迹。遵迹，犹言追循着（先人的）业绩。有狄：即有易。古狄、易二字同音，故相通假。宁：安宁。以上二句是说，上甲微追循着先人的足迹事业，欲报父亲之仇，闹得有易不得安宁。 ⑫繁鸟：猫头鹰。萃（cuì）：栖止，停止。一说聚集。棘：一种灌木名，即酸枣树。负：辜负，亏欠。负子，犹言对不起儿子。肆情：放纵情欲。负子肆情，即肆情负子，放纵情欲对不起儿子。猫头鹰不应该落在酸枣树上，“繁鸟萃棘”是比喻不应出现的事情，当是指“肆情”。此二句史迹和传说均无从考，因此可能是上甲微晚年肆情荒淫，做出不该做的事，而他的儿子也可能因此受连累，故而他的所作所为是“负子”。因此以上二句可能是说，为什么猫头鹰落在酸枣树上，上甲微放纵荒唐做出对不起儿子的事呢？ ⑬眩（xuàn）：惑乱。弟：有人推测可能是指上甲微之弟，他大概也很淫乱。并淫：并为淫乱。可能是指弟与兄（上甲微）一样荒淫，故说“并淫”。厥兄：其兄，可能是指上甲微。他可能是因其弟淫乱而被害，故说“危害厥兄”。 ⑭作诈：做出欺诈之事。上甲微之弟可能以各种欺诈手段夺取上甲微的位置。后嗣（sì）：后代子孙。逢：这里是大的意思。逢长，犹绵延长久。以上四句无神话及史迹可考，据专家推测可能在上甲微晚年，其弟因淫乱欺诈杀上甲微而夺其位，并传之子孙。据此，则以上四句是说，那惑乱人的弟弟像哥哥一样淫乱，并且危害了他的兄长；上甲微之弟为什么屡行欺诈，而他的子孙却绵延长久呢？ ⑮成汤：商汤，殷商开国之君。巡：巡狩，巡行，古代帝王出行视察叫巡狩。有莘（shēn）：古国名，成汤东巡至此。爰：于是。极：到，至。以上二句是说，商汤巡狩东部地区，于是到了有莘国。 ⑯乞：向人求讨。彼：那个。小臣：当时称为人服役的奴隶为小臣，这里指伊尹。吉妃：吉祥的配偶。《吕氏春秋·孝行览·本味》说，成汤听说伊尹贤，向有莘氏求取，有莘不允，于是请娶有莘氏女为婚，有莘氏喜，把伊尹作为陪嫁。以上二句是说，为什么商汤本来是向有莘讨取小臣伊尹，却反而又得到了一个好配偶呢？ ⑰水滨之木：水边之树。小子：小孩子。据《吕氏春秋·孝行览·本味》，伊尹之母，在水边怀孕，梦见神告诉她，石臼如出水，就赶快逃走，不要回头看。第二天果见石臼出水，跑了十里才回头，一看全是大水，于是化作一株空桑。有莘氏之女采桑，在空桑中得一婴儿，就是伊尹。以上二句是说，在水边的空桑树里，有莘女子得到那个小孩子。　⑱恶（wù）：厌恶。之：指“小子”伊尹。媵（yìng）：陪嫁的人。当时贵族人家嫁女，用男女奴隶做陪嫁。有莘之妇：有莘国君的女儿，汤娶之为妻。以上二句是说，有莘人为什么厌恶伊尹，把他作为有莘国君女儿的陪嫁呢？　⑲出：指释放。商汤曾被夏桀囚禁在夏台，后来受汤贿又释放了他。重泉：旧说是地名。也可能是夏台监狱名。罪尤：罪责过错。以上二句是说，商汤被囚禁，又从重泉释放出来，他有什么罪过呢？⑳胜：克制，制服。不胜心，不克制心欲，随心所欲。帝：指夏桀。伐帝，指商汤讨伐夏桀。挑：挑动。挑之，挑动成汤伐夏桀。以上二句是说，商汤不能克制自己的怒气而讨伐夏桀，（但其实是桀先挑动了商汤）那么是谁使夏桀挑动了商汤的呢？

以上是第四大段。主要是提出商代的一些传说和历史的一些问题。

会鼂争盟，何践吾期[①]？苍鸟群飞，孰使萃之[②]？到击纣躬，叔旦不嘉[③]；何亲揆发，足周之命以咨嗟[④]？授殷天下，其位安施[⑤]？反成乃亡，其罪伊何[⑥]？争遣伐器，何以行之[⑦]？并驱击翼，何以将之[⑧]？昭后成游，南土爰底[⑨]？阙利惟何，逢彼白雉[⑩]？穆王巧梅，夫何为周流[⑪]？环理天下，夫何索求[⑫]？妖夫曳衒，何号于市[⑬]？周幽谁诛？焉得夫褒姒[⑭]？天命反侧，何罚何佑[⑮]？齐桓九会，卒然身杀[⑯]。彼王纣之躬，孰使乱惑[⑰]？何恶辅弼，谗谄是服[⑱]？比干何逆，而抑沈之[⑲]？雷开何顺，而赐封之[⑳]？何圣人之一德，卒其异方[㉑]？梅伯受醢，箕子详狂[㉒]？稷维元子，帝何竺之[㉓]？投之于冰上，鸟何燠之[㉔]？何冯弓挟矢，殊能将之[㉕]？既惊帝切激，何逢长之[㉖]？伯昌号衰，秉鞭作牧[㉗]；何令彻彼岐社，命有殷国[㉘]？迁藏就岐，何能依[㉙]？殷有惑妇，何所讥[㉚]？受赐兹醢，西伯上告[㉛]；何亲就上帝罚，殷之命以不救[32]？师望在肆，昌何识[33]？鼓刀扬声，后何喜[34]？武发杀殷，何所悒[35]？载尸集战，何所急[36]？伯林雉经，维其何故[37]？何感天抑地，夫谁畏惧[38]？皇天集命，惟何戒之[39]？受礼天下，又使至代之[40]？初汤臣挚，后兹承辅[41]；何卒官汤，尊食宗绪[42]？勋阖梦生，少离散亡[43]；何壮武厉，能流厥严[44]？彭铿斟雉，帝何飨[45]？受寿永多，夫何久长[46]？中央共牧，后何怒[47]？蜂蛾微命，力何固[48]？惊女采薇，鹿何祐[49]？北至回水，萃何喜[50]？兄有噬犬，弟何欲[51]？易之以百两，卒无禄[52]？薄暮雷电，归何忧[53]？厥严不奉，帝何求[54]？伏匿穴处，爰何云[55]？荆勋作师，夫何长[56]？悟过改更，我又何言[57]？吴光争国，久余是胜[58]。何环穿自闾社丘陵，爰出子文[59]？吾告堵敖以不长[60]，何试上自予，忠名弥彰[61]？

【注释】

①会：合，会合。会鼌，犹言会师那天。盟：盟誓。争盟，争相盟誓。《史记·周本纪》说，周武王伐纣，诸侯不期而会孟津者，八百余国，皆曰纣可伐，武王乃作《泰誓》。践：行，履行。吾：指周。期：约定的日期。据说武王与诸侯约以甲子日为期，并当天攻下殷都。以上二句是说，诸侯们在会师的那一天争相盟誓，他们是怎样履行武王约定的日期的呢？　②苍鸟：指鹰，是猛禽，比喻诸侯会合之师勇猛如鹰。萃（cuì）：聚合。之：代指“苍鸟”。以上二句是说，他们像苍鸟群群飞来，是谁使它们聚合起来的呢？③到：一作“列”；列，有杀之义。躬：身体。到击纣躬，《史记·周本纪》记载，诸侯破殷都后，武王入，向纣王尸体射三箭，下车又用剑轻击之，再用黄钺（大斧）砍下纣王的头。叔旦：即周公姬旦，他是武王之弟，故称叔旦。嘉：美，善，这里作动词用。不嘉，不以为美，即不赞成的意思。以上二句是说，武王到了（城里）就射击、砍下纣王的尸体，周公旦认为这样做不

好。　④亲：亲自。揆（kuí）：度，测度，筹度，这里有筹划的意思。发：武王姬发，发是武王的名。足：满，这里有完成之意。足周之命，犹言完成了周朝建国的天命。古人认为一朝灭亡与另一朝兴起是天命。咨嗟（zījiē）：叹息。周公不赞成武王击斩纣尸，故而咨嗟叹息。以上二句是说，为什么周公亲自为武王筹划伐纣之事，但完成天授周命之后又叹息呢？　⑤位：天子的王位。施（shǐ）：改易。《论语·微子》说，“君子不施其亲。”《楚辞集解》引孔氏说：“施，易也。”以上二句是说，上天把天下授给了殷，它的王位又怎么移易给周的呢？　⑥反成：反而成为。乃：代词，你，指纣。伊何：是什么。以上二句是说，反而成了殷纣灭亡之祸，他的罪过是什么呢？⑦遣：给与。伐罪：攻伐的兵器。争遣伐器，是说诸侯会盟之后，即争相发放武器以攻纣。何以：以何，以什么，犹言怎样。行之：行攻伐殷纣之事。⑧并驱：并行前驱，指诸侯军并驾齐驱。翼：翅膀，这里指战阵两侧或左右两军。将（jiàng）：统率。将之，统率诸侯的军队。以上四句实际上是对武王克商的疑问。武王宣扬自己是仁义之师，伐纣是以仁克不仁。仁人应无敌于天下，武王却大集诸侯，血流漂杵，屈原对武王伐纣可能有不同看法，故提出疑问。以上四句是说，诸侯们争相发放武器，他们为什么要这样行事呢？那么多的军队并驾齐驱攻击殷商军队的左右两翼，又是怎样统率部署军队的呢？⑨昭后：指周昭王。成：欲为某事而遂其愿叫成。成游，实现其出游之愿。南土：南方之地，指楚国。据说周昭王南巡，船坏而溺死江上。爰：于是。底：至，到。以上二句是说，昭王遂了他南游的心愿，于是到了南方楚国的地方。⑩厥利：其利益。厥指昭王。逢：迎。白雉（zhì）：白野鸡。据说昭王晚年，楚人卑辞对昭王说要献白雉，昭王相信了因而南巡，终于遇害（据毛奇龄《天问补注》引《竹书纪年》）。以上二句是说，昭王是为求什么利益而要去迎那个白野鸡呢？　⑪穆王：周穆王，昭王子。巧：巧于，善于。梅：王夫之《楚辞通释》：“梅与枚通，马策也。”马策就是马鞭。穆王曾周游天下，所以说他“巧梅”（善于策马之术）。夫：发语词，无义。何为：为什么。周流：周游流览。以上二句是说，周穆王精于策马驾车之术，他为什么要周游天下呢？ ⑫环：周行。里：里程，道里。据说周穆王西征，行程有九万里（据《穆天子传》郭璞注引《竹书纪年》）。索求：追索寻求。以上二句是说，穆王周游天下，行程无数，他到底要追求什么呢？ ⑬妖夫：妖人。曳（yè）：牵引。衒（xuàn）：洪兴祖《楚辞补注》：“衒，荧绢切，行且卖也。曳衒，言夫妻相引，行卖于市也。”曳衒，就是说夫妻相随边行边卖。号（háo）：叫，指叫卖声。 ⑭周幽：周幽王，西周末代君主，为犬戎所杀，西周灭亡。谁诛：诛谁。诛，这里是讨伐之意。谁诛，讨伐谁。一说，谁诛是说谁杀了周幽王。褒姒（bāosì）：周幽王之后，古人认为西周是因她而亡。理解上四句，须了解下面的传说。据《国语》等古史籍记载，周宣王时有童谣说：“檿（yǎn）弧其服，实亡周国。”（大意是说，山桑木做的弓，箕木做的箭袋，它们叫周朝灭亡）正好有夫妻俩相偕在街上叫卖这两样东西，于是被认为是妖人。幽王派人去追捕他们，夫妻二人逃奔流亡。这时恰巧有一宫女因没婚配而生一女孩，不敢留下，便弃之于路，夫妻俩收养了她，并逃奔到褒国。女孩长大后就是褒姒。这时幽王伐褒，褒国把褒姒献给他，终于使西周灭亡。以上四句是说，妖人夫妻俩相偕叫卖东西，他们在市上叫卖的是什么呢？周幽王到底是谁杀死的呢？他是怎样得到褒姒的呢？ ⑮反侧：反复。罚：惩罚。佑：保佑。罚和佑联系下二句看，佑当指“齐桓九会”；罚当指“卒然身杀”。⑯齐桓：齐桓公，春秋时齐国国君，曾经“九合”诸侯，是春秋五霸之一。九会：指桓公九次召集诸侯会盟，桓公是盟主。卒然：终于。身杀：齐桓公用管仲为相，成了霸主，管仲死后，桓公用堂巫、易牙、竖刁、开方四个奸佞之徒。易牙等作乱，桓公病中被围困在一室，饥饿而自杀，尸体腐烂流出蛆虫。以上四句是说，天命反复无常，到底惩罚什么保佑什么呢？齐桓公受天佑而九会诸侯，最终受天罚而自杀身死，这些是为什么呢？ ⑰彼：那个。王纣：就是纣王。躬：身，指纣王本人。乱：昏乱。惑：迷惑。以上二句是说，纣王那个人，是谁让他昏乱迷惑的呢？ ⑱恶（wù）：厌恶。辅弼（bì）：辅佐的大臣。谗（chán）：说人坏话。谄（chǎn）：奉承。谗谄，指奉迎巴结的人。服：用。以上二句是说，纣为什么厌恶辅佐大臣而专任用奉迎巴结的小人呢？

⑲比干：商纣的大臣，是纣王的叔父。逆：违逆。抑沈：即抑沉，受压抑而埋没。据说比干辅助纣王有盛德，纣王昏乱，比干谏之三日而不去，纣王怒而剖其心。以上二句是说，比干有什么逆君之处而纣王要压制埋没他呢？ ⑳雷开：纣王的臣，以谄谀得宠。顺：顺从。封：封给土地或官爵，赏赐钱财。之：他，指雷开。以上二句是说，雷开是怎样顺从纣王因而得到封赏赐予的呢？ ㉑圣人：圣贤的人，指上文比干、下文梅伯、箕子等忠贤大臣。一德：一样的品德，指比干、梅伯、箕子等人的道德是一样的高尚。卒：最终，终于。异方：不同的方式，指比干等人表现方式不一样。以上二句是说，为什么圣人的品德是一样的，而最终的表现方式他们却不一样呢？ ㉒梅伯：纣王时的一个诸侯。据说梅伯数谏纣王，纣王怒而把他杀死剁成肉酱。醢（hǎi）：剁成肉酱。箕子：纣王的叔父。详：通“佯（yáng）”，假装。详狂，假装发疯。传说，纣王淫乱，箕子谏之不听，于是披发佯狂。以上二句是说，为什么梅伯受到剁成肉酱的刑罚而箕子却假装疯狂呢？ ㉓稷（jì）：后稷，周人的始祖。神话传说帝喾（kù）的元妃姜嫄（yuán）踩了巨人脚印怀孕而生后稷，想抛弃他，屡次不成，于是把他抛弃在河冰之上，大鸟却用翅膀遮盖温暖他，得以不死。元子：长子。帝：指帝喾。竺（zhú）：通“毒”，毒害，指屡次抛弃后稷之行为。之：他，指后稷。以上二句是说，稷是帝喾的长子，帝喾为什么屡次毒害他呢？ ㉔投之于冰上：指把后稷投弃在冰上。燠（yù）：动词，暖和。以上二句是说，后稷被投弃在冰上，为什么大鸟用翅膀覆盖温暖他呢？ ㉕冯（píng）：持也。挟（xié）：持，拿。殊能：不同一般的才能。将（jiàng）：动词，统率军队为将帅，后稷曾为司空，掌兵权。以上二句是说，后稷为什么携弓带箭以特殊的才能统领军队呢？ ㉖帝：这里当指天帝，《诗经·大雅·生民》说到后稷出生时“上帝不宁”，这就是《天问》里所说的“惊帝切激”。切激：深切激烈。逢长：绵延长久。之：他，指后稷。以上二句是说，后稷出生既已惊动天帝那么深切激烈，为什么又使他的后嗣绵延长久呢？ ㉗伯昌：指周文王，他叫姬昌。号：号令。衰：指殷商末年，此时殷国运已衰。秉鞭：持鞭，比喻掌握权柄。牧：古时诸侯或地方长官治理一

方之民叫牧民，这里指文王为牧民的诸侯之长。以上二句是说，周文王姬昌在衰殷之世发号施令，掌握权柄，成为治理万民的诸侯之长。 ㉘令：命令。彻：此指毁坏。彼：那个。岐（qí）：古地名，在今陕西岐山东北。周在殷代时曾立国于岐。社：古代立坛祭祀土神，这个坛叫社。命：天命。有殷国：意为占有殷国的天下。周在岐逐渐强大之后，迁丰（地名，在今陕西西安西南丰水以西），因此，拆了岐地的社，重立社于丰地。以上二句是说，姬昌为什么命令拆毁岐社，而天命又让他要占有殷国的天下呢？ ㉙藏：财物库藏之类。就：到，这里指跟随。周人早时在邠（bīn）地（在今陕西旬邑西）聚居，太王（古公亶父）时由邠迁岐，据说邠人扶老携幼，携带家藏随之迁岐下。依：依附，依从。以上二句是说，邠地百姓搬迁家财到岐下，他们为什么能依从于周呢？ ㉚惑妇：迷惑人的女人，指妲（dá）己。妲己是纣王宠妃，古人认为她迷惑纣王使其昏乱而亡国。讥：王逸《楚辞章句》说，“讥，谏也。”以上二句是说，殷纣有一个迷乱人的妲己，还有什么可以劝谏的呢？ ㉛受：纣王名受。兹：这，此。兹醢，指梅伯的肉酱。据传说，梅伯被剁成肉酱，又被纣王分赐给诸侯。西伯：指姬昌。上告：诉告于上天。以上二句是说，西伯收受纣王分赐的梅伯的肉酱，就向上天控诉。 ㉜亲：亲身，指纣王本身。古人认为殷纣灭亡是天帝的惩罚，惩罚体现在对纣王本人，所以说他“亲就上帝罚”。命：命运，指殷朝的国运。救：挽救。以上二句是说，为什么纣王本身就受到了天帝的惩罚，殷朝的国运终于不能挽救了呢？ ㉝师望：就是太公吕望，文王、武王立他为“师”（太师），故称“师望”。肆：市集买卖之处。据说吕望在依附文王之前曾在朝歌市肆里宰牛卖肉。识：识别，认识。以上二句是说，太公吕望曾在市场里宰牛卖肉，姬昌是怎样识别他的呢？ ㉞鼓刀：敲击屠刀。扬声：使声音飞扬。据王逸《楚辞章句》说，吕望在市场里敲刀发声，文王姬昌亲自访往他，他说：“下屠屠牛，上屠屠国。”（大意是说他既能杀牛，又能杀人国家）文王喜，带着他上车回府，于是得到举用。后：指姬昌。以上二句是说，吕望敲着屠刀故意使刀声张扬，姬昌为什么听到刀声就惊喜呢？ ㉟武发：周武王姬发。杀殷：指他攻下殷都后砍下纣王之头。悒（yì）：王夫之《楚辞通释》说，“悒，恨也。”以上二句是说，武王姬发灭殷之后用大斧砍下纣王之头，他所恨的究竟是什么呢？ ㊱载尸：以车装载着死亡者的木牌位。集战：会战。据记载，文王死后，武王以车载文王的“木主”（木牌位，上写死者名字）与商会战于牧野。急：急忙。古人父死要守孝，不能外出，武王却急于与殷会战，故问“何所急”。以上二句是说，武王把文王的“木主”载在战车上与殷会战，他为什么这样急切呢？ ㊲“伯林”句：以下四句古说纷纭，史实难考，姑且参酌各家之说注释之。伯林：当即柏林，伯、柏古字可通假，柏树之林。雉经：游国恩《天问纂义》，“雉经，谓牛绳自缢而死也。”郭沫若认为这四句仍是说纣王事，他说纣王是在柏林里自缢而死的（见其《屈原赋今译·天问》注）。维：语首助词。以上二句是说，纣王在柏树林里自缢而死，这是什么缘故呢？ ㊳感天抑地：感天动地。夫谁畏惧：犹言畏惧谁，害怕谁。据游国恩说，武王屡自称天命为伐商口实，以求感动天地，心中当有所畏惧，屈原提出此间，是认为武王屡称天命不过是欺人自饰之辞。以上二句是说，武王伐纣屡称天地，他为什么要感天动地，是不是心中畏惧什么呢？ ㊴皇天：对上天的尊言。集：这里是止，落。集命，落下天命（指治理天下之命）。戒：告诫，警戒。之：他，指天命所落者。古人认为谁取得天下，乃是天命落在他身上。受天命者当有所戒惧。以上二句是说，上天落下治理天下的重命在某人身上，他本人应当用什么使自己警戒呢？ ㊵礼：通“理”，理就是治理。受礼，受天命治理（天下）。至：来，指代替前者的后来者。代之：代替他，指代替前者。诗人认为兴亡倏忽，亡者未去而替者已至，故有此感叹。以上二句是说，受命上天治理天下，为什么又派人来代替他呢？ ㊶初：起初，初始。汤：商汤。臣：动词，以某人为臣。挚（zhì）：伊尹名挚。后：后来，以后。兹：此，指伊尹。承：承担。辅：辅助，辅臣。据传说，汤初得伊尹，以为贤，进于桀，以为辅弼臣，桀不用，复就于汤，终于助汤灭夏。以上二句是说，起初商汤以伊尹为臣，后来又让他担任桀的辅佐大臣。 ㊷卒：终于。官：做官。官汤，做汤的官。据说伊尹五就汤五就桀，而终于还是在汤手下为官。尊：被尊崇。

食：这里指伊尹死后享受祭祀。宗绪：王朝的宗庙。伊尹死后，其牌位陪同商汤进入商的宗庙受到祭祀的尊崇。以上二句是说，为什么伊尹最终还是做了商汤的官，受到了陪祀商王朝宗庙的尊崇呢？　㊸勋：功勋。阖（hé）：人名，阖庐，即吴公子光，他是吴王诸樊之长子，春秋后期吴国国君。梦：指阖庐祖父吴国国君寿梦。生：读作姓。姓与孙通，孙子。离：通“罹”，遭遇。散亡：指阖庐不得立为君而流亡在外。阖庐之父诸樊有弟三人，诸樊先立，卒后传弟余祭，再传弟余昧，余昧卒，小弟季札不受位，余昧太子王僚立。阖庐不平，以为自当继叔余昧立为吴君，于是用武士专诸刺杀王僚自立为君。在他统治时，吴国强盛。以上二句是说，立有功勋的阖庐是吴君寿梦的长孙，年少时受到流散在外的苦难。　㊹壮：壮年。武厉：威武雄厉。流：流播，传布。厥：其，指阖庐。严：威严；一说，严当作“庄”，作威猛、威严解。阖庐为吴君后，曾灭徐、攻吴，大扬吴威，故说“能流厥严”。以上二句是说，为什么他壮年时那样威武雄厉，能传播他的威猛的名声呢？　㊺彭铿（kēng）：即彭祖，神话传说中说他长寿至八百岁。据说彭祖姓篯（jiān）名铿，尧封他于彭城，故称彭铿。斟：以勺舀，这里是指进献食物。雉（zhì）：野鸡。传说彭祖善烹调爱美食，曾进献雉羹于尧，尧就把彭城之地封给他。帝：帝尧。飨（xiǎng）：享用食物。以上二句是说，彭祖向尧进献野鸡汤，尧为什么就会享用呢？　㊻受寿：犹言得寿，获寿。永：久，长。以上二句是说，彭祖获得长寿，为什么活得那样长呢？　㊼中央：中央之国，即中国，这里当指朝廷政权。共：指共伯和。牧：古人称治民叫牧民。后：指周厉王。怒：指厉王降旱魃（bá，传说中主管旱灾的鬼神）以谴怒。这四句古说纷纭，这里参酌马其昶、游国恩的说法。据《史记·周本纪》等书记载，周厉王无道，国人作乱，厉王奔于彘（zhì，古地名，当时在晋国境内，故址在今山西霍州市西），诸侯奉共伯和摄天于事。厉王崩，天大旱，占卜说是厉王怒而降旱灾以示责罚。于是周公、召公立厉王太子为宣王，共伯归共国。以上二句是说，共伯治理中央政权，厉王为什么降灾发怒呢？　㊽蜂蛾：游国恩《天问纂义》说，“蜂蛾，喻百姓也。固，强也。”微命：生命微贱。统治者看不起人民，故说其“微命”。力：力量。固：强大。据史籍记载，厉王无道，用强力来压制言论，于是国人造反，把他赶到彘。又，国人曾围召公之宫，以索厉王太子（即宣王）。这些都说明“国人”的力量强，故曰“力何固”。以上二句是说，老百姓生命微贱，但为什么他们的力量是如此强大呢？ ㊾惊：惊动，震动。采薇：指伯夷、叔齐在首阳山采薇以食。薇，一种野菜，可食。据说，商末孤竹君二子伯夷、叔齐不赞成武王灭纣，逃隐于首阳山，采薇以食，表示不食周粟。有一天他们采薇时碰到一个女子对他们说，“你们坚守节义不吃周粟，但你们采的薇也是周的草木呀！”伯夷、叔齐很受震动，弃薇不食。又有白鹿以乳养活他们。祐（yòu）：佑助，保佑。以上二句是说，伯夷、叔齐采薇时听那女子的话很震动，于是弃薇不食，为什么又有白鹿来佑助他们呢？ ㊿回水：黄河的曲处，首阳山在河曲。萃：止。以上二句是说，伯夷、叔齐向北来到河曲之处的首阳山，他们为什么乐于栖止在此呢？ (51)“兄有”四句：这四句古说纷纭，王逸注说，“兄谓秦伯（秦景公）也。噬（shì）犬，啮（niè）犬（咬人的狗）也。弟，秦伯弟鍼也。言秦伯有啮犬，弟鍼欲请之。言秦伯不肯与弟啮犬，鍼以百两金易之，又不听，因逐鍼而夺其爵禄也。”王逸的说法很多人不同意，这里姑且从王说。以上二句是说，秦伯有咬人的猛犬，他弟弟鍼为什么向他要这个狗呢？ (52)易：换，交换。之：它，指噬犬。百两：王逸认为是指百两黄金。一说，百两即百辆，百辆车。卒：终于。禄：爵禄。秦景公夺弟爵，迫其流亡到晋，故说“卒无禄”。以上二句是说，鍼以百两黄金（或一百辆车子）想换取秦景公的噬犬，终于丢掉了自己的爵禄。 (53)薄：迫，近。薄暮，向晚，黄昏，傍晚。雷电：打雷闪电。归：归去。何忧：何忧愁，有什么忧愁（以下至篇末众说纷纭，以下注释均参酌各家之说）。以上二句王逸认为：“言屈原出壁，所问略讫，日暮欲去，时天大雨雷电，思念复至。自解曰，归何忧乎？”大意是说，傍晚雷声隆隆电光闪闪，我欲归去，为什么又有了忧愁呢？ (54)厥：其，指楚。厥严，楚国的尊严。奉：持，保持。帝：天帝。帝何求，犹言向天帝求什么。以上二句是说，楚国的尊严自己不去保持，我还向天帝请求什么呢？ (55)伏：隐伏。匿（nì）：藏。穴处：住山洞里。爰：于是。云：说。以上二句是说，我这个遭放逐而隐退山洞的人于此又能说什么呢？　㊻荆：楚国又称荆。勋：功业。作师：兴师，起兵。夫：语首助词。何长：怎么能长久。以上二句是说，楚国为立功业，兴师攻伐，国运又怎能长久呢？　㊼悟：省悟，觉悟。过：过错。改更：改变。求：要求。以上二句是说，如果楚能觉悟错误而更弦易辙，我又能说什么呢？　㊽吴：吴国。光：指吴公子光，即是即位后的阖庐。争国：光为了争夺君位，派专诸刺杀了吴王僚。他即位后屡次战胜楚国。久余是胜：长久战胜我们楚国。以上二句是说，吴公子光争夺了君位之后长期战胜我们楚国。　㊾环穿：环绕穿行。闾（lǘ）社：古代二十五户叫社，又叫里，里有门叫闾，所以称闾社，或闾里。爰：于是。出：生出。子文：人名，楚令尹，辅助楚成王，为贤相。子文之父叫斗伯比。据说斗伯比从其母亲住在䢵（yùn），䢵之女与斗伯比私通而生子文。“环穿闾社丘陵”当是指斗伯比与䢵之女穿过闾社丘陵而幽会。以上两句是说，为什么斗伯比与䢵之女环穿过闾社丘陵去幽会，就竟然生出子文这样的贤人呢？　㊿堵敖：指楚成王之兄，立为楚君五年，后被成王所弑夺其位。楚人方言把当立而未成君的人叫堵敖。以上这句是说，我说过堵敖的命不长久。一说，这里暗喻楚怀王客死于秦。　(61)试：通“弑”。弑上，指成王弑其兄。自予：指成王自立为君。弥彰：更加明显。据说成王篡立后，布施恩德，广结诸侯，推崇周王室以博取名声，故说“忠名弥彰”。以上二句是说，为什么成王弑上自立，却倒忠正的名声越来越显著呢？

以上是第五大段。主要是提出周代及春秋时的历史和传说的一些问题，最后提出关于楚国的问题。

【译文】

问：远古初始时的情况是谁传说下来的呢？天地上下还未形成，根据什么考察它呢？昼夜不分昏暗一片，谁能研究清楚它呢？充满天地间的只是满满当当的景象，怎么去认识它呢？天地间或明或暗没有一定，这是什么原因呢？天与阴阳三结合才能化生万物，什么是根本呢？又是怎样变化的呢？天有九重，是谁经营筹划的呢？这么伟大的工程，是谁最初营造的呢？连接天与天轴的绳是拴在哪里的呢？天的顶端又是安放在哪里的呢？八根擎天柱是支撑在何处呢？地东南方为什么缺损呢？九层天之间是怎样安放连接的呢？大地的弯曲缺角之处很多，谁知道到底有多少呢？天与地在何处相合呢？天的“十二辰”又是怎样划分的呢？太阳和月亮是怎样附着在轨道上的呢？众星又是怎样陈放在天上的呢？太阳早上从汤谷出发，晚上在蒙汜休息；从天亮到天黑，走过的路程有多少里呢？月亮有什么德行能死而复生呢？月亮为了什么好处而让顾菟在其腹中呢？女歧没有婚配，从哪里取得九个儿子呢？伯强在哪里呢？和风又在何处呢？什么东西关闭了天就黑呢？什么东西打开了天就亮呢？东方还未天亮时，太阳藏在哪里呢？

鲧不善于治理洪水，众人为什么要推举他呢？人人都对尧说不必担忧鲧，尧为什么不试试他，然后再让他去治水呢？鲧为什么听信用“鸱龟曳尾”的样式就能治水呢？鲧也想顺应众人的愿望治好洪水，舜为什么要处他刑罚呢？鲧长久拘禁在羽山，为什么三年还不行刑呢？大禹是从鲧腹中变生出来的，那又是怎样变化的呢？禹继承了先人的事业，终于成就了亡父的功业；禹继承鲧的初志与事业，为什么他们治水的办法不同呢？洪水的渊泉极其深大，是怎样填平它的呢？洪水淹没大地，治平之后又怎样依九等来划分九州的呢？应龙是怎样画地的呢？河海相通是怎样流过的呢？鲧干了哪些工作呢？禹成功了哪些事业呢？共工一怒，地之东南为什么就塌陷了呢？九州是安放在哪里的呢？河谷为什么那样深呢？江河东流而总不满溢，谁知道是为什么呢？东西与南北的长度，谁知道哪个更长呢？大地顺南北看成狭长形状，南北比东西长多少呢？昆仑山中的县圃坐落在山中何处呢？昆仑山上的九重增城，它有多高呢？昆仑山四方有门，什么从门里出入呢？打开它的西北方的门，什么风从此处通过呢？太阳什么地方照不到呢？烛龙又是怎样照亮太阳照不到的地方的呢？太阳还未升起的时候，若木的花为什么发光呢？什么地方冬天暖和呢？什么地方夏天寒冷呢？什么地方有石林呢？什么野兽能说话呢？哪里有独角的虬龙能背负着熊出游呢？雄虺有九个头，它在哪里倏忽游走呢？什么地方有不死之国呢？长人防风氏守护着什么地方呢？什么地方有杈分九叶的靡萍和枲麻之花呢？一条蛇能吞下大象，它会有多大呢？黑水、玄趾、三危在何处呢？那里的人长生不死，他们的寿命活到何时为止呢？鲮鱼在哪里呢？鬿雀又在何处呢？羿是怎样射落九颗太阳的呢？太阳中的三足乌又是怎样翅羽散落的呢？

大禹的力量都投献给了治水的事业，他亲自下来观察天下四方；他怎样得到了涂山氏之女，与她在台桑婚配的呢？禹为自己婚娶配偶，只是为了延续子嗣后代；为什么他的嗜欲与别人不同，只满足于短暂的欢娱呢？启想代替益做君王，终于遭拘禁之祸；为什么他遭拘禁之祸而又能逃脱这次拘禁呢？益的兵众与启作战时，都把兵器交给启而投降，一点儿也没有伤害启的身体；为什么益的国运很快改变，而禹的子孙却王位流传呢？启屡次到天帝处作客，偷下了《九辩》和《九歌》。为什么禹爱儿子而却害死了儿子的母亲，让她的身体分裂迸散满地呢？天帝派夷羿降世，改变了夏朝的治道，残害夏朝的百姓；羿为什么又要射河伯，娶洛神为妻呢？羿持珧弓套着精美的扳指，专射大野猪；为什么他在冬祭时献上肥厚的肉，而天帝还是不满意呢？寒浞娶纯狐为妻，就是这个迷乱人的老婆与寒浞共同谋害了羿；为什么羿能射穿皮革，而那两个人合谋就吞灭了他呢？羿往穷地西行，是怎样越过山崖的呢？鲧死后化作黄熊，巫又是怎样使他复活的呢？鲧曾教受灾的人都种上黑黍，又教人在水边专种蒲草和芦苇；为什么把他与三凶共同流放，而鲧所受的痛苦最长且终于被杀呢？墙上画着云气缭绕的白霓，为什么建造这个祠堂呢？王子乔从哪里得到这良药，而又不能牢固地保藏呢？天的法则是阴阳二气运转消长，阳气离开人体，人就会死；王子乔变成大鸟为什么能鸣叫？他是怎样丧失了他的躯体的呢？雨师蓱翳能兴起雨，他是怎样发动的呢？身上长着两个上身，神鹿是从哪里秉受这样的奇形异体的呢？鳌头载负神山而四肢舞动，用什么法子使神山安稳的呢？龙伯国巨人不用舟而走陆路，用什么办法钓取带走了六只神鳌的呢？想那浇到其嫂门上，他对嫂子有什么要求呢？为什么少康放犬打猎，而却砍下了浇的头呢？女歧给浇缝衣裳，于是两人就在一处止息；为什么砍错了女歧之头后，浇却仍亲近少康而终遭杀身之祸呢？少康佯装模样，暗中治理部众，他是用什么使军队发展壮大的呢？斟寻国像一条船一样翻沉亡国了，少康是用什么办法重新取得政权的呢？桀讨伐蒙山国，得到了什么呢？妹嬉为什么放纵恣肆而商汤为什么要诛罚她呢？舜为娶妻成家忧愁，他父亲为什么要叫他独身呢？尧不告诉舜的父亲，为什么就把两个女儿嫁给舜呢？当事情还处在萌芽状态时，人们能预料到什么呢？纣终于造了十层瑶台，谁能看到最终会这样子呢？女娲能登位为帝，她是以什么道德而得以被尊为女帝的呢？她有着那样的形体，是谁制造的呢？舜委屈顺从他弟弟象，然而象终于还是想杀害舜；为什么象那样肆虐如恶狗，而他的身家性命却没有危险败亡呢？吴国能长久立国，并拥有江南一带土地；谁能预料到吴国能立国长久的情况呢？当是由于得到太伯、仲雍这两个真正男子汉的缘故吧？夏桀用饰有天鹅图案和宝玉的鼎，做出美味食物供祭祀天帝享用；伊尹是怎样承受商汤的指示图谋夏桀而使他终于灭亡的呢？汤到下面视察民情，在下面遇见了伊尹；为什么汤在鸣条放逐惩罚了桀而老百姓都非常敬佩而喜悦呢？

简狄住在瑶台上，帝喾为什么认为她很适合做自己的妻子呢？凤凰送去聘礼，简狄为什么就欢喜呢？王亥秉承了父亲王季的道德，他父亲就认为他品质好；为什么王亥在有易国牧养牛羊而终于被杀呢？王亥手持盾牌和谐起舞，为什么有易女怀念他呢？有易之女肌肤丰泽，她为什么这样丰满呢？王亥在有易国“服牛”，他是怎样与有易之女相逢的呢？有易人想在床上击杀王亥，他却有事先出来了，他的一条命是从哪里捡来的呢？王恒秉承父亲王季的道德，他是怎样得到王亥的“服牛”的呢？他为什么去从事分赐爵禄而不只是使“服牛”归回的呢？上甲微追循着先人的足迹事业，欲报父亲之仇，闹得有易国不得安宁；为什么猫头鹰落在酸枣树上，上甲微放纵荒唐做出了对不起儿子的事呢？那惑乱人的弟弟像哥哥一样淫乱，并且危害了他的兄长；他为什么屡行欺诈，而他的子孙却绵延长久呢？商汤巡狩东部地区，于是到了有莘国；为什么他本来是向有莘讨取小臣伊尹，却反而又得到了一个好配偶呢？在水边的空桑树里，有莘女子得到了那个小孩子；有莘人为什么厌恶伊尹，把他作为有莘国君女儿的陪嫁呢？商汤被囚禁，又从重泉释放出来，他有什么罪过呢？商汤不能克制自己的怒气而讨伐夏桀，（但其实是桀先挑动了汤）那么是谁使夏桀挑动商汤的呢？

诸侯们在会师的那天争相盟誓，他们是怎样履行周武王约定的日期的呢？像苍鸟群群飞来，是谁使他们聚合的呢？武王到了城里就射击并砍下了纣王的尸体，周公旦认为这样做不好；为什么周公亲自为武王筹划伐纣，但在完成天命之后又叹息呢？上天把天下授给了殷，它的王位又是怎么移易给周的呢？（天授殷命）反而成了殷纣灭亡之祸，他的罪过是什么呢？诸侯们争相放发武器，他们为什么要这样行事呢？那么多的军队并驾齐驱攻击殷商军队的左右两翼，又是怎样统率部署军队的呢？周昭王遂了他南游的心愿，于是到了南方楚地；他是为求什么利益而要去迎接那个白野鸡呢？周穆王精于策马驾车之术，他为什么要周游天下呢？他周游天下，行程无数，到底要追求什么呢？妖人夫妇俩相偕叫卖东西，他们在市上叫卖的是什么呢？周幽王到底是谁杀死的呢？他是怎样得到褒姒的呢？天命反复无常，到底惩罚什么保佑什么呢？齐桓公受天佑而九会诸侯，最终受天罚而自杀身死，这是为什么呢？纣王那个人是谁让他昏迷惑乱的呢？他为什么厌恶辅佐的大臣而专任用奉迎巴结的小人呢？比干有什么逆君之处而纣王要压制埋没他呢？雷开是怎样顺从纣王因而得到封赏赐予的呢？为什么圣人的品德是一样的，而最终的表现方式他们却不一样呢？为什么梅伯受到剁成肉酱的刑罚，而箕子却假装疯狂呢？后稷是帝喾的长子，帝喾为什么屡次毒害抛弃他呢？他被投弃在冰上，为什么大鸟用翅膀覆盖暖和他呢？后来他为什么携弓带箭，以特殊的才能统率军队呢？后稷出生既已惊动天帝那么深切激烈，为什么又使他的后嗣那么绵延久长呢？周文王姬昌在衰殷之世发号施令，掌握权柄，为治理万民的诸侯之长；他为什么命令折毁岐社，而天命又要让他占有殷国的天下呢？邠地百姓携带家财搬迁到岐下，他们为什么能依从周国呢？殷纣有一个迷乱人的妲己，还有什么可以劝谏的呢？西伯姬昌收受纣王分赐的梅柏的肉酱，就向上天控诉；为什么纣王本身就受到了天帝的惩罚，殷国的国运终于不能挽救了呢？太公吕望曾在市场里宰牛卖肉，姬昌是怎样识别他的呢？吕望敲着屠刀故意使刀声张扬，姬昌为什么听到刀声就惊喜呢？周武王姬发灭殷之后用大斧砍下纣王的头，他所恨的究竟是什么呢？他把文王的木牌位载在战车上与殷会战，为什么这样急切呢？纣王在柏树林里自缢而死，这是什么缘故呢？武王屡称天地，他为什么要感动天地，是不是心中畏惧什么呢？上天落下治理天下的重命在某人身上，他本人应当用什么使自己警戒呢？既已受命上天治理天下，为什么又派人来代替他呢？起初商汤以伊尹为臣，后又让他担任夏桀的辅佐；为什么伊尹最终还是做了商汤的官，受到了陪祀商朝宗庙的尊崇呢？立有功勋的阖庐是吴君寿梦的长孙，年少时受到流散在外的苦难；为什么他壮年时那样威武雄厉，能传播他的威名呢？彭祖向尧进献野鸡肉汤，尧为什么就会享用呢？彭祖获得长寿，为什么活得那样长呢？共伯治理中央政权，周厉王为什么降灾发怒呢？老百姓生命微贱，但为什么他们的力量如此强大呢？伯夷、叔齐采薇时听到那女子的话很震动，于是弃薇不食，为什么又有白鹿来佑助他们呢？他们向北来到河曲的首阳山，为什么乐于栖止在此地呢？秦伯有咬人的猛犬，他弟弟鍼为什么向他要这条狗呢？鍼以百两黄金想换取这条猛犬，终于丢掉了自己的爵禄。傍晚雷电交加，我欲归去，为什么又有忧思呢？楚国的尊严自己不去保持，我还向天帝请求什么呢？我这个遭放逐隐退山洞的人于此又能说什么呢？楚国为立功业，兴师攻伐，国运又怎能长久呢？如果楚王能觉悟错误，改弦易辙，我又能说什么呢？吴公子光争夺了君位后长期战胜我们楚国，（这是为什么呢？）为什么斗伯比与郧之女环穿过闾社丘陵去幽会，就竟然能生出子文这样的贤人呢？我说过堵敖的命不长久，为什么楚成王弑上自立，却倒忠正的名声越来越显著呢？

九　章

惜　诵

惜诵以致愍兮①，发愤以抒情②。所非忠而言之兮③，指苍天以为正④。令五帝使折中兮⑤，戒六神与向服⑥。俾山川以备御兮⑦，命咎繇使听直⑧。竭忠诚以事君兮，反离群而赘肬⑨。忘儇媚以背众兮⑩，待明君其知之⑪。言与行其可迹兮⑫，情与貌其不变⑬。故相臣莫若君兮⑭，所以证之不远⑮。吾谊先君而后身兮⑯，羌众人之所仇⑰；专惟君而无他兮⑱，又众兆之所雠⑲。壹心而不豫兮⑳，羌不可保也㉑；疾亲君而无他兮㉒，有招祸之道也㉓。

思君其莫我忠兮㉔，忽忘身之贱贫㉕。事君而不贰兮㉖，迷不知宠之门[27]。忠何罪以遇罚兮，亦非余之所志[28]。行不群以巅越兮[29]，又众兆之所咍[30]。纷逢尤以离谤兮[31]，謇不可释[32]。情沈抑而不达兮[33]，又蔽而莫之白[34]。心郁邑余侘傺兮[35]，又莫察余之中情[36]。固烦言不可结而诒兮[37]，愿陈志而无路[38]。退静默而莫余知兮[39]，进号呼又莫吾闻[40]。申侘傺之烦惑兮[41]，中闷瞀之忳忳[42]。

昔余梦登天兮，魂中道而无杭[43]。吾使厉神占之兮[44]，曰："有志极而无旁[45]。""终危独以离异兮[46]？"曰："君可思而不可恃[47]。故众口其铄金兮[48]，初若是而逢殆[49]。惩于羹而吹整兮[50]，何不变此志也[51]？欲释阶而登天兮[52]，犹有曩之态也[53]。众骇遽以离心兮[54]，又何以为此伴也[55]？同极而异路兮[56]，又何以为此援也[57]？晋申生之孝子兮[58]，父信谗而不好[59]。行婞直而不豫兮[60]，鲧功用而不就[61]。"

吾闻作忠以造怨兮[62]，忽谓之过言[63]。九折臂而成医兮，吾至今而知其信然[64]。矰弋机而在上兮[65]，罻罗张而在下[66]。设张辟以娱君兮[67]，愿侧身而无所[68]。欲儃佪以干傺兮[69]，恐重患而离尤[70]；欲高飞而远集兮[71]，君罔谓汝何之[72]；欲横奔而失路兮[73]，盖志坚而不忍[74]。背膺牉以交痛兮[75]，心郁结而纡轸[76]。擣木兰以矫蕙兮[77]，糳申椒以为粮[78]。播江离与滋菊兮[79]，愿春日以为糗芳[80]。恐情质之不信兮[81]，故重著以自明[82]。矫兹媚以私处兮[83]，愿曾思而远身[84]。

【题解】

《九章》是屈原除《九歌》以外的另一组抒情诗。"九章"就是九篇的意思。一般认为《橘颂》是诗人早年的作品，其他八篇当都作于两次被放逐期间。与《九歌》不同，《九章》不是诗人有计划写作的组诗，它们本来是散篇，"后人辑之，得其九章，合为一卷，非必

出于一时之言也。”（朱熹《楚辞集注》卷四）

《惜诵》是《九章》的第一篇，篇名取自诗的首句。惜，悼惜；诵，述说。惜诵就是以悼惜的心情述说事情。《惜诵》当作于诗人被放逐于汉北之时，是一首叙事性质的诗。诗人回忆了自己因劝谏楚王而终被谗害放逐的经历，一方面揭露了统治集团的闭塞和奸佞当道的黑暗，一方面再三陈说自己忠君爱国的心志。全诗在直叙其事的同时，又屡用比喻与象征的手法，标示自己的高洁忠贞，揭露当权者的卑劣与黑暗。在呜咽哽咽中抒发了自己强烈的悲痛与愤懑的感情。朱熹评《惜诵》说：“此篇全用赋体，无它寄托，其言明切，最为易晓。而其言作忠造怨、遭谗畏罪之意，曲尽彼此之情状。”（《楚辞集注》卷四《九章·惜诵》）其评说较为通达真切。

【注释】

①惜：悼惜。诵：述说。致：传达，表达。愍（mǐn）：忧伤。 ②愤：愤懑。以上二句是说，我以悼惜的心情述说往事来表达我的忧伤，抒发我愤懑的感情。 ③所非忠：所说的不忠实。 ④苍天：犹言上天。正：即证。为正，作证。以上二句是说．如果我讲的不是忠实的，可以指苍天来作证。 ⑤令：这里有请的意思。五帝：王逸说，“五帝，谓五方神也。东方为太皞（hào），南方为炎帝，西方为少昊（hào），北方为颛顼（zhuānxū），中央为黄帝。”折中：调和二者取其中正，不使偏颇，这里有公平调判的意思。 ⑥戒：告也。六神：王夫之说，“六神，上下四方之神。”（《楚辞通释》卷四《九章·惜诵》）。向服：对质事理。以上二句是说，请五帝让他们公平判断，告诉六神与他们对质（我说的是否是“忠言”）。 ⑦俾（bǐ）：使。山川：指名山大川之神。备御：备位陪侍，这里指陪审的人。 ⑧咎繇（gāoyáo）：即皋陶（yáo），传说中说他是舜时掌管刑法的人，后为禹之贤臣，助禹治天下。听直：蒋骥说，“听直，听其说之曲直也。”（《山带阁注楚辞》卷四《九章·惜诵》）。以上二句是说，使山川之神来陪审，让

皋陶来听是非曲直。　⑨离群：王夫之《楚辞通释》说，“离群，为众所不容也。”赘肬（zhuìyóu）：肉瘤，这里比喻多余的人。以上二句是说，我竭尽忠诚以侍奉君王，群小反而把我排挤在外，好像我是多余的肉瘤。⑩忘：不愿，不能。儇（xuān）：轻佻。媚（mèi）：巴结，逢迎。背众：与众人（指群小）相反。　⑪明君：贤明的君王。之：代词，它，指“竭忠诚以事君”和“忘儇媚以背众”。以上二句是说，我与众人相反，不愿有轻佻逢迎之态，只能等待圣明的君王能了解我的态度。　⑫迹：考核，考察。　⑬情：指内心。貌：外表。以上二句是说，我的言行是可以考察查稽的，我的内心与外表是一致不变的。　⑭相（xiàng）：考察，选拔，选择。莫：无，没有。莫若君，没有像君主（那样能考察出臣下的忠、奸、善、恶）。　⑮证之：证明它，指证明上句“相臣莫若君”这句话。以上二句是说，所以，选择臣子没有比国君更擅长的了。用来证明这句话正确的事例并不要向远处寻求。⑯谊：通“义”。先：动词，以……为先。后：动词，以……为后。身：本身，自身。　⑰羌（qiāng）：语首助词。仇：双方相怨恨。以上二句是说，我依义行事，先君王而后自身，所以成了群小仇怨的对象。　⑱专：专一。惟：思，想。无他：无其他想法。　⑲众兆：很多人，众人。雠（chóu）：仇敌。以上二句是说，我唯一思虑的是君王而没有其他人，这又成了群小的仇敌了。　⑳壹心：一心一意。不豫：果决不犹豫。　㉑不可保：不能保全。以上二句是说，我一心一意忠君为国毫不犹豫，恐不能保全自身。　㉒疾：急切，急速。亲君：亲近君王。诗人认为只有亲近君王才能实现自己的志愿。无他：与“亲近”相对言，指不与小人接近。　㉓招祸：招致祸患。道：路。以上二句是说，我急于亲近君王（以实现自己志愿），心中没有顾及其他人的利益，这又是我招祸之路啊。　㉔莫我忠：没有人比我（对君王）更忠心。㉕忽：忽视，轻忽。贱贫：屈原与楚王并非近亲，所以说自己出身“贱贫”。以上二句是说，我想君王身边没有比我更忠心的臣子，却轻忽了自己贱贫的出身。　㉖事君：侍奉君王。贰：有二心。　㉗迷：惑，不明。宠：取宠。以上二句是说，我侍奉君王毫无二心，却对争宠取悦的门路一点也不明白。

㉘所示：所期望的。以上二句是说，忠心侍奉君王有什么罪而遭遇惩罚？这确是我所料想不到的。 ㉙群：动词，合群。行不群，谓行事与众不同。巅（diān）通“颠”，陨落。巅越，坠落。 ㉚咍（hāi）：嗤笑。以上二句是说，我行事不合群小口味，故而跌了一跤，又被众人所嗤笑。 ㉛纷：纷乱，这里有多，经常之意。逢：遇，受到。尤：罪责，过失。离：遭遇。谤：诽谤。 ㉜謇（jiǎn）：语首助词。释：解释。以上二句是说，我常遇“过失”而遭受众人的诽谤，其中原因真不可解。 ㉝沈抑：即沉抑，沉重压抑。达：上达，指上达于君。 ㉞蔽：遮蔽，指为群小所遮蔽。白：表白，明辨。以上二句是说，我心情沉重压抑而不能上达君听，又被群小遮蔽不能向君王表白。 ㉟郁邑：忧愁郁结貌。侘傺（chàchì）：因失意而怅然伫立。 ㊱中情：内心的思想感情。以上二句是说，我心中忧愁郁结怅然失意，没有人能明察我内心的衷情。 ㊲固：本来，原来。烦言：烦琐的话，这里指太多的话。结：结言，指口头结盟订约的话。诒（yí）：赠送，这里有送达、传达的意思。 ㊳陈志：陈述已志。以上二句是说，本来有太多的话但不能与君王结言送达，希望向君王陈述已志而无路可通。 ㊴莫余知：莫知余，没有人理解我。 ㊵号（háo）呼：指大声陈说。闻：听，听见。以上二句是说，我退而无言吧，又无人理解我；进而申说吧，又无人听从我。 ㊶申：重复，一再。烦惑：烦恼困惑。 ㊷中：心中。闷：烦闷。瞀（mào）：错乱，紊乱。闷瞀，指心烦意乱。忳（tún）忳：忧伤貌。以上二句是说，我一再怅然失意烦恼困惑，心中烦乱忧伤。 ㊸中道：中途。杭：通“航”，双舟相并叫航。无杭，犹言无船，指无法通行。以上二句是说，从前我做梦登天，我的魂灵在半路上却又无法飞升。 ㊹厉神：王夫之说，“厉神，大神之巫。”即扮神的巫。占之：即占梦，就是解梦。 ㊺曰：说，指“厉神”曰。这一句是厉神说的话。极：至也。志极，志向极远大。旁：辅助，帮助。以上二句是说，我让厉神为我解梦。他说：“这说明你志向远大而没有人帮助你。” ㊻终：最终。危独：危险孤独。离异：分离而异地相处，指屈原被放逐离开朝廷。这句是屈原问厉神的话，是说：“我最终要危难孤独，被放逐而离开朝廷吗？” ㊼曰：说，

指厉神曰。思：思念。恃：依靠。这句至“鲧功用而不就”十五句都是厉神回答屈原所说的话。这句是说，厉神又回答说：“君王只可思念而不能依恃。” ㊽铄（shuò）：熔化。烁金，使金属熔化，这里比喻人言之可畏。 ㊾初：起初。是：这，此。若是，指像屈原这样。殆（dài）：危险。以上二句是说，所以说，众人的谗言诽谤能销熔金石，从来像你这样的都要遭到危险。 ㊿惩：惩戒。羹（gēng）：肉汤，这里指热而烫的汤。惩于羹，指因喝了热汤烫了嘴，因而害怕喝热汤。韲（jī）：切成细末的腌菜或酱菜。这本是凉的，不需要吹凉它。 (51)变此志：改变屈原的忠心之志。以上二句是说，人们喝热汤烫嘴烫怕了，吃冷的腌酱菜也会吹一吹，你为什么不吸取教训改变你那忠心耿耿的志向呢？ (52)释：放弃。阶：阶梯。登天：比喻被王亲信。 (53)曩（nǎng）：以往，从前。态：情态。这里指情形，状态。这两句仍是厉神的话，他认为屈原要被王亲近信任，必须有人援引，好像登天必有阶梯，否则，释阶登天只是梦想，其结果必然如屈原从前一样，终被疏远放斥。以上二句是说，你想丢掉阶梯而登天，那只能还是像从前一样的老样子。 (54)骇：害怕，指众群小害怕屈原对君王的忠心于己不利。遽（jù）：畏惧。骇遽，畏惧也。离心：不一心，指与屈原离心离德。 (55)伴：同伴。以上二句是说，众人都畏惧你，与你离心离德，你又怎能引他们为伴呢？厉神的意思是认为诗人要行己志，必须有人相援为伴，孤自一人成就不了自己的志愿。 (56)极：至。同极，蒋骥《山带阁注楚辞》卷四说，“同极，犹言同至一处也。”屈原与众人同侍楚君，故言“同极”。异路：指侍奉楚王的方法不一样。 (57)援：援引，援助。以上二句是说，你与众人同仕一朝但侍君之道不同，又怎能希望他们会援助你呢？ (58)申生：春秋时晋献公的太子，性慈孝，为献公宠姬骊姬所嫉，设计诬陷申生，说他欲谋害献公，被逼自杀。 (59)好（hào）：爱好。不好，犹言不爱。以上二句是说，晋国的申生是孝子，他父亲却听信谗言而不爱他，终被逼死。 (60)婞（xìng）直：刚强正直，这里是批评其刚愎自用。豫：犹豫。(61)鲧（gǔn）：神话传说中夏禹之父，治水未成，被流放于羽山之野，最后死于此地。功：功业。用：因，因而。就：成，成功。以上二句是说，鲧行为刚愎自用而不犹豫，因此他治水的功业不能成功。以上十五句都是厉神说的话。 ⑥②作忠：行为忠贞，一说，做忠臣。造怨：犹言招致怨谤。“作忠以造怨”似是当时俗谚之语。 ⑥③忽：忽视，轻忽。过言：过头的不足信的话。以上二句是说，我听说行为忠贞的人会招来怨谤，曾轻率地认为这是说过头的话。 ⑥④信：确实可信。然：如此，这样。信然，确实如此，以上二句是说，一个人多次折断了胳膊，接受治疗后也会成为一个外伤科医生，我现在知道这话确实可信。 ⑥⑤矰（zēng）：系细丝绳弋射飞鸟的箭。弋（yì）：以矰射叫弋。矰弋，就是指用以射鸟的系丝绳的箭。机：机栝（guā），是弩上发箭的机件，这里作动词用，指矰矢已搭在机栝上即将发射。在上：在上方，与下一句“在下”相对。 ⑥⑥罻（wèi）：捕禽兽用的网。罻罗，即罗网。以上二句是说，上面矰矢已搭在机栝之上，下面罗网也已经张开。 ⑥⑦设：设置。张：张设，指设罗网捕鸟兽。辟（pì）：打开。朱熹《楚辞集注》卷四《九章》说，“辟，开也。”设张辟，指上二句的‘矰弋机”和“矰罗张”。 ⑥⑧侧身：伏身。无所：犹言没有地方。以上二句是说，群小仍设机关张罗网陷害君王厌恶的忠臣以讨君王的欢心，我想侧身避祸也无处可逃。 ⑥⑨儃佪（chánhuái）：徘徊不进的样子，这里有回转之意。干：求取，这里指求仕，求取任职。傺：停止。干傺，洪兴祖《楚辞补注》说，“干傺，谓求仕而不去也。” ⑦⓪重（zhòng）：增加，加重。患：祸患。离尤：遇到罪责。以上二句是说，我想要回转，不离开朝廷以求仕进，只恐怕加重祸患再遇到罪责。 ⑦①高飞远集：集，鸟栖止树上，引申为停留。高飞远集，意谓离开楚国去远方，停留于他国。 ⑦②罔（wǎng）：副词，毋，不。罔谓，犹言得无谓，该不会说。屈原是担心楚王会这样责问他。何之：去何处。以上二句是说，我想高飞远引去他国停留，君王该不会问我：“你到哪里去？” ⑦③横奔：不由正道的乱跑。失路：失去正路。横奔失路，朱熹《楚辞集注》说，“横奔失路，妄行违道之譬也。” ⑦④志坚：志向坚定。不忍：不忍心。以上二句是说，我想过改变自己的节操，横行失路以跟从那些小人们，但我的志向专一坚定，不忍心做这样卑鄙的行径。 ⑦⑤背：后背。膺（yīng）：胸。牉（pàn）：一物中分为二。

交痛：交相疼痛。　⑯郁结：烦恼聚结。纡轸（yūzhěn）：心中痛苦盘结。纡，曲折盘结。轸，悲痛。以上二句是说，以上三者皆不可为，我犹如背胸本为一体而被中间剖开，交相痛楚之状难以尽言，心中郁结着委屈的忧伤痛苦。⑰擣（dǎo）：捣碎。木兰：木名，皮似桂而香，状如楠树，是一种香木。矫：王逸《楚辞章句》语，“矫，犹糅也。”糅（róu），混杂。蕙：一种香草。　⑱糳（zuò）：舂。申椒：香木名，是椒木的一种。以上二句是说，捣碎木兰以拌杂上蕙草，舂碎申椒，以它们为粮食。　⑲江离：即江蓠，一种香草。滋：种植。　⑳糗（qiǔ）：干粮，以上二句是说，播种江蓠并种植菊花，希望春天可以作为干粮。以上四句诗人欲以香木香草香花为糗粮，是自比高洁和坚贞。　㉑情：情志，心志。质：本性。信：信任，相信。不信，不被相信。　㉒重（chóng）：再次。著：标举，标著，这里有申说而使之昭明的意思。自明：表名自己。以上二句是说，我恐怕我的情志和本性不被相信，所以再次申述以自我表明。　㉓矫：一作“撟”（jiǎo），二字本相通假，举起。媚：美好，这里指美德。兹媚，这些美德。私处：独处其身，指退而隐居。　㉔曾（zēng）思：王逸《楚辞章句》说，“曾，重也。”洪兴祖《楚辞补注》说，“曾，音增。”曾思，重复思考，再三思考。远身：指自身远游以避开朝廷。以上二句是说，高举起我这些芳洁的美德，独身去隐退吧，我愿再三思考而远避此身。

【译文】

我以悼惜的心情述说往事来表达我的忧伤，抒发我愤懑的感情。如果我讲的话不忠实，可以指苍天来作证人。请五帝让他们公平判断，告请六神与他们对质我所说的是否是真。使名山大川的神灵来陪审，让皋陶来听取是非曲直。我竭尽忠诚以侍奉君王，群小反而把我排挤在外，好像我是多余的肉瘤。与众人相反，我不愿采取轻佻奉迎之态，只能等待圣明的君王知道我的态度。我的言行是可以考查的，我表里如一不会变化。所以说选择臣子没有比国君更擅长的了，用以证明这句话是正确的事例并不要向远处去求寻。我依正义行事，先君王而后自身，所以成了群小仇怨的对象。我唯一思虑的是君王而没有其他人，这又成了群小的仇敌了。我一心一意忠君为国毫无犹豫，恐怕不能保全自身。我急于亲近君王（以实现自己的志愿），心中没有顾及其他人的利益，这又是我招祸之路啊。

我想君王身边没有比我更忠心的臣子，却轻忽了自己贱贫的出身。我侍奉君王毫无二心，却对争宠取悦的门道一窍不明。忠心侍奉君王有什么罪过而遭逢惩罚，这确是我料想不到的。我行事不合群小口味，因而跌了一跤，又被众人所嗤笑。我常碰上罪责而受到众人的诽谤，其中原因真不可解。我心情沉重压抑而不能上达君听，又被群小遮蔽不能向君王表明。我心中忧愁郁结怅然失意，没有人能明察我内心的衷情。我本有太多的话但不能与君王结言向君王表达，希望向他陈说己志而又无路可行。想退而不说话，又无人了解我；想进而申说，又无人听从我。我一再怅然失意烦恼困惑，心中无限忧伤烦闷。

从前我做梦登天，魂灵在半路上却又无法飞升。我让厉神为我占卜解梦，他说："这说明你志向远大而没有帮助你的人。"我问："我最终要危难孤独，被放逐而离开朝廷吗？"他回答说："君王只可思念而不可依恃。因为众人的谗言诽谤足以销石熔金，从来像你这样的人都要遭到危险。喝热汤烫过嘴的人，苦于以往的教训，冷的腌酱菜也会吹一吹，你为什么不吸取教训，改变你那忠心耿耿的志向呢？你想丢掉阶梯而登天，那只能还是像从前的老样子。众人都畏惧你，与你离心离德，你又怎能引他们为伴呢？你与众人同仕一朝而侍君之道不同，又怎能希望他们会为你援引？晋国的申生是孝子，他父亲却听信谗言而不爱他，终被逼死。鲧的行为刚愎自用而果决不二，因此他治水的事业不能功成。"

我听说行为忠贞的人会招致怨谤，曾轻率地认为这话说过了头。一个人多次折了臂膀，接受治疗后也会成为一个外伤科医生，我现在知道这话确实可信。上面矰矢已扣上机栝，下面罗网也已经张开。群小们设机关张罗网陷害君王讨厌的忠臣，以讨君王的欢心，我想侧身避祸也无处可逃。想要回转，不离开朝廷以求仕进，又恐怕加重祸患再遇到责罚；想要高飞远行去他国留停，君王该会说“你到哪里去”；想改变节操，跟从那些小人们乱跑，但我又志向专一坚定，不忍心做这些卑鄙的事。以上三者皆不能为，犹如背胸本为一体而被从中剖开，交相痛楚之状难以言尽，我心中郁结着委屈的忧伤痛苦。把木兰捣碎，拌杂上蕙草，舂细申椒，以它们为粮食；播种上江蓠，培植好菊花，希望春天时可作为干粮。我恐怕我的心志和本性不被相信，所以再次申述以自我表明。高举起我这些美德独身隐退吧，我愿再三思考而远避此身。

涉　江[①]

余幼好此奇服兮[②]，年既老而不衰[③]。带长铗之陆离兮[④]，冠切云之崔嵬[⑤]。被明月兮珮宝璐[⑥]。世溷浊而莫余知兮[⑦]，吾方高驰而不顾[⑧]。驾青虬兮骖白螭[⑨]，吾与重华游兮瑶之圃[⑩]。登昆仑兮食玉英[⑪]，与天地兮同寿[⑫]，与日月兮同光[⑬]。哀南夷之莫吾知兮[⑭]，旦余济乎江湘[⑮]。

乘鄂渚而反顾兮[⑯]，欸秋冬之绪风[⑰]。步余马兮山皋[⑱]，邸余车兮方林[⑲]。乘舲船余上沅兮[⑳]，齐吴榜以击汰[㉑]。船容与而不进兮[㉒]，淹回水而疑滞[㉓]。朝发枉渚兮[㉔]，夕宿辰阳[㉕]。苟余心其端直兮[㉖]，虽僻远之何伤[㉗]！

入溆浦余儃佪兮[㉘]，迷不知吾所如[㉙]。深林杳以冥冥兮[㉚]，猿狖之所居[㉛]。山峻高以蔽日兮[㉜]，下幽晦以多雨[㉝]。霰雪纷其无垠兮[㉞]，云霏霏而承宇[㉟]。哀吾生之无乐兮，幽独处乎山中[㊱]。吾不能变心而从俗兮[㊲]，固将愁苦而终穷[㊳]！

接舆髡首兮[39]，桑扈臝行[40]。忠不必用兮，贤不必以[41]。伍子逢殃兮[42]，比干菹醢[43]。与前世而皆然兮[44]，吾又何怨乎今之人？余将董道而不豫兮[45]，固将重昏而终身[46]！

乱曰[47]：鸾鸟凤皇[48]，日以远兮[49]。燕雀乌鹊[50]，巢堂坛兮[51]。露申辛夷[52]，死林薄兮[53]。腥臊并御[54]，芳不得薄兮[55]。阴阳易位[56]，时不当兮[57]。怀信侘傺[58]，忽乎吾将行兮[59]。

【题解】

《涉江》是屈原晚年流放江南时的一篇作品，记述了诗人此时的流放历程和心情。诗人渡过长江和湘水，登上鄂渚（在今武汉市武昌附近江中），上溯沅水，经过枉渚（在今湖南常德市南）、辰阳（在今湖南辰溪县西南），进溆（xù）浦（在今湖南溆浦县）。在这荒凉僻远的地区，诗人号呼要“与天地兮同寿，与日月兮同光”“苟余心其端直兮，虽僻远之何伤”，表示决不“变心而从俗”，虽“愁苦而终穷”也在所不惜，表达了他倔强不移的爱国精神。幽深清远的环境描写十分恰切地表现了诗人峻直孤清的人格形象，衬托了他孤独脱俗的身影。本篇叙事从容，无太多感伤情绪，大约此时诗人已决心隐退，所以诗也就表现出一种“从容冲雅，怨而不怒，哀而不伤”（汪瑗《楚辞集解·涉江》）的情调。诗既有叙事，又有抒情、议论，叙事、抒情、议论有机结合。记事则清晰有序，抒情则感慨深沉，议论又能援古证今，使全诗抑扬顿挫，沉郁苍壮。本诗是诗人的自述，所记流放的经历路程序致井然，是研究诗人晚年经历和思想的一篇最可靠的宝贵资料。

【注释】

①涉江：渡江之意。　②好（hào）：爱好，喜欢。奇服：珍奇的服饰。

比喻不同凡俗的品格。 ③既：已。衰：衰减。指好奇服之心，未曾衰减。 ④铗（jiá）：剑柄。长铗，指长剑。陆离：长貌。 ⑤冠（guàn）：动词，戴冠。切云：高冠名。崔嵬（wéi）：高耸貌。以上二句是说，我佩着长长的剑，戴着高高的“切云”冠。 ⑥被：同“披”。明月：宝珠名。因珠光晶莹，有似月光，故名。珮：同“佩”。璐（lù）：美玉名。这句是说，披挂着明月珠，佩戴着珍贵的美玉。 ⑦世：世道。溷（hùn）浊：混浊，污浊。莫余知：不知道我，不理解我。 ⑧高驰：高高飞驰。以上二句是说，世道污浊不堪，没有人理解我，我正在高高飞驰，不顾世人到底怎样看我。 ⑨虬（qiú）：龙类。骖：古代一车四马，两边的马叫骖，这里是动词，以……为骖。螭（chī）：无角的龙。 ⑩重华：即帝舜。瑶：玉也。圃：园。瑶之圃，指天帝的花园。以上二句是说，我驾上青虬，以白螭为骖，我和帝舜一道游于天帝的瑶圃。 ⑪昆仑：神话中的西方神山名，传说是神仙居住之地，产美玉等宝物。玉英：玉树开的花，传说食之长寿。 ⑫同寿：同年寿，活得同样长。 ⑬同光：发出同样的光辉。 ⑭南夷：指楚国的南方土著居民。 ⑮旦：早晨。济：渡水。乎：于。江湘：长江、湘水。以上二句是说，哀叹南夷之地无人理解我，我却在早晨渡过长江和湘水流放向南方。 ⑯乘：登。鄂渚（èzhǔ）：洲名，在今湖北省武汉市武昌附近江中。反顾：回望。 ⑰欸（āi）：叹息。秋冬：偏义于冬。绪风：余风，指冬末之寒风。以上二句是说，登上鄂渚我回头望去，哀叹于冬末的寒风之中。 ⑱步：缓步，山皋（gāo）：山边。 ⑲邸（dǐ）：停下。方林：地名，不详所在。以上二句是说，让我的马在山边缓行，停下我的车在方林。 ⑳舲（líng）船：有窗的小船。沅：水名，在今湖南省境内。上沅，指溯沅水上行。 ㉑齐：一同举起双桨。榜：船桨。吴榜，吴国地方出的桨，这里就指船桨。汰（tài）：水波。以上二句是说，乘着有窗户的船，我溯沅水而上行，划动双桨击荡着水波。 ㉒容与：舒缓貌。 ㉓淹：久。回水：回旋的水流。疑：凝字之误写。凝滞，滞留不进。以上二句是说，船儿缓慢不前，久久地在回旋的水流中滞留。 ㉔枉渚：地名，在今湖南省常德市南。 ㉕辰阳：地名，在今湖南省辰溪县西南。㉖端直：端方正直。㉗僻：偏僻。伤：悲伤。以上二句是说，只要我的心是正直的，虽把我流放到偏僻遥远的地方又有什么值得伤心的呢？㉘溆（xù）浦：地名，今湖南省有溆浦县，这里的溆浦当在溆水沿岸某地。儃佪：徘徊不进貌，这里指迷路的样子。㉙如：往。以上二句是说，进入溆浦，因道路曲折，我转来转去迷了路，不知向那儿走才好。㉚杳（yǎo）：幽深。冥冥：阴暗貌。㉛狖（yòu）：长尾猴。㉜峻高：险峻高大。㉝幽晦：幽深阴暗。㉞霰（xiàn）：雪珠。垠（yín）：边际。㉟霏（fēi）霏：云盛貌。承：承接。宇：天宇。一说宇是屋檐。以上二句是说，霰雪纷纷，无边无际，阴云密布，弥漫苍天。㊱幽独：幽寂孤独。处：居住。㊲从俗：随从世俗的好恶。㊳固：本来。终穷：终生穷困。以上二句是说，我不能改变心志而随从世俗，本将在愁苦之中穷困终生。㊴接舆：春秋时楚国的隐士，就是《论语》所说的“楚狂接舆”。髡（kūn）：古代的一种刑罚，剃掉犯人的头发。㊵桑扈（hù）：古代隐士名。就是《论语》所说的子桑伯子。臝（luǒ）：同“裸”。以上二句是说，接舆被剃去头发，桑扈穷得裸体而行。一说，接舆是自髡其首，桑扈是自裸其身，以玩世不恭的行为表示对社会现实的不满。㊶以：用。以上二句是说，忠臣贤人不一定能得到任用。㊷伍子：伍子胥，春秋时吴国大夫，助吴王阖闾（即前文《天问》注㊸中的阖庐）夺取王位，并击破楚国。吴王夫差时，因反对接受越国的求和和伐齐，被夫差赐死。遭殃：遭受祸殃。㊸比干：商代末代君主纣王的叔父，屡次劝谏纣王停止暴行，被纣王残害而死。菹（zū）醢：古代的一种把人剁成肉酱的酷刑。㊹与：举。皆然：都是这样。㊺董：正。豫：犹豫。㊻重（chóng）昏：犹言屡次遭遇黑暗。以上二句是说，我将坚守正道而无所犹豫，必将屡遭黑暗而直至终身。㊼乱：乐章最末段叫乱，后来借用作为辞赋最后的总括全篇内容的收尾。㊽鸾（luán）鸟：传说中的凤凰一类神鸟。鸾鸟凤凰，比喻忠臣贤士。㊾日以远：一天比一天远离。㊿燕雀乌鹊：都是普通的鸟，比喻奸臣庸人。(51)巢：做巢。堂：殿堂。坛（tán）：楚方言，楚人谓中庭为坛。(52)露申：芳香的花木名，所指不详。辛夷：香木名，见《山鬼》注。 ⑬林薄：朱熹《集注》说："丛木曰林，草木交错曰薄。"这里指林木杂草丛生之地。 ⑭腥臊：腥臭之物，比喻坏人。御：进用。 ⑮芳：芳香之物，比喻贤人。薄：接近。 ⑯阴阳：黑夜和白昼。夜晚为阴，白天为阳。易位：交换了位置。 ⑰时：天时。不当（dàng）：不适当。以上二句是说，昼夜错乱是天时不当。这是比喻世道黑暗混乱，黑白颠倒。 ⑱信：忠诚。侘傺：怅然伫立，失意的样子。见《离骚》注。 ⑲忽：迅速。以上二句是说，怀抱忠信，却总是失意，我还是赶快走吧。

【译文】

我年幼时就喜好这种珍奇的服饰，至今年岁已老，好奇服之心却未曾减退。我佩带着长长的宝剑，戴着高高的"切云"冠，披挂着明月之珠，佩戴着珍贵的美玉。当今世道污浊不堪，没有人理解我，我正高高飞驰，不顾世人怎样看我。我驾上青虬，以白螭为骖，我和帝舜一道游于天帝的瑶圃。登上昆仑山，吃玉树的花，能与天地同寿，能与日月同放光芒。哀叹南方蛮夷之地没有人知道我，我却在早晨渡过长江、湘水流放向南方。

登上鄂渚我回头望去，在冬末的余寒之风中哀叹。让我的马在山边缓行，停下我的车在那方林。乘着有窗的小船，我溯沅水而上，划动双桨激荡着水波。船儿缓慢不前，久久地在水中回旋留滞。早晨从枉渚出发，晚上到辰阳歇息。只要我的心端方正直，虽然把我流放到荒僻遥远的地方又有什么伤心呢！

进入溆浦，因道路曲折，我转来转去迷了路，不知向哪儿走才好。深林里幽深阴暗，只有猿猴在这里居住。山陵险要高峻，山下又幽深昏暗且多雨。霰雪纷纷，无边无际，阴云密布，弥漫天宇。哀叹我一生没有欢乐，如今幽寂孤独地居住在深山之中。我不能改变心志而随从世俗，本来就将会在愁苦中穷困终生。

古代的隐士接舆剃光了头，桑扈裸体而行。忠臣不一定被任用，

贤人也不一定能得到推举。伍子胥遭受赐死的祸殃，比干被剁成肉酱。所有前世都是这样，我又为什么要恨现在的人呢？我将坚守正道而不犹豫，必将屡遭黑暗而直至终身！

尾歌说：鸾鸟和凤凰，一天比一天地飞远。燕子、麻雀、乌鸦、喜鹊在殿堂上做起了窝。露申和辛夷死在草木丛生的树林里。臭恶腥臊的人得到任用，芳香高洁的人不能接近了。黑白颠倒了位置，天时不当。怀抱忠信却总是失意，我还是赶快走吧。

哀　郢[1]

皇天之不纯命兮[2]，何百姓之震愆[3]？民离散而相失兮，方仲春而东迁[4]。

去故乡而就远兮[5]，遵江夏以流亡[6]。出国门而轸怀兮[7]，甲之鼂吾以行[8]。发郢都而去闾兮[9]，荒忽其焉极[10]。楫齐扬以容与兮[11]，哀见君而不再得[12]。望长楸而太息兮[13]，涕淫淫其若霰[14]。过夏首而西浮兮[15]，顾龙门而不见[16]。心婵媛而伤怀兮[17]，眇不知其所蹠[18]。顺风波以从流兮[19]，焉洋洋而为客[20]。淩阳侯之泛滥兮[21]，忽翱翔之焉薄[22]？心絓结而不解兮[23]，思蹇产而不释[24]。

将运舟而下浮兮[25]，上洞庭而下江[26]。去终古之所居兮[27]，今逍遥而来东[28]。羌灵魂之欲归兮[29]，何须臾而忘反[30]？背夏浦而西思兮[31]，哀故都之日远[32]。登大坟以远望兮[33]，聊以舒吾忧心[34]。哀州土之平乐兮[35]，悲江介之遗风[36]。

当陵阳之焉至兮[37]？淼南渡之焉如[38]？曾不知夏之为丘兮[39]，孰两东门之可芜[40]？心不怡之长久兮[41]，忧与愁其相接。惟郢路之辽远兮[42]，江与夏之不可涉[43]。忽若不信兮[44]，至今九年而不复[45]。惨郁郁而不通兮[46]，蹇侘傺而含感[47]。

外承欢之汋约兮[48]，谌荏弱而难持[49]。忠湛湛而愿进兮[50]，妒被离而鄣之[51]。尧舜之抗行兮[52]，瞭杳杳而薄天[53]。众谗人之嫉妒兮，被以不慈之伪名[54]。憎愠惀之修美兮[55]，好夫人之忼慨[56]。众踥蹀而日进兮[57]，美超远而逾迈[58]。

乱曰[59]：曼余目以流观兮[60]，冀壹反之何时[61]？鸟飞反故乡兮[62]，狐死必首丘[63]。信非吾罪而弃逐兮[64]，何日夜而忘之[65]。

【题解】

楚顷襄王二十一年（前278）秦将白起率兵攻破郢都（在今湖北江陵），楚国迁都陈（在今河南淮阳），诗人看到郢都破亡之后，人民流离失所，争相逃亡，于是写下了这首沉痛的诗篇，哀悼故都的破灭和人民的逃亡。

诗中主要抒发的并不是故都的破灭的感慨，而是对郢都的思恋之情。诗人的流放历程是从郢都出发，经过夏首（今湖北省荆州市沙市区附近）舟行向西，入洞庭湖，再入长江，经过夏浦（在今湖北武汉附近），向东行进，到达陵阳（在今安徽青阳，一说在今安徽安庆东南）。诗结合诗人的流放历程反复表白自己对郢都的思恋，表达了自己的爱国情绪和对统治者苟安误国的批判。

诗写诗人沿江东下，气象阔大而思绪深沉，景与情交相融汇，描绘出波澜壮阔，深沉悲壮的艺术境界。诗在叙事抒情中塑造了流放途中的诗人形象，鲜明突出，使读者仿佛看到独行踽（jǔ）踽中频频回顾的诗人身影，听到他那喁（yú）喁自语屡屡叹息的声音。语言上本诗质朴无华而极富表现力，“尧舜之抗行兮”以下八句被宋玉几乎不改一字地抄入《九辩》。

王逸《楚辞章句》将《哀郢》排在《涉江》之后，但从诗中所记述的流放经历看，应是《哀郢》在前，《涉江》在后，有的选本或注本就改变了王逸的编排顺序，我们仍照王逸的排法，把《哀郢》放在《涉江》之后。

【注释】

①郢（yǐn）：郢都，是楚国的国都，故址在今湖北江陵。哀郢，哀悼郢都。　②皇天：上天，老天。皇是大之意。纯命：指天命有常。　③震：震动，震惊。愆（qiān）：过失，罪过。震愆，这里指震惊、遭罪。以上二句是说，老天爷变化无常，为何让百姓受震惊遭罪过？　④方：正当。仲春：指夏历二月。迁：迁徙，指逃难。以上二句是说，人民背井离乡，妻离子散，正当二月向东逃难。　⑤去：离开。故乡：指郢都。就：趋，往。　⑥遵：循，顺着。江夏：指长江和夏水。夏水是古水名，在今湖北省。江水从今荆州市沙市区东南分流东出，至仙桃市附近流入汉水。自此以下的汉水也兼称夏水。⑦国门：国都之门。轸（zhěn）怀：悲痛地怀念。　⑧甲：古代以干支纪日，甲指干支纪日的起字是甲的那一天。鼂（zhāo）：同“朝”，早晨。见《湘君》注。以上二句是说，走出国门，我心中悲痛地怀念郢都，甲日的早晨我踏上了行程。　⑨闾（lǘ）：本指里巷之门，代指里巷。里巷是住人的居民区。⑩荒忽：不明貌，指心绪茫然。一说，指行程遥远。焉极：何极，何处是尽头。一说，极，至也。以上二句是说，从郢都出发离开所居住的里巷，心绪茫然，不知何处是尽头。或作：前路茫茫，不知何往。　⑪楫（jí）：船桨。齐扬：一同举起。容与：舒缓貌。　⑫哀：悲伤。君：指楚王。以上二句是说，双桨齐举，船儿缓行，我哀伤再也没有见君的机会了。　⑬楸（qiū）：树名，落叶乔木。长楸，高大的楸树。太息：叹息。　⑭涕：泪。淫淫：流泪貌。霰（xiàn）：雪珠。　⑮过：经过。夏首：地名，在今湖北省荆州市沙市区附近。夏水的起点，长江在此分出夏水。西浮：船向西漂行。　⑯顾：回顾；回头看。龙门：郢都的东门。以上二句是说，经过夏首，向西浮行，回顾龙门，已经不见了。　⑰婵媛（chányuán）：心绪牵引绵绵貌。　⑱眇：

同“渺”，犹辽远。蹠（zhí）：践踏，指落脚之处。以上二句是说，情思缠绵，心怀悲伤，前程渺远，不知何处是落脚之处。 ⑲顺风波：顺风随波。从流：从流而下。 ⑳焉：于是，于此。洋洋：飘飘不定。客：漂泊者。以上二句是说，顺水随波，从流飘荡。从此漂泊无归，作客异乡。 ㉑淩（líng）：乘。阳侯：传说中的大波之神，这里指波浪。泛滥：大水横流涨溢。 ㉒翱（áo）翔：飞翔貌，这里比喻漂流的样子。焉：何。薄：止。以上二句是说，乘着起伏汹涌的波涛前进，恍惚如鸟儿飞翔于天，何处是栖止之所？ ㉓絓（guà）：牵挂。结：郁结。解：解开。 ㉔蹇（jiǎn）产：结屈纠缠。释：解开，释然。以上二句是说，心思牵挂郁结，不能解开，愁绪结屈纠缠，不能释然。 ㉕运舟：行舟。下浮：向下游漂行。 ㉖上洞庭：指入洞庭湖。下江：下入长江。 ㉗去：离开。终古之所居：犹言祖先世世代代所居住的地方，指郢都。 ㉘逍遥：无拘无束，自由自在貌。这里指漂泊。 ㉙羌：发语词，楚方言，有乃之意。 ㉚须臾：形容时间很短暂，犹言顷刻。反：同“返”。以上二句是说，于是我的灵魂想回归故乡，何曾有顷刻的时间忘记返乡。 ㉛背：背对着，指离开。夏浦：地名，指夏口（在今湖北省武汉市）。西思：思念西方，指思念西面的郢都。 ㉜故都：指郢都。 ㉝坟：指水边高地。一说指水边高堤。 ㉞聊：姑且。舒：舒展。 ㉟州土：这里指楚国州邑乡土。平乐：指和平快乐。或言指土地平阔，人民安乐。 ㊱江介：长江两岸。遗风：古代遗留下来的风气。以上二句是说，看到国土辽阔，人民安乐和自古遗留下的淳朴民风，止不住悲伤感叹。 ㊲当：值。陵阳：地名，在今安徽省青阳县，一说，陵阳在今安徽省安庆市东南。焉至：至何处。一说，陵阳指大的波涛。这里指波涛不知从何处而来。 ㊳淼（miǎo）：大水茫茫貌。焉如：何往。以上二句是说，到了陵阳，还要到哪里去？南渡这茫茫大水，又往何方？ ㊴曾（zēng）不知：怎不知。夏：同“厦”，大屋，这里当指楚都之宫殿。丘：丘墟。 ㊵孰：谁。一作“何”。两东门：郢都东向有二门。以上二句是说，没想到郢都的繁华宫阙已经化为丘墟，谁使郢都的两座东门变成一片荒芜？这是屈原揣度郢都沦亡后的情景。 ㊶怡（yí）：乐。 ㊷惟：

思，想。一说，惟，发语词。郢路：通向郢都之路。辽远：遥远。 ㊸江：长江。夏：夏水。涉：渡水。以上二句是说，想那回郢都之路是多么遥远，长江和夏水又深不可渡。这两句是说郢都不能回。 ㊹忽：指时间过得快。信：相信。一说不信是不被信任，下句的不复是不复被信任。 ㊺复：指返回郢都。根据此句“九年”的计算，屈原在顷襄王时被流放是在顷襄王十三年（前286年），至白起破郢的顷襄王二十一年（前278年）首尾正是九年。以上二句是说，时间过得真快，仿佛令人难以相信，流放已九年未回郢都。 ㊻郁郁：郁积貌。不通：指心情不通畅。 ㊼蹇：发语词，楚方言。侘傺：怅然伫立，形容失意者的茫无适从。见《离骚》注。慼：同“戚”，忧伤。以上二句是说，我愁思郁积，心情不畅，怅然伫立，内心伤悲。 ㊽外：表面。承欢：指承君主之欢。汋（chuò）约：姿态美好貌，一说谄媚之态。 ㊾谌（chén）：诚，实在。荏（rěn）弱：软弱。持：同“恃”。难持，即很难依靠。以上二句是指斥那些蔽贤误国的人。说他们表面上巧言佞色，以奉承君主的欢心，实际上内心脆弱，靠不住。 ㊿湛（zhàn）湛：厚重貌。进：进用。 51被：同“拉”。被离，犹披离，纷乱貌。鄣：同“障”，阻碍，遮蔽。以上二句是说，我怀着深厚的忠心，愿意进用于君王，但嫉妒纷纷，阻塞了我的仕进之路。 52尧舜：传说中上古的两位圣明的君主。抗行：高尚伟大的行为。 53瞭：目明。杳（yǎo）杳：远貌。薄：近。以上二句是说，尧舜行为高尚，眼光光明远大，几乎可接近上天。 54被：覆盖，这里犹言加在身上。不慈之伪名：不慈爱的假的恶名。不慈，不爱儿子。尧、舜传位于贤人，不传儿子。又传说尧曾杀长子考监明，所以战国时有人说他们不慈。《庄子·盗跖》篇曰：“尧不慈，舜不孝。”又曰：“尧杀长子，舜流母弟。” 55憎：憎恶。愠惀（wěnlǔn）：忠厚诚朴。修美：修洁美好。 56好（hào）：爱好，喜欢。夫（fú）人：彼人，那些人。忼慨：同“慷慨”，这里指装腔作势地发表激昂慷慨之言辞。以上二句是说，君王憎恶忠诚老实、修洁美好的人，却喜欢那些小人装腔作势的慷慨激昂之辞。 57踥蹀（qièdié）：小步行走貌。 58美：美人，指贤人。超远：远。逾迈：犹愈迈，越发远行。以上二句是说，众小人奔走钻营，日益接近君王，贤人却越来越远离朝廷。 ⑲乱：乐章最末段叫乱，后来借用作为辞赋最后总括全篇内容的收尾。见《涉江》注。 ⑳曼：指把眼光放远。流观：四处观览。 ㉑冀：希望。壹反：即一返，返回一次。以上二句是说，放开我的眼光向四方眺望，希望还能返回一次郢都，但何时才能实现？ ㉒反：同“返”。 ㉓必：必定。首丘：头向着所居住生长的山丘。以上二句是说，鸟总是要飞回自己的故乡，狐狸到死时，也要头朝着自己出生的山丘。 ㉔信：确实。弃逐：指放逐。 ㉕之：指故乡郢都。以上二句是说，确实不是我的罪过而遭到放逐，日日夜夜我何尝忘记过郢都！

【译文】

上天变化无常，为何让老百姓受震惊遭罪过？人民离乡背井，妻离子散，正当二月向东逃难。我离开家乡奔往远处，沿着长江夏水流亡东方。

走出国门，我心中悲痛地怀念郢都，甲日的早晨我踏上了行程。从郢都出发离开了我所居住的郢都里巷，心绪茫然，不知何处是尽头。双桨齐举，船儿缓行，我哀伤再也没有机会见到君王。望见故都高大的楸树长声叹息，涕泪淫淫就像散落的雪珠。经过夏首，沿曲折处向西浮行，回顾郢都的龙门，已经望不见了。情思缠绵，心绪悲伤，前程邈远，不知何处是落脚之地。顺水随波，从流漂荡，从此漂泊无归，作客异乡。乘着横溢的波涛前进，恍如鸟儿飞翔，何处是栖止之所？心思牵挂郁结，不能解开，愁绪结屈纠缠，不能释然。

我将行舟沿江顺流浮行，过洞庭湖进入长江。离开祖先世代居住的故土，现在却漂泊来到东方。我的灵魂想回归故乡，何曾有须臾片刻忘记返乡。背对着夏浦我思念着西边的郢都，悲伤那故都却越来越远了。登上那水边高地向远方瞭望，姑且舒展我忧心愁肠。看到国土辽阔，人民安居，古风犹存，止不住悲伤感叹。

到了陵阳，还要去哪里呢？南渡这茫茫大水又往何方？没想到郢都的宫阙已化为丘墟，谁使那郢都两座东门变成一片荒凉？我心中久久不乐，旧忧与新愁连绵相接。想那回郢都的路是多么遥远，长江和夏水又深不可渡。时间过得真快，难以令人相信，流放至今九年都未回过郢都。愁思郁结，心情不畅，怅然伫立，内心悲伤。

小人们表面上巧言佞色，奉承君王，获取欢心，实际内心脆弱，靠不住。我怀着深切的忠心，愿意进用于君王，但嫉妒纷纷，阻碍了我仕进之路。尧舜行为高尚，目光明亮远大，几乎可以接近上天。众多的谗人嫉妒他们，让他们蒙上了不慈爱的假的恶名。君王憎恨忠诚老实、高洁美好的人，却喜欢那些小人装腔作势的慷慨激昂。众小人奔走钻营，日益接近君王，贤人却越来越远离朝廷。

尾歌说：放开我的眼光四方眺望，希望什么时候才能回去一趟？鸟总是要飞回自己的故乡，狐狸到死时，也要头朝向自己出生的山冈。确实不是我的罪过而遭到放逐，日日夜夜我心中何尝忘记过郢都！

抽　思

心郁郁之忧思兮①，独永叹乎增伤②。思蹇产之不释兮③，曼遭夜之方长④。悲秋风之动容兮⑤，何回极之浮浮⑥？数惟荪之多怒兮⑦，伤余心之慢慢⑧。愿摇起而横奔兮⑨，览民尤以自镇⑩。结微情以陈词兮⑪，矫以遗夫美人⑫。昔君与我成言兮⑬，曰黄昏以为期⑭。羌中道而回畔兮⑮，反既有此他志⑯。憍吾以其美好兮⑰，览余以其修姱⑱。与余言而不信兮，盖为余而造怒⑲。

愿承间而自察兮⑳，心震悼而不敢㉑。悲夷犹而冀进兮㉒，心怛伤之憺憺㉓。兹历情以陈辞兮㉔，荪详聋而不闻㉕。固切人之不媚兮㉖，众果以我为患㉗。初吾所陈之耿著兮㉘，岂至今其庸亡㉙？何独乐斯之謇謇兮㉚？愿荪美之可光㉛。

望三五以为像兮[32]，指彭咸以为仪[33]。夫何极而不至兮[34]？故远闻而难亏[35]。善不由外来兮[36]，名不可以虚作[37]。孰无施而有报兮[38]，孰不实而有获[39]？

少歌曰[40]：与美人抽怨兮[41]，并日夜而无正[42]。憍吾以其美好兮[43]，敖朕辞而不听[44]。

倡曰[45]：有鸟自南兮[46]，来集汉北[47]。好姱佳丽兮[48]，胖独处此异域[49]。既惸独而不群兮[50]，又无良媒在其侧[51]。道卓远而日忘兮[52]，愿自申而不得[53]。望北山而流涕兮[54]，临流水而太息[55]。望孟夏之短夜兮[56]，何晦明之若岁[57]？惟郢路之辽远兮[58]，魂一夕而九逝[59]。曾不知路之曲直兮[60]，南指月与列星[61]。愿径逝而未得兮[62]，魂识路之营营[63]。何灵魂之信直兮[64]，人之心不与吾心同[65]！理弱而媒不通兮[66]，尚不知余之从容[67]。

乱曰：长濑湍流[68]，泝江潭兮[69]。狂顾南行[70]，聊以娱心兮[71]，轸石崴嵬[72]，蹇吾愿兮[73]。超回志度[74]，行隐进兮[75]。低佪夷犹[76]，宿北姑兮[77]。烦冤瞀容[78]，实沛徂兮[79]。愁叹苦神[80]，灵遥思兮[81]。路远处幽，又无行媒兮[82]。道思作颂[83]，聊以自救兮[84]。忧心不遂[85]，斯言谁告兮[86]？

【题解】

《抽思》是屈原被楚怀王流放汉北时所写的作品，写作时间大约与《离骚》相先后。抽，抽绎，引出；思，情思，思绪。抽思，就是抽绎出自己心中的情思。

《抽思》这首诗由两部分组成，“少歌”（包括“少歌”）以上主要是回忆和楚怀王相处的往事。诗人写怀王“昔君与我成言兮，曰黄昏以为期”，但“中道而回畔”“反既有此他志”。诗人想向怀王表明心迹，但又“心震悼而不敢”，只能窃自表达对君王的衷情，希望他能以三王五伯为榜样，建立宏功伟业。“少歌”做一总结，认为自己与怀王之间的怨恨无人评判是非。“倡曰”以下主要写诗人来到汉北以后对怀王和郢都的思念，但“惟郢都之辽远”，又“理弱而媒不通”，尽管“魂一夕而九逝”，并做过一次“狂顾南行”的尝试，但终因“路远处幽，又无行媒”而斯言无告。前一部分是追忆，后一部分是现时的描写，前后相得益彰地深化了诗人忠君爱国、追求理想、向往光明的主题。从这一意思上讲，《抽思》与《离骚》（特别是《离骚》的前一部分）极相仿佛。有人推测《离骚》是在《抽思》等诗篇的基础上扩大写成的，也不无可能。

《抽思》主要是写实性的，以赋法为主，但不少地方运用想象、比喻、象征的手法，使赋比兴交相运用，构成虚实相间、真幻相生的艺术境界，使赋比兴的艺术手法在《诗经》的基础上更发扬光大。另外，《抽思》结构奇特，非但有“乱辞”还有所谓“少歌”和“倡”。“少歌”是总结前文，“倡曰”是另起新意，“乱曰”是总括全诗之要。几部分相互配合，互相生发，使全诗重叠回环，如钟吕交响，大大扩大了诗的容量和抒情的强度，错杂有序。

【注释】

①郁郁：忧思郁结貌。忧思：忧愁思念。　②咏叹：长叹。增伤：增加悲伤。以上二句是说，我心中愁情郁结，忧思沉沉，独自长叹，更增加我的感伤。　③蹇（jiǎn）产：结屈纠缠。释：解开，释然。　④曼：长。遭：逢。方长：正长。以上二句是说，我思绪缠绕纠结不能开解，正处在这漫漫的长夜正长的时候。　⑤动容：王夫之《楚辞通释》说，“动容，秋风惨烈，变卉木之容也。”　⑥极：中。四极，旋回的中心，这里指天体旋转的轴心。浮浮：浮动貌。以上二句是说，我悲伤秋风劲吹树木花卉的容貌为之改变，为什么天体的枢轴也为之回转浮动？　⑦数（shuò）：屡次。惟：思。荪（sūn）：一种香草，又名荃，屈原作品“荪”“荃”常用来喻楚王。　⑧懮（yōu）懮：

愁苦貌。以上二句是说，我屡次想到君王太多的发怒，心中不禁愁苦重重。⑨摇起：犹言疾速而起。横奔：不遵正路而奔走. 这里当是说屈原想不遵守流放之常规，欲避祸他国。 ⑩览：看，看到。尤：罪责，罪过。民尤，指人民遭罪受罚者。一说，指人民所遭受的痛苦。镇：压抑而止。以上二句是说，我真想疾起而行，不走正路，奔向他国避祸，但看到人民遭罪受罚者众，因而强抑而自止。 ⑪结：缀结，指把自己的话语连缀起来结成一篇。微情：指自己的心情。陈词：陈献言辞。 ⑫矫：通“撟（jiǎo）”，高举。遗（wèi）：送。美人：指楚怀王。以上二句是说，把我的心情缀结成一片言辞，向君王陈说，举起它以送给君王。 ⑬君：指怀王。成言：成约之言，意即彼此有言约定在先。 ⑭黄昏以为期：期，期约。古人以黄昏为婚姻亲迎之期。这里把与君王的期约比喻成婚姻关系，是古人以男女喻君臣的手法。以上二句是说，从前君王与我成约之言在先，说以黄昏为期。 ⑮羌：发语词，有乃之义。中道：半道，中途。畔（pàn）：通“叛”，违背，背叛。回畔，就是背叛的意思。 ⑯他志：其他的想法，别的念头。以上二句是说，却在中途背叛了我们的期约，反过来已有了其他的念头。 ⑰憍（jiāo）：骄傲，骄矜。憍吾，犹言向我矜夸。 ⑱览：示也。览余，示我，向我夸示。修姱（kuā）：清洁美好。以上二句是说，向我矜夸他的美好，向我炫示他的清洁美好。 ⑲造怒：找碴子发怒。以上二句是说，与我有约言而不守信用，故意找碴子对我大发脾气。 ⑳承间（xián）：间，朱熹《楚辞集注》说，“间，音闲，间暇也。”承间，犹言承君之闲暇。自察：自我鉴察，指表白自己心迹。 ㉑震悼：心里惧怕。以上二句是说，我想承君王闲暇之时向他表明自己心迹，心里又惧怕而不敢言。 ㉒夷犹：犹豫不定。冀：希望。冀进，希望进至君王面前。㉓怛（dá）：伤痛。之：语中助词，无义。憺（dàn）憺：心动荡恐惧貌。蒋骥《山带阁注楚辞》说，“憺憺，动貌。苏孝友曰，‘陈留人谓恐为憺。’”以上二句是说，我犹豫不定希望进到君王跟前，心里又恐惧悲伤而动荡不定。 ㉔兹历情：犹历兹情，洪兴祖《楚辞补注》“一作‘历兹情’”。历，犹列也。兹，此，这。兹情，此情，指上文所写的心情。 ㉕详（yáng）：

通“佯”，假装。以上二句是说，我列举以上的心情向君王陈说，君王又装聋假装听不见。　㉖固：本来。切人：恳切直言的人。媚：谄媚，讨好。　㉗众：众人。患：祸患．以上二句是说，本来恳切直言的人就不会谄媚讨好，众人果然把我当作祸害。　㉘初：起初，指楚王“与我成言”时。耿著：明白显著。㉙庸：遂，乃。亡：通“忘”。以上二句是说，起初我所陈说的话是那样明白，难道到现在你就忘记了吗？　㉚斯：这，指忠言陈辞。謇（jiǎn）謇：忠贞，这里指忠言直谏。　㉛光：光大。以上二句是说，我为什么独自喜欢这样忠言直谏呢？不过是希望君王能光大他的美德功业。　㉜三五：三王五霸。三王指夏商周三代开国君主夏禹、商汤、周文王。五霸指春秋时五个霸主晋文公、齐桓公、秦穆公、楚庄王、吴阖庐（五霸所指说法不一，这里只是一种说法）。像：榜样。　㉝彭咸：传说为殷代贤人，谏君不听，投水死。仪：仪范，楷模。以上二句是说，指望于君王的是以三王五霸作为榜样，而我自己则坚持以彭咸作为楷模。　㉞极：顶点。意指事业、道德、名声的最高点。㉟远闻：指被远方所闻晓的声名。亏：减损，缺损。以上二句是说，如果能如此，则君王还有什么样的高峰顶点不能达到呢？名声也自然会流播远方而不会缺损。　㊱善：好，指道德美好。　㊲虚作：凭空而生。以上二句是说，人的美德善行不是从外自来的，美好的名声也不是凭空而生的。　㊳孰：谁。施：指施恩，施德。报：报答。　㊴实：结实，结果实。获：收获。以上二句是说，谁能指望不施恩德而得到报答？谁能指望不实际耕耘让庄稼结实而能有好收成？　㊵少歌：朱熹《楚辞集注》说，“少歌，乐章音节之名。《荀子·佹诗》有‘小歌’，即此类也。”“少歌”是对前文的小结。　㊶抽怨：抽引出怨怼的心情，指上文所言。　㊷并日夜：朱熹《楚辞集注》说，“言日暮如一也。”无正：朱熹说，“无以平其是非也。”以上二句是说，我对君王抽引陈说我的怨怼心情，无论白天黑夜也无人来评判其是非。　㊸“憍吾”句：见本篇注⑰。　㊹敖：与“傲”同。朕：我。敖朕辞，对我的话傲然不顾。听：听从。以上二句是说，君王向我矜夸他的美好，对我的话傲然不顾，毫不听从。　㊺倡：同“唱”，朱熹《楚辞集注》说，“倡，亦歌之音节，所谓发歌句者也。”屈原这里用“倡曰"，表示下面的诗句是另起一层意思。㊻鸟：屈原自喻。自南：犹从南方来。诗人从郢都流放到汉北，是从南至北。㊼集：栖止。汉北：汉水之北，屈原被楚怀王流放于此。汉北当时是楚国的北疆之地。以上二句是说，有一只鸟从南方来，栖止于此汉北之地。 ㊽好（hào）：喜好。姱：美好。佳丽：美丽。 ㊾牉（pàn）：一物中分为二，这里指分离。异域：指汉北，当时是楚之边境地区，故称异域。以上二句是说，爱好美好的品德，被迫离别郢都而独处此异域他乡。 ㊿惸（qióng）：孤独。惸独，孤独无依。不群：这里指没有合群的人。 (51)良媒：好媒人，指为他传送话语给楚王的人。以上二句是说，已经是孤独无依没有可与合群的人，又没有良媒为我在君王跟前传语疏通。 (52)卓：远。卓远，犹言遥远。日忘：一天天地忘记。 (53)自申：自己申述。以上二句是说，离郢都的路是那样的遥远，我想自己去申述也不可能了。 (54)北山：蒋骥、王夫之认为是指汉北之山。一说，指郢都城北之山。 (55)临：面对。以上二句是说，我只能对着北山而流泪，面临流水而叹息。 (56)孟夏：阴历四月为孟夏。 (57)晦明：从晦至明，即从天黑到天明。岁：年。以上二句是说，看夏日的四月应是短夜，为什么从天黑到天明我反觉像一年那样长？ (58)惟：语首助词。 (59)逝：往。九逝，言次数之多。以上二句是说，去郢都的路是那样遥远，我的梦魂一夜归去多次。 (60)曾：副词，乃。 (61)南指：指向南方，郢都在汉北之南，所以“南指”。列星：众星。这句意思是说，指着南方的月亮与众星以辨别往郢都的道路。以上二句是说，竟不知道路的弯曲和直道，只是指着南方的月亮和众星以辨别郢都的方向。 (62)径：径直。径逝，一直而往。未得：犹言未成。(63)营营：洪兴祖《楚辞补注》，“营营，往来貌。”以上二句是说，想直路而往郢都但总是不成，只是魂魄在识别道路时往来频频。 (64)信直：诚实正直。(65)人：指别人。以上二句是说，为什么我的灵魂竟如此诚实正直，别人的心却不与我的心相同？ (66)理：指说媒的人。弱：这里指媒人不善于说媒。通：疏通。 (67)从（cōng）容：举动，当指屈原的陈词之举。《怀沙》：“重华不可还兮，孰知余之从容。”王逸注说，“从容，举动也。”以上二句是说，替我调解疏通的人不善言辞，终不能疏通，其实他们还不知道我的举动。㊳濑（lài）：流过沙上的浅流。湍（tuān）：急流的水。湍流，急流， ㊴泝（sù）：同“溯”，逆流而上为溯，这里引申为向，流向。潭：水深之处。以上二句是说，长长的浅水在沙石上流过，激起急流，流向江水的深处。 ⑳狂顾：蒋骥《山带阁注楚辞》说，“狂顾，左右疾视也。”狂顾南行，疑屈原流放汉北时曾为归郢而试作南行聊以自慰，故下句说“聊以娱心”。 ㉑聊：姑且。娱心：自娱其心。以上二句是说，我左右疾视向南行走，不过是聊以自娱。㉒轸：王逸说，“轸，方也。”轸石，方石。崴（wēi）嵬（wéi）：高貌。㉓蹇：语首助词。我愿：我的心愿。以上二句是说，看到那方石高耸，峥嵘独立，合我的心愿。 ㉔超：远也。回：回思，回忆。志度：志向的标准。㉕隐：王夫之《楚辞通释》说，“隐，伤也。”以上二句王夫之说，“远忆昔日所秉之志度，欲行而伤于进，是以心终不可得而娱也。” ㉖低佪：徘徊。夷犹：犹豫不定。 ㉗北姑：王夫之说，“盖地之迎汉北者。”以上二句是说，我徘徊不前犹豫不定，住宿在北姑。 ㉘烦冤：愁闷委屈。瞀（mào）：错乱。瞀容，指容貌纷乱。 ㉙沛：水流迅疾貌。徂（cú）：往，到。沛徂，迅疾而往。以上二句是说，我委屈烦恼，容颜杂乱，实在是想疾行而往。 ㉚苦神：精神痛苦。 ㉛灵：灵魂。遥思：指遥思郢都。以上二句是说，我忧愁叹息，精神痛苦，灵魂仍遥思郢都。 ㉜行媒：犹说媒。以上二句是说，我处身在路途遥远的偏僻之地，又没有人为我去行媒，疏解我与君王的怨愤。 ㉝道思：指道中思念。 作颂：作歌，指作《抽思》。 ㉞自救：自我解脱，自我排解。以上二句是说，我在路上思念郢都不已，因而写下了这首诗，聊以自我排解苦思之情。 ㉟遂：达。 ㊱斯：此，这。斯言，指诗中的言辞。谁告：告诉谁，实际上是说无人可告。以上二句是说，我的忧心不能达于君王，我的这些话又去告诉谁呢？

【译文】

我心中愁情郁结，忧思沉沉，独自长叹，更增加了我的感伤。我思绪缠结不解，正在这漫漫长夜正长的时候。我悲伤秋风劲吹树木花卉的容貌为之改变，为什么天体的枢轴也为之回转浮动？我屡屡想到君王太多的发怒，心中不禁愁苦重重。我真想疾起而行，不走正路，奔向他国避祸，但看到人民遭受到这么多的苦难，因而强抑自止。把我的心情缀结成一片真情的言辞，向君王陈说，举起它以送给君王。从前君王与我有成言在先，说以黄昏为约定之期。却在中途背叛了与我的誓言，反过来又有了别的念头。向我矜夸他的美好，对我炫示他的清洁美妙。与我有约言而不守信用，对我找碴子大发肝火。

我想趁君王闲暇时向他表白心迹，心里又惧怕而不敢说话。我犹豫不定希望进至君前，心里又恐惧而动荡不静。我列举以上的心情向君王陈说，君王又装聋假装听不见。本来恳切正直的人就不会谄媚讨好，众人也果然把我作为祸害。起初我陈说的话是很明白的，难道到现在您就忘了吗？我为什么独自喜欢这样忠言直谏呢？不过是希望君王能光大他的美德功业。指望君王以三王五霸为榜样，我自己则坚持以彭咸为楷模。如此，则君王还有什么样的高峰顶点不能达到？名声也自然会流播远方而不会缺损。人的美德不是从外自来的，美好的名声也不是凭空而生的。谁能不施恩德而能得到报答？谁能不实际耕耘让庄稼结实而能有好收成？

少歌说：我对君王抽引陈述我的怨怼之情，可是无论白天黑夜也无人来评判是非曲直。君王对我矜夸他的美好，对我的话却傲然不顾，毫不听从。

倡说：有一只鸟从南方飞来，来到汉水之北栖止于此。爱好美好的品德，离开郢都，独处此异域之地。既孤独无依，无群可合，又没有好媒人传语介绍。道路遥远，想自己申述也不可能。只能对着北山流泪，面临流水叹息。看夏日的四月本应夜短，却为什么从天黑到天明反倒像一年那样漫长？郢都的道路是那样遥远，梦魂却一夜间多次归去。竟还不知道路的曲直，只是指着南方的月亮和众星以辨别郢都的方向。想直路回郢却总是不成，只有魂魄在辨别道路时往来频频。为什么灵魂竟如此诚实正直，别人的心却总是与我不同？为我调解疏通的人不善言辞，终不能疏通，其实他们还不明晓我的举动。

尾歌说：长长的浅水流过沙石，激起急流，流向江水深处。我左右向南行走，不过是借以聊作自娱。看到那方石高高，峥嵘峭立，这倒合我的心愿。远忆昔日我所持的志向的标准，总是欲进而实行它就受到伤害。我徘徊不前犹豫不定，且在北姑暂作住宿。我委屈烦恼，容颜纷乱，很想随流水疾行而往。我愁思叹息，精神痛苦，灵魂却仍遥思郢都。我身处在遥远的偏僻之地，又无人去行媒疏解我与君王的怨怼之情。我在路上思念郢都不已，因而写下了这首诗，聊以排解苦思心情。我的忧愁心情不能达于君王，这些话又能告诉谁呢？

怀　沙

滔滔孟夏兮①，草木莽莽②。伤怀永哀兮③，汩徂南土④。眴兮杳杳⑤，孔静幽默⑥。郁结纡轸兮⑦，离慜而长鞠⑧。抚情效志兮⑨，冤屈而自抑⑩。

刓方以为圜兮⑪，常度未替⑫。易初本迪兮⑬，君子所鄙⑭。章画志墨兮⑮，前图未改⑯。内厚质正兮⑰，大人所盛⑱。巧倕不斲兮⑲，孰察其拨正⑳？

玄文处幽兮㉑，矇瞍谓之不章㉒。离娄微睇兮㉓，瞽以为无明㉔。变白以为黑兮，倒上以为下㉕。凤皇在笯兮㉖，鸡鹜翔舞㉗。同糅玉石兮㉘，一概而相量㉙。夫惟党人之鄙固兮㉚，羌不知余之所臧㉛，任重载盛兮㉜，陷滞而不济㉝。怀瑾握瑜兮㉞，穷不知所示㉟。邑犬之群吠兮㊱，吠所怪也㊲。非俊疑杰兮㊳，固庸态也㊴。文质疏内兮㊵，众不知余之异采㊶。材朴委积兮㊷，莫知余之所有㊸。

重仁袭义兮[44]，谨厚以为丰[45]。重华不可遌兮[46]，孰知余之从容[47]？古固有不并兮[48]，岂知其何故[49]？汤禹久远兮，邈而不可慕[50]。惩违改忿兮[51]，抑心而自强[52]。离慜而不迁兮[53]，愿志之有像[54]。进路北次兮[55]，日昧昧其将暮[56]。舒忧娱哀兮[57]，限之以大故[58]。

乱曰：浩浩沅湘[59]，分流汨兮[60]。修路幽蔽[61]，道远忽兮[62]。怀质抱情[63]，独无匹兮[64]。伯乐既没[65]，骥焉程兮[66]。万民之生[67]，各有所错兮[68]。定心广志[69]，余何所畏惧兮[70]？曾伤爰哀[71]，永叹喟兮[72]。世溷浊莫吾知[73]，人心不可谓兮[74]。知死不可让[75]，愿勿爱兮[76]。明告君子[77]，吾将以为类兮[78]。

【题解】

《怀沙》是屈原临死之前的绝笔，司马迁把全篇录入《史记·屈原列传》，并说："屈原至于江滨，被发行吟泽畔，颜色憔悴，形容枯槁……乃作《怀沙》之赋。……于是怀石自沈汨罗以死。"关于"怀沙"二字的意思，朱熹说："言怀抱沙石，以自沈也。"（《楚辞集注》卷四）后人多从此言。明人汪瑗则说："怀者，感也；沙，指长沙。题《怀沙》云者，犹《哀郢》之类也。"（《楚辞集解·怀沙》）我们感到还是清人蒋骥的说法最直接通达，他说："《怀沙》之名与《哀郢》《涉江》同义。沙本地名，……即今长沙之地，汨罗所在也。曰'怀沙'者，盖寓怀其地，欲往而就死焉耳。"（《山带阁注楚辞》卷四）诗人之所以要寓怀长沙，因为其地是楚先祖熊绎始封之地，屈原欲归死于此，也是"鸟飞反故乡兮，狐死必首丘"之义。

诗首先叙述自己赴汨罗之前的一段行程经历和旅途时令风景，抒发自己孤独的愁思和黯然的心境。接着追叙自己一生心志和遭遇，控诉了楚国统治集团的黑白混淆，上下颠倒的黑暗腐朽，表示自己"重仁袭义”的高洁操守和遵循往古圣贤的坚贞志向。最后在“乱辞”中表达“知死不可让”的必死以殉志的决心。全诗表达的仍然是诗人的爱国主义精神。

诗以写景开其篇，“滔滔孟夏兮，草木莽盛”的灿烂春景，反衬出诗人的凄凉孤独的心境，所谓“以乐景写哀”（王夫之《姜斋诗话》卷一）者也。另外全诗语句短促，音节促迫；语言质朴无华，理胜于辞，正是诗人临死之前心情的恰切表现。绝望的诗人此时已无心思去做长声曼韵的吟哦和香草美人的比喻了，然“凄音惨惨，至今犹闻纸上”（《明·陈本礼《屈辞精义·九章》），断肠的哀音仍袅袅不绝。

【注释】

①滔滔：盛阳和暖貌。《史记·屈原列传》作“陶陶”。孟夏：阴历四月为孟夏。　②莽莽：草木茂盛貌。　③伤怀：伤心。永哀：长哀。　④汩（yù）：迅急貌。徂（cú）：往，到。以上二句是说，我怀着长久的哀伤，迅速地行进在南方的国土上。　⑤眴（shùn）：王逸《楚辞章句》说，“眴，视貌也。”杳（yǎo）杳：深远幽暗貌。　⑥孔：甚也。孔静，很静。幽默：清幽静默。以上二句是说，看过去一片幽深，周围清幽静默，寂然无声。⑦纡（yū）轸：委屈痛苦。　⑧离：通“罹（lí）”，遭遇。愍（mǐn）：王逸《楚辞章句》说，“愍，痛也。”鞠：穷也，指困厄无路。以上二句是说，心中郁结着委屈痛苦，遭受悲痛而久无出路。　⑨抚：王逸注说，“抚，循也。”抚情，犹言理顺情思。效：考核。效志，犹言考察志趣。　⑩自抑：自我抑制。以上二句是说，我顺理着我的情思考察着我的志向，感到受尽冤屈，只是自己抑制着。　⑪刓（wán）：削，刻。圜（yuán）：同“圆”。　⑫常度：正常的法则。替：废弃。以上二句是说，让我把方正的削成圆的，我仍不放弃我的常守的法则。　⑬易：改易。初：指初衷、初志。迪：道。本迪，本来之道。⑭君子：指道德、操守高尚的人。鄙：鄙视，轻视。以上二句是说，改变当初

的根本的为人之道，这是君子所鄙视的。　⑮章：显，明。志：通“誌”，识，记识、标志之义。墨：指木工用绳弹墨画线。　⑯图：法度。以上二句是说，犹如木工已明显地画上作为标志的绳墨，以前的法度规则是不能改变的。　⑰内：内心。厚：敦厚。质：本质。正：端正。　⑱大人：指道德品行和识度都光明正大的人，如圣贤君子之人。盛：赞美。以上二句是说，内心敦厚，本质纯正，这是圣贤君子所称赞的美德。　⑲倕（chuí）：传说中的人名，据说他是尧时的巧匠，制造了耜耒、耨、铫（yáo）、规矩、准绳等器具。斲（zhuó）：砍，削。　⑳拨：歪曲，不正。以上二句是说，灵巧的倕如果不砍削加工，谁能明察他做出的东西是歪斜是直正？　㉑玄：黑而含赤的色叫玄。文：花纹。幽：幽暗。处幽，处在暗中。　㉒矇瞍（méngsǒu）：盲人。章：彩色。以上二句是说，好比玄色的花纹放在暗处，瞎子会说它没有彩色。　㉓离娄（lǒu）：传说黄帝时人，又称离朱，据说他能看到百步之外的“秋毫之末”，曾替黄帝寻找丢失的玄珠。睇（dì）：斜眼看。微睇，犹睇微，看见微小的东西。　㉔瞽（gǔ）：目盲。无明：这里指没有光亮。以上二句是说，离娄能看见细微的东西，目盲者总是说没有光亮。　㉕倒：颠倒。以上二句是说，（上面这些现象是）把白的说成黑的，把上颠倒为下。　㉖笯（nú）：笼子。　㉗鹜（wù）：鸭子。以上二句是说，凤凰被关在笼子里，鸡鸭却在飞翔舞蹈。　㉘糅（róu）：混杂。　㉙概：古时用斗斛量谷物时，用一横木条取平斗斛，这根横木条叫概。一概，指用一个标准。以上二句是说，把玉和石混杂起来，用同一个标准来评价估量。　㉚党人：指楚国朝廷结成朋党的小人。鄙：鄙陋，浅薄。固：顽固。　㉛臧：同“藏”，抱负；一说，善，好。以上二句是说，想那些党人是这样浅薄顽固，他们不知道我的抱负。　㉜任重：负担重。载盛：装载多。　㉝陷：陷没。滞：滞塞不动。济：流通，这里指前行。以上二句是说，我能负担重载，但陷入滞塞之中不能前行。　㉞怀：犹言怀揣着。瑾（jǐn）、瑜（yú）：都是美玉。　㉟穷：终极，终究。示：这里指示人，给人看。以上二句是说，我犹如怀揣手拿皆是美玉，但终究不知给谁看。　㊱邑：古代庶民编制单位，五家为轨，六轨为邑。邑犬，犹言村邑里的犬。 ㊲怪：怪异。以上二句是说，村邑之犬一起吠叫，是吠叫它们所认为的怪异的事物。 ㊳非：同“诽”，《史记·屈原列传》作“诽”，诽毁，诋毁。俊、杰：指才能卓异杰出的人。 ㊴庸态：庸人之态。以上二句是说，诽毁和怀疑俊杰，这是庸人的常态。 ㊵文质：朱熹《楚辞集注》说，“文质，其文不艳也。”意当指外表质朴。疏：疏通。内：内里。文质疏内，意谓外表内里都质朴相通。 ㊶异采：奇异的光彩。以上二句是说，我内外相通，质朴如一，众人因此不知我有奇异的光彩。 ㊷材：加工好的木料叫材。朴：未斫削加工的木材叫朴。委积：放置堆积。 ㊸莫知：犹言无人知。所有：指上句之“材朴委积”。以上二句是说，我的才能犹如木材放置堆积，但却无人知道我有这么多的才能。 ㊹重（chóng）：重叠。袭：重累，重叠。重、袭，异词近义。 ㊺谨厚：谨慎笃厚，指仁义道德而言。丰：富足。以上二句是说，我积累仁义，品质谨慎笃厚而富足。 ㊻重（chóng）华：即帝舜。遌（wǔ）：逢，遇。 ㊼从容：举动。以上二句是说，帝舜不可遇，谁知晓我的举动？㊽固：本来。不并：指圣君贤臣不同时。 ㊾故：缘故。以上二句是说，古来贤臣与明君本就难以同时而有，岂知这是什么缘故？ ㊿邈：远也。慕：思慕。以上二句是说，商汤、夏禹的时代太久远了，遥远得不可追慕了。(51)惩：戒止。违：违背，指违背真理。忿：怨恨。 (52)抑：抑制。心：指上句的违、忿的心思。强（qiǎng）：勉力，勉强，自强，指自己勉力为善。以上二句是说，我要戒止违背真理的行为，改变怨恨的心理，抑制自己的心思，勉力为善。 (53)离慜（mǐn）：见本篇注⑧。迁：改变。 (54)像：榜样，楷模。以上二句是说，我要遭受痛苦而不改变初衷，希望自己的志向可为后人的榜样。 (55)进路：犹言前进于道中。北：向北行。屈原自流放地沅、湘赴汨罗是向北行。次：停宿。 (56)昧（mèi）昧：昏暗貌。暮：日落时，傍晚。以上二句是说，我赶路向北行进，停宿下来，天已昏暗，太阳将要落山。 (57)舒：伸展，舒展。娱：乐也。娱哀，意谓以娱乐来排遣哀思。 (58)限：期限，界限。大故：死亡。以上二句是说，我舒展忧思，娱遣哀思，死亡的期限已到了。

⑲浩浩：广大。 ⑳汩（gǔ）：水流貌。以上二句是说，广阔的沅水、湘水各自向前迅疾流去。 ㉑修：长也。幽蔽：幽暗遮蔽。 ㉒远忽：就是远的意思。以上二句是说，漫漫长路幽暗遮蔽，道路真遥远。“道忽远兮”以下，《史记·屈原列传》尚有“曾唫恒悲兮，永叹慨兮。世既莫吾知兮，人心不可谓兮”四句。 ㉓怀质抱情：王逸注说，“怀敦笃之质，抱忠信之情。”质，本质，本性。情，情志。 ㉔匹：双也。以上二句是说，我怀抱敦笃的本性和忠信的情志，所以茕独孤行，无人与我同行。 ㉕伯乐：春秋时人，善于相马。没：同“殁”，死。 ㉖骥：良马。焉：何，安，犹言何处，怎么。程：衡量，评价。以上二句是说，伯乐已经死去，良马何处去评价呢？ ㉗万民之生：指世人之出，生。此句一作“民生禀命”或“民生有命”。 ㉘错：通“措”，安置，安排。以上二句是说，人一出生，就禀承天命，早就各有安排了。 ㉙定心：安定心情。广志：广大志向。广，作动词用。 ㉚以上二句是说，我心意坚定，志向广大，我还有什么可惧怕呢？ ㉛曾：通“增”，增加。曾伤，不住地哀伤。爰（yuán）：蒋骥《山带阁注楚辞》说，“爰，牵引也。” ㉜永：长。叹喟（kuì）：叹息。以上二句是说，不住的伤心事引起我不停的悲哀，我禁不住喟然长叹。 ㉝溷浊：混浊，污浊。 ㉞谓：说。以上二句是说，世道混浊，无人了解我，人心难测，真说不清楚。 ㉟让：辞让。 ㊱爱：爱惜。勿爱，不再爱惜生命。以上二句是说，我知道死是不可辞让的了，也不惜一死了。 ㊲明告：明白地告诉。 ㊳类：法式，榜样。以为类，以为榜样。屈原在《离骚》里说，“吾将从彭咸之所居”，彭咸是古贤臣，谏君不从，投水死，屈原亦将自沉以死，正是以彭咸为类。以上二句是说，我明白地告诉君子，我将以彭咸为榜样了。

【译文】

初夏四月阳光温暖，草木茂盛。我怀着长久的哀伤，行进在南方的国土上。看去一片幽深，周围清幽静默，寂然无声。心中郁结着委曲痛苦，遭受悲痛而久无出路。我顺理着我的情思，考察着我的志向，受尽冤屈，只是自己抑制着。

让我把方的削成圆的，我仍不改变我常守的法则。改变当初根本的为人之道，这是君子所鄙视的。犹如木工已明显地画上了作为标志的绳墨，以前的法度规则是不能改变的。内心敦厚，本质纯正，这是圣贤君子所称赞的美德。（但这些品质也要表现出来）就像灵巧的倕如果不砍削加工，谁能明察他做出的东西是歪斜还是直正？

玄色的花纹放在暗处，瞎子会说它没有色彩。离娄能看见细微的东西，盲目的人却总是说没有光亮。这都是把白说成黑，把上颠倒为下。凤凰被关在笼子里，鸡鸭却在飞舞。把玉和石混杂起来，用同一个标准来评判衡量。想那些党人就是这样浅薄顽固，他们不知道我的抱负。我能负重载多，但陷入滞塞中不能前行。我好比怀揣手拿皆是美玉，但终究不知给谁看。正像村邑之犬一起齐声吠叫，是吠它们所认为怪异的人物，诽毁和怀疑俊杰，这是庸人的常态。我内外相通，质朴如一，众人因而不知我有奇异的光彩。我的才能犹如木材放置堆积，却无人知道我的才能是如此丰厚。

我积累仁义，品德谨慎笃厚而富足。帝舜不可遇，谁知晓我的举动？古来贤臣与明君本就难以同时并有，岂知这是什么缘故？商汤、夏禹的时代太久远了，遥远得不可追慕了。我要戒止违背真理的行为，改变怨恨的心理，抑制自己的心思，勉力为善。我要遭受痛苦而不改初衷，希望自己的志向成为后人的榜样。我赶路北行，停宿下来，天已昏暗，太阳将要落山。我舒展忧思，娱遣哀思，死亡的大限已经来临。

尾歌说：广阔的沅水、湘水各自向前迅疾地流去。漫漫长路幽暗遮掩，道路真遥远啊！我怀抱敦笃的本性和忠信的情志，所以茕茕独孤行，无人与我同行。伯乐已经死去，良马何处去评价呢？人一出生就禀受天命，早就各有安排吧。我心意坚定，志向广大，还有什么可怕的呢？不住的伤心事引起我不尽的悲哀，禁不住喟然长叹。世道混浊污秽，无人了解我；人心难测，真说不清楚。我知道死是不可辞让的了，也不惜一死了。我明白地告诉君子，我将要以彭咸为榜样了。

思 美 人

思美人兮[1]，擥涕而竚眙[2]。媒绝路阻兮，言不可结而诒[3]。蹇蹇之烦冤兮[4]，陷滞而不发[5]。申旦以舒中情兮[6]，志沈菀而莫达[7]。愿寄言于浮云兮，遇丰隆而不将[8]。因归鸟而致辞兮，羌迅高而难当[9]。高辛之灵盛兮[10]，遭玄鸟而致诒[11]。欲变节以从俗兮，媿易初而屈志[12]。独历年而离愍兮[13]，羌冯心犹未化[14]。宁隐闵而寿考兮[15]，何变易之可为[16]！

知前辙之不遂兮[17]，未改此度[18]。车既覆而马颠兮[19]，蹇独怀此异路[20]。勒骐骥而更驾兮[21]，造父为我操之[22]。迁逡次而勿驱兮[23]，聊假日以须时[24]。指嶓冢之西隈兮[25]，与纁黄以为期[26]。

开春发岁兮[27]，白日出之悠悠[28]。吾将荡志而愉乐兮[29]，遵江夏以娱忧[30]。擥大薄之芳茝兮[31]，搴长洲之宿莽[32]。惜吾不及古人兮[33]，吾谁与玩此芳草[34]？解萹薄与杂菜兮[35]，备以为交佩[36]。佩缤纷以缭转兮[37]，遂萎绝而离异[38]。吾且儃佪以娱忧兮[39]，观南人之变态[40]。窃快在中心兮[41]，扬厥凭而不竢[42]。

芳与泽其杂糅兮[43]，羌芳华自中出[44]。纷郁郁其远烝兮[45]，满内而外扬[46]。情与质信可保兮[47]，羌居蔽而闻章[48]。令薜荔以为理兮[49]，惮举趾而缘木[50]。因芙蓉以为媒兮[51]，惮褰裳而濡足[52]。登高吾不说兮[53]，入下吾不能[54]。固朕形之不服兮[55]，然容与而狐疑[56]。广遂前画兮[57]，未改此度也。命则处幽吾将罢兮[58]，愿及白日之未暮[59]。独茕茕而南行兮[60]，思彭咸之故也[61]。

【题解】

《思美人》的篇名是取诗首句前三字为题。美人喻指楚王，思美人是说思念楚王。此篇当与《惜颂》《抽思》等同作于汉北之时，清人陈本礼说："此因汉北有放回之命，而先言媒绝路阻者，惧到郢无荐达之人，故先欲结言以诒美人也。"（《屈辞精义·九章》）细观全诗文气比较冲和，陈说之推测当属可信。至于篇末二句的"南行"与"思彭咸"只是说南行归郢，"思彭咸之故，而欲至郢以谏君也""非徒以其死，以其谏耳"（蒋骥《山带阁注楚辞》卷四）。诗中反复致辞表示自己衷心如初"未改此度"，希望自己的心志能达君听，但总是"媒绝路阻"，阻隔重重，表达了诗人心系君国、衷情无告的苦闷。全诗反复铺陈心态，总体上用赋法，但中间多用芳草香花和恶草杂菜为比兴，赋兼比兴，极恰切地表达了诗人的心境，形成鲜明的对比。与《九章》其他各篇多有纪实不同，本诗兼有想象、夸张和比兴，较富浪漫主义情调。汪瑗认为全诗"其文严整洁净，雅淡冲和，文之精粹者也"（《楚辞集解·思美人》）

【注释】

①美人：喻指楚王，是以男女喻君臣的传统比喻手法。 ②擥（lǎn）：同"揽"。擥涕，擦涕，擦净涕泪。竚（zhù）：通"伫"，久立。眙（chì）：直视。以上二句是说，思念美人啊，我擦净涕泪久立直视。 ③结：结言，指口头结盟约定的话。诒（yí）：赠送，这里有送达、传达意思。以上二句是说，没有中间调解的人，道路又险阻，我的话不能与君王结言相约而送达给他。 ④蹇（jiǎn）蹇：即"謇謇"，忠贞，这里指忠言直谏。烦冤：愁闷委屈。 ⑤陷滞：陷没而滞塞不能动。发：出发，进发。以上二句是说，忠心直谏带给我无限愁闷委屈，我像陷入泥沼而滞塞不能前行。

⑥申旦：朱熹《楚辞集注》说，“申，重也，今日已暮，明日复旦也。”犹言日复一日。舒：舒展。中情：心中之情。 ⑦菀（yùn）：通“蕴”，郁积。沈菀，即“沉菀”，沉积之意。莫达：无处可表达。以上二句是说，我一天天地想舒展我心中之情，志愿却沉结郁积无法达于君听。 ⑧丰隆：雷神，或云神，观上句当是云神。将（jiāng）：奉行，秉承。不将，犹言不听命。以上二句是说，我想让浮云寄言于君王，丰隆又不听我命令。 ⑨迅高：迅速高飞。当（dāng）：值，遇到。难当，难遇上。以上二句说，我想依靠归鸟致辞君王，它却迅飞高行，又难以遇上。 ⑩高辛：高辛氏，即帝喾，传说是黄帝后代，尧之父。据说高辛氏因凤凰传媒而娶了有娀氏的长女简翟（一称简狄）。灵盛：言其大有神灵之象。据说帝喾“生而神灵，自言其名”（《史记·五帝本纪》），故说他“灵盛”。 ⑪遭：遇。玄鸟：即凤凰，一说是燕子。《离骚》说，“凤凰既受诒兮，恐高辛氏之先我”，则这里当指凤凰。诒：通“贻（yí）”，送，这里指送的聘礼。致诒，送去聘礼。以上二句是说，高辛氏生而大有神灵之象，遇上玄鸟给简狄家送去了聘礼。 ⑫媿（kuì）：同“愧”。易初：改变初衷。屈志：委屈心志。以上二句是说，想改变节操以随同世俗，又惭愧改易了自己的初衷委屈了自己的本志。 ⑬历年：犹言多年。愍（mǐn）：忧伤。离愍，即“罹（lí）愍”，遭遇忧伤。 ⑭冯（píng）：盛也。冯心，蒋骥《山带阁注楚辞》说，“冯心，初时盛满之心也。”指诗人初时满腔的志愿。化：变化。以上二句是说，多年来我独自遭受忧伤，但满腔的初志还没有变化。 ⑮宁（nìng）：宁愿，宁可。隐：痛苦。闵（mǐn）：忧患。寿考：年高，长寿，这里有到老死的意思。 ⑯变易：指改变节操和志向。以上二句是说，我宁愿受痛苦遭忧患，变节易志的行为又怎么能做呢！ ⑰辙（zhé）：车行留下的印迹。前辙，这里指以前的道路，以前的行为。遂：通达。 ⑱度：制度，法则。以上二句是说，现在我知道了以前的道路不通，我也不改变这个准则。 ⑲覆：倾覆。颠：仆倒，坠落。 ⑳蹇（jiǎn）：这里作语首助词。异路：屈原的行为不同于时俗，故自称所行是异路。以上二句是说，车子已经颠覆，马儿也已

仆倒，我却仍心怀这一条与众不同的道路。 ㉑勒：拉紧缰绳，使马急行。骐骥（qíjì）：良马。更驾：再驾，重新驾马行进。 ㉒造父：传说古时善驭的人，曾为周穆王驾驭车马。操：这里指驾驭。之：指车马。以上二句是说，勒紧骐骥的缰绳重新驾车行进，让造父为我驾御车马。 ㉓迁：迁移，指行路。逡（qūn）：朱熹《楚辞集注》说，“逡次，犹逡巡也。”意为迟疑徘徊，欲行不进。驱：行进。 ㉔聊：姑且。假：借。假日，借以时日。须：等待，停留。须时，等待时机。以上二句是说，马儿逡巡不进，不肯急驱，我姑且借以时日等待机会。 ㉕嶓冢（bōzhǒng）：山名，一在陕西宁强县北，为东汉水发源地，一在甘肃天水市西南，为西汉水发源地，又称兑山，是秦国初封地。王夫之《楚辞通释》认为屈原是指后者。隈（wēi）：山之弯曲处。 ㉖与：许，允许。纁（xūn）黄：黄昏时。期：期约，约定之期。以上二句是说，我指着嶓冢山的弯曲处，许以黄昏之时为约期。王夫之《楚辞通释》（卷四）释此二句说：“秦者，楚不共戴天之仇而不两立之国也。深谋定虑以西捣其穴，至于嶓冢，虽未可卒图，而黄昏不为迟也。此与岳鹏举痛饮黄龙之志同。” ㉗开春发岁：春年是一年的开始，故言“开春发岁”。 ㉘悠悠：缓行貌。以上二句是说，在一年的发端新春开始之时，太阳升起来，缓缓地行进。 ㉙荡志：涤荡心怀以排遣忧思。愉乐：愉悦欢乐。 ㉚遵：循也。江：长江。夏：夏水，古水名。故道从今湖北省荆州市沙市区附近长江分流东出，在仙桃市附近入汉水。自此以下汉水也兼称夏水。娱忧：娱遣忧思。以上二句是说，我将要涤荡心怀以欢乐愉悦，顺着长江、夏水以娱遣我的忧思。 ㉛薄：草木丛生之地，因其大而称“大薄”。茝（zhǐ）：同“芷（zhǐ）”，一种香草，即白芷。芳芷，芳香的白芷。 ㉜搴（qiān）：楚方言，拔取。长洲：指水中的洲岛陆地，当是因其形状而称为长洲。宿莽：一种香草名，经冬不死。见《离骚》注。以上二句是说，我在草木丛生之地采摘芳香的白芷，在水中的长洲拔取宿莽。 ㉝惜：叹惜。及：指生与同时。古人：指古圣人贤人。 ㉞谁与：与谁。玩：品玩，欣赏。以上二句是说，可惜我与古圣贤生不同时，我又同谁一起欣赏品玩这些芳草呢？

㉟解：蒋骥《山带阁注楚辞》说，“解，拔取之意。”萹（biān）：即萹蓄，萹竹，草名。萹薄，蒋骥说，“萹薄，萹蓄之成丛者。”杂菜：各种野菜。萹与杂菜皆非香草，为世俗人所佩戴。 ㊱备：备办，准备。交佩：交相佩戴的饰物。以上二句是说，世俗之人拔取萹蓄和杂菜，备办了交相佩戴的佩饰。 ㊲缤纷：这是指杂乱而多。缭转：指佩饰在身上缭绕转动。 ㊳萎绝：枯萎而零落弃绝。离异：离开而异地相处，就是分离之意。这句是指芷、宿莽等香草，因为世人交相佩戴萹与杂菜，所以香草“遂萎绝而离异”。以上二句是说，他们杂乱地佩戴着众多的佩饰，满身都缭绕着这些东西，因而那些香草只有枯萎零落而遭抛弃。 ㊴儃佪：徘徊不进貌。见《惜诵》注69。 ㊵南人：指郢中之人。变态：变化的形态，这里指不同常人的形态。“南人”不佩香花芳草而交佩萹与杂菜，故是“变态”。以上二句是说，我暂且徘徊不行以娱遣忧思，观看“南人”那不同常人的样子。 ㊶窃快：私自欣喜，暗中快意。中心：心中。 ㊷扬：发扬，抒发。厥：其，指上文芳草之芳香。凭：满。厥凭，蒋骥《山带阁注楚辞》说，“厥凭，芳泽之盛满也。”竢（sì）：同“俟”，等待。以上二句是说，我心中暗自感到快意，我要发扬芳香盛美的德行，无须等待什么。 ㊸芳：芳香。泽：这里作污垢解。王夫之《楚辞通释》说，“泽，污也。”一说，芳泽，就是芳香之意。糅：混杂。 ㊹华（huá）：光彩，光辉。芳华，芳香与光彩。一说，芳华（huā），即芳花。自中出：指从“杂糅”中出。以上二句是说，在芳香与污浊相混杂的时世中，我的芬芳与光彩却从其中沛然流出。 ㊺纷：盛，多。郁郁：浓郁貌，盛多貌。远烝（zhēng）：意谓芳香远闻。烝，一作“承”或“蒸”，皆相通假。㊻满内：指芳香充满内里。外扬：向往传播。以上二句是说，芳香与光彩浓郁盛美远处可闻可见，正是因为其内充溢，必然向外传播。 ㊼情：情志。质：本质，本性。《怀沙》“怀质抱情”，王逸《楚辞章句》说，“怀敦厚之质，抱忠信之情。”信：诚信无欺。保：保持，保存。 ㊽蔽：掩蔽，遮蔽，指诗人放逐在外，美德被遮蔽。居蔽，居于被放逐掩蔽之地。章：显也。闻章，指名声被人所闻而显明。以上二句是说，我的忠信之情，敦厚之质诚信无欺

永久保持，所以虽居于放逐遮蔽之地而名声仍显明。 ㊾薜荔（bìlì）：香草名，缘木而生。见《离骚》注。理：提亲，说媒，指为诗人与楚王通言调解。㊿惮（dàn）：畏惧。趾（zhǐ）：脚。举趾，抬脚，这里犹言动身前去。缘木：攀援树木，薜荔缘木而生，故这样说。以上二句是说，我让薜荔去通言调解，它却害怕前去，爬上了树木。 51因：依靠，这里有请求之意。芙蓉：荷花。 52搴（qiān）：用手提起。裳：下衣，指裙。濡（rú）：浸湿。濡足，沾湿了脚。以上二句是说，我请芙蓉去做媒人，它却怕提起裙子而湿了脚。53登高吾不悦：王逸《楚辞章句》注说，“事上得位，我不好也。”意即当是说，谄媚得高位，我不乐意。 54入下吾不能：王逸说，“随俗显荣，非所乐也。”意即当是说，随同世俗之人，我又不愿意。以上二句是说，谄媚得高位，我不乐意，随世波逐流，我又不愿意。 55固：本，本来。朕形：犹言我，我本身。不服：不习惯，指不违心而习从“登高”与“入下”。 56然：然而。容与：舒缓貌。见《离骚》注。狐疑：据说狐狸多疑，因指多疑无决断为狐疑。以上二句是说，本来我为人不会习从世俗，然而我心中仍犹豫不决。57广：犹言宽慰，宽心。遂：因循。前画：从前的计谋策划。诗人经过犹豫后，仍以继续执行以前的计划而感宽心。“广遂”二句是说，我仍以继续执行以前的计谋而甚感宽慰，我不改变这个准则。 58命：天命，命运。处幽：处于幽远之地，指被放逐于偏僻之地。罢：止，停息，暗指将结束性命。一说罢，读若“疲”，疲倦之意。 59及：趁。以上二句是说，我命中注定身处于荒僻的放逐之地，我也感太疲倦了，但还希望趁着太阳还未落山之前再赶一程。 60茕（qióng）茕：孤零，孤独貌。 61彭咸：殷代贤人，谏君不听，投水死。见《离骚》注。这里的“思彭咸”据蒋骥《山带阁注楚辞》卷四说，是“欲以死谏君也”“欲至郢以谏君”“非徒以其死，以其谏耳”“谏而用，则可以无死；……至万不可谏，而后以死为谏”。以上二句是说，我独自一人孤零地南行，我是想以彭咸为榜样，归郢以谏君王。

【译文】

思念美人，我擦净涕泪久立直视。没有调解传话的人，我的话不能与君王结言而送达于他。忠心直谏带给我无限的愁闷委屈，我像是陷入泥沼而停塞不能前行。我一天天地想舒展我心中之情，志愿却总是沉结郁积无法达于君听。我想让浮云寄言于君王，丰隆却不听我的命令。我想依靠归鸟致辞于君王，它却迅飞高翔，又难以遇上。高辛氏生而大有神灵，遇上玄鸟，让它给简狄送去了聘礼。想改变节操以随同世俗，又惭愧改易了初衷委屈了本意。多年来我独自遭受忧伤，但满腔的初志还没有变化。我宁愿遭受痛苦忧患，变节易志的行为又怎能做呢！

现在我知道了以前的道路不通，我仍不改变这个准则。车儿已经颠覆，马儿也已经仆倒，我仍心怀这一条与众不同的道路。勒紧骐骥的缰绳重新驾车前进，让造父为我驾驭车马。马儿逡巡，不肯急驱，我姑且借以时日等待机会。我指着嶓冢山的弯曲之处，许以黄昏为约期。

在一年之始的新春之时，太阳升起来缓缓行进。我将要涤荡胸怀以欢乐愉悦，顺着长江、夏水以娱遣我的忧思。我在草木丛生之地采摘芳香的白芷，在水中的长洲拔取宿莽。可惜我与古圣贤生不同时，又能同谁一起欣赏品玩这些芳草呢？世俗之人拔取萹蓄和杂菜，准备以它们交相为佩饰。他们杂乱地佩戴着众多的饰物，满身都缭绕着这些东西，因而那些香草只有枯萎零落而遭抛弃。我且徘徊不行以娱遣忧思，观看“南人”那不同常人的样子。心里暗中感到快意，我发扬芳香盛美的德行，无须等待什么。芳香与污浊相混杂，芳香总会从其中沛然流出。

芳香与光彩浓郁远远散发，因为其内充溢，必然向外传播。我的忠信之情、笃厚之质诚信无欺永久保持，所以虽居于放逐遮蔽之地而名声仍然显明。我让薜荔去通话调解，它却害怕前去而爬上了树。我请芙蓉去做媒疏通，它又怕提起裙子而湿了脚。谄媚爬上高位我不乐意，随世入俗我又不愿意。本来我就不惯于世俗，然而心中仍犹豫不决。我仍以继续执行以前的计谋而感宽慰，我不改变这个准则。命中注定我身处僻远，心感疲惫，但还希望趁着日未落再赶路一程。我独自一人孤零零地南行，我是想以彭咸为榜样，归郢以谏我君。

惜 往 日

惜往日之曾信兮[1]，受命诏以昭时[2]。奉先功以照下兮[3]，明法度之嫌疑[4]。国富强而法立兮，属贞臣而日娭[5]。秘密事之载心兮[6]，虽过失犹弗治[7]。心纯庬而不泄兮[8]，遭谗人而嫉之[9]。君含怒而待臣兮[10]，不清澈其然否[11]。蔽晦君之聪明兮[12]，虚惑误又以欺[13]。弗参验以考实兮[14]，远迁臣而弗思[15]。信谗谀之溷浊兮[16]，盛气志而过之[17]。

何贞臣之无罪兮[18]，被离谤而见尤[19]？惭光景之诚信兮[20]，身幽隐而备之[21]。临沅湘之玄渊兮[22]，遂自忍而沈流[23]。卒没身而绝名兮[24]，惜壅君之不昭[25]。君无度而弗察兮[26]，使芳草为薮幽[27]。焉舒情而抽信兮[28]？恬死亡而不聊[29]！独障壅而蔽隐兮[30]，使贞臣为无由[31]。

闻百里之为虏兮[32]，伊尹烹于庖厨[33]，吕望屠于朝歌兮[34]，甯戚歌而饭牛[35]。不逢汤武与桓缪兮[36]，世孰云而知之[37]？吴信谗而弗味兮[38]，子胥死而后忧[39]。介子忠而立枯兮[40]，文君寤而追求[41]；封介山而为之禁兮[42]，报大德之优游[43]；思久故之亲身兮[44]，因缟素而哭之[45]。或忠信而死节兮[46]，或訑谩而不疑[47]。弗省察而按实兮[48]，听谗人之虚辞[49]。芳与泽其杂糅兮[50]，孰申旦而别之[51]？何芳草之早殀兮[52]？微霜降而下戒[53]。谅聪不明而蔽壅兮[54]，使谗谀而日得[55]！

自前世之嫉贤兮，谓蕙若其不可佩[56]。妒佳冶之芬芳兮[57]，嫫母姣而自好[58]。虽有西施之美容兮[59]，谗妒入以自代[60]。愿陈情以白行兮[61]，得罪过之不意[62]。情冤见之日明兮[63]，如列宿之错置[64]。乘骐骥而驰骋兮[65]；无辔衔而自载[66]；乘氾泭以下流兮[67]，无舟楫而自备[68]。背法度而心治兮[69]，辟与此其无异[70]。宁溘死而流亡兮[71]，恐祸殃之有再[72]。不毕辞而赴渊兮[73]，惜壅君之不识[74]！

【题解】

《惜往日》的篇名取自诗首句三字，惜，追惜也；往日，指往日曾见信于楚王，而终遭放逐之事。惜往日，即追惜往日之事。根据内容看，此诗当作于诗人自沉汨罗之前，与《怀沙》为先后或同时之作。蒋骥甚至还怀疑本篇才是“灵均绝笔”（《山带阁注楚辞》卷四《惜往日》）。

诗中首先回忆自己受到楚王信任时“受命诏以昭时”“明法度之嫌疑”，终于使“国富强而法立”，但终于遭受嫉恨、陷害而被流放在外。诗对楚王的“障壅”昏佞和谗人的“訑谩”虚辞给予了揭露，对贤臣不遇明君表示痛心疾首。诗中屈原提出了自己明确的政治主张：“明法度”以追求“国富强而法立”，反对“背法度而心治”。这在当时是难得的政治见解，是具有变革政治的法治思想。

诗中大量运用历史故事和典故来借古讽今，文多浅显质直，但与作者所在现实形成鲜明对比，讽刺强烈直露。与诗人其他作品的注重修饰、文辞华丽迥然有异，大约赴死之前为达于君听也不必修饰，不必隐晦，故直吐胸襟，指斥时政也在所不顾了。蒋骥说：“《九章》唯此篇词最浅易，非徒垂死之言，不假雕饰，亦欲庸君入目而易晓也。”（《山带阁注楚辞》卷四）

关于本篇作者有不少研究者认为不是屈原，其立论的根本点是曾国藩说的“不类”（见《曾文正公全集·读书录·楚辞》），即风格与其他作品不同。但“不类”二字终难推倒千年定案，在特定情况下诗人写出“不类”自己原来风格的作品，文学史上并非少见。

【注释】

①曾信：曾受到信任。　②命诏：指君主下的诏书命令。昭：明也。昭时，使当时政治清明。以上二句是说，追惜往日我曾受到君王的信任，接受他的诏令使时政清明。　③奉：承奉，遵奉。先功：先王的功业。照下：照耀下民。　④明：明确。法度：法令制度。嫌疑：这里指法度中模糊疑似之处。以上二句是说，奉守先王的功业以照耀下民，明确法度中的模糊疑似之处。⑤属（zhǔ）：委托，托付。贞臣：忠贞之臣，屈原自指。娭（xī）：嬉戏，玩乐。以上二句是说，国家富强了，法度确立了，君王把国事委托给我，自己却整日地游戏玩乐。　⑥秘密事：这里指国家机密之事。载心：放置在心里。⑦弗：不。治：处治，惩治。以上二句是说，我把国家机密大事放在心里，即使出现一点儿过失，君王也不追究。　⑧纯庬（máng）：纯正敦厚。洪兴祖《楚辞补注》说，“庬，厚也。”泄：泄露。不泄，指不泄露“秘密事”。⑨谗人：说别人坏话的人，这里当是指上官大夫等人。《史记·屈原列传》说，有一次屈原起草一个宪令，草稿未完，上官大夫欲夺其稿，屈原不给。上官大夫进谗言对怀王说，屈原代替君王起草宪令，总爱自夸，以为非他莫属。怀王因此怒而疏屈原。以上二句是说，我的心纯正敦厚，不泄露国家机密，因而遭到谗人的嫉妒。　⑩待：对待。待臣，指对待屈原。　⑪清澈（chè）：这里作动词用，指弄清楚。然否：是和非。以上二句是说，君王含怒待我，也不弄清楚谗人所说的是真的还是假的。　⑫蔽：遮蔽。晦：昏暗。蔽晦，指蒙蔽君王而使之昏暗糊涂。聪明：耳灵曰聪，眼亮曰明。　⑬虚：指虚言假话。惑：迷惑人的话。误：误导。以上二句是说，谗人们遮蔽君王的耳目使之昏暗糊涂，用虚言假话误导欺骗他。　⑭参验：检验。考实：考正事实。⑮迁：流放。迁臣，流放之臣，屈原自指。以上二句是说，君王不检验谗人

所说的话，不去考校事实，远远地把我放逐在外再也不想到我。　⑯谗：指谗人。谀（yú）：以假话奉承人。溷浊：混浊，污浊。见《离骚》注。　⑰盛气志：意谓怒气很大。过：罪过，这里作动词用，责以罪过。以上二句是说，君王相信谗人们奉承他的混浊之辞，对我大发脾气责罚我的过错。　⑱何：为什么，为何。　⑲被离：离通“罹（lí）”，遭受；“被”与“离”同义。谤，诽谤。尤：责以过失。见尤，被责备。以上二句是说，为什么我忠贞无罪，却遭到诽谤，被责备犯了过错？　⑳惭：惭愧。景：日光。光景，明亮的日光。诚信：诚实可信。　㉑身：指屈原。幽隐：幽暗隐蔽。诗人流放于僻远之地，故自称“身隐幽”。备：具备，具有。之：代指“光景”。备之，犹言有之，指有阳光，受到阳光的照耀。以上二句是说，面对明亮的阳光我深感惭愧，它是那样诚实可信，普照万物，连我这样放逐于幽远隐蔽之地的人也受其抚照。　㉒玄：黑色。玄渊，深渊。渊深水色呈暗色，故称玄渊。㉓自忍：犹言忍心。沈：同“沉”。以上二句是说，面对沅水、湘水的深渊，我就将忍心投入江水中去了。　㉔没身：淹没身体。绝名：绝灭名声。㉕壅（yōng）：堵塞，遮蔽。壅君，受遮蔽、受蒙蔽的君王。不昭：犹言不明白。以上二句是说，我终于要淹没我的形体，绝灭我的声名了，可惜受蒙蔽的君王还是不会明白。　㉖无度：没有尺度。弗察：不考察。　㉗芳草：屈原自喻。薮（sǒu）：大泽，这里指草泽。薮幽，草泽幽深之地。以上二句是说，君王既没有尺度标准，又不能加考明察，终使芳草埋没在草泽幽深之处。㉘焉：何处。舒情：舒展心情。抽：抽绎，引出，使条理化。信：诚信，指真实的心迹。　㉙恬：恬然，安然，安于。聊：依赖，寄托。不聊，无可依赖，无可寄托，意谓活着无可寄托，只能安于死亡。以上二句是说，我到哪里去舒展心情，说出心里的真话？我只能安于死亡而不能无所寄托地活着。㉚障：障碍，阻障。障壅，指楚王受阻碍蒙蔽。蔽隐：遮蔽隐没。　㉛由：自，从。无由，无可适从，无路可从。以上二句是说，只是因君王受阻塞蒙蔽，使我实在无路可走。　㉜百里：百里奚，春秋时虞国大夫。晋灭虞，晋献公俘虏了他，把他作为女儿的陪嫁奴隶送给秦穆公。百里奚逃跑，被楚人捉住，穆公用五张羊皮赎回他，与其谈论国事，大悦，授以国政，加以重用。虏：俘虏。 ㉝伊尹：商代贤臣。传说他原是奴隶，善烹调之技。后来商汤授以重任，终于助商灭夏。庖（páo）厨：厨房。以上二句是说，听说百里奚曾经做过俘虏，伊尹在厨房里做过饭。 ㉞吕望：即是姜太公。传说吕望曾在朝歌宰牛卖肉，故意敲刀扬声，引起周文王注意，举以重任，终助周灭商。朝歌：殷代国都，故址在今河南淇县。 ㉟甯戚：春秋时人。他到齐国经商，夜宿城门外，适逢齐桓公夜出，他正在喂牛，于是击牛角而歌，叹其怀才不遇。桓公闻而异之，车载而归，后举用为卿。饭牛：喂牛。以上二句是说，吕望在朝歌当过屠夫，甯戚一边唱歌一边喂牛以引人注意。 ㊱汤武：商汤和周武王（应是周文王，吕望是周文王举用的，也许因为吕望助周武王灭商，所以屈原诗中提出武王）。桓缪：齐桓公与秦穆（“缪”与“穆”通）公，他们均是春秋时的霸主。 ㊲孰：谁。云：语中助词，无义。知之：知道他们，指百里奚、伊尹、吕望和甯戚。以上二句是说，假如他们不遇上商汤、周武王和齐桓公、秦穆公，世上谁能知道他们？ ㊳吴：吴王，指夫差，春秋后期吴国国君。信谗：相信谗言。据史载，伍子胥曾助吴王阖庐夺取王位，整军经武，吴国日强，不久攻破楚国。夫差时，伍子胥忠言直谏，劝夫差拒越求和并停止伐齐。夫差信太宰嚭谗言，终逼杀伍子胥。味：体味。不味，不体味辨别。㊴忧：指亡国之忧。伍子胥死后，越国终于灭了吴国，故说“子胥死而后忧”。以上二句是说，吴王夫差信谗言而不加体味辨别，终于在伍子胥死后而遭亡国之忧。 ㊵介子：介子推，春秋前期晋国人。晋国内乱，重耳（即晋文公）流亡国外，介于推从行，道中无粮，子推割股肉给文公吃。后来重耳归国立为国君，大封功臣，却忘了介子推。子推遂逃隐于介山，文公觉悟，追而求之，子推不出，因烧介山，企图逼出子推。子推抱树而死。文公遂以介山封子推，并禁止百姓上山采樵打猎。立枯：指介子推抱树被烧枯而死。 ㊶文君：指晋文公。寤：通“悟”，觉悟。追求：追而求之，指晋文公追而求子推。以上二句是说，介子推忠于晋文公而抱树被烧枯而死，晋文公觉悟过来去追寻他。 ㊷封介山：以介山作为子推的封地。介山，原称绵山，文公封赐给介子推后称介山，在今山西介休东南。禁：指禁止人们上山樵猎。 ㊸大德：重大的恩德。介子推从文公流亡，又割股以食文公，故有大德于文公。优游：远而长的样子。以上二句是说，文公封赐介山给介子推，以报答他对自己永久的恩德。 ㊹久故：相交已久的故人。亲身：与自己亲近。 ㊺缟（gǎo）素：白色的衣服，白衣是丧服。哭之：哭吊介子推。以上二句是说，文公思念子推是故旧知己，与自己亲近很久，因而穿上白衣哭吊他。 ㊻忠信：忠诚。死节：守节而死。 ㊼詑谩（yímán）：欺骗。洪兴祖《楚辞补注》说，“詑、谩，皆欺也。上音移，下谟官切。”一说，詑，读音“tuó”或“dàn”。以上二句是说，有的人忠诚守节而死，有的人欺诈却被信任不疑。 ㊽省（xǐng）察：即审察，考察。按实，查验实际情况。 ㊾虚辞：虚假的话。以上二句是说，君王不考察和查验实情，却听信谗人的虚假的言辞。 ㊿泽：这里作污垢解。糅：混杂。 51申旦：犹言到天明。宋玉《九辩》“独审旦而不寐兮”，《文选》五臣注，“申，至也。”别之：辨别它们，指辨别“芳与泽”。以上二句是说，芳香与污垢相混杂，谁能到天明去辨别它们？ 52殀（yāo）：通“夭”，短命。早殀，短命早死。 53戒：警戒，警告。以上二句是说，为什么芳草总是短命早死？微霜降落就是对它下达的警告。 54谅：的确，确实。聪：耳灵敏叫聪。聪不明，犹言耳听不清。蔽壅：遮蔽堵塞。 55谗谀：指说人坏话以奉承君主的人。得：得意，得志。日得，一天天地得志。以上二句是说，君王的确耳朵不灵，受人蒙蔽阻隔，使得进谗言奉迎的人一天天得意。 56蕙若：蕙草和杜若，都是香草。佩：佩戴。以上二句是说，从前世以来贤人就遭嫉妒，胡说蕙草和杜若不可佩戴。 57佳冶：美丽，指美丽的女人。 58嫫（mó）母：传说是黄帝的妻，据说长得很丑。姣：美好，是指嫫母自作娇媚。自好：自以为好。以上二句是说，嫉妒美女的芬芳，丑女嫫母却自作媚态，自认美好。 59西施：春秋时越国美女。 60谗妒：说人坏话嫉妒别人的人。自代：指谗妒人自己代替西施．以上二句是说，虽然有西施的美貌，谗妒的人也会钻进来代替她。 61白行：表白自己的行为。 62不意：意料不到。以上二句是说，我愿向君王陈说情由来表白自己的行为，却意想不到反而得到罪过。 ⑬情：实情。冤：冤枉。见（xiàn）：通“现”，显现，显露。日明：一天比一天明白，越来越明白。 ⑭列宿（xiù）：众星。错：通“措”。错置，即“措置”，安置，安放。以上二句是说，我的实情是冤枉的，这已一天比一天清楚了，就像众星罗列在天空那样明明白白。 ⑮骐骥：良马。 ⑯辔（pèi）：马缰绳。衔：勒在马口中的用以勒马的一种马具，用青铜或铁制成，又叫马嚼子。载：乘也。以上二句是说，驾着良马驰骋，没有马缰与马嚼子而自己空手去乘载。 ⑰氾：同“泛”，漂浮。泭（fú）：竹筏或木筏。下流：顺流而下。 ⑱舟楫（jí）：船桨。自备：蒋骥《山带阁注楚辞》说，“自备，自为备御也。”即自己防备，自我警戒之意。以上二句是说，乘着漂浮的木筏顺流而下，没有划桨而只能自己去小心防备。 ⑲背：违背，违反。心治：随心而治，指不依法度随心所欲治理国家。 ⑳辟：同“譬”。此：指无辔衔乘骐骥、无舟楫乘氾泭。以上二句是说，违背法度而随心所欲地治理国家，和以上这两种情况比起来是没有区别的。 ㉑宁（nìng）：宁可，宁愿。溘（kè）：忽然。流亡：流散失去，指失去生命。 ㉒再：再一次，指再次遭受祸殃。以上二句是说，我宁愿忽然死去而失去生命，否则恐怕要再次遭受祸殃。 ㉓毕辞：说完话。赴渊：投赴深渊，指投水而死。 ㉔识：知，这里指懂得以上所说的情由。以上二句是说，不说完话我就想投水而死，只可惜受蒙蔽的君王不会懂得我所说的情由。

【译文】

追惜往日我曾受到君王的信任，接受他的诏令使时政清明。奉守先王的功业以照耀下民，明确法令制度中的模糊疑似之处。国家富强了，法度确立了，君王把国事委托给我，他自己却整日地游戏玩乐。我把国家机密大事放在心里，即使出现差错，君王也不追究。我的心纯正敦厚，不泄露国家机密，因而遭到谗人的嫉妒。君王含怒对待我，也不弄清他们所说的是真是假。他们遮蔽君王的耳目，使之昏暗糊涂，用虚言假话误导欺骗他。君王不检验他们的话，不去考校事实，远远地把我放逐在外面再也不想到我。君王相信他们奉承他的混浊之辞，对我大发脾气，责罚我的过错。

为什么我忠贞无罪却遭到诽谤，被责备犯了过错？面对明亮的阳光我感到惭愧，它是那样忠实可信，普照万物，连我这个被放逐于偏远之地的人也受到抚照。面临沅水、湘水的深渊，我就将投入其中了。我终于要淹没我的形体，绝灭我的声名了，可惜受蒙蔽的君王还是不会明白的。君王没有尺度标准，又不能明加考察，终使芳草埋没在草泽幽深之处。我到哪里去舒展心情，说出心里的真话？只能安于死亡而不能无所寄托地活着。只是因君王受阻塞蒙蔽，使我实在无路可走。

听说百里奚曾经做过俘虏，伊尹在厨房里做过饭；吕望在朝歌当过屠夫，甯戚唱着歌而喂牛以引人注意。假如他们不遇上商汤、周武王和齐桓公、秦穆公，世上谁能知道他们呢？吴王夫差信谗言而不加体味辨别，终于在伍子胥死后遭亡国之忧。介子推忠于晋文公而抱树被烧死，文公觉悟过来后去追寻他。文公封赐介山给介子推，以报答他对自己永久的恩德。文公思念子推是故旧知己，与自己亲近很久，因而穿上白衣哭吊他。有的人忠诚守节而死，有的人欺诈却被信任不疑。君王不考察查验实情，却信谗人的虚假言辞。芳香与污垢相混杂，谁能到天明去辨别他们呢？为什么芳草总是短命早死？微霜降落就是对它的警告。君王的确耳朵不灵，受人蒙蔽阻隔，使进谗言奉迎的人一天天得意。

从前世以来贤人就遭嫉妒，胡说蕙草和杜若不可佩戴。嫉妒美女的芳草，丑女嫫母却自作媚态，自认美好。虽有西施的美貌，谗妒的人也会钻进来代替她。我愿向君王陈说情由表白自己的行为，却意想不到反而得到罪过。我的实情是冤枉的，这已一天天清楚了，就像众星罗列在天上那样明明白白。驾着良马驰驱，没有马缰和马嚼子而自己空手去乘载；乘着漂浮的木筏顺流而下，没有划桨而只能自己去小心防备；违背法度去治理国家，和以上这两种情况相比是没有不同的。

我宁愿忽然死去而失去性命，否则恐怕要再次遭受祸殃。不说完话我就想投水而死，只可惜受蒙蔽的君王不会懂得我所说的情由。

橘　颂

后皇嘉树，橘徕服兮①。受命不迁，生南国兮②。深固难徙，更壹志兮③。绿叶素荣，纷其可喜兮④。曾枝剡棘，圆果抟兮⑤。青黄杂糅，文章烂兮⑥。精色内白，类可任兮⑦。纷缊宜修，姱而不丑兮⑧。

嗟尔幼志，有以异兮⑨。独立不迁，岂不可喜兮？深固难徙，廓其无求兮⑩。苏世独立，横而不流兮⑪。闭心自慎，终不失过兮⑫。秉德无私，参天地兮⑬。愿岁并谢，与长友兮⑭。淑离不淫，梗其有理兮⑮。年岁虽少，可师长兮⑯。行比伯夷，置以为像兮⑰。

【题解】

《橘颂》篇名二字就是颂橘之意，是对橘树的赞颂之辞。从内容和风格上考察与《九章》其他各篇的沉痛悲哀呜咽唏嘘绝不相同，而是积极奋发，昂扬向上，故学者多认为是屈原早年的作品。诗中用比兴手法，借赞颂橘树的坚贞修洁、秉德无私来寄寓自己的情志。从诗中我们可以看到诗人早年就注重修养自己的品德，树立远大的志向，这也就为诗人一生追求理想、真理奠定了思想基础。诗全篇通用比兴，实际上可以看作一首咏物诗，为后世托物咏志的诗赋之作树立了典范。其次拟人化的手法赋予了橘树以生命和情志，使诗情趣悠扬，寄意深远运。另外，与诗人其他多数作品不同，句式基本呈四言，与楚辞体的基本句式不同，这也说明了本诗是早年之作，楚辞这一体式还在孕育之中。

【注释】

①后：后土。皇：皇天。后皇，天地。嘉：美，善。徕：同“来”。服：习惯，适应。以上二句是说，皇天后土之间生有美好的橘树，它一生下来就适应当地的水土。　②受命：禀受天命。迁：迁徙。不迁，指橘树不能移植。传说橘树生于淮南则为橘，生于淮北就变为枳（zhǐ）。南国：指南方的楚国。以上二句是说，橘树禀受天命，不能迁移，只生在南方的楚国。③壹志：志向专一。以上二句是说，橘树根深蒂固，难以迁徙，而且志向专一。　④素荣：白花。纷：茂盛。以上二句是说，橘树绿叶白花，长得茂盛可喜。　⑤曾：通“层”。曾枝，一层层的枝条。剡（yǎn）：尖锐。棘：刺。抟（tuán）：圆，楚方言。以上二句是说，橘树枝条重重，刺儿尖尖，果实圆圆。　⑥青黄：指橘皮，橘子成熟期，皮色青黄相杂。糅：混杂。文章：文采。以上二句是说，橘子皮色青黄相杂，文采斑斓。　⑦精：鲜明。类：似。以上二句是说，橘子的表皮颜色鲜明，内瓤（ráng）雪白莹洁，好似可以赋予重任的人。　⑧纷缊（yūn）：意同“氤氲”，指橘的香味。宜修：修饰很自然得体。姱（kuā）：美好。以上二句是说，橘清香馥郁，又打扮得体，美而不丑。　⑨嗟（jiē）：叹词。尔：你，指橘树。幼志：幼年的志向。异：不同。以上二句是说，可叹美的是你从小就有志向，与众不同。　⑩廓（kuò）：廓落，指心胸阔大。无求：指没有私利的追求。以上二句说，你深固其根，难以迁徙，心胸廓落，不求私利。　⑪苏：醒。苏世，对世事清醒。横：横渡，垂直于流水方向而渡。一说，横，指横绝，有独立不阿的品德。流：指随流水而下。以上二句是说，对世事清醒，独立不羁，不媚时俗，有如横渡江河而不随波逐流。　⑫闭心：密闭其心，防止外界污染。自慎：自我谨慎。失过：有过失错误。以上二句是说，橘闭心捐欲，谨慎自守，所以终无过失。　⑬秉德：持德，保持好品德。参：配，合。以上二句是说，橘秉持美德，没有私心，可与天地相合。　⑭岁：年岁。谢：去。长友：长久的朋友。以上二句是说，希望自己与橘树同心并志，一起度过岁月，做长久的朋友。⑮淑：善。离：通“丽”。梗（gěng）：强。理：文理。以上二句是说，橘

树善良美丽而不淫，性格刚强而又有文理。 ⑯少：年少。师长：动词，为人师长。以上二句是说，橘树年虽少，却可为人师长。 ⑰行：德行。伯夷：商末孤竹君的长子，反对周武王伐纣，与弟叔齐逃到首阳山，不食周粟而死，古人认为他是贤人义士。置：植。像：榜样。以上二句是说，橘树的道德品行可与伯夷相比，我要把橘树种在园中，作为榜样。

【译文】

皇天后土之间生有美好的橘树，它一生下来就适应当地的水土。它禀受天命，不能迁移，只生在南方的楚国。它根深蒂固，难以迁徙，而且志向专一。它绿叶白花，长得茂盛可喜。枝条重重，刺儿尖尖，果实圆圆。皮色青黄相杂，文采斑斓。表皮颜色鲜明，内瓤雪白莹洁，好似可以赋予重任的人。它清香馥郁，又打扮得体，美而不丑。

可叹美的是你从小就有志向，与众不同。你独立不移，岂不可喜？你深固其根，难以迁徙，心胸廓落，不求私利。对世事清醒，独立不羁，不媚时俗，有如横渡江河而不随波逐流。你闭心捐欲，谨慎自守，所以终无过失。你秉持美德，没有私心，可与天地相配。我希望自己与橘树同心并存，一起度过岁月，做长久的朋友。它善良美丽而不淫，性格刚强而有文理。虽然年少，却可为人师长。它的道德品行可与伯夷相比，我要把它种在园中，作为榜样。

悲 回 风

悲回风之摇蕙兮，心冤结而内伤①。物有微而陨性兮②，声有隐而先倡③。夫何彭咸之造思兮④，暨志介而不忘⑤？万变其情岂可盖兮，孰虚伪之可长⑥！鸟兽鸣以号群兮，草苴比而不芳⑦。鱼葺鳞以自别兮⑧，蛟龙隐其文章⑨。故荼荠不同亩兮⑩，兰茝幽而独芳⑪。惟佳人之永都兮⑫，更统世以自贶[13]。眇远志之所及兮[14]，怜浮云之相羊[15]。介眇志之所惑兮[16]，窃赋诗之所明[17]。

惟佳人之独怀兮，折芳椒以自处[18]。曾歔欷之嗟嗟兮[19]，独隐伏而思虑[20]。涕泣交而凄凄兮，思不眠以至曙。终长夜之曼曼兮，掩此哀而不去[21]。寤从容以周流兮[22]，聊逍遥以自恃[23]。伤太息之愍怜兮[24]，气於邑而不可止[25]。纠思心以为纕兮[26]，编愁苦以为膺[27]。折若木以蔽光兮[28]，随飘风之所仍[29]。存仿佛而不见兮[30]，心踊跃其若汤[31]。抚珮衽以案志兮[32]，超惘惘而遂行[33]。岁曶曶其若颓兮[34]，时亦冉冉而将至[35]。薠蘅槁而节离兮[36]，芳已歇而不比[37]。怜思心之不可惩兮[38]，证此言之不可聊[39]。宁溘死而流亡兮，不忍为此之常愁。孤子唫而抆泪兮[40]，放子出而不还[41]。孰能思而不隐兮[42]，昭彭咸之所闻[43]。

登石峦以远望兮，路眇眇之默默。入景响之无应兮[44]，闻省想而不可得[45]。愁郁郁之无快兮，居戚戚而不可解[46]。心鞿羁而不开兮[47]，气缭转而自缔[48]。穆眇眇之无垠兮[49]，莽芒芒之无仪[50]。声有隐而相感兮[51]，物有纯而不可为[52]。邈漫漫之不可量兮[53]，缥绵绵之不可纡[54]。愁悄悄之常悲兮，翩冥冥之不可娱[55]。凌大波而流风兮[56]，托彭咸之所居。

上高岩之峭岸兮[57]，处雌蜺之标颠[58]。据青冥而摅虹兮[59]，遂儵忽而扪天[60]。吸湛露之浮凉兮[61]，漱凝霜之雰雰[62]。依风穴以自息兮[63]，忽倾寤以婵媛[64]。冯昆仑以瞰雾兮[65]，隐岷山以清江[66]。惮涌湍之礚礚兮[67]，听波声之汹汹[68]。纷容容之无经兮[69]，罔芒芒之无纪[70]。轧洋洋之无从兮[71]，驰委移之焉止[72]。漂翻翻其上下兮[73]，翼遥遥其左右[74]。氾潏潏其前后兮[75]，伴张弛之信期[76]。观炎气之相仍兮[77]，窥烟液之所积[78]。悲霜雪之俱下兮，听潮水之相击。借光景以往来兮[79]，施黄棘之枉策[80]。求介子之所存兮[81]，见伯夷之放迹[82]。心调度而弗去兮[83]，刻著志之无适[84]。

曰[85]：吾怨往昔之所冀兮[86]，悼来者之悐悐[87]。浮江淮而入海兮，从子胥而自适[88]。望大河之洲渚兮[89]，悲申徒之抗迹[90]。骤谏君而不听兮[91]，任重石之何益[92]。心絓结而不解兮[93]，思蹇产而不释[94]。

【题解】

《悲回风》的篇名是取篇首三字为题。回风，旋风也。王逸《楚辞章句》说："回风为飘，飘风（旋风）回邪，以兴谗人。"因此，悲回风就是比喻谗人诬陷忠臣犹如回风之飘疾，寄托自己的悲哀忧伤之情。从诗的内容、感情和风格看，本诗当作于诗人自沉之前，与《惜往日》《怀沙》为同时或前后之作。

关于本篇的内容解说，古人说多纷纭。王夫之说："此章亦以篇首名篇，盖原自沈时永诀之辞也。无所复怨于谗人，无所兴嗟于国事，既悠然以安死，抑恋君而不忘。述己志之孤清，想不亡之灵爽。合幽明于一致，韬哀怨于独知。自非当屈子之时，抱屈子之心，有君父之隐悲，知求生之非据者，不足以知其死而不亡之深念。"（《楚辞通释》卷四）。王夫之在解说中认为本篇主要说的是诗人想象死后魂游四方、宇宙的情景，有"死而不亡之深念"。诗中比兴叠起，想象层出，把现实与幻想交熔于一炉，在《九章》诸篇中最富浪漫色彩。诗大量用叠字，宛转悠扬，对后代诗词之用叠字词有所影响。清人张德瀛说："葛常之（南宋词人、词论家葛立方，字常之）'袅袅水芝红'（葛立方词《卜算子·席间再作》词首句，词中共用18个叠字），词句皆叠字，如唐人之宛转曲。世谓其源出'青青河畔草'一诗。然屈原《九章·悲回风》，……又为葛词之祖也。"（《词徵》

卷五）

【注释】

①冤结：指冤屈郁结于心。内伤：指心内悲伤。以上二句是说，我为旋风摇动摧折蕙草而悲痛，心中冤情郁结而忧伤。　②物：指蕙草。陨：坠落。性：生命。陨性，指失去性命，死亡。　③声：指回风声。隐：隐晦，隐约，不明显，这里指风声小。倡（chàng）：唱也，这里指风声大。先倡，先于倡。此句谓风声先小而后大。以上二句是说，蕙草微小而终于遭旋风摧残丧命，风声本来也是由小才变大的。（按，诗人意思是说蕙草未能见微而知著，故遭"陨性"之悲）　④造：起始。造思，犹言造意，指始为此意之时。彭咸之造思，是说初时起意欲为彭咸。　⑤暨（jì）：与，及。介：这里有联系，联结之意。暨志介，犹言长系于志。以上二句是说，我初时起意欲学彭咸，为什么此意长系于心志而不能忘呢？（因为其情是真实而不是虚伪的）⑥孰：什么。长（cháng）：长久。以上二句是说，不管如何千变万化，真实的情形岂能掩盖？什么虚伪的东西可以长久呢？　⑦苴（chá）：枯草。草苴，鲜草和枯草，这里是比喻朋党小人。比：相近，亲近。以上二句是说，鸟兽鸣叫是为了号呼同类相聚，杂草相亲近但是不芳香。　⑧葺（qì）：重叠。　⑨蛟龙：传说中的动物，小龙曰蛟，大龙曰龙。文章：色彩：花纹。以上二句是说，鱼叠起层层鱼鳞是为了自作区别于他物，蛟龙总是隐蔽它的文采。　⑩荼（tú）：苦菜。荠（jì）：荠菜，味甜可食。《诗经·邶风·谷风》："谁谓荼苦，其甘如荠。"亩：田埂，田中高处，这里指一块土地。同亩，犹言同一块地。　⑪兰茝：茝，同"芷"。兰草和白芷，皆是香草。幽：指幽远僻静之地。以上二句是说，故而苦菜与荠菜不同种于一块地中，兰草和白芷更是在幽僻的地方独自散发芳香。　⑫惟：只，只有。佳人：蒋骥《山带阁注楚辞》说，"佳人，指彭咸。"都：美丽，美好。永都，始终美好，永久美好。　⑬更（gēng）：易换。统世：犹世统也，世代相继的系统。更统世，犹言变换世代。贶（kuàng）：蒋骥说，"贶，况同，比也。"

自贶，自比。以上二句是说，只有佳人是永远美丽的，世代变换我也引以自况。　⑭眇（miǎo）：谛视，仔细看。及：到，达到。　⑮怜：怜惜。相羊：徜徉也，徘徊之意，这里是浮云翱翔貌。以上二句是说，看看我的远大志向所能达到之处，犹如那浮云空自飘游浮动。　⑯介：孤独，耿直。眇志：高远之志。惑：惑误，疑惑。　⑰赋诗：铺陈其诗，即作诗。明：说明，证明。以上二句是说，对我那孤直高远的志向我感到疑惑，窃自赋诗以说明之。⑱椒：一种香木。芳椒，芳香的椒木。处：处理，安排。自处，这里指要以芬芳自我修饰。以上二句是说，只有佳人情怀独特，折下芳香的椒木自我修饰。　⑲曾：通“层”，重叠，这里犹言不止一次。歔欷（xūxī）：抽泣的声音。嗟（jiē）嗟：叹息之声。　⑳隐伏：指诗人被放逐。思虑：指思虑国事。以上二句是说，我不止一次欷歔嗟叹，虽被放逐独自隐伏在外，但心里不免思虑重重。　㉑掩：抑止。以上二句是说，长夜漫漫，我的这些悲哀之情掩抑不住，驱之不走。　㉒寤（wù）：觉，睡醒。从容：舒缓，不慌不忙。周流：犹周游，周行各地。　㉓逍遥：安闲自得貌。恃（shì）：蒋骥《山带阁注楚辞》说，“恃者，寄托之意。”以上二句是说，天明醒来我从容周游，且逍遥自在以寄托我的心绪。　㉔愍（mǐn）怜：怜悯，痛惜。　㉕於（wū）邑：忧悒郁结，哽咽。以上二句是说，我悲伤叹息，痛惜不已，呼吸急迫，哽咽不止。　㉖纠（jiū）：同“纠”，缠绕，纠缠。纕（xiāng）：佩带，衣带。㉗膺（yīng）：王先谦说，“盖即今之兜肚。”（《释名疏证补》）即胸衣，如兜肚、背心之类。以上二句是说，我把思虑的心情缠搓成衣带，把愁思苦闷编织成兜肚胸衣。　㉘若木：神话中的树名，生在日入之处。　㉙飘风：回风，旋风。仍：跟随。以上二句是说，我折下若木枝条遮蔽阳光，跟随回风飘飞而行。　㉚存：指自身形貌犹存。仿佛：见不真切。　㉛踊跃：跃起，跳动。汤：沸水。以上二句是说，我形貌仿佛若存，什么也看不见，只是心仍像开水跳跃不停。　㉜抚：摸，按。珮衽（pèirèn）：珮，通“佩”，佩结在衣服上的饰物；衽，衣襟。珮衽，佩戴有饰物的衣襟。抚珮衽，按住佩有饰物的衣襟，这是按下激动心情的动作。案：通“按”，抑也。案志：抑制心志。 ㉝超：惆怅。惘（wǎng）惘：失意，迷惘。以上二句是说，我按住衣襟，抑制心志，怅然失意地向前行进。 ㉞曶（hū）曶：时间流逝迅速。颓：洪兴祖《楚辞补注》说，“颓，下坠也。”这里指一岁将尽。 ㉟时：谓衰老之时期。冉冉：渐渐。以上二句是说，时光流逝迅速，一年将尽，我老暮之期也渐渐来临。 ㊱薠（fán）：草名，就是《九歌·湘夫人》中“登白薠兮骋望”中的白薠，生于南方湖泽中。蘅（héng）：香草名。节离：草枯后节处断落。 ㊲芳：指上句茹蘅的芳香。歇：停，止。比（bǐ）：朱熹《楚辞集注》说，“比，合也。”草枯香散，故曰“芳已歇而不比”。以上二句是说，薠、蘅等香草枯槁断散，它们的芳香也歇散不存。 ㊳惩：惩戒，戒止。㊴此言：王夫之《楚辞通释》说，“此言，所言也。”当指以上所言“彭咸之造思”的话。聊：姑且，这里有苟且之意。诗的前文有造思彭咸的话，现在仍然是“薠蘅槁而节离”“芳已歇而不比”，诗人只能践造思彭咸的誓言，而不可苟且存活，故曰“证此言之不可聊”。以上二句是说，可怜我的思虑之心不能戒止，证明我“彭咸之造思”的话不能苟且。 ㊵孤子：孤儿，诗人自比。唫（yín）：同“吟”，咏叹。抆（wěn）：擦，拭。抆泪，擦眼泪。㊶放子：放逐在外的儿子。出：指放逐。以上二句，我像孤儿一样吟咏叹息又擦干眼泪，像被弃逐的儿子远离父母不能回归。 ㊷隐：痛也。 ㊸昭：明也。所闻：所听到。以上二句是说，谁能想到这些而不悲痛呢？当他明明听到过彭咸的故事之时。 ㊹景（yǐng）：同“影”。响：声响。景响，如影随形，如响留声。景响之无应，指影不从形、响不留声的全无反应的状况。㊺省（xǐng）：察看。以上二句是说，我进入了影不随形、响不留声的无反应的状态，听听看看想想都不可能。按，从“登石峦以远望兮”至“托彭咸之所居”是写登山远望，孤寂生悲后的幻想。 ㊻戚戚：忧惧悲哀貌。解：解除。以上二句是说，我愁思郁郁，没有快乐，安居室内也除去不了忧戚之心。 ㊼鞿羁（jījī）：马缰绳和马络头，比喻拘束。 ㊽缭（liáo）：缠绕。缭转，即缭绕。缔（tì）：结而不可解者曰缔。以上二句是说，我的心情像被马缰马络束缚着不可宽解，呼吸像被绳子缠绕着似的而自我捆结着不能舒畅。

㊾穆：王夫之《楚辞通释》说，“穆，幽远也。”眇眇：辽远，高远。垠：边际，尽头。　㊿莽：从生的草木。仪：匹配。无仪，指孤身无匹。以上二句是说，肃穆高远，道路漫漫无尽头，草木茫茫无边，我孤独无偶。　(51)隐：隐约低微。相感：相感知，有预兆感知。　(52)物：事物，这里指自己的志节。纯：纯粹，纯洁。不可为：意谓不是勉强为之。以上二句是说，声音隐约低微但有预兆可以感知，我的志节纯粹高洁，这也不是我要勉强为之的。　(53)邈漫漫：指时间漫长。邈，久远，渺茫。　(54)缥（piāo）绵绵：亦指时间绵远漫长。纡（yū）：回旋，这里是回转之意。以上二句是说，时间邈远漫长不可度量，又不可回转。　(55)翩：疾飞，飘扬。冥（míng）冥：高远，深远。以上二句是说，我愁思悄悄常引起悲伤，思绪疾飞高远而不可娱遣。　(56)凌（líng）：乘。流风：随风流荡。“凌大波”二句是说，我乘着滚滚波涛而随风流荡，将寄托自己于彭咸居住的地方。　(57)高岩：高高的山岩。峭岸：陡峭的崖壁。(58)雌霓（ní）：彩虹有主虹副虹之分，副虹为霓，主虹为雄，副虹为雌，故霓又叫雌霓。标颠：顶点。以上二句是说，我登上高高山岩的峭壁，置身于雌霓的顶点。按，以下“言沈湘以后，精神不泯，游翱天宇之内”（王夫之《楚辞通释》卷四语）。　(59)据：靠，依托。青冥：青天。摅（shū）：散布，抒发。摅虹，王夫之《楚辞通释》说，“摅虹，发气成虹也。”　(60)遂：于是。儵（shū）忽：疾速，指时间极短。扪（mén）天，摸天。以上二句是说，我依托青天嘘气成虹，极短的时间我摸遍了蓝天。　(61)湛露：浓重的露水。浮凉：轻凉。　(62)漱（shù）：含水洗口。漱凝霜，以凝霜漱口。雰（fēn）雰：霜雪纷降貌。以上二句是说，我饮吸着浓重的露水，感到轻凉，含漱那纷纷降落的凝霜。　(63)风穴：《北堂书钞》卷一百五十八引《外国图》说，“风山之首，高三百里，有风穴，方三十里，春风自是出也。”一说是“北方寒风从地出也”（洪兴祖《楚辞补注》语）。　(64)倾寤：朱熹《楚辞集注》说，“倾寤，倾侧而觉寤也。”谓倾身转侧之间而觉悟，即短时间而觉悟。婵媛：心绪牵引绵绵貌。以上二句是说，我因依着风穴而休息，忽然间心有觉悟而情思缠绵。　(65)冯（píng）：通“凭”，凭借，依靠。瞰（kàn）：俯视。

㊻隐（yìn）：依，靠。岷（mín）山：即岷山，岷江发源地，古人误认为是长江发源之处。岷，同“岷”。清江：王夫之《楚辞通释》说，“清江，澄江水使清也。”以上二句是说，凭依着昆仑山俯瞰，只见一片雾气茫茫，依靠着岷山澄清长江之水。 ㊼惮（dàn）：畏惧，害怕。涌湍（tuān）：奔涌的急流。磕（kē）磕：象声词，这里指急流声。 ㊽汹汹：这里指波涛声。以上二句是说，急流奔腾，巨大的声响令人心惊胆颤，听到的全是波涛汹涌的声音。㊾纷：纷乱。容容：纷乱变动貌。经：常。无经，不守常，无一定规则。㊿罔（wǎng）：迷惑。芒芒：渺茫，模糊不清。纪：丝缕的头绪，法度准则。无纪，没有头绪。这二句是以水的“无经”“无纪”喻楚国的政治。以上二句是说，江水纷乱飞扬到处乱飞，好像迷惑不清没有头绪。 71轧（yà）：倾轧，指水的互相冲击倾轧。洋洋：水盛大貌。无从：这里指水流不畅顺。72委移（wēiyí）：同“逶迤”，绵延曲折貌。焉止：止于何处。以上二句是说，水势互相冲击倾轧，广大无边，不能顺畅流动，曲折绵延奔流到何处可止呢？ 73漂：王夫之《楚辞通释》说，“漂，流动也。”翻翻：这里指江水翻动貌。 74翼：王夫之说，“翼，飞骛也。”即飞动奔驰之意。遥遥：这里指江水漂遥貌。以上二句是说，江水上下翻动，左右奔突漂遥。 75氾：水涨溢漫。潏（jué）潏：水涌出貌。 76伴：朱熹《楚辞集注》说，“伴，与叛同。”张弛：这里指水的涨落。信期：确定的时间。以上二句是说，江水泛滥，前后涌动，完全不守涨落确定的时间。 77炎气：炎热之气。相仍：相因袭，这里是相因不断之意。 78窥：观看，看。烟液之所积：王夫之《楚辞通释》说，“烟，云也；液，雨也；积者，云屯而雨沛也。”以上二句是说，我观看炎热的暑气连续不断地蒸腾，看到云凝成雨，雨水相积。 79借：凭借。光景（yǐng）：景同“影”，光景，日月的光辉。往来：指往来神游于天地。80施：用也。黄棘：黄色的棘刺。《山海经·中山经》说，“苦山其上有木焉，名曰黄棘，黄华（花）而员（圆）叶，其实如兰，服之不字（生育）。”枉策：枉，曲也。策，鞭策也，即马鞭。以上二句是说，我驾乘着日月的光辉往来神游，用苦山的黄棘做成弯曲的马鞭。 81介子：即介子推，详见《惜往

日》注㊵。所存：所存身之地。介子推被烧死于介山（绵山），因此，所存，当指介山，详见《惜往日》注㊷。　㊷伯夷：商朝末年的贤人，详见《橘颂》注⑰、《天问》第五大段注㊾。放迹：放逐之地的陈迹，伯夷是逃隐于首阳山，因此，放迹，当指首阳山伯夷逃隐之地的遗迹。以上二句是说，去寻求介子推曾经逃避存身的地方，去察看伯夷曾逃隐的故地遗迹。　㊸调（diào）：格调。度：法度。调度，指一定的风范和规则。去：除去，离开。　㊹刻：镌刻也，这里指刻意标明。著志：犹言明志。适：往也，归也。无适，王逸《楚辞章句》说，"无适，言己思慕子推、伯夷清白之行，剋心遵乐，志无所复适也。"以上二句是说，我心中自有一定的风范和法则不会丢失，在此特意标明我的心志，除子推、伯夷外我无所他从。　㊺曰：当即是"乱曰"。㊻冀：希望。往昔所冀，指从前曾希望对国政有所作为。　㊼怨：怨悔。悼：伤心，痛惜。来者：指今后。悐（tì）悐：同"惕惕"，忧惧。来者悐悐，指国家危亡即将来临令人忧惧。以上二句是说，吾怨悔往日曾对国政有所希望，痛心不久亡国之祸即将来临，更令人忧惧。　㊽子胥：伍子胥，春秋时吴国国王阖庐和夫差之臣，详见《惜往日》注㊳㊴。适：满足，安适。自适，自觉满意。伍子胥被逼自杀后，夫差抛其首"浮之江中"。故诗言"浮江淮而入海"而"从子胥"。以上二句是说，我愿投身长江淮水而漂流入海，乐意自己去追踪伍子胥。　㊾大河：黄河。洲渚：指江河中间的陆地小岛。　㊿申徒：商末人申徒狄，见纣王昏乱，谏而不听，负石自投于河。抗：高也。抗迹，犹言高迈独特的行为事迹。以上二句是说，我瞭望着黄河中的洲渚，悲悼申徒狄的独特高迈的事迹。　(91)骤：屡次。　(92)任：负也。负重石：即身负沉重的石头自沉江河。以上二句是说，屡次谏劝君王而君王不听从，身负重石沉渊又有什么用处？　(93)絓（guà）结：牵挂，悬念。　(94)蹇（jiǎn）产：屈曲不舒。以上二句是说，我的内心牵挂而不能开解，思绪郁结缠绕而不能释然。

【译文】

我为旋风摇动摧折蕙草而悲痛，心中冤情郁结而忧伤。蕙草微小而终遭摧残丧命，可是风声本来是由小才变大的。我初时起意欲学彭咸，为什么此意长存于心而不能忘怀呢？不管如何千变万化，真情岂能掩盖？什么虚伪的东西可以长久呢？鸟兽鸣叫是为了号呼同类相聚，杂草虽相亲近但是不芬芳。鱼叠起层层鱼鳞是为了自作区别于他物，蛟龙却总是隐蔽它的文采。因此，苦菜与荠菜不同种于一块田中，兰草和白芷更是在幽僻的地方独自散发芳香。

只有佳人是永远美丽的，世代变换了我也引以自况。看看我的远大志向所能达到之处，犹如那浮云空自飘游浮荡。对我那孤直高远的志向我感到疑惑，窃自赋诗以说明之。只有佳人情怀独特，折下芳香的椒木自我修饬。我不止一次欷歔嗟叹，虽被放逐独自隐伏，心里也思虑重重。涕泪交流伤心不已，思虑不能成眠直至天亮。漫漫的长夜结束了，悲哀之情也掩抑不住，驱之不去。天明醒来我从容周游，逍遥自在以寄托我的心绪。我悲哀叹息，痛惜不已，呼吸急促，哽咽不止。我把思虑的心情缠结成衣带，把愁思苦闷编织成胸衣。我折下若木枝条遮蔽阳光，跟随回风飘飞而行。我形貌仿佛若存，什么也看不见，只有心中若开水跳荡不停。我按住衣襟，抑住心志，怅然失意地向前行进。时光流逝迅速，一年将尽，老暮之期也渐渐来临。蘋、蘅等香草枯槁断散，它们的芳香也消歇不存。可怜我的思虑之心不能戒止，证明了我“彭咸之造思”的话不能苟且。宁愿忽然死去而失去性命，也不能忍耐为这些事而长久忧愁。我像孤儿一样吟叹又擦干眼泪，像被放逐的弃儿远离父母不能回归。谁能想到这些而不悲痛呢？当他们明明听到过彭咸故事的时候！

登上山峦向远方眺望，道路遥远寂静而又迷茫。我进入影不随形、响不留声的全无反应的状态，听听看看想想都不可能。我愁思郁郁，没有快乐，安居于室也除去不了忧戚之心。我的心情像被马缰马络束缚着不可宽解，呼吸像被绳子缠绕捆结着不能舒畅。肃穆高远，道路漫漫无尽头，草木茫茫无边，我孤独无偶。声音隐约低微，但有预兆可以感知，我的志节纯粹高洁，这也不是我要勉强为之的。时间邈远漫长，不可度量，又不可回转。我愁思悄悄常引起悲伤，思绪疾飞高远而不可娱乐排遣。我乘着滚滚波涛而随风流荡，将寄托自己于彭咸居住的地方。

我登上高高山岩的峭壁，置身于雌虹的顶点。我依托青天嘘气成虹，极短的时间我摸遍了蓝天。我饮吸着浓重的露水，感到轻凉，含嗽那纷纷降落的凝霜。我因依着风穴而休息，忽然心有觉悟而情思绵绵。我凭依着昆仑山俯瞰，只见一片雾气茫茫，依靠在岷山上以澄清长江之水。急流奔腾，巨大的声响令人惊颤，听到的全是波涛汹涌的声响。江水纷乱飞扬，好像迷惑不清没有头绪。水势互相冲击倾轧，广大无边，不能畅流，曲折绵延奔流到何处可止呢？江水上下翻动，左右奔突漂遥。水流泛滥，前后涌动，完全不遵守涨落确定的时间。我观看炎热的暑气连续不断地蒸腾，看到云气凝成雨水，雨水相积。悲叹霜雪俱下，听到潮水互相撞击。我驾乘着日月的光辉往来神游，用苦山的黄棘做成弯曲的马鞭。去寻求介子推曾经存身的地方，去察看伯夷逃隐之地的遗迹。我心中自有一定的风范法则不会失去，特意标明我的心志，我无所他从。

尾歌说：我怨悔往日曾对国政有所希望，痛心亡国之祸不久就要降临，更令人忧惧。我愿投身长江淮水而漂流入海，乐意自己去追从伍子胥。我瞭望黄河中的洲渚，悲悼申徒狄独特高迈的事迹。屡次谏劝君王而不听从，身负重石沉渊又有什么益处？我内心的牵挂无法开解，郁结缠绕的思绪缠结而不能释然。

卜　居

屈原既放，三年不得复见[①]。竭知尽忠，而蔽鄣于谗[②]；心烦虑乱，不知所从[③]。乃往见太卜郑詹尹曰：“余有所疑[4]，愿因先生决之[5]。”詹尹乃端策拂龟曰[6]：“君将何以教之[7]？”

屈原曰：“吾宁悃悃款款，朴以忠乎[8]？将送往劳来，斯无穷乎[9]？宁诛锄草茅以力耕乎[10]？将游大人以成名乎[11]？宁正言不讳以危身乎[12]？将从俗富贵以媮生乎[13]？宁超然高举以保真乎[14]？将呢訾栗斯、喔咿儒兒以事妇人乎[15]？宁廉洁正直以自清乎[16]？将突梯滑稽、如脂如韦以洁楹乎[17]？宁昂昂若千里之驹乎[18]？将氾氾若水中之凫[19]，与波上下偷以全吾躯乎[20]？宁与骐骥亢轭乎[21]？将随驽马之迹乎[22]？宁与黄鹄比翼乎[23]？将与鸡鹜争食乎[24]？此孰吉孰凶？何去何从[25]？世溷浊而不清[26]，蝉翼为重，千钧为轻[27]；黄钟毁弃，瓦釜雷鸣[28]；谗人高张，贤士无名[29]。吁嗟默默兮[30]，谁知吾之廉贞[31]？”

詹尹乃释策而谢曰[32]：“夫尺有所短，寸有所长；物有所不足，智有所不明[33]，数有所不逮，神有所不通[34]。用君之心，行君之意，龟策诚不能知此事[35]。”

【题解】

《卜居》篇名之“卜”，占卜也；“居”，居处也。“卜居”就是卜问自己所以处世的方法。关于本诗的作者，王逸认为是屈原，后世学者多从之，认为是“屈原设为之辞”（王夫之《楚辞通释》卷六《卜居》）。但也有人认为是后世作者“假托成文”“必非屈原之所自作”（崔述《考古续说·观书余论》）。如果从第一种意见，则此篇当作于诗人第一次流放于汉北时；从第二种意见，其作者则当是屈原之后秦汉之际人。诗写屈原往见太卜郑詹尹，问所以自处之方，诗人列举了一系列处世之道，似有所疑，实际上他不随波逐流、苟且偷生，而要抱洁守贞的意思是很明显的。这是一首散文诗，其对话的形式，语言的参差放散与诗人的其他作品迥然不同，所以唐诗人李贺评此诗说：“《卜居》为骚之变体，辞复宏放，而法甚奇崛。”（引自蒋之翘《七十二家评楚辞》）

【注释】

①复见：指再见于朝廷，即回到朝廷。 ②知（zhì）：同“智”。鄣：同“障”。蔽鄣，遮蔽阻障。谗：谗人，谗言。以上二句是说，他竭智尽忠，而终被谗言遮蔽阻碍，不被进用。 ③虑：思虑。以上二句是说，心烦意乱，不知怎么办才好。 ④太卜：官职名，掌占卜。郑詹尹：人名，也许是作者假托之人，但汪瑗以为当实有其人，他说，“夫所谓郑詹尹者，其或当时之隐君子如严君平之俦欤？”（汪瑗《楚辞集解》）。这句是说，于是屈原去见太卜郑詹尹，对他说。 ⑤决之：之，代词，指上句“有所疑”之事。决之，对“有所疑”之事进行决断。以上二句是说，我对一些事有所疑惑，请先生判断一下。 ⑥策：占筮（shì）用的蓍（shī）草（草名，古代用这种草占卜）。端策，摆正蓍草。拂：拂拭，指拭去灰尘。龟：龟壳，古代占卜所用。 ⑦教：见教，是谦辞。以上二句是说，詹尹于是摆好蓍草，拂去龟壳的尘土，问屈原说：“先生有什么事将要见教？” ⑧宁（nìng）：宁愿，宁可。悃（kǔn）悃：诚恳，诚实。款（kuǎn）款：忠实，诚恳。悃悃款款，就是忠实诚恳之意。朴：质朴。 ⑨劳：劳问，慰劳。送往劳来，送走往者，迎问来者，指迎送应酬宾客。以上四句是说，屈原说：“我是宁愿忠实诚恳，朴实忠厚呢？还是迎送应酬，随世周旋，就这样下去呢？” ⑩诛：剪除。草茅：指田中杂草。力耕：努力耕种。 ⑪游：游说。大人：这里指高官显贵。以上二句是说，我是宁愿锄去杂草努力耕种呢？还是游说达官显贵以博取成名呢？ ⑫讳：隐讳，隐瞒。 ⑬从俗富贵：意谓随从世俗以获取富贵。媮（yú）：通“愉”，快乐，安乐。媮生，快乐平生。一说，媮（tōu），同“偷”，苟且。以上二句是说，我是宁愿正言直谏，无所避讳以危及生命呢？还是随从世俗求取富贵苟且偷生呢？ ⑭真：本性，本真。 ⑮呢訾（zúzǐ）：

阿谀奉承。栗斯：戒惧貌。喔咿（wòyí）：强笑。儒兒（ní）：顺从貌。奉：侍奉，侍候。妇人：朱熹《楚辞集注》说，“妇人，盖谓郑袖也。”郑袖，楚怀王的宠妃。以上二句是说，我是宁愿超然出世，高飞远举以保全我的真实本性呢？还是阿谀奉承，心怀戒惧，强颜欢笑，委屈顺从去侍奉君王的宠姬呢？ ⑯自清：保持自我清白。 ⑰突梯：朱熹《楚辞集注》说，“突梯，滑汰貌。”滑汰，本指泥泞路滑不便行走，这里指圆滑。滑（gǔ）稽：形容圆转自如。脂：油脂。如脂，如油脂那样油滑。韦：柔软的熟牛皮。如韦，如熟牛皮那样柔顺。洁楹，一作絜楹，工匠以器具磨刮楹柱，使之清洁光滑圆润，这里形容圆滑。以上二句是说，我是廉洁正直使自己清白呢？还是像油脂，熟牛皮那样圆滑自如呢？ ⑱昂昂：轩昂挺特貌。 ⑲氾（fàn）氾：浮游不定貌。凫（fú）：野鸭。⑳全我躯：指保全性命。以上三句是说，我是宁愿做轩昂挺特的千里马呢？还是做漂浮不定的水中野鸭，随波上下苟且保全自己的性命呢？ ㉑亢（kàng）：通“伉”。轭（è）：车辕前横木套马之处。亢轭：王夫之《楚辞通释》说，“亢，与伉同，并也；轭，辕端驾马木。与良马同轭相并。”㉒迹：足迹，脚印。以上二句是说，我是宁愿与骐骥并驾车辕呢？还是跟随劣马的足迹呢？ ㉓黄鹄（hú）：天鹅，天鹅多为白色，但古籍中多习言黄鹄，此鸟善飞。比翼：并翅，齐飞之意。 ㉔鹜（wù）：鸭。以上二句是说，我是宁愿与天鹅比翼齐飞呢？还是同鸡鸭去争抢食物呢？ ㉕孰：什么。以上二句是说，这些什么是吉什么是凶？该舍去什么该跟从什么？ ㉖溷浊：混浊，污浊。 ㉗钧：古代重量单位，三十斤为一钧。以上三句是说，世道混浊而不清，看蝉翼为重，以千钧为轻。 ㉘黄钟：古乐十二律之一，声调最宏大响亮。瓦釜（fǔ）：陶制的锅。釜：无脚的锅。以上二句是说，黄钟被毁弃不用，瓦锅却被敲得如雷之鸣。 ㉙高张：显要张扬。以上二句是说，谗人显要张扬，贤人却默默无闻。 ㉚吁嗟：哀叹之词。 ㉛廉贞：廉洁忠贞。以上二句是说，我默默地嗟叹，谁知道我的廉洁忠贞？ ㉜释：放下。谢：辞谢。㉝物：事物。不足：缺陷，缺点。智：智者，聪明人。“夫尺有所短”以下四句，是对事物的辩证看法。以上四句是说，尺比寸长，有时却处于有所短的地步，寸比尺短，有时却处于有所长的地步；事物总有不足的时候，智者也总有不明白的时候。 ㉞数：术数，这里指占卜的技艺。逮：到，及。不逮，不及。神：神明。通：通晓，通达。以上二句是说，术数虽精深，但有推算不到之处，神明虽通灵，但也有不能通晓之处。 ㉟用：因也，依照，根据。诚：确实。此事：指屈原占问的这些事。以上三句是说，请照你的本心去想，按你所想的去做吧，龟壳和蓍草实在不能知晓你所问的这些事。

【译文】

屈原被流放之后，三年未能复见于朝廷。他竭智尽忠，而终被谗言遮蔽阻碍，不被进用。他心烦意乱，不知怎么办才好。于是去见太卜郑詹尹，对他说："我对一些事有所疑惑，请先生决断一下。"詹尹于是摆正蓍草，拂去龟壳上的浮尘，问屈原说："先生有什么事要见教？"

屈原回答说："我是宁愿忠实诚恳，朴实忠厚呢？还是迎来送往，应酬周旋，就这样下去呢？是宁愿锄去杂草努力耕作呢？还是游说达官显贵以博取成名呢？是宁愿正言直谏，无所避讳以危及生命呢？还是随从世俗以苟且偷生呢？是宁愿超然高飞以保全我的真实本性呢？还是阿谀奉承，心怀戒惧，强颜欢笑，委屈顺从去侍奉君王的宠姬呢？是宁愿廉洁正直使自己清白呢？还是像油脂、熟牛皮那样油滑自如呢？是宁愿像千里马那样轩昂挺特呢？还是像漂浮不定的水中野鸭，随波上下苟全性命呢？是宁愿与骐骥并驾齐驱呢？还是跟着劣马的脚印亦步亦趋呢？是宁愿与天鹅比翼齐飞呢？还是去与鸡鸭争抢食物呢？这些什么是吉，什么是凶？该舍弃什么，跟从什么呢？世道混浊不清，看蝉翼为重，千钧为轻；黄钟为毁弃不用，瓦锅却敲得如雷之鸣；谗人显要张扬，贤士默默无闻。我默默地嗟叹，谁知道我的廉洁忠贞？"

詹尹听了屈原的话于是放下蓍草辞谢说："尺比寸长，有时却处在有所短的地步；寸比尺短，有时却处在有所长的地步；事物总有不足的时候，智者也总有不明白的地方；术数虽精深入微，但有推算不到之处，神明虽通灵广大，但也有不能通晓之处。请你照本心去想，按你所想的去做吧，龟壳和蓍草实在是不能知晓你所问的这些事的。"

渔　父

屈原既放，游于江潭，行吟泽畔[①]；颜色憔悴，形容枯槁[②]。渔父见而问之曰[③]："子非三闾大夫欤[④]？何故至于斯[⑤]？"

屈原曰："举世皆浊我独清[⑥]，众人皆醉我独醒[⑦]，是以见放[⑧]。"

渔父曰："圣人不凝滞于物[⑨]，而能与世推移[⑩]。世人皆浊，何不淈其泥而扬其波[⑪]？众人皆醉，何不餔其糟而歠其釃[⑫]？何故深思高举，自令放为[⑬]？"

屈原曰："吾闻之，新沐者必弹冠[⑭]，新浴者必振衣[⑮]；安能以自身之察察[⑯]，受物之汶汶者乎[⑰]？宁赴湘流，葬于江鱼之腹中；安能以皓皓之白[⑱]，而蒙世俗之尘埃乎[⑲]？"

渔父莞尔而笑，鼓枻而去[⑳]。乃歌曰："沧浪之水清兮[㉑]，可以濯吾缨[㉒]；沧浪之水浊兮，可以濯吾足。"遂去，不复与言。

【题解】

《渔父》可以认为是一首散文诗。关于本篇作者，王逸认为是"屈原之所作"，后世学者有的认为是屈原自为假设之辞，非必实有其事其人，也有人认为是后人假托之作。当代学人多同意后一种意见。但司马迁收入《史记·屈原列传》，即使是后人假托，当也是有传闻为根据。文中写屈原放逐之后，行吟于泽畔江潭，遇见渔父，二人进行一番问答。屈原仍坚持自己的正道直行，渔父却劝其“深思高举”，远引避世，作者的意思明显倾向渔父的意见。本文直赋其事，与屈原的《离骚》《九歌》《九章》等作品的广喻博比迥然有别，所以后人说：“读此一过，居然觉山月窥人，江云罩笠，光景宛宛在目。”（蒋之翘《七十二家评楚辞》引唐李贺语）又说：“撰语俱奇峭直切，在楚骚中最为明快。”（同上引明孙镛语）

【注释】

①江潭：江水深处。《史记》本传作江滨。泽畔（pàn）：湖泽边，这里指水边。　②形容：体态容貌。枯槁（gǎo）：干枯瘦削。　③渔父（fǔ）：打鱼的老人。父，古代对老年男人的敬称。　④子：你，古代对男子第二人称的美称。三闾（lú）大夫：官名，屈原曾任此官，掌楚宗族昭、屈、景三姓事务。　⑤斯：此，这里犹言此地。一说，这种地步。　⑥举世：全世，整个世间。　⑦醉：这里指糊涂。醒：清醒。　⑧是以：因此。见放：被放逐。⑨圣人：道德高尚的人，从下文看，这里指的是道家的圣人。凝滞：凝固滞碍，指水流不畅，这里是执着，拘泥之意。　⑩推移：推进而移动。与世推移，随世态变化而改变自己的处世态度。以上二句是说，圣人不受事物的滞碍，而能够随世态变化而变化。　⑪淈（gǔ）：搅混。淈其泥，搅其泥沙使其混浊。以上二句是说，世上的人都混浊，你为什么不搅起泥沙，使其混浊，推扬其波呢？　⑫餔（bū）：吃。糟（zāo）：酒糟，酒渣。歠（chuò）：通“啜（chuò）”，饮，喝。醨（lí）：一作“醨”，薄酒。以上二句是说，众人都醉得糊里糊涂，你为什么不也吃那酒渣，饮那薄酒呢？　⑬举：举动。高举，举动高尚。自令放为：犹言令自放为。令，使也。为，语末助词，表疑问。自令放为，使自己放逐呢。以上二句是说，为什么要思考深远，举动高尚，使自己遭放逐呢？　⑭沐：洗头。弹（tán）冠：弹去帽子上的灰尘。

⑮振衣：抖动衣裳，以去其尘土。以上二句是说，我听说，刚洗过头的人必定会弹去帽子上的灰尘，刚洗过澡的人必定会抖去衣服上的尘土。 ⑯察察：洁白貌。 ⑰汶（mén）汶：受尘垢污染昏暗不明貌。以上二句是说，怎能以自己洁白的身体，承受外物的污染而昏暗污浊呢？ ⑱皓皓：洁白貌。 ⑲蒙：蒙受。以上二句是说，怎能使皓皓的洁白蒙受世俗的尘埃呢？ ⑳莞（wǎn）尔：小笑貌，微笑貌。鼓：这里指划动船。枻（yì）：船桨。去：离开。鼓枻而去，划动船桨而离开。 ㉑沧浪（láng）：水名，或云即汉水。一说，沧浪，水的青苍色。 ㉒濯（zhuó）：洗涤。缨：系住帽子的带子。以上二句是说，沧浪的水清，可以洗我的帽带。

【译文】

屈原已被放逐之后，在江边游荡，在水边一边走一边吟咏，面色憔悴，形体枯瘦。一位渔翁见到了问他说："您不是三闾大夫吗？为何会落到这种地步？"

屈原回答说："全世间的人都污浊肮脏只有我清白干净，大家都醉得糊里糊涂，只有我清醒明白，因此我才被流放。"

渔翁说："圣人不受事物的滞碍，而能够随世态变化而改变处世之方法。世上人都污浊肮脏，您为什么不搅起泥沙而推波助澜呢？大家都醉得糊里糊涂，您为什么不也吃那酒糟饮那薄酒呢？为什么要想得太深远，行为太高尚，以至使自己遭到放逐呢？"

屈原说："我听说过，刚洗过头的人必定会弹去帽子上的灰尘，刚洗过澡的人必定会抖去衣服上的尘土。怎能使自己干干净净的身体受到外物的污染而昏暗不明呢？我宁愿投入湘江的流水，葬身江鱼之腹中，怎能让皓皓洁白的东西蒙受世俗尘埃的玷污呢？"

渔翁莞尔而笑，划船离去。于是歌唱道："沧浪的水清又清，可以洗我冠帽的带绳。沧浪之水浊又浊，可以洗我的双足。"唱完就离开了，没有再与屈原说话。

招　魂

朕幼清以廉洁兮[①]，身服义而未沬[②]。主此盛德兮[③]，牵于俗而芜秽[④]。上无所考此盛德兮[⑤]，长离殃而愁苦[⑥]。帝告巫阳曰[⑦]："有人在下，我欲辅之[⑧]。魂魄离散，汝筮予之[⑨]！"巫阳对曰[⑩]："掌梦。上帝，其难从[⑪]。若必筮予之，恐后之谢[⑫]，不能复用[⑬]。"

【题解】

《招魂》是一篇招魂辞。古人迷信，在人生病或死了之后要举行招魂仪式，以为如此，则离开躯体的魂魄即可招回。《招魂》的作者有人以为是屈原，是屈原招楚怀王的魂灵；也有人以为是宋玉，是宋玉招屈原的魂灵。这里姑取屈原招怀王的说法。

《招魂》的内容是写天地四方的怪异险恶，呼唤魂灵不要去上下四方以免受其戕害，并极力铺写楚国宫室之丽、侍御之美、饮食之丰、歌舞游戏之乐，呼唤灵魂归来以享其乐。应该说从内容上看，本诗思想性不高，但通过作者的铺陈描写，留给了读者一幅幅宫廷生活的鲜明画面，反映了楚国人民在宫室园林建筑、饮食歌舞等方面的高度发展，并客观上暴露了楚国统治阶级的穷奢极欲。

《招魂》有着较高的艺术成就。除了它描绘的一幅幅鲜明生动的宫廷生活画面之外，首先，它想象丰富，极富浪漫主义。在天地四方的描写中，诗人驰骋其想象，间用神话传说，用夸张的笔法，侈陈其险恶怪异，形象丰富、鲜明而生动。其次，铺陈扬厉，刻画细致。无论是上下四方的铺陈，或者宫廷生活的刻画，都骋词驰势，穷形尽象，毫微毕现。这种铺陈扬厉之风已渐俱赋体的特点。再次，对景物的描写，饱含情致，富有诗情画意，特别是"乱曰"以下的春天游猎和春景的描写极富情景交融的韵味。另外，句子的参差错落，结构的安排都有突出创新之处。明人孙镳说："构法奇，撰语丽，备谈怪说，琐陈缕述，务穷其变态，自是天地间瑰玮文字。"（蒋之翘《七十二家评楚辞》卷七《招魂》引）

《招魂》可以说是赋体形成的先驱，正如明朝杨慎说的，"《招魂》一篇，……其辞丰蔚秾秀，先驱枚、马，而后缰班、扬，千古之希声也"（《丹铅杂录》卷八）。

【注释】

①朕（zhèn）：我，诗人自称。先秦时人皆可自称朕，秦始皇以后只有帝王可自称朕。清：清白。以：而。 ②服义：服从道义。沬（mèi）：通"昧"，昏暗。未沬，不昏暗，指明白，不含糊。以上二句是说，我从小就清白而廉洁，亲身服行道义，从不糊涂。 ③主：犹言身守。盛德：犹言很美的道德，指"清以廉洁"和"服义"。 ④牵：牵连，牵累。俗：指世俗的坏风气。芜秽：荒芜，这里指人的品行荒芜变坏。以上二句是说，我身守这些美德，只有由于世俗的风气的牵累而荒芜了。 ⑤上：君上，指楚王。考：考察。 ⑥长：久。离：通"罹"，遭遇。殃：祸殃。以上二句是说，君王没有考察我的这些美德，使我长久遭遇祸殃而愁苦。 ⑦帝：天帝。巫阳：神话中的巫师。 ⑧有人：有一个人，指楚王。下：下方，下界。辅之：辅助他。 ⑨魂魄离散：古人迷信人有灵魂，灵魂离散人即死去。筮（shì）：用蓍草占卦。予：给。筮予之，占卦找其魂魄而还给他。这二句是说，他魂魄已离散，你去占卦找到他的魂魄还给他。 ⑩对：回答。 ⑪掌梦：犹言我是掌管梦的。其难从：犹言这个命令难以听从。这句是说，我只是掌梦之官。上帝，你的命令难以听从。 ⑫若：如果。后：后于。之：他，指楚王。谢：王夫之《楚辞通释》说，"谢，萎落也。言待筮而予，恐于期已后，魂已萎谢而无从招。" ⑬不能复用，指魂魄萎谢已久不可再用。以上三句是说，如果一定要占卦找到他的魂魄还给他，恐怕时间已迟了，他的魂魄萎谢已

久，不能再用了。

以上是第一段，可视为全篇序言。写假托上帝命巫阳招魂，叙述招魂的缘起。

巫阳焉乃下招曰[1]：“魂兮归来[2]！去君之恒干[3]，何为四方些[4]？舍君之乐处[5]，而离彼不祥些[6]！魂兮归来！东方不可以托些[7]！长人千仞[8]，惟魂是索些[9]。十日代出[10]，流金铄石些[11]。彼皆习之[12]，魂往必释些[13]。归来兮！不可以托些！魂兮归来！南方不可以止些[14]！雕题黑齿[15]，得人肉以祀[16]，以其骨为醢些[17]。蝮蛇蓁蓁[18]，封狐千里些[19]。雄虺九首[20]，往来倏忽，吞人以益其心些[21]。归来兮！不可以久淫些[22]！魂兮归来！西方之害，流沙千里些[23]。旋入雷渊[24]，爢散而不可止些[25]。幸而得脱，其外旷宇些[26]。赤蚁若象，玄蜂若壶些[27]。五谷不生，丛菅是食些[28]。其土烂人[29]，求水无所得些。彷徉无所倚[30]，广大无所极些[31]。归来兮！恐自遗贼些[32]！魂兮归来！北方不可以止些！增冰峨峨[33]，飞雪千里些。归来兮！不可以久些[34]！魂兮归来！君无上天些[35]！虎豹九关[36]，啄害下人些[37]。一夫九首，拔木九千些[38]。豺狼从目[39]，往来侁侁些[40]；悬人以娭[41]，投之深渊些[42]。致命于帝[43]，然后得瞑些[44]。归来[45]！往恐危身些[46]！魂兮归来！君无下此幽都些[47]！土伯九约[48]，其角觺觺些[49]；敦脄血拇[50]，逐人駓駓些[51]；参目虎首[52]，其身若牛些。此皆甘人[53]。归来[54]！恐自遗灾些[55]！魂兮归来！入修门些[56]！工祝招君[57]，背行先些[58]。秦篝齐缕[59]，郑绵络些[60]。招具该备[61]，永啸呼些[62]。魂兮归来，反故居些[63]！

【注释】

①焉乃：于是。下招：下招魂灵。　②魂兮归来：犹言魂啊，归来吧。③去：离开。君：你，指魂魄。恒，常。干：躯体。　④何为：为何，干什么。些（suò）：语尾语气词，古代楚地巫术禁咒句尾用“些”字。以上三句是说，魂啊，归来吧！你离开了你常在的躯体，到四方去干什么呢？⑤舍：舍弃。乐处：安乐之处所。　⑥离：通“罹”，遭遇。祥：吉祥。不祥，不吉祥的事，指灾祸。以上二句是说，你舍弃了你的安乐之所，而遭遇到那些不祥之祸。　⑦托：托身，寄居。　⑧长人：王逸注说，“东方有长人之国，其高千仞，主求人魂而食之也。”仞（rèn）：古时七尺或八尺为一仞。　⑨惟：只，犹言专门。索：搜求。　⑩代：更替。神话传说，东方有扶桑树，有十日并在其上，一日方至，一日方出。　⑪流金：指把金属熔化而流动。铄（shuò）石：销毁石头。以上二句是说，十个太阳轮流升起，能熔化金属销毁石头。　⑫彼：那，指那些东方的长人。习之：指习惯于“流金铄石”的炎热。　⑬往：去，到，指往东方去。释：解，指被炎热所熔解。　⑭止：停留。　⑮雕：雕刻，这里指纹身。题：额。雕题，指在额头上刺花纹。黑齿：指把牙齿染黑。　⑯祀：指祭祀神灵或祖先。　⑰醢：肉酱。以上三句是说，南方的人额头上刺着花纹，牙齿染得漆黑，用人肉祭祀神灵、祖先，把骨头剁成肉酱。　⑱蝮（fù）蛇：一种有剧毒的蛇，据说大者有百余斤。蓁（zhēn）蓁：这里指多而积聚之貌。　⑲封狐：大狐。千里：意谓千里方圆之内皆有大狐。　⑳雄虺（huǐ）九首：王逸注《天问》“雄虺九首，儵忽焉往”说，“虺，蛇别名也。”雄虺，也是一种大蛇，传说它有九个头。　㉑吞人：吞食人类。益：补益，滋补。以上三句是说，雄虺有九头，往来十分迅疾，吞食人类以滋补其心，　㉒久淫：久游之意。王逸注说，“淫，游也。”㉓流沙：传说中西方沙漠之地，沙流动而行。　㉔旋：旋转，当指沙随旋风卷入而转。雷渊：神话传说中的渊潭，可能即是《山海经·海内东经》中提到的雷泽。　㉕靡（mí）：碎也。靡散，粉碎散落。以上二句是说，你的魂将会随风沙旋转卷入雷渊，那就粉身碎骨犹未完了。　㉖旷宇：空旷的荒原。

㉗赤蚁：红蚂蚁，一种毒蚁。玄蜂：黑蜂，一种毒蜂。壶：即壶芦，今言葫芦。若壶，像葫芦大。　㉘菅（jiān）：菅草，一种野草。丛菅，菅草丛生。以上二句是说，那里五谷不生，只能吃丛生的菅草。　㉙烂人：使人的肌肤腐烂。　㉚彷徉（pángyáng）：徘徊，来回走。倚：凭靠。　㉛极：穷尽，这里指边际。以上二句是说，走来走去也找不到地方可以投靠，地方又广大无边。　㉜遗（wèi）：给予。贼：祸害。自遗贼，犹言给自己找来祸害。以上二句是说，归来吧！恐怕会给你自己找来祸害。　㉝增（céng）：通"层"。增冰：层层的冰块，指冰山。峨峨：高耸貌。　㉞久：久留之意。㉟无上天：犹言不要上天。　㊱九关：指天门有九重关口。虎豹九关，谓天门九关都有虎豹守卫。　㊲啄：咬啮也。啄害，犹言咬啮伤害。下人：下界的凡人。　㊳拔木：拔起树木。以上二句是说，天上的一个巨人有九个头，能拔起九千棵树木。　㊴从：通"纵"。从目，竖起眼睛。　㊵侁（shēn）侁：众多貌。以上二句是说，豺狼竖眼立目，来往成群。　㊶悬人：指豺狼嘴咬着人悬空吊起。娭（xī）：嬉戏，游戏。　㊷投之深渊：指豺狼把人投入深渊中。以上二句是说，豺狼嘴叼着人悬空玩耍，然后把人投入深渊。　㊸致命：犹言回命，复命。帝：天帝。　㊹瞑（míng）：闭眼，指闭眼睡觉。以上二句是说，豺狼复命于天帝，然后才闭眼睡觉。　㊺归来："归来"，据上文体例当为"归来兮"，疑脱一"兮"字。　㊻往：指上天。危身：危及本身。　㊼幽都：迷信传说地下有幽都，犹俗言之阴曹地府。　㊽土伯：后土之侯伯，守卫幽都者。九约：未详。一说，九约是指其身九屈；一说，九约，当释为纠钥，即王逸注说的"执卫门户"之意。　㊾觺（yí）觺：角锐利貌。以上二句是说，土伯保卫着幽都的门户，他的角非常锐利。　㊿敦：厚也。脄（méi）：背上肉。拇：手脚的拇指。血拇，染血的拇指。　51逐人：追逐人。駓（pī）駓：跑的样子。以上二句是说，土伯背肉肥厚，指爪染血，飞快地追逐着人。52参：同"三"。参目，三只眼。虎首：长着虎的头。　53此：指上文所说的这些吃人怪物。甘：美味，这里作动词用，以……为美味。甘人，以人肉为美味。这句是说，这些怪物都以人肉为美味。　54归来：亦当作"归来兮"。

㊺遗（wèi）灾：犹言给自己招来灾祸。　㊻修门：楚国郢都城门。　㊼工：巧也。祝：男巫叫祝。工祝，指有本事的巫。　㊽背行：指巫背过身面对楚王之魂魄倒着行走以引路。先：指在前面走。以上二句是说，有本领的男巫在招请你，他背过身退行在前引路。　㊾篝：竹笼。秦篝，产于秦地的竹笼。据说古代招魂时要把被招魂的人的衣服放在竹笼里，表示其魂依衣而归。缕（lǚ）：绳，线；或说指五彩线绳，线绳系在竹笼上，以供提携，或为装饰。齐缕：齐地产的线绳。　㊿绵络：疑是一种织物，或是指竹笼里的衣服；一说，是灵幡，招魂用的旗幡之类。郑绵络，郑国产的绵络。以上二句是说，秦地的竹笼彩饰着齐地的线绳，里面装着郑地的布做的衣服。　(61)招具：招魂用的器具，指上文的“秦篝”“齐缕”“郑绵络”之类。该备：犹言完备，齐备。　(62)永：长。永啸，指长声呼喊魂魄。以上二句是说，招魂的器具完备无缺，长声呼喊着您的魂魄。　(63)反：同“返”。以上二句是说，魂啊，归来吧！返回家中吧！

以上是第二段。写天地四方的可怖情景，要魂魄不要去这些地方，并招回魂灵返回郢都。

“天地四方，多贼奸些①。像设君室②，静闲安些③。高堂邃宇④，槛层轩些⑤。层台累榭⑥，临高山些⑦。网户朱缀⑧，刻方连些⑨。冬有突厦⑩，夏室寒些⑪。川谷径复⑫，流潺湲些⑬。光风转蕙⑭，氾崇兰些⑮。经堂入奥⑯，朱尘筵些⑰。砥室翠翘⑱，挂曲琼些⑲。翡翠珠被⑳，烂齐光些㉑。蒻阿拂壁㉒，罗帱张些㉓。纂组绮缟㉔，结琦璜些㉕。室中之观㉖，多珍怪些㉗。兰膏明烛㉘，华容备些㉙。二八侍宿㉚，射递代些㉛。九侯淑女㉜，多迅众些㉝。盛鬋不同制㉞，实满宫些㉟。容态好比㊱，顺弥代些㊲。弱颜固植㊳，謇其有意些㊴。姱容修态㊵，絙洞房些㊶。蛾眉曼睩㊷，目腾光些㊸。

靡颜腻理[44]，遗视矊些[45]。离榭修幕[46]，侍君之闲些[47]。翡帷翠帐[48]，饰高堂些[49]。红壁沙版[50]，玄玉梁些[51]。仰观刻桷[52]，画龙蛇些[53]。坐堂伏槛，临曲池些[54]。芙蓉始发[55]，杂芰荷些[56]。紫茎屏风[57]，文缘波些[58]。文异豹饰[59]，侍陂陁些[60]。轩辌既低[61]，步骑罗些[62]。兰薄户树[63]，琼木篱些[64]。魂兮归来！何远为些[65]？

【注释】

①贼：害。奸：恶。贼奸，指上文所述天地四方的凶恶害人的东西。②像：画像，指魂魄生前的画像。设：设立，指挂。君：您，指楚王。君室，您的房间。 ③静：清静。闲：宽闲。安：安乐。以上二句是说，您的画像挂在您生前的住室里，这里清静宽闲而安乐。 ④邃（suì）：深远。宇：屋宇，即房屋。邃宇，指房屋幽深。 ⑤槛（jiàn）：栏杆，这里是指用栏杆围绕着。轩：房屋前设的廊，常围以栏杆。层轩，这里实际上指层层楼房。以上二句是说，高高的殿堂，深深的屋宇，栏杆围着层层的楼房。 ⑥台：指古代累土而成，外包砌以砖石的台，台上常建有房屋等建筑。层台，台四周砌以台阶，故言层台。榭（xiè）：台上建的屋叫榭。累榭，指建在台上的重重叠叠的房屋。 ⑦临：临近，靠近。以上二句是说，层层的高台上有重重的房屋，建在临近高山之处， ⑧户：门。门上镂空成格，形似网眼，故称网户，朱：红色。缀：相交联结。 ⑨刻：镂刻。方：指方形的空格。以上二句是说，门上连接相交着红色的格子，相连的格子都刻成了方形。 ⑩突（yào）：幽深隐之处。突厦，幽深的大屋。 ⑪寒：这里指阴爽凉快。以上二句是说，冬天有幽深的大屋，夏天的室内又清爽凉快。 ⑫川：河川。谷：山谷中的流水。川谷，这里当都指流过园林中的水流。径：直，指直流。复：指弯曲回绕的流水。 ⑬潺湲（chányuán）：流水声。以上二句是说，水流或直或曲，潺湲地流过。 ⑭光风：王逸注说，“光风，谓雨已日出而风，草木有光也。”即是说，雨过日出而起风，因草木叶上闪光，故曰“光风”。转：摇

动。摇蕙，摇动着蕙草。 ⑮氾：同“泛”，摇动，飘浮貌。崇：同“丛”。崇兰，即丛兰，丛丛的兰草。以上二句是说，雨过日出，微风吹起，摇动着蕙草和丛丛兰草，晶莹闪亮。 ⑯奥：指屋宇深处，内室。 ⑰尘：承尘之省称，承尘是指顶棚。朱尘，红色的顶棚。筵：竹席，古人席地而坐，故地下铺席。以上二句是说，风从蕙兰之间经过厅堂深入内室，其上是顶棚，其下铺着竹席。 ⑱砥（dǐ）：磨平。砥室，蒋骥《山带阁注楚辞》说，“砥室，室以砥石磨之，极其滑泽也。”实际上砥室是指墙壁和地面都磨得很平滑的房间。翠翘：指翠鸟的尾羽，可做装饰用。翘，朱熹《楚辞集注》说，“翘，鸟尾长毛也。” ⑲挂：悬挂。曲琼：琼玉做的钩。以上二句是说，墙面与地面都磨得很光滑的房间里装饰着翠鸟的尾羽，又悬挂着玉钩。 ⑳翡翠：鸟名，雄称翡，雌称翠，羽毛很美。这里当指被子上绣着翡翠鸟。珠被：缀有珠子的被子。 ㉑烂：灿烂，闪光的样子。齐光：一齐闪光，指翡翠珠被一齐闪光。以上二句是说，绣着翡翠鸟缀有宝珠的被子光色闪耀辉映。 ㉒蒻（ruò）：本指嫩香蒲，这里是轻细柔软之意。阿：一种细绢。蒻阿，指轻细柔软的绢。拂壁：指遮在墙壁上。 ㉓罗：一种丝织品，绫罗之类。帱（chóu）：帐。张：张挂。以上二句是说，轻柔的细绢绷在墙上，屋里张挂着绫罗的帐幔。㉔纂（zuǎn）：赤色的带子。组：丝带。纂组，赤色的丝带。绮（qǐ）：织有花纹的丝织品。缟（gǎo）：未经染色的绢。 ㉕结：系结。琦（qí）：一种美玉。璜（huáng）：半圆形的玉器。琦璜，以琦做的璜。以上二句是说，帐幔用绮缟等各色丝绸做成，上面用红色丝带结着玉器。 ㉖观：指所见到的各种东西。 ㉗珍怪：珍贵奇异。 ㉘兰膏：指加入香料的油脂，点起照明可使室内生香。 ㉙华容：华美的容貌，这里指美女。备：具备，齐备。以上二句是说，芳香的膏脂制成的明烛高照，美女齐备。 ㉚二八：指两列，每列八人，共十六位美女。侍宿：侍护君王过夜。 ㉛射（yì）：厌倦。递：更替。递代，更替代换。射递代，朱熹《楚辞集注》说，“意有厌倦，则使更相代也。”以上二句是说，十六个美女分两列侍候君王过夜，意有厌倦，就更换替代。 ㉜九侯：指各国诸侯。九言其多。淑女：贤良的女子。 ㉝多迅众：

《文选》五臣注说，“其来迅疾，众多于此。”意谓九侯淑女来得迅疾，人数更多于“二八”。以上二句是说，各国诸侯进献的淑女来得更快更多。㉞鬋（jiǎn）：下垂的鬓发。盛鬋，指女子浓密的垂鬓。制：样式，指发式。不同制，不同的发式。　㉟实：充实。实满，充满。以上二句是说，美女们浓密的鬓发梳着不同的发式，美女充满后宫。　㊱容态：容颜姿态。好：美好。比：顺从，和顺。　㊲顺：顺次，依次。弥：久也。代：代替。以上二句是说，她们容颜姿态美好柔顺，久则依次替代。　㊳弱颜：柔弱的容颜。固：坚也。植：通“志”，心志。固植，坚定的心志。　㊴謇：语首助词。有意：有情意。以上二句是说，她们容貌柔弱，心志坚定，很有情意。　㊵姱（kuā）容：美好的容貌。修态：修，善，美好。修态，美好的情态。　㊶絙（gèng）：接连，连贯。洞房：幽深的房间。以上二句是说，美女们有着美丽的容貌，美好的姿态，在洞房中来往不绝。　㊷蛾眉：比喻女子眉毛像蚕蛾那样弯曲而细长。曼：王逸注说，“曼，泽也。”指目润泽发亮。睩（lù）：眼珠转动。曼睩：眼珠转动润泽发亮。　㊸腾光：发出光芒。以上二句是说，美女的眉毛细长弯曲像蚕蛾，眼珠润泽而转动，发出光亮。　㊹靡：细也。腻：细腻。理：指皮肤的纹理。　㊺遗视：王夫之《楚辞通释》说，“遗视，犹言留眄。”指瞥过一眼。矊（mián）：含情的样子。以上二句是说，美女容颜细嫩，肌肤细腻，瞥人一眼也脉脉含情。　㊻离：别也。离榭，别榭，指宫外的台榭，犹言别墅，别馆的台榭。修幕：长幕，大幕，大帐也。　㊼闲：闲暇。以上二句是说，非徒宫中，就是在宫外的别墅和大帐中，美女们也在君王闲暇游玩时侍候着。　㊽翡、翠：指如翡翠鸟羽那样鲜艳的颜色。帷（wéi）帐：均指帐幕之类。　㊾饰：装饰。以上二句是说，各种鲜艳的帷帐装饰在高高的厅堂之中。　㊿红壁：红色的墙壁，用丹砂涂漆的墙壁，故称红壁。沙版：丹砂涂漆的窗台板、壁板等。　○51梁：屋梁。玄玉梁，指饰有黑色玉的屋梁。以上二句是说，高堂里有红色的墙壁，丹砂涂的窗台板、壁板，还有黑玉装饰的屋梁。　○52仰观：抬头观看。刻：刻镂。桷（jué）：方形的椽子。刻桷，谓方椽子都经过镂刻。　○53画龙蛇：指椽子上画有龙蛇。以上二句是说，抬头看镂刻过的方椽上画有龙蛇做装饰。 ㊴临：临近。曲池：指其岸势弯曲的池塘。以上二句是说，坐在厅堂上，伏在栏杆上，下临的是曲折的水池。 ㊵芙蓉：荷花。始发：初发，初开。 ㊶杂：夹杂。芰（jì）：本指一种菱角，有四角，这里指菱叶。以上二句是说，曲池上荷花初发，水面夹杂着菱叶和荷叶。 ㊷屏风：水生植物名，即荇菜（又名水葵），茎微现紫色，夏天开黄花。 ㊸文：指芰、荷、屏风叶上的纹理。缘：因。波：水波。以上二句是说，水面上还有紫茎的荇菜，它们叶上的纹理都因水波而荡漾。 ㊹文：花纹，指豹皮上的花纹。文异：花纹奇异。豹饰：以豹皮为装饰，意即谓穿着豹皮的侍卫的武士。 ㊺侍：侍卫。陂陁（pōtuǒ）：指倾斜的岸边。以上二句是说，穿着奇异花纹的豹皮衣服的卫士侍卫在曲池倾斜的岸边。 ㊻轩辌（liáng）：轩指有车篷的车，辌指旁开窗棂的卧车，二者皆是轻车。低：朱熹《楚辞集注》说，“低，屯也。”即停下。 ㊼步：步行者。骑：骑马者。步骑：指步行和骑马的卫士。罗：罗列，指列队随侍。以上二句是说，乘轻车出行，停车之处，都有步兵和骑士罗列侍卫。 ㊽薄：迫也。薄户，靠近门口。树：种也。 ㊾琼木：朱熹《楚辞集注》说，“琼木，嘉木之美名也。”琼木篱，种上嘉木以为篱笆。以上二句是说，兰草靠近门户而种，又栽上好树以为篱笆。 ㊿远为：指到远方去。以上二句是说，魂啊，归来吧！为什么要跑到远方去呢？

以上是第三段。写宫室的壮丽舒适，环境的幽美秀丽，室内陈设的富丽堂皇以及侍女的美丽多情，呼唤灵魂归来，不要去远方。

“室家遂宗①，食多方些②。稻粢穱麦③，挐黄粱些④。大苦咸酸⑤，辛甘行些⑥。肥牛之腱⑦，臑若芳些⑧。和酸若苦⑨，陈吴羹些⑩。胹鳖炮羔⑪，有柘浆些⑫。鹄酸臇凫⑬，煎鸿鸧些⑭。露鸡臛蠵⑮，厉而不爽些⑯。粔籹蜜饵⑰，有（餦）餭些⑱。瑶浆蜜勺⑲，实羽觞些⑳。挫糟冻饮㉑，酎清凉些[22]。华酌既陈[23]，有琼浆些[24]。归反故室[25]，敬而无妨些[26]。肴羞未通[27]，女乐罗些[28]。陈钟按鼓[29]，造新歌些[30]。《涉江》《采菱》[31]，发《扬荷》些[32]。美人既醉，朱颜酡些[33]。娭光眇视[34]，目曾波些[35]。被文服纤[36]，丽而不奇些[37]。长发曼鬋[38]，艳陆离些[39]。二八齐容[40]，起郑舞些[41]。衽若交竿[42]，抚案下些[43]。竽瑟狂会[44]，搷鸣鼓些[45]。宫庭震惊[46]，发《激楚》些[47]。吴歈蔡讴[48]，奏大吕些[49]。士女杂坐，乱而不分些。放陈组缨[50]，班其相纷些[51]。郑卫妖玩[52]，来杂陈些[53]。《激楚》之结[54]，独秀先些[55]。菎蔽象棊[56]，有六簙些[57]。分曹并进[58]，遒相迫些[59]。成枭而牟[60]，呼五白些[61]。晋制犀比[62]，费白日些[63]。铿钟摇簴[64]，揳梓瑟些[65]。娱酒不废[66]，沈日夜些[67]。兰膏明烛，华镫错些[68]。结撰至思[69]，兰芳假些[70]。人有所极[71]，同心赋些[72]。酎饮尽欢[73]，乐先故些[74]。魂兮归来！反故居些[75]！”

【注释】

①室家：家族。遂：就。宗：洪兴祖《楚辞补注》说，“宗，尊也。” ②食：饮食。多方：这里指饮食花样多。以上二句是说，君王归来后家族会更尊崇之，会用更多种花样的饮食来供奉之。 ③粢（zī）：小米。穱（zhuō）：麦的一种。 ④挐（rú）：杂糅。黄粱：黄米，一种小米。以上二句是说，稻米、小米、麦子杂以黄米用来做饭。 ⑤大：王夫之《楚辞通释》说，“大，味之正也。”这里当作动词用，指把味道调和合适。“大”字贯下苦、咸、酸、辛、甘五味。 ⑥辛：辣。甘：甜。行（háng）：排行，排列，这里指五味具备。以上二句是说，调和好苦、咸、酸、辣、甜的味道，使五味具备。 ⑦腱（jiàn）：本指肌肉的筋腱，这里指供食用的牛蹄筋之类。 ⑧臑（ér）：通“胹（ér）”，煮烂。若：连词，而。以上二句是说，肥牛的蹄筋煮得烂而香。 ⑨和：调和。若：连词，和，与。 ⑩陈：陈献。

羹（gēng）：用肉和蔬菜煮制的汤。吴羹，按吴地风味做成的汤。以上二句是说，调和酸味和苦味，献上这种吴地风味的汤。　⑪胹：煮。鳖（biē）：甲鱼。炮：一种烹制食品的方法，把食品用东西裹起烧烤，如现今用烂泥涂裹鸡置火中，即是一种炮法。羔：小羊。　⑫柘（zhè）：通“蔗”，甘蔗。柘浆，甘蔗汁。以上二句是说，煮甲鱼，烤羊羔，加上甘蔗汁做调料。⑬鹄（hú）：天鹅。鹄酸，用醋烹制的带酸味的天鹅肉。臇（juǎn）：少汁烹煮。凫（fú）：野鸭。臇凫，用少量的汤烹煮野鸭肉。　⑭煎：用少量的油烤熟食物。鸿：大雁。鸧（cāng）：一种鸟，即鸧鸹（guā），大如鹤，多青苍色。以上二句是说，用醋烹制天鹅肉，用少量的汤汁烹煮野鸭肉，油煎大雁和鸧鸹肉。　⑮露鸡：当是烹制鸡肉的方法，其法未详，王逸注说，“露鸡，露栖之鸡也。”郭沫若《屈原赋今译》译为“卤鸡”。陈子展《楚辞直解》注本句说，“露栖之鸡，则谓悬之空中以风干之鸡也。”今姑从陈子展说。臛（huò）：加汤煮的肉。蠵（xī）：一种大龟。臛蠵，用汤焖煮的龟肉。⑯厉：烈，指味浓。爽：王逸注说，“楚人名羹败曰爽。”不爽，当指味道久而不败。以上二句是说，烹煮风干的鸡肉，用汤焖煮大龟，味道浓烈而久不败坏。　⑰粔籹（jùnǚ）：环饼，用蜜和米粉、面粉做成环形，再用油煎的点心。蜜饵（ěr）：用蜜和面粉做的一种糕。　⑱怅惶（zhānghuáng）：干饴糖。以上二句是说，油煎的环饼和蜜做的糕点，还有干饴糖。　⑲瑶：一种白色美玉。浆：淡酒。瑶浆，颜色如白玉的美酒。勺（zhuó）：通“酌”，酌可作酒的代称。蜜勺，调蜜的酒。　⑳实：盛满。羽觞（shāng）：古代饮酒器，做成鸟雀形，似有鸟头尾羽翼，故称羽觞。以上二句是说，颜如白玉色的美酒和加蜜的甜酒，盛满了羽觞。　㉑挫：捉，这里有捞的意思。糟：酒糟，酒渣。挫糟，指从酒中捞弃掉酒糟，只取酒浆。冻饮：指不温酒，直接喝冷酒。　㉒酎（zhòu）：醇酒。以上二句是说，捞去酒糟，冷饮酒浆，醇美而又清凉。　㉓酌（zhuó）：酒斗，舀酒器。华酌，装饰华贵的酒斗。㉔琼：赤色玉。琼浆，谓颜色如赤玉的美酒。以上二句是说，华贵的酒斗已摆出来了，有颜如赤玉的美酒。　㉕故室：犹言故家，旧家。　㉖敬：尊敬，指受家人尊敬。妨：害。以上二句是说，回到故居之后，人们会尊敬而不会妨害您。 ㉗肴（yáo）：指肉类。羞：美好的食品。通：遍，齐，即齐备之意。未通，意谓还未齐备。 ㉘女乐：女子组成的歌舞乐队。罗：罗列，排开。以上二句是说，美肴珍馐还未上齐，女子歌舞乐队已经排好准备表演。 ㉙陈钟：陈列钟。按鼓：安置鼓，一说，击鼓。 ㉚造新歌：制作新歌，这里指表演新制作的歌。 ㉛《涉江》《采菱》：都是当时的歌曲。 ㉜发：唱出。《扬荷》：亦名《阳阿》，也是当时歌曲名。以上四句是说，陈上钟放好鼓、表演新作的歌曲，唱出《涉江》《采菱》《扬荷》。 ㉝朱颜：指脸色红。酡（tuó）：酒后脸色发红。以上二句是说，美女们喝醉，脸色泛起红晕。 ㉞娭（xī）：嬉戏。娭光，因嬉乐而容光焕发。眇（miǎo）视：微眼偷看。㉟曾（céng）：重也。波：指眼波。曾波，指目光若粼粼水波。以上二句是说，美女因嬉戏而容光焕发，轻投一瞥则目光若粼粼水波。 ㊱被（pī）：通“披”。文：绮绣，指绣花的衣服。披文，披着绮绣。服：穿。纤：指轻柔的衣服。 ㊲丽：美丽。奇：怪。不奇，指衣服样式不怪异。以上二句是说，她们披着绮绣，穿着轻柔的衣服，美丽而不怪异。 ㊳曼：润泽。曼鬋，润泽亮丽的鬓角。 ㊴艳：艳丽。陆离：这里是说光彩斑斓绚丽的样子。一说，长貌。以上二句是说，长长的头发披拂，润泽的鬓角低垂，艳丽而光彩亮泽。 ㊵二八：见上文第三段注㉚。齐容：同样的仪容。 ㊶起：跳起。郑舞：郑地的舞蹈。以上二句是说，十六个美女分成两列，她们同样的装扮，跳起了郑地之舞。 ㊷衽（rèn）：衣袖。竿：竹竿。交竿，相交的竹竿。 ㊸抚：敲，拍。案：几桌，这里当指摆放饮食的几桌。抚案，这里指敲着几桌以行歌舞的节奏。下：这里当指歌舞的进行。以上二句是说，舞女们的舞袖舞动若相交的竹竿，按着敲击的节奏表演着。 ㊹竽（yú）：古代的一种管乐器。瑟：古代的一种拨弦乐器。狂会：快速激昂的合奏。㊺搷（tián）：击。以上二句是说，一会儿，竽瑟激越地合奏起来，又击起了鸣鼓。 ㊻震惊：这里指震动。 ㊼《激楚》：楚地歌曲名。以上二句是说，一会儿，在宫廷震动的声音中，人们又唱起了《激楚》的歌曲。　㊽歈（yú）：歌。讴（ōu）：歌。　㊾大吕：古音乐中十二律之一，音调高昂。以上二句是说，一会儿又唱起吴地和蔡地的歌，奏起了高昂的大吕调。　㊿放：放开，解开。陈：陈列，摆放。组缨：古代系冠帽的丝带，这里代指冠帽。　51班：通“斑”，杂色。纷：纷乱。以上二句是说，人们解开冠带，把冠帽脱下来，摆放得乱七八糟。　52郑卫：郑国、卫国，指郑地卫地。妖玩：妖好可玩之物，当指杂耍之类。　53杂陈：这里指穿插在中间表演。以上二句是说，郑、卫等地的可笑好玩的杂耍也穿插着进行表演。　54结：结尾。　55秀先：优秀而占先。以上二句是说，大合唱《激楚》的结尾在全部表演中独自最优秀出色。　56菎（kūn）：通“琨”，一种美玉。蔽：赌博用的筹码。菎蔽，玉做的筹码。綦：同“棋”。象綦，象牙做的棋子。　57六簙（bó）：亦名六博，古代的一种博戏。共十二个棋子、六根筹，两人对博。以上二句是说，玉做的筹码，象牙做的棋子，还有“六博”的游戏。　58曹：偶，对。分曹，指两人分两边相对。并进：指同时进行游戏。　59遒（qiú）：用力。迫：迫近，指进攻。以上二句是说，二人分为对手互相进攻，都用力攻击对方。　60枭（xiāo）：勇也。成枭，是下棋时的用语，当指下棋时棋子运行的成功，某一棋子运行成功，即谓之“成枭”。牟（móu）：王逸注说，“倍胜谓牟。”或当是指己方棋子胜为对方之二倍。　61五白：下棋时的用语。下棋时双方轮流掷五颗骰（tóu）子（即色子），根据投掷情况再运行棋子。可能在五颗骰子成一特定的点数时称“五白”，而“五白”对行棋最有利，因此，掷骰子时，会呼喊“五白”。以上二句是说，下棋时，“成枭”就便于“牟胜”，所以掷骰子时大叫“五白”。　62犀（xī）比：犀牛角做的一种赌具，具体不详。　63费：王逸注说，“费，光貌也。”费白日，谓白日照耀下发出光亮。以上二句是说，晋地制的“犀比”在日光照耀下发出光亮。　64铿（kēng）钟：指撞钟时钟声铿铿。簴（jù）：钟架。摇簴，木架摇晃。　65揳（jiá）：弹奏。梓（zǐ）：梓木，可做乐器。梓瑟，梓木做的瑟。以上二句是说，钟声铿铿，钟架摇摇，又弹奏起梓木做的瑟。　66娱酒：娱乐为目的的饮酒。废：停止。

⑰沈：同“沉”。沈日夜，谓日夜沉湎于其中。以上二句是说，以饮酒为娱，久而不停，日夜沉湎于饮酒娱乐之中。　⑱镫（dēng）：同“灯”。华镫，华丽的灯。错：错落而置。以上二句是说，芳香的膏脂制成的明烛高照，华丽的灯盏错落有致。　⑲结撰：连缀文辞撰述成文，这里指赋诗。至思：极思，深思。　⑳兰芳：兰草的芳香，喻指文辞优美芬芳。假：借助。以上二句是说，文人雅士们把他们深刻的情思写成诗赋，又借助优美的辞藻。　㉑极：尽，穷尽。所极，指尽情倾吐心中之情志。　㉒同心：指大家欲尽情倾吐的心情是一样的。赋：不歌而颂谓之赋，即朗诵。以上二句是说，人们各欲尽情倾吐心志，大家都一起朗诵诗歌，彼此酬唱。　㉓酎（zhòu）饮：饮醇酒。酎，醇酒。　㉔乐：使快乐。先故：指死去的先辈和故旧。以上二句是说，痛饮醇酒，尽情欢乐，非仅为已，亦为使先人故旧一起欢乐。　㉕故居：旧居，旧家。以上二句是说，魂啊，归来吧！返回老家吧！按，巫阳的招魂辞到这里结束。

以上是第四段。写饮食的丰美和歌舞、游戏的欢乐，呼唤灵魂归来返回故居。

乱曰：献岁发春兮汩吾南征①，菉蘋齐叶兮白芷生②。路贯庐江兮左长薄③，倚沼畦瀛兮遥望博④。青骊结驷兮齐千乘⑤，悬火延起兮玄颜烝⑥。步及骤处兮诱骋先⑦，抑骛若通兮引车右还⑧。与王趋梦兮课后先⑨，君王亲发兮惮青兕⑩。朱明承夜兮时不可以淹⑪，皋兰被径兮斯路渐⑫。湛湛江水兮上有枫⑬，目极千里兮伤春心⑭！魂兮归来哀江南⑮！

【注释】

①献：进也。献岁，朱熹《楚辞集注》说，“献岁，言岁始来进也。”

意谓新的一年又来到了。发春：谓春气昂扬勃发。汩（yù）：水流迅疾貌。征：行。南征，南行，指向南流放。 ②菉（lù）：草名，又名王刍、竹叶菜。蘋：一种水草，生浅水中，又叫四叶菜、田字草。齐叶：生出整齐的叶子。白芷（zhǐ）：一种香草。以上二句是说，新的一年又来了，春气勃发，我迅速地南行，菉和蘋叶子长得很整齐，白芷也已生出。 ③贯：贯通，贯穿，这里指自首及尾。庐江：水名，所在未详，一说在湖北，一说在安徽。左：指庐江左岸。薄：草木丛生曰薄。长薄，犹言长林。一说，长薄是地名。④倚：靠，这里指靠近。沼：湖沼。倚沼，指靠近湖沼。畦（qí）：王逸注说，“畦，犹区也。”指划界以别。瀛（yíng）：池泽的水面。王逸注说，“楚人名池泽中曰瀛。”畦瀛，楚地多湖泊沼池，其中夹以陆地，似以陆地分割区划水面成一块块较小水泽，故曰畦瀛。博：广阔。遥望博，谓远望境界特别辽阔旷远。“青骊”以下六句是望中所见。以上二句是说，从头到尾贯行庐江之上，江左是一带高高的树林，一路靠近池沼而走，到处是片片水面，遥望远方更是空旷辽远。 ⑤青：指青色马。骊（lí）：纯黑色马。驷（sì）：古以四马为驷，指拉一车用的四匹马。结驷，意谓车乘相联结。乘（shèng）：古以四马拉一车叫一乘。齐千乘，犹言千车齐发。 ⑥悬火：指火把。延起：绵延而起。古代打猎时常焚烧林木原草驱出野兽以便射猎。玄颜：黑色，指烟火使天之颜色变黑。烝（zhēng）：火气上升。以上二句是说，或青或黑的马四匹拉一车，千车齐发，火把延燃起草木，黑色的烟火直冲云天。 ⑦步：指徒步的打猎者。及：跟从。骤：马奔行。骤处，马奔行所到之处。诱：诱导，指向导。诱骋先，意谓向导奔驰在前引路。 ⑧抑：抑止，停止。骛（wù）：驰骋。若：顺。通：行事无碍曰通。右还，犹向右转。以上二句是说，抑止奔驰的马，把车引向右转，以便使围猎顺利进行。 ⑨王：君王，一说指楚怀王，一说指顷襄王。前说以为，因招怀王之魂，故回忆起他生前田猎之乐以招其魂；后说以为，顷襄王忘记父仇，纵情田猎，故以之讥刺。我们这里姑取前说。趋：驱向。梦：云梦泽，是古代的大湖泽，地跨江之南北，江南部分叫梦泽。云梦泽及其周围地区是当时楚王的游猎地区。课：考课，考查。

后先：指谁先谁后到达“梦”。 ⑩亲发：亲自发矢射击。惮（dàn）：惊惧。兕（sì）：野兽名，似牛。青兕，指兕毛色为青。惮青兕，谓使青兕害怕而逃。以上二句是说，大家跟随君王奔向梦泽，看看谁先谁后，君王亲自弯弓射箭，使青兕中箭受伤惊惧而逃。 ⑪朱明：红日，这里指早晨的太阳。承：承接，续接。承夜，紧承夜晚。淹：久留。 ⑫皋（gāo）：水边高地。皋兰：长在水边高地的兰草。被：覆盖。径：小路。斯：这。渐：浸渐，淹没。以上二句是说，白天接着夜晚，时光是不能留住的，水边地上长的兰草遮盖了小路，这路也逐渐被水浸没了。 ⑬湛（zhàn）湛：水深貌。上：指江岸上。枫：枫树。 ⑭极：尽，穷尽。伤春心：伤春的心情。以上二句是说，江水深深，岸上长满枫树，望尽千里，伤春之心油然而生。 ⑮哀江南：哀伤江南。这句是说，魂啊，归来吧！你将会为这江南哀伤！

以上是第五段，是本诗的“乱辞”。回忆春天楚王田猎情景，又触景生情，油然生伤春哀江南之情。

【译文】

我从小就清白而廉洁，亲身服行道义从不含糊。身守这些美德，只是由于世俗风气的牵累而变得荒芜了。君王没有考察这些美德，使我长久遭遇祸害而愁苦。天帝告诉巫阳说：“有一个人在下界，我想辅助他。他的魂魄已经离散，你去占卦找到后还给他。”巫阳回答说：“我只掌梦！天帝，这个命令难以听从。如果一定要占卦找到魂魄还给他，恐怕时间已迟了，魂魄萎谢已久，不能再用？。”

巫阳于是下召魂魄说：“魂啊，归来吧！你离开了常在的躯体，到四方去干什么呢？你舍弃了你的安乐之所，而去遭受那些不祥之祸！魂啊，归来吧！东方不可以托身！那里有千丈巨人，专门搜求人们的魂灵。十个太阳轮流升起，能熔化金属销毁石头。巨人们自己都已习惯了，魂魄去了却必定会被熔解。归来吧！那里不可托身！魂啊，归来吧！南方不可停留！那里的野人额头刺花纹，牙齿染得漆黑，用人肉祭神、祖，把骨头剁成肉酱。那里蝮蛇聚集盘绕，大狐遍布千里之地。还有九头的雄虺，往来迅捷，吞食人类以滋补其心。归来吧！那里不可久停！魂啊，归来吧！西方的危险灾祸更大，那里有千里流沙。风沙会把你旋转卷入雷渊，那样即是粉身碎骨犹未完了。即使侥幸逃脱，外面也是空旷的荒原。那里赤蚁若大象，黑蜂像葫芦；五谷不生，只能吃丛生的菅草。那里的土壤烂人肌肤，找饮水更无处可寻。来去徘徊无处可投靠，地方又广大得没有边际。归来吧！恐怕只能自找祸害！魂啊，归来吧！北方也不可停留！层层的冰山高耸，茫茫的飞雪千里。归来吧！那里不可久留！魂啊，归来吧！你可不能上天去！那里虎豹守卫着天门九重，专门咬啮下界的凡人。那里的巨人有九头，能拔起九千棵大树。豺狼竖眼立目，来往成群。它们叼着人悬空嬉戏，然后投尸深渊，再去向天帝复命，才闭起眼睡觉。归来吧！上天恐怕只会危及自身！魂啊，归来吧！你也不可到阴曹地府去！那里土伯保卫着幽都的门户，他的角非常锋利；他背肉肥厚，指爪染血，飞快地追逐着人。他三只眼睛，长着虎的脑袋，身体又长得像牛。这些怪物都以人肉为美味。归来吧！恐怕会给自己招来灾祸。魂啊，归来吧！快进入郢都修门吧！有本领的男巫在招请你，他背着身退行在前引路。秦地的竹笼彩饰着齐地的线绳，里面装着郑地的布做成的衣服。招魂的器具完备无缺，长声呼喊着你的魂魄。魂啊，归来吧！返回老家归居吧！

“天地四方多有害人的东西。你的画像挂在你生前的住室里，这里清静宽闲而安乐。高高的殿堂，深深的屋宇，栏杆围着层层的楼房。层层的高台上有重重的房屋，建在临近高山的地方。门上相交着红色的格子，相连的格子都刻成了方形。冬天有幽深的大厦可以保暖，夏天的室内又清爽凉快。水流或直或曲，潺潺地流过。雨过日出，微风吹起，摇动着蕙草和丛丛兰草，晶莹闪亮。风从蕙兰之间穿堂入室，其上是顶棚，其下铺着竹席。墙面和地面都磨得很光滑的房间里装饰着翠鸟的尾羽，又悬挂着玉钩。绣着翡翠鸟缀有宝珠的被子光色闪耀辉映。轻柔的细绢绷在墙上，屋里张挂着绫罗的幔帐。帐幔用绮缟等各色细绢做成，上面用红色丝带系结着玉器。室内所见都是些珍贵奇异之物。芳香的膏脂制作的明烛高照，美女齐备。十六位美女分两列侍候君王过夜，意有厌倦，就更换替代。各国诸侯进献的淑女来得更快更多。她们浓密的鬓发梳着不同的发式，充满后宫。她们容颜姿态美好柔顺，久则依次替代。她们容貌柔弱，心志坚定，很有情意。她们容貌美丽、姿态美好，在洞房中来往不绝。像蚕蛾似的眉毛细长弯曲，眼珠润泽而流转，发出光亮，容颜细嫩，肌肤细腻，瞥人一眼也脉脉含情。非徒宫中，就是在宫外的别墅离馆和大帐中，她们也侍候着君王的闲暇游玩。各种鲜艳的帷帐装饰在高高的厅堂之中。高堂宁有红色的墙壁、丹砂涂漆的窗台板、壁板，还有黑玉装饰的屋梁。抬头看镂刻过的方椽上画有龙蛇做装饰。坐在厅堂上，伏在栏杆上，下临的是曲折的水池。曲池上荷花初发，水面杂生着菱叶和荷叶；还有紫径的荇菜，它们叶上的纹理都因水波而荡漾。穿着奇异花纹的豹皮衣服的卫士侍卫在曲池倾斜的岸边。乘轻车出行，停车之处，都是步兵和骑士罗列侍卫。兰草靠近门户而种，又栽上嘉木为篱笆。魂啊，归来吧！为什么要跑到远方去呢？

“君王归来后家族会更尊崇你，会用更多种花样的饮食供奉你。稻米、小米、麦子杂以黄米用来做饭。调和好苦、咸、酸、辣、甜的味道，使五味具备。肥牛的蹄筋煮得烂而香。调和酸味和苦味，献上这种吴地风味的汤。煮甲鱼，烤羊羔，加上甘蔗汁做调料。醋烹天鹅肉，少量汤汁烹制野鸭肉，油煎大雁和鸧鸹肉。烧制风干的鸡肉，汤焖大龟肉，味浓而不坏。油煎的环饼和蜜做的糕点，还有干饴糖。颜如白玉的美酒和加蜜的甜酒盛满了羽觞。捞去酒糟，冷饮酒浆，醇美而又清凉。华贵的酒斗已摆上，颜如赤玉的美酒正待斟上。归返故居后人们会更尊敬你而不会妨害你。美肴珍馐还未上齐，女子歌舞乐队已经排好准备表演。摆好钟和鼓，就要演唱新制作的乐歌。唱出的是《涉江》《采菱》《扬荷》。美女们喝醉了酒，脸上泛起红晕；她们因嬉戏而容光焕发，轻轻一瞥，目光若粼粼水波，她们披着绮绣，穿着轻柔，美丽而不怪异；长发披肩，润鬓低垂，艳丽而光亮。十六个美女分成两列，装扮相同，跳起了郑地舞蹈，舞袖飘逸如相交的竹竿，按着敲击的节奏表演着。一会儿，竽瑟激越地合奏起来，又击起鸣鼓；一会儿，在震动宫廷的声响中，人们又唱起了《激楚》的歌曲；一会儿，又唱起了吴地和蔡地的歌曲，奏起了高昂的大吕调。男女杂坐，乱而不分。人们解开冠带，把冠帽脱下来，摆放得乱七八糟。郑、卫等地的可笑而好玩的杂耍也穿插着表演。大合唱《激楚》的结尾在全部表演中独最优秀出色。玉做的筹码，象牙做的棋子，这就是“六博”的游戏。二人分为对手互相进攻，彼此用力攻击；对博时，“成枭”就便于“牟胜”，所以掷骰子时大叫“五白”。晋地制的“犀比”在日光照耀下闪闪发光。钟声铿铿，钟架摇摇，又弹起梓木制的瑟。以饮酒为娱，久而不停，日夜沉湎于饮酒玩乐之中。芳香的膏脂制成的明烛高照，华丽的灯盏错落。文人雅士们把他们深沉的情思结撰成诗赋，又借助于优美的辞藻。人们各欲尽情倾吐心志，大家一起朗诵诗歌，彼此酬唱；痛饮醇酒，尽情欢乐，非仅为己，亦为使先人故旧一起欢乐。魂啊，归来吧！归返回老家旧居吧！”

尾歌说：新的一年又来了，春气勃发，我迅速地南行；菉和蘋的叶子长得很整齐，白芷也已生出。从头至尾贯行庐江之上，江左是一带高高的枫林；一路靠近池沼而行，到处是片片水面，遥望远方更是空旷辽远。或青或黑的马四匹拉一车，千车齐发；火把延燃起草木，黑色的烟火直冲云天。抑止奔驰的马，把车引向右转，以便使围猎顺利进行。大家跟随着君王奔向梦泽，看看谁先谁后；君王亲自弯弓射箭，使青兕中箭受伤惊惧而逃。白天接着夜晚，时光是不能留住的；

水边地上长的兰草遮盖了小路，这路也逐渐被水浸没了。江水深深，岸上长满枫树林；望尽千里，伤春之心油然而生。魂啊，归来吧！你将会为这江南伤心！

宋　玉（生卒年不详）

宋玉，战国时期楚国人，稍后于屈原，生平事迹不详。《史记·屈原贾生列传》说："屈原既死之后，楚有宋玉、唐勒、景差之徒者，皆好辞而以赋见称；然皆祖屈原之从容辞令，终莫敢直谏。"宋玉的作品古籍中提到的有《九辩》《招魂》《风赋》《高唐赋》《神女赋》《登徒子好色赋》等十多篇，但只有《九辩》被后世所公认，其他作品是否是宋玉所作，尚有争论。

宋玉在文学史上与屈原并称"屈宋"，很受后世辞章家推崇，《文心雕龙·辨骚》说："屈宋逸步，莫之能追。"《时序》篇更说："屈平联藻于日月，宋玉交彩于风云。"唐代大诗人杜甫也称誉宋玉说："摇落深知宋玉悲，风流儒雅亦吾师。怅望千秋一洒泪，萧条异代不同时。"（《咏怀古迹五首》其二）

无论在为人或为文上，宋玉都远逊于屈原。为人上，正如司马迁所指出的"终莫敢直谏"，缺乏屈原的九死不悔的斗争精神；为文上，他的《九辩》虽有创造性的地方，但终缺少《离骚》那样强烈的爱国主义内容和积极浪漫主义情调，且留有明显的模仿痕迹。

九　辩

悲哉秋之为气也[①]！萧瑟兮草木摇落而变衰[②]。憭慄兮若在远行[3]，登山临水兮送将归[4]。泬寥兮天高而气清[5]，寂寥兮收潦而水清[6]，憯凄增欷兮薄寒之中人[7]。怆怳圹悢兮去故而就新[8]；坎廪兮贫士失职而志不平[9]。廓落兮羁旅而无友生[10]，惆怅兮而私自怜[11]。燕翩翩其辞归兮[12]，蝉寂漠而无声[13]。雁廱廱而南游兮[14]，鹍鸡啁哳而悲鸣[15]。独申旦而不寐兮[16]，哀蟋蟀之宵征[17]。时亹亹而过中兮[18]，蹇淹留而无成[19]。

【题解】

《九辩》是唯一被后世所公认的宋玉作品，关于《九辩》的意义，王逸《九辩序》说："辩者，变也，谓陈道德以变说君者。九者，阳之数，道之纲纪也。故天有九星以正机衡，地有九州以正万邦，人有九窍以通精明。"这大概是望文生义，不足信。其实《九辩》是古乐曲之名，这在屈原的作品中就提到过："启《九辩》与《九歌》兮"（《离骚》），"启棘宾商，《九辩》《九歌》"（《天问》）。所以王夫之《楚辞通释》说："九者，乐章之数。……辩，犹遍也。一阕谓之一遍。盖亦效夏启《九辩》之名，绍古体为新裁。"（卷八）本诗分段有不同的分法，这里分段正是依王夫之的《楚辞通释》。

《九辩》的主要内容是抒发作者"坎廪兮贫士失职而志不平。廓落兮羁旅而无友生"的愤懑和寥落的情绪。虽然诗人抒发的主要是个人的遭遇和不平，但是诗里对楚国的现实的揭露仍然是比较尖锐的。诗人说当时的统治者昏昧不明，"却骐骥而不乘兮，策驽骀而取路""众鸟皆有所登栖兮，凤独遑遑而无所集"，因此，贤人只能高飞远引，"骐骥伏匿而不见兮，凤皇高飞而不下"。对当时楚国政治黑暗的原因，诗人也有比较清醒的认识，认为主要是主昏臣佞："卒壅蔽此浮云兮，下暗漠而无光。"对楚王，诗人希望他像尧舜那样任用贤才，"乘骐骥之浏浏兮，驭安用夫强策"。这些对楚国现实的揭露以及对楚王的希望与屈原作品中所表现出来的思想感情是有相通之处的。并且在《九辩》中，宋玉还直接袭用屈原《离骚》《九章·哀郢》中的一些成句揭露社会现实的黑暗。这都说明宋玉像屈原一样关心着楚国的现实和前途，对当时楚国现实有深恶痛绝之感。但是应该指出的是，宋玉的思想感情和《九辩》的思想内容与屈原及《离骚》仍是不可同日而语的。他既没有屈原那样明确的政治主张和高尚的理想，更没有屈原的殉身为国的志向和勇气，更多的是哀伤自怜他个人的不平。

《九辩》的成就更多地体现在艺术上。虽然它有着对《离骚》的模仿，但在艺术上有自己的独创性。首先，它对秋天景色的描写细致而深刻，而且十分成功地融入了抒情主人公的悲凉落寞的意绪，情景交融，密合无间。开首一句“悲哉秋之为气也”劈空而起，使读者立即沉入悲秋的气氛中，接着用好几个意思相近而感情色彩很浓的词，极力渲染悲秋的气氛，把握得十分准确，描写十分细致，强烈地烘托了抒情主人公的悲剧命运，使情与景得到有机的统一，正如陆时雍所说“举物态而觉哀怨之伤人，叙人事而见萧条之感候”（《读楚辞语》）。如此“悲秋”的描写，在中国文学史上宋玉是第一人，对后世悲秋诗文辞赋的影响极大，明人胡应麟把这几句说成是“千古言秋之祖”“六代、唐人诗赋，靡不从此出也”（《诗薮》内编卷一）。其次，《九辩》在语言的运用上也有独创性。第一，它把散文化的句子入诗，开头一句“悲哉秋之为气也”，就是典型的散文句式。而这一句与下面秋景秋情的描写又统一和谐，并不损害诗的韵味，堪称千古绝唱。第二，《九辩》的语言更灵活而富于变化。如开头四句，韵散结合，句句有变化，参差错落，抑扬顿挫。第三，注意运用双声、叠韵和重叠词，使诗铿锵流转，极富音乐性。如“乘精气之抟抟兮”以下十二句，连用十一叠字，后人诗赋效之者多，而罕有及之者。这都说明宋玉对语言驾驭的纯熟和创造性。

总之，《九辩》比起《离骚》更具清丽秀美的风格，低回婉转，缠绵动人，在文学史上有其独创之处。鲁迅先生说："《九辩》本古辞，玉取其名，创为新制，虽驰神逞想，不如《离骚》，而凄怨之情，实为独绝。"（《汉文学史纲要》第四篇《屈原及宋玉》）正确地评价了《九辩》的艺术成就。

【注释】

①气：这里指秋天肃杀寒凉的阴冷之气。 ②萧瑟：萧条寂寞貌。一说，风吹草木之声。 ③憭慄（liáolì）：凄怆。 ④送将归：送别将归去之人。 ⑤泬（xuè）寥：空旷貌。 ⑥寂嵺（liáo）：水静而清貌。潦（lǎo）：雨水大貌。收潦，指夏天的大雨到秋天逐渐减少。 ⑦憯：同"惨"。憯凄，即凄惨，悲痛貌。增欷（xī）：指叹息声增多了。薄寒：犹轻寒。中（zhòng）人：侵袭人。 ⑧怆怳懭悢（chuànghuǎngkuànglǎng）：心情怅惘悲伤失意的样子。去故而就新：离别故人去接近新人。一说指离开旧地去新的地方。 ⑨坎廪（lǎn）：坎坷困顿。贫士：作者自称。失职：失去职位。志：心意。志不平，犹心中不平。 ⑩廓落：孤独空寂貌。羁（jī）旅：异乡作客。友生：即朋友。 ⑪自怜：自伤。 ⑫翩（piān）翩：轻快飞行貌。辞归：秋天燕子辞别北方飞向南方。 ⑬寂漠：即寂寞。 ⑭廱（yōng）廱：同"雍雍"，和谐的鸣声。 ⑮鹍（kūn）鸡：鸟名，似鹤，黄白色。啁哳（zhāozhā）：繁杂细碎的叫声。 ⑯申：至。申旦，犹达旦，直到天亮。寐（mèi）：入睡。 ⑰宵征：夜行。这里指夜里蟋蟀跳动、鸣叫。 ⑱亹（wěi）亹：行进貌。过中：过了中年。 ⑲蹇（jiǎn）：语气词。淹留：久留。无成：指无所成就。

以上是第一段。由秋天的萧瑟景象写起，引起了作者的悲秋情绪，抒发坎廪失志的不平心情。

悲忧穷戚兮独处廓[1]，有美一人兮心不绎[2]。去乡离家兮徕远客[3]，超逍遥兮今焉薄[4]？专思君兮不可化[5]，君不知兮可奈何[6]！蓄怨兮积思[7]，心烦憺兮忘食事[8]。愿一见兮道余意[9]，君之心兮与余异。车既驾兮朅而归[10]，不得见兮心伤悲[11]。倚结軨兮长太息[12]，涕潺湲兮下沾轼[13]。忼慨绝兮不得[14]，中瞀乱兮迷惑[15]。私自怜兮何极[16]，心怦怦兮谅直[17]。

【注释】

①戚：通“蹙（cù）”。穷蹙，穷困。廓：空虚。独处廓，谓独自处在空虚的境地。　②有美一人：指作者自己。作者自以为有美好的品质，所以以美人自比。绎（yì）：借为“怿（yì）”，愉悦。　③徕：同“来”。徕远客，犹言来远方作客。　④超：远也。逍遥：这里指浮游。超逍遥，犹言浮游远方。焉：何。薄：止。这句是说，漂泊远方，现今有何处可以栖止？　⑤专思：一心地思念。君：楚王，当指楚顷襄王。化：改变。　⑥可奈何：犹无可奈何。这句是说，君王不知道自己的忠心，真是无可奈何。　⑦蓄怨：怨愤蓄于心。积思：思念积于心。　⑧憺（dàn）：忧愁。食事：吃饭和做事。以上二句是说，自己怨愤和思念蓄积心头，烦闷忧愁得忘了吃饭和做事。　⑨一见：指一见君王。道：陈说。余意：指诗人的忠信之意。　⑩朅（qiè）：离去。　⑪不得见：指不得见君王之面。以上二句是说，自己的车已驾好，准备离此而归，但不得见君王，心里犹自悲伤。　⑫倚：凭靠。结軨（líng）：转指车厢栏木，因栏木错杂交结，故称结軨。长太息：长叹息。　⑬潺湲（yuán）：流水声，形容涕泪下流之多。沾：沾湿。轼（shì）：车厢前的横木，供人凭倚。以上二句是说，自己在车厢里长声叹息，泪流不断，沾湿了车轼。　⑭忼：同“慷”。慷慨是愤激之意。绝：断绝，指与楚王断绝关系。不得：不能够，办不到。这句是说，心里愤激的情绪真使自己要与君王断绝关系，但实在又做不到。　⑮瞀（mào）：昏乱。中瞀，犹心中昏乱。这

句是说，自己心中昏乱迷惑。　⑯何极：犹言何时是终了。　⑰怦（pēng）怦：心跳激烈。谅直：忠诚正直。以上二句是说，自己私自怜悯这样悲哀何时得了，心情激动是由于自信忠诚正直。

以上是第二段。写远离家乡思乡不能归，思君不得见的苦闷。

皇天平分四时兮①，窃独悲此廪秋②。白露既下百草兮③，奄离披此梧楸④。去白日之昭昭兮⑤，袭长夜之悠悠⑥。离芳蔼之方壮兮⑦，余萎约而悲愁⑧。秋既先戒以白露兮⑨，冬又申之以严霜⑩。收恢台之孟夏兮⑪，然欿傺而沈藏⑫。叶菸邑而无色兮⑬，枝烦挐而交横⑭；颜淫溢而将罢兮⑮，柯彷佛而萎黄⑯；萷櫹椮之可哀兮⑰，形销铄而瘀伤⑱。惟其纷糅而将落兮⑲，恨其失时而无当⑳。擥騑辔而下节兮㉑，聊逍遥以相羊㉒。岁忽忽而遒尽兮㉓，恐余寿之弗将㉔。悼余生之不时兮㉕，逢此世之俇攘㉖。澹容与而独倚兮㉗，蟋蟀鸣此西堂㉘。心怵惕而震荡兮㉙，何所忧之多方㉚！印明月而太息兮㉛，步列星而极明㉜。

【注释】

①皇：大。皇天，犹言天，上天。平分四时：指一年严分为四季。　②窃：私下，暗自，是自谦之词。廪（lǐn）：通“凛”。廪秋，即凛秋，寒秋。以上二句是说，上天将一年平分为四季，我独自私下悲伤这个寒秋。　③白露：这里指秋露。既下：已经降落。　④奄（yǎn）：奄忽，忽然。离披：分散。梧楸（qiū）：梧桐和楸木。楸，是一种落叶乔木。离披梧楸，指梧楸经秋露而树叶凋落。以上二句是说，白露已降落到百草之上，忽然间这梧桐和楸树也枝叶凋零。　⑤去：离去，离开。白日：白天。昭昭：形容阳光的光明。⑥袭：因袭，承继，这里指白天过后，接着就是黑夜。悠悠：漫长貌。以上

二句是说，离开了光明的白天，接着就进入了漫漫的长夜。 ⑦蔼（ǎi）：繁茂。芳蔼，芬芳繁盛，形容下面的“方壮”。方壮：正壮，正是壮盛的年岁。⑧萎：枯也。约：穷也。萎约，枯萎而贫穷，这里指贫病交加的状况。以上二句是说，我告别了芳香繁盛的壮年岁月，现在是贫病交加而悲愁满怀。⑨戒：告诫。 ⑩申：重，加上。之：语中助词。以上二句是说，秋天已先以降下白露作为告诫，冬天又加上严霜的摧残。 ⑪收：收敛，收去。恢台：朱熹《集传》说，“恢台，广大貌。”引申为生长繁盛的样子。孟夏：初夏。⑫然：乃，于是。欿（kǎn）：通“坎”，塌陷。傺（chì）：止也。欿傺，沉陷停止。沈藏：即沉藏，埋藏。以上二句是说，（秋天）收敛了初夏生长繁盛的生机，于是使它沉陷停止而且埋藏起来。 ⑬菸（yū）邑：树叶枯萎而颜色变黑的样子。无色：指失去鲜丽润泽之色。 ⑭烦挐（rú）：纷乱，纷杂。交横：交叉纵横。以上二句是说树叶枯萎失去了鲜润亮泽，树枝乱糟糟地横七竖八。 ⑮颜：容颜，这里指树外形容貌。淫溢：渐渐积累。颜淫溢，谓树木的外形经过逐渐生长而改变。罢（pí）：通“疲”，疲乏，这里指树木生长已到精力乏绝的时期。 ⑯柯：树枝。萎黄：枯萎变黄。以上二句是说，（树木）容颜经过渐进的生长（此时）已进入疲惫衰竭的时候，树枝好像也枯萎变黄。彷佛，即“仿佛” ⑰萷（xiāo）：王夫之《楚辞通释》说，“萷，与梢同，树杪也。”树杪（miǎo），即树梢。槮槮（xiāosēn）：王夫之《通释》说，“櫹槮，无叶孤存而划空貌。”一说，萷，疏秃貌；櫹槮，树木高耸貌。 ⑱销铄（shuò）：久病而形容消损貌。瘀（yū）伤：本指人身体损伤瘀血，这里指树木伤残。以上二句是说，树梢孤零零的实可哀怜，外形也受伤消损。 ⑲惟：思也。其：指树。纷糅（rǒu）：众多错杂。 ⑳恨：恨憾，遗憾。失时：失去壮盛的年华，指上文“离芳蔼之方壮”。无当：不得其所，没有好的际遇。以上二句是说，想那树木枝柯纷乱错杂而叶落净尽，遗憾它们失去壮盛之时而不得其所。 ㉑揽（lǎn）：同“揽”，持也。騑（fēi）：驾在车辕两旁的马，这里泛指驾车的马。辔（pèi）：马缰绳。揽騑辔，抓住马缰绳。下节：犹言按节，按抑节度，让车马徐行。 ㉒聊：暂且，姑且。逍遥：

优游自得貌，安闲自在貌。相羊：同“徜徉（chángyáng）”，徘徊也。逍遥相羊，即安闲自在地来回行走。 ㉓岁：岁月，年岁。忽忽：很快的样子。遒（qiú）：迫近。遒尽：近于完结。 ㉔寿：寿命。将（jiāng）：长久。以上二句是说，年岁很快就要尽了，恐怕我的寿命不能长久。 ㉕悼：伤，悲伤。不时：不得其时，没遇上好时世。 ㉖俇（kuāng）攘：纷扰不安貌。以上二句是说，可悲我生不逢时，遇上这纷乱不安的时世。 ㉗澹（dàn）：恬静，安定。容与：舒缓自得貌。独倚：独自靠立。 ㉘堂：阶下室外曰堂。西堂，犹言西阶之上。以上二句是说，我悠闲自得地独自站立，听到蟋蟀在西阶之上鸣叫。 ㉙怵（chù）惕：惊惧。震荡：震动，这里指心受惊而跳动。 ㉚多方：多端，多方面。以上二句是说，心惊惧而震动，为什么我所忧虑的事这么多呢？ ㉛卬（yǎng）：同“仰”。 ㉜步：推步，推究。步列星，推究诸多的星宿。极：至也。极明，到天亮。以上二句是说，我仰望明月而长叹不已，寻究星宿直至天亮。

以上是第三段。写秋天草木的变化，以喻自己的生不逢时的遭遇。

窃悲夫蕙华之曾敷兮①，纷旖旎乎都房②。何曾华之无实兮③，从风雨而飞飏④？以为君独服此蕙兮⑤，羌无以异于众芳⑥。闵奇思之不通兮⑦，将去君而高翔⑧。心闵怜之惨凄兮⑨，愿一见而有明⑩。重无怨而生离兮⑪，中结轸而增伤⑫。岂不郁陶而思君兮⑬？君之门以九重⑭。猛犬狺狺而迎吠兮⑮，关梁闭而不通⑯。皇天淫溢而秋霖兮⑰，后土何时而得漧⑱？块独守此无泽兮⑲，仰浮云而永叹⑳。

【注释】

①华：同“花”。蕙华，蕙草的花。曾：曾经。敷（fū）：开放。 ②纷：盛多。旖旎（yǐnǐ）：繁盛貌。乎：于。都房：王夫之《楚辞通释》说，“都

房，犹言华屋。”即华丽的房屋。以上二句是说，我私自悲伤那蕙花曾经开放，纷纷然繁盛在华丽的房室之中。　③曾：通“层”。华：同“花”。曾华，层层的花朵。无实：不结果实。　④飞飏（yáng）：即“飞扬”。以上二句是说，为什么层层的花却不结果实，只是随风雨飘然落下？　⑤君：君王，指楚王。服：佩。　⑥羌：发语词，无义。众芳：指众多的一般花草。以上二句是说，我以为君王独佩带这蕙花，他却对这种花与对一般花草一样没有区别。　⑦闵（mǐn）：通“悯”，哀怜。奇思：奇异的思想，不同于人的思想。不通：不能上通，指不通于君。　⑧高翔：高飞。以上二句是说，哀怜我的出众的想法不能上通于君王，因而将离开他远走高飞。　⑨闵怜：即“悯怜”，忧伤哀怜。　⑩一见：指一见君王。有明：朱熹《楚辞集注》说，“有明，有以自明也。”谓自明心迹。以上二句是说，心中忧伤自怜而凄惨悲痛，真愿一见君王而自明心迹。　⑪重（zhòng）：朱熹《楚辞集注》说，“重，深念也。”意为重视。无怨：指自己行为无可埋怨。生离：生生地被放逐离开君王。　⑫中：指心中。轸（zhěn）：痛，痛苦。结轸，郁结着痛苦。以上二句是说，我深念自己无可埋怨而被放逐，心中痛苦郁结倍增哀伤。　⑬郁陶：忧思蓄结。　⑭九重：九重门，意谓君门深远阻隔重重。　⑮猛犬：凶猛的狗，喻谗谄的小人。狺（yín）狺：群犬争吠声。迎吠：对着来人叫。⑯关：关口。梁：桥梁。以上二句是说，猛犬对着来人争吠，关口与桥梁均闭而不通。　⑰淫溢：久雨而水漫溢。霖（lín）：久雨为霖。　⑱后土：大地。漧（gān）：同“乾（干）”。以上二句是说，老天久雨，秋水涨溢。大地什么时候才能干朗。　⑲块：块然，孤独貌。无：通“芜”，荒芜。泽：沼泽。⑳永叹：长叹。以上二句是说，我块然独自守着这荒芜的沼泽，仰望浮云而叹息不已。

以上是第四段。诗人以蕙花自比，为君门九重而长叹。

何时俗之工巧兮[①]，背绳墨而改错[②]！却骐骥而不乘兮[③]，策驽骀而取路④。当世岂无骐骥兮？诚莫之能善御⑤。见执辔者非其人兮⑥，故駶跳而远去⑦。凫雁皆唼夫粱藻兮⑧，凤愈飘翔而高举⑨。圜凿而方枘兮⑩，吾固知其钼铻而难入⑪。众鸟皆有所登栖兮⑫，凤独遑遑而无所集⑬。愿衔枚而无言兮⑭，尝被君之渥洽⑮。太公九十乃显荣兮⑯，诚未遇其匹合⑰。谓骐骥兮安归⑱？谓凤皇兮安栖⑲？变古易俗兮世衰⑳，今之相者兮举肥㉑。骐骥伏匿而不见兮㉒，凤皇高飞而不下㉓。鸟兽犹知怀德兮㉔，何云贤士之不处㉕，骥不骤进而求服兮㉖，凤亦不贪餧而妄食㉗。君弃远而不察兮㉘，虽愿忠其焉得㉙？欲寂漠而绝端兮㉚，窃不敢忘初之厚德㉛。独悲愁其伤人兮，冯郁郁其何极㉜！

【注释】

①时俗：当时的风气。工巧：善于取巧。　②背：违反。绳墨：木工用的画线取直的工具。改错：即改措，改变正常的措施。这句是说，背弃准则，改变措施。　③却：拒绝。骐骥（qíjì）：骏马，喻贤人。　④策：马鞭，这里用作动词，用鞭子赶马。驽骀（nútái）：劣马，喻小人，庸人。取路：赶路。　⑤御：驾驭。以上二句是说，当世难道就没有良马了吗？实在是没有人能善于驾驭它呵。比喻世有贤人，但人主却不会用贤。　⑥辔（pèi）：马缰绳。执辔者，指驾马赶车之人。非其人：这里指不合适的执辔者。　⑦駶（jú）跳：跳跃。以上二句是说，骐骥见驾马者不是合适的人，所以跳跃而避去远方。比喻贤人见统治者昏庸，所以远去。　⑧凫（fú）：野鸭。唼（shà）：水鸟或鱼类吃食貌。粱：粟米。藻：水草。这句是比喻群小在位食重禄。　⑨高举：高飞。这句是比喻贤人远引。　⑩圜（yuán）：同“圆”。圜凿（zuò），指木工用凿子凿成的圆孔。枘（ruì）：木工把木的一端削成的榫（sǔn）。方枘，方形的榫头。　⑪钼铻（jǔyǔ）：相拒不容貌。以上二句是说，圆的孔却用方的榫头，我本来就知道它们彼此不相合，是插不

进去的。　⑫众鸟：比喻群小，庸人。有所登栖：比喻庸人们皆各得栖止之所。　⑬遑（huáng）遑：急促匆忙貌。集：栖止。这句是比喻贤人窜逐，无所依托。　⑭枚：形状像筷子，用竹或木做成，行军时横衔于口，可以防止喧哗。衔枚，比喻闭口静默不言。　⑮尝：曾经。被：受，蒙受。渥（wò）：厚。洽（qià）：恩泽。以上二句是说，自己本打算缄默不语，但曾蒙受君王之大恩，所以又于心不忍。　⑯太公：姜太公吕尚，曾为屠宰，后遇周文王，被举为太师。显荣：显名荣耀。　⑰匹：配。匹合，指君臣相得。以上二句是说，姜太公九十岁才显名荣耀，实在是因为原来他未遇到明主与他相配合。⑱安归：何归。　⑲凤皇：即“凤凰”。安栖：何栖，栖止在何处。　⑳变古：指古风古道已变。易俗：指风俗已改易。世衰：世道已衰。　㉑相者：相马者，察选马的人。举肥：举荐肥马。这句是说，今天的相马者，只知道挑选肥马。比喻执政者只知从表面上来选拔人才。　㉒伏匿：隐藏。　㉓高飞：比喻遁世远隐。以上二句比喻贤人都逃世远隐。　㉔怀德：怀念有道德的人。㉕不处：不愿留居。以上二句是说，鸟兽还知道怀念有道德的人，怎么能说贤士不愿留居在有德之君的身边呢？意指贤士不留，乃因君主无德。　㉖骤进：急进。服：拉车。　㉗馁（wèi）：同“喂”。妄食：随便吃。以上二句是比喻贤士决不肯迁就别人以贪求禄位。　㉘弃远：指弃贤人而远之。　㉙焉得：怎么能得。以上二句是说，君王不明察贤愚而远弃贤人，贤士虽愿忠诚于君王又怎能实现其志向呢？　㉚寂漠：即寂寞。绝端：指断绝对君王眷恋的思绪。㉛窃：私下。初：当初，原先。以上二句是说，虽想自甘寂寞，从此断绝对君王的眷恋之情，但私下又不敢忘记君王当初对自己的大恩大德。　㉜冯（píng）：通“凭”，满也。冯郁郁，愁心满结。极：穷尽。以上二句是说，自己孤独悲愁，伤心异常，这郁结之情何时终了。

以上是第五段。反复以骐骥与驽骀、凤凰与凫雁为喻，批判楚王之舍贤士而用小人，抒发明主难遇的慨叹。

霜露惨凄而交下兮[1]，心尚幸其弗济[2]。霰雪雰糅其增加兮[3]，乃知遭命之将至[4]。愿徼幸而有待兮[5]，泊莽莽与野草同死[6]。愿自直而径往兮[7]，路壅绝而不通[8]。欲循道而平驱兮[9]，又未知其所从[10]。然中路而迷惑兮[11]，自压桉而学诵[12]。性愚陋以褊浅兮[13]，信未达乎从容[14]。窃美申包胥之气盛兮[15]，恐时世之不固[16]。何时俗之工巧兮，灭规矩而改凿[17]。独耿介而不随兮[18]，愿慕先圣之遗教[19]。处浊世而显荣兮，非余心之所乐。与其无义而有名兮，宁穷处而守高[20]。食不媮而为饱兮[21]，衣不苟而为温[22]。窃慕诗人之遗风兮[23]，愿托志乎素餐[24]。蹇充倔而无端兮[25]，泊莽莽而无垠[26]。无衣裘以御冬兮[27]，恐溘死不得见乎阳春[28]。靓杪秋之遥夜兮[29]，心缭悷而有哀[30]。春秋逴逴而日高兮[31]，然惆怅而自悲。四时递来而卒岁兮[32]，阴阳不可与俪偕[33]。白日晼晚其将入兮[34]，明月销铄而减毁[35]。岁忽忽而遒尽兮[36]，老冉冉而愈弛[37]。心摇悦而日幸兮[38]，然怊怅而无冀[39]。中憯恻之凄怆兮[40]，长太息而增欷[41]。年洋洋以日往兮[42]，老嵺廓而无处[43]。事亹亹而觊进兮[44]，蹇淹留而踌躇[45]。

【注释】

①交下：交错而降。 ②幸：希望。弗济：不济，不成。以上二句是说，小人们对自己的排挤打击犹如霜露交下，但自己还希望这些小人不能成功。 ③霰（xiàn）：雪珠。雰（fēn）：霰雪盛大貌。糅：混杂。这句是比喻排挤打击的加重。 ④遭：遇到。命：命运。 ⑤徼幸：同“侥幸”。有待：有所期待。 ⑥泊：止，犹言置身。莽莽：草木盛貌，这里指林野之地。以上二句是说，自己曾希望侥幸能摆脱困境而有所期待，可到头来却仍如同置身于林野之地，与草木同死。 ⑦自直：自己去表白正直之心。径往：指直接去见君王。 ⑧壅：堵塞不通。绝：指道路断绝。以上二句是说，自己

愿意直接去见楚王表白自己的忠诚正直之心，但道路堵塞断绝，不得通行。⑨循道：遵循大路。平驱：指平稳地驰驱。　⑩从：由。以上二句是说，想要顺大路而行，又不知从哪儿走才能见到君王。　⑪中路：半道儿。迷惑：迷失方向。　⑫桉：同“按”。压桉，克制自己。学诵：指学诗。古人认为诵诗能弭情定志，所以诗人为了压制自己内心的愤激要学诗。诗指《诗经》。⑬性：生性。陋：指见识浅陋。褊（biǎn）：狭隘。浅：肤浅。这句是说，自己生性愚陋，而且狭隘肤浅。　⑭信：真正，实际上。达：达到。从容：舒缓貌，这里指心情平缓安静。这句意思是说，自己虽以学诗来弭情定志，但实际上并未能做到心情舒缓平静。　⑮美：赞美。申包胥：春秋时楚大夫。吴伐楚，攻破郢都。申包胥赴秦求救，痛哭于秦庭七天七夜，终于感动了秦哀公，出兵救楚。气盛：志气壮盛。作者引这个故事，赞美申包胥敢于直接赴秦求救的精神。　⑯固：疑作“同”，形近而误。一说，固通“故”。不固，不和从前一样。以上二句是说，私下赞美申包胥志壮气盛，又恐怕时世不同，难以仿效。　⑰规：画线取圆的工具。矩：画线取方的工具。凿（záo）：给器物打眼。这句是说，小人们不按规矩画圆取方，却胡乱打眼儿。比喻小人们不按原则办事胡来一套。⑱耿介：光明正直。随：指随波逐流。　⑲慕：追慕。先圣：先代的圣贤。以上二句是说，自己独光明耿直而不随波逐流，愿意追慕先贤们的遗教。　⑳宁：宁愿，宁可。穷处：处于困境。守高：坚守高尚的节操。　㉑媮（tōu）：同“偷”，苟且。　㉒温：指穿得暖和。以上二句是说，自己行为不苟且，于心无愧，尽管衣食都不能温饱。　㉓诗人：先秦时代称《诗经》为《诗》，诗人也就是指《诗经》的作者，这里所说到的“素餐”出自《诗·魏风·伐檀》，因此，诗人是指《伐檀》的作者。遗风：遗留的高尚风格。　㉔托志：寄托志向。素餐：《伐檀》有“彼君子兮，不素餐兮”之句，我们现在理解这两句诗是诗人讽刺统治阶级的“君子”白吃饭，宋玉把“素餐”解为饮食的朴素。以上二句是说，自己暗自仰慕《伐檀》作者的高尚风格，自己的志向也是像“诗人”那样过着俭朴的生活。　㉕蹇：通“謇”，发语词。倔：通“诎（qū）”。充倔，自满貌。无端：没有终极。　㉖泊：

止，犹置身。垠（yín）：边际。以上二句分而言之，上句说，楚之君臣没完没了地志得意满；下句说，自己却置身于没有边际的林野之地。一说，泊，无定貌。下句说自己飘泊而无所归宿。　㉗裘：皮衣。御冬：抵御冬寒。　㉘溘（kè）：忽然。阳春：和暖的春天。以上二句是说，自己没有棉衣皮袄抵御冬天的严寒，恐怕会忽然死去，再也见不到和暖的春天了。　㉙靓（jìng）：通“静”。杪（miǎo）：木末曰杪，树木的末梢。杪秋，即暮秋。遥夜：长夜。　㉚缭悷（liáolì）：缠绕郁结。以上二句是说，在寂静的秋末长夜里，心里缠绵郁结着悲哀。　㉛春秋：指年岁。逴（chuō）逴：远貌，这里指过去的岁月很远。高：指年高。日高，指年岁一天比一天大。　㉜四时：春夏秋冬四季。递来：更递而至。卒岁：过完了一年。　㉝阴阳：指日月运转，运行不息的时光，这里指寒往暑来的变化。俪偕：比并。以上二句是说，四季更递而来，又过了一年，寒往暑来，岁月难以追及。　㉞晼（wǎn）晚：太阳将下山的光景。入：指太阳落山。　㉟销铄（shuò）：本是熔化之意，这里指月亮的损缺。减毁：月阴历十五而圆，十五之后逐渐缺损，以至于消隐，故言减毁。　㊱忽忽：形容时间过得快。遒：迫近。　㊲冉（rǎn）冉：渐进貌。弛：松懈。以上二句是说，年岁很快就接近终了，年岁愈老，心越来越松懈。　㊳摇悦：动摇而喜悦，指心动而喜的心理状态。日幸：日日心存侥幸的念头。　㊴怊（chāo）怅：即惆怅之意。无冀：指又觉得没有希望。以上二句是说，有时心动而喜，日日抱着侥幸的想法，但终了还是惆怅悲伤而感到没有希望。这两句描写了诗人时而心存希望，时而感到绝望的心理状态。㊵憯：同“惨”。憯恻（cè），凄惨悲伤。凄怆：与憯恻意近。　㊶长太息：长叹息。欷（xī）：抽咽声。以上二句是说，心中悲伤已极，禁不住长声叹息和不断抽咽。　㊷年：指时光，不是指年岁。洋洋：广大无边貌。日往：一天天地过去。　㊸老：指人老。嵺（liáo）：与“寥”通。嵺廓：即寥廓，空虚貌。无处：指身无归宿之处。以上二句是说，时光是无穷无尽的，一天一天地过去了，但自己年岁已老，仍然心情空虚，身无归处。　㊹事：指国事。亹（wěi）亹：行进貌，这里指国事在不断发展变化。觊（jì）：企望，企图。

进：进身为国事效力。 ㊺淹留：久留。踌躇（chóuchú）：进退犹豫不决貌。以上二句是说，国事正在不断发展变化，自己还企图进身效力，所以还在此久留而踌躇不去。

以上是第六段。写诗人遭遇的不幸和时世的艰险；叹时光流逝，老之将至；但仍表示坚持操守，怀抱希望。

何氾滥之浮云兮①，猋壅蔽此明月②？忠昭昭而愿见兮③，然霠曀而莫达④。愿皓日之显行兮⑤，云蒙蒙而蔽之⑥。窃不自料而愿忠兮⑦，或黕点而汙之⑧。尧舜之抗行兮⑨，瞭冥冥而薄天⑩。何险巇之嫉妒兮⑪，被以不慈之伪名⑫？彼日月之照明兮⑬，尚黯黮而有瑕⑭。何况一国之事兮⑮，亦多端而胶加⑯。

【注释】

①氾滥：同“泛滥”，水横流漫溢，这里指云翻腾涌动。 ②猋（biāo）：犬奔貌，引申为迅疾貌。壅（yōng）蔽：遮蔽。以上二句是说，为什么浮云涌动翻腾，很快就把明月遮蔽？ ③昭昭：明貌。见：指见君王。④霠（yīn）：云蔽日。曀（yì）：天色阴沉。霠曀，指因云遮日而天色阴沉。莫达，不通达，指不通于君。以上二句是说，我忠心耿耿，希望能见君王，然阴云蔽日，天色阴沉，终于不能上通君王。 ⑤皓日：犹白日，光明的太阳，喻君王。显：明显。显行，明显地运行。 ⑥蒙蒙：阴暗不明貌。以上二句是说，我愿君王像白日那样明显地运行，可是云气蒙蒙遮住了它。 ⑦料：估量。一作“聊”，据朱熹《楚辞集注》改。 ⑧或：有人。黕（dǎn）：污垢。点：玷污。汙：同“污”。以上二句是说，我私下不自量而愿效忠君王，有人却用污垢来玷污我的忠贞。 ⑨尧舜：传说中上古的两位圣明的君主。抗行：高尚伟大的行为。 ⑩瞭：目明。冥冥：高远，深远。薄：近。以上二句

是说，尧舜行为高尚，眼光光明远大，几乎可以接近上天。 ⑪险巇（xī）：艰险，比喻险恶的谗人。 ⑫被：覆盖，这里指加在身上。不慈之伪名：不慈爱的假的恶名。不慈，不爱儿子。尧、舜传位于贤人，不传儿子，又传说尧曾杀长子监明，所以战国时有人说他们不慈。《庄子·盗跖》篇说，“尧不慈，舜不孝。”又说，“尧杀长子，舜流母弟。”以上二句是说，为什么险恶的人嫉妒他们，让他们蒙上了不慈爱的假的恶名？按，“尧舜之抗行兮”以下四句基本袭用《九章·哀郢》成句。 ⑬彼：那。日月：比喻尧舜。 ⑭黯黮（dàn）：昏暗不明貌。瑕：玉上的疵点，喻缺点。以上二句是说，那尧舜像日月一样光照天宇，尚且被人说得昏暗不明而有缺点。 ⑮一国：这里指楚国。 ⑯多端：端绪纷繁。胶加：乖戾，纠缠不清。以上二句是说，何况一个楚国的事情，也就更头绪纷乱纠缠不清了。

以上是第七段。慨叹谗人壅蔽君王，忠贤欲尽忠而不得。

被荷裯之晏晏兮[1]，然潢洋而不可带[2]。既骄美而伐武兮[3]，负左右之耿介[4]。憎愠惀之修美兮[5]，好夫人之慷慨[6]。众踥蹀而日进兮[7]，美超远而逾迈[8]。农夫辍耕而容与兮[9]，恐田野之芜秽[10]。事绵绵而多私兮[11]，窃悼后之危败[12]。世雷同而炫曜兮[13]，何毁誉之昧昧[14]！今修饰而窥镜兮[15]，后尚可以窜藏[16]。愿寄言夫流星兮[17]，羌儵忽而难当[18]。卒壅蔽此浮云兮[19]，下暗漠而无光[20]。尧舜皆有所举任兮[21]，故高枕而自适[22]。谅无怨于天下兮[23]，心焉取此怵惕[24]？乘骐骥之浏浏兮[25]，驭安用夫强策[26]？谅城郭之不足恃兮[27]，虽重介之何益[28]？邅翼翼而无终兮[29]，忳惛惛而愁约[30]。生天地之若过兮[31]，功不成而无效[32]。愿沈滞而不见兮[33]，尚欲布名乎天下[34]。然潢洋而不遇兮[35]，直怐愗而自苦[36]。莽洋洋而无极兮[37]，忽翱翔之焉薄[38]？国有骥而不知乘兮，焉皇皇而更索[39]？甯戚讴于车下兮[40]，桓公闻而知之[41]。无伯乐之善相兮[42]，今谁使乎誉之[43]？罔流涕以聊虑兮[44]，惟著意而得之[45]。纷纯纯之愿忠兮[46]，妒被离而鄣之[47]。

【注释】

①被：同“披”。裯（dāo）：王夫之《楚辞通释》说，“裯，音刀，祇（dī）裯，短衣也。”裯是祇裯的省称。晏（yàn）晏：柔顺。　②潢（huàng）洋：宽阔，这里指衣服宽大不合身。带：动词，束，系上带子。以上二句是说，君王披上荷叶做的短衣很轻柔，只是太宽大不合身，系不上带子。　③骄：夸耀。骄美，自夸其美。伐：自夸。武：勇武。　④负：恃，依仗。左右：指楚王左右的大臣。耿介：耿直，光明正直。以上二句是说，他既自夸他的美丽，又自夸他的勇武，自恃他的左右都是耿直之臣。　⑤憎：憎恶。愠惀（wěnlǔn）：忠厚诚朴。修美：修洁美好。　⑥好（hào）：爱好，喜欢。夫（fú）人：犹言彼人，那些人。慷慨：这里指装腔作势地发表激昂慷慨之言辞。以上二句是说，君王憎恶忠诚老实、修洁美好的人，却喜欢那些小人装腔作势、慷慨激昂的言辞。　⑦踥蹀（qièdié）：小步行走貌。　⑧美：美人，指贤人。超远：远。逾迈：犹愈迈，越发远行。以上二句是说，众小人奔走钻营，日益接近君王，贤人却越来越远离朝廷。按：“憎愠惀之修美兮”以下四句是袭用《九章·哀郢》的成辞。　⑨辍（chuò）耕：停止耕作。容与：舒缓貌。　⑩芜秽：荒芜。以上二句是说，农夫们停止耕作而舒闲自在，恐怕田地要荒芜了。　⑪绵绵：绵长久远。多私：指当时朝臣办事多为谋私利。　⑫悼：伤悼，悲伤。后：以后。危败：危亡衰败。以上二句是说，国事这样长久地多为一些人谋私利，我暗自悲伤今后国家将遭危亡。　⑬世：指世俗之人。雷同：朱熹《楚辞集注》说，“雷声相似，有同无异也。”这里比喻人云亦云，彼此相同。炫曜（xuànyào）：光彩曜目，引申为迷惑，惑乱。　⑭昧（mèi）昧：昏暗不明貌。以上二句是说，世俗之人都同声相应，人云亦云，迷惑昏乱，他们诋毁或赞美人是多么糊涂淆乱！　⑮修饰：

修理装饰，喻修整、刷新国政。窥镜：照镜子，喻自找缺点错误，自我借鉴。⑯后：今后。窜藏：逃匿藏身。以上二句是说，君王现在如果能照照镜子找找问题，重新修饰整理国政，以后尚可能有容身之地。 ⑰寄言：托人传言。⑱儵（shū）忽：疾速貌。当：值。难当，难遇。以上二句是说，我愿把这些话托付流星以寄君王，可是它飞去太快，很难遇上。 ⑲壅蔽：阻塞遮蔽。浮云：比喻谗人。 ⑳暗漠：昏暗。以上二句是说，君王终被谗人阻塞蒙蔽，下面总是暗淡无光。 ㉑举任：指选拔任用贤人。 ㉒高枕：比喻无忧。适：安闲。 ㉓谅：确实。无怨：指不被怨恨。 ㉔焉取：安取，何取，犹言哪里有。怵（chù）惕：戒惧，惊惧。以上二句是说，尧舜确实不被天下人怨恨，他们心中哪里有这些忧惧呢？ ㉕浏（liú）浏：水流轻快无阻貌，这里指马行轻快无碍的样子。 ㉖驭（yù）：驾驭。策：马鞭。强策，强硬的马鞭。以上二句是说，尧舜骑着骐骥良马驱驰轻快无得，驾驭时何必用强硬的马鞭呢？ ㉗城郭：内城曰城，外城曰郭。恃：依恃，依赖。 ㉘介：甲，铠甲。重（zhòng）甲，坚厚的甲。以上二句是说，实在说里城外郭都是不可靠的，虽有坚实厚重的铠甲又有什么用处呢？ ㉙邅（zhān）：洪兴祖《楚辞补注》说，“邅，行不进。”邅翼翼，行进艰难，小心翼翼的样子。无终：没有终极。 ㉚忳（tún）：烦闷。惛（hūn）惛：同“惛惛”，沉闷的样子。约：贫困。愁约，困厄贫苦。以上二句是说，道路艰难，小心翼翼，但没有终极，心中烦闷忧愤，困厄而贫苦。 ㉛若过：像路过一样。 ㉜效：效验，效果。以上二句是说，人生于天地之间像是匆匆的过客，功业不成就是没有效果。㉝沈滞：即沉滞，沉沦停滞，犹言埋没。不见：不见用。 ㉞尚：尚且，远。布名：传布声名，扬名。以上二句是说，虽愿意被沉沦埋没而不求见用，但总还是想扬名天下。 ㉟潢洋：见本篇本段注②，这里指心里空荡而无着落。不遇：指不遇明君。 ㊱直：简直。恂愗（kòumào）：愚昧。以上二句是说，可是因未遇上明君而心里空落落的，这简直是愚蠢无知，自讨苦吃。 ㊲莽洋洋：荒野辽阔空旷。极：边际。 ㊳忽：迅速，突然。薄：止：到。以上二句是说，旷野茫茫，没有边际，我像鸟儿一样飘忽，飞到哪里去呢？ ㊴皇皇：

通“遑遑”，匆匆忙忙的样子。索：求索，寻求。更索，另外寻求。以上二句是说，国有良马而君王不知驾乘，为何又匆匆忙忙而另去寻求呢？　㊵甯戚：春秋时人，《吕氏春秋》记载，甯戚到齐国经商，暮宿城门之外，适逢齐桓公夜出城迎客，他正在喂牛，于是击牛角而歌，慨叹其怀才不遇。桓公闻之，车载而归，后举用为卿。讴：唱歌，指甯戚击牛角而歌。　㊶桓公：指齐桓公，春秋时齐国国君，名小白，春秋五霸之一。知之：知道了他（甯戚），这里指认识赏识他。　㊷伯乐：春秋时人，善于相马。相（xiàng）：指相马，识别好马劣马。　㊸誉之：称誉他（伯乐）。以上二句是说，如没有伯乐善于相马，现在又让谁来称誉他呢？　㊹罔（wǎng）：通“惘（wǎng）”，惘怅失意貌。聊：姑且。虑：思虑，思考，指思考前文所说的甯戚、伯乐事。　㊺惟：只，只有。著意：即“着意”，用心意。得之：指得到贤人。以上二句是说，惘怅流涕之中，且想一想吧，只有着意寻求贤人才能得到他们。　㊻纷：盛多，众多。纯纯：专一貌。纷纯纯，意谓非常专一，很一心一意。愿忠：指愿意效忠于楚王。　㊼被（pī）离：被通“披”，被离即披离，纷乱貌。鄣；同“障”，阻碍，遮蔽。以上二句是说，我很愿意一心一意地效忠于君王，但嫉妒纷纷，阻塞了我的尽忠之路。

以上是第八段。写楚王自受蒙蔽，并劝其改过自修；举尧舜为例说明治国在任贤；最后写奸佞蔽君，己志不酬。

愿赐不肖之躯而别离兮①，放游志乎云中②。乘精气之抟抟兮③，骛诸神之湛湛④。骖白霓之习习兮⑤，历群灵之丰丰⑥。左朱雀之茇茇兮⑦，右苍龙之躍躍⑧。属雷师之阗阗兮⑨，通飞廉之衙衙⑩。前轻辌之锵锵兮⑪，后辎乘之从从⑫。载云旗之委蛇兮⑬，扈屯骑之容容⑭。计专专之不可化兮⑮，愿遂推而为臧⑯。赖皇天之厚德兮⑰，还及君之无恙⑱。

【注释】

①不肖：不贤。 ②游志：漫游的心意。乎：在。以上二句是说，希望君王赐还自己的不肖之身，让自己离去，那自己将放浪漫游之志在那云天之中遨游。 ③精气：指充满天地之间的元气。抟（tuán）抟：聚集貌。④骛（wù）：追逐。湛湛：深厚貌，指诸神密集。以上二句是说，自己乘着聚集成团的元气，追逐着成群的神灵。 ⑤骖（cān）：车前两侧的马。霓（ní）：雨过之后，常出双虹，色鲜盛者为雄，暗者为雌，雄曰虹，雌曰霓，又称副虹。骖白霓，是说以白霓为骖马。习习：飞动貌。 ⑥历：经过。群灵：群神，这里指群星。丰丰：多貌。以上二句是说，驾着以白霓为骖的车飞游，经过众多的星宿。 ⑦朱雀：星座名，二十八宿中南方七宿（井、鬼、柳、星、张、翼、轸）的总名，因七星相连，形似鸟，又叫朱鸟。茇（pèi）茇：飞舞貌。 ⑧苍龙：星座名，二十八宿中东方七宿（角、亢、氐、房、心、尾、箕）的总名。躣（qú）：行貌。以上二句是说，左边看见了飞舞着的朱雀，右边看见了行进中的苍龙。 ⑨属（zhǔ）：连接，这里指跟随在后。阗（tián）阗：这里形容雷声。 ⑩通：指在前开路。飞廉：风神。衙（yú）衙：行貌。以上二句是说，让雷师跟随于后，让风神开路于前。 ⑪轻辌（liáng）：一种轻车名。锵（qiāng）锵：车钟声。 ⑫辎乘（zīshèng）：辎重车。从（cōng）从：车铃声。 ⑬云旗：以云为旗。一说，指画有云霓之旗。载云旗，指车上载有云旗。委蛇（wēiyí）：绵延曲折貌。这里形容旗帜舒卷起伏的样子。 ⑭扈（hù）：侍从。屯骑：聚集的车骑。容容：变动之貌，指车队行进中，队形不时在变动。或说是从容之意，盛大之貌。以上二句是说，车上的云旗在迎风招展，扈从的车骑在缓缓行进。 ⑮计：思考。专专：专一。不可化：不可改变。 ⑯推：指推广自己的专一于君王的心意。臧（zāng）：善。以上二句是说，想我自己对君王的忠心决不会改变，并愿意推广这种忠心与人，变易其心以为善。 ⑰赖：依仗。厚德：犹大德。 ⑱君：指楚王。恙（yàng）：疾病。以上两句是说，仰仗着皇天的深思厚德，希望它仍施其德泽及我君王，使他无病无灾，身体健康。

以上是第九段。写诗人想离开现实，游于太空，但仍不能忘怀祖国，并祝君王无恙。

【译文】

悲伤啊秋天所带来的肃杀寒凉的气氛，萧瑟的秋风吹动草木凋落而逐渐枯衰。凄怆啊有人或在远行，登山临水而送别将归故乡的游子。空空荡荡啊天空高爽而天气晴朗，寂静空旷啊雨水逐渐减少秋水澄清，悲痛叹息啊轻寒袭人。怅惘失意啊，离开故地而去异乡，坎坷困顿啊贫士失去官职而意气不平。孤独寂寞啊旅居作客而没有朋友，惆怅悲伤啊独自自伤自怜。燕子翩翩飞翔辞归南方，蝉也寂寞而不再鸣。大雁互相鸣应飞向南方，鹍鸡也细声细语地悲鸣。独自一人到天明也睡不着，哀伤蟋蟀夜间飞行。时光流逝，已过了中年，久久滞留而一无所成。

我心情悲哀，独处穷困，空虚孤寂，心中没有乐趣。离开家乡来远方作客，漂泊远方，现在去何处栖止？一心一意地思念君王，此心不变，君王不知我心，真无可奈何！怨愤和思念积聚心头，心里烦闷忧愁，忘记了吃饭和做事。我愿一见君王陈说我的心意，君王的心思却与我不同。车已驾好，准备离此地归去，但未见君王，心里犹自伤悲。我靠着车厢长声叹息，泪流不断，沾湿了车前的横木。心里情绪激昂，真想与君王决绝，但实在又做不到，心中昏乱迷惑。私自哀怜何时是了？心情激动是由于自信忠诚正直。

上天将一年平分为四季，我独私下悲伤这个寒秋。寒露已降到百草之上，忽然间这梧桐也枝叶凋零。离开了光明的白天，接着就进入了漫长的黑夜。告别了芳香繁盛的壮年岁月，现在是贫病交加而悲愁满怀。秋天先已降下寒露作为告诫，冬天又加上严霜的摧残。（秋天）收敛了初夏生长繁盛的生机，于是使它沉陷停止而且埋藏起来。树叶枯萎失去了鲜润亮泽，树枝乱糟糟地横七竖八。（树木的）容颜经过渐进的生长（此时）已入疲惫衰绝的时候，树枝好像也枯萎变黄。树梢孤零零的实在可怜，外形也受伤消损。想那树木枝柯纷乱错杂而将叶落净尽，遗憾它们失去壮盛之时而不得其所。抓住马缰按下节度，让车马徐行，姑且悠闲自得地来回徘徊。年岁很快就要尽了，恐怕我的寿命也不能长久。可悲我生不逢时，遇上这纷乱不安的时世。我悠闲自得地独自站立，听到蟋蟀在西阶之上鸣叫。心惊惧而震荡，为什么我所忧虑的事这么多？我仰望明月长叹不已，寻究星星直至天亮。

我私下悲伤那曾经开放的蕙花，纷纷然繁盛在华丽的房室之中。为什么层层的花却不结果实，只是随风雨飘然落下？我以为君王独佩带这蕙花，他却与对一般花草似的没有区别。哀怜我的出众的想法不能通于君王，因而将离开他远走高飞。心中忧伤自怜而凄惨悲痛，真愿一见君王而自明心迹。我深思自己是无可埋怨而被放逐，心中痛苦郁结倍增哀伤。我岂不忧思蓄结而思念君王？只是君门深深阻隔重重；又有猛犬迎人争吠，关口与桥梁均闭而无路可通。老天久雨，秋雨涨溢，大地什么时候才能干朗？我独块然自守着这荒芜的沼泽，仰望浮云而叹息不已。

为什么时下风气是这样善于取巧，总是背弃准则，改变措施！拒绝良马不乘，却骑着劣马上路。当世难道没有良马了吗？实在是没有人善于驾驭它。良马见驾马者不是合适的人，所以跳跃而避去远方。野鸭和大雁争食粱米和水草，凤凰更是高飞远引。圆的孔却要插进方的榫头，我本来就知道它们彼此不合是插不进去的。众鸟都有飞升栖止之地，凤凰却匆匆忙忙无栖身之地。我本打算嘴中衔枚而默不言声，但曾蒙受君王大恩，又于心不忍。姜太公九十岁才显名荣耀，实在是因为他原来未遇到明君与他投合。问良马归向何处？问凤凰栖止何方？古风古道已被时俗改变代替，世代已衰微，现今的相马者只知道挑选肥马。于是良马隐藏不见了，凤凰高飞不下了。鸟兽犹知怀念有道德的人，怎能说贤士不愿留居在有德之君的身边呢？骏马不急求进用而驾车，凤凰也不因贪喂而乱吃食物。君王不明察贤愚而远弃贤人，贤士虽愿尽忠又怎能实现其志向呢？虽想自甘寂寞，从此断绝对君王的眷恋的思绪，私下又不敢忘记当初君王的大恩大德。独孤独悲愁，伤心异常，这郁结之情何时终了！

小人们的排挤打击如霜露交下，心中还是希望他们不能成功。雪珠和雪花又交相降落，越下越大，才知道自己遭遇的命运就要来到。曾希望侥幸能摆脱悲惨命运而有所期待，到头来却仍置身林野之地，与草木同死。愿直接去见君王表白自己的正直之心，但道路堵塞断绝，不得通行。想要顺大路而行，又不知从哪里走。半路上迷失方向，于是克制自己的情绪而学诗。可是自己生性狭隘肤浅，实际上确乎未做到使心情舒缓平静。我私下赞美申包胥志气壮盛，又恐怕时世不同，难以仿效。为什么时下风气这样善于取巧，不按规矩画圆取方，却胡乱打眼儿。我独守光明耿直而不随波逐流，愿追慕先贤们的遗教。处在这浊世而显现尊荣，这不是我心中乐意做的。与其无义而有名位，宁愿处穷困之地而坚守高尚的节操。我不苟且所为，问心无愧，尽管衣食不能温饱。我暗自仰慕《伐檀》作者的高尚风格，自己的志向也是像“诗人”那样过着俭朴的生活。楚国的君臣没完没了地志得意满，我却置身于没有边际的林野之中。我没有棉衣皮袄抵御冬天的严寒，恐怕会忽然死去再也见不到和暖的春天了。在寂静的秋末长夜里，心里缠绵郁结着悲哀。过去的岁月远去，年岁一天天地大了，于是怅然而自悲。四季更递而来，又过了一年，寒往暑来，岁月难以追及。太阳傍晚将要落山了，明月也渐渐缺损。年岁很快就接近终了，年岁逐渐近老，心越来越松懈。有时心动而喜，日日抱着侥幸的想法，但终了还是怅惘悲哀而感到没有希望。心中悲伤已极，禁不住长声叹息而不断抽泣。时光无穷无尽，一天天地过去，年岁已老，仍心情空虚而身无归处。国事在不断变化，我还企图进身效力，所以还在此久留而踌躇不去。

为什么浮云涌动翻腾，很快就把明月遮蔽？我忠心耿耿，希望能见君王，然阴云蔽日，天色阴沉，终于不能上通君王。我愿君王像太阳那样明显地运行，可是云气蒙蒙遮住了它。我私下不自量愿效忠君王，有人却用污垢来玷污我的忠贞。尧舜行为高尚，眼光光明远大，几乎可以接近上天。为什么险恶的人嫉妒他们，让他们蒙上了不慈爱的假名声？尧舜像日月那样光照天宇，尚且被人们说得昏暗不明而有缺点；何况楚国一国的事情，也就更头绪纷乱纠缠不清了。

君王披上荷叶做的短衣很轻柔，只是太宽大不合身，系不上带子。他既自夸其美，又自夸他的勇武，自恃他的左右都是耿直之臣。他憎恶忠诚老实、修洁美好的人，却喜欢那些小人装腔作势、慷慨激昂的言辞。众小人奔走钻营，日益接近君王，贤人却越来越远离朝臣。农夫们停止耕作而舒闲自在，恐怕田地要荒芜了。国事这样长久地多只为一些人谋私利，我暗自悲伤今后国家将遭危亡。世俗之人都同声相应，人云亦云，迷惑混乱，他们诋毁或赞美人是多么糊涂淆乱！君王现在如果能照照镜子找找问题，重新修饰整理国政，以后尚可能有容身之地。我愿把这些话托付流星以寄君王，可是它飞去太快，很难遇上。君王终被阻塞蒙蔽，下面总是暗淡无光。尧舜对贤人都有所推举任用，所以能高枕无忧而自在安闲。他们确实不被天下人怨恨，心中哪有这些忧惧呢？他们骑着骏马驱驰轻快无碍，驾驭时何必要用强硬的马鞭呢？实在说层层城郭都是不可靠的，虽有坚厚的铠甲又有何用呢？道路艰险，小心翼翼，但没有终极，心中烦闷忧愤，困厄而贫苦。人生天地间像是匆匆过客，功业不成就是没有效果。虽愿意被沉沦埋没而不求见用，但总还是想扬名天下。可是因未遇上明君而心里空落落的，这真是愚蠢无知，自讨苦吃。旷野茫茫，没有边际，我像鸟儿一样飘忽，飞到哪里去呢？国有良马而君王不知驾乘，为何又匆忙去另作寻求呢？甯戚曾经在车下唱歌，齐桓公听到后就赏识他。如果没有伯乐善于相马，现在又让谁来称誉他呢？惆怅流涕之时，且想一想吧，只有着意寻求贤人，才能得到他们。我很愿一心一意地效忠君王，但嫉妒纷纷，阻塞了我的尽忠之路。

希望君王赐还我的不肖之身让我离去，那我将放浪漫游之志遨游云天之中。我乘着聚集成团的元气，追逐着成群的神灵。驾着白霓为骖的车飞游，经过众多的星宿。左边我看见了飞舞着的朱雀，右边看见了行进中的苍龙。让雷师跟随于后，让风神开路于前。前面的轻辌车铃声锵锵，后面的辎重车铃声从从。车上的云旗在迎风招展，扈从的车骑在缓缓行进。想我自己对君王的忠心决不会改变，并愿推广这种忠心于人，变易其心为善。仰仗着皇天的深恩厚德，希望它仍施其德泽及我君王，使他无病无灾，身体健康。